墨宝非宝.

夜阑京华

（上册）

墨宝非宝 著

花山文艺出版社
河北·石家庄

「我是何未。」
她先伸出右手。
他和她握了下手，
低声说：「幸会。」

目录 Contents

何为山海？
岂止触手冰冷的砂石波涛，
还有这红墙内的人间烟火。

楔子

这是一个醉生梦死的年代。

醉则生，梦醒则死。

如意手柄上透着光，光源来自车窗外的月。

“再好的戏，连唱三天，也没气力听到底了，”她把那柄如意递给莲房，“今天成婚礼，俄国人算有耐心的，各国公使里，他们回去得最晚。”

莲房把如意小心放到匣子里。车窗外，已经能看到德胜门了。

民国十一年十二月里的头一桩热闹事就是逊位的皇帝大婚。

宫墙内，中外各界宾客们备下厚礼，与大婚的一对新人宴饮数日；宫墙外，由警察和宪兵看守着宫门，消防队更在不远处随时待命，警惕有人滋扰来宾。一道宫墙像隔开了数百年，里边前清遗老们眼含热泪、下跪叩拜，宫外街头巷尾早把此事当成了热闹瞧。

方才她说的戏，便是升平署为庆贺大婚，特意办的演剧庆典。各路名角会聚漱芳斋，连唱三日。明日一早，巳正二刻开锣，戌正一刻戏毕，从白天唱到黑夜。

莲房轻声说：“明日的戏单，升平署已排好了。”

她轻点头。

轿车驶近德胜门，正遇上学生游行，被一只只手举起来的白布旗子从城墙下绵延到远处的街口酒楼下。她观望着，推测没一二十分钟走不远，叮嘱司机勿要冲散学生，让车暂时停靠在了德胜门外，为学生让路。

这条街热闹，粮店、茶楼、面铺，铺开来一排全是老字号。车来人往的，有人认出这车是何二府上的。何二出门阵仗小，一辆轿车足矣，唯恐被人注意。而这里跟着数辆，显然坐的是何家那个出了名的不孝女，何未。

何未父亲那辈有五个兄弟和七个姐妹，兄弟姐妹们的母亲都有些身份地位，唯独她二叔的亲娘是普通人家，死得早。分家时，二叔分得极少，近乎被扫地出门。但他胜在有生意头脑，靠做买办发了家。只是多年膝下无人，屡屡被宗族责难，在宗族的要求下，最终收养了大哥的一对儿女，继承香火。可惜二叔子嗣缘薄，过继的儿子三年前意外离世，仅剩下一个女儿。

这个女儿，便是何未。

哥哥走后，二叔伤心过度，身染重病。何家宗族和她亲爹都暗示，要她吵闹一番，坚持回家。倘若没有了何未，二叔膝下再无人，最后财产自然归宗族处置，兄弟叔伯们皆大欢喜。不承想，年近十六岁的何未竟佯作应允，暗中请了外籍律师来京，不只没顺了宗族的意，还打了一场官司，将当年二叔被盘剥的家产全数要了回来。这官司打了不到一年，闹得是流言四起，满城皆知。不久，亲爹和几个叔叔联名在京城有名的报纸上登了消息，彻底断绝父女关系、叔侄关系。家族登报翌日，她便寻了一家全国发行的大报纸，同样登了一则断绝亲族关系的告示。彼时，她未满十七岁。

这只是何家旧事中的一件。

若想讲清楚这个二小姐，等宫里三十四场大戏唱完，都难说尽。

莲房那侧车窗被人叩响，她以为是学生。

窗外的人，比了个“请”的手势。如此娴熟，倒不像学生。

“你去看看。”莲房没开窗，对前座的男人说。

男人下车，三言两语后，带了一个物事上了车，递给莲房：“白家那个人到了，想在两家长辈正式见面前，私下先见二小姐。”

莲房摊开手心，把东西递到她眼前，是块旧怀表。

何未拿起那块表，打开金属盖子瞧了眼，表盘玻璃碎了，指针定在三点四十一分。

她没见过这块表，却知来历。

当初白家老爹和二叔结为知己，正是彼此最落魄时，二叔倾尽全部家当，买下一艘载客七十人的客轮，漂洋过海逃亡，白家离开京城，远走西北避难。两人怕日后客死异乡，后代没有物事相认，于分别当日砸坏了各自的一块怀表，让表针停在：1911年的腊月初三，凌晨三点四十一分。白家老爹的表确实在这个时间，二叔文弱书生一个，砸时手不得劲儿，表盘指针比白家时间晚了二十几秒。二叔每每说起此事，都当趣事讲。

去年夏天，她登报断绝家族关系，不久便收到一封信，来自西北。外头封皮上写的是她，而里边套着的那封信，却写着“何知行亲启”，给二叔的。

由此，昔日两位知己有了联系，一来二去，定下明年正月，带小辈上京相见的日子。二叔定好日子，便离京办事去了。

离正月还早，人怎么先来了？

何未把表给男人：“我今晚有事，你同他说，明日我定了地方，请他吃饭。”

“他想今晚就见，”男人又说，“另外这表，不打算再拿回去了。”

今晚？

照她过去的习惯，绝不可能打乱计划，临时去见谁。可此人来历特殊，于她而言，二叔看重的，便是最要紧、最应放在心上的。

何未做了决定：“问个地址，或者让他们的车带路。”

男人回了话，重新上车，从一旁胡同里驶出辆轿车，行到前面去了。

车跟上去后，何未留意到莲房两手交握着那块怀表，一看就是拿不准这物件究竟有多贵重，不知收到何处、如何收才妥当的表现。

何未笑了，轻声说：“这东西对二叔比较贵重。你回去找个匣子收好，等他从香港回来，我还给他。”

莲房略松口气，收妥。

前车带路，绕过学生们，往护国寺驶去。

未几，前车缓缓停在了新街口南大街的一个不起眼的小胡同口。与南大街的热闹相比，这胡同冷清得很，无甚特别。

“这是哪儿？”莲房问。

“百花深处，”司机回说，“胡同口这边是南大街，走到底，出去是护国寺东巷。”

她和莲房先后下车，借着车灯，瞧了一眼里边。土道，偏窄，两旁的碎砖墙夹着一条前行的长路。除了名字雅致，就是个寻常得不能再寻常的胡同。她见里头黑，留着小心，跟那人往里走。

走到一个木门前，有两人守在那儿，为她们推门。两人虽穿寻常的布褂子，但脚底下的马靴出卖了他们，是两个年轻军官。

小四合院里，两面房点着灯。

“稍后见的，是我未婚夫，”何未对莲房说，“带你进去不大妥，留在此处等我。”

莲房惊讶，眼瞅着何未进去了。

院子里虽朴素，屋里却另有乾坤。

不知是白家买了这里，抑或是借住此处，无法判断屋内的装潢是谁的品位。正对门的墙上，挂满了木框画和照片，不中不洋的，正合此时京城读书人的潮流。

屋有两道珠帘，一道在大门后，一道隔开里外屋。里外无人。

炭火盆被摆在正当中，不知为谁烧着。

她迟疑片刻，脱下白狐狸尾领子、十字貂的白色短大衣，正要把被衣领裹乱的及肩长发理顺，一个高个子男人进了门。

何未这动作停在半空，稍显奇怪。她很快收回整理头发的手，掉转方向，人扭正过来，正面来人。约莫是过去在军校读书时养出的脾性，他左手插在裤子口袋里，不大讲场面上的礼节，站在那儿跟一个闲人似的。好似不是一个请她来的主人。

“我是何未。”她先伸出右手。

他和她握了下手，低声说：“幸会。”

好似握了块冰坨子，冻得瘆人。她很快抽回了手。

“今晚我去六国饭店，确实有要紧事，”何未打定主意，如果他不邀请自己坐下，恐怕这场初次见面将会在三分钟内结束，“倘若只想要见一面，此刻就算见到了。若还有别的事谈，不如明日订了酒宴，我来正式招待你？”

“去六国饭店？见俄国公使？”他问。

今夜公使们全回了各自的使领馆，只有俄国公使去了六国饭店。他如何知道的？

她细看了面前人两眼。

衬衫是熨帖合身的，衬衫的立领没系，微分开。一个青年男人的脸如此干净清瘦，倒是少见。浓密睫毛下的一双眼睛不算大，有着比寻常人都要大的黑色瞳孔。这双眼，让她想到夜里的什刹海湖面，黑得无光无波，只有湖中倒映的月色算唯一光亮。

灯在他的右手边，于是乎，鼻梁在侧光下更显高挺了。她从衬衫开始观察他，复又回到衬衫的肩线，一丝褶子和不合时宜的针线起伏都没有。

她瞧他，他便直视于她，倒是不躲。

在灯照的光线里，他说："俄国那边在谈判，想要建一个新的联邦。你可以等到那面的形势定了再说，何必此时费心拉拢一个无用的公使，浪费钱财？"

说话时，光影在他面上有着细微的变幻，她都瞧得清楚。

"这消息我也听说了，"何未先移开视线，粗略解释给他听，"不过我猜，如果真有一个新联邦建立，势必要乱一阵子，顾不及召回在外的全部公使。"

而她需要人家办的事，在这几日办妥即可。

扑哧一声，炭盆迸出了火星。

她被打断思路。好端端的，聊什么俄国。

他似乎也察觉了，不再往下说。

无论如何，他刚才的话全是为她着想。何未预备还他一个面子，瞥见身旁椅子，就势坐了下来。

他似要走，又想留，最终跟着她坐下。只是坐得远，与她隔着十来步。

再想远，就要去屋外头了。

何未想笑，偏过头，看身旁被炭火盆围着的海棠："这是西府海棠？"

"是，"他答，"西府海棠。"

她认得这绝妙品种，一般海棠无香，西府海棠却带香气，所以难得。她看海棠枝头有点点胭脂红，可不就是花苞。在寒冬腊月的京城竟能养得开了。果然是百花深处，花之福地。

说完花，便要问人了。

她对他知之甚少，对这个陌生男人全部的好感，都源于二叔同他父亲的旧年情谊。有些计较，在长辈见面前讲清楚最好。

她瞅着他，故作随意，问出早准备好的一句：“你有妾室吗？”

男人被问住。

“在你读军校前，家里父母给你纳过妾吗？或者说有什么自幼交好的通房丫鬟？”看他的年纪，最怕是早有结发妻，却因为何白两家的先约，被迫恩断义绝。

他再次被问住，隔着老远，抬头看她，眼睛里有了说不出的……

何未见他犹豫，料定自己猜中了。

“没有，”他忽然说，“都没有。”

那还好。

何未问完想问的，心定了几分。

他却突然起身，一言不发地掀帘而去。

去哪儿了？

没多会儿，门外的年轻武官端了茶水进来，一看就不是伺候人的手法，茶泡得极不讲究。

“公子爷——”武官正了正神色，“还在护国寺，二小姐如果等得无聊，我叫丫鬟进来。”

“去护国寺了？”她望过来，“刚去的吗？有什么急事？”

“现在去来不及，中午去的，”武官笑说，“说晚膳前要回来，肯定快了。”

中午？

何未慢慢地问：“方才出去的那个人是？”

“那位啊，公子爷过去的同学，姓谢，”武官奇怪问，“他没说吗？”

何未微怔了怔，装作无事地举起空茶杯，往自己嘴边送：“没来得及说。”

话都让她说了，人家哪里来得及。

……

“这院子是他的，公子爷不想大张旗鼓入京，借了这么个地方，”武官说，“那个谢……”武官不知该叫他公子，先生，还是？此人神龙见首不见尾，自他们入京，今夜才露面，还是在公子爷去护国寺之后来的。他怕何未再问，自己答不出，想给她倒茶，岔开这话。

武官端了壶，眼瞅着何未就着空杯子，抿了小半口。若非壶还在他手中，武官当真以为，此刻的她是香茗入口，温热下喉。

何未忽然醒过来，低头见茶杯空空，苦闷于自己连番丢人。

她对武官笑笑，将豆青釉茶杯放回矮桌上。武官倒了茶，匆匆退出。她留在那儿，无意识地转着左手无名指上的红玛瑙戒指，回想那个人的脸。

真是荒唐的一夜。清朝过去十年了，紫禁城竟办起了帝后大婚。而她，却在紫禁城外的百花深处，错认了预备结婚的人。

第一章

夜阑现山海

她凝视着雕花窗上的树影，摇摆不定，出了一会儿神，耐心不足。

算了，不等了。

何未刚起身，珠帘就被一只手挑开。

莲房在帘后露了脸，见屋里没外人，几步上前，轻声说："俄国公使不高兴了，那边尽力安抚着，让小姐快过去。"

这可是一等一的大事。

何未没耽搁，带莲房仓促走了。等车开离新街口，她这才觉得脖子凉飕飕的，察觉白狐狸尾的围领落在了屋里。

车到六国饭店门前，何未下了汽车，冷风吹过来，刀刮了脖子似的。

一旁刚换岗的俄国军警轻声提醒部下，说这几日饭店住了许多贵客，多留心。

何未迎着风，进了玻璃门，舞厅的音乐声漫到门厅，自四面八方围拢住她，热闹得不似深冬的夜。

这些年，大家都晓得一个道理，四九城内最安全的地界不是紫禁城，而是各国领事馆遍布的东交民巷，而东交民巷最安全的建筑，便是这六国饭店了。如其名字所示，饭店由英、法、德、日、美、俄注资，像一个独立的小世界，或者说是一个最佳的避难港、安全岛。就算有人想杀饭店里的住客，都不敢直接动手，全要诱出门去，在别处灭口。

是以，如今的京城贵胄，各界名流，司令和将军们，无不热衷在此处聚会。有人评价说此处是世外桃源，可往难听了说，不就是小租界？

中国人的地方，却不让中国人干预，连治安都由六国宪兵轮值。

她曾为此愤愤不平，哥哥安慰说："总会好的，你看二叔他们，面对的是八国联军，眼下至少没外敌了。等我们这代起来，势必要将山东夺回来。再等到下一代，”他笑着说，“恐怕连租界是什么都不晓得了。”

……

何未忽然眼睛泛酸。

快了，还有十天，就在这个月，山东青岛就要回来了。

哥哥说得对，日子总会往好处走的。

她让莲房去找公使，莲房回来说，公使在舞厅。该是等得不耐烦，消遣去了。

何未往餐厅去，让莲房给公使递个话，在西餐厅见。二叔不喜欢六国饭店，更厌烦名流会聚的饭店舞厅，若过去被人认出来，回家要挨骂的。

这时间，西餐厅人少，不过两三桌人。

其中一处七八个人挤在一桌上，看着像读书人，其中一人局促地翻着餐单，另外几个小声交谈着。她直觉这桌人是逃难避险来的，不愿惹麻烦，挑了最远的四人沙发座。

莲房很快回来，犹犹豫豫的，似遇到什么事。

“公使跟人走了？”她问。

“倒也不是，”莲房轻轻坐到她身旁，轻声道，“过一会儿，人就过来。”

言罢，想想又说：“我刚才进去，见公使没任何不耐烦，觉得奇怪，多问了句。他们说，有人为公使引荐了一位刚到京的贵人，两人谈到现在。”莲房又道，“他们给我指里头的那个人，人围拢得太多了，我没大瞧清楚，但……好像白公子。”

白？

应该是谢……

她离开百花深处，没给莲房讲过认错人的事。莲房至今还以为那是白家公子。

难怪他熟知俄国公使的行踪，看来事先有准备。

可他为什么在来六国饭店前，先去了百花深处？为了取东西吗？何未在等待中，困惑着。不消片刻，留着棕褐色短发的公使进了西餐厅。

这位公使因为先和谢姓贵人有了一场极为愉快的会面，同她的谈话变得格外顺利。何家有一艘货轮出海，航路途经他们的海域，被扣下了，需这位公使帮忙协调，尽快放行。这不是见不得人的事，只是那边这几年，沙俄皇帝刚被推翻，处在百废待兴的阶段，许多事办起来慢。

“这周出海的客轮，会不会再有问题？”比起货轮，她更关心这周的客轮。

公使摆手，为她宽心说：“客轮的货物少，比货轮容易放行得多。况且，何家的客轮盛名在外，乘客里有不少低调出行的显贵，鲜有人拦。”

万事谈妥。

公使回了客房，她等莲房结账。

进来一个男孩子，身形瘦长，脸如白玉。他环顾餐厅，见到何未，似认准了就是她，走过来。男孩子两手捏着张纸，规规矩矩地递给了她：“有人，要给你的。”

莲房和门口等着的茂叔谨慎看她，怕有异。

她摇头，让他们宽心。这个小男孩儿长得面善，细想想，像极了那个男人。

男孩子见她接了，咕哝说：“看吧，我看不懂。”

何未展开——

百花深处误会重重，何二小姐见谅。俄公使一面，且以赔罪。谢山海。

想是怕身边人看懂，除了落款，全用俄文写的。

万一她只会说不认字呢？那岂不是白拿来了。

何未笑了，被跟前的小男孩儿看在眼里。小男孩儿不晓得她是谁，可能让小舅舅写私密信的女孩子……实在没见过。未见时，好奇，见着了……美得有点儿邪乎，过于出众。

她是天生的桃花面，面色白净净的，唇小而饱满，未涂胭脂。一双清水眼，双眼皮的褶子极深，鼻梁不算高，反而更显得面相小。

“他是你哥哥？”何未问。

小男孩儿摇头。

“山海不是名，是字？”人名忌大，壮阔如山海，一般人命格压不住，要遭罪的。父母稍懂些的，不该取如此大的名，必然是表字了。

小男孩儿愁得皱眉，不只美，还怪聪明的。

而且她想，这字不像老辈人喜欢的表字，十有八九是那个人自己起的。

她没再计较表字，问小男孩儿：“他叫什么？你说的那个人。”

“你不知道小舅舅叫什么？”小男孩儿愕然，脱口而出和他的关系。随即又懊恼蹙眉，要被母亲责骂了，果然好看的女孩子容易让人失去理智……

竟是外甥。何未端详小男孩儿。

退去戾意，那个谢姓贵人少年时，该是这模样。

“不知道啊，他没告诉我，”她笑着问，“他为什么不自己过来？”

“你问题真多，”小男孩儿不满，“我不该说的。”

他像怀揣着个大秘密，伸头过来，小声说：“小舅舅回屋了，这里许多人同他说话，要认识他，我妈妈不愿意，让人叫他回去的。”他想想，附在她耳边，提供了另一个讯息，“今晚他没法儿陪你的，来京前，小舅舅和家里约法三章，晚九点前，必须回六国饭店。”

她耳旁被小孩子热气呵得痒痒的，心软乎乎地笑了。

这孩子骄傲得很，真想捏他的小脸蛋，逼得他更生气，或是想看他笑，看这小孩子笑起来究竟有多好看。

她配合小男孩儿，俯身过去，轻轻耳语：“他得罪谁了，要躲在这里？”

小男孩儿登时板起脸，退后两步。

小舅舅需要躲谁？不过怕有人害他罢了。

何未不知小男孩儿心事，见他气鼓鼓地扭头便走，不晓得何处得罪了他。

待她复看手中纸，领悟到了一个刚刚没留意的细节：他于此处现身，为的是替她留住俄公使，作为赔罪。

而不是她之前猜想的，为了他自己的事。

何二家买的是旧时官邸，离东交民巷不远。

她到家不到三更，盥洗就寝，上床后，隐约听见扣青结结巴巴地对莲房说，外头落雪了，话里藏着欢喜雀跃。莲房轻声提醒说，都睡了，小声些。

何未困得听不完外头的墙脚，彻底睡着。再睁眼，屋里仍不大亮。

她翻了身，侧脸压着枕头，喃喃问：“几点了？”

均姜答："九点多。"

平日都是莲房陪在屋子里睡，今日莲房去宫外接人，换了均姜照应。

"天不见亮吗？"她带着鼻音说，昨夜受凉的后果。

"下雪天不就这样。"均姜见她迷糊起身，笑吟吟把奶白色的双层缎子面衬衫给她套上，给她系上纽扣。均姜进来前，用热水洗过手，手指温热柔软。

比昨天握过的"冰坨子"强多了，她想。

何未拿起白色羊毛绒的背心，自己套在衬衫外头，下了床。

盥洗完，她寻思着在中午前找点儿什么事情做，打发等待的时间。

"白家的公子爷耐心好，"均姜说，"在东面的大书房等了一小时了。"

"又来了？"何未愕然。

"不是初次登门吗？怎么叫'又'？"均姜揶揄她。

"昨天……虽然没见到，可算是打过一次交道了，"何未苦着一张脸，踌躇着不想见，"他到底有什么要紧的事，三番两次急着见我？"

均姜奇怪："结婚还不算要紧事？"

确实，要紧……

她最近应酬多，今日难得闲，实在不想和不熟的人客套攀谈。她轻声给自己找借口："左右都要结婚，正月里见多好，我又跑不掉。等二叔在的话，不至于没话说。"

扣青端着一杯热牛奶，递过来，帮着均姜劝她："人、人家公子爷说，今日来赔罪的。都坐、坐好久了，见一面吧？"

何未含了口牛奶，想笑，他们那届同学格外喜欢赔罪吗，昨夜是，今日还是。

她缓缓咽了奶，勉强答应了，让均姜帮自己找了一条宽大白貂绒披肩，穿在外头，又用四指宽的绸带在腰上扎了一个结。均姜拿大衣到跟前，她却改了主意，这里走到东面大书房，没有遮挡，要在风里雪里走十几分钟，太冷了。

"还是带人过来，在小书房见吧。"

小书房就在东侧，不必出正房，直接穿两个房间就到了。方便得很。

"未来姑爷带了两个人，要一道请过来吗？"均姜问。

她“嗯”了声，料想是副官。

不消片刻，人到了。

何未独自去了书房，脚一迈进去，便停下了。

书房里仅有一个人，竟还是那位——字山海，半夜家里不让出门的谢姓贵人。他的衣着与昨夜不同，身着戎装和黑色长马靴，独自一个人坐在那儿，一只手臂撑在椅子扶手上，瞧着没昨夜有精神，像宿醉未醒。

靴底下有雪水，身上瞧不出，该是沾的碎雪已经化了。

珠帘子在何未身后晃荡着，他望过来，目光留在她的身上，仍如昨夜，是一副不苟言笑的模样。

何未心头猛跳，不可思议地看他。

他没作声，抬手指了一下窗外，意思是，何未要见的正主在外头。

脚步声随后而至。

何未立刻转身，面朝书房大门。这回断然不会错了，进来的这个便是自西北而来的白家公子爷。对方发梢挂着雪，面上盛着笑，对她伸出右手：“我是白谨行。”

何未下意识握住：“幸会。”

……

“刚刚副官有要紧事，叫我去了院子里。”白谨行温声解释。

她对白谨行笑了笑，竟没了话说，不像昨夜那般应对自如。

白谨行是个斯斯文文的男人，笑中有暖，眸色清润，如夏夜的荷塘水面，不只盛着月色，还盛着白日太阳烤灼后的余温。他亦是戎装加身，背脊笔挺，头次见面却是气定神闲，正如白家老爹信上所说的，是个运筹帷幄，打过几年胜仗的儒将。

屋内，静了好半天。

“昨夜——”

“昨夜——”

两人同时出声，复又同时停住。

白谨行低头看着她，笑了：“我先说？”他毕竟比何未大了许多，懂得不该让女孩子先开口的道理。

何未点点头。

白谨行解释："昨夜我从护国寺回来的路上，遇到过去的老师，耽误了时间，让你空等一场。抱歉。"

"不怪你，"她摇头，公平地说，"我没等多久，急着走便走了。本该留句话说明的。"

许是有外人在，她说话的声音轻了许多。

两个预备结婚的人，今朝初次见，本就有微妙的尴尬。在这样的场面里，竟还有个外人在……无论说什么，全落在了另一个人的耳朵里，实在别扭。

今朝她是主人，不该冷场的。

"你们喜欢咖啡，茶，还是什么？"何未主动说，欲招待他们，"我这里有可可粉，推荐你们牛奶可可，下雪天气，可可更暖身子。"

"我都可以，"白谨行回望身后人，"正式给你们介绍一下。"

远处的人应声而起："今天不该介绍我的，"他来到两人身旁，对何未礼貌点头，随即看白谨行，"你们两个初次见面，我这个外人在场不方便。你们先聊，我出去等你。"

言罢，他看她："抱歉，何二小姐。打扰了。"

"没关系，"她表现得更为礼貌，"既然来了，你们两个关系肯定不错，日后总要认识的。先坐吧。"

他重申："我去外面。"

言罢，离开了书房。

何未以为他说客套话，大雪天的，去外边等怎么可能。

见他当真出去了，她脑子空了几秒，随即叫："扣青。"

扣青自帘子后冒头，征询地看她。

"你带客人去西次间，泡杯茶。"那里不如卧室和书房暖和，但是紧挨着卧室的一间房，能借借卧室下的火道取暖。

"哪、哪个？"扣青回过味，"哦，那个。"

那个不省心的。

方才他们刚到，众人看两人皆戎装，不知谁是未来姑爷，凑在一处议论过：一个看容貌辨不出南方人还是北方人，但瞧得出是富贵乡养出来的，裹在戎装里的清瘦公子。这种人，就算他自己不想风流，也要时刻提防被人按到鸳鸯被里，不省心。另一个倒是君子端方，谦谦有礼，是那种就算有人觊觎陪坐，都不敢冒犯摸他大腿的人。

省心的这个好。

扣青默念着小姐好福气，跑去招呼不省心的了。

何未没看懂扣青的满脸笑意，不明所以。

“他说昨天晚上，你把他误会成了我，闹得不太愉快。今天本不想来，被我强行带来的。”白谨行的话，把她的思绪拽回到眼前。

何未摇头：“没有不愉快，只是个误会。你同学叫什么？从头到尾，我都没机会知道。”

“谢骛清。”白谨行说。

何未意外。

“你应该听过。”白谨行道出她的心事。

这个名字，很难没听过。

南方谢将军的第三子，也是最小的一个儿子，谢骛清。

如今北洋派分裂，南方同样乱了套，各自割据一方。那些昔日宣誓过的将军，大多忘了救国强族的初心，只记得坐拥一城一池的无上虚荣。

然，人分善恶，将有忠奸。有为一己之私欲、割据一方的司令，自然也有大义在心，力求尽早结束各地乱战，复兴华夏的将军。谢将军便是后者，亦是后者里的中流砥柱。

对这类人，她打心里敬佩。

父辈的声名仅是其一。

他家一门忠烈，叔叔和两个哥哥都是为护国战死的。家门显赫，却身先士卒，落得战死沙场的结局，这事传出来，有唏嘘的，暗讽的，自然也有心怀崇敬，谈及必颂的。

两个哥哥战死后，家里仅剩他一个儿子，本不忍让他再上战场，可惜看不住。他少年时被保送到军官学校，武昌起义那年，于学校消失，怀揣救国之心，隐姓埋名从军出征。他本就是学校里顶尖的军事奇才，用兵诡异，屡立奇功，于多地大败清军。最终，迎来了辛亥革命的胜利。

之后，他重回军校，才被人知晓消失数月间的事。

毕业后，学校强留了他两个月。直到一封急传家书送至保定，说谢将军在云贵被困于三面强兵，他当即南下，再扬名已是战报里那个连战连捷、统率一方的少将军。众人断言他经此一役，威望和战功兼得，不日就将子承父业，接掌谢老将军的全部军队。

于这盛名下，他却再度消失了。

直到……今天。

对她来说，直到今天，刚刚，她才知道了他失踪后的第一个消息。他消失那年，她刚八岁。算起来，这位谢姓公子消失整整九年了。

若不是白谨行亲口说，她无论如何都联想不到他身上去。

"他……"

"想问他去了哪儿？从他入京这几日，太多人问这个。"白谨行笑。

莫非真像传闻里说的，谢将军的宿敌出手，派人刺杀得手了？只是在传闻里，他早已离世，此刻竟安然坐于西次间。

她见白谨行不方便多谈，笑说："既是他，就不该简单招呼，"她对门外叫，"扣青。"

很快，扣青于帘后探头："嗯？"

"问他喜欢喝什么，吃什么，今日要好好招待一番。"

"他、他要了可可牛奶，"扣青举起怀里抱着的可可罐子，"我正、正要泡。"

不正是方才她推荐的，抵抗寒冷的绝佳饮品。

"那……快去。"何未怕客人等得太久，让扣青先去泡，余下的稍后再议。

在白谨行的示意下，两人先后坐到椅子上。

茶来了，均姜也留了个对新姑爷极为满意的笑容，抱着茶盘走了。走前，有意将推拉门关上，为两人留了封闭空间——培养感情。

白谨行是个极有效率的人，主动说明来意，约莫是他和何未一样，也是在今年，刚得知有个幼年婚约："我自军校毕业，始终在战场上，说是打了几年胜仗，却自觉毫无建树……"白谨行停住，似在思考如何讲下去。

他凝视着她，慢慢地说："我们这些带兵的，在自己的领土上拼死拼活，究竟为了什么，我找不到一个再去拼命的道理。不知这话，你是否能听明白？"

她微颔首，轻声答："四方割据，民不聊生。华夏苦战事久矣。"

白谨行未料到，一个久居京城、长在锦绣堆里的女孩子，竟也留意到了京外的乱世。

他又道："所以我早在年中，就决定远赴德国，和志同道合的朋友一起寻求救国之路，"他强调，"知晓婚约前，便有了这个打算。"

何未也未料到，一个以命拼出名声的青年将军，竟肯放下枪，脱下军装，告别自己打下的城池和功勋。

自巴黎和会后，五四运动带来了一场留学热潮。

大家都被挫败了，本以为清朝结束，就不再受列国欺辱，结果事与愿违。有志者，都迫切想寻求强国的路，她的许多同学都出去了，也曾听人议论过，许多的年轻军人脱下军装，辗转海外……没想到，面前人将是其中一员。

"但父亲的决定，我不愿轻易违背，所以问了父亲的意思后，先入京相见，"白谨行慎重看何未，柔声问，"何二小姐，不知你是否愿意，随我远赴德国？"

何未被问住。

其实……去德国不难，尤其对她来说更容易。何家船运做得大，早已遍布四海。

况且留学终有归期，不会太久。

可她不晓得是被什么拽住了似的，点不下头，开不了口，将一杯茶喝到底了，还没主意。

白谨行微笑看她，并不着急，反而带着歉意说："刚见面就问出这种问题，太荒唐是不是？"他说，"来前，我还怕你直接起身走掉。眼下你坐着不动，早超出我的设想。”

何未犹豫再三，决定对他坦白：“将军高志，我愿成全。可要真心问我愿不愿意跟你远走异邦……实话说，我答不出。见你前，我以为结婚是个简单事，好像今日一见……并没想象的简单。但二叔的意愿，我不想违背。”

她想了想，问他：“你准备何时动身？”

他答：“正月，父亲叮嘱我，务必在离京前，见何叔叔一面。”

何未轻点头，不用等正月，二叔下个月就回来了。

时间如此短。她心神难定，没了主意。

白谨行温声说：“我有个建议，你且听听？”

何未对他的人品有十足的信任，于是点头，等他说。

“这是旧时的婚约，权当我们相识的缘分。这一个月，我留在此地，一个月为期，我们以朋友之礼相待，等何叔叔回来，你再做决定。”

如此，算给了她缓冲的时间。若投缘，便可成婚；若无缘，总算相处过，二叔和白家老爹都可应对。

何未再点头，同意了。

两人静下来，各自喝茶。

“说说你路上来的情景吧，”何未打破安静，主动说，“我还没去过西北。”

提及西北，白谨行笑了。他讲起西北形势，还有路上的趣事，很快将沉默带来的一丝丝尴尬化解掉了。推心置腹地聊过，两人比先前更熟悉了，说话都轻松随意了不少。

何未想到西次间等着的贵人，将一个困惑说出来：“从昨夜到今天，你都让谢公子见我，是不是有特别的原因？”

白谨行如此守礼的人，没道理初见未婚妻，就带着一个老同学，一次算偶遇，两次必有特定的缘由了。

他没否认：“这件事，需他来说。我去叫他。”

白谨行出书房，叫了谢骛清过来。

谢骛清喝完可可牛奶，在院子站过一会儿，此刻回来，往有火道取暖的书房一走，一步一个清晰的雪水印子。

何未以为他要坐回原位，眼看着他以目光丈量、打量了一下四周的椅子，最终挑了离自己最远的地方，落座。

下次来，为你在门外置把椅子算了，何未想。

他凭着敏锐的第六感，在何未目光投过来的一刹那，看向她。

何未想笑，移开视线。

谢骛清似乎没明白她的笑意从何处来，静了一静。

不得不承认，一个真实名字，为他披上了戎马岁月的浮光，人也显得更挺拔了。

他的军装承袭护国军的式样，是笔挺的立领。估计他在进门前以两手拢过短发，被雪打湿的黑色短发被拢得不再板正，比刚刚随意了不少，疲惫感也少了。说实在的，他当真没有一丝一毫在战场上历练过的风霜感，眉目间的清秀，让他的克己和冷淡都变得亲切了不少。

因要谈话，难免对视。

“刚刚知道你是谁，我要如何称呼你？”何未轻声问。

院子里人多，因他身份特殊，她的声音有意压低了。

“可以跟着白谨行，叫我……”他想了想，直接道，“直呼名字就可以。”

她以为他用表字“山海”，是为了避开真实姓名，难道不是？不过也对，若不是谢骛清出现，昨夜在六国饭店，怎会有众星捧月的场面。

“刚刚我们聊过，”白谨行看好友，笑道，“你现在可以开门见山，说明来意。”

何未带着好奇心，等他说。

谢骛清沉吟片刻，道：“百花深处和今日的拜访，都为同一件事。谢某想问何二小姐买两张船票，”他说，“这周出海的，你们何家客轮的船票。”

她以为是要事，未料却是一件极容易办的小事。

这周客轮的船票虽早卖空了，但她是主人家，总有办法。

她默算着手里留的几张特等票，边想着边说：“这个好办，今晚我让人开出船票，送去六国饭店。可惜你问得太晚了，只剩单独的两个小房间，没有套房。”

谢骛清缓缓点头。

如果仅仅为了两张船票，不用他亲自登门，让白谨行问一句即可。何未仍有不解，刚要再问，他先抬眸，低声道："送票前，我想先讲清楚，我如今在京中的处境。"

何未见他目光严肃，轻点头，说："好，你讲。"

"名义上我是入京的贵客，其实，是来做人质的。"谢骛清的话比她想象得更直白。

近年来，谢将军作为南方的主力军领导之一，数次发表救国言论，责问战祸源头，早就引得四方不满。大家牢骚满腹，却对这位将军无可奈何。谢家虽男丁凋零，儿子们不是战死就是失踪，四个女儿却嫁得好，且足够齐心，成了娘家背后的支柱。没人愿意先下手，得罪他们。

直到上个月，谢将军小女儿携幼子出游，忽然被"盛邀"入京。昔日被骂得狗血淋头的督军们，想凭借这一女一孙，牵制住谢老将军和他的亲家们。五家震怒，发电报，责令尽快放行，这边则回电谦卑礼貌，极力安抚，更是视一女一孙如上宾，锦衣玉食地款待，万般皆好，唯独不让离京。

如此僵局，在数日前被打破。

消失九载的谢骛清以"观逊位皇帝大婚"为由，在六国饭店露了面，宴请数位父亲的昔日"老友"，于觥筹交错间，表示要在京城住上一段日子。言下之意，自己留下，放姐姐和外甥离京。

对那些老狐狸来说，谢家竟让深藏多年的独子来换人，算低头认错了。

酒宴上，大家相谈甚欢，答应放人。

谢骛清想让四姐带外甥走陆路，走得越快越好，怕再生事端。临行前，他改了主意，认为水路更妥当。走水路的话，毫无疑问，何家客轮最安全。这便是他昨夜去百花深处的原因。

何未担心地问："他们当真答应放行了？"

谢骛清微微点头。

他们只想让谢家闭嘴，不要胡乱掺和，没道理把人逼到绝境。

“何止答应，”白谨行笑嘲他说，“还筹谋拉拢他，佳人贵胄轮番来，夜夜笙歌，只想他醉在胭脂堆、荣华洞里。”

他住的地方是出了名的桃花源、逍遥境。光想，便能想出这几日的旖旎风光来。

谢骛清不禁一笑。

从昨夜到今日，他头一回笑，笑里有轻蔑的神态。

谢骛清终是拨开迷雾，讲明了来意和处境。

他不再板正坐着，靠到椅背上，一只手臂不自觉地搭在扶手上，隐隐显露出为将的架势。其实他讲述的过程里，十分平静，并没有任何压抑情绪，好像不大在意眼前的处境。

差能差到哪里去，这个男人早在生死场上走过太多回了。

“既然他们答应了，你为何说得像要连累我一样？”何未问。

“你们家根基在这里，”他提醒这个太过年轻的女孩子，“和我有联系，麻烦不会少。”

这是事实。不过——

“我愿意帮谢家的人。”这是真心。

每日场面话说得多，唯独今日这句，毫无修饰，带着钦佩之意。

何未说了，反倒后悔。她怕过于直白，让他误会她想借此拉拢谢家，更不想瞧见他刚才的轻蔑神情。

谢骛清轻声说：“多谢，”顿了一顿，跟上称呼，“何二小姐。”

何未轻摇摇头，对他友善地笑了笑。

人走前，雪已停。

她喜穿白色和奶白色的衣裳，昨晚是，今日仍是，不过今日在周身白里，绑了条碧青色宽绸缎当腰带，格外醒目。发梢过肩头一点儿，额前有刘海，在家的她，十足少女模样。

何未立在抱厦的屋檐下，目送他们。

谢骛清和白谨行并肩而出，副官们早等在院门处。其中一个年轻副官递了信给谢骛清，他撕开封口，抽出纸，粗略看了两眼，确认不是急事后，递还回去。他一来一去收递信，余光自然看到她还留在原地，远远朝这边点了下头，再次告辞的意思。

她抿着嘴唇，轻点头。

看他手里的信纸，她后知后觉猜想：他的俄公使一面，原来是因为想求船票，怕开罪了客轮主人，不好谈。

如此一想，谢骛清的所有行为都有了合理解释。

再合理不过。她告诉自己。

第二章 灯下见江河

谢骛清之所以着急和她要船票，是因为这一班就是何家今年最后的一班客轮。

船从津港走，那里是北方最大的港口。和南方的码头不同，天津港一到冬天就要河面结冰断航，直到来年春暖冰化，才能有新一班船出港，所以一年只有三季通航。别的航运公司通常在秋末结束航运，何家最晚，结束在十一月。

今年有特殊原因，硬生生把出海的日子拖到了今天。

她在船开前一日到天津，入住利顺德大饭店。这是英租界，乃至天津最好的饭店，因为离港口近，不只她，这班客轮的旅客都在今夜入住此地。

餐厅热闹得像过年，更像贵客们的小型聚会。

而何未这个船主人挑了最不起眼的小桌子，临着窗，和莲房吃饭。

莲房初次随她出京师，见什么都新鲜，但柔柔弱弱的性子，不敢直接看，偷瞄上一眼，便开心了，朝她一笑。何未晕车，撑着下巴毫无食欲，唯独被她的笑感染了，轻声道：“晚上带你逛使领馆那边，有一整条街的好东西。”

话音未落，全餐厅的人都被忽然的热闹吸引，望向西北角的屏风。

何未顺着看，眼瞧着谢骛清身着戎装，带了两个青年军官在身后，走向三面屏风围拢的地方——那处有两个大八仙桌，围坐了不少的人，明显已等候多时，见他露面全都起身相迎。

一时间，有握手的，寒暄的，还有为他拉开椅子的。

他于热闹中，走到另一边落座，她这个角度看不到了。因贵客已入席，热闹的迎接没了，那个角落也归于安静。

他的处境比她预料得好，名义上还是贵客，能被放到天津送姐姐和外甥登船。

“谢公子没看见我们？”莲房问。

“瞧不见吧，”她说，“离得远。”

何未晕车没食欲，见莲房吃完，很快离开了餐厅。

未料，一出门，再次见到了熟脸。六国饭店递信的小男孩儿立在电梯前，像在等人，小孩身后有几个肃穆的青年人。何未瞧见他，他板正的脸上终于有了波澜："姐姐。"

倒是个有礼貌的孩子，何未笑着轻点头，往楼梯去。

"姐姐，"小男孩儿不悦，"你去哪儿？"

……

"回房间。"她好脾气地答。

小男孩儿眼睛往地面瓷砖上瞧，显然对她的态度不高兴了。

何未折回去，半蹲下身子，主动认错："以为你在等人，就没想着过来说话，"她笑着哄他，"你说巧不巧，我一出来就撞见你了，咱俩真有缘。"

"一点儿都不巧，"他不悦道，"母亲让我找你。"

她不解："找我做什么？"

"母亲说，何小姐为了送我们离开那个荣华洞，费了不少心力。她想请你喝下午茶，亲自表示感谢。"他学妈妈的话。

若对旁人，她能找到无数借口推辞。

这艘船上的客人都尊贵，她作为船主人，拜访这个，不拜访那个，被传出去肯定得罪人。不过今天例外，她对谢家的人有天然的好感。

何未让莲房先回二楼房间，跟小男孩儿进电梯，往三楼去。

房间在三楼尽头，是个大套房。

"母亲在打电话，很快出来。"小男孩儿没进来，替她关上了房门。

何未在里屋的轻言细语里，坐到茶几前。那里已经摆上了银质的餐盘和茶壶、茶杯，只等招待她这个客人。里头，女人以方言讲着电话，偏巧她听得懂。

"我倒没受多少的委屈。说起来，真要感谢他们，得了不少宝贝……老狐狸们这些年，不知道从太监手里囤下多少玉器。我闹个脾气，他们便送一样，算攒了些值钱东西，正好给父亲充作军用。我们添补些，还能给清哥儿置办个新宅子。家里是有，这边没有啊，他总住饭店不是回事吧？"

清哥儿？谢骛清？

"若不是带着幺幺，我断然不会走。你不晓得，清哥儿被多少……"话音低了，听不分明，接下来，完全没了声音。该是打完了。

里屋女人走出来，露面的一刹那，脸上神情变了好几变，先是见着何未的善意笑容，随即讶异，再之后困惑："你不是见人去了吗？"对着门口说的。

何未循声回头，他不是在西餐厅吗?

谢骛清正脱了军装外衣，递给门外的副官，明显不是刚进来的："打电话，记得关门。"他平平静静地说，坦坦然然地坐，却让屋内的两个人全落了尴尬。

谢骋茵与他生得七分像，眉眼尤其是，白皙的脸转瞬红了，喃喃着："何二小姐不是外人，是恩人嘛，"显是觉得错了，解释给弟弟听，"没说不妥当的话，不过说你被人骗去房里……"

这话，成功还击了谢骛清，让他跟着尴尬了。

谢骋茵见弟弟脸色，寻思着，恐怕又得罪他了，于是安慰道："男孩子嘛，名声固然重要……可你自来就招蜂引蝶，放心上做什么？下回当心些就是了。"

谢骛清手肘撑在沙发扶手上，手虚拢着，撑着脸，盯着谢骋茵瞧。

自船票送到饭店，四姐日提夜提，想见何家二小姐。他连番警告，以为到天津没事了，未料一个不留神，让她得了逞。

谢骋茵被看得心虚，自然理亏，转而对何未柔声问："我说得有道理吗，何二小姐？"

何未欲作走神都不行，被唤了名字，礼貌地轻"欸"了声。不晓得在"欸"什么。

这回，换谢骛清看着她了。

"是要当心……"何未自觉不大妥，赶紧加了几句话，"不过这种事，度其实不大好把握的。反应大了，被人说自作多情，反应小了，自己要吃闷亏……"

谢骛清仍静看她。

初见那夜，她便想，他的眼像夜里的什刹海。照见什么，便映出什么，瞧不出底下究竟压了什么……现在更甚。

"清哥儿精明得很，不大能吃亏的，"姐姐接话，"不怕吃亏的男人，那是本身就没多大能耐和资本的，别说吃亏，就算被人吃了，也亏不了多少。"

何未险些被逗笑。谢四小姐比她想象的有意思多了。

姐姐随即感叹："我们清哥儿就不一样了，被人吃一口，那就亏大了。"

谢骛清转而再看四姐。

他从进门，仅仅说了一句话七个字，就引得她们聊到这里，也是不容易。

"所以想来，我父亲禁他夜里出去，还有些先见之明。"四姐姐又说。

何未又应了声，陪着聊："谢将军家规一定极严。"

谢骋茵笑说："是啊，父亲他拥护新制度，尤其拥护一夫一妻的婚姻。对清哥儿这方面，管得是多。"

"谢老将军……是个跟得上时代的人。"何未努力表达赞誉。

谢骛清懒得再阻拦，闲闲地跷起二郎腿，靠在了椅背上，看她们到底能聊到何种程度。

何未其实早就觉得不妥，无奈他四姐兴致正高，不得不陪聊……她也靠在了椅子背上，却是规规矩矩，面对长辈的姿态。

谢骋茵笑吟吟见并肩坐着的两人："听清哥儿的副官说，你去过百花深处？"

"对，"何未答，"有一晚……去过。"

她不想说得含含糊糊，可总不能报上具体的日子。

谢骋茵似想到什么，好奇心大起，欲要挨着她坐下。

谢骛清忽然坐直身子，伸出手臂拿茶壶，偏巧挡住了四姐的脚步。他倒完茶，又拿了纯银的盛奶杯，将乳白色的液体倒入茶杯。随即，把杯子推到一旁——她的面前。

何未见面前冒出一杯奶茶，如获大赦，马上两手捧起白瓷茶杯，借着喝的动作，逃避他姐姐过于深入的闲聊。

谢骋茵旁观着，悄悄观察这个年轻女孩子，弟弟喜欢海棠，西府海棠。这女孩子周身白衣里的脸，可不正像雪托着的，寒冬微绽的海棠。

"我有个没打完的电话，"她忽地没了聊天的想法，柔声道，"你们先坐。"

说完，谢骋茵没往里间走，径自出去了，临关门前像怕何未走掉一样，热络地问："何二小姐不忙的话，等我回来？"

“不忙，”何未摇头，“我来天津没大事，只为了看客轮起航。”

门在眼前，关上了。

何未闻着茶杯飘出的奶香，瞧了一眼邻座沙发上的谢骛清。

两人头回坐得近，竟不大习惯。

“刚才在餐厅见到你了，”她对他一笑，“你没看到我。”

其实看到了。她极好认，冬日里，尤其在北方，少见喜欢穿白色衣服的女孩子。

谢骛清拿茶壶，为自己倒茶：“人太多，没注意。”

“是啊，人好多，”因为都是客轮客人，她这个船主人自然心情大好，“今年最后这一班客轮人格外多，大家都不想等几个月再回家。”

他靠回到椅背上，静听她说。

何未想想，客轮的生意和他无关，他该不感兴趣：“你来过这里吗？这家利顺德？”

“来过，”谢骛清回答，“十几岁的时候。”

你十几岁？那是我几岁？何未欲追问，细细算，但没好意思。

思来想去，“哦”了声。

“这里的填料鹌鹑和龙虾不错。”她又说。

他点点头，表示知道了。

“就是位子不好订。”她想提醒他。

这种地方，钱搞不定的，毕竟政要多。

何未喝过半杯，把杯子放回去，发现谢骛清刚才倒的茶，始终没喝。谢骛清为她又添满了茶杯。

“谢谢。”她轻声道谢。

他顺手打开茶几上的雪白餐布，从里面裹着的一套餐具里挑出银叉子。

“如果你想吃，晚上让人给你安排位子，”他没看她，以目观察碟子里的四个美貌胜过口味的小蛋糕，“作为船票的谢礼。”

“不用，我晚上有事。”她摇头。

估计因为船票没收钱，让他觉得欠了自己的。何未对他解释：“我们家每个客轮都留有特等票，就是为了送给家里的朋友。每年往来十几趟客轮，我送出去的船票要有上百张了，”她笑，“给每个人都是送，不收钱的。”

何未想想，又补充道：“而且你是白谨行的老同学，不看僧面看佛面。”

谢骛清没回答，点点头。

他最终哪个都没选，放下叉子：“晚上准备去哪里？”

“准备带家里人逛个好地方。”

她想避开船客们，带莲房去商业街。

谢骛清再次点头。他把衬衫袖口的纽扣松解了，挽了两折，边整理袖口边问：“去的地方熟悉吗？”

“这里我常来，哪里都熟，”她说，“莲房没来过，想带她去大使馆附近走走，买个帽子。她喜欢帽子，自己舍不得买。”

他凭着这几句话，料她要去的地方是法国大使馆附近的商业街。

天津在 19 世纪就是通商口岸，商业发展极好，那条街上，大小商店密密麻麻排了一长条。他擅长巷战攻城战，经验丰富，走过的路绝不会忘。有过什么建筑，高矮如何，是否有最佳射击角，是不是适合设伏……不必深想，整条街已浮现眼前。

那个商业街有个十字路口——

有个两层帽子店正在十字路口的东南角，女孩子应该喜欢。

“注意安全。”他提醒她。

“没事，”何未笑着说，“逛街而已。”

谢骛清用手指蘸了杯中的水，在茶几上写下一个号码，三位数的。他写完看她，何未领会，轻点头。她常住此处，认得出，这号码不是房间里的。

似怕她误会，他加了句：“我既在天津，应该替老白照顾你。”

他不再多说，立身而起，进了里间。

这间房是他的。四姐住隔壁，屋里没电话，刚才是借他这里给家人报平安。所以四姐眼下在何处继续那所谓的“没打完的电话”，不得而知。

谢骛清一进屋，和往常一样顺手解军裤的皮带，突然感觉不对，停了，重新扣好。他刚才在餐厅懒得应付那些人，借故走开，想回屋子里透透气，顺便把好久没穿过的军装脱了，换西裤衬衫……没想到屋里不只有四姐，还有先他一步离开餐厅的何未。

眼下一个年轻女孩子在外间，换衣服是不可能的了。

必须找一件适合又不会引起门外众军官们遐想的事情做，谢骛清环顾房间，决定拿几份报纸出去，两人分着看报。

他刚够到盛着报纸的篮筐，电话铃声骤然响起。

他接了，带着数日未好好睡过的疲倦，低低“喂”了声，随即把电话听筒夹在脸下，开始翻报纸。

“清哥儿，”二姐在电话那边柔声、带着几分好奇地问，“听说，你房里的女孩子，漂亮得像西府海棠？”

谢骛清手停住，冷淡地说：“喜欢海棠的话，改日我让人送去你府上。”

“九年前你都为国捐过躯了，今日，当为自己活一回了，”二姐姐轻声道，“这两张船票可不是举手之劳的事情，在这时局里，人家女孩子是冒了风险的。你当知恩。”

……

屋外头，何未实不想听，却不得不听。

先是听到一句送海棠，她联想到，既然送花，应该是送给女孩子的。

谢骛清像在肯定她的想法，跟着说：“没必要见到女孩子在我身边，就胡乱想。”

隔了会儿，又承认说：“是，我和她单独在一个房间相处过。”

何未联想到白谨行说的胭脂堆、荣华洞，复又想到谢四小姐说的，谢骛清被人骗到房里的事。她约莫猜到，此刻屋里的人应该被准女朋友误会了，正在费力解释。

……

谢骛清听着外边刀叉触碰的细微声响，约莫知道，她开始吃东西了。

谢家只有一个被众人保护的角色，就是四姐，不是他。四姐认为这里不像在六国饭店一样被监听，想说什么便说什么，反倒能解除那些人的戒心。谢骛清不一样，他所说的每句话，都在心里走上几圈，因为晓得隔线有耳，隔墙同样有耳。虽然墙外旁听的人，对他来说还只算个刚长大的女孩子。

“那晚的女孩子是什么来历？”谢骋如转而关心他的风流事，“父亲若听说了，我好知道如何替你讨饶。”

“不是很清楚，”他平静道，如同也在聊着一段露水，“一夜的事，不会有下文。”

“人家若动了真心，再找你，你预备如何办？”二姐声音里，夹杂着担心。

从这表露的语气，他明白，那夜遇袭的险情，二姐已知晓了。

他不大在意，说：“在我这里动真心，都是有来无回。打发得十分干净，不值得二姐问。”

“是吗，”谢骋如略安心，“那便好。”

“二姐若关心我，”他说，“不如帮我接一个在天津的女孩子，过去的同学，眼下在这里做医生。你见过一回，姓秦。”

“那位小姐？”二姐领会他想要找一位医生上门，柔声道，“这人我记得，后来单独找她喝过茶……你啊，该收心了。风流要有度，这个度过了，会惹麻烦的。”

“只是许久未见，难得来天津，聚一回。”他说。

……

同学和姓氏都是随口讲的，重点在医生。

他受伤的事必须压下来，若被张扬出去，势必让人认为谢家不过是纸老虎，独子一入京就差点儿毙命，那日后全要欺负到谢家头上，家人再难安宁。

此事没让四姐知道，是不想让她认为弟弟为换她走，被困于险境，因此而伤心内疚。所以他瞒了几日，以送姐登船为由来了天津，正想晚上找机会寻个医生，既然二姐先知道了，省下他不少事。

谢骛清挂断电话，接着翻找篮筐里的报纸，挑拣了四五份，在手里掂了掂，最后减成一份。不能让她坐太久，免得让监看的人误会两人关系亲密。

但此刻让人家走，怕她和小外甥一样小孩子心性，多心多想。如果只给她一份报，他在一旁陪坐，没多会儿她必然觉得无趣，主动告辞。

何未在外间，先领悟到电话那头是他二姐。

再听，却更料定，他完全不像谢四小姐说的那么……纯良。

谢骛清拿着份报纸露面，两人乍一对视，她脸热起来。人果然不能做偷听的事，心虚得慌：“我想起来，有两位客人想换房间，他们这些人喜好不同，房间摆设都要换。还是要去看看，不然定不下心。”

她拿起餐布，认真把茶几上残留的水迹擦了：“帮我和你四姐姐解释下。”

全程都是她说，谢骛清看着她说。等她全部说完，他把报纸搁到茶几上：“我会同她讲。”放完，一手斜插在长裤口袋里，　于替她开了门。

何未从他眼前过，抬眼欲告辞，见他低下头来瞧自己。

她想了想，说：“晚上有茂叔陪着我和莲房，不会打扰你。”

本想说你难得来天津，安心和朋友聚，但转念一想，这不是坐实了自己在外头听了全程。当然，她在外听，他必然知道，人家都没想着要避讳。

谢骛清不知怎的，被惹得笑了，那双眼睛直视于她，笑着、低声说：“好。”

谢骋如顾念弟弟的身体，急着将事办了。

谢骛清洗完热水澡，人便来了。他直接穿着白浴袍开门，见走廊灯光照着的一张格外漂亮的女孩子的脸，晓得“老同学”来了，于是问：“二姐派车送你来的？路上可遇到什么麻烦了？”

“没什么，”女孩子以方言，轻柔道，“就是来前喝了两口酒，怕要借住你这里一晚。”

他笑而不应，挪开身。

人进来，门落了锁。

朱红色窗帘早早被拉上，灯仅有一盏，被他挪到窗边，不至将人影照到窗帘上。无风吹、无影映的窗帘，静得让人心慌，仿佛两扇高耸的朱红大门，随时要被人撞开似的。

女医生打开手袋，有条不紊掏东西，毕竟临危受命，又是少将军受了伤，很快额上便出了汗。方才她以目诊病，他该在发烧。

谢骛清坐进棕红沙发里，身子陷在里头，靠在那儿，眼前的景象已经不大清楚了。他在低暗的黄光里，感觉一只手摸上自己额头，耳边有女人问，能不能看下伤口。

他拉开浴袍，给对方看。

天黑后，他烧没退过，怕被人发觉异样，晚上喝了不少的酒，但意识仍在。他冷静提醒这个因见到伤口而错愕的女医生：“进去换一件睡衣。”在里屋，早准备好了。

对方应了，换了睡衣出来，见他已拿了一份报纸细读，是避嫌的做法。

谢家人用的医生，多少都受过谢家的大恩情，值得信任。这个医生亦是。她今日初次见这位谢家门内的少将军。她想到照顾他多年的人给的评价，谢骛清此人少了许多常人应有的情绪，不畏生死便罢了，为将者当如是。一个战场上的将军，不知怒为何，天大的事，都可云淡风轻对付过去，天大的仇，也能平静讲述。

人的心湖不见波澜，自然不会显露在面上……眼下便是。

这么吓人的伤口，竟像在别人身上，和他无关似的。

他身上有两处伤，一处在腰上，一处在右上手臂，手臂处的伤深可见骨。这是如何做到不被人察觉，且行动自如的？难道伤惯了，真能麻木？女医生心惊于此，准备处理伤口。她怕麻药不管用，主动用家乡话闲聊，分散他的注意力：“天津这两日来了许多政商要员，都在这家饭店。”

“我不是第一次处理这个，”他识破医生的意图，“无须讲话，做正事。”

对方应了，低声说：“带来的药，怕——”

“怕什么，”他看着报纸说，“死不了。”

何未没骗谢骛清，确有客人要换房。

不过何家每年支付丰厚薪水，雇了专人处理这种事，根本用不到她。

她让茂叔备下车，出发去法租界。

茂叔放她们在街头，两个女孩子走到十字路口的两层帽子店，天刚黑，帽子店竟打烊了。她今晚来一为正事，二为闲事。正事的话，茂叔正在办，闲事便是给莲房买帽子。这两样事情的时间早算好了，她们至少要逛半小时，茂叔才能回来。她思考着，离这里不远，有一家马聚源，倒也是盛名在外的帽店，只是以男人帽子为主，女帽的品类不多。

旋转门旁有个带半扇玻璃的绿漆木门，没上锁，那后头立着个中年男人，透过玻璃看到何未和莲房，把小门拉开条缝：“敢问二位，可是何家的人？”

问得她一怔。

“老板交代过，让我在这儿等两位。香港过来的电话，订了时间。”

是二叔。她会心一笑。

莲房受宠若惊，自责说，先生远在香港谈生意，还惦记着这么件小事。何未笑着推她进去，让她尽情逛。因二叔给的惊喜，此行在莲房心里变得格外隆重。何未为配合二叔的心意，一鼓作气买了六顶，都是最时兴的下午茶帽和钟形帽，准备回去给大家分。

帽子不大，盒子却不小。店员热情地将六个大盒子摞起来，堆在车上，送出去。

路灯旁，茂叔已等候许久，见她身边有外人，不急不缓走过来，轻声对她说：“法租界忽然封了，我们出不去了。”

她意外：“全封了？”

茂叔点头：“出了事，租界里在查人。”

“早知道不逛帽店了。”莲房内疚。

“你逛不逛帽店，我都要用这些时间取货，都一样。”茂叔安慰莲房。

她轻声和茂叔询问，能用的手段都被试过了，全没走通。最主要他们的货很私密，不可张扬，许多的关系没法儿用。

店员把帽子盒装上车，看他们戳在那儿，好心安慰，让他们先找个地方住下。何未对店员感激笑笑，心下却像烧了一把火，灼得她背后冒汗。

自己留在这里住一晚没关系，客轮运营不靠她，她在或不在，明早都照常发船。她着急的是取出来的两箱货物，必须送上客轮。这一错过，就要来年春天了。

于半黑暗的路旁，她瞅着青色油漆刷过的路灯杆子，想到那个号码。她低头看腕表时间，这时候，他应当在重温鸳梦……不该贸然打扰的。

可此事人命关天，容不得耽误。纠结权衡下，她决定试试他这条路。

何未寻了个有电话的餐厅，给了服务员小费，把电话挪到门外，拨了电话。

“喂，你好，”接通后，她主动、轻声说，“我是何未，想找谢骛清。”

如她所料，电话不在他的房间，接电话的自然也不是他，成熟男人的声音礼貌而简短地回答：“请稍等。”

何未靠在金属门边，等回音。

几分钟后，听筒再被拾起：“何二小姐是否在法租界遇到了危险？”

“没有，没有危险，”她快速说，“法租界关闭了，我被困在这里，想回去利顺德。一共六个人，需带两箱货物走。想问问……你们有没有什么法子？”

对方问她要具体所在的地址。房间里还有旁人，低声提醒说，只要地址没用，进不去的，需在租界口见。

于是中年男人改口，让她在租界的北口等。

“我个人没危险，请务必转告他。”何未轻声强调。

就算天大的事，她都不愿造成误会，用自己身处险境的理由，迫使他出面。

“卑职明白。”

电话挂断。

何未怕惹人注意，让大家留在距北口三分钟车程的小路上，她独自走去租界口。今日租界封闭紧急、毫无征兆，不只她，还有不少人在木栅栏前，反复和法国兵沟通，人心惶惶。

栅栏被油漆成白色，在夜里极醒目，像一张巨大的蜘蛛网，等待网罗要抓捕的人，令人不舒服，阴森森的。

何未立到最边角，在吵闹不绝里张望栅栏外的路。天晚了，租界外店铺的灯全灭了，远望着，除了黑不见任何景物。

直到几道车灯的光，照到路面上，才算有了光。

车依次停在路口，先下来了七八个人，有一个外国人面孔，余下不认识。只听得车门几次撞上的动静，再有数人下了车。何未被栅栏和车旁的人影挡着，瞧不分明，但认得出其中一个男人的身形轮廓是谢骛清。真是奇怪，两人并不熟。

随同的外国人跑近，短暂沟通后，栅栏打开。

谢骛清独自一个人走向这里，他单臂绑着白绑带，吊在脖子上，因为手臂受伤没法儿穿衣服，肩披着西装。副官追上，想给他披上厚外衣，被他挡开。

何未不自觉向前迎了一步，立刻有两支长枪推开她，黑黝黝的枪口直接对上了她的脸，近到能闻到火药味。她不敢再动，盯着那小黑洞，呼吸越来越慢……

谢骛清因要进租界，和人有协议，身上没带枪。

他见远处的何未被人以枪指着，脚下的步子没停，轻对身后一挥手，车灯立时打开。在刺目的车灯里，车旁人全从后腰拔了枪，猫腰闪到光之后，一副要开打的阵势。他们这些人跟着谢骛清一出省，就把脑袋拴腰上了，完全不管什么杂碎的法租界……

“快放下，误会，全是误会。这是客人，客人！”负责沟通的外国人呵斥出声，高举着手里的特许通行证，就差把通行证按到法籍长官脸上了。

长官见通行证，拿到手里细看，即刻低斥了两句。在长官的呵斥下，法国兵先后放下枪。

何未马上退后，离开危险区域。直到谢骛清走过被挪开的栅栏，站到她的眼前。那对漆黑瞳仁像浸了冰水似的，先看法国兵，逼得他们悉数让开。

他这才望过来，像把她笼在了目光里。

“吓到了？”他竟然笑了。

……

谢骛清对她伸出了左手。何未见他眼里没冒犯的意思，约莫懂了。

她抬手要抱，被他身前吊着的手臂挡住，不得不状似柔弱地低头，从西装下抱住他的腰。脸就势贴上他的衬衫领子，属于一个男人，一个受伤的男人才有的混杂着皂香、酒气和外用药物的气息包拢住她。她脑后，他的掌心压到上头。

烫得不像他的手。

两人其实都没抱实，看上去热情似火，除了她的脸靠在他肩上，身体尚隔着一段隐秘的距离。她毕竟还是个没和人亲密过的女孩子，手摸着他后背的衬衫布料，一动不敢动。这便是……逢场作戏吗?

“还要……做什么？”她以只有他听得到的声音，征询他。

耳旁有时重时轻的热息，来自他:“不用。”

……

谢骛清移开压在她脑后的手，松开了她。

“想住哪里？找个你喜欢的地方。”他问，声音平常，说给旁人听的。

住哪里？她没回过神。

“就算有通天的本事，此刻都出不去，”他告诉她，“明早，我替你申请了提前离开的通行证。今晚，我们住在法租界。”

栅栏被抬回原处，负责沟通的法国人都没进来，当然也包括外面他的人。

她随后明白，他为她的一通电话，独自一人进了这个——今夜只能进，不可出的租界。

“车灯光……”她轻声和他交谈，装着小情人的语调，“原来能做躲避物。”

那一束束灯光真是好东西，照得敌人睁不开眼，还能隐蔽自己。

“没见过？”他笑问。

她“嗯”了声，头回见深夜对峙。

“晚上给你慢慢讲。”

谢骛清不再逗留，背对栅栏，走向租界深处：“车在哪里？”

她指右侧路口，刚才的逢场作戏让她不自然了两分钟。但很快她就自我开解，只当是老同学之间的交流，新时代了，碰上格外热情的同学，如此拥抱也有可能……

他始终没回头看。她留意到，租界外的汽车灯光还在，他的部下们想必担心他，不愿离开。“我没想让你过来，”她以为来的会是接电话的男人，“你现在太特殊了，独自一个人在租界，没人能保护你。”

他倒不是很在意这个。

老头子们留他在这里，是想封他父亲的口，如果他死了，不只没了牵制的东西，还结下了生死大仇，不划算，所以必然会想办法保护他。而那些藏在暗处，想借此机会让他客死异乡的魑魅魍魉，应该来不及闻着血味追过来，毕竟此刻，想出入法租界难如登天。

“别人来，未必能解决你的困境，”他告诉她，“我来，最方便。”

“一个谢骛清就是一个团？”因为他冒险而来，她心里待他更亲近了，不觉开起玩笑。

谢骛清摇摇头，侧过头，看着她的眼睛说：“至少值一个师。”

她被引得笑了。

他言归正传："先找住处。"

谢鹜清同她并肩而行，始终保持着一人距离，用礼貌划清了距离。

茂叔等得焦急，见她带着谢鹜清出现，难免惊讶。何未轻声说："今夜没人能出去，我们需找一家饭店住。"

茂叔领会，为他们打开轿车门。

何未同他坐进车里，隔开了外头的严寒和租界口窥视的目光，她放松了，关心他的胳膊："你这伤怎么来的，严重吗？"不是见佳人吗？何至于伤到。

"小皮肉伤，一个意外。"

他简单说，无意多谈。

"去法租界最好的饭店，"车刚启动，谢鹜清就对前面茂叔说，"务必订一个情侣房。"

茂叔方向盘险些没握住，但还是很快领会了意思，顺便从后视镜仔仔细细看了一眼未来姑爷的这个有名的谢家独子老同学……

茂叔虽因为货物的特殊，不便动用太多人脉出租界，但找个饭店还是极方便的。

他们只开了同楼层的两间房，一间给她和谢鹜清，另一间则住着两箱货物和全部跟随而来的何家人。大家一夜不睡不重要，人不能分散开，避免人或货物有事。

法国人的酒店内装潢，远比英租界的浪漫。

满室贴着金浮雕的家具，墙角有鎏金座钟，抬头是水晶吊灯，窗帘也是暗金色，窗帘下坠着长长的绳穗……更别说那张看上去就能睡四个人的柔软大床了。

窗边的墙角，有一个深紫色的丝绒沙发，单人的，沙发背上以金线绣成了一朵绽放到极致的玫瑰。谢鹜清仿佛看中了这个沙发，从进门就坐定，再不去别处。

一为避嫌，二不想离太近，让她察觉身体的热度。这一次似乎烧得格外凶狠，酸痛从骨头缝里蔓延开，不过，有伤口的疼压制着，还算好。刚被去了不少腐肉，正疼得兴起。

何未要人送了水果和茶水来。

人走后，见他没挪动的意思，给他倒茶："这家具，像19世纪的。"

“要再早些，”他陪她聊，“像路易十六的喜好。”

何未惊讶看他。

“以为我只会打仗？”谢骛清靠在沙发背上，完好的那只左臂撑在扶手上，远远望着她，说，“你还在咬糖葫芦的年纪，我已经开始上列国君主制被推翻的课程了。”

想了解他们为什么被推翻，先要摸透他们的奢靡习性。君主制的集权，以举国财富来打造宫廷摆设。

她抿嘴笑着，小声揶揄：“你是不是只知道北京有糖葫芦。”

说完，又道：“这桩事办完，我带你吃遍四九城。”

谢骛清微微颔首，轻声笑回：“多谢，”言罢，补上称呼，“何二小姐。”

这话在何宅说过，此番是第二次，却因情形不同，轻松了不少。

“来。”他忽然说。

何未领会他要谈正事了，走到他面前，靠着床边沿坐下来。那处，正对着小沙发。

“许多话用电话不好问，”他低声道，“而且让他们问，你未必肯说。”

他说得没错。

“你想带出去的货物是什么？”他直接问。

他处在这样的境地，知道的事越少麻烦越少……何未犹豫着。

谢骛清仿佛看穿她的心事，轻声说：“虽有特许通行证，但要带出去，须开箱。我相信，你并不敢开箱。”

如果敢，就不必求助于他了。

谢骛清看她始终不语，再道：“这批货想出去，需拆分，分批带走，从现在开始安排，完全来得及。但你先要告诉我，箱子里的是什么。”

她仍在犹豫。

他最后说：“当然，既然我在这里，想连箱带走也有方法，只是为了两个木箱闹出一个大案，是否值得？”

木箱确实不重要，重要的是装着的东西。

"我的货，"她想了想，轻声说，"是两个人。两个箱子，装了两个人。"

"活人。"她补充。

他没露出丝毫意外的神色，似在来前就设想了全部的可能："如此最好办，让人从箱子出来，跟着我们的车走。留两个你的人在法租界，等事情过去了，随时离开。"

没这么简单。

何未轻摇头："他们不配合……是被迫的，被绑来的，不是自愿上船。"

他难得没估算到，反而有了几分兴趣，没说话，等她揭晓答案。

她没想过，这桩事要从自己口中讲出来。

"先给你倒杯茶，"她两手端茶壶，倒了红茶，端到他跟前，"喝口水，你看着挺累的，应该早睡了，被我叫起来的？"她隐晦地表达了，把他从鸳鸯被里吵醒的内疚。

谢骛清似乎默认了，不答，径自接了茶杯。

但右臂受伤了，如何能重温鸳梦……她走神地想了几秒，又想，总有办法的。

她不再想人家卧室的事，回到原处，挨着床边沿坐下，在灯影里，轻声说："我哥哥走之前，把我托付给了一个人。"

谢骛清端着那杯茶，向她看过来。

"现在他是我姐夫。"她说。

何家不孝女离经叛道的名声，从登报断绝关系开始，其后接二连三，出了不少让人咂舌的事，这便是一件。传闻里，本该娶何未的召家公子阴差阳错下，娶了她姐姐。她一怒下设计，把人家弟弟，也是她曾经的同学召应升设计绑走，送去战场，生死未卜。这事传过一阵，被何召两家合力压了下来。在京外的人，未必知道。有人说这是一笔交易，何二为此花了不少的钱才摆平。

"召应升发表了许多的文章，骂军阀乱局，得罪了人，"她给他讲着传言下的真相，"当时有叔叔的朋友提醒我不要再和他联系，说有人做了计要杀他和他朋友，而且指定了下月必须死。我想救他，但能力有限，"二叔白手起家，除了钱，在北京没有什么大根基，"于是就……买人把他们绑了，交给宫里的太监，藏了起来。"

那里是一个过时的世界，无人关注，无法自由出入，最适合藏人。何未给了太监许多钱，藏了他们一段日子。她对外故意让流言四起，掩盖真相，只等着大家相信传言，再想办法把人送走。

后来宫里开始筹备大婚，每日进出车辆查得严，都要开箱，反而不如先前守卫宽松，找不到机会将人送出来。

她不敢冒险，慎而又慎，把何家客轮最后一班的日期一拖再拖。

“我等了许久，等到了最好的机会。大婚连唱三天大戏，那是宫里宫外最热闹的日子，进出贵宾无数。我拜托一位往日关系好的贵宾，帮我运了箱子出来。”

她打通关系，把他们运到了天津法租界的仓库，计划今天取走。

关关难过，关关过。

没想到箱子取到，却被困在法租界。

“如此说，他们该感恩于你，”他问，“为什么不配合？”

“我没料算到……那太监会折磨他们。”

宫内大婚首日，她欢喜地算好时辰，在唱大戏第二日，午时让莲房等在宫外接箱子。接回来时，她刚见完谢骛清他们，备好酒菜为他们接风洗尘……当日却闹得十分难堪。后来他们再不肯信她、不愿配合，此行又危险，她就只能绑了人，强行装箱。

“其实情有可原。”她设身处地，公平地说。

他不语，喝着何未为他倒的茶。

何未瞥鎏金座钟上的指针，夜里十二点多了。

“我可以和他们谈，”他忽然说，“现在谈。”

谢家人出面，或许真是个办法。

谢骛清申请的通行令是早上五点的，只剩四个多小时了，她不想再耽搁，叫了茂叔来，陪谢骛清去另一房间。她没去，怕自己在不好谈。

干坐半小时后，她深觉等不是办法，需抓紧时间做事。

既要逢场作戏，就要有幽会的样子，她到浴室，放了半个浴缸的水，用梳子梳下来的头发，放到水里。毛巾、浴巾全弄湿了，瓷砖也不能干净，要有水迹。

想想，又把浴袍抱到了外头。

一件扔在沙发上，一件……正找寻一个合理的位置时，门被推开了。

谢骛清手里拎了半瓶子的白葡萄酒，微醺着、懒散地以完好的左边肩膀顶开门，见她仅穿着一件绸缎白衬衫，散了长发，抱着雪白的浴袍望过来，目光微微汇聚了一秒。

他低声问："还没睡？"

她不晓得是否门外有耳，轻声回说："你才回来……"带着小小的怨怼。

他倚靠着门框，凝视着她。想必是在感叹她的配合天赋。

随即，他慢慢，带着醉意走入，关了门。

碧色瓶子被放到门口柜子上，柜前贴着的织锦缎，将那酒瓶子衬得更不似普通玻璃，碧似玉。那些欧洲王公贵族热衷的家具式样果然有些门道，这房间越看越像……欧式盘丝洞。

静里对立了几秒，她忐忑问他："他们怎么说？"

他拿了半瓶酒回来，神色难辨，让人无法摸透那边的情景。

"他们说——"谢骛清弯腰，捡地上的浴袍。

"算了，你别说了。"她忽然不想听了，那日他们难听的话说了太多。

"救命的恩情，此生难报，"他把浴袍递给她，接着道，"在何宅冒犯的地方，诚心致歉。"

竟然……真解决了。

何未从他眼里看到的是真实不虚的笑意。

"忠门之后，果然更容易让人信服。"她感激又羡慕他。

"'忠门'二字太重，"他的嗓子因高烧受损，方才说了不少的话，难免比离开前喑哑了，"你这样，至少不用看着亲人一个个走。"

忠门，那都是用家人的白骨堆出来的。

何未怕他被牵着记起难过往事，没再往下说。

她见他拿着浴袍往浴室走，忙一步上前，拦住说："浴袍是我丢下的，拿回去做什么？"

谢骛清反应了一霎，即刻懂了。

她不知怎的脸热了，一声不吭地从他手里拿走浴袍："只是没想好，究竟两件如何丢。”

“我习惯丢在浴室。”他实话实说。

两个人光溜溜出来？何未抿了抿唇，脸更热了，直接丢到床畔：“那还是在床边好。”

谢骛清被她引得笑了，什么都没说。

何未转而看床。不愧是情侣房，连个能睡的沙发都没有。估计……不想给情人吵架留后路，是吵是好都要在床上，谁都别想卷铺盖睡别处，除非躺浴缸。

她不见身后人出声，扭头一看，谢骛清已经进洗手间了。

隔着道门，谢骛清把手洗干净，他手上沾了那两个男孩子的眼泪。

他的敌人曾评价，谢骛清为人，极擅心理战，刁钻狠辣。他这种人，想攻破两个小孩子的心理防线太容易。方才的谈话，一半为换他们配合，另一半则因他爱惜有救族心的孩子。他是辛亥革命出来的将领，深知走到今天的不易，而今租界遍地，各省对峙，复兴华夏还有很长的路要走。

他们这些过来人，终将成尘成土，为后人铺路。如同少年的他，正是被黄花岗前人的鲜血染红了眼，才会抛下一切，走到了今天。

何未已想好了，今晚靠床头坐几个小时，稍作休息即可。

谢骛清一出来，坐在床边沿的她忽然不好意思起来，主动揿灭了床头灯。窗帘拉得严，突然没了光源，黑得伸手不见五指。

她怕他找不到床，很快又打开：“你先上床，我再关灯。”

“有光没光都一样，我能找到路。”

她笑笑，再次揿灭了灯，眼前又是不见人影的黑。地毯厚，完全吞没了脚步声。忽然，床那边陷了一下，她屏住呼吸，随着床再颤动了一下后，那边再没了动静。

“四点半动身。”他的声音说，好像不在床上。

何未的眼睛适应了黑暗，瞧见床对面没有人。她回头，发现他在角落那个丝绒沙发坐着。

他闭着眼靠在那儿，哑着声告诉她：“你睡，我守着。”

第三章

未察尘缘起

何未几次困得要睡着，凌晨两点时，她轻声问：“你睡着了吗？”

屋子角落的人，迟钝了几秒，低低地说了两个字：“没有。”

她觉察他有异样。旁人就算了，他一个军人，守夜的警惕性该很高，回话不该如此慢。何未下床，摸着黑过去，见他坐姿比先前更懒散。地毯吸声的效果极好，他却辨得出有人靠近，缓缓睁开眼：“什么事？”

“不舒服吗？”她轻声问。

他摇头。

何未想摸他的手判断温度，半途收回，转而试他额头。谢骛清将头偏到一侧，但她已碰到他了。烫得惊人，还有许多汗。

她心惊肉跳，压低声音，急着说：“快跟我上床，我扶你过去。”

早应想到，刚受伤的初夜最易发烧。

谢骛清见她靠近自己，低声说：“没关系。”天亮就能降温，他有经验。

他感觉女孩子柔软的手，从自己身前滑到后背，试图撑他坐起来。那只手在租界口曾搂过他同样的位置，眼下灵活多了，也急多了。他一笑，轻叹口气，将她的手拉开。

像被什么尖锐的东西划到手臂，抑或是烧到顶的幻觉。他没在意。

她眼瞅着谢骛清在黑暗里撑着扶手，立身而起，走向浴室，烧到这种程度仍是背脊笔挺，步子稳当得很。她筹谋了许多话，想劝服他。

万幸，从浴室洗脸出来的谢骛清没再硬撑着，直接去了床上。她将绣金的被子盖了他半身，不敢多碰他，怕动多了，他嫌逾礼，不肯再睡。

倦夜不可寐。

谢骛清躺归躺，本能让意识醒着。天亮前有人叩门，他睁眼瞧，何未拉莲房进了洗手间。没多会儿，洗手间的门被轻推开，她来到床畔，耳语问："要还醒着，和我说一声通行证在哪儿。不然，我只能自己找了。"

他慢慢地把身子调成侧卧，从裤子口袋掏了一张被四折的纸。

"我让他们先走。"纸被抽走。

那之后，房间再无大动静。

由暗到明。

他汗湿了衣裤，绑带早湿透了，粘在脖后不舒服，懒得动。等终于舒服了些，睁眼，天已大亮。视线里，她微微低着头，正靠在床边沿，对着窗帘缝投进来的一道亮光，握着一把小剪刀，聚精会神地剪着小指指甲。

屋里鸦雀无声。

她剪指甲都透着小心，不造成一点点动静。

金色铜制的剪刀极小，工艺复杂，把手是只展翅的金蝴蝶，蝶翅藏在她手心里。

"醒了？"她见他身子动，一抬头，笑了。

恰好被晃了眼，她躲开那束光，笑着问："扶你坐起来？"

何未将手帕收拢，兜住碎指甲，连同蝴蝶剪放到一旁。再回身，谢骛清已靠到了床头。

"我见你一直没醒……"她替他在腰后垫了枕头，指那些小物事，"无事可做。"

其实是见他手臂上的指甲划痕，领悟到自己的指甲划伤了他。她见书桌的托盘里有这把剪刀，便想修短指甲，刚剪了小指，他便醒了。倒是及时。

"船开了，"她为他宽心，"你四姐姐和外甥顺利登了船。还有他们。"

谢骛清微微点头。

"我们吃了午饭再走？"她想拿餐单。

"有人在利顺德等着，"他整夜未开口，话音发涩，"不能多留。"

"有事要办吗？"她更内疚了，"等我叫茂叔准备车。"

她穿着拖鞋，穿过窄窄的一束金光，开门而去。

凌晨在租界口，副官让茂叔带了一套干净衣裳过来。同样被带回的通行证上以中文标注，已走四人，确如他所说，是严格对照人数放行的。

谢骛清在洗手间盥洗换衣，再不见颓废样子，同她离开饭店。

车过租界口时被法国兵拦下，人先走，车子则被里外翻查，连装维修工具的木匣子都被打开，工具要挨个摸过，登记在册。她看在眼里，庆幸这回有他出手相助。

回到利顺德，久候多时的军官迎上来，在谢骛清身边说："在泰晤士厅。"

她猜是等他的人。

"我上去了。"何未说。

他没回答，直接指舞厅门口，引她看。何未这才见到泰晤士厅门口的竟是白谨行。

白谨行欣慰地笑着，看两个归来的人，不急不缓走到他们跟前，同谢骛清玩笑说："你我是该打一架，还是去外头用枪分个胜负？"

谢骛清也是笑，倦意浓，自然惜字如金："完璧归赵，记账上。"

他吊着伤臂，对何未颔首告辞，走向电梯。服务员为他拉开铁栅栏，将电梯按下"2"，哗啦一声，关上。

电梯上升的机械声，淹没在了舞厅飘出来的探戈舞曲里。

"他昨晚通知我，"白谨行说，"我赶不及过来，怕耽误你的事，他便冒险先去了。"

她"嗯"了声，轻声问："你什么时候到的？"

白谨行答："昨夜，三点多。"

"一直没睡？"

"你们不回来，我如何睡得下。无法在租界口等，太显眼了不好，只能安排照应的人乔装在外面等。"

白谨行知她整夜未睡，让她先回房休息，等午饭再见。

何未回房间，莲房已在浴缸里放满水。

何未躺到热水里，被暖意包裹住，却分神地想，他的身体是否大好了？

莲房说到今晨，谢二小姐据说到了码头，没露面，见船开便来饭店，为谢骛清换了二楼最大的套房。那房间她曾住过一回，是饭店最奢华的一间，有个会议室。

“他们家，几个姐姐倒真是疼弟弟。”莲房评价。

她左手捧水，玩着水。

“他胳膊的伤，有说如何来的吗？”莲房轻声问。

她停下：“你知道？”

莲房低声道：“我送他们登船，听说谢四小姐极不高兴，我便问了两句。昨夜他见了一位故友，红颜知己。”

这她晓得。

“两人因情起了争执，对方不满他只肯同眠共枕，绝口不提婚姻，闹起来。谢公子让了几回，被刀扎伤了。”

何未仿佛见到了场景在眼前，佳人梨花带雨地扔掉刀，掩面哭倒……

“后来饭店想把人送去警察局，被他喝止，说是小情趣，不值得计较。最后谢家二小姐派来人，把女孩子接走安抚去了。”

还真是惊心动魄。但他昨夜烧得厉害，完全不是“小皮肉伤”的程度，想来是怕女孩子被追究，随便应对过去了。

“被刺伤还护着对方，看得出不是个无情的，可风流……也是真的。”莲房感叹。

“风流嘛，”何未轻声说，“还不是因为情太多。”

泡过热水澡，她以为躺到枕头上，能立刻睡个畅快，不想翻身数次不见困意。莲房为她拉满窗帘，退出卧室。

门一关，她便下床，趿拉着拖鞋，去了阳台。

风一吹人清醒，更不困了。

“先生在电报里骂了人——”

凭空出现一句话。

她扭头看。右侧的大阳台上，有几把藤椅，唯一一个被人占了的藤椅垫着厚羊毛毯，躺着个喝咖啡的人，可不就是谢骛清。说话的男人立在谢骛清身边，见是何未，退回了房间。

方才莲房说他换房间，怎么没想到是在隔壁？

谢骛清像早看到她，只是没打招呼，此刻两人互相瞧见了，逃不掉寒暄。

“什么时候换过来的？”她问，仿佛不知前因。

“刚刚。”

“这房间我住过，”她评价谢骛清的房间，“还不错。”

“是吗。”

她“嗯”了声，好奇地问：“换房间，是因为你在楼上受了伤，不吉利？”她脸边是呵出来的白雾。

谢骛清大约懂她话后的意思，笑了笑，没否认。

这算将那桩影影绰绰的传闻坐实了。

楼底下有辆车为让路停驻许久，司机等得不耐烦，猛揿汽车喇叭，急促两声，没催走拦路的车，倒催醒了她。

好冷。“我进去了。”她礼貌颔首，先缩回了屋里。

午饭前，白谨行让莲房转达说，今日须返京，望在餐厅一见，定了位。何未到时，餐厅没几桌人在。住客们都被何家客船送走了，不似昨日热闹。

白谨行已点过餐，为她拉开座椅：“清哥说，你对他说，喜欢这里的填料鹌鹑和龙虾。他还推荐了一款甜点，我先要了。”

“他比你大吗？要叫清哥？”她坐下来。

“同岁，”白谨行也回了座椅，“军校里的称呼，那两期的人见到他都叫清哥，因为战功。”

她领会到，谢骛清不让跟着白谨行的习惯叫，是这个缘由。

女孩子叫一个大男人清哥，容易使人误会。

白谨行跟着说，自己去军校晚，谢骛清在辛亥革命后重返学校，他刚入学。谢骛清因被战事耽误，不得不跟着新一期学生读书。后来留校几个月，年纪轻，大家不愿叫谢教员，便叫一声清哥，谢骛清照旧答应。

两人之间的熟人只有这么一个，成了唯一可交流的话题。

聊完谢骛清，彻底没了话。叉子碰盘子，刀子撞叉子，吃得极安静。

到后头，何未端起玻璃杯喝水，见白谨行同样举杯。两人对视，白谨行为席间的寡言笑了，带着歉意说：“我不是个擅长说话的人。”

她轻摇头："连累你来天津，连同你的老同学，都险些被我牵连。谢谢你们。"

白谨行说："不必放心上。为我们父辈的关系，我应帮。因你和我的关系，他会帮。"

何未把杯子放回到餐盘旁。

"你对我，"她想趁两人还没陷入惯性的安静，把话谈下去，"有非娶不可的想法吗？到今天为止。"

白谨行见她语气慎重，敛去笑意，答得严肃："第二面，谈不上。"

她如释重负。

那日白谨行问得急，她想得不深，这数日来回斟酌，终是拿定主意。

今夏二叔提起婚约，她想了几个晚上便同意了。哥哥走后，二叔身子大不如前，她虽年轻，却想尽快结婚，让二叔知她不再念着召家那人，更想让如此大的家业尽快后继有人。与其四处寻觅良婿，倒不如白家这种生死之交，就算日后遇到不测，家里一个人都没了，后代和家产都有人托付，不致被宗族霸占。因这个想法，她提出夫妻住北京，白家老爹欣然答应，人家子孙满堂，并不计较多留一个儿子在西北。

而今要去德国，就算来去方便，却路途遥远，家中有事，一个电报如何赶得回来？

她不愿离京，两家人都清楚，用这个说服长辈最容易。

服务员放下一个矮脚的玻璃杯，里面盛着奶油栗子粉。色泽奶白，尖头上缀着一颗红樱桃。

何未欲要说话。

"我的行程，"白谨行恰到好处，比她先一步出声，"恐怕要提前。见不到你二叔了。"

她视线转向他，如此仓促？

"抱歉。"白谨行轻声道。

她不知该说什么。

白谨行接着说："走前，我也想问你买一回船票。"

怎么他也要买船票？她不解。

“从广州走，”白谨行眼里盛着笑，解释说，“至于数量，你来定。我见两张船票，便打个电报，让在德国的朋友订个大些的公寓房，见一张船票，便订一间小的。”

这根本不是一个选择题。退一万步，就算她喜欢上了白谨行，也不可能在二叔回来前，就跟着他远走。他应是在初见面，或至少在刚刚，觉察到了她无心结婚，才决定要提前走。

难怪二叔想自己嫁个没见过面、大上十岁的男人，他身上该有他父亲的影子。那影子二叔定是记忆深刻：宁肯自己做致歉的那一方，也不愿收取对方的亏欠。

白谨行笑着示意她吃甜点，不再多说。

她内疚于让他承担了全部，再甜的奶油栗子粉都没了滋味。

又一个姑爷……错过了。

莲房暗叹，将何未签字的出票单拿给票务经理后，仍想劝小姐。但见小姐神色低落，猜小姐心中更不痛快，寻思是否这位错过了的姑爷另有新欢？左右权衡下，没敢劝。

正好，谢骛清的副官来叩门，说：“今夜，我们公子包了泰晤士厅，请何二小姐去。为白公子送行。”

莲房回头，问她的意思。

何未应了。

七点的场子，直到今夜闭场。

何未怕一场仅有三人，本就有昨夜租界的事在，这要传出去怕就是三人对峙的场景了。万幸包场的主人并不蠢笨，满场是人。有西装革履的青年人，亦有长袍马褂的男子，然而最亮眼的仍是闺阁名媛、时髦女郎和零星的女学生。在她小时候，交谊舞还是使领馆和租界内的洋人爱好，是留学归国圈子的自娱活动，有过的公开舞会，都是旁观者居多。

五四运动后，一切大不同了。

这新思想的风一刮，舞厅成了最时兴的消遣地，擅舞的女孩子尤其多。

舞厅的角落里有张大桌子，副官带她去时，桌旁只有吊着胳膊在喝酒的谢骛清。副官拉开座椅，她坐在了谢骛清身旁。

“他人呢？”她问。

“应酬朋友去了。”谢骛清眼不看她，只看舞池内的赤橙黄绿青蓝紫。

何未手中无物可握，没着没落的，只得单手撑下巴，陪他看舞池。他将整杯喝到见了底，把空杯搁到桌边沿。

“他入京前，”谢骛清慢慢地说，“曾认真想过要和你结婚。”

谢骛清问副官要了瓶子，又说：“他没有过女朋友，没有妾室，没有跟着的丫鬟。你所计较的，都没有。”

她对白谨行有内疚。但对着面前的人，只觉得被误会成了草率敷衍的人，半天说不出话。

“我也认真考虑过，”她郑重告诉他，“原定过年结婚，怕来不及买齐，嫁妆都备好了。”

见谢骛清不说话，她又说：“谢将军这种身份的人，大约无法理解，我们这类人对结婚的慎重。”

他慢条斯理地倒满酒，越过半张桌子瞧了她一眼，竟笑了。

她委屈，他倒只是笑。

“下次说这种话，要在人少的地方，”他把一杯副官刚从对面餐厅买过来的，放到两人当中的可可牛奶推到了她面前，“不知道的，以为我拿你怎么了。”

“谢山海，你这是说给我听的？”

身后，一个男人低沉地笑了两声，问说，“你究竟拿人怎么了？”

她像一脚踏了空，心险些跳出来。

谢骛清离位，对何未身后人笑着，伸出左手。

她为表示礼貌，跟随起身，见一个四十来岁，戴着副眼镜的中年男人紧握住谢骛清的手。在两手交握的同时，对方猛地一拉，给谢骛清来了一个结实有力的拥抱。待松开，那男人才笑吟吟看向何未：“别人做不了他的主，我能做。这位小姐，你快讲下去。”

“讲什么？”她礼貌笑，心虚得紧。

“你为了过年结婚，备好嫁妆，谢将军却对婚姻极不慎重，”中年男人说，“具体说说，他如何不慎重？”言罢，又指谢骛清的手臂，“这胳膊扎得好，下次往胸口上去。”

何未尴尬笑道：“不是在说他，从头到尾都不是。您听错了。”

谢骛清递给对方一个似嘲非嘲的眼神。

何未又说：“拿刀扎他的，另有其人。”

这回是中年男人给谢骛清一个真正嘲笑的眼神了。

谢骛清无奈，摇头轻叹。

这位贵客不想站着寒暄，怕引来太多的目光，将第三把椅子拉开坐下：“来，介绍一下。”

谢骛清待何未坐定，为他们彼此介绍：“这位是何家航运的小主人，何二小姐，”他指中年男人，“这位是我曾经的长官，赵予诚，赵参谋。”

“卑职不敢当。”赵予诚笑了。

以谢骛清的身份，除了谢老将军，无人能是他的长官，除非是那年……何未猜到对方和谢骛清的同袍情开始在何时，对这个男人添了许多好感。

何未身后的椅子背被一只手按住，是应酬回来的白谨行：“老赵，久违了。”

赵予诚惊喜，不知白谨行在天津，又是一番拥抱寒暄，最后问白谨行：“这位何二小姐，是你们谁的朋友？”暗示意味明显。

白谨行微笑着说：“我和她父辈有交情，父亲让我入京追求试试。未果。”

赵予诚大笑，拉着白谨行坐下。

如此，桌旁就满了。这桌子本是配了八个高背座椅，从她进来就只留下四把。不多不少，正好多一个计划外的赵予诚。

她以手挡脸，轻声问身边的白谨行：“他说送行是借口，其实想见这个赵参谋？”

白谨行笑着，颔首默认。

“那我该何时走？”她又问。

白谨行轻声道：“先坐。清哥有求于你。”

她和白谨行对视，见他不像开玩笑。

白谨行耳语：“稍后说。”

那边赵予诚突然笑起来，摘下眼镜，感慨万分：“何二小姐，对谢山海的过去好奇过吗？”

说到她心事了。

何未不扭捏，轻点头说：“好奇，就是没人给我讲。”

赵予诚随即讲起了两人的初遇：“那夜，我驻扎在河沟旁边，大半夜的，这小子竟摸到我背后去了。”那天谢骛清有备而去，把这位草根长官惊得不轻，冷汗冒了一身。他拿出撕掉名字的学员证，说自己懂带兵，想投身革命。

“我手里的正规军官太少了，一整个主力部队都没几个，见一个军官学校出来的，激动得眼睛都红了。可不敢信也不敢用，先给了一个班把他扔最前线去了，”谢骛清倒不计较被怀疑，冲锋陷阵，不畏生死，终在半个月后，成了赵予诚的心腹，“我问他，小兄弟你到底叫什么，要死了我给你家里去信。他说，真名不能说，怕连累家人。还说，家里没什么人了，只有老人、女人和孩子，再不能死人了。死了当失踪最好，给他们留个念想。”

何未听到此处，看谢骛清。

他说得对，谢家一门，就只剩下他一个年纪正当好的男人了。而十几岁的他，选择的是更大的家和四万万家人。

“他说，我来这里，是为山，为海，为收回华夏每一寸土地。”

……

自那日起，谢家少了一个谢骛清，世间有了谢山海。

她无法受控，再看向谢骛清。曾想过他的表字许多次，未料是此意。

赵予诚喝了半口酒，好似仍在回忆昨日昨夜的事，新鲜得很，但他说的内容对当下的人来说早过时了。舞池里，一步步踩踏、旋转的年轻人正舞到酣畅处，这才是时髦的东西。

十年足够成就一代人，也足够忘记一代人。

年轻女孩子的脚穿着时兴的皮鞋，剪短发的男孩子也不会再被笑话成假洋鬼子。现在可以脸儿相偎、腿儿相依的舞伴们，过去想见个正脸都要先找媒婆……说起十年前，说到为争取眼前这一切而洒热血的前人们，都太遥远了。

其实他不算老，并不该被归在“前人”里。她悄悄纠正自己。

谢骛清为赵予诚满了一杯酒。

“要觉得无聊，”坐于她身旁的白谨行和她轻声说，“我陪你跳支舞。”

白谨行离开座椅，对何未递出右手。

她晓得这边想谈正事，跟白谨行下了舞池，但暗示白谨行在边上跳。她轻声说：“我不擅长这个。”

白谨行笑着回答：“一样。”

没了婚约束缚，两人相处轻松不少。

她轻声道：“第一次见你，就觉得像我哥哥。”

白谨行答：“见你为人，便知你兄长的人品。能得如此赞誉，荣幸之至。”

她笑，好奇地问：“为什么你当初答应结婚？我有我的缘由，你的缘由呢？”

“我活到今天，都没听过父亲的话，”白谨行笑说，“想在这件事上从一次父命。”

说完，白谨行又感叹：“看来，老天注定我不是个孝顺儿子。”

“你说他有求于我？”她问到正经处。

“他想恳请你记住这个人，这张脸，”白谨行指的是赵予诚，“若有一日，他想救此人，恳请何二小姐在不危及自己和家人的情形下，伸出援手。”

她心里一紧，看向那个一手搁在桌上，在和谢骛清笑着喝酒的赵予诚。

“其实我们每个人都早决定捐躯了，对生死看得很淡，”白谨行说，“清哥只是……不忍心，他的不忍心太少了，此人便是其一。”

何未轻点头，她明白。

旁人看到的只是白谨行和她亲近低语，她微微颔首。

包括坐在桌旁，恰好看到这一幕的赵予诚，他问谢骛清：“我来时，听说昨日法租界被人封了，白谨行从法公使那里讨了一张通行证？”

谢骛清“嗯”了声，说：“是，为了那个女孩子。”他目光指向何未。

赵予诚笑说：“难怪昨日在北京见了谨行，今天又在天津见到。”

谢骛清笑笑：“谨行昨夜凌晨到的。”

他让人用白谨行的名义办的通行证。通行证是稀缺东西，关注的人多。至于凌晨天津法租界北口外的是谁，不值得关心。

那张纸一送出法领事馆，消息就传遍了京津。在当下时局，一个不甚出名的西北男人竟有通天的本事拿到天津法租界的通行证，此人不可小觑，值得拉拢深交。

一夜扬名，算是谢骛清送这位老同学的一个留学的护身符。

赵予诚更关心的则是下一句："法租界为什么封，有消息吗？"

谢骛清答："借了丢东西的理由封的，在抓人。"

赵予诚还想问。

谢骛清端起酒瓶，为他倒酒："我如今是谁，你清楚得很。滇军和桂军都已站在了孙先生那边，我父亲也是。我们势必要和军阀政府有一战。你不该再问，日后更不能单独见我。"

赵予诚沉默看他。

如今的割据局面，赵予诚也是痛心疾首，这和当年拼死的初衷已相去甚远。那些慷慨赴死、推翻帝制的人，难道都为了成全一个个大军阀的土皇帝梦？这是对死去同袍的侮辱。

赵予诚欲说什么。

谢骛清放下酒瓶，再次打断他："家父提着脑袋许多年，我就算不说出自己的立场，所有人都已默认。而你，老赵，你不必对我说任何话。"

他端起杯子，碰了下赵予诚的酒杯，一饮而尽。

"我最近见了许多人，哪个派系的都有。你回去只管说我不给你面子，无法以旧情拉拢我即可，"谢骛清轻叹口气，随即郑重、低声道，"保重。"

她送白谨行离京那天，谢骛清没出现。

这是预先说好的。

那两日租界被封了不少贵人，抓了重要人物，大小冲突，明着暗着有几十起，还有商铺起火。凌晨的租界北口发生那几分钟的事，就像急风暴雨中的一滴水，不值一提。

从头至尾，谢骛清那场戏就是做给老头子们看的，唯一担心凸显出何未。不过他从入京就莺莺燕燕环绕，隔三岔五惊心动魄一场，自觉问题不大。但那天一回利顺德，谢骛清父亲的电报就到了，大骂他们联姻是痴心妄想。他从电报中嗅到不寻常，怕自己已成了人家点名的乘龙快婿，那昨夜发生的就很不是时候了，何未成了正当下、他谢骛清爱得正兴起的那个，不就成了最醒目的联姻绊脚石？

虽只是一封电报，谨慎如谢骛清还是提醒白谨行，须尽快将局面扭转回来。言下之意——无论他们是否决定要结婚，都先把这场戏唱完。

于是在天津，谢骛清和白谨行你方唱罢我登场地追求何二小姐，谢骛清被判出了局。自此，何二小姐成了谢骛清的前缘，全身而退。

……

眼下嘛，正是何未和白谨行依依惜别的戏。

“那天的小姐已闹过一出，”她把自己一方手帕叠成小方块，塞到白谨行的西装口袋里，“我倒不显得多要紧。”

“那位小姐我没见过，想来是清哥早年的……他不爱说自己的事，尤其这方面，”白谨行回说，“也不只这方面，他是个喜好兵行诡招的人，自来不和人说想法，连对亲人都几句真几句假的。不过他想将你尽快择干净，确是真心。”

白谨行以为她在做戏，拿出手帕想看，被何未按了回去。

何未轻声说：“柏林的康德大街算条华人街，这你肯定晓得。有位长辈在那边有几间公寓，我为你先租了一间。留学是条艰苦的路，出去常被人看低欺负。我和伯伯聊过，他让你租他的地方，能有个照应。”

白谨行只觉被个小姑娘如此费心照顾，十分不妥，想拒绝。

“拿着吧，”她说，“前些日子，有人被国内注销了护照，立时就被德国驱逐出境了。这个伯伯是我哥哥的恩师，外交资源多，关键时候能帮你。”

白谨行几番推辞，何未最后让他留着这个，关键时刻求助用，这才说服他收下。这是两人的第三面，在前门楼子的火车站告了别。

送完人，她去了头等候车房。

何家在候车房有个桌子，摆着“问事”的招牌，还有一个专员用来对接上海和广州码头出港的客轮业务。早晨送到家里的船客名单上有个名字，正是赵予诚，订票就在正阳门这里。她悄悄记在心里，想等白谨行一走，便来问问专员对方的面貌、长相。

这里的专员是她专门挑来服侍贵客的，对人有过目不忘的本事，被何未一问，回忆说：“约莫四十岁，身子板瞧着是武官，戴着副眼镜。”

对上特征了。

何未假模假样挑了七八个名字，照旧问相似的问题，掩盖她对赵予诚的特别。她关照小专员，这些问过的客人都要立刻出票，亲自送到府邸或饭店，不可疏忽怠慢。

她翻看着本子，想等等看能不能见到赵予诚。

名单上有标注，赵予诚的出票日期是今天，他若着急，说不定自己来取。

小专员给她使眼色，何未一回头，可不就是赵予诚。男人见她如面对一个陌路人，脚步匆匆地迎面过去了。

“这人……”小专员想说，竟对小主人视若无睹，这票咱不出了。

何未笑笑，面上不以为意，放了本子叮嘱两句后，离开候车室。

她四处找，哪里还有人？慢一步便要步步慢，连人家背影都没看到。

何未总觉那人认得自己，并且认出来了，恐怕碍着什么人或是事，没打招呼。她跟莲房出了站，刚上了车，便见赵予诚立在站门外的黄包车聚集处。赵予诚一副极着急的模样，连问两辆黄包车都被定了，最后竟拦下来一辆有人的车，与人低声下气地求让车。

“你去请那人来，”何未对司机说，“他是我们的船客。”

司机跑过去，低语两句。

赵予诚朝着她瞧了一眼，摇头拒绝。

何未心中焦急，对茂叔说：“咱们把车开过去问问。”

茂叔换到驾驶位，将车开到了赵予诚面前，何未亲自下车：“先生去何处？”

“这位小姐，”赵予诚沧桑的面孔上全是陌生意，但眼里有见故友的和善，“多谢好意。我去的地方太远，不敢耽误您的时间。”

赵予诚不等她说话，又说：“小姐先回车上吧，正阳门今日……风大。”

远处出入站的人潮里，突然有十七八个人冲出火车站的东门，其中几人还拔出了枪。她一时脑子空白，在意识回来的一霎，快速说：“抢我的车，快……”

赵予诚看她的那一眼，像把人间的时间拉到了最极致……何未分明听到自己的呼吸，一下一下地从胸腔被挤压出来。

直到身子被赵予诚重重一推，撞到车门上，背后的剧痛震得她醒过来。

接连几声枪响，一声沉重的坠地声，让全部的尘世杂音都消失了。

何未生平第一次见到人倒在枪声里。就在她的脚尖前，几步远的地方，赵予诚已经倒在那里，血还没来得及从身下流出来……他喘着气，想爬起来，又是两声枪响，像打在了脑后，他忽然不再有任何挣扎，身子重重地对着泥土栽下去。

他的脸冲到混杂着水和冰碴的黑泥水里，还睁着眼。

……

何未站在那儿看了全程，像中枪的是自己，死的是自己。她喘着气，靠在汽车门上，死命地盯着赵予诚。

不知情的莲房和茂叔挡着她，不让她再看。有人围上来，询问他们是什么人，莲房白着脸吼着对方说这是何家的人，死命推开要抓她的人。茂叔趁机把何未塞进车里，带着后头车上下来的几个何家人，挡着车。他们站在赵予诚的身体前，对峙着，直到车站里的巡逻警头目出来，为她证明身份，让这些人不得不放弃了带她走的意图。

但仍扣着车，不让何未走。

寻常时候，赵予诚早该被挪走，今日拖了一个小时没人动他。为防被太多人瞧见，外围远远地拦了一圈子人，起初还有人围观，后来渐觉得没热闹可看，该赶路的赶路，该入站的入站。只剩下最外边的人，还有一辆车，一个躺在泥土里的人。

她在车内，不忍看那处，扭头往火车站站门看，眼泪不停往下掉。

“没关系的，没关系，茂叔去找人了。”莲房想抱她，被何未摆手制止。

“来人了。”司机激动地说。

莲房带着惊讶同时说：“谢公子。”

何未转回头，是谢骛清。

隔着玻璃，她见谢骛清扯下吊着手臂的绑带，一把揪住陪同来的官员，一拳打了上去。官员摔在泥地里挣扎着，恐惧他腰后的枪，拼命往后逃着。谢骛清没再追上去，几步走向躺在地上已经一个多小时的男人……

他看到赵予诚的脸，静止不再动。

车外的世界，包括车内的全部人都因他的止步，停滞在这里。

最后还是他先挪动了脚步，回头，捡起刚刚披在肩头、因打人而落在泥土里的军装上衣。他走回到赵予诚面前，单膝跪下来，将衣服慢慢在泥里铺好。

谢骛清伸出两只手，捧起赵予诚的头，让他的脸枕在了那件军装上。

何未看着无声的一切，拼命捂住自己的口鼻，眼泪顺着手背不停滚落……

她看到谢骛清单膝跪在过去的战火里，那里有一个撕了半本学员证的无名少年，深夜摸到河畔，到一个抛掉身家性命的草根将领面前自荐。一个惊恐面，一个露齿笑，自此成了“山海不全，死而有憾”的生死至交。

谢骛清满手的血，全是赵予诚头上的。他在自己的白衬衫上擦了两下，猩红血迹一道道划在白布料上，惊悚刺目。

随后，他用干净的手，擦掉赵予诚脸上的泥，捡起脚边的眼镜。

他越做得有条不紊，越让人害怕。

何未看得难以呼吸，扭开车门，被莲房拉住：“别下去了。”

她轻声喃喃：“没关系。”

她眼下是谢骛清的前缘，下去没什么可让人非议的。

何未脚一沾到泥土地，就吸引了周遭全部目光。

不管是跟着谢骛清来的人，还是围杀赵予诚的，甚至茂叔和何家员工都惊讶她下车。何未看着赵予诚，还有在用衬衫一角擦拭眼镜片的谢骛清，带着哭后的虚弱，柔声叫：“清哥。”

那个单膝跪地的男人，轻轻抬眼，望向她。

两人对视着。

火车站外冬日的风如刀，就着咸湿的泪水，割得她面颊生疼：“这里人多眼杂……不是个好地方。你先让人……”

她话哽在喉咙口。

谢鹜清不再看她，立身而起。

跟着他来的十几个人上前，其中几人脱下军装裹住赵予诚的身体，想要将人抬走。围杀赵予诚的那拨人虽不敢招惹谢鹜清，但还是怕要紧的叛徒被带走，当中官职最高的一个上前，对谢鹜清恭敬道："谢公子，这个是我们要紧的犯人……"

谢鹜清把眼镜塞进长裤口袋。

"什么罪名？"他平静地问。

说话的军官误会了他的态度，笑脸迎上去："他私通我们参谋长的四姨太——"

谢鹜清凝视这个军官。

七八声上膛的动静，除了抬着赵予诚的人，余下跟着谢鹜清的武官全都举枪，一言不发逼上来，一双双的眼都像被淬了血似的。

那人惊得倒退两步："这不是卑职说的……"

外围的人看到自己长官被枪指着，不晓得情况，立时有人要摸枪，被谢鹜清揍过的官员冲过去，大声呵斥。开什么玩笑，万一谢鹜清有个好歹，今日里在这儿的有一个算一个全要陪葬。

"什么罪名？"谢鹜清再次问。

那人嘴巴发干："卑职……不、不清楚……"只怕说错一个字被崩了。

……

"告诉你们参谋长，"谢鹜清说，"赵予诚是我谢鹜清昔日的长官，他只能战死，也必须是战死的英烈。"

正阳门的风裹着沙尘，撞到她眼睛里，把好不容易压下的泪催了出来。

谢鹜清没再多说，沿着来时的那条路往外走。为他引路的官员立在那儿半天，踌躇再三……实在不敢追上去，对车旁的何未轻声问："何二小姐……不跟着去劝劝吗？"

何未轻摇头，多一个字不想和这些人说，回身上了车。

跟着谢鹜清的副官跑到车头处，对着车内何未敬了礼，比了个标准的手势，为车开路。茂叔审时度势，趁着谢鹜清的余威未散，启动车驶向围成圈子的那群人。全部人仿佛没了主心骨，溃散开来，放他们走了。

一行人回了何宅。扣青坐在抱厦里，剥着一小碗核桃仁，正要问前姑爷走得顺利不，瞧见何未眼睛红肿，被吓着了。莲房不让他们跟着，但仍坚持要热水，给她擦身。

她任由莲房折腾，往床上一躺，魂魄散了似的，缩成了一团。

至深夜，茶几上自鸣钟连敲了九下。没大会儿，有微黄的光落到她的眼皮上。

她眯着眼看，微光是远处的壁灯，莲房怕晃她的眼，以床帐遮着。

“谢公子的人来了。”莲房柔声说。

屋里太静，恍惚听得到回声。

莲房接着道：“送了几盆海棠，说开得好，让人拿给你看。”

何未合上眼，努力醒过来。花必然是托词，恐怕找她有事。

她撑起身子，坐到了床边沿。莲房递过一块热毛巾，见何未擦完脸，为她换了能见客的衣裳。她离了卧室往小书房去。

“不在书房，在院子里。”莲房说。

“为什么不请人进书房？”她问，嗓子哑得很。

“不肯进，说……今日特殊，不大好进屋子里。”

何未走到抱厦，见来的是个极年轻的陌生面孔，不是常见的副官。年轻人一见何未便低头，叫了声：“何二小姐。”

年轻武官招呼完，上前两步，两手捏了一长条叠起来的信纸。何未就着抱厦里的灯，将信纸一折折翻开，不晓得是写信的人心事重重还是为什么，信纸叠了许多折。

纸打开，字因折痕走了形——

> 吾兄落难，唯二小姐施以援手。此一恩，终身不忘，他日必以命相酬。谢山海。

她险些掉了泪，真真切切感觉到左胸一窝一窝地疼着，像被刀剜着肉。什么都没做到，人没救出来，却见到这样的话，让她难过更甚。

“他……”她轻声问，“你们公子平安到六国饭店了吗？”

晚九点有谢老将军的禁足令，他外甥讲过。

年轻人摇头："没回去，人在百花深处。"

说完，年轻军官小心看何未的面色，低声又道："林副官说，何二小姐若方便，去个电话陪他说说话。这不是公子爷的意思，是我们私下里议的。"

"他是不是回去发火了？"她担心。

年轻人摇头："没有的。"

"我见他下午打那个人，以为……"

"那是有缘由的。公子爷这个人，笑有笑的缘由，动手有动手的道理。他从不会因生气做什么，"年轻人似极崇拜谢骛清，话多说了两句，"林副官先前就说过，公子爷对他说'主不可怒而兴师，将不可愠而致战，一个连私人情绪都戒不掉的将领，难堪大任'。"

他最后道："我们是觉得，他守了几小时的赵参谋，连个说话的人都没，怪可怜的。"

何未轻点头，要了号码，嘱均姜带年轻官员到厢房里等着，她则去了小书房。

她在台灯的光里，取了听筒。

"晚上好，请问要哪里。"听筒那头的接线员柔声问。

"一九二。"

"请您稍等。"

坐榻的矮几上，放着早晨她翻看的一沓船客名单，她怕看到赵予诚的名字，卷起名单，塞到矮几下。

听筒里，有了电话被提起的回音，没人说话。

她想开口，电话那头林副官先低声问，人家参谋长亲自来了，车在护国寺东巷的胡同口。仍无人出声，想是他用手势屏退了副官。

他为什么不说话?

"为什么不说话？"略低的声音问了相似话。

她欲启口，他又道："你可以继续说，但我未必有耐心再听下去。"

……

看来前一个电话中途断了，接线员刚好把她的通话接了进去。谢骛清认为她是上一个通话人。

“我是何未。”她轻声说。

那端像断线了似的，又没了回应。

何未怕耽误他的事，轻声道：“你如果要和人通话，我先挂断。我没要紧事。”

……

“谨行，”他低声问，“知道你打这个电话吗？”

他以一句话提醒何未，就算他人在百花深处，电话线路却连接着不可测的地方，不可避免要受人监听。

就算她心里盛了再多话，都要先入戏。

“我与他只是朋友，与你的情谊也一样，”何未握着听筒，轻声道，“为何朋友间通个电话，还须另一人点头。”

“谨行是个不错的人，与我不同，”他道，“我给不了你的，他可以。”

“我想要的，你们谁都给不了，”她说完，柔声问，“今夜能不能不说这个？”

“好，”他顺了她的意，“不说。”

何未不由得想，谢骛清的这个前缘的身份实在巧妙，求而未得的男女之间如何厘不清都不叫人意外。因她是前缘知己，他派军官去何府不显突兀，她深夜一通电话不觉过分，日后有需要的话，往来更方便。说不准哪家小姐瞧上他想结交，还要先和她这个红颜知己攀交。

万幸她自幼随二叔行走生意场，在逢场作戏这方面……算是无师自通了。

“这些年走了不少人，习惯了，”他突然说，“安慰的话，从下午到现在也听了不少，倒不如清净一会儿舒服。”

她看着茶几上边沿的雕花纹路：“我比你年纪小得多，要安慰都是皮毛的话，说不到点子上。就是想……谢谢你的海棠。”

她想表达，那封信那句话已看到了。

“开得好吗？”他问。

哪里来得及看，花还在厢房。

“嗯，”她应着，“比我家里的好。”

“你今夜回饭店吗？”何未问他。

方才那个年轻军官说完，她便隐隐担心，谢老将军有这个禁令必有缘由。今日见到车站的事后，她再不觉得那是为了怕他风流浪荡，而是想保他平安。

“这就回去，”他回答，“耽误了几分钟，因方才的电话。”

“那快走吧，不拖着你了。”她忙道。

“不如再拖一会儿，”他说，“难得你给我一个电话。”

她猜，谢骛清不想见守在胡同口处的参谋长。他应有的气度和涵养在白日用光了，等到了夜里，还是赵予诚走的第一个夜晚，换成谁都不愿去应酬那个元凶。

两人握着电话，不约而同沉默，呼吸都是内敛、克制的。

“说些话，”他说，“随便什么。”

“嗯。”她答应着。

何未想，今日自己在正阳门东站，若是电话里表现得过于冷静似乎不妥。她挑拣出能聊的、不怕被人听的话，轻声问：“今日……你为什么打那个人？”

“怎么？”谢骛清的声音远了，含混不清，像在喝水，“他为难你了。”

“没有。不过你一走，他让我劝劝你，看起来是怕得要命。”

“想为他说话？”他评价说，“这不值得你开口。”

“我又不认识他，为他说什么话，”她柔声说，“但你是有名的入京贵客，更不值得为了这么一个小人物动气，传出去不好听。”

那边的他默了会儿。

何未能想象得出，真实的谢骛清靠坐在百花深处的那把高背椅里，辨不出悲喜地握着听筒，看着地面的一块砖，或是墙壁上的一张黑白照片，听着自己讲话。

那端有瓷杯落碟的动静，他该是放了茶杯，说：“林副官去正阳门收尸，被他的人拦到外面，”他停了一停，又道，“说接了严令，贵客不到，谁都不得挪动现场的任何一个东西。”

他平静地重复那道严令：“务必让谢家公子，亲眼看到最原始的现场。”

那一个多小时他已知生死至交被害，在赶来的路上，等到了地方，却发现正因为对方是谢骛清的好友，所以就算是死了，都必须躺在那儿等着，等着让谢骛清亲眼看到惨状，等着被用来敲打警醒这个一身傲骨、自认为能救国救民的谢家公子。

“未未。”他忽然叫她的乳名。

她心漏跳了半拍，说不出话。

……

“你不该关心这个。”他轻声说。

她找到自己的声音，低声回：“你让我问，随便问两句。你不高兴，我便不问了。”

他笑了。

何未因那声乳名，忽然再难入戏，想着，这个电话需结束了。

“后日可有空？”谢骛清问她。

“后日？”她不知该说真话还是假话。

他在听筒那头，接着说：“我有个学弟刚从西点军校学习结束，昨日到了北京，是个前途无量的年轻才俊、军事专家。你若得闲，来见一面。”

“若真是才俊……早被各家未嫁的小姐看在眼里，”她轻声道，“见也无用。”

何未的手指无意识划着茶几的碧色石面，摸不清他布的什么阵。是说给监听的人听的，还是真有这么个人，想成全她的姻缘？他既说了，必然不是凭空捏造了一个人，难道真想用一个师弟回报自己伸出的援手？

“不高兴了？”谢骛清打破沉寂。

她故作不快，轻声道：“没有。”

“让你挑别人，又不是让人挑拣你，”他说，“你先见，若看得上，我找个谁都推不掉的媒人，促成你们。”

“你觉得好，就见吧，”她想想说，“也没什么。”

“后日让车接你。”

挂了电话，她和面前多宝槅里的自鸣钟你看我、我瞧你，一人一物对峙良久。怎的话赶着话，竟说到了一个相亲局里……

第四章

今朝海棠香

谢骛清放了听筒，低头见茶杯，早空了。

林副官立在门外，见珠帘后的谢骛清离开座椅，这才入内，低声说："接赵参谋的车已在外候着了。他们参谋长说，今日彻查下来，赵参谋确受了诬陷，他必还赵参谋一个清白。赵参谋是为国捐躯，是英烈，这一点已在半小时前达成共识。"

谢骛清沉默着点了下头，对林副官挥手，让他出去送棺。他没有亲自送这位兄长，就像当初叔叔走，父亲没亲自送葬一样。不走完尘世分别的最后一步，多年后的午夜梦回就能有个不切实际的恍惚瞬间，以为人还活着，只是……不太容易见面。

谢骛清是个言出必行的人。

隔了一日的上午十点，谢家的车准时到了何宅门外。

负责接她的林副官在抱厦屋檐下候了没两分钟，就被院子里的女孩子们拖入了厢房。

……

莲房从天津回来，对均姜说，省心的那个没入小姐的眼，等送上船算缘尽了。而不省心的这个，起初莲房以为两人关系是计策，往后瞧，却瞧不懂了。

那夜利顺德泰晤士厅里，白公子跳了两支舞，手臂受伤的谢家公子虽未跳，却颇有闲情地让人将钢琴挪到舞厅东面，将吊着手臂的绑带摘了，即兴和舞池旁的小乐队合奏，把一首《卡门》里的《哈巴涅拉》一连弹了三遍。

白公子和何二小姐的第二支舞就是谢公子亲自弹的这首曲子做的伴奏。

翌日，莲房和茂叔在餐厅角落的桌子吃早餐，听邻桌剖析内中乾坤：谢家公子昨夜那首曲子颇有深意，《卡门》讲的什么？正是一位军官受诱惑爱上了吉卜赛女工，坠入爱河后为她放弃了旧情人和前程，那女工却是一只绑不住的自由鸟，移情别恋爱了斗牛士。军官无法承受这一切，在斗牛场的盛大欢呼声里刺死了这位迷人又多情的前恋人。

“用这首曲子，不是吃醋是什么？偏他碰上的是何家二小姐，最追求新思想的女性。”

莲房没看过歌剧，被唬得不轻，回来讲给院子里的女孩子们。众人议出来的结果是，既然省心的走了，只剩下这个不省心的……也还不错。

于是何未进厢房，见到的景象是一个三十岁的武官，被众星捧月地围在厢房的八仙桌旁，面前铺满了桂圆等干果和果脯。林副官正襟危坐，两手放在膝盖上，目不斜视等着何未打完电话过来，额头闪着的光正是冒出来的汗……

林副官一见何未，像看到救命菩萨，立即起身：“何二小姐。”

她忍着笑，“欸”了声：“她们当你是自己人，才如此款待。”她让大家出去，到八仙桌旁从干枝上头摘了个干桂圆，递给他：“林副官叫什么？”

“林闻今，”他腼腆笑，没接桂圆，“公子爷起的，闻今是表字。”

何未轻点头，轻声说：“我有些话不方便问你们公子爷，怕他难过。”

林副官领会：“二小姐想问赵参谋？”

她点头。

林副官从那日正阳门车站起，便认定何未是自己人，也不隐瞒：“赵参谋虽在这里，但一心向着孙先生，早决意南下，这一点公子爷从开始就清楚。他去天津见公子爷，想求帮助，可我们如今被无数的眼睛盯着，没法儿答应什么，”林副官轻声说，“但公子爷没有不管他。那日，只要赵参谋能上火车……就会有人接应他。只差一步。”

只差一步。

何未沉默了许久，林副官轻声提醒：“何二小姐可以走了？”

“嗯，”她被唤醒，“安排在了何处？”

“百花深处。”

这是她第二回到百花深处。

照旧是新街口南大街的小胡同口，不同的是，今日是白天。何未立在胡同口，看着那碎冰碴儿混杂的黑黄泥土路，问林副官：“北京有六千多个胡同，为什么他偏选了这里？”

四九城有句老话“有名胡同三百六，无名胡同似牛毛”，谢骛清能找到这里也是不易。

“是公子爷的叔叔在京城买的小院子，过去他老人家住过。”

那位战死的叔叔？

何未轻点头，小心往里走，林副官在一旁好奇地问：“有六千多那么多？”

“嗯，”她轻声，为他讲，“在这里，一般南北走向的叫街，过去走马车，也叫马路。胡同好多都是东西走向的。改日让我家里人带你逛。”

林副官想到了厢房里的七八个姑娘……窘意上涌：“倒不用了……胡同……窄得很，”林副官找借口，“好多地方不方便过人，不为难姑娘们了。”

何未没理解林副官的逃避意图，笑着说：“不窄啊。你还没见过更窄的，有条钱市胡同，最窄处只有这么多，”她用手比画着不到半米的宽度，“两个人面对面走，要一起侧身才过得去。”

林副官听得好奇：“那这胡同开出来做什么？如此不方便。”

“里边过去都是钱庄，是真的‘钱市’，估计窄是……”她胡乱猜，“不让人有机会跑吧。”

林副官认真想想，点头说：“确实是，窄路开钱庄，安全。”

林副官话没说完，人先站定。何未抬眼看去，院门口立着的正是谢骛清。

他披着外衣，上半身除了单薄的一件白色衬衫，再无其他。他没束衬衫在裤腰里，风一刮，便掀起了衬衫下摆，露出一小截光溜溜的腰……

腰还真细，何未想。不冷吗，她又想。

她被谢骛清那双黑漆漆的眼看着，有意绕开他的目光，往院子里看：“你学弟来了吗？”

谢骛清挪了小半步，在她的斜上方回答说：“还没到。”

她进了院子，里头七八个军官忙活着，筹谋给公子爷和何二小姐煮午饭。他们都不是炊事兵，手艺欠佳，无奈公子爷请贵客都不去定个酒楼，偏要回百花深处，他们几个只得硬着头皮上，正是焦头烂额的关头，何未露了面。

她莫名感觉受到了最高规格的注目礼。全部人停下，以目光迎接这位见过两回的，传闻里公子爷追不到娶不着、嘴上不提实则心尖尖上摆着的何家二小姐。

林副官为她掀了帘子。

何未先进了屋，还是原样，炭火烧得旺。不过今日的八仙桌上，不只有干果、果脯，还有豌豆黄、艾窝窝、糖耳朵、芸豆卷、炸饹馇、核桃酥、开口笑……

“护国寺买的，杏仁豆腐和栗子凉糕。”那天送信的年轻军官，把最后两样摆在她眼前。

东西摆完，人逃走。

何未挨着八仙桌坐下。

那日来去仓促，没认真瞧过这屋子内的陈设，此刻看，白壁素帏，确实像个单身男人住的地方。她往珠帘里瞧，最先瞅见的就是红棕色的爱立信立式箱型电话机，半人高，摆在红丝绒布面的单人沙发旁。那晚，他恐怕就在那儿接的电话。

她这个角度能瞥见床榻的一角，锦被像是没收——

“上次来，不见你对这屋子如此关心。”他终于出声。

谢骛清走到她面前，拉开一个八仙桌的配凳，跟着坐了。因凳子小，他不得不两腿分开而坐，一手搭在自己的膝盖上，另一手搭着八仙桌边沿，面朝着她。

何未脸一热，随口道：“听林副官说这院子是你叔叔的，才想多看两眼。你叔叔的名声……也挺大的。”

他点头，附和说：“看得出你对我们谢家，确实很有好感。”

何未之前被他引入相亲局，事后琢磨觉得答应得太痛快，心里有少许不舒服。不过和他一来一去说了几句，心便软下来。算了，来都来了。

她暗叹自己大度，轻声问：“你那位学弟，叫什么？”

“邓元初。”

“挺好听的，”她拿起银叉子，为满桌吃食相面，“人好吗？”

“律己清廉，才学过人，”谢骛清带着欣赏的语气说，“虽是官宦世家，却从未倚靠过谁。这次也是凭着自己的成绩被招揽回来的，预备入职陆军部，或是外交部。”

倒是介绍得详细，她不过问了句好不好。

“外交部缺军事人才，尤其是有留学背景的，”她听到外交部，难免多说了两句，“陆军部那么多人，不如让一个给外交部。”

“你可以等他到了，把这个建议给他。”谢骛清说。

“我负担不起人家的前程，”她摇头，“我哥哥死在和会那年，这都是他提到过的。”巴黎和会那年，不只有外交官员去，还特地请了留学过的武官跟随代表团谈判。

何未例行公事问完，拿了勺子舀起一小块豌豆黄，慢慢吃。

谢骛清什么都不做，看着她吃。

她想到一个问题，抬了眼：“如果你学弟去了陆军部，日后……他不就是你的死敌了？”

南北政府必有一战，举国皆知。如果那个人去了陆军部，日后开战，必然是谢骛清的一个劲敌。如果去外交部还好，就是对外、对国际社会的，不参与内部战事。

“如果他真想为军阀政府效力，我们也只能是敌人，”他似被问到痛点，停了好一会儿，才说，“过去有不少师兄弟死在我的手里。”

全国统共那么几个正规军校，毕业时大家各奔南北，等再见面十有八九都是在战场上。

何未握着勺子，望进他的眼睛里：“如果这样，你不是把自己敌人介绍给我了？”

他想想，公平地说：“或许是。”

“那以后你俩生死对决，我该站在谁那边儿？”

说了半天的话，只有这一句容易被误解，偏巧就被送炭盆进来的武官听到了。她没脸红，人家先窘得脖子红了，急着退了出去。

何未抿起嘴唇，郁闷地接着吃豌豆黄。

“这几年，大家都是今日不知明日生死，尤其我们这些从军的，”谢骛清说，“现在说这话太早。”

何未轻“嗯”了声，不再问。她一手撑着自己的脸，手指玩着大衣的狐狸毛领。今日她穿着的大衣领口和袖口处全是白茸茸的狐狸毛，进屋忘了脱，刚刚武官又在她脚跟前加了一盆烧得鲜红的炭，是越烤越热，越热越觉得毛碍事……

谢骛清见她脸越来越红，早察觉异样，见她第三次摸狐狸毛领子，先替她说破了："要不要把大衣脱了？"

"嗯。"何未不再矜持，放了叉子，起身。

谢骛清跟着起来，接过她的大衣。他单手把衣服揽在臂弯里，这才见何未竟在冬日穿了件银丝刺绣的白色深领口天鹅绒长裙……他目光在她身上定了定，对门外说："加盆炭火。"

她窘了下，其实不冷，天鹅绒里有衬裙，外头还有貂绒披肩呢。

添炭火的人再次低头进来，这回见到的是谢骛清抱着二小姐的大衣，而二小姐已经脱得剩下一条惹眼的白色长裙。何未这裙子有腰节，领口大，下摆又不对称，长的一边柔软地搭在脚踝，另一边则露出衬裙的蕾丝边，是欧洲当下最时兴的款式……武官没见过，猛一望去以为是睡衣长裙，更是吓得不敢抬头，低眉顺眼地退出去了。

"我没正经相过亲，穿得是不是过于隆重了？"她先见谢骛清目光锁着自己，再见武官面红耳赤的脸，不觉忐忑，轻声问，"还是不够好看？"

谢骛清与人做戏时常被问这个问题，有撒娇者，有自视甚高者，更有妄图引他入帐者，唯独没有何未这样正经问的。他盯着她瞧了好几眼，神色莫测。

"真不好看？"她低头看，觉得不错。

"好看。"他低声说。

那就好，她安心一笑。

谢骛清已经掀帘进去了。这正房是他单独住的，没多摆家具，只有一个衣架在床边上。他把何未的大衣挂在了他的军装上衣外面，挨着的一个木钩子上挂着他的军帽和佩刀。

何未顺势见到了卧房全貌，里边还有个留声机，一摞属于男人的干净衣裤在床头摆着，锦被果然散着……

谢骛清一转身，她立刻倒背着手，像模像样地看身侧墙上的一排黑白照片。

右侧角落的一张最小的合照吸引了她的注意。那上边有个年轻男人，拿着属于将军的佩刀，戎装加身，面貌和谢骛清有五六分像，只是眉眼更硬朗。男人身边跟着个面容娇憨，衣着素雅的女孩子，她微微歪着头，似故意要破坏这位将军的威仪，将额头靠在将军的肩头。能看得出女孩子忍着得逞的笑，将军眼里也有着早识破其意图的温柔笑意。

这女孩子的面容……

“这是我的叔叔婶婶，我四姐是他们的亲生女儿，”谢骛清不知何时，站到了她身后，“也是我叔叔留下的唯一血脉。”

难怪谢四小姐虽为人母，仍存着少女娇憨，想必是这个缘由，一直都是谢家最宝贝的那个孩子。

“她妈妈……”

“叔叔死后一日，自尽的。”

何未忽觉照片里两人隐藏在眉目里的笑意过于明显，不忍细看。

“我父亲——”谢骛清说，“在叔叔和两个哥哥走后，曾说，当下时局，若真有心报国，就不要娶妻生子，耽误好的女孩子。”

“谢老将军……不怕后继无人吗？”

“天下姓谢的何其多，”谢骛清回答，“不过是我们一家没了人，不会影响什么。”

一个小家当然不会影响什么……

她不想他陷在过去，回头玩笑说：“谢老将军如此说了，你竟还敢耽误那么多的女孩子？”

谢骛清见她眼睛红红，知她不想自己难过，配合着打趣说：“所以我常被父亲责骂。”

谢骛清先离开了这里，何未也回了原位。

谢骛清挑了两人初见那夜他坐过的高背座椅，这比方才坐的凳子惬意多了，他不再受绑缚，往椅背上一靠，认真道：“我一直在找机会离京，这一走，再不会回来。”

认识十来天的朋友聊到分别，不该难过的。

可心情不由得人，她忽然不知该答什么。

他背对着窗坐着，被窗外透进来的日光勾出了一张脸的轮廓，因逆光，让整个人显得沉静了许多：“我这位学弟，欠了我一次救命的恩情。有他在，至少在南北开战时，我不用担心你因谢家而受牵连。”

“我们家还是有些朋友的，”她见他严肃，态度跟着端正了，“你不用太担心。”

“何家宗族对你如何，我有耳闻，你二叔——”谢骛清顿了一下，直接道，“我说话直白，二小姐不要介意。我怕等你二叔一走，日后没人能帮你。除了你的夫家，没任何人有足够立场帮你应对你的亲生父亲。”

他说得不错，就算二叔再好的朋友，也没法儿插手她和亲生父亲的事，登报断绝关系在外人看都是吵架的手段，小小一张印刷纸是难以让一个大活人脱离家族的。

他又道：“何家航运到了你父亲手里，恐怕是你和你二叔最不愿看到的，对不对？”

何未轻点头，何家航运太重要了。

“没有我，你都要面对如此危机，”谢骛清说，“更何况我们之前有过一段情。”

何未脸没来由一热。

这人……说得像真的似的。

“你需要一个肯舍命帮你且有能力护你的人。”他最后说。

何未手指拨着长裙上的一颗点缀的珍珠：“可不会奇怪吗？我们认识不到半个月，你就要给我介绍结婚对象？我是说对外人来说，不奇怪吗？”

她因为穿着长裙，两腿并拢着倾斜到一侧，脚上的皮鞋跟刚好抵着他的军靴。她毫无知觉，谢骛清却早注意到了。

“我对过去有过一段情的女孩子，都要照顾的，”他本想跷起二郎腿，坐得更惬意点儿，见她鞋跟抵得舒服，便没动，任由她靠着自己，“这一点，众人皆知。”

“可我明明没有，”何未蹙起眉，“平白落下这种名声，不是很亏吗？”

谢骛清眼里渐起了笑意。

她看出来了，不满地喃喃：“有什么好笑的？”

谢骛清这次真被逗得笑起来。

他倾身向前，轻声问：“没和我好过，很亏吗？”

何未半天说不出话，像被困在他突然离近的眼睛里。好像全部是真的，一切都是真的。但也只是好像，那晚在天津，他们再清白不过。

“这就像，”她下意识往后让，靠到了八仙桌上，“我只是看了一眼蟠桃园，非说我偷了最大那颗千年桃子，还闹得天下皆知……不亏吗？”

谢骛清轻扬眉。

千年桃子?

“可能……不太贴切，”她逃开红木凳和他，绕去八仙桌后，“差不多是这个意思。”

为堵谢骛清的口，她一指着赤红的炭，说：“太热了，你不热吗？”

谢骛清笑着坐了回去：“养海棠的地方，不能冷。”

这一说，仿佛屋子都香起来。

门框被人敲了两下。

谢骛清目光还在她身上：“进来。”

掀帘进来的是个穿着软呢西装的男人，那双比寻常女孩子还漂亮的眼里尽是趣意。他一见何未就笑了，放轻了声问：“这就是嫂子？”

……

何未被问得蒙了。

谢骛清已经离开座椅，问进来的男人：“我何时说，今日见的是你嫂子了？”

邓元初同样不解，余光瞥四处，见珠帘后的床榻上锦被未收……登时心中清明，谢骛清还是那个谢骛清，兵无常形，以诡诈为道，言不由衷得很。

“是学生唐突了，”他收敛笑意，挺直背脊敬了个军礼，郑重道，“谢教员。”

谢骛清沉默回以一个军礼。

邓元初缓缓放下右手，笑着笑着眼泛了红，轻声说：“没想到，我们还能活着再见到。”

谢骛清微微颔首，也是感慨。但他不喜对学生抒情，清淡地说：“先坐。”一切久别重逢的情绪都藏在了那双眼后。

三人落座。

何未悄悄在桌下扯过来裙摆，以免他们的鞋踩住……谢骛清的靴子恰到好处踢过来裙摆一角。她惊讶，见他像没事人一般对邓元初道：“你先说。”

“好，”邓元初一脸正色，看向何未，“正式介绍一下自己，邓元初。清哥是我过去的学长，也是我们这一期的教员。”

“你好。”她轻点头。

“昨夜我将清哥的托付仔细考虑过，”邓元初道，“我是完全没问题的，即日起便可大张旗鼓地在北京城追求何二小姐。”

何未没跟上他的思路：“为何要追求？”

“二小姐请听我说完，”邓元初解释，“只要和清哥扯上关系的人，都难有清净。一旦——”他犹豫，不知该不该说透。

“我同她之间没有不当讲的话。”谢骛清说。

何未意外，看他。谢骛清却好似说了一句极平常的话，神色如常。

邓元初放了心，接着说：“一旦清哥离开北京，我得照应你。”

这道理谢骛清讲了，可……不是要相亲吗?

邓元初见她不语，复又申明：“不过这是我一厢情愿的，二小姐你喜欢谁便和谁谈感情，想嫁谁就去嫁。我只管追求我的，与你关系不大。清哥安排这一回，不过是未雨绸缪，让我日后时时有立场帮你，”他最后严肃道，“日后在京城，我便是二小姐的后路。请放心，你的安危，比我的生死更重。”

“我和你无亲无故的，”还是初见面，她摇头，“这话严重了。”

“清哥有托，万死不辞。”邓元初郑重道。

她竟一时不知该答什么。他们这些人兄弟情深，似乎每个都是以命相付的。

“说完了。”邓元初说完正事，人也轻松了。

谢骛清始终一副置身事外的样子，此刻才开口问：“要什么茶？”

邓元初摆手，叹气说：“刚从谭家菜过来，应酬的人多，没吃两口菜，喝茶喝了个水饱。”

这便说完了？唯有何未茫茫然。

谢骛清若有似无的一笑落在她眼里，她顿悟，相亲根本是个幌子，是谢骛清虚晃了那些老狐狸一招。她不可思议瞅着他。

“二小姐常在京城？”邓元初对她的好奇不比外头的军官们少，只是碍于谢骛清在，不好明目张胆问，想先混熟再说，“可去过谭家菜？”

“常去的，”她礼貌答，“你没吃多少可惜了，那里的红烧鲍脯和黄焖鱼翅味道好，还有白切油鸡，最有名。”

邓元初遗憾：“倒没多看桌上菜，只在临走前吃了两口燕菜。”

“清汤燕菜也不错，”她笑，“有机会带你好好吃一回。”

京城的私家菜馆多，都是过去的官府私房菜。昔日的高官家蓄名厨，雅聚友人，其后便做成了生意，谭家菜是名声最大的那个。“戏界无腔不学谭，食界无口不夸谭”，后半句指的便是这谭家菜。

两人从谭家菜聊到官府私房菜，再到宫廷菜……越聊越热络。

邓元初听到兴起，拉着凳子往她身前坐。

“改日我们再去米市胡同，”她说到高兴，也凑近说，“那里可不只有谭家菜，还有便宜坊的烤鸭……”

“倒不用改日，”谢骛清冷不丁冒了句，“今日就去。”

两人被打断，同时看谢骛清。

她想想，总归要吃午饭的，倒也可以，于是跟着谢骛清一起看邓元初。

邓元初则在心里反复地揣摩这位昔日老学长兼最不讲情面的谢教员的弦外音，再将谢骛清的行事做派里里外外掂量了一番，最后下了结论——万万去不得。

“昨夜宿醉，头疼得很，是没什么胃口了，”邓元初一手扶额，蹙着眉头，“能不能先让我睡几个时辰？”

谢骛清无可无不可。

邓公子死活不肯多坐，讨了西厢房的一张床睡去了。

谢骛清见人一走，便去衣架旁取下了何未的大衣和他的军装，掀帘出来时，被何未夺走了其中一件：“我想看看你的军装和佩刀，等我一会儿。”

大衣还在谢骛清的手里，夺了军装的姑娘已进了卧房。

谢骛清不大懂军装和佩刀为什么要摆一起看，但至少懂得，女孩子的心事摸不透便不要强行追问，留一线余地才好相处。

他没多问，立在帘外等着。

……

珠帘后的何未背对他，小心择着军装上的细小狐狸毛。早该想到，狐狸领都要掉碎毛的，她大衣是白色的看不出，他军装是深色的，显眼得很。

很快弄妥，她正要走，一抬头竟望见临窗的书桌正当中有两张长条的白纸。它们被一方砚台压着，静躺在窗棂下的一道道黑影里，被人以浓墨写就了一句送行之言：

“你我终将成尘成土，唯华夏之山海永存。”

是谢骛清的字。

如此轻飘飘的白纸，因为无风，所以静止不动。如同这屋里的一切，桌、椅、书架、留声机和佩刀。静得让她难以呼吸。

“看好了？”帘外人问了声。

她被惊醒，抱着他的军装低头而出，险些撞到谢骛清怀里。

“不是看佩刀吗？”他不露声色地向后让了半步，“不见你过去。”

“你……锦被没收，我不好过去。”

他这才记起，昨夜睡到中途起来研墨写字，再没回去床上，没注意这个。

何未原想问他为什么不回六国饭店住，细想想，他这两日该是不想应酬谁，才一直留在百花深处，于是话到嘴边改成了：“林副官不帮你吗？”

“我的事历来都是自己做，这卧房，”他告诉她，“从我入住，你是第二个进去的人。”

早知道……就不进去了。

谢骛清接过军装，边穿，边掀帘而去。

谢骛清自然不会单独带她去吃饭。两人未到米市胡同，早有人在谭家菜候着。他在京城像入了酒池肉林，天南海北来的朋友日夜相伴。今日吃饭的决定下得仓促，来不及多安排，席间三个女孩子，两左一右全在谢骛清身边。不过再多佳人，都盖不住席间的一个何二小姐。

何未的名声大，不只因她的离经叛道，更因她确是生得极美。今日她又是扮相隆重，往角落里的椅子一坐，单手托腮瞧着古玩架的侧脸，都够往来食客烙在心里惦上十天半月的。偏她见惯大场面，人家看便看，更能让人生出不少幻念。

端菜上来的人哪怕不认识这是何二小姐，都要在转身时不由自主地多瞧她两眼。

她将一双雕着水波纹的银筷把玩着，筷尾被一条细细的银链子拴着，晃动有声。身边，谢骛清正听左侧那位有着一双深琥珀色眼瞳的小姐说话。

她听着两人说要看文明戏，轻轻用筷子拨了拨碗里的虎爪笋。有人在屏风外站定，低声对候在外的林副官说话。

没两句，林副官进来，望着她和谢骛清这里："有位公子想来给何二小姐敬酒。"

我？

她还没说话，桌上人先不答应了："这是不知今日谁做东吗？"

他们这些陪坐的公子哥儿哪个不是平日横行惯的，一个时辰下来竟没人敢对何二小姐敬一回酒，算是平生头回知道了"分寸"二字如何写。其中有几个正遗憾没在谢骛清入京前亲眼见一回何二小姐，让这个南方来的谢家公子抢了先，偏在这里碰上不识相的，都一个个摆出了难看脸色。

谢骛清的手臂搭上了她的椅背："想不想见？"

她怕是自家船客，问副官："是谁？"

"召家的大公子。"

不只满桌男人，陪坐的两个女孩子的筷子都停了。

就是那个先要娶何未，却突然改了主意，同何家另一房女儿何至臻定了明年二月结婚的……召家大公子召应恪？

……

餐室静得可怕。

谢骛清在这静里，慢慢向后靠到椅背上，异常沉默。

"想不想见？"他重复问了她一样的话。

若不见，这里人会误解她还在意召应恪，倒不如坦荡让人进来。可今日是谢骛清的饭局，召应恪来敬酒的事一旦传出去绝不会好听……

谢骛清知她的迟疑，说："你受得起他一杯酒。"他指的天津的事。

他一挥手，直接让林副官去叫人，被何未一把拉住。

她按下他的手："我不想见。"何必自找麻烦。

……

众目睽睽下，她按着谢骛清的手，这算是两人今日最亲近的一回。

她竟感觉到谢骛清反手，极自然地握住了自己的手。

他对林副官说：“去说，二小姐不想见。”

何未的全副精神都聚在了两人交握处。其实他握的力道不重，也攥得不实……她轻轻地试图收回来。他没强行握，任由她逃了。

“林副官。”她忽然回了魂，赶紧叫住副官。

谢骛清看她。

“你对他说，”她知道召应恪不是一个能轻易劝走的人，倒不如说得更直白些，“就说我今日陪谢家公子来的，不想身边人为了一桩不值得提的旧事不高兴，不能见他。”

副官应了，挺高兴去了。

“我这么说，没关系吧？”何未轻声问。

“没什么不该说的，”谢骛清低声回她，“都是实情。”

这人，占便宜上瘾了。

何未抿抿唇角，轻睨他，没作声。

谢骛清轻轻从何未手里抽走了那双纯银细链点缀的筷子，为她添了最后一块白切油鸡，随后亲自起身，提了在烛火上温着的古瓷茶壶，为她添茶。何未应酬吃饭的时候多，常被人招待倒茶，佳人公子皆有。但被谢骛清这种顶着清贵公子爷的名号，却是个实打实的戎装男人在外当众倒茶，还是头一回。

她托腮，见满座衬衫马甲的绅士，唯他一个衬衫领口没系的。她眼往下，见他锁骨，不知怎的想到那光溜溜的腰，没头没脑地想到一句：楚腰纤细掌中轻……

正想着，林副官又冒出来。

“召家大公子说，”林副官肃容道，“既是谢公子在，他也当敬一杯酒。”

陪客们悄悄交换神色。

召家在北京虽无大权，名望却高得很。他们祖辈是旅欧华侨，晚清归国，曾追随过张之洞张香帅。辛亥革命后，家中鲜少有人再事公职，一心治学。所以召家几位公子虽在仕途上建树不多，却都是精通中西文化的才子，尤其这位召应恪，更是雅士中的雅士，公子中的公子。

召公子不顾礼仪，强行要见谁，那还真是头回见。

谢骛清良久不回，瞅了眼二十余步开外立着的那面紫檀木雕就的屏风，像隔着屏风见着了非要敬酒的男人。又是良久，他终于说：“先要敬二小姐，再要敬我，不知道的还以为今日是我们的喜宴呢。”

座上人赔笑起来。

谢骛清看着屏风：“对他说，今日就不必见了。若谢骛清能有幸追求到何二小姐，自会送喜帖到召府。”

林副官去传话，这次回来没大张旗鼓地说，在谢骛清耳旁说了两句。

他没作声，轻挥手，让林副官退了出去。

午饭吃到三点。

“还想去哪儿？”谢骛清出了门，问何未。

“用带这些人吗？”她想去的地方坐不下。

他摇头：“不用。”

她高兴起来，指不远处：“往前走不远，有个正明斋。”

谢骛清无可无不可，跟着她走。何未两手插在大衣口袋里，毫不计较皮鞋走土路，她怕谢骛清以为自己没吃饱，笑着说：“我看你屋子里摆着许多点心，想你肯定爱吃。你挑的那些都是普通的，带你去吃更好的。”

他从不吃点心，嫌甜腻，但没反驳。

何未颇有兴致给他讲，那铺子的招牌是果子干，是用真材实料的甜柿饼和杏干熬出来的糖水，泡了藕和碎冰，消暑绝佳：“可惜是夏天吃的，眼下没有。”

夏天……恐怕他早离京了。

她忽地没了心情再讲。

何未是饽饽铺的常客，熟门熟路，一进去就带他沿长长的走道往里走。店主知她喜堂食，为她腾出来一个坐榻，笑着说了句：“头回见你招待客人。”

她笑笑。饽饽铺不适合宴客，她过去都是带家里人来吃。

店主和气地看了眼谢骛清，问她：“要大八件儿，还是小八件儿？”

她回：“刚吃过饭，太多吃不完。帮我随便挑三四样吧。”

店主问：“硬皮、糖皮、酥皮，还是油炸的？”

“你定好了。”

店主没多会儿上了点心，把碧绿的纱门给他们拉上了。

“我帮你切开。”何未斜靠在榻上的矮桌，切开一块白酥皮的玫瑰饼，酥皮上的一个红艳艳的“玫”字，被切得散了开。

余下是一碟讨吉利的佛手酥，还有一碟讲情调的粉色六瓣桃花酥。两小碗凝霜冻玉似的奶酪，因量少，只供堂食。

“在天津说带你吃好的，”她怕隔墙有耳，放轻了声，“今日终于做到了。”

谢骛清察觉她比方才饭桌上开心多了：“刚才吃得不愉快？不喜欢陪坐的人多？”

“还好，挺热闹的，”她担心问，“我们在这里能坐多久？”

毕竟是两个人关在个小隔间里，她把握不好时间。

谢骛清说：“隔着纱门做不了什么，倒不必太计较时间。”

如此狭小的空间里，他随她偎着小桌子，再说这种话，她想不往歪处走都难。她耳根子烧起来。他指了一下两侧隔断，以分析战时地形的态度冷静评价：“这两旁透着光，藏不住什么声音，最多说几句情话，无伤大雅。”

一个饽饽铺当然只能说说情话……也不对，谁说饽饽铺是用来说情话的……被他绘声绘色地一拆解，更不像话了。

她数着碟子里的桃花酥，一共六瓣，数了几回，像能多数出一块似的：“你不是约了吃饭的小姐看文明戏？不急着去吗？”

谢骛清想了想：“想不出能看什么，你可有喜欢的？”

问我做什么。她垂眼看点心：“没什么喜欢的，倒不如听戏。”

他点头：“那便不去了。”

谢骛清看她眼睛亮了一些，不禁笑了：“又不是非约不可的人。”

何未看着那桃花酥，觉着今日的酥皮色泽格外好看，粉中带俏，娇而不俗。

谢骛清始终不动筷，何未便放了筷。此刻清净，她算了算船期，召应升应该平安了。

一旦召应升联络上家人，真相自然会揭开。以召应恪的脾气秉性，势必要来向她赔罪的，今日说不定就为了这个。她早前确实盼着沉冤得雪这一日，让召应恪好好给自己赔一回礼。但最近事情多，竟把召家给忘了。

谢骛清打破安静："和我这种人在一起，会不会觉得闷？"

何未不再想杂事，笑说："只是奇怪，你这么话少，要如何应酬人？"

"倒不必应酬，"他不大在意地说，"我就算不说话，该有什么，都照样要来。"

倒也是。

"谢家公子的烦恼，是我们这类人无法体会的。"她揶揄他。

"是吗。"他微笑。

他每回说这两个字都是漫不经心，似问非问，叫人没法儿接话。

碧纱门是半透明的，因门外时常有人走动，透进来的光时亮时暗。何未和他一人一边倚着这张矮桌，在光影的明暗交换里，七荤八素地想，他方才说得并不十分严谨……在这里若想做什么，还是可以的。

"从出了谭家菜，你就心不在焉，"面前的男人问，"因为召应恪？"

提这人做什么？她不解看他。

谢骛清也瞅着她，说："他方才开了一个雅间，等在那里，说要等到你肯见他为止。"

她以为召应恪早走了。

"你为什么……"她不解地看他，轻声问，"不早告诉我？"

谢骛清终于拿了筷子，瞅着面前的几个小碟子，说："当时那么多人在场，只能让他等。我不是那么大度的人，众人皆知。"

他格外沉默地夹了块桃花酥。六块花瓣缺了一瓣，一眼望去，空落落的。

"你先去，"他放了筷，"我也该走了。"

"这奶酪我最喜欢，不想浪费，"她拿了勺子，轻声说，"谢公子如果有事，请先走吧。见不见他是我的事，或者说，这是我和他之间的事。"

谢骛清盯着她瞧了好一会儿，下了坐榻，推开门。

何未用心搅拌着奶酪，余光看到他似乎对着自己轻一点头，就如此走了。

还说请他吃东西。

从头至尾，就仅仅尝了一块桃花酥。

谢骛清坐在车里，看着夜色。

方才在谭家菜，召应恪让林副官最后传过来的不止一句，第一句是等何未，第二句则是替人传话，提醒谢骛清不要忘记今晚的邀约。召应恪做了老狐狸们的幕僚，这件事还没几个人知道，但谢骛清知道。

谢骛清坐在汽车后座上，闭着眼，想到走时何未一直低头，用白瓷勺搅碎奶酪的侧脸，只觉得从未有过的挫败……他从出生，甚至在舍弃谢骛清这个名字后，都未曾有过这种挫败感。昔日在战场上爬过还烧着的木头和尸体，战壕里拼命用手刨着混着血的土找能用的弹夹，断着一条腿摔下河道、抱着还喘着气的兄弟去抢救……还有单枪匹马摸去芦苇丛里抢火炮，被甩到滚烫炮筒上烫掉整块后背皮肉的那些行走在阴间的日子都过来了，却被困在了……

他抬头看月，看这个人间的繁华京城。

车窗外的冷白月光照出了不远处的德胜门。

德胜门，古时征战出兵的大门，取旗开得胜之意……他入京那日曾想，日后离京，势必要从此门走，畅快地走。

月下的德胜门俯瞰着谢骛清，谢骛清仰头靠着座椅，同样回视着它。

“公子爷从上车就没说话，”林副官特地让司机下车，今日亲自开车，“为了二小姐？”

他似随意回了句：“为何不说是为了稍后要见的四小姐。”

“何二小姐……”林副官看后视镜。

“怎么？”

“那日在百花深处，公子爷你有意迟了十分钟，就为了让白公子先见上何二小姐？”

……

后座人不答。副官握着方向盘，试图从后视镜里看谢骛清。

谢骛清闭上眼，轻声道：“你一把年纪了，该考虑考虑自己的终身大事。不然每日盯着我身边的女孩子们，难免要胡思乱想。若我们能活着回去，我给你做主，让二姐为你介绍一位年龄正当好的。”

林副官最怕被说媒，平日此招极灵验，今日……似乎这位副官也变得大胆了：“卑职跟着公子爷出生入死多年，难道不值得听一句真话吗？”

谢骛清笑笑:“你出生入死多年，只想换一句这种轻飘飘的真话？”

“说句自夸的话，”林副官的眼里映着京城灯火，看着这些从不属于他们的繁华，“卑职从跟了少将军，便自认是忠良之辈，日后必会死得重于泰山。死都被安排好了，为何不能由着自己高兴，听一句轻飘飘的真话？”

长久的沉默。

林副官想，今夜怕问不出了，谢骛清是不会给人机会窥探到内心的。

“你说那些，不过想问，我是否心里有何未。”谢骛清竟意外开了口。

他合着眼，良久后，轻声说:“她值得与人白首终老，不该年纪轻轻就去陪着一抔黄土。”

自此，车内再无交流。

晚上的酒宴是大排场。

可惜席间的贵客谢骛清不大想应酬，有人在他身边絮絮叨叨地说着:“这京城的美食啊，堂字号的名声最大，当然，还有八大楼、八大居，公子可不能不去。”

谢骛清却想到那个饽饽铺的招牌叫果子干。

他一人坐着不动，来往的人如走马灯一般，神态各异，衣着各异，均是面容模糊，记不住半个。说话的人换了几拨，有个心气儿高的听说谢骛清是个学贯中西的儒将，以西语和他畅谈文学，见他不言语，笑着换回母语问:“为何谢公子不说话？”

谢骛清抄起酒杯，润了润喉:“给你讲个坊间传闻。早年张香帅门下有不少才子，有一位年轻人是公认的才学过人，一见到前辈沈曾植先生就开始滔滔不绝地畅谈所学，沈先生自始至终不语。那位年轻人奇怪，就问，为何先生不说话？”

桌畔出现了一位穿着西装马甲和白衬衫的青年男人，接话道:“沈先生回答对方，‘你说的话我都懂，而你要懂我的话，还得读二十年的书。’”

谢骛清微抬眼，见来人。

文气重的一个男人，面容清俊，生得高眉深目，目光尤其亮。虽不知身份，但猜得到。

“后来那年轻人痛定思痛，潜心国学，成了如今名扬天下的辜老先生，”召应恪给了传闻一个结局，“谢公子是想劝你回去潜心读书，勿要自满自得，白白辜负老天爷赏的天赋。”

那人讪讪，闷不吭声走了。

召应恪对谢骛清微颔首："谢公子。"

谢骛清微点头，没说话。

"舍弟之事，"召应恪以几不可闻的声音，轻声道，"多谢。"

"你该谢何家，"谢骛清不带情绪地提醒他，"日后记得还上未未的人情。"

两人交谈到此为止，远处被众人簇拥着的是姗姗来迟的主人家，也是这个重要人物终于让谢骛清离开了座椅。谢骛清上前，被今夜的主人热情拥住，老人家连声的"世侄"让众人热泪盈眶，把谢骛清的背影也变得模糊了，融进了这层叠交错的灯影里。

翌日清晨，正明斋饽饽铺的第一个客人是个武官。

老板未到，只有一个伙计拿着抹布擦门框，武官进来便指明了要铺子里的好东西，却不是熟客，描述的话语也奇怪："一个白饼子，酥皮的，上边拿红章子盖了个'玫'；一个是六瓣的，像桃花，桃粉色；还有一个……像个老虎或是猫的爪子，该是豆沙馅的。还有奶酪。"

伙计按对方字句，装了白酥皮玫瑰饼、六瓣桃花酥和佛手酥。

唯独奶酪不肯给："那要堂食。"

"可以加钱，几倍钱都可以。"

伙计摇头。

武官无奈，却有礼貌地笑笑，并不强求："小哥儿稍等，我问问。"

伙计往出瞧，见武官出去对着轿车的窗内低声说了两句。车门开了，下来一个身形消瘦的男人，那人有双让人过目难忘的黑色眼眸，浑身上下每一个动作和步子都透出了宿醉的疲态。他一低头避开高处的绿布包裹的门楣，对伙计轻点头招呼。

伙计在此处多年，大人物也曾见过，却没被这等人点头招呼过。

"堂吃吧。"武官对伙计说。

那人一言不发，径自往里去了，熟门熟路的。

伙计呆了一呆，追上前引路，见他挑了最里边的一个角落隔间。武官再不肯让伙计靠近，还将绿纱门合上半扇。

伙计去后院取今日第一碗奶酪，在想，幸亏这是晨起，不是深夜。那位公子哥儿给人的感觉像戏词里唱的一露面便能摄人三魂七魄的那种……幽谷佳人，不同的是，他是个男的。

那日后，谢骛清像凭空消失了一般。

更简单说，是在她能接触到的圈子里消失了。她曾有几次去六国饭店，热闹的地方偶有人叫一声谢公子，但看过去，均不是他。

转眼到了新一年。

白谨行去年年底因一张通行证名震京津，不久便传出了他那两张船票的情话，求而不得的心情在故事里渲染得十分感人，惊羡了一干京城名媛，包括何家那边的姐妹们。

没几日，刚到京的邓家小公子相亲后，对何未一眼定终身，川流不息地送花到何宅，更是惹来了前所未有的嫉妒。和谢骛清比起来，邓家小公子才是前途无量的，既不像白谨行已舍下功业、决意留学，又不像谢骛清那般高不可攀、风流难懂。

“自打紫禁城大婚起，我们家的风水也变了，”均姜剥着杏仁，往小白瓷碗里丢，“小姐的姻缘线都缠成一团了。”

“可、可不吗，”扣青眨了下眼，认真道，“旱、旱的旱死，涝的涝死。我以为小姐是旱的那个，没承想是涝的那个。”

“莲房？”均姜伸手，在莲房眼前晃。

莲房回神，脸一红，端着满碗的杏仁出去了。

“怎、怎么了她？”

“二老爷回来了，”均姜抿嘴笑，“你说怎么了？”

在东面院子的大书房里，何未摸摸卧榻的热度，太凉了。她对方才进来的莲房说：“二叔这里没有人照料不行，你过来几天。”

莲房轻点头。

榻上穿着老式深蓝袍子的何知行被莲房塞到怀里一个黄铜袖炉，他因消渴病，眼不大好用了，但还是辨出了面前的就是莲房：“不像话。怎能让莲房过来？

她一个女孩子。”

“我是女孩子怎么了？”莲房竟抢在何未前面说了话。

“女孩子还要嫁人的，”何知行好脾气地柔声说，“不好到我的屋子。”

“我本身就是……”莲房止住，她从不提过去，但见何知行两鬓的白，竟头次主动说，“本就是八大胡同的丫鬟，从未避讳什么。”

何未眼睁大了一些，瞥二叔和她，被莲房今日大胆震惊，岂料还有后一句。

“老爷的身子和那些男人也没什么不同，过去我都见过。你怎么就金贵，不让人看。”

……

二叔是瞧不清楚，可她看得明明白白，莲房说到中途面颊憋得通红了，眼也是红的。何知行用大拇指在黄铜袖炉的侧壁上摩挲着，无奈笑了：“你这姑娘啊……”

“就这样吧，今日过来吧，等冬天过去就回去。”何未对莲房挥手，可不能再让这姑娘说了，再说下去二叔怕要昏过去。

莲房顶着一张打翻了胭脂的脸，去收拾了。

何未想试探二叔对莲房的心思，未启口，何知行已靠在那儿，问她：“白谨行见到了？”

欸？她没说，二叔怎的知道了？

罢了，先解释没结成婚的事。

她把装着那块表的木匣子递给二叔，二叔没打开，只是笑着感慨说：“看来注定的。时辰没对上，心意也没对上。”

她还没讲，二叔怎的又知道了？

“他见了你一面，便给他父亲去了电报，说这亲事不能结，你太像他家的四妹了。而且，你也没看上他，”何知行笑着说，“他父亲骂了他一通，说既姑娘家没瞧上你，就赶紧走，不要胡乱纠缠。”

“何时的电报？”她问。

“十二月二日。”二叔答。

那是初见之后？何未惊讶，原来一开始两人的感觉就是相似的。似兄妹。

“他第二份电报发给两家长辈，也到了我这里，”何知行轻拍腿前的一沓电报，“稍后你从这里翻翻，该在此处。”

“说的什么？”

“约莫是，他要等等再走。他一个朋友给了意见，说你先前被召家伤过的，这一回须你先开口说。等你一下了决心，他立刻就走。”

何未笑了：“亏我还被两张船票的话感动了一下。”

何知行跟着笑：“这也是他那位朋友的主意，让他务必想一句罗曼蒂克的话，可令人感动的，盖掉你被召应恪抛弃的传闻。”

这她真没想到。那两个人合伙将她一个给骗过去了……幸亏白谨行老实，真把要做什么说什么都如实禀告了长辈们。否则，她恐怕要一直被瞒着。

二叔难得被勾起结识的心思：“那位小友，可还在京？”

“谁？”何未下意识问，但潜意识已知问的是谢骛清。

何知行带她长大，不必看她面上的神态，从声里便知她在佯装：“对二叔还要敷衍吗？”

“没敷衍，”她低头，揪着裙上的细小绒毛，今日她穿着开司米面料的连衣裙，这料子够她揪一辈子……“许久不见他了，离京了也说不定。”

“这样，”何知行遗憾，“他让我想到一个人，还想当面问问。”

她抬头：“二叔认得的人，有我不知道的吗？”

“姓谢，说是字山海，”何知行笑了，说，“十年来只打过两次交道，不知怎的，见是姓谢，便联系到一处了。”

何未今朝第二回睁大了眼：“是……生意往来吗？”

何知行微颔首：“而且是不记账的生意。”

从不走账面的，只靠脑子记的生意，历来是何知行和哥哥口述给她的。

“好像，”何未轻轻地、魂游一般地说，“就是他。”

何知行长途奔波而归，须先休息。

何未回了书房，便提了听筒，拨邓元初的办公室电话。他最终两样都没选，邓家不想小儿子经常在外抛头露面，让他去了财政部。接听电话的是同办公室的人，见是何未，笑着让她留下话。何未只说想见面，便挂断了。

近黄昏时，邓元初迎着风雪来，立在抱厦那儿，对久等的何未笑了笑，脱口想叫嫂子，随即压回去了，人笑吟吟地站着，等扣青为他拍干净了雪，紧跟着何未进去了。

她将书房门推上，邓元初先问了句：“嫂子有要紧事？”

何未无奈，抿抿唇：“你不能叫我嫂子的。”

“晓得，人后叫一句。”

“我和他没关系。”

“晓得，下次不敢了。”邓元初正色道。

何未揣着许多疑问，不再纠缠称呼，轻声说：“我二叔想见谢骛清，他最近在哪儿？”

邓元初一听这话，意外问：“你不知道？”

知道什么？

邓元初到何未身边坐下：“这一个月，清哥被关着，我以为旁人不知，至少嫂子知道。”

她心头一震：“关在何处？”

“眼下被放出来了，”邓元初低声道，“前两天刚回百花深处。”

邓元初将来龙去脉为她简略地讲了，去年年底，谢家大小姐与其先生在广州火车站遇刺，为护妻，其先生连中三弹，于当夜不治而亡。谢骛清得知消息，未有任何表现，四日后，一夜内相关人等死了十三人，谢骛清更是在当晚的饭桌上掏了枪，将出卖大姐行程的关键人物一枪毙命，跟着谋划此事的两人也重伤而亡。他则被人关了起来。

各方博弈下，谢家承诺到此为止、不再追究，谢骛清才被放了出来。

全程消息被压得密不透风，外界风平浪静，她还在热闹地迎接新年。

……

何未全程听完，心里闷得不行。她看窗外，天已黑了。

“若想去，我陪着。”邓元初识破她的心思。

她第三回到百花深处，没有主人的邀约。

邓元初陪她进了院子，厢房门口，上回送信的年轻武官正用不锈钢的小锤子砸着地面上的冰，另外一人提了半桶热水泼在冰上，嗞嗞冒了白烟。两人一见何未，全停下，互相推搡着，想让对方叫谢骛清，可都激动得说不出话。

何未径自迈上石阶，推开帘子后虚掩的木门进去了。

屋里没开灯。

她立在黑暗里，刚才迈出去两步，卧房里的人已察觉：“谁？”

她想说话，眼前先起了雾。

脚步声跟着近了，近到珠帘前，黑暗里不见面容的一个影子，只见得他的一个身形轮廓……她低头想藏眼中的热意，可转念一想，如此黑，谁瞧得见。

“明天……是腊月初八，”何未抬起头，隔着眼前的水雾看他，“我想找你陪我过节。”

他的影子立在那儿，一动不动。

“刚才是假话。我能不能……说句真话给你听？”她笑，带着轻微的鼻音轻声说，“来的路上我就想着，只要能见到，怎么都要抱你一下。倒不是因为想怎么样……”

她眼睛酸得难受，却不想让眼泪掉出来。

忽见满室的黑里，他的影子微微动了一下，向她走过来。

她屏着息，看着影子越来越近……脚下像踩着薄冰，不敢用力，好像稍一用力就要碎。直到男人的手掌压上她后背，搂她过去，她才像站得实了。

原来……她眼睛更酸了，原来他真的很瘦，抱实了才能觉出他受过多少的罪。

脑后被他的一只手压住，她恍惚着还在想，要不要抱实一点儿。可没法儿再抱得更实了。她的额头挨着他的衬衫，闻着男人身上受伤后有的外敷药物的气味，想到上次也是这样……

“你身上是不是有伤？”在天津她没经验，这一回有了。

“没有。”男人呼出来的灼热气息落到她耳廓上。

她眨了下眼，克制着情绪，鼻音更重了：“那你身上……”想想，笑着说，“挺好闻的。”不乐意说实话就算了，不勉强你。

谢骛清在黑暗里，笑了。

她见他笑过许多次，已能在脑海里勾勒出他笑的样子。

他松开怀里的女孩子，在一片黑里找到壁灯开关。一道光亮拉他们回了现实。他就着光线瞅了她一眼，方才抱何未，能感觉得到她大衣上裹带着寒气。

他对外问："炭火有没有？"

"有，"武官像个土行孙似的冒出来，欢天喜地端着炭火盆，"刚烧的。公子爷说过，二小姐不喜欢多穿衣服……"

谢骛清望过去，武官立刻放下炭盆，溜了。

两人相对立着，因刚抱过，何未始终不大能坦然直视他，但像能感知到，他的注意力在自己这里。"我不是……随便谁都要抱一下的。"她深刻觉得此事须说清楚。

没听见回话，她抬眼看，他显然是在笑。

"上一回肯定不算数，"她无端心虚了，轻声说，"那是公事。"

谢骛清见她势必要论出一个是非曲直的神情，让着她说："不管是公事抱，还是私人抱，都按你说的算。"

……

何未想，他是否学过诡辩术，所以没人说得过他？

他在屋子里溜达着，从多宝槅里拿起香烟盒，敲了敲，想想，又丢回去，对门外要了壶热茶。

趁人送水的空当，他进卧房，想收拾床榻。何未立在珠帘外，见他要收锦被，轻声道："我又不进去，你倒不用收拾床。"

谢骛清背对着她，将锦被折了几折，叠成一条，摆在床内侧。

他顺手把书桌上写了几个字的白纸抽走，攥成了团，出来便丢到火盆里。赤红的火苗子一下子冒起好高。

"为什么烧它？"她猜出这是给他姐夫写的，如同上次给赵参谋的。

"一时想不出什么特别的话，"他平淡地说，"写得太多了。"

纸虽烧得一时旺，却是个热闹，转瞬火苗就灭了。

木炭长长久久地烧着，灰黑里透着鲜红。

何未盯着那红，越看心越沉，筹谋安慰他。他一指坐榻，两人隔着一个矮桌子，坐到一张榻上。壁灯在照片墙那里，照到他们这里的光线已弱了不少。

谢骛清将滚烫的茶水倒给她，像熬着耐心似的，并不开口。

他的脸也是真的瘦。幸好不是棱角分明的面相，瘦不至于脱相，只是让人瞧着心怜。

“今日你问，我答。”他倒是痛快，知她揣了不少疑问。

“我二叔刚回来，”她轻声说，“我从他那里听到了一些事，不知该先问哪一件。”

他不意外：“已经得到答案的，倒不必再问。谨行发电报的内容，我全知道。”

何未由衷地说：“谢谢你，处处为我着想。”

谢骛清笑了笑，没说话。

“二叔想见你。”她又说。

“因为谢山海？”他仍不意外。

真是他。

“你早知道我们家还做什么？”她问。

“就算没和你二叔有生意往来，也猜得到，”他举杯，吹去杯中浮叶，“你一个十几岁的孩子就算有天大的悟性，也不可能凭着一朝兴起就把救人的路子走得如此顺。”

“二叔一直放我在历练，”她嘟囔，“而且，我不是孩子。”

白雾在他脸前，他微垂了眼，笑着说：“是，你的眼界早超过了同龄人。”

还有一问……她犹豫着。

“这便问完了？”他瞧过来。

她试探说：“还有想问的，你未必肯说。”

谢骛清笑答：“我不喜欢欺负姑娘家，尤其你这么小的。既说让你问，就会答。”

反复强调年纪，像亲手划了一道鸿沟。

何未不怎么高兴，没吭声。

“还不问？”

他似乎话中有话，像要说：当心我反悔。

何未不想放过这个机会，还是问出来：“过去九年，你去了哪里？”

“过去九年？”

谢骛清沉默地思考着，良久后，出了声：“过去九年，谢骛清已经死了，为国捐了躯。在……”他回忆着，“你八岁那年死的，父亲老友下的手，后来家人将我在南洋藏了一年。你九岁，我去了欧洲，在高级军官学校待了一年多，世界大战后转去俄国，俄语就是在那里学的，其后，谢山海归国反袁。你十五岁，我回了云贵带兵，反军阀政府、禁鸦片，那时叫谢卿淮。你十六岁，谢卿淮躲过了数不清的暗杀，可惜没躲过自己的老学长，因烧了人家几十万的鸦片又死了一回，这次真险些成土。你十七岁，我有幸还活在这世上，为保住叔叔唯一的血脉捡起谢骛清这个名字，来这里做人质。”

“在这里，”他最后说，“去年的十二月一日，认识了你。”

最后这句直戳到人心里。

人生际遇不可测。北京到云贵山遥水远，陆路水路不晓得要换几回，各省战火不绝，通信要走上好几个月……若没有入京为质，他们两个恐怕这辈子都难认识。

讲述已告一段落。他的九年，生死往复，早活了常人的几辈子。

谢骛清又开始熬耐心，不急不慌地等着她。

“为什么后来改了名字，”她受不住这静，继续问，“不用山海？”

他笑笑，没答。

太多人死在他阵前，反袁后，他便用谢山海陪葬了师兄弟们。男儿自当带吴钩，收取关山五十州，可男儿脚下的是谁，除了他自己，无人在意。

“可你给我的信，落款是山海。”她再问。

他又笑了，还是不答。

那是十七岁的谢骛清，虽舍了一切，却是他最意气风发的年岁，用这个名字能让他暂时忘掉被软禁的挫败。

“还说都会答。”何未小声抱怨，见到的只有他一次比一次深的笑意。

……

不答就算了，不勉强他。

何未想，他笑时真好看。公子清贵，如圭如璋。

谢骛清没留她吃晚饭，实在院子里没人会做正经饭，也没先准备，怕委屈了她。他掀帘送她到院子里，何未回头问："那你自己吃什么？"

"公子爷吃过了。"没等谢骛清说，一旁年轻武官已忙不迭地接话。武官还要说，被提着木桶浇冰的人踹了一脚：是你该插嘴的时候吗?

她遗憾："那算了，还说上次没吃到，这次尝一尝你们的手艺。"

"公子爷不喜欢浪费东西，没让多做……"

谢骛清挥挥手，亲自将人赶走了。他问副官："邓元初去哪里了？"

"说去买东西，"林副官掏出邓元初留下的怀表算时间，"快回来了，他算好时间的。"

何未坐邓家车来，须坐同样的车回去。谢骛清不便送她。

他肩披着军装大衣，低头问她："要不要先进去？"

她摇头。纵然有谢骛清的铺垫，她对邓公子仍保持着该有的客气。人家大冷天做陪客，为不干扰他们又找借口往外跑，总不好人家回来了，还要去屋里请自己出来。

何未挪到老式的朱红大门后等着，这一处能避风，还有门缝能见胡同的土路。

她留意到大门红漆掉了几处，都快过年了，竟没补漆。好似无形里在证明给她看，谢骛清是过客，此处并非他的久留之地。

"去胡同口看看。"谢骛清的声音忽然近到耳后。

何未心中一震，欲回头，后背就已挨上了男人的身体。谢骛清竟在光天化日……不对，是夜色沉沉的大门后，从身后抱住了她。蓝色大衣裹住她的身子，隔绝了无孔不入的风。

林副官目不斜视，从两人身旁经过，迈出大门。

……

她微微呼吸着，感觉到他的手臂在大衣里，环住她。

只是他右手搭的位置实在……

只有一霎，谢骛清就离开了，避开了女孩子的柔软。何未耳边是阵阵心跳，呼出去的白雾都是热腾腾的。

他低声问："你说过什么节？"

"在雍和宫外，每年腊月初八都有祈福粥，"她只有不停地说，才能让自己不像个被白雾蒸透的大红枣糕……万幸这里黑，谁也见不到她的面颊，“每年都许多人去，更远些的地方，像天津、保定那边都有人连夜赶过来领粥。”

“要看情况。”他说。

“没关系的。我只想带你瞧个热闹，总在院子里闷着不好。”

话刚说完，几个人影遥遥地从狭长胡同那头走来。在暗不见灯火的土路上，邓元初比引路的林副官高了半头，身后跟着两个着便装的副官。

何未一见到人，忙从大衣里钻出来。谢骛清没强留她，由她逃了。

两人拥在一处确实暖和，乍分开，却比刚才还冷。

其实人影挺远的，还能再抱……至少半分钟。她后悔地想。

一见院门，邓元初便站定。

邓元初今日戴了眼镜，那双比寻常姑娘还漂亮的眼睛藏在镜片后。何未见惯各色的人，擅识人，她早发现邓元初不管见谁，面上都有着固有的微笑，此刻便是。他一路微笑着走来，却并不让人觉得可亲近，反倒给人一种推人出去十万八千里的距离感。

但一见到谢骛清和何未，镜片后的眼里便浮出了识破一切的趣意。他对着谢骛清假客气地一点头，笑说：“路上耽误了不少时间，多谢清哥替我照看未未。”

“客气了。”谢骛清在大门内说，语气不咸不淡的。

何未低头下了台阶，借月色走了。

等人躺到自家书房的卧榻里，搂着鹅毛枕头，她仍觉得浑身酥麻麻的。

“小、小姐翻来覆去，是想不好要不要收镯子吗？”扣青问她。

刚在门外，邓元初将刚买的玉镯子送得极为隆重，院子里的姑娘们都看得高兴。

她下巴压着鹅毛枕：“收，而且要收好。日后要还的。”

均姜在一旁搅着杏仁牛奶，把何未拎起来，塞到她手里：“还什么？我看这个挺好。”

何未笑而不语，喝了一大口牛奶。

“明日说是召家和何家一起用家宴，商谈年后的婚宴。”均姜提醒她。

“是吗。”她竟学会了谢骛清的语气。

均姜和扣青不作声，这语气怪吓人的，平日没见过。

“腊八粥开始煮了吗？”她突然问。

均姜回：“方才洗米泡果了，后半夜就开始炖。明日晨起正好吃。”

何未放了心。

谢骛清怕是不方便去，那便让人送粥去百花深处。难得他来次北京，要吃口这里正宗的才好。中国那么大，十里不同音百里不同俗的，这里和云贵相隔数千公里……还真不晓得云贵那里的腊八粥是什么口味，应该不大一样。

何未又想到裹住两人的大衣，厚呢的，蓝得让人心静。

当时两人身子贴着，抱在同一件大衣下，他背后那些人到底看到了多少……电话好像响了，她恍惚看过去，话筒已被塞到手里，均姜说：“谢家公子。”

她惊讶坐起。

均姜撇了下嘴，端起玉碗，挽着扣青出去了。

黄铜雕花的听筒冰冷冷的，何未把脸贴上去。

她轻轻“喂”了声。

“睡没睡？”低低的男人声音传来。

“没，”她望着一旁的花架，笑着想，电话被人监听挺好的，他风流起来比严肃时会说话多了，“不过快了，没想到你能有电话过来。”

他笑了声：“听说明日召家和何家有家宴，有没有心里不痛快？”

“为什么要不痛快？”她未料他关心这个，奇怪道，“难道等人家来年正式结婚了，等孩子满月酒，或是孩子都娶亲了我还要不高兴吗？他们两家吃饭，你们每个人都要问我。”

“好，不问，”他说，“难得清闲，明日过来陪你。”

何未还以为听错。

“大小是个节日，”他又说，“总不能让何二小姐受了冷落。”

何未这才觉真实，他一定还记得傍晚自己说的祈福粥。

随即又想明白，原来谢骛清问召家何家的晚宴，不过为了有个由头见她。他们两个是余情未了吗，对方难过时，总要现身安抚的……

“不想见我？”他笑着问。

“谢公子难得腾出一日应酬我，不敢不见。”她对面多宝槅自鸣钟玻璃罩上，映着自己藏不住的笑脸。

“那便定下了。”

何未抱着大白枕头，将下巴压在那白丝缎里，轻轻地“嗯”了声。

“未未。”谢骛清忽地叫她。

她心一跳，没好意思答应。

那边竟就此没了回音……

百花深处的书桌旁，黑里乍现了一道蓝绿的光，烧到旺时是黄，最后凝成了一点点红。他坐在桌旁，两指夹着那一支本该在几个小时前点燃的烟。那时怕呛到她，没点着。

听筒搁在桌边沿，他手边。

似安静太久，那边的何未轻声叫他：“谢骛清？”

他笑，没应。

那边的女孩子再叫他：“谢骛清？”

他端起咖啡杯，悄无声息地啜了口。刚林副官来说了两句要事，他没来得及告诉她。此刻听她叫了自己名字两声，竟不想再出声打断她。只想听她多说几句，琐碎不要紧，内容不重要，重要的是她一直在说，他在听。

这是两人同在北京的好处，能用一根电话线找到彼此，相隔两地就不可能了。

前两天吃饭，说北京电话局在筹谋着，十年内要搭一条跨两省的电话线路。不过难度大，两地一通话，沿途线路都要断掉。这种技术难题，还须时间解决。

那边的人搁下听筒，脚步声远了，再回来的脚步声不止一人，细碎有女孩子的交谈声。最后还是她拿起话筒敲了敲，嘀咕说：“断了不该没声音，是坏了吗？”

他忍俊不禁，捡起听筒，低声说：“刚才有事，走开了。”

“还以为电话坏了。”她笑。

“差不多了，我还有电话。”他说。

她毫不介意突兀的结束，只是柔柔地道了声“晚安”，主动配合着挂断。

也是太急于撇清“关系”，没来得及让他答复一句。

他猜，她该挂断就后悔了，没多说两句。如同朱红大门内在他怀里避风，怕被人瞧见先钻出去。可躲开又要后悔，没再让他多抱会儿……

谢骛清笑着，反手将烟在烟灰缸里揿灭了。他离开座椅，看窗外的小院子。

院子东南角有个木架，攀着葡萄藤的枯枝，据看院子的老伯说到夏日能长满院子的绿叶，巴掌大，一个叠着一个，还能结葡萄，现摘现食。还有两棵香椿树在西面，应节时，随时摘一把往鸡蛋浆里一丢，便可炸一道小食，过去女主人常做，为将军佐酒。

隆冬时分不见枝繁叶茂，但枯枝未死，来年抽绿，仍是繁盛景象。昔日婶婶的温柔用意全在这小院子里藏着，她想要叔叔能真实感知到他是为何而战的。那是比忠孝礼义更有温度，更让人觉得值得的东西。

何为山海?

岂止触手冰冷的砂石波涛，还有这红墙内的人间烟火。

第五章

烟火落人间

谢骛清照旧是言出必行，翌日，谢家和邓家的车同时停到何宅大门外。

只是时辰早了些……凌晨四点半。

何未难得有兴致，寻了去年定做的以红为主色的袄裙。上是红线绲边的银白短袄，下为银红百裥裙，隆重得像过年。

她自从毕业再没穿过袄裙，往东院大书房去的时候，难免忐忑，一迈入书房，便闻见二叔书房里特有的老山檀香的香气。于香气里，第一个见到的便是谢骛清。

今日的谢骛清没着戎装，穿了深蓝西装和同套马甲。他的座椅旁正是屋子里的眠鹤熏炉，那半人高的仙鹤单脚立在那儿，鹤口中飘出了一阵阵的香。

而谢骛清在醉人的香里，一手端杯，一手捏着茶杯盖儿，拨着浮沉的叶……

夜阑人静，天黑得正浓。

他一抬眼，竟像见到神仙洞走出来一个不知何朝何代的女孩子，背对着窗外的月色，从屏风后绕过来。她浮沉在香气里，宽阔的衣袖垂在腕下，两手交握在白狐裘护手里，披风的帽子仍戴着，没来得及摘下。

谢骛清和披风帽子里的那张小脸对望了数秒。他一低头笑了，举起拨了有十来分钟茶叶的白瓷杯，就着浅尝了口。

难得见她穿暖了一回。

何知行倚在卧榻上，正和邓元初聊着一桩他回国前的旧事，和财务部有关。

去年筹备大婚时，前清的内务府想和财务部要钱没要到，最终抵了几十箱子的瓷玉金银器给汇丰银行换钱。此事传出去闹大了，财务部被骂无能，不得不拨款给宫里结婚用。

何知行轻摇头，叹了口气：“又是一桩为前朝善后的事。”

邓元初笑着，无奈道：“若论起来，善后的事可多了。这几日我被借到外交部，和八国谈庚子赔款的事。当年他们八国烧杀掠夺北京城，我还没生出来，眼下却要善后给他们赔款，”邓元初感慨，“烧我们的城，杀我们的人，还要我们赔钱。”

“还在谈吗？”何知行意外，这可是一笔旧账了，前清欠下的钱。

邓元初点头：“总要想办法让他们少要，退回来多些。还是用扶持教育的方式要的，资助留学、修学校什么的。”

“这还要感谢当初的梁大人，”何知行说，“找到教育做突破口。”

昔日的驻美公使梁大人在美国努力周旋谈判，想办法让美国把多余的赔款用来资助教育。由此找到突破口，打开了和各国谈判的局面。

“鲜少听人感谢自己人，”何未坐下，对二叔抱怨说，“倒是听人夸过洋大人仁慈，肯退钱帮我们搞教育。”

三个男人不约而同地笑了，笑中自有无奈。

见何未已到，他们很快不谈了。

“去吧。”何知行微笑着，让他们年轻人去过节。谢骛清微微欠身，对何知行告辞，和邓元初先一步离开书房。

何未走前问二叔：“晚上在家里吃，还是去外面？”

“晚上不是何家和召家的宴席吗？”何知行笑吟吟地望着她，“我们二房的怎能缺席？”

这是在开玩笑？可二叔从不拿召家开她玩笑。

“下午四点前回来，今晚不可迟到。”何知行认真道。

“真要去？”她不放心地确认。

何知行轻点头。

何未不明所以。不过……既二叔有这个兴致，她倒不怕什么，于是痛快应了。

何知行握着黄铜袖炉，目送她出门，转而若有所思地看向方才两个青年男人坐的一左一右两个空座椅。

“这两位公子都在追求二小姐，”莲房轻声说，“二小姐选不定。”

“未必是选不定。”何知行轻摇头。

何未是一个从小喜欢吃什么便咬死了不变，沧海桑田也只吃这一个铺子这一口滋味儿的别扭孩子，除非是坏了败了变味儿了才肯丢。

对食物如此，对人也差不多。举棋不定这种事，在她身上没机会发生。

何知行最后视线落在了眠鹤熏炉旁的空座椅上，碍于今日有邓家公子在，那个谢家男人虽是旧识，却从头至尾话都没说，静坐饮茶……

若没看错的话，就是他了。

何未家在内城，去雍和宫不远。

到时队伍已排得老长，不比庙会人少。两人的副官本想替他们去排粥，被何未制止了，她让谢骛清和邓元初亲自去，祈福求平安，如此才显诚意。谢骛清一问要两个小时后才正式放粥，没让她去。“喝我们的，不过为讨个吉利。”他如此说。

几个副官眼瞅着两位将军毫不嫌麻烦，照着何二小姐所说的披着各自的大衣径自去人群里耐心排队，对这位何二小姐更添了几分敬仰之情。何未同样赶着副官们去了，难得来，不如一同去求个平安。

唯有林副官纹丝不动，守着何未，说什么都不肯挪动半步。

东边露了白红的光。两位公子爷在人群里只能远远见个侧影，何未两手兜着白狐裘护手，耐心立在人少的地方等着，顺带问林副官：“林副官。”

“二小姐。”

“林闻今是你的假名字？”她轻声问，“跟着……谢卿淮的？”

林副官沉思片刻，未料公子爷连这个都说了：“不，从山海起。”

这么早。她轻声问：“那你真名是什么？”

“单名一个骁。”

林骁。何未轻点头。

从山海起，那很早了。凭战功他该有更高的职位，却心甘情愿跟着谢骛清做一个小小的副官，还陪他渡过了人生两次生死大难……

“林骁副官，”她对林副官敬重点头，“幸会。”

林骁微微一怔，略低了头，轻声说：“能结识二小姐，也是卑职的荣幸。”

她在风里轻声问：“为什么你们公子爷瘦成这样？”

“前年……”林骁目光黯了黯，“中了两枪，有一枪险些要了命，养到如今还没好。”

“那他还喝酒、喝咖啡？”

“咖啡喝得少，酒是多。我们都清楚，是他身边死了太多亲人朋友，须心理上有个支撑的东西。醉时人能放松些，他自己这么说过，”他接着说，“公子爷入京前刚能下床，就匆匆过来了，怕被人知道先前受了重伤，没带医生在身边，我们这些人又没能耐给他调理，自然恢复得慢。”

何未轻轻颔首。

谢骛清和邓元初各端着一碗粥回来，何未和林骁默契地都不说了。

“我们回去吃吧？”她在谢骛清递来粥碗时，说，“不想在外边儿吃。”

谢骛清没在意，直接打道回何府。

进了院子，粥先给均姜去用小火煨上了。

她让茂叔请来东院客房常住的老中医。这位老人家是何知行多年老友兼医生，孤家寡人一个。因二叔的身体缘由，何未一早就接人到家里，除了为何知行调理身体，老先生每月有十天在外义诊，药钱全是何家出。

因多年交情在，何未信任他如同家人。

“我有两位朋友刚入京不久，我怕气候差异大，劳您给他们看看，开些养身子的方子，”她在小书房对老医生说，“只是两人有些特殊，不能外传诊病的事。”

这老中医也不多说客气话，将眼一闭，气定神闲靠到椅子里：“请人来吧。”

何未这才请了谢骛清和邓元初进书房。

他们两个同时看出何未的意图，邓元初乐得配合，往椅子上一坐，将手腕交给了人家。谢骛清则沉默作陪，到老中医开始点评邓元初的大小毛病，他似想到什么，突然离开了座椅。何未一愣，随即快步跟上。

谢骛清本想往外走，但何未抢先一步，挡在了抱厦前。

他好笑，没说话。

何未亲自关了外头的门，又将里边的推拉门合上。

推拉门进去，往东走是小书房，有老中医和邓元初。余下人早被她支了出去。眼下在抱厦这里，除了左右两个卧榻，还有一对儿天蓝釉刻花鹅颈瓶及里头斜插着的红梅，再无其他。

“这个人是我家亲信，”她轻声说，“让他看，完全没问题。”

见他不答，她声音更轻了：“我只想让他出个调理方子，人都来了，至少诊个脉。”

谢骛清低头看着她，低声问：“我有说过不诊吗？”

“你不是急着往出跑吗？”

他倒是笑了，反问她：“何时跑了？”

何未抿抿唇，眼往下瞧，盯着他的皮鞋看：“那你出去做什么？”

“想到一桩事，须交代下去。”

她憋了许久，喃喃道：“你去吧。”

谢骛清到她跟前低头看着她。她也不知该给他开门呢，还是该等他自己走。她平日里主意拿得快，今日却没了想法。红裙的裙摆挨着他的皮鞋边沿，可想而知两人站得有多近……梅枝是新剪的，来去经过不觉香，伫立在插瓶旁，渐被香气醉了人心。

“不是急着去吗？”她轻声问。

“倒不急。”他说。

方才分明很急的样子。

谢骛清近前小半步，她的裙摆被带得直晃，直接散落在他的皮鞋面上，最后全盖住了。

站得不能再近了。

“外边……有人。”

他没回话。

“里边也有人，”她像说给自己听，可不要色令智昏，想干什么不能找个没人的地方，偏要在两扇没挂锁的门内，冒着随时要被撞破的危险，“我没锁门。”

“看到了。”他简略回答。

她读女校前，曾因哥哥外派的缘故，跟着去南洋读了两年书。当时国内没有男女同校，就算女校的先生教书也须找年老的，授课还要垂下个帘子，隔开老先生和女学生。她在南洋头次体味到男女同校，也头次见校舍外的男男女女们谈感情时的热情。

常能见一对男女站得无比近，有千万次的机会能搂到一起，却不动。

同宿舍的人讲，真抱上就没大意思了，要的就是这要抱未抱时，彼此猜着对方的心思，等着，磨着耐心。

……

他低头，看到她耳朵慢慢变红，或是严格来说，是一离近就开始红了。

门外女孩子们的笑声，让他们回了现实。谢骛清先挪开步子，拉开门。

何未立刻转身，背对着他回了书房。

她到书房坐定，总觉被波斯猫挠着脚背似的，坐立不安，低头瞥自己的脚背，不过是散开来的裙摆轻荡在脚面上……明明什么都没做，却比做了还让人心里乱。

等邓元初诊脉完，谢骛清才慢悠悠地进了书房，似什么都没发生，邓元初问他去何处了，他回了句："出去吹了会儿风。"

我这吹了一早上风排队领粥刚暖和过来，你这就又热上了？邓元初忍着没说。

老中医留下两张方子，以问诊顺序在左上角标了甲、乙二字区分。何未送人出院子，老人家低声叮嘱她，第二位受过不少的内外伤，须细心调理，最好每月来诊脉，随时调整药方。

"也不必每月，他很快就要走了。"何未轻声答。

等谢骛清他们走了，她才记起早上领的腊八粥还在厢房里用小火煨着。

真是顾头不顾尾，只想着诊脉了。

她不知谢骛清今夜是否要回六国饭店，对均姜吩咐说："等我晚上回来，打个电话问他在何处，再送过去。"

临出门，她去了二叔的东院等着。

今日何知行难得要莲房准备了深灰色的西装，莲房给他里里外外整理着，两指捏着袖口的折痕检查是否烫得到位。最后，莲房特意折叠好了一方深蓝色帕子，在他西装口袋里塞好。

"莲房脸红了。"候在一旁的均姜轻声对何未说。

"二叔已算英雄迟暮了，他读书时可是大学堂的一景，"何未不无骄傲，轻声说，"哥哥够得上君子如玉这四字了吧？刚过继那阵子，二叔领他出去，人家问这是谁，说是何二的儿子，那人就摇头说，不及当年何二之六七。"

何知行目不明，耳却聪，摇头苦笑，望了她们这处一眼。

宴席开在前门外的泰丰楼。

自同治年间，这里就是官员和商贾名流的宴客之地，梨园界的宴席也多摆在此处。楼虽只有二层，内里却自有乾坤，大小房间有上百间，可设多宴。

何未想着何家的女眷喜穿袄裙，不想让人误解自己迁就他们，特意换了日常穿的深领软缎长裙赴宴。她一进泰丰楼，解下大衣，就被均姜在肩上系了个貂绒披肩保暖，慢了半步跟着何知行往里头走。

没走半程，她觉奇怪，问身边的均姜："你有没有发现，今日各省军官格外多？"

那些大小军阀为凸显权势，军装没有重样的。谢骛清是沿袭了昔日反袁主力的护国军军装式样，而别省的军官各有不同。

"你进门时，没看到吗？"何知行在前面，笑着问身后的她。

"看到什么？"

"宴客的牌子。"何知行答。

一般承办酒席，楼里都要在进门的玄关立面红底金字的宴客牌，写明今日有几家几席，主人家姓甚名谁。她平日还留心看几眼，今日不想看到何家名字，便没去看。

难道今日还有别家酒宴？

"有个军官学校的同学会，邓元初的名字在头一个，想必是牵头的。"何知行又说。

何至于这样巧？

"何至于这样巧？"二叔似摸到她的脉，说出她心中所想。

何未努力找着合理的解释："邓元初在外多年，回来想见老同学是人之常情。泰丰楼又是有名的宴客之地，选这里也算正常。只是……日子巧了些。"

说完，她控制不住地往另一处瞧。

那边宴客的地方被屏风连成墙，隔开了，除了往来端菜的人，不见里边主人。

何知行微微顿足。

她收回心思，见何、召两家宴席屏风外等着的是召应恪。

"何叔叔。"召应恪温声道。

何知行微笑着略一颔首，留下两人，先进去了。

何未在这一点上始终感激召家大公子，从始至终他对何家二房的态度都端得极稳，无论对内对外，待何知行都是晚辈的恭敬态度。所以她对召应恪也始终客客气气。

“稍后恐有一场不欢而散的闹剧，”召应恪低声说，“我怕闹到散了见不到你，便等在此处，想说……”

“想说当日错怪了我，如今知道犯了错，要道歉，”何未轻声接话，“是这些吗？”

她抬头，让召应恪看到自己完完整整的不带怨怼的面和含笑的眼：“我们从小认识，你该知道，我是最不记仇的人。”

召应恪凝视着她，慢慢地说：“是，我知道。”

她和召应恪的关系复杂得很。他不只是哥哥托付的良人，还承载了何未对过去的许多回忆。何未不想在今夜这种两家都在的时候，和他在此处沉默相对，被人瞧见不知要说什么。

她正想找两句不痛不痒的话带过去。

说话的欲望，止步于……看到谢骛清的那一眼。

他高瘦的身影距两人至少有二十步，远到她根本看不到他面上的细微神情，却有种和旧情人偶遇，却被意中人正好撞到……那种明明什么都没做，却心虚得要命的……复杂感触。

何未一念过，谢骛清已披着衣服进去了。

兴许……人家看的是壁画，没看自己。她自我安慰，越过召应恪进了屏风。

何家本是请了几个名角儿，但老板不让唱，说对面贵客嫌吵。

于是乎几位角儿都下了妆，披着披风在客座上围着，和主人家寒暄客套。只在东南角留下吹拉弹唱的戏班子在那儿锵锵锵敲着小锣，优哉游哉地拉着小胡弦儿，这慢吞吞的节奏让人想笑，颇有几分异样的……美感。

何召两家分坐两处。

何家男人以老式长袍为主，零星有年轻人穿西装，一水儿的黑灰，冷的就披件灰貂背心在外头。女人们除了七姑姑是天青色襦衫长裤，余下均是一个模样，一张张脸不管年老年少全被包裹在元宝领里，露出三分之二的尖尖脸，红胭脂擦得不要钱似的。为显出不屑，她们水汪汪的眼睛里像冻了一层冰，斜着眼瞥她。

召家对她好得多，毕竟是险些成为长房长媳的人，偶有和她认识的，都轻点头招呼。

每桌都满满当当，唯独这一桌只她和二叔两个。

她到桌旁，把肩上的貂绒披肩解开，小心铺在二叔的寒腿上：“差不多焐热了，正好暖腿。”

何知行对她温和笑了笑：“先坐。”

……

那边是家门风云，此处是杯酒会英雄。

同学会的屏风墙后，邓元初正带着众人细数谢骛清的过往。有人说起昔日的谢教员，仍是眼中有着崇敬的光。冷兵器时代将军和马是生死之交，名将常擅御马之术，现在的马越来越成了一个代步工具。谢骛清却是不同，他那时兴致起来，常在荒原上一拍马背，将马赶得跑起来，他再一个箭步追上，抓到疾驰的马身，一跃而上。

寻常人如此做，怕得不到这些血性男儿的心，只会被嘲笑是花架子。可他是谢骛清，自然就不同了，那是一个名将纵马饮血后的随心而至，是难得为了自己的片刻放纵。

“清哥虽只教了我们几个月，可也算是大家的老师，”有人说，“如今人终于活着回来了，看到自己门生遍天下，可有何想说的？”

谢骛清笑了笑。多说无益，怕给他们添麻烦。

他立身而起，举起手中杯，对这二十几桌人敬酒：“吾辈男儿已走了大半，在座的能一见已是不易。今夜我们只谈春秋和风月，无关门生与天下。”

言罢，一饮而尽。

不远处，传来碎了碟子的动静。

谢骛清仿佛没听见，拾起银筷，夹了一筷子糟熘鱼片。

他早知两家见面势必要出事，才安排了这里让邓元初办同学会。一切仍是不出所料。邓元初眼一垂，手臂往椅背上一搭：“叫老板过来。”

“那边怎么回事？”邻桌也有人不悦，“不是早打过招呼了？”

有知晓何二家和谢骛清、邓元初等人关系的，耳语解释。话悄悄传出去，都心领神会。原来今日同一厅的另一处宴席是何二小姐的家宴。

那边，何未没被碎在脚下的碟子吓到，心里反复地品味着方才的争执。

去年二叔拖着病体硬要安排一次香港之行，对外说是要看梅先生在香港的巡演……竟在其下另有乾坤。他竟找到昔日远走南洋，之后扎根香港的一位曾叔祖父，买楼捐款，样样到位后，便将二房直接过继到了那位曾叔祖父膝下。

她在心里算了几遍辈分终于厘清了。

也就是几步开外的亲爹，日后要被自己叫一声大堂哥？

二叔真……不愧是二叔。

……

“何知行！”何未的亲生父亲何知俨迈上前两步，气得拍桌子。

一时间这里闹成了一锅粥，有冷眼看的，有劝的，不少人围拢上来。召家也是尴尬，但因为两家还没结亲，实在没立场掺和。

何知行始终一副“沉疴绵惙”、随时要昏过去的姿态，任他们吵了一会儿，沉沉闭眼被在外头候着的两个小厮搀扶着向外走去，何未抱着二叔的大衣，“亦步亦趋”跟上去。

身后，亲爹拽她回去，攥着她腕子的手跟铁钳子似的。

何未手腕生疼，但还是面不改色地笑着：“大伯有话要说？”

亲爹盯着她，脸色极难看。

“未未。”二叔在两个小厮的搀扶下，回头柔声叫她。

“您先走，”何未回头说，“我和大伯说两句话。”

何知行早安排了人，不会让何未吃亏，只是眼下还没闹到让外人掺和的地步。他留下茂叔，在小厮搀扶下走了。

何未见二叔平安离开，安了心。

她回头看攥着自己手腕的亲爹何知俨：“我明白大伯在气什么。您若听不惯，我可以不改口。但我们堂兄妹的关系已是铁板上钉了钉，改不了了，这是族谱上的白纸黑字。”

"别以为有了这一道我就不能拿你如何了，"何知俨阴沉地笑，"就算改了辈分，我照旧打得动你。就算打死了，也没人敢说半个字。"

"当然。哥哥教训妹妹，这理到哪里都说得通，"她瞧着自己亲爹，轻声问，"可大伯真想好了，要在今日对我动手吗？这里的何家人，除了二房，全在心里盼着长房式微。今日闹得越难看，大家越瞧着高兴，大伯难道看不明白这道理？"何未最后看召家那边，"更何况今日还有召家的人在。您等这门亲事等了足足一年，何必为了我让未来亲家看不上。"

"你这丫头，不只嘴厉害，"何知俨眼里的寒意能冻死人，"心思也毒，越大越显出来了。"

何未凝视着亲爹："毒不过您，亲儿子都不救。"

……

"未未，少说两句，"七姑姑何知妡按住要找救兵的茂叔，随后笑着走到何未身旁，低声劝，"大哥息怒。"

"你又想帮她？"何知俨面色铁青。

"我是为大哥着想，"七姑姑再近前一步，轻声说，"大哥忘了，今日还有谁在这里设宴？"老板早传过话，对面牵头办同学会的就是邓家公子。

人家追求何未的事，无人不知。

七姑姑又低声说："他一人便罢了，我早打听过，今日对面的宴席上都是昔日保定的教员和老同学，半数戎装半数高官。大哥何苦为了一时意气，得罪这些人？"

七姑姑说得句句在理，倒像把何知俨架到了火上烤。

此刻放了何未有失威严，不放……为了这丫头得罪人实在不值当。

七姑姑刚说完，那老板已进来，对众人拱手告饶。随即大步走到何知俨面前，拱手说："我这正要上菜呢，何老先生。您看……"

何知俨接过老板递来的台阶，找到时机松开了何未。

"什么菜？"他们这里早上完了菜，怎会还有？

"您想不到的菜。"老板笑着说，身后进来了十几个白衣厨子，端着一份份的大银盘子，走向每桌。

何未跟着好奇，看这些厨子。

"隔壁的谢家公子听说二小姐在此处，特命人买来款待召何两家的，"老板低声解释，"便宜坊的烤鸭，是二小姐好的那一口。"

何知俨一愣，谢家公子也来了？

何未也是一愣。就在百花深处提过一句，他竟记得？

远处的桌旁众人也是错愕。泰丰楼吃的是鲁菜，哪里来的烤鸭？有人认出盛着薄饼的竹编蒸笼是便宜坊的，更是惊讶，从便宜坊一次订如此多的招牌菜，又让人家亲自送到这里……更让泰丰楼接受一道外来菜上自家餐桌的人究竟是谁？

"既是谢公子送来的，"何知俨不想平白承情，要向外走，"我该当面致谢。"

老板忙拦住他，轻声劝道："人家为什么送菜，您还不懂吗？现在过去，可就真没有台阶下来了。"

何知俨停住。

老板对身后招手，一个小伙计上来。伙计同样端着个盘子，比盛烤鸭的大银盘小了不少，但也如烤鸭一般罩着银色的罩子。

"谢家公子说，腊八是好日子，他费尽力气才让二小姐高兴了一天，不能在晚上被扫了兴，"老板小心传话说，"还请何老先生勿要辜负这好日子，给彼此留一分薄面。"

老板给何知俨留着面子，没全掀开，只轻轻抬起了一条缝，露出了里边的两颗暗金色子弹和一块德国生产的钻石男表。手表是谢家公子身边一位四十来岁的男人要了盘子，丢进去的。而子弹则是邻桌一个军官拉住小伙计，从腰后枪上当场退出来，补进去的。

说话的谢家公子倒始终客客气气，不怒不愠。

偏就是这个最客气的，老板从进去到出来，都不敢认真瞧上一眼。

何知俨一见子弹，背脊发冷，见表又立刻冒了汗。这表是去年何知俨重金购入，送去疏通小儿子未来路的……

何未见亲爹的脸从黑青到白，变幻莫测……想斜眼瞧瞧盘子里是什么，谁知老板手快，直接按着盖子扣上了。

何知俨已白着脸，掉头回了主桌，把何未当空气一般留在这儿。

她没见到盘子里的东西，讪讪低头，努努嘴，什么好东西，看都不给看。

召应恪始终在七姑姑几步远的地方，盯着这里的形势，他一见何未无恙，拿了西装就走了。召家人仿佛找到散了的借口，上来告辞后，那边十几桌很快空了。一看未来姑爷走了，何家也没了留下来的理由，一场家宴由此不欢而散。

等人都走光，七姑姑反而闲坐到二房的圆桌上，拿起筷子吃了几口："这菜可惜了。"

何未陪着坐下："谢姑姑照应。"

七姑姑生得眉目俊朗，英气逼人，目光比许多的男人都要沉稳老练，她清淡一笑："二哥没事先告诉你？"

何未轻点头："他估计怕说了，我不肯来。"

一想到如今二叔病成这样，还要去香港给自己筹谋后路……她若知道，绝不会同意今日让二叔来受亲爹的骂。

"不过二哥此事做得实在妙，"七姑姑放了筷子，接了小厮递来的披风，起身带她往外走，"你替我告诉他，妹妹改日去府上与他吃酒。"

何未笑着答应，跟七姑姑一起绕出屏风，沿走廊往大门去。

饭店门廊立着一个背影，是等着她的谢骛清。何未止步，七姑姑一见是披着军装的人，会心一笑："去吧。"

"姑姑知道他是谁？"

"今夜护你的人，"七姑姑耳语，"戏里常这么唱。"

"你不是唱老生的吗？"

"谁私下里不会哼两句你情我爱呢？"七姑姑打趣道。她经过谢骛清身边，对谢骛清感激地一点头，感谢他今日在这里给二房家撑着。

谢骛清虽不知这个女人是谁，但见跟着何未出来的，也点头回礼。

何未亲自送七姑姑出了门，手扶着黄铜扶手，瞧见门外母亲正被人扶着，往黄包车走。

她一整晚都想看一眼母亲，无奈大房人多，女眷没入席，想来是在小包房里单独吃的。何未要叫，母亲已带着三个丫鬟，目不斜视地从她眼前走了过去。自哥哥走后，她们母女只见过一面，是母亲来何二府让她放弃召应恪的那一回。

那日她应了，以为这一面后能和母亲亲近些……

她借月色，目送母亲上了车，眨了几次眼，才压回眼下的热。

何未轻轻掉转头，看向久等她的谢骛清，柔声说："谢谢。"

谢骛清见她眼底的红，微笑着问："谢我做什么？"

他做了一切，未料最后仍是如此，总有能伤到她心的人。

她不知道，今日夜阑灯未尽时，从书房屏风绕进来的那个女孩子有一双远胜万千山水的清水眸，让他从上一个黑天记到了这一个黑天。这双眼可以不瞧着他，可以分心，可以有旁人的影子，但绝不能为谁藏下委屈。

"这同学会选的地方好。"何未说。

"以为我来为你撑场面的？"谢骛清笑着问，"万一没猜对，岂不是要失望了？"

"失望倒不会，就算歪打正着，也是帮了我。"她心里的难过未散，同他拌嘴也没精神。

谢骛清的手掌递到了她的眼前。掌心里坐着一个寿星公的小蜡烛，彩色的，有些丑。何未先是一愣，随即鼻子酸胀起来。

他掏出半盒火柴，摸出一根樱红色的火柴棒子，擦亮了一道火光，点燃白棉芯。

"想要什么，吹灭了告诉我。"谢骛清说。

她轻声说："今天不是我生日。"是明天。

"饭吃得久些，不就到明天了？"他笑。

原来……一切都在他的安排里。

何未此刻再看坐在火光里的寿星公，丑是丑了些，胜在小巧可爱。

"有更漂亮的，"谢骛清看破她的心事，"挑来选去，还是拿了这个。"

她隔着火光看向谢骛清："为什么？"

"为寓意，"他说，"我想你活得长长久久，比任何人都久。"

这是一个随时要面对下一次死亡的人对她的祝福，这是他由衷的心愿。

何未和他对视着，突然什么话都说不出。

直到她发现又有军官路过。从两人立在这儿，那边的看客就没断过，三十来岁的男人们一个个却像围观教员谈感情的愣头青，有大大方方看了一眼还想看一眼的，有绕过去偷瞄的，竟还有几个白发老教员也来凑热闹。

此刻又冒出来两个男人，并肩站在宴客的牌子前闲聊。高的那个说，我不该排在你前面，如今你官职可比我高多了。矮的那个答，你是我学长，咱们兄弟不看官职。谈的话内容无比兄弟情深，而真实意图只有一个：看谢教员在干什么……

“你们的人，一直看我们。”她被瞧得不大自在。

“看看也好，以后多几个背后护你的。”他说。

“护我做什么。”她轻声道。

“你和他们教员有过一段情，总要护着，”他笑着道，“不然说出去，他们脸上也不好看。”

又来了。她没吭声。

“还没想好？”他转回正题。

何未轻摇头，其实是舍不得吹。

她忽见熔化的彩蜡从一侧流下去，忙指着道：“流下来了。”

他笑而不动。这点儿热蜡对他不算什么。

何未慌忙凑过去，一鼓作气吹灭了。直看到袅袅白烟升腾起来，才想到……到底要什么，还真没想好。

谢骛清看她愣怔的模样，想起下午和她在抱厦的片段。

“想要什么？”他第三次问。

要什么？

“想要……”她想了想说，“谢骛清的一句真话。”

他瞧着她，没说话。

她都不晓得自己要听什么真话，就是觉得他从来都是半真半假的，想听句真实的。不过也许他还是不会说。何未目光垂下去，避开谢骛清的目光，见他军靴靴筒内的长裤褶子，想，这双靴子曾走过多少的泥血路，才站到这里。

算了，其实只是灵光一现，突然冒出这么一句。

她抬眼，对上他的目光。

谢骛清竟始终瞧着她，如同刚刚。

红窗框里的玻璃上有两人的影子，她的背影和他的正脸。

外头，有十几匹骆驼驮着几大麻袋的货经过，他入京时也见过类似的送货队伍，等待入城门的驼队像一脉流动的小山丘，绵延出去几里地。在街头巷尾常见到它们，城门洞里叮当不绝的驼铃也算是北京一景。这里不是他的家乡，却因百花深处和她，让他有了不舍。

驼铃悠悠，是她在的北京。

“等我回来。”他终于说。

“可能一两年，也可能更久，”谢骛清从没有过如此认真的神情，看着她说，“你随时可以嫁给谁，但我一定会回来这里，再见你一面。”

她意识到这话指的什么……不敢相信地盯着谢骛清。

“只要我还活着。”他郑重道。

他没法儿带她走，因为她不可能跟着他逃。这和让她远嫁不同，如果远嫁，面对的困难只是无法近身照顾何知行。可一旦她跟着逃走的是谢骛清，不管是何知行还是何家航运都会被牵连治罪，航运也将就此落入他人之手。

如果她是任何一个普通的女孩子，或者他是任何一个寻常男人，都要简单得多。

因她是何二小姐，遇上谢骛清便只有一个等字。

对着一个年纪正当好，正该择一良婿的女孩子，他无法要求对方以待嫁身等自己。

等，说的是他自己。等到战乱平息，只要谢骛清还活着，他就一定回到这里，再见她一面。这是他能做到的全部承诺。

“说好了。”她以几不可闻的声音说。

“说好了。”他肯定道。

谢骛清无声笑着，掉头往里去，但没走太快，慢着步子等何未跟上。

她很快走到谢骛清身边。白锦缎的裙摆因为走得快，缠在脚腕上，凉飕飕的，可她的人却热烘烘的，但碍于身边是一扇扇大小包房的门，不便说什么。只是并肩走着。

她见附近无人，轻声问：“那我们，在你走前——”

“算什么”三字没来得及出口。

"平白落下一个名声，却什么都没有，不是很亏吗？"他笑着接话。

他竟学她说过的话。

两人路过一方帘子，恰好有人端了菜出来，没留神把珠帘子拨到她脸上，被谢骛清以手挡开碍眼的珠子。"二小姐帮过谢某许多次，"他轻声道，"总不能让你吃了这个亏。"

又是似真似假的一句话。

她已习惯这样的他，眼里藏着笑，不理他。

谢骛清带着她往最里的一个拐角处包房走。

老板将这一片全都清了，留了十几个包房给他们。今日高官多，监看谢骛清的人很难离得近，这边是难得的清静地。

最里处那一间聚了七八个，有两人坐在门口剥花生，见谢骛清立刻起身叫了声"谢教员"。谢骛清应了，拨帘带她进去，桌旁的四人八只手正在搓着一百四十四张象牙雀牌。刚才在盘子里扔了手表和子弹的两位全在。

何未进去时，有个披着西装的人在给扔子弹的军官点烟，军官正要凑过去吸一口，见着谢骛清身后跟着个神仙一般的女孩子，眼睛倏然睁大了，直接被火烫了嘴，倒吸口冷气，踢了那西装男人一脚。

"眼睛不往该看的地方看，烫着不是活该吗？"披着西装的有一双桃花眼，笑得弯了，划了一根火柴给自己点上根烟。

洗牌的，摸牌的，抽烟的，喝茶的，桌旁四人都瞧被谢骛清挡在身后的女孩子。

被烫了嘴的心说：还说我？你们这都什么人？盯着人家小情人看什么呢？

刚点烟的心说：看清哥那样儿……恨不得全挡着，连裙角都不给看。

攥着象牙骰子的心说：看差不多行了，朋友妻不可欺。

喝茶的踹了一脚攥骰子的，打眼色：什么情况？给我讲讲。

谢骛清微一低头，避开内隔间的门楣，顺手替何未把眼前的一半布帘子撩开，瞧了他们一眼。四人默契地一伸手，齐齐把刚码好的牌全推倒了。红绒桌布上，乳白色雀牌和碧色骰子被八只手揉到一处，哗哗地重新洗上了牌。

……

邓元初仰躺在内隔间的卧榻上醒酒，一见两人进来翻身坐起，自己把自己赶了出去。临走前，邓家公子还不忘给两人拉上隔间的木门。

这个内间极小，平时用来给包房里醉酒的客人休息用的。

推拉门藏在古董架后，一拉上就更显小了。除了满架子古董和书，就只剩下个罗汉榻。一个小巧的青花瓷油灯在灯座上，照着这狭窄的富贵窝。

何未熟这间店，晓得罗汉榻便是烟榻，一套烟具和镂空的铜烟灯全在古董架最下层。

她绕了半步，有意挡在了古董架前，尽量不让他看到那些："你上卧榻吧？"外头的男人声音齐齐静了两秒，随即又热闹起来。

谢骛清早瞧见她挡着乌七八糟的东西，他一个烧过几十万鸦片，禁了几年烟的人，怎么会见不得这个。不过他没揭穿，顺了她的意，往榻上一坐。

男人的影子从脚下地板拖长到了墙角。

说点儿什么好呢。

她踱步过去，一步想一句话，踱到他面前了，仍没寻到句漂亮话。

何未挨着他坐下，捡了句最闲的闲话："你说我二叔什么都好，没有缺点。为什么家里人容不下他？"

"人以群分，若你们家那些人容得下他，反倒辱没了他。"

倒也是。她点头："还是岁数大的人会说话，你一说，我便觉得没什么了。"

谢骛清笑着往一旁靠，瞅着她。

"也不算大，你现在正当好，"她自觉失言，改口道，"这是阅历。"

谢骛清笑而不语，仍旧瞅着她。

"我就喜欢有阅历的。"她声忽地轻了。

"是吗。"他笑意更深。

……

他一说这两字，她心里就毛毛的。

叩门声打断他们。

"清哥，何家有人送了腊八粥过来。"邓元初说。

"进来。"他没说多余废话。

邓元初一推门，扑面而来的粥香灌入这小隔间。不只他们早上领粥的，外面一群人全有。何未猜想因为均姜回去说了今夜事，姑娘们没停歇装了过来做谢礼的。

“这是清哥的，”邓元初端着一个白瓷汤盅，搁到桌上，“雍和宫那一碗。”

邓元初分秒都不愿耽误他们，放了汤盅，退了出去。外头问：怎的那戏班又唱起来了。邓元初笑着回，这不是明日何二小姐生辰吗，这庆生辰讲究的就是找个班子连唱几日。不过我想着连听几日也不该在此处，留人家下来热闹热闹，唱到后半夜讨个喜气。

她一扭头，见谢骛清手肘撑在矮几上，正瞧着自己。

她瞧他身后墙上的灯影子。

电灯是个奢侈的东西，何二家前几年刚投资了石景山增设的电厂，她由此了解到全国上下装电灯的没几万户。就算装得起，国内电费也贵，每户按灯泡数量算钱。这种小隔间的包房当然不可能装灯泡，配的都是瓷油灯。不过如此更好，有情调。

“你过去和女……孩子一起都这样话少？只是坐着？”她本想问他过去和女朋友一起做什么，但说到“女朋友”心里不舒服，临时改口成了“女孩子”。

“要看，”谢骛清似在回忆，“看这个女孩子需要我做什么。”

“人家要你做什么，你就做什么？”她更不舒服了。

谢骛清没否认。

何未撑着下巴，不吭声了。

他瞧着她的眼睫毛微眨了下，又眨了下，倒是有耐心，瞧了好一会儿。直等到她有下榻的念头了，才出声问：“不高兴了？”

“没有，”她轻声道，“你年纪大我这么多，寻常人早结婚了。有过女朋友是正常的，没有的话……倒让人觉得有问题了。”

他若有所思：“看来我只能承认有过，且有很多，才显得正常些。”

“多了……也不大好。”她往回圆。

外边戏班子果真没闲下，锵锵锵锵，一次更比一次急。

谢骛清在锣鼓的催促里，把肩上军装搭在榻旁，随手将矮桌往一旁推了把。

要睡吗？她奇怪看那被推到边沿的矮桌，外边那么吵还能睡得着：“先把粥喝了吧？”怎么都要喝上一口，毕竟是早上四点多去诚心领回来的祈福粥。

谢鹜清走向灯座，将瓷油灯灭了。

屋子一下子黑了不少，幸有小窗外的油灯光隔着五色碎玻璃照进来，彩色光影落在她的面上、身上。何未起先不解他想做什么，渐渐地，在暗里见他回到榻旁。在哗哗洗牌声里，谢鹜清高瘦的影子靠近自己……

“外边……有人。”她像在循环往复的梦里，仿佛回到了抱厦的日光里。

“知道。”他说，更像在重复抱厦里的对话。

外间全是自己人，没人晓得这个角落里的情景。

推开一扇推拉门，能见热闹的雀牌桌，往外走是双层的珠帘子，再往外，隔着十几个包房才是外人。他和她今夜难得一回，在重重的人影掩盖下，待在最不起眼的这个灭了灯的无人见的罗汉榻上做点儿想做的，说点儿想说的。

何未见他站在自己眼前，一动不动。她似在梦里，还是那种被什么魇住死活动不了梦里。谢鹜清的长裤塞在靴子内，枪斜斜在后腰，能见个枪套的黑影子。他从不摘枪，她记得每次都是，除了在天津的租界为了接她，余下时候没见枪离过他的身。

谢鹜清忽然动了，却顺着她的肘弯，滑到她手上，拉着何未摸他身后的枪套。“在外边习惯了，很少让它离开。”他低声说，好像能看破她的全部心思。

这是最常见的毛瑟军用枪，跟了他许多年。

谢鹜清扣着她的手指，教她怎么解开，取下。他将棕色硬皮的袋子和枪，丢在她腿边。

远处名角儿开了嗓，外间有人笑着喊了句：“十三幺！”

谢鹜清膝盖抵到卧榻边沿，把她压到了铺着软绵丝绸的罗汉榻上。

哗哗洗牌声里，有人抱怨，有人叫茶，有人问腊八粥还剩没剩……

这罗汉榻推开矮桌，本来就能两人共卧，她陪贵客吃饭时，曾有人签下局票，叫姑娘们来出局陪酒打牌，有人醉了就拥了一个进这种内隔间儿，想必就是躺在此处的……几年前二叔不让她到这种场合，但哥哥走后她认真同二叔谈过，这便是当今社会上的风气，她若有一日当家，难道还要避开全部应酬？自那后二叔便将她是一个女孩子的顾虑放下了，万事以大局为重，她既是何家航运的小主人，就该面对名利场后的男欢女爱……

她感觉到谢鸳清呼出来的热息在脸旁。

她猜到他想做什么，也知大概稍后两人势必要做点儿什么不一样的事。但见过和实践终归不同……“灭掉灯，他们会注意吗？”她小声问。

他没回答。

浴在灯光和热闹里的人，根本不会注意一扇门后的黑与静。

她不知道谢鸳清在想什么，抬眼，见到的是浓密睫毛下的那双注视自己的黑眼睛。她忽然想到，如果一会儿要亲的话，是要像那些人相拥耳语时亲亲脸亲亲脖子，还是更亲热的。她要怎么做，没人告诉过她，早知道先问问均姜和扣青……

“老谢，”门外有人说，“他们让你点一折戏。”这是那个扔表的男人，他四十来岁的年纪，总不能跟着大家叫清哥。于是常叫他老谢。

谢鸳清完全没作答的意愿。

提出问题的中年人自顾自对外说：“随便吧，挑喜庆的。”

……

她见他动了，竟格外紧张。

上唇上有温度落下……她感觉到胸腔里的震动，身体却无法动弹，清晰地感觉到他的唇移下去。柔软的、陌生的、干燥的唇，压着她的。

她微微屏息，一丝丝气都不敢呼出来。

他竟然笑了，在她唇上，轻轻咬了下。

何未觉得自己神经一下子被拉直了，全部神经都被拉扯到了极限。

好长一会儿时间都没有动静，她屏气屏到头昏，谢鸳清好像随时随地能知道她的感受，摸得到她的脉。为让她放松，移到她耳边，亲亲她的耳廓：“怕什么？”

“没怕……”

男人呼吸的气息暖着她的耳，还有脸。他静静抱着她：“没有和人这样过？”

“我不知道……”要怎么亲。连问都不知如何问。

“什么都不用做，”谢鸳清在她耳边说，“让我亲你。”

他的唇缓慢地移回来，极其温柔地在她唇上停留了许久，知她是初吻后，想让她记得这种感觉更久一些。何未其实脑子已经空了，什么都想不明白，直到感觉谢鸳清微微张开唇，慢慢咬住自己的唇，已经无法抗拒接下来的所有令人脸热的亲吻。

唇上的潮湿，让她本能地紧闭上眼。

谢骛清不再若即若离地亲她的唇，手指滑到她的头发里，将她的头抬高了。他偏过头，将一切愈加深入。何未轻重难控地呼吸着，任由他的舌尖进来。

……

他的手指仿佛带着火，越来越烫，被她的长发里缠绕上指甲。谢骛清能感知到她的几根头发从他的指甲缝一侧勒了进去。他完全张开唇，教她如何回吻自己。

罗汉榻常年在烟雾缭绕熏烧下，每寸木头都透着那股香甜颓败的令人厌弃的烟土味。黑暗的房间更像是一个蜘蛛丝缠绕出的盘丝洞……

谢骛清的唇再次回到她耳边，为这初次的亲吻做最后的温存："起来了。"

他说给自己听的。

说完，先撑着手肘，让自己离开她。

他见何未睁开眼，蒙昽地瞧着自己出神，笑着，摸了摸她额前的刘海，哑声问："还觉得亏吗？"

她一怔，脸更红了，往旁边一躺，憋了半天才嘴硬着说："还行吧，又没比较。"

谢骛清这回被惹得笑了声，轻叹口气，离开罗汉榻。

他将灯重新点燃，摆到古董架上。

何未仍觉得嘴唇是麻的。她咬着下唇出神，一见谢骛清转身，立刻松开咬住的唇，但齿痕印还在那儿……

谢骛清见她唇上的齿痕，仔细瞧了瞧，推断是她自己咬出来的。

他方才是意外的，毕竟有召应恪在前……谢骛清并不大在意何未和召应恪之前的事，但没想到两人能如此单纯。自谢骛清和何未有了一段情的事传出来，总有人要提醒他一两句。

其中还有一位长辈隐晦地讲说，何二小姐和召家大公子的事之所以闹得如此难看，是因召应恪决定要娶何家另一位小姐后，自觉愧对何未，去何二府请罪。结果何未提出的原谅条件就是，让召应恪在何二府的院子住三日。召应恪竟就答应了，男未婚女未嫁地在一个院子住了三日。这位妹妹好算计，以召应恪的一个愧疚心，换了亲姐姐在家连哭许多天。

"这是一个极为'不同'……的女孩子。"那位长辈如此评价。

是不同。他想。

以他对何未的了解，何未约莫不是真要做什么，不过想在放手前留下一个心结，不让何家人舒服。这确实是她能做出来的事。

至于到底两人曾经到哪种程度，他确实没把握。

他将矮桌挪回来，让她能有倚靠的地方。

何未指汤盅，让他喝。谢骛清笑笑，他当初中两枪，其中一枪过腹打穿了胃，近两年都不大能吃硬的东西。过来北京后，因不想被人瞧出异样，应酬就喝酒，让人忽略他饮食当中的不正常。有一回在小院儿喝粥，林骁副官无奈问他，是喝酒伤，还是吃硬物伤，他又不是医生，自然答不了什么正经话，只笑着说：半斤八两，且凑合且过。

临近一回吃硬食是那块桃花糕。后来去饽饽铺点的，都是尝了一点儿滋味就算了解了她的口味。眼下这碗腊八粥里的谷物不少，胜在是粥，应该问题不大。

“下午你见过的那位老先生和我说，你胃受过伤？”她忽然问。

谢骛清意外那老医生的医术。他没否认，打开汤盅。

“老中医厉害吧？”她笑，“什么都能诊出来。”

何未虽在玩笑，但还是紧张的。

去年有位遇刺的高级将领就因为子弹穿了胃，因经年累月的胃病底子差，没养好就此死了。那位将领就是辛亥革命出来的，后来被葬到黄花岗烈士陵园里。

这是一个“人命贱如狗，司令遍地走”的年代。从地图上没标记的某一个小县城小村落到各省省会，再到北上广津，管你是老弱妇孺，女妓烟客，还是收回过国土、功勋卓绝的将领，抑或是大学教授，死在随时随地伸出的一杆枪下，太容易了……

“这粥煨了一整日，早成粥糊糊了。”她拿起两把勺子里的一把，小心舀起尝了口。

其实是想试温度，可吃到嘴里，才醒悟两人在共食一碗粥。她脸红红地又说：“我尝过了，算讨过福气了，你都吃完吧。”

何未从没见他正经吃东西。

她盯着谢骛清看，看握着白瓷勺的手，又看他的眼睫毛，竟然男人也能有这么长的睫毛……耳垂的话太薄了，这个不好，福薄。

她下意识摸摸自己的耳垂，还好，自己的福气可以匀给他。

谢鹜清被看得想笑，没抬眼打扰她。任由她看。

何未撑着下巴，忽发奇想，想摸摸他头发的软硬，没敢伸手，在心里想想就算了。

绝代有佳人，幽居在空谷。而这个佳人，至少在今夜是她的。

门外有人说了句，下雪了。

谢鹜清见她眼里有欢喜，猜她喜欢雪。佛家有欢喜一词，说的是人在顺情之境感受到的那种最真实的喜悦。顺情之境，多难得。

他想让她一辈子在顺情之境里，一生欢喜。

过年前的某个清晨，正明斋第一位客人又是那个人。

绿纱门照旧合上半扇。

伙计曾和老板聊起这位客人，奇怪为何他每次来都门开半扇。老板说，越是富贵高位的人越谨慎，轻易不在封闭的空间里待着，尤其最忌讳门全关上，怕遇刺时躲不开。

伙计将桃花酥和一碗奶酪摆到桌面上。因客人静，他全程大气不敢出，只在转身时，斗胆多看了谢鹜清一眼。

谢鹜清察觉了，没说话，只微微蹙眉。伙计马上低头走了。

他从军装里掏出两份折叠的电报，展开看。

一份是谢鹜清手写的原件：

> 欲成婚，望父首肯。

第二份是谢老将军的回电：

> 准。望克己忠诚，勿辜负他人。

他瞧电报，身旁林副官瞧着他。

谢骛清那天拿到电报显是高兴的，自斟自饮喝了一晚上，其后却没了下文，只是经常掏出来独自看一会儿。林骁每回见他掏出电报，都盼他吩咐一句“送去何二府”。可等了一日又一日，没等到半个字。

……

门外，几个后院的伙计抬着宝塔蜜供，晾在正堂里。

谢骛清望过去，林骁替他问伙计：“这是什么？”

“宝塔蜜供，过年每家拿来祭祖请财神的，”小伙计笑着说，“你们在北京，要不要入乡随俗订一个？”林骁礼貌摇头，道谢。

谢骛清看着摆满半个厅堂的供品糕点。一个个像浮屠塔似的摆列整齐，大的有半人高，都晾在那儿等着被订货的客人取走。这让谢骛清记起在南洋避险时见到的一个个真实的浮屠塔，又让他记起桂林的石林……

谢骛清折好电报，重新装入军装内。

电报不能让她看到，到他这里就够了。以何未的脾气，见了这个恐怕这辈子都不可能嫁给别的男人。此去不知归期，她还小，为自己待嫁一辈子不值得。

那晚后，谢骛清又消失在了她的社交圈。

两人有过共识，不宜频繁往来。她并不因疏远难过，而是担心，怕他再出意外。

除夕那天，七姑姑到何二家吃饭。

“老太妃千秋，宫里又传差了。”何知妡手握着茶杯叹气，“不想去。”

“只当应一处堂会就好了。”何知行笑说。

何知妡是何家上一辈名声在外的不孝女。幼年非要跟生母学唱戏，闹得何家被人嘲笑，等她拜了名师，观望看笑话的更多了，只等她出丑。直到数载后她一登台便艳绝京华、声名鹊起，红遍大江南北……嘲笑声总算散了，但在何家看她仍是唱戏出身，不得家里喜欢。

七姑姑趁着何知行用药，同她耳语：“谢家公子有要结婚的消息出来，你可晓得？”

她一愣。

七姑姑辞色间流露出关心之意："不过均姜方才说，你们这半月已不大来往了？"

"往来本就不多，"她答，"他红颜知己多得很。"

七姑姑笑笑，略安心。

等何知行吃完药，姑姑问起何知行可要去恭王府的堂会。

"原不想去的，"何知行轻叹，"但今冬下床都成了难事，怕不能再藏着未未了。须多带她出去走，多见人。"

七姑姑安慰说："日后有我和九弟帮衬，二哥放心。"

等送走姑姑了，何未端坐着，整个人沉在心事里，像被倒满了的水的碧玉酒盅，再多一滴就要溢出来的那种满，不能摇不能晃的。

可细想又不合常理。他不是要走吗？不该此刻娶谁的。

夜里她在书房想着白日的事，心不在焉地和均姜聊请绣工和裁缝的事。她想给客人送绣品，怕交给绣坊不够仔细，不如把东院的茶房空出来养十来个年老手艺好的，空的时候给客轮绣床单和窗帘，也能绣些做善事。

说到半截，杜老先生便来了。这位老先生脾气板正，簪缨世家出身，后来落魄投奔了何知行。何知行请他做家庭教师，专给何未讲国学。她一见要上课便苦着脸，但无奈学还是要学的……只是上了没十分钟便走神到了谢骛清身上。

想到那夜在小隔间里，他教得慢且耐心，每一下都像放着默片。她像在一旁观摩着两人无声地吮住对方的嘴唇……一直软到牙根上，整个人昏沉沉的。

"二小姐。"

何未端正坐好。

杜老先生皱着眉头："二小姐想到什么好事情了。"

"我在想……色字头上一把刀，是句好话。"一想他，就被老先生戳破了。

老先生沉声道："后半句也记好，石榴裙下命难逃。"

……

年初一拜年的人络绎不绝。

邓元初大大方方来给何知行拜年，私下带话：初五恭王府的堂会，谢骛清也在。

这是暗示她，务必去见一面。

“清哥最近都在六国饭店，”邓元初替他解释，“快总统大选了，外头乱，有人要刺杀候选人，闹得很大。清哥身份敏感，不能常出来走动。”

初五那天，天将黑未黑，她和二叔到了主人家。

何二家在什刹海附近，恭王府也临着什刹海，近得很。

今晚名角云集，因过年堂会多，许多角儿都要连着赶场，此处是最后压轴的。他们汽车到时，正有辆车停到假山处，下来的是被专程接来赶这处堂会的七姑姑和另一位先生。先生妆容俏丽，裹着披风，看衣妆该是要唱《樊江关》的樊梨花。七姑姑把那带着妆的先生护在身前，对候着的小厮说：“扶着些，连唱两场过来的，开场又是他。”

七姑姑将那位先生送进去，这才见笑吟吟立在那儿的何未和何知行。

何知行留她们姑侄说话，让莲房扶着先进去了。

何知妡今日只应了这里的堂会和一处义演，这里更是压轴的，并不着急上妆，只穿着银蓝马褂和长裤，披着披风，细长的大辫子在身后，俊得让路过的几个小姐望了又望。而这位玉树临风的姑姑却是对她轻努努嘴，柔声问：“不嫌风大？快进去。”

“七姑姑今日唱什么？”她笑。

“《鱼肠剑》。”

“哦，今日是伍子胥，”她笑，“这个我熟。”

“你不是不爱听吗？”

“和名将有关的都喜欢。”

何知妡恰到好处地一笑，再努努嘴指她身旁，意思是：名将来了。

她见七姑姑眼里的打趣，已知身后是谁。

她将话藏回去，等七姑姑走了，才回头看。谢骛清跟着上次那位丢了表的中年男人并肩而立，那中年男人见何未背影没认出，等姑娘扭头，立时笑了：“二小姐。”

“邵先生。”她轻声招呼。

“我正要同人谈两句要事，”那邵先生对谢骛清说，“老谢陪二小姐说两句。”

谢骛清应了，倒真像偶遇。

大半个月没见，他头发似乎长了些。想必刚用手向后拢过，短发微微向后，眉眼都完整露了出来。因刚在戏楼里，他没披外衣，穿着一件立领衬衫和军裤就出来了，白色的立领突显了尖下巴。他似不大愉快，面容严肃地微抿着唇，在看到何未时抿着的嘴角终于有了笑意。

何未忽觉得披肩的软毛戳着下巴，戳得痒，她用手撩开那几缕白绒毛。

两人对视着。

两人见一面太不容易，他想多瞧她一会儿，于是带她往远处的回廊走。初五没出年，她穿着仍是年节该穿的银红色的半裙，耳旁还戴了红玉耳坠，摇荡在脸旁，瞧着可爱。两人肩并肩保持着合理的距离，走了一段合理的时间后，寻到个避风又避人的转角处。

“这半月还好吗？”她轻声问。

他微微颔首：“还可以。”

“酒喝了不少？过年应酬多。”

他照旧点头。

“我听说，”她终于问，“你们家有喜事？”

这传闻本就因那封电报而起。谢骛清怕人怀疑到何未身上，问二姐要了个亲信做幌子谈了场“要结婚”的恋爱，昨日那姑娘刚满面泪痕咬着银牙在饭店里骂了半天“谢骛清你不是东西”，哭着离京复命去了。

而今夜这个电报里真正提到的女孩子却在吃着飞醋，倒真让他不知如何答了。

“你想我如何答？”他问她。

“照实说就好。”她笑着道。

其实没太信，只是……莫名吃醋。

谢骛清沉默下来。

她料算他有话说，耐心等着，等了不知多久，久到开始不由自主跟着戏楼传出来的锣鼓点儿猜测要开锣的是什么戏，久到开始感到不安。

“我要走了。”谢骛清突然说。

何未像被针刺了下。

他轻声说：“就在最近，无论生逃还是死遁，必须走。今晚是我们能见的最后一面。”

绵长的针戳到心里，好似动一下心里的针都会扎得更深。

她定定瞧着他。谢骛清静立在灯笼下，任由她看。

话在心里胡乱堆着，堆得太多，反倒不知该说哪句。

生辰那晚她想过是否能跟他一起走，发现根本不可能。她是唯一继承航运的人，唯一能照顾二叔的亲人，若哥哥没有走的话，她还能有一丝机会，但现在……

他如果遇到的是别家小姐就好了，至少不用孤孤单单走。

何未看向灯笼，胡乱想，他们似乎常在夜里见，一有灯他就会出现似的……

谢骛清晓得她在借看灯笼强压心头的难过。

他竟不知该说什么安慰她，破天荒地沉默了许久，意外地对她说到自己："我这些年在外最怕看到孩子。怕看孩子拿枪，怕看到小孩子围在一起翻死去伤兵的破衣服，找能拿回家的东西。有几次见到小孩子见怪不怪看着路边死去的人，说不出的感觉。"

他静下来，过了一会儿又说："这个世道、这个世界不正常，不是他们该面对的。明哲保身不难，可不结束战乱，以后的孩子怎么办，一代代下去还要面对什么？"

他最后一问不是对她，更像自问。

何未被他一番剖白引得更加难过。他在解释为什么要走，解释为什么放不下枪。

她轻摇头："你没法儿留下，我没法儿跟你走，都是相同的坚持。不用解释。"

"但有些坚持，我确实想过要放下。"他说。

她没懂。

谢骛清低声又说："我惯来讨厌牛羊乳相关的食物，只觉得腥气，无法入口。你喜欢的那个奶酪……试了十几次，还是不能习惯。"

她以为听错了。

他竟独自去吃了十几次？只因她说过喜欢？

谢骛清平静得像说一件应当做的事："下次回来，我再去试试。"

"不喜欢，勉强自己做什么？"她轻声回。

"你既喜欢，就有可取之处，值得一试再试。"

她的心和人像没重量似的浮在那儿，说不出究竟即将分别的难过更多，还是听他如此说的欢喜更多。她遇到的公子哥儿多，听的漂亮话也多，若论漂亮话她能说出比人家更胜一筹的……唯独没遇到过谢骛清这样的，做始终要摆在说的前面。

里边开了锣，似在催他们。

“北京内城有个城门叫德胜门，”她抓住最后机会说，“古时出兵常从那里走，有旗开得胜的意思。”她声音有些抖，努力压着，怕声大了被他听出来。

“我知道，”他答，“这次很难从那里走。”

今日的谢骛清无法光明正大从德胜门离开，这是个遗憾。

“还有个城门叫安定门，”她接着说，“是过去出征的人大胜归来走的门。下次你入京，我在那里等你。”

安定门。

谢骛清轻点头。他记住了。

戏开锣，两人踏着热闹的鼓点儿进去的。

他被久候的人迎着带去主人家包厢，迎他的人还亲自为他披上了外衣。

“清哥。”她知今夜再难单独说话，心有一事忘了嘱咐，跟着上去两步轻声叫他。谢骛清脚步略顿，折返到她面前，轻声问：“怎么？”

楼内梁柱上被画满了藤萝，在一个个大红宫灯下，像极迷人心魂的戏中幻境。两人立在门处，最是惹眼的地方。

“几十万不是小数目。”她轻声说。

这恭王府是北京几十座王府里最贵的，主人家私底下找人估价也才估了几十万。他一把火就烧了人家几十万烟土，当然会被索命。但这话她无法明说，旁边都是小厮。

“日后小心些。”她隐晦地说。

禁烟动了太多人的利益，其中凶险并不比战场上少。

谢骛清懂她的话中话，笑了笑：“好。”

两个穿着马褂的男人迎出来，仍是迎他而来的。

“此处风大，”谢骛清轻声说，“去吧。”

他不再多说，转身背对她，跟着引路人走了。何未见他的军靴踩在宫灯的红影子里，懊悔最后没答他，他已在热闹寒暄中进了主人家的包厢。

何未眼里有热意，立在那儿，努力抬眼盯着藤萝和高挂的大红宫灯，很努力地看。戏里告别都是一别再别，没想到他们最后的对话竟如此简单，平静得像明天还要再见一样……

第六章 烽火望炊烟

身旁两位公子认出何二，轻声说到何家七先生今夜压轴的《鱼肠剑》，一人笑言若能和七先生对两句戏，便死而无憾了。身旁友人嘲说，你能担得起什么戏？那公子打起手势，念说：“君子生平运不通，苍天为何困英雄……”

苍天为何困英雄？

她该高兴，他终要挣脱樊笼了。

那天谢骛清没把压轴戏听完。何未在招待贵宾的地方，和他隔着一道屏风和几个八仙桌，能见屏后的重重人影和他。

《鱼肠剑》这一出唱的正是名将伍子胥成功逃出昭关，结识四大刺客之一的专诸，更以箫声引来吴王，自此人生重新来过，大仇即将得报的一场。

后来她想，真是送行的一场好戏。

二月初二龙抬头。

那天邓元初的副官送来一个木匣子，叮嘱务必要送到二小姐本人手里。

她刚结束国学课，不大在意地摸着匣子的铜锁扣，打开那紫檀木匣子盖，见里边竟有一只玉制的酒杯。小小一只，薄如蛋壳，有光便能透出碧色。

匣子里有两个杯形空缺，只有一只摆着杯子，另一处放了把铜色钥匙。

“这不是夜光杯吗？”杜老先生赞叹，“还是上品中的上品。这夜光杯薄如蛋壳，透着光……”杜老先生见何未的眼睛红着，微微一怔，面前女孩子的泪水可不常见。

葡萄美酒夜光杯，欲饮琵琶马上催……每个字都合了他在北京的日夜。如今他已是醉卧沙场征战四方的将军，这是迟来的分别信物。

而这把钥匙……不用猜，必是百花深处的院门钥匙。

她眼睛更红了。

杜老先生凭着阅历判断此刻必须走，刻不容缓，当即掉头出去了。

何未盯着匣子看了两个小时，最后抱着它到多宝槅前，找到最隐秘的一个地方，小心放入，上了锁。柜子锁的小钥匙没地方藏，压在了抱厦插梅花瓶子的底下。

到夏天，北京的总统大选越来越热闹。

竟有军阀把前总统乘坐的火车扣下，逼对方交出大总统印和辞职书后，才放人家走。

那天何未去看望哥哥的老师，老师感叹这荒诞的乱象，提到了坚定反军阀的谢骛清，评价他一心为统一的坚守难能可贵。

“自虞夏商周，我们几千年坚守的都是四海归一，”她像评价一位不太熟的友人，轻声道，“老师不也在坚守吗？您是对外战斗的人，也为了统一。”

老师笑了，随即问她：“最近在看宅子？好事要近了？”

这误会太大了……

她解释：“邓元初到京有半年了，家里催着买宅子。我帮他看而已。”

“此人不错。”

“是不错，”她认真道，“还请您在公事上多提点他，他对外交兴趣浓厚。”

邓元初自从被借去外交部，越做兴致越高，索性调过去了。何二家在外交上资源多，又因做航运更有助益，于外交这一途的根基远胜邓家。她想用家里的面子，为邓元初寻位良师。

“有才学有良知的后辈，我都会照顾。”老师笑着应下了。

离开老师家，她到什刹海西涯，带邓元初去看几处宅子。

她熟知北京大小王府官宅，陪他逛了大半个月。京城很快传出，邓家公子苦心追求见了光，同何二小姐开始着手看宅子了……也难怪哥哥老师会问。

“为何这些宅子要挤在什刹海这里？”邓元初不解。

她笑笑：“过去那些王爷多是闲职，他们每天最要紧的事就是去朝里打个照面，住得远了嫌麻烦，就选了这里。背靠西涯之海，风景好。”

何未和邓元初走得累了，也不嫌简陋，两个富贵人寻了一处凉棚摊子，全包下来，连带随同的副官和姑娘们都要了凉茶和酸梅糕，坐下来乘凉。

自己人在外围守，方便他们说话。

她打着扇子，懒懒地道：“你要不急着买，就等恭王府出手，我听说他们想卖的。”

“估价四十万的宅子我可下不去手，”邓元初笑说，“某位仁兄若没在广西烧了那一批烟土，倒是能买得起恭王府。”

何未摇扇子的手停了。

“抱歉，勾起你心事。”邓元初诚心道歉。

她摇头：“我挺高兴你说他的，最好多说几句，能多了解他一些。”

她轻声关心他：“在这里还习惯吗？”

“实话是，不想习惯，”邓元初苦笑道，“我其实想跟着清哥去南方。但他说，不需要每个人都去冲锋打仗。他让我不要往南方跑，留在北京。北京这里的外交部是被外边承认的，而且使领馆多在这里，能做一些实事为国效力。”

“外交部是需要人，”她关心问，“听我哥哥的老师说，你最近在和日本谈判，要收回旅顺和大连？没有成功？”

邓元初颔首，轻叹说：“清哥在前线浴血奋战，我却一事无成。”

每到这时候外交官们扛的压力就很大。

不过这几个月大家都在抵制日货，实行经济断交来支持外交部。全国上下一心。

她轻声安慰邓元初：“会好的。”

闷热的风，让湖面起了一丝丝的涟漪。

她看湖面，想到谢骛清在南方，却不知在南方何处。

“他当初说必须走，是发生了什么事？”她想知道更多，好能了解南方战事。

何未身在北京政府这里，对广东政府了解有限。平时听人说都是已发生的大事，南方的情况究竟如何，恐怕只有问邓元初这种人才能清楚。

邓元初轻声说：“那边形势复杂，须从去年说起。”

她求之不得。

邓元初接着说：“去年有人发动兵变，夺走了广州。清哥当时重伤未愈，无能为力，能下床时又来了北京。”

何未轻点头。

“谢家大小姐是共产主义拥护者，一直在为孙先生和苏俄合作的事奔走。清哥来北京，既为了谢四小姐，也因北京这里离苏俄近，倘若有需要他可以直接去。他在苏俄住过一段日子，熟悉那里。”

难怪百花深处第一面，他就谈到了俄公使，且非常熟悉那边的形势。

“不久谢家大小姐就出了事，她那时准备北上去苏俄，许多人不想让她活着去。”

之后谢骛清被关了一个月。

“几经波折，大小姐的事做成了，”邓元初回忆，“到过年，有了夺回广州的机会。粤、滇和桂三军一同发兵，那时清哥就不得不走了，前线需要他。”

他最后说：“清哥着急走还有一层缘故。他在南方禁烟多年，了解那些大小军阀，他不相信他们。”

不出所料，那些军队夺回广州以后，就开始迫不及待瓜分胜利果实，在各自驻地强行征税，开烟放赌，任免自己人做地方官。开始了新一轮割据。

三月，桂军沈姓将军叛乱。

四月，滇军杨姓将军叛乱。

……

南方战事如火如荼。

仿佛没有尽头。

讲完，两人忽然没话说了，都在担心谢骛清。

邓元初和她认识了大半年，混得熟了，说话也随便了不少。何未比他小得多，在他看还是个小妹妹：“你和清哥怎么认识的？”

“一次意外，”她对邓元初也像对哥哥的同学们，有谢骛清的缘故更亲近些，“我和他见面的次数极少，百花深处只去过三次。他来我家两次。”

第一次还是陪白谨行来的。

“你信不信，任何和他传出一段情的女孩子，都比我见他多？”她问。

邓元初笑了：“清哥从不说自己的事。当初他说，有个救过他兄长性命的人须托付给我，已让我非常惊讶了。”

邓元初点了一根烟，慢慢吸了两口，吐出淡淡的白雾。他还在习惯性找烟灰缸，醒悟此处是小摊子，轻弹了灰在地上，但是不好意思，又用泥土掩盖住了。

何未盯着脚下混着烟灰的土，想到百花深处多宝槅里的瓷碟子里有烟和火柴。她猜想谢骛清也抽烟，但没见过。她对他的真实了解不如附在谢骛清这个名字上的多。喜欢的口味，喜好的颜色，喜欢几时睡、几时醒，在去保定前读过哪些学堂，喜欢什么科目……除了军装和那身蓝西装，平日还喜好什么衣裳……

他的出现像一场梦。

解过她一次困境，陪她过了十八岁生日，便从恭王府凭空消失了。

“只是刚认识，他就走了，”她低头笑着说，“我们从没在一起过。”

邓元初一愣，听这话也拿不准他们的关系，只能安慰说：“这年月能活着认识一次，已是极大的缘分。”

倒也是。她在这方面感触也深，最近两个月都是应酬，每次人家都说二小姐给你介绍一位大贵人，可经常下一次见就落魄了，或直接就是死讯。

“南方会好吗？”她忍不住问。

每个月谢骛清都想法子报平安。这个月迟迟未有消息，她无法安心。

邓元初沉吟许久，轻声说：“会好的。”

说完，两人都笑了。这不就是她刚用来安慰他的话。

入夏的广东，闷热难耐。

在一处破败的大宅子里，驻扎了从战场上撤回来的人。此处地处偏僻，离广州城远得很，因为战乱，主人家早就走了，留下看院子的人也逃了。

谢骛清带人深夜到这里，因为伤员多，粮草供给不上，没法儿再行军，临时决定留几天。进来时，宅院野草没膝，稍作收拾算能住人了。中午时小兵给他熬了一碗粥搭配两个肉馒头，他没要肉馒头，只留下了粥。

因为友军叛乱，这一支队伍被冲散了，谢将军孤身一人带着他们杀出重围，撤退到这里。他身边没一个老部下跟着……大家都担心他的身体，却不知如何劝他吃东西。

谢骛清喝着粥，翻看着从一个敌军营地带回来的《新青年》六月季刊，翻了几眼，便看到瞿秋白先生刊发的《国际歌》歌词。

外面许多兵都是投奔这位谢将军而来的，各种出身的人都有，有个读书人被他提拔起来做参谋，此刻正好整理完军报经过：“这个我看到了，就是不会唱，不懂看谱子。”

他喝了口稀粥：“改天教你。”

“将军还懂看谱子啊？”读书的惊讶。

谢骛清笑笑：“不会看谱，怎么弹钢琴？”

“将军还会弹钢琴啊？”读书的眼珠子要掉出来了。

“在俄国学的。”

读书的已经不知如何接话了。

知道这位将军是个善战又执着于禁烟的人，却没想到他能和一个遥远的国度联系上。半天才轻轻问：“真去过啊？”

他又笑，玩笑道：“梦里去过。”

读书的这才觉得合理且正常，抱着军报进去了。

晚上全部粮食已吃完了。

谢骛清没吃饭，拎着枪，带着十几个枪法好的出去了。他从小在家就喜欢去林子里打猎，百发百中，可惜在此处常年战祸，林子被烧过几次，碰不到什么像样的东西，回来分分都不够塞牙缝的。有两个伤兵没熬住，在后半夜走了，他让人趁夜抬出去安葬，嘱咐坑要深挖，免得被野兽发现刨开。

送走人，两个女护士坐在院子里，为死去的人伤心掉泪。

她们两个都年纪不小，一个是丈夫死后要被婆家卖了逃出来的，一个是婚后被打受不了逃的。乱世之中，逃去何处没有方向，怕逃出虎穴又落狼口，听说这位谢将军禁烟，就凭着朴素的情感断定他是个大好人，是戏里唱的那种高义将军。

谢骛清起初不肯收，怕她们跟着队伍危险，而且最近战况过于惨烈，更怕她们被俘后遇到畜生。后来林骁说丢下她们也是个死，他才算点头，准备回广州城后，把她们安置在城里。

“已经没粮食了，”他坐到门槛上，平静地说，“哭多了费力气，到时候没饭吃撑不住。”

两个女人见惯了死亡，本不想哭，可是其中一个见到死去的想到自己的弟弟，另一个被感染了，说着说着就都哭上了。

谢骛清平日话不多，不怒不笑地让人心生敬畏，此刻他一发话，两人泪就止住了。

“我只是想到弟弟，”其中一个说，“方才送出去的那个年纪和他一样大，都是二十八岁。”

谢骛清没说话。他也是二十八岁，这只有亲信们知道。

“将军有家人吗？”

“有几个。”谢骛清说。

“有夫人吗？”年长的问。

“是太太，现在叫太太。”另一个纠正。

谢骛清笑了，没回答。

“说说吧，”年长的说，“大家都是有今天没明天的，像您说的，万一粮食没了，我们撑不住饿死了，话都没说够，惨不惨哪。”

谢骛清被这话引得笑了。她说话直白，倒有几分像何未。

他安慰说：“我饿死，都不会让你们饿死。”

“这我们都相信的。”年长的说。

他在脑海里思考着能找到食物的地点和可能性。这里只有几百人，还有几十个伤兵，要怎么迂回绕过危险和主力部队会合？也是个难点。

“将军想太太吗？”稍年轻的又问。

“不是太太，”他顺口说，“女朋友。”

说完就发现说多了。

这是个时兴的新词，两个护士想了想，默契地当成了“未婚妻”。

“父母给定的？见过没有？至少见过照片吧？”

他轻声答：“见过几次。”两只手数得过来。

“将军家乡结婚前还给见面的吗？真是好，至少见一见样子，”年长的那个笑说，“我都是直接嫁过去，我们那边不给见的。”

另一个笑：“谁不是啊。初嫁从亲，父母定下便定了。”

他摇头：“不是父母定的，自己定的。”

私订终身？

两个女人觉得和听戏似的。

“她认识我第二天，帮我救家人，再没几天，出手救我的义兄，”谢骛清回忆说，“就是那时定下的。后来我被下了死牢，一出来，她便来看我了。”

在北京做人质的两个多月，遇刺数次，亲人离世，坐了一个月死牢。

除了曾经的生死之交们，那时认识的新人都只会说漂亮话，却怕和他扯上真正的关系，只有何未的真心不掺假。

义兄蒙难，他虽托付过何未，却深知她是最没能力管的，只是想到她手握航路，或许能帮得上什么。没想到那日在火车站的大小势力都按兵不动，只有她一个年轻女孩子出手了。

那日的“以命相酬”绝非戏言。

只是未未在这方面迟钝，始终在云里雾里。送了信和海棠、吃过饭、去过饽饽铺、庆过生、抱过，还亲吻过……这新式恋爱却始终谈得像他一头热。

这么一看，还是像叔叔和兄姐那样更妥当，双方见过照片，通信谈过彼此的理想信仰和对家国未来的看法，便定下结婚的日子更简单些。也不会出现还没定下结婚的日子，便和一个未出阁的正经女孩子在隔间里肌肤相亲的事。是他草率了。

不过他该做的补救都做了，至少谢家这里已确定无疑，把她看作未过门的儿媳妇了。

……

未未倒是喜欢这种亲热事，看得出。她喜欢就还好。

如今公立大学都已经开始推行男女同校读书，男女关系在改变，社会在进步。

婚前恋爱还是需要的，要尊重新时代的发展。

谢骛清突然想到附近有个胆子小的小司令，继而想到了一个好主意，决定突袭一把搞到粮食再说。

他起身：“战场残酷，伤兵比一般的兵脆弱，你们的情绪会影响到他们，多想想高兴的事情。此时此刻，此地此境，你们两个就是伤兵的救世主，里边的人拜托了。”

两个护士收敛笑意，起身，学着士兵们行军礼。

谢骛清回了一礼，离开了。

突袭前，他回屋休息了二十分钟。

实在热，但他不习惯脱掉军裤和衬衫，保持衣衫整齐是从小的习惯。他把读书的铺在床上的被褥卷起，仰面躺到了床板上，闭目养神。

谢骛清想到在天津利顺德大饭店的泰晤士厅里，弹奏《哈巴涅拉》的钢琴是汉密尔顿牌的，他的记忆力太好，三岁以后的事无论大小都像刻在脑子里。对何未，他谈不上了解，除了知道她喜欢喝牛奶，喜欢穿白色，不喜多穿衣服。过去他想战事尽快结束，只想着旁人，现在终于有了自己的私念，他想南北统一，能让他再去北京。

如果她还等着自己，须仔仔细细重新谈一次新式恋爱。

时至九月。

日本关东大地震，死亡数字约十万人。

一时间全国募捐，号召“救灾恤邻”。没人能想象到上半年还在抵制日本经济的同胞们，能在如此一个自家四处战乱和饥荒的情况下，筹善款筹物资，最后连同红十字的救护队一起送到了日本。

邓元初从财务部见到的捐款捐物的统计数字，感叹了两句数额巨大。

“这是属于国人的善良。”何知行评价。

希望他们真能看到中国人的善意。何未想。

十二月底。

谢骛清终于回到广州城，下午三点到的。

在广州的公寓里洗了个热水澡，换了衬衫和西裤，在客厅里坐下。

他回来直接去了前线，姐弟几个人时隔两年，今日终得一见。大小姐见弟弟就想起先夫，落了泪，三小姐在一旁安慰。谢骛清沉默。

等二小姐来了，这才缓和了氛围，一起说到谢骛清的婚事。

“父亲说，在那种时候肯和你定终身的女孩子，万万不能辜负，”三小姐是短发、大眼睛，长得像母亲，性格也像母亲，她藏不住心事好奇地问，“清哥儿，你怎么做人质都能被人看上？在家里也不见你如此出色。”

“是我看上她。”他无意同三姐辩驳。

“你怎么做人质也不好好做，还要追着姑娘走？”三小姐轻声笑问，“因为像海棠？”

谢骛清轻叹。这谈话一时半刻难结束，须找份报纸看。

二小姐轻抿了口茶，柔声说：“你别把清哥儿问恼了，不给我们聊的机会。”

大小姐摘下棕色玳瑁边框的眼镜，望着谢骛清：“救过不少侨民的何家？”

二小姐替谢骛清答：“正是那个何家。”

三小姐笑起来：“义商之家。我听人说过，过去何家航运主走海外，自她露面，在内陆也发展起来了。”

二小姐的先生是做银行的，算生意场上的人，她笑笑说：“是。不过生意的规划并非一朝一夕能定下的，应该是何老先生的布局。”

“海棠花总有功劳。”三小姐替未来弟媳说话了。

“那是自然。再好的规划，没一个有能力担得起的小主人也是空谈，”二小姐笑说，“这段日子，凡听人讲到何二小姐，全是赞誉。何家航运产业如此大，她却没有做‘船王’的意思，有好处要拉着大家分一分，不喜独占。我先生的朋友见过她一次，说她身负盛名，本人却不见锋芒，说什么话都和和气气的，万事谦让，懂事又知恩，颇得世交长辈们的好感，凡打过交道的都想照拂她。”

大小姐微微颔首：“静水流深，是有大智慧的女孩子。”

谢骛清回忆，先前她还有压不住锋芒的时候，看来是长大了。

二小姐忽然微微笑，看谢骛清：“清哥儿，你的西府海棠独掌着航运，已是待嫁小姐里最富贵的一个。见过的公子哥儿都说惊为天人，不敢追求呢。”

谢骛清也微微笑，什么都不说。

三小姐感叹：“人家西府海棠有内外航路在手，富贵钱财不愁，生得又好。清哥儿，她是如何看上你的？”

谢家三小姐喜欢损着逗弟弟，四小姐喜欢捧着逗弟弟，两人平日里搭伙逗趣合适。今日捧的那个在海外避险，只剩下一个损的……

二小姐瞧不下去，轻叹一声：“清哥儿在年轻一辈将军里算有些功业的。”

大小姐也说了句公道话：“长得也还过得去。”

谢骛清立身而起，三位小姐望过去。

他走到报纸篮前，挑了两份报纸，又回到原位。

三位小姐很欣慰，继续聊。

二小姐想起桩事，思量再三还是说了：“有个闲话还是和你先打声招呼。那天父亲问，我已替她否认了。有人说……她和自己的姐夫同居过。”

三小姐惊讶。

谢骛清放下报纸，破天荒地说了句：“是传言，她和我是初次。”

屋子里静得像没人……

四十岁出头的大小姐，加上年过三十五岁的二小姐、三小姐，都在各自思考着弟弟的话。想问，但碍于谢骛清已年近三十岁，在寻常人家早做了父亲，追问男女情事不大妥当……

“亲吻。”他不得不做了补充。

谢骛清其后沉默良久，见她们三人依然不说话，于是生平头一次破例解释到了最后：“第二日我就发了电报给父亲，你们见到的那一封。”

二小姐微微颔首，离开倒咖啡去了。大小姐戴上眼镜。

独独三小姐望着谢骛清，想象不出他亲人是什么样子的，何种姿势与神态，可这种事做姐姐的也不好问到底，左思右想许久才喃喃了句：“清哥儿长大了，今日才觉得。”

等到晚上，公寓客厅里摆进来不少西府海棠，是二小姐离开前嘱人买来的。大家各有各的忙碌，匆匆一面后就离开了公寓。谢骛清独自对着海棠花，想到百花深处他背对着何未收拾床榻的那日。想了会儿，他才察觉自己的视线始终在一张照片上。

那时的谢骛清以少将军成名，面对镜头的站姿是当年父亲授意的。一手斜插在军裤口袋里，一手搭在军装外的宽军带下，虚握成拳，是当时将军们喜欢的姿势。

十八岁的他下巴微微扬着，心有长风万里。

那时的他并不知半月后就要遭受一次刺杀，自幼抱着自己的伯伯下了一次狠手。后来他醒时见家人的眼泪，就想，谢骛清这个名字其实是负累，是让亲人哭的三个字。

所以从回了广州，他照旧对外用谢卿淮，不大用本来的名字。

谢骛清这次回来，是身体吃不消了。

他自重伤初愈到长途北上，两个多月后又跨越大半个中国，直接深入前线，这仗一打就是快一年。那天在广州公寓被二姐强迫看医生，医生直言，须静养，不能再颠簸受累了。他不得不将离开的日子延迟到一月底。休息时，他被拖去西江讲武堂做特约教员。

谢家除了大小姐，余下都对外自称是无党派人士，在讲究派别的讲武堂算异类。因他在军中资历深，倒没出现服不了众的情况，反而远离人事往来，落了清净。

军事相关的投弹、爆破、射击和刺杀等课程都交给了普通教员，他主教攻防战术和绘制军事图纸的课程，另外还有反帝反封建、打倒军阀的思想课程。

过年前最后一堂思想课上，他讲起列国抱着不可见人的目的支持各大派系军阀，讲起日本扶持奉系的狼子野心："列国从没放弃分裂我们，美公使也在支持直系，最近动作频繁。追根究底他们就是怕我们统一，怕我们稳定，稳定就意味着强大。"

谢骛清最后说："为什么我们这一代反清结束要反袁，到如今还要反军阀?我们又不是战争机器，"他告诉学员们，"因为我们渴望真正的强国富民。"

下课后，广州来了人，说要见他。

人被带到他面前，很快说明来意，去年广州扣了一艘从日本回来的船，船本是送捐赠物资去的，回来绕路南洋，慢悠悠走，不知怎的走错了航路。因没有入港手续，被当场扣下了。

扣船的职员一查船是何家航运的，连发数封电报让他们补手续，对方都嫌战乱不肯冒险过来办，船员们本就是广州的人，都各自领了报酬归家，而船如何处理，却再无下文。那船可不比一般的船，贵得很。何家航运关系网大，谁都不敢擅动船只，直接锁在了码头。

等要过年了，何家终是记起还有这一艘船，来了消息说这船的原物主不是他们。南北战事太频繁，不想冒险再过来，若能通知到本人，就请将船交给其真正的物主谢卿淮……

谢卿淮不就是他。

谢骛清坐在教员休息室的椅子上，手握那封电报。港口职员悄悄打量他，如同打量一个"家财万贯、盘剥百姓"的隐形大军阀……这种新式蒸汽轮船是大船运公司才买得起的，何家航运做那么大不过买了六七艘，可想而知有多值钱。

……

谢骛清沉默地将电报缓缓对折，再折，直到折到无法再折，他又重新打开。最后竟带着一丝丝无奈，低头瞧着电报，温柔地笑了。

黄昏时分，谢骛清到码头登了船。

货舱里堆满了从南洋采买的物资，码头负责人对这位谢卿淮将军是只闻其名不识其人，见本人倒合了那个传闻，是从鬼门关回来的人，瞧着就是重伤过的。

“这里的货物他们说过期了，也不值钱，就不要了，”那负责人在谢骛清回头时，笑着解释，“您看要不要清点一下？还是交给我们办？”

林骁替他答：“让我们先清点。”

官员在码头久了，见惯了大小军阀们的贪婪，猜这货物另有隐情，怕不能见光，立时下了船。林骁带人清点，全是耐用品，都是能给将士们用，或直接卖了换钱的好东西，没有一样和“过期”有关。这全在谢骛清的料想内，他让林骁今夜务必清点卸货，离开货舱。

林骁望着满舱货物，比谢骛清的感慨还要多。

“林副官，”参谋轻声问，“这些真是我们的了？”

“是，全是我们的。”林骁轻声说。

这些人跟着谢骛清时间短，不会懂，谢骛清一个常年在山林平乱，不开赌、禁烟土，连税都不收的将军，就算打上十年，缴获来的东西也不够买这么一艘船。更何况还有满舱的货。

“一过年……年初五，”林骁每说几个字就断一下，像无法掌控翻涌的情绪，“是将军的生辰。这些……是生辰贺礼。”

谢骛清走入驾驶舱，上了铁锁的轮舵上一层灰。他立在那儿，从裤子口袋掏出一包飞艇香烟。他抽出一根，在夕阳的暗黄光线里，低头以手指虚拢着一簇小火苗，将香烟点燃。

谢骛清的脸、五官都被烟雾模糊掉了。他一手搭在轮舵上，望向玻璃外。夕阳西下的水面上，有一艘黑色布帆的木船，不知为谁停着。

未未。

这一厚礼，让我如何还你？

1924年初秋，第二次直奉军阀大战拉开了血色帷幕。

何未和人谈广州和香港之间的省港航路，那人约她到一个影院里见，她进去便见到投影的光从后照到前面，正放映着激烈无声的黑白画面：士兵们冲向重机枪，栽倒在地翻滚……因为无声，更显骇人。光影交错间，有飞机起飞轰炸，仍旧是无声的。

有人低声说："二小姐，在前面。"

何未强定了定心思，走到前排，那里看投影的人有十几个，其中一个竟是那日包房里披着外衣、给一旁人点烟的桃花眼先生。他认出何未，跷着的二郎腿放下来，对何未微笑着轻点头，何未颔首，惯性一笑。

内里还在为直白的战争画面而心惊肉跳。

何未为表诚意，亲自送来了省港航路的入股协议。对方本对前来送钱的人有好感，见桃花眼认识何未，不免笑了，同何未解释投影的画面是什么："这是从山海关前线拍下来的，"他指着方才的画面，问身边的桃花眼，"世侄啊，你如何看？"

"陆空配合，这算是史无前例最大的一场。"桃花眼评价。

"二小姐感兴趣，可以再看一遍。"接了股份协议的人对何未笑笑。

"不用，你们继续。"何未表了诚意，不再耽误他们议事，退了出去。

未料一出放映室，被身后人追上。

何未回头，是桃花眼先生。

对方笑着，轻声说："那日一别，和二小姐是有……"

"差不多一年半没见了。"她心领神会。

"一晃这么久了。"他感慨，话里眼中其实是对谢骛清的情义，两个兄弟南北相隔，再见不知何时。见到何未，他像见到自己人，聊了不少和谢骛清过去的交情。

聊到后头，他笑着问："刚才见那个，怕不怕？"

她心有余悸："我从没见过打仗，过去也是这样陆空作战吗？"

"过去都穷，买不起这么多飞机，"桃花眼轻声道，"现在装备上来了，以后的战事更惨烈。"

那些飞机投下炸弹，谁逃得掉？再强的陆军也死伤惨烈。她不敢深想。

对方聊了两句闲话，忽然轻声道："这一战若奉系胜，清哥说不定就有机会回来。"

消息来得过于突然，她一时无法反应。

等下午去账房对账，她才渐回了神。

当初软禁谢骛清和谢家四小姐的是直系军阀，如果他们被赶走，对谢骛清来说确实是一桩大好事。他也许真会回来，哪怕悄悄回来一两天都好。

她越想越高兴，捧着茶杯笑，翻看账本笑，看着平平无奇的银烛台也笑，笑得一把年纪的账房先生直犯嘀咕……这没到年底呢，账本能瞧出什么?

账房先生老派，不喜欢自然光线，喜好将屋子弄得昏暗暗的。何未每回来，此处都要点着灯烛。茂叔想给账房装个电灯泡，账房先生都不肯，对茂叔："你看我这白瓷杯，五年没换了，变动不得。风水顺时，不好行什么变动的。"

茂叔坐在老旧藤椅里，摸着已被磨得不见藤枝脉络的扶手，取笑道："我们家势必要旺个几十年，您这处我可不敢来了。"

账房老先生不屑道："不来便不来吧，你也瞧不懂账本。二小姐每回来都不见说什么，倒是你话最多。"

何未一手撑着下巴，换了个姿势望着账房外的树杈子，又是一笑。

老账房先生和中年管家跟着一齐往树杈上看……是有一只蜜蜂绕着窗台上晒着的盆景打转……但总不见得，瞧见一只蜜蜂就笑到了现在吧?

……

金秋十月，直系军阀被赶出北京。

很快，在此战获胜的几大军阀一同电邀孙先生北上，共商国是。

南北统一终见了曙光。

谢骛清的公寓聚集了此番要北上的第一批人。

等在客厅的人大多和他相熟，只有一个是最近投诚的，还有个头次来广州的将军，那男人四十来岁，被战场洗礼得像五六十岁的人，满面风霜，头发花白。

他一见谢骛清便立刻起身："谢少将军。"众人不明所以，实在不知这二人有何交集。

那人对大家解释："去年要没有谢将军，我就死在石林里了，"那人声色沉稳，但目光炽热，"谢将军本可以不管我。但他听说有友军困在那里，带着手枪营趁夜过来突袭，将我们这一小支队伍救了出去。"

谢骛清露出笑意："先坐。"

众将落座，开始热烈地讨论这一次北京之行。

林骁立在一旁，看着谢骛清的侧脸，沉浸在去年的回忆里。那个月谢骛清一个人带着手枪营和伤兵被冲散了，等他带着一百来个残兵到了地图可查的一个镇子，已入了冬。主力部队终于等到他，林骁和十几个亲信将领全都红了眼，林骁直接就低头掉了泪。

谢骛清抹掉林骁脸上的泪，说了句："不知道的，还以为你独身是为了我呢。"

众将领都被他这话气得笑了。

……

此公寓内的不管籍贯在何处，信仰是否一样，都是一心反军阀的爱国将领。枪炮鲜血里走出来的男人们终见统一的曙光，难得轻松，不约而同拿平日最严肃的谢骛清开玩笑，取笑他上一回入京在情海里跃浪翻波惹了不少情债，这一回再去怕不轻松了。

谢骛清任他们说，好烟好酒招待了一晚。

等送走客人，谢骛清回了卧房。

林骁端着茶水进去，见谢骛清在幽暗的灯光里，坐于临窗的胡桃色木椅里。他面前是敞开的棕色软皮箱，里处叠放着日常穿的衣物……军人的衣服简单，衬衫叠着衬衫，军裤摞着军裤。

谢骛清右臂搭在沙发扶手上，手指虚拢着，自然垂在身前，轻握着一个女孩子用的白瓷粉盒，盒面上印着红红绿绿的花与叶，似乎当中还有字。

这是谢骛清脱离主力部队，消失数月后带回来的。

他见林骁盯着自己，想是心中高兴却无人可说，难得吐露了心事："不说来历的话，怕送不出手。"

未未送来一艘新式蒸汽轮船，自己带去一个过时的粉盒，不像话。

说了……又怕她难过。

第七章 白日见烽火

她预感谢骛清真要回来了。

这感觉没来由地越发强烈，以至于她将过年前去外省的行程都推了。

等到十一月底，客轮运营部的经理询问，今年暖冬，是否要将最后一班航班挪到十二月中。何未问了几大航运的负责人，大家统一时间，一同推迟到了十二月。

按规矩，最后一班离港的客轮她都要去天津送，这个没法儿变动。

她尽量压缩时间，下午到了利顺德。

何未带均姜坐电梯从餐厅离开回房间，因客人多，等了来回两趟。均姜在一旁说到天津，提起上回莲房买回去的帽子过于时髦，至今都没找到机会戴。

她笑着说："如果钟形帽的话，须短发才……"

一行人推开玻璃门。

她迎着一楼大堂的灯光，看见谢骛清和几个高级将领一同走进来，身上仍然是蓝色呢子大衣。酒店两旁的墙纸壁画像没有尽头……在他两旁不断退后。比记忆里的更修皙清俊，嘴唇的颜色浅极了，该是天太冷的缘故。

谢骛清正摘下手套，想要和身边人说话，慢慢停住了动作。

……

她像窒住了，努力让自己瞧清他的五官，他的面容。怕看错了，怕根本不是他。

谢骛清缓慢地把手套对折，交给身旁的一个她从未见过的年轻副官，目光却一直在她这里。

风尘仆仆的将军们刚下客轮，正在吩咐副官们清点行李，安排跟来的士兵们的住行和巡岗。

被谢骛清救过的中年将军环顾这声名赫赫的利顺德："听说前清皇帝被赶出

紫禁城以后，就住在这儿？”一旁饭店经理恭敬答：“不在这里。不过常来泰晤士厅跳舞，到西餐厅吃饭。”

谢骛清和众将军一起走向电梯。

何未的手还在发麻，从瞧见他起，手上的血脉就像无法流动了，麻得厉害。腿也是，站得不实了，这回不是踩着薄冰，根本就是站在水面上，人轻得没有重量。

“老谢订房间了吗？”另一个将军问他，“先去餐厅吃点儿什么？”

谢骛清没有回答身边的人，军靴在软绵的地毯上站定。

“何二小姐，”他轻声说，“久违了。”

她轻轻地笑，点头说：“谢将军，别来无恙。”

两人对视着。

其中的暗流湍急，冲得她昏沉沉的，也让众将军瞧出了端倪。

谢骛清除了治军严谨和军功累累，最让人喜好谈论的就是风流。他们来自南方，并没见过何未，一时联想不到何家航运头上，只顾着瞧谢骛清和佳人之间的眼神勾连，不用深想也知这位“何二小姐”同他有某种不可说的前缘。

“二小姐来天津，是为送出港客轮？”他问了重逢后的第二句话。

她轻“嗯”了声。

“这次住在哪一间房？”

“上一回……”住的那间。她停住，怕过于暧昧，没说完。

谢骛清轻点头，表示知道了。

众将军凭她的三个字，就明白两人上一回曾在此处同住过。

何未想问他住哪儿，犹豫间，电梯门被哗啦一声拉开。

谢骛清挪开半步，示意她先进。何未走入，谢骛清立在她身旁，随后才是其他人进来。锁链咔嗒咔嗒地缓慢搅动，电梯开始上行，何未微微呼吸着，尽量做出故友闲聊的神态，问出了最关心的问题：“将军这次来天津，要留几日？”

谢骛清低头看她，停了几秒说：“明日走。”

这么快？

何未掩饰自己的失落，轻声道：“长途奔波必然辛苦，请将军保重身体。”

谢骛清低声回：“多谢二小姐挂念。”

几句话的工夫，电梯门已被推开。她对谢骛清礼貌颔首后，带均姜出了电梯。等电梯门在面前再次被拉拢，她还怔在那儿，愣着，注视着电梯上行而去。

她的心像那架电梯，一直朝上，像没尽头似的。

三楼电梯门外，早有人等在那里，拉开伸缩式铁栅栏门，立在最靠门的那个戴着眼镜的男人就是北京临时政府的代表秘书。秘书在两个助手的陪伴下，迎接谢骛清他们。对这位谢家公子，这位秘书曾有耳闻，但从未见过本尊。

上一回在北京囚禁谢骛清的人早在直奉大战中败北，逃走了。新来的这一批人里，见过这位谢家将军的极少。

不过秘书早被人私下叮嘱过，这位谢家公子是个喜欢女人的。他们早有准备。

里边先走出来两个将军，那戴眼镜的秘书微欠身："几位将军远途而来，路上辛苦了。"他瞄着前头的两个，年纪大，不像。

在两人身后出来的这一位的外套上别着高级别领章，人沉默着迈出电梯，身段颀长，军装在他身上格外服帖合身。他眉目间虽难掩疲惫，但还是礼貌地对秘书一点头。

秘书只瞧见谢骛清的侧面，留在脑海里的印象是这个男人的眉深，眼眸更深，有着青山秀水养出来的清隽。却是水深无底，山林幽深，不大好亲近。

通常这种男人对女人又会是另一个面孔了。秘书想。

何未回到房间，有无数的疑问，却不知该问谁。

客运部经理正巧来核对明日客轮的名单，她状似无意，问起自己一个朋友要来天津，好不好查具体行程。

经理得知是一位将军后，因为南北和谈，船运和陆运上的军官十分多，数据庞大，尤其越是谢骛清这种高级将领，行程越是隐秘……一时半刻很难查到。

何未没深问，让均姜送经理下楼。

人走后，她独自坐在单人沙发里，心中早是海浪滔天。

看样子谢骛清刚到天津，该是稍作休息，见过重要的人就直接走了。电梯里不好说话，有同僚在……她只好猜，猜他下一站就是北京，又或者去东三省。毕竟这次和谈的有奉系。

正想着各种可能，电话铃声在手边响了。

她被铃声震得呆了一呆，心扑通扑通跳得厉害，像有预感这是谢骛清打来的。她的手指握到听筒上，指尖都是软绵绵的。过了几秒，才把听筒轻放在耳旁。

她敛住呼吸，轻“喂”了声。

“没想到还是在利顺德，”听筒那端的男人直接说，“看来这里是福地。”

何未鼻子一酸……低头笑了。

“本想在安定门见你。”他低声说。

“我知道，”她声音发涩，低声道，“我知道的。”

两人许久未通话，有许多话说，却不知从何处起头。

那边副官轻声提醒：客人到了。

……

听筒那边，有轻微的摩擦声，她猜是他的军装领口。

“我听到了，”何未轻声说，“你去吧。”

她不想误他的事，谢骛清的要紧事和寻常男人的生意应酬不同，耽误不得。

谢骛清对着副官说：现在过去。

她有一秒的犹豫，如果在电话里追问他的行程是不是妥当?

“稍后一起吃晚饭？”他问。

何未一怔，像被猜中心事似的，脸有点儿发热了。

她轻轻“嗯”了声。

“六点见。”他最后说。

均姜回来，她还握着听筒，见均姜奇怪瞅着自己，脸一热，将手中物放回原处。

“我方才到楼下，和饭店经理聊，”均姜笑着告诉她，“这两日东三省来的将军们，和南方来的客人们都要下榻此处，谢将军应该是这一行里的。”

她轻点头：“他给我打电话了。”

均姜惊讶，坐到双人沙发上，凑着问她：“我以为你早忘了他。”

她没作声，思考稍后穿什么。

“就算这次北上来了，他也是要回去的，”均姜隐晦劝她，“他的家在南方。”

她不回答，往洗手间去了。她斜着坐在浴缸旁，拧开金色水龙头，望着水流不断填满这个大容器，心也像被暖流填满了。

晚饭前，客轮经理来电问她晚饭订位要不要保留？还是去饭店外？最近客人多，餐厅位不好订，她怕谢骛清来不及订位，让先保留着，到六点再说。

六点整，一分不差，门被叩响。

何未一把拉开门，意外见到林骁独自一个立在门外："林副官？"

"二小姐，"林骁笑，"公子爷让我来请你过去。"

"去餐厅？"

"就在隔壁。"林骁指右侧。

他竟也住在上回的房间。

利顺德房间难订，须提前十日。两人竟在十天前不约而同选了和上次相同的房间。

既在隔壁，她就没拿大衣，从走廊两侧守卫的兵士中穿了过去。均姜下午还在说隔壁被兵士护卫得风雨不透，一定住着要紧的人，叮嘱她别去阳台，免得撞到人家议事……她那阵只想着要见面，没认真深想过。

林骁送她到门口。

何未走入，门在身后关上。

目之所及是一个开放的会议室，大会议桌的一侧摆着菜。南方菜，四菜一汤。

谢骛清从卧室出来，大衣早脱了，白衬衫的立领微微分开。因为刚洗过手，衬衫袖口是挽起来的。他上一回来是冬天，又很注意不露太多的皮肤，她自然没见到过手臂上的旧伤。

谢骛清注意到她的目光，将袖口放下："先订了你喜欢的餐厅，"他解释，"后来想单独和你待一会儿，就让人做了菜。"

饭菜出自北上带的厨师。他们这些人北上到人家的地界，万事须小心，吃穿住用全带了相应的人，锅具自备，借了饭店厨房做出这一餐家常小菜。

他走到她面前，想摸摸她的头发。两年未见的生疏感让他停住了。

"厨师对北方的菜不熟，怕烧不对，"他轻声道，"做了几样家乡菜，你只当换个口味。"

“吃什么不要紧，”她轻声道，“我只是怕单独在这里吃饭，被人多想。”

谢骛清望着她：“多想什么？”

“这次不需要避开人吗？”她怕把握不好尺度。

谢骛清笑了，不大在意地问：“在京津，我们两个曾是什么关系，还有谁不知道？”

何未不禁也笑了。

久别重逢的生疏被这话打散，好像谢骛清这个人从没离开过，永远似是而非，喜好逗她。

“那是两年前，”她开起玩笑，“谢将军走了这么久，怎知我和过去一样，还愿意和你做毫无意义的应酬？”

“毫无意义，”谢骛清重复她的话，若有所思道，“原来过去在二小姐眼里，都是毫无意义的。”

他那双眼像要把人罩住似的。

“倒也没有，”她轻声道，“听说谢卿淮将军在南方功业高，比昔日的谢少将军还要厉害。能结交这样的朋友，怎么会没有意义？”

谢骛清到门边，上了锁。

轻微的一个落锁声，听得她红了脸。时隔两年，还是一下子想到当初隔间里的荒唐事……她曾想过许多回，倘若谢骛清没走，两人再相处一个月会不会真在一起。但也仅是想想，她摸不清这个男人的心思。

二十八岁的谢骛清，她完全拿不准，如今马上要三十岁的他……她更拿不准。

谢骛清已到她跟前。她两手交握着，人已酥麻麻的了。

“你和女孩子独处都要先上锁吗？”她轻声问。

他也轻声回：“要看这个女孩子和我是什么关系。”

“比方说呢？”

谢骛清没回答她。

两人站得已足够近了。

“让我看看你。”他轻声说。

不知怎的，短短一句话惹得她眼睛红了。她摇头，低头不想让他看自己的眼泪。

她感觉谢骜清拉住自己的一只手，用力握住，她的身子被搂过去、撞到他的胸膛上。他衬衫上属于谢骜清这个男人的气味包裹着她……

她一眨眼，眼泪就掉进了他的衬衫领口。

谢骜清感觉到水流从锁骨滑下去，落到腰腹上。他搂紧她，亲她的头发。

“让我看看。”他低声说，在她耳旁。

她糊里糊涂的，但还是能想到他想干什么……何未不想让他看，努力低头。两手环着他的腰，手搭在他枪套外的皮带上，食指在他的枪套上轻划着。

谢骜清低头，轻声问：“又不是没亲过，怕什么？”

他呼出的热息光是打在额头上，已让她脸渐渐变热：“太久了……离上次。”

谢骜清绕到她耳垂上：“是太久了。”

何未被他亲到耳朵，身子一下子敏感得僵起来。谢骜清的手滑到她的颈后，让她抬头。

她被亲到人中，感觉他的唇从自己的人中移到了上唇。像有呲呲的放映室杂音在耳边，她像在看自己和他的黑白默片……清晰地看到谢骜清的唇在自己的人中和嘴唇上游移着，他开始吻她，把属于男人的热意和气息带给她。

何未被他吸得咬得嘴唇发麻，昏乎乎地两手抓住他腰后的腰带。

……

两人亲着亲着就到了卧室。

何未摔到床上，下意识扣紧他的枪套。

谢骜清单手解开那把枪，连着枪套扔到她头上的枕头后。他的唇下不停，只是亲吻的节奏快了许多。何未感觉到自己的长发散在脸旁，才后知后觉发现头发早被他的手指撑开解开了，发丝在她脸边摩擦着，弄得人痒，心里也痒。

她微微喘着气，轻声问：“你过去都是这样？一定要解开枪才肯亲……”

他笑，嘴唇又堵上来。

何未继而又想，他这次回北京难免见到许多的前缘，会不会禁不住诱惑重温旧梦？他抱住别的女孩子是什么样的？过去……或者在这两年。

谢骜清发现她亲得不大专心，离开她的唇，亲她的耳垂：“不是。”

什么？哦，解开枪……

她早在下一个思绪里不舒服了。

何未不想让他识破自己的心思，想说点儿什么，谢骛清的唇在她的耳垂到耳廓间移动，哑着声说："怕枪走火伤到你。"

……

谢骛清的唇仍然在她耳边游动着："上一次也是。"

何未被拉回那熄了灯的隔间，面前是多宝槅，一扇推拉门外的红绸布桌上，有骨牌在数十根手指下哗哗作响。

……

卧室没亮灯，借着会议室的光。

谢骛清瞧着她的眉眼，在她的脸前："想不想先吃饭？"

她轻点着头，见他撑着身子，坐了起来。

嘴唇麻麻的，她忍不住轻咬着。

他想提醒她咬得多了，出去人家看得到。上一回在隔间里就是如此，自己吃着腊八粥，几个人叩门进来问事情，何未为显示两人什么都没做、十分清白，积极地开了门。谢骛清想拉她都没拉住……那晚她走后，他被那些人好一阵嘲笑，说谢少将军怕是战场上待多了，完全不懂怜香惜玉。

她虚飘飘的，还不是很有实感，她见谢骛清瞧着自己的嘴唇，心更酥了。

谢骛清看到她的神态，最后什么都没说，下了床。他将枪重新佩带上，往门口走。

"清哥。"何未突然轻声叫他。

谢骛清脚步停住，回头看她。

"我想讲讲轮船的事，"她认真说，"那是给你的生辰礼，也是我为革命做的一点儿贡献。"

谢骛清走后，她开始学着留心和战争有关的讯息。听说日本人一直扶持奉系，把从欧洲采购的上万的枪支、数百炮弹和十几门大炮转卖给军阀，还帮他们建军工厂……这些过去都是她不曾注意的，听得多了，她就开始担心南方的装备跟不上。听人说南方人办军校，都要低声下气去问军阀们筹钱，她就为谢骛清他们揪心，才想着借运送物资的机会，送过去那艘船和货，为革命尽些力。

“谢谢你。”谢骛清语气严肃。

“不要你谢……算了，还是当生辰礼吧。其实让我年年送，我都送不起的，”何未笑着将此事淡化，只是柔声说，“没想到你三十岁之前能回来，本想给你做三十岁的生日礼。”

其实他也没想到，能这么早回来。

他见何未坐在暗处的床上，搂着一个抱枕，手指还在无意识地揪着抱枕的金色穗子……这一回再见她仍是未嫁身，算是老天厚待了。

谢骛清沉默着走到门边的木衣架旁。

何未瞧着他把手探到军装内，猜他是不是想抽烟了。

他摸到冰凉的白瓷，静了片刻。

何未见他似找到了什么，但抽回的手上却空着的，略微不解。难道烟没了？

她眼瞅着谢骛清回到床旁，和他对视了一会儿：“要叫副官吗？”叫林骁送烟过来。

谢骛清摇头，坐回到床畔，像要说正经事的神态。

“这次北上，大家都在冒着险，怕是一个陷阱，”他低声道，“带再多的人都没有用，此处是别人的地方。”如果是个陷阱，或是最后和谈闹翻了，南方过来的人都有可能被扣住，或是被杀。他们都是带着最坏的打算毅然北上的。

“我明白，”她说，“我这两年了解了许多形势，自从北京这里发了电报去南方，我既高兴有希望见你，又怕你北上……”

何未知他是涉险北上，并不轻松：“我们像上一回那样就好，你不必日日见我，找我，”她说完，站在自己角度安慰他，“这样其实对我也好……毕竟何家不能和任何一方走得太近。”

谢骛清微微点头。

他还有一番话，是私人的。

“我的前半生虽有功勋，为父母兄姐却做得极少，自觉亏欠他们许多……”谢骛清轻声道，“我是跟着叔叔长大的，过去他也常说亏欠家人、亏欠婶婶。那时体会不多，等年纪渐长，这种感受越深。后来我一直想减少对别人的亏欠，没什么好办法，只有克制自己，不要增加更多的亲人，减少牵挂自己的人。所以过去没想过要和谁真正在一起。”

何未像从他的眼里见到了过去三十年的狼烟烽火……烽火中，有家国天下，而烟尘下，却埋盖着对至亲的亏欠和愧疚。

她说不出地难过：“我没逼你的想法，只想着开心一日是一日。你们那代人可能不习惯新式恋爱……觉得轻浮。但你每次来时间那么短，也只够谈谈恋爱。”

谢骛清听得笑了。

“虽然上次不算这种关系，但今日总该是了，”她被他笑得窘，“我又不是……随便谁都能亲的。”

他笑意更深：“何二小姐金贵，自然不是谁都能亲的。”

她脸更红了，比方才被亲时还红。

“未未。”他忽然叫她。

每次他叫她乳名，她的心都能立刻软下来：“嗯。”

“刚才的话，都在讲过去。”谢骛清说。

“这次北上，我不知何时会走，但还是决定问你，”他轻声又道，“问问你对婚姻的想法。”

何未坐在那儿不动，瞅着他。

好像退回到百花深处，身边是烧得噼啪作响的赤红炭火，狐狸毛领在脸边搔得痒，她刚才脱了短外衣，一转身就见个男人单手挑开珠帘，被北风推着进了门。两人对视的一霎，珠帘子在他身后摆得厉害……她不得不伸出手，来打断这令人心悸的对视，对他说：我是何未。

……

那夜的她，绝没想到会有今日。

她低着头瞧着锦被上的绣金纹路，心更软了。

在这片刻的静里，谢骛清和她都没说话。

“北上前，我既希望你嫁了人，又希望你还记着我，”他终于出声，停了会儿又说，“未未，我确实放不下你。”

四周前所未有的静。

谢骛清接着道："但你不是寻常的女孩子，对婚姻一直有自己的计划。我如果做不到，会耽误你。这并非我所愿。"

那两份电报就压在皮箱最下层，等着和谈成功拿给她看。若和谈有变，又将是一场不知前路的等待……

何未看着他。她曾对婚姻有许多想法和妥协，为哥哥的遗愿、为二叔的心愿、为航运。十七岁时，她就开始规划要趁着二叔还在，尽快生出一两个能承担家业的后人，甚至开始筹谋着请几个德高望重的先生来教，着重教什么，才能避开自己曾经不好的地方，教出一个更杰出的实业家……均姜曾感叹过，她这不是嫁人，是为何家的下一代找个合适的父亲。

如果为了何家的下一代，谢骛清不合适。他的处境太危险，不适合要孩子……

何未脸忽然热了，怎么想得如此远。

她不喜欢谢骛清什么责任都往身上揽，摇头说："就算你想现在结婚，我都不可能嫁去南方。如果说耽误，我同样在耽误你。"

谢骛清冷静地说："这不一样。"

"一样的，上一回就说过，我们都有自己的为难，"她语气放软，"现在是有许多困难。也许等时局好了，这些就不是难题了。"等那时再谈多好。

谢骛清和她对视着。

她快醉在他的目光里，他能回来真好。

……

"我饿了。"她拉他的手。

谢骛清任由她拉着手。

"谢教员。"她小声叫。

谢骛清不禁一笑："端正态度。"

她愁眉苦脸，瞅着他。

谢骛清轻叹口气，直接离开床，出去了。

何未笑着理了理裙子，跟出去。谢骛清背对着她，在开一瓶白葡萄酒。她往他身边走，见标签上有潦草的红色标记。

谢骛清背对着她说：“厨师怕自己手艺不够好，不合你的口味。但他还是想做给你尝尝，感谢你捐了一艘轮船。”

“你的酒瓶为什么用红笔勾一下？”何未在他身旁问。

他将瓶子转了半圈，瞧了瞧那标记：“林副官的习惯，可能这个年份的口感好。”

何未悄悄记下年份。他既喜欢，日后多备着。

谢骛清见她盯着那年份看，看穿她的心思。其实这标记的意思是无毒、可用。

谢骛清在外人面前不大动筷，今日好些，陪她吃了两口。

京城菜系齐全，但因南北口味差异，口味总要跟着北方做些变动。她难得吃口地道的，酸汤蹄花，腐竹鸡，剔骨鹅……黔菜的香和川菜像，但辣香里有着独有的酸甜。

她见他不大吃，婉转问他：“胃口还是不好吗？”

谢骛清摇头，为她添菜：“晚上有应酬，须留着余地。”

他已久不吃地道的家乡菜了，对如今的他来说过于酸辣刺激。

谢骛清见她喜欢吃，很是高兴，陪着喝了不少，却不见醉，喜事不醉人。

等到晚上，同来的诸位将军到他这里。

谢骛清开门时，她刚洗手出来，一见满屋子三四十岁的青年将领，后悔没将头发重新绑成辫子。

这次回来他实属贵客，脱离了人质身份，自然随性了许多。

他在众将军灼灼目光里，引荐说：“这位就是何家航运的何二小姐。”

刚在大堂见过她的都会心一笑，先后和她握手，直道幸会。

先前没见到何未的，也都知道谢骛清曾有艘船就是租借给何家航运的，早晓得他们有私交，再见人家小姐没穿大衣在他屋里……心里更坐实了两人关系。

谢骛清的红颜知己多在口口相传里出现，这一位真是难得露面。

她想走都走不得，大家热情得很，借初到北方想多了解当地风土人情的由头，把何未留在会议室。她一人对着众将军倒不局促，从天津的租界聊到各大舞厅，再到保守派们对交谊舞的唇枪舌剑，最后说到前清皇帝将要搬入天津的日租界，和日本人打得火热……

聊到后头，何未想探问几句南方战事。

大家要说，被谢骛清以眼神制止了，怕她有更多的担心。她回头，埋怨看谢骛清。

“我和清哥一起读过学堂，”有人适时出声，活跃气氛，“二小姐可想知道他在军校前的事？”说话的人叫孙维先，戴着一副眼镜，讲话慢条斯理。

“想知道他是不是一直讨女孩子喜欢？”她以玩笑口吻说。

大家全笑了，有人问她：“清哥有几个名字，二小姐可都晓得？”

何未轻点头。

“谢骛清，谢误卿。他过去可真是误了不少卿卿佳人。”一人揶揄道。

“谢卿淮，谢卿怀。可就算误了卿卿佳人，仍然被人家怀恋至今，念念不忘。”又有一人笑着补充。

她瞥他，已是浮想连连。

谢骛清对这些口下不留情的同僚实在没办法，手搭上她的肩头：“送你回去？”

谢骛清拿了书桌上的信封，送她出门，将门虚掩上。

门外的兵们有不少曾是两年前就陪着他来过天津的，那晚租界外少将军为何二小姐甘愿摘枪、带伤入虎穴的事大家记忆犹新……大家并不知何未今天本要走，都默认隔壁是何二小姐。是以，大家见谢骛清走出来，都心照不宣地不吭声，目视两人。

“这两天和谈的人都在天津，”他站到她的房间门外，低声叮嘱她，“明日一早你就回去，北京更安全。”

她答应着，低声问：“你明日去哪里？”

“奉天，三日后回来，”他说，“月底到北京。”

那还好。她掩去要分开的失落：“我让人去百花深处，把房子收拾收拾，快过年了，至少把大门补个漆。”想让他在北京感受一次过年的喜悦氛围。

“好。”谢骛清把信封递过来，示意她回房再看。

何未目送他回了房间，也进了屋子。她拆了信封，从里边拿出一沓纸，是一页页详细的采购清单。她粗略算总价，便知是卖了那艘客轮的钱。

这笔钱，他一分未留，全部用来购买军需品和药物了。这批军需品发放的级别一路追溯下去，从师一直标注到具体的班。

就像她等不及解释自己捐船的意图，他也在等着见面给自己一个正式答复。

他不会让何家的船白送，一分一厘都用在了战场上。

谢骛清回房间，会议桌已被收拾干净。短暂的放松后，是彻夜的会议。

林骁知他吃不了那些饭菜，不过为了让二小姐高兴才做的，此刻必然饿着，很快给他端来一碗放了少许盐的清汤面。谢骛清用筷子搅着手工面，把阳台门打开半扇。

外头的天像夜里的海河，黑里透着青，月倒是亮。

隔天早上，何未五点便睡醒了，隔着阳台玻璃望隔壁一眼，还能见灯光。

那个时间，天上云雾稀薄，月照的天是青色的。让她想起在南洋进的一个四壁渗水的洞穴，油灯的光照到壁上，也是这种样子，渗着水的青。

想到谢骛清也曾在南洋住过，那段南洋读书的日子对她来说有了不同的感觉。

谢骛清留了一个年轻副官送她。

她临行前改了主意，难得见一次，还是想留在天津等他，至少在同城两人还能打电话。

何未请了何家在天津办事处的负责人过来，一起和账房先生核对年末账目，定下明年的运营细则。两日后，她留了电话号码给副官，到九叔家住去了。

除了二叔，家里只有七姑姑和九叔疼她。她只要有空，就会来天津探望九叔。

天津因发展得早，有着北方最大的出海码头，还有不少租界，会聚了不少政要名流。既有前清的王公侯爵，失了势的老军阀和要员，也有正得势的大军阀和名门之后。

九叔来得早，分家后得了一个花园洋房，没多久就举家搬了过来。他自幼不能走路，双腿残疾，娶了一妻一妾，全是从烟花地赎身回来的。他平日虽不大出门，但因母亲是何家最有地位的一房，不少人要上赶着结交他，虽无硬拳头，却有名望，朋友多消息多。

“未未啊，你是不是有事想问？”九叔努努嘴，让她给自己点烟。

何未给他点上金花，笑着问：“你不是喜欢飞艇吗？”

九叔叹气：“你婶婶不喜欢飞艇那个味道。”

她笑。

“问吧。”九叔挽起衬衫袖子。

“两边的和谈如何了？”她直接问。

“你关心这个做什么？”九叔说，“和谈不就是个幌子？”

九叔接着道：“人家大军阀白花花的银子扔出去了，打了一场大胜仗之后要什么，当然要更高的回报。人家不傻，怎会把好处让给北上谈判的人？”

“我知道，”她苦笑，“我也不傻。”

谢骛清也不傻。他们都知道只有一线希望，但还是来了。

“好吧，给你讲讲，”九叔捻着一串佛珠子，慢慢地说，“北上的人怕要失望了。他们这次北上，提出一个重要主张就是废除一切不平等条约，这一点引起各国强烈反对。他们到上海就被英法言论攻击了，一路上都不好过。”

何未紧张问：“军阀们如何说？”

“自然是安抚各国，保障各国在华的利益。”九叔冷笑。

何未心里难过：“我以为，至少在废除不平等条约上……大家该有一样的想法。”

九叔摇头：“想升官发财的和想救国救民的从骨子里就不同，不可能谈成的。”

她听得心疼。

他好像每次北上都像展翅鹰被人折了羽翼，从无顺遂的时候。

婶婶们从估衣街回来，他们便不说了。

两个婶婶神秘兮兮地一边一个搂着她上楼。一个夸她眼光好，非要让她挑绸缎，一个让她给自己翻译外文的时装杂志。何未和这两个婶婶关系好，常拿来一些时装杂志给她们看，她们爱美，反而成了学英文的驱动力，为了读懂便请了个留洋回来的女孩子做家教，每周来，都照着时装杂志教。

大婶婶将下巴往她肩上搁：“其实你叔叔早知道你和谁好了，他就是不说。”小婶婶咬着核桃道：“他就是外出不方便，不然早过去瞧未来的侄女婿了。”

何未不作声，假装挑绸缎。

“你不作声的话，那就不告诉你谁来了。”大婶婶在她耳边低低地笑。

她一怔。

小婶婶咔吧一声咬碎了南方运过来的小核桃："我们刚回来时，见洋房外停着几辆车，四周还全是穿军装的，以为是驻扎在天津的军队。管家还说车停了四小时了，多吓人啊，我就叫他们过去问是不是走错门了。"

大婶婶说："谁知道人家可客气了，说没错的，就是在等何二小姐。"

谢骛清?

难怪两人装神秘，就是故意拉她上楼的。

何未不再管她们得逞的笑声，步子赶着步子下楼，往前厅走去。

没进前厅便瞧见谢骛清的侧脸。军帽和手套都在副官手里，而他本人则坐在高背红木椅里，接过一个丫鬟递过去的白瓷茶杯。

九叔笑着瞧他："前两年你途经天津，没见成，今日终是见到了。"

谢骛清礼貌道："上回听人说到了九先生，可惜那时行程紧，来不及过来拜访。见谅。"

九叔笑道："我比你大不了几岁，就不摆长辈的架子了。"

谢骛清微微而笑，没说话。

他比你看着年轻多了，何未想。不过不得不承认，两个男人确实年纪差不多。

如此想他结婚真是晚，家里人都不着急。也不知见过多少的媒人。

"你同我有缘，我是知卿，你是误卿，都逃不开卿卿佳人这一道坎，"九叔何知卿揶揄他，随即叹口气，"不知谢公子可记得天津的魏家三小姐？"

谢骛清倒没避讳："有些印象。"

九叔瞧着远处何未的裙角影子："她那天和你一见如故，托了一位贵人说媒，想同你结秦晋之好。这事可有过？"

谢骛清没否认："有过。"

九叔轻轻"哦"了声："这魏小姐来头不小的，却爱你爱得不可救药，说从小听你的战功，崇拜你。那年她听说你心有未未，还想约未未见一面，筹谋着一同嫁你。"

还有这事？何未偷听着。

"未未啊在这方面迟钝得很，怕她见了要以为自己拆散了你和人家魏小姐。你该谢谢我，帮你挡回去了。"

谁迟钝了……

谢骛清答："是要道谢。"

"不过谢公子也确实不是让人省心的，有这一出就会有下一次。我这里不放心，想私下问你一句，你日后可有纳妾的打算？"

谢骛清摇头："从未想过。"

九叔又"哦"了声："要不然签个字据？"

谢骛清颔首："可以。"

他倒是痛快，径自放了茶杯，就要让副官去准备字据。

"九叔。"何未实在藏不下了，进了客厅。九叔笑吟吟瞧她。

谢骛清瞧过来，意外见她穿了上下都是蟹壳青色的袄裙，高高的领子将她的脸托得尤其小。何未被他看得心悸……时常分开也有好处，每回见都像初次。

她走到谢骛清跟前："跟我走。"

谢骛清抬眼，笑着瞧她。

"带你转转。"她轻声说。

见他不动，她轻轻用鞋尖踢了下他的军靴边沿，埋怨地看他。

谢骛清这才笑着，立身而起，对何知卿道："九先生，稍后见。"

"去吧，"九叔捻着佛珠子，"晚饭见。"

"我稍后叫人收拾客房出来，今日便住下吧，"九叔笑着说，"利顺德再好，不如家里好。"

何未不可思议地看着九叔……

"还不去？"九叔催促。

这里她不是主人，没得反驳，只好带谢骛清走了。

天寒地冻的，不好去花园。她带谢骛清从一个隐秘小楼梯往下走，去了地下室。

此处是藏书会客的地方，何二家的全部生意文件都储藏在此处，她定期来整理，对此处最熟。"我叔叔很讨厌租界，他们偏就把租界的洋房分给他，"她笑，亲爹他们最擅长欺负人，"家里人瞧不起两个婶婶，他才搬来天津的。"

谢骛清见三壁都是老旧的原木色书架，还有一个个深棕色木箱子、柜子全贴着标签。

何未知他谈判不易，不想说公事，只是闲聊。

“我把电话留给副官了，他没给你？”她奇怪问，为什么不打电话，要亲自上门。

谢骛清比方才说话有温度，柔声道：“几天没见，想自己接你回去。”

何未心一软：“来了要叫门，不然白白在外等。”

“等有等的乐趣。”他低声说。

“不会等得闷吗？”

他轻摇头：“不会。”

这种等待有尽头。

知道她在屋子里，迟早开心够了会出来，上车跟自己回去利顺德。等的时候闭目养神十分惬意，不像过去的两年，想等都不知道去哪儿等。

谢骛清借着灯光瞧眼前的她，刘海被梳齐整了，在眉之下眼之上，她脸小，和过去没大变化，像过去养在深闺里的小小姐。

何未被他瞧得心猿意马，眼睛往一旁溜，他这双眼怕是修炼过的……让人想到迷香洞。

谢骛清单手解开军装上衣，敞开露出衬衫。他瞥见她一歪头，刘海微微分开，露出了白皙的额头……竟察觉自己又想亲她。

这新式恋爱真是……容易让人轻浮。

他随手拿起一本旧书，以此分神。

那书留存太久，页脚早被磨得毛了，指腹摸上去，就能想到昔日翻阅它的人是如何用心的。他想到在南洋养伤时，出不得屋子，就请了德国人和法国人到宅子里教语言。他有厚厚的一摞笔记，纸边缘比这翻得还烂。

“过去你怎么误卿的，”何未在暧昧里挪动脚步，走向绿瓷砖壁炉，“就凭着不说话吗？”

“谢骛清的寓意是，”他翻了翻手里的书，“为赴清明盛世。”

其实她理解，只是开玩笑。

她正要讲话，小婶婶在门外叫了她一声，说有客来，恳请见谢骛清一面。

怎么谢骛清在这里的消息，这么快就传出去了？

她不解看他，谢骛清倒不意外。

两人从地下室回到了一楼茶室。茶室竹帘后端坐着两位中年男人，都穿着旧式的长袍，靠外的是典型长方脸，因年纪大了眼窝极深，另一个生得细致得多，面上虽褶子多，但能瞧出是保养过的。何未想，这两个是前清朝廷的。前清朝廷的人自带陈旧的傲气，哪怕弓着身子求谁，也无时无刻不让人觉得他们的谦虚是假的，下一刻就要从那两片薄唇里冒出几句讥诮话。

九叔见谢骛清露面，引荐说："这就是谢公子。"

两人先后起身，长方脸上前，唤了句谢公子，另一个没作声。谢骛清微微点头，没说话，在两人对面落座。何未跟在九叔身边，抱过来卧榻上的猫，听了会儿，原来这两位是以"私人拜访"的由头，来问谢骛清求助的。

说的还是几个月前冯军阀把逊位清朝皇帝赶出紫禁城的事，例数着这不合先前的约定，如此种种。长脸是内务府的，另一个是个老太监，都追随着逊位皇帝到了天津。他们想重新回去紫禁城，但奉系几个军阀都不理会他们，于是想到北上的谈判团，希望借着这次谈判，能把紫禁城给他们要回来。

何未抱着猫，听得心里不是滋味。北上的人想的是废除一切不平等条约，这其中至少有九成是你们签下来的……你们倒好，只想着如何搬回宫里。

这还是何未初次见谢骛清会客，和她想象的差不多。

只要他不想理会谁，谁都别想让他多说半个字。不过他对外有应有的涵养，只是静坐听着，对方车轱辘话转了几百回，他倒没有任何不耐烦或是心软，只是偶尔点头……

等到后头，那两位把肚子里的话都掏空了，一人一杯茶，连喝了几口。

怀里的猫都快睡着了。

"谢公子，"有人放了茶杯，"你们这一行来，其实是危险的。若不嫌，可以搬去日租界，我们可全程为你们安排。"

谢骛清轻抬眼，看说话的人："一直听说你们和日本人关系好，看来不假。"

两人都露出了谦逊的笑容，谦逊里有着隐隐的自得。

"说到日本，难免想起旅顺和大连，"谢骛清像在闲聊，"北上时我们也途经日本，和他们讨论过这两地。日本人到今天为止，仍不愿还回来。”

言罢，他又道：“日租界就不必安排了，吾辈将领早将身家性命交给家国，生死由天。两位若同日本人关系好，倒可一同尽力，说服他们归还国土。”

谢骛清一番话说完，屋子里只剩三处在动，钟摆，猫尾巴和她抚着猫的那只手。

那个内务府的刚想展开说日本天皇对他们皇上的关怀，只能将话咽了回去。

何未本想和九叔叔配合，做一出九叔身子不适，她来送客的戏码。谁知谢骛清直接打到人家的七寸，他们也没再谈下去的意思了。

两位不请自来的，主动起身告辞，何未替九叔送他们到了大门外。

没承想，那太监在上黄包车前，有意瞧了她一眼，笑着说了句：“二小姐上一回买走的玉如意，可是货真价实的好东西，”太监叹了口气，遗憾道，“只是所赠非人啊。”

老太监草草抱拳，上了车。

何未立在原地，目送一前一后两辆黄包车和车旁跟着跑的几个小太监远去，心里七上八下的，不敢回头看谢骛清。

等回了茶室，九叔正接过漱口的热茶，含到嘴里、吐入铜盆，他陪到现在确实累了，让何未招待谢骛清，他和大婶婶回了房间。

等九叔走了，何未抱着猫挨着他坐下，轻声说：“谢谢你，给足了耐心。”

谢骛清可以甩脸走，不给他们颜面，但九叔是常住京津的人，若谢骛清在他府上得罪人，这些人势必要把一部分账记在九叔头上。

他笑笑，没多说。

她心不在焉摸着猫，不知是不是因为揣着心事，总觉谢骛清也格外沉默。

没想到竟扯出了玉如意的事。当初皇帝大婚把几十箱东西押给汇丰银行，同时拿出不少宝贝上下疏通关系，那柄玉如意就是其一。

何未辗转问人买下，送去召府作了订婚贺礼。

她喜好善始善终，毕竟召应恪和她自幼一起长大，又是哥哥的至交，还曾救过她。两人虽不能结婚，但往日情义在，便送了这一份厚礼作为了结前情的纪念。两人到此为止都没伤过和气，三日陪住也是另有缘由。直到召应升的事发生，召应恪和她翻了脸，何未因被误解而伤了心，来天津九叔这里住了一段时间。

直到宫里大婚，她回北京疏通货轮的事，顺便将召应升的事办完……那晚她等在宫外，没等到俄公使，却等到亲自送回玉如意的召应恪。

也是那晚，她被带去百花深处，见到了谢骛清。

……

她和召应恪一直是许多人茶余饭后的谈资。如今何家航运越做越大，召应恪追随的奉系成了如今大权在握的人，两人更成了无形中的焦点。

饶是她坦坦荡荡，也撑不住被人添油加醋。

“刚才那人说的玉如意，是我买下送给召应恪的结婚贺礼。”她轻声说。

猫的白尾巴扫扫他的手腕，谢骛清低头看着猫，轻缓地摸了两下猫的背脊。这猫平日里黏人得很，谁摸它都要黏上去撒娇，不知因为谢骛清是个满身血腥气的将军，还是有别的什么缘由，猫和她一样分毫不动，琥珀色的大眼睛盯着他。

“后来因为一些原因，现在还在我家里。”她含糊着简短解释。

谢骛清轻点头，没追问。

她宁肯他追问，好过现在这样不上不下的。不过她当真什么私心和藕断丝连都没有……也不晓得心虚什么。

九叔和谢骛清一见如故，两人晚饭都喝了不少。谢骛清从奉天连夜坐火车回来，没睡好，借着酒醉，去客房休息了。大婶婶陪九叔去醒酒。

何未在小婶婶房间魂不守舍，翻看着外文的时装报纸，想着方才。他眼角原就是上扬的，自斟自饮时不大抬头，只是偶尔望她一眼，被酒气茶烟染得像随时任人采撷……不对，是随时要采撷谁的……

小婶婶忽然说：“怎么早早去睡了？也没叫你过去。”

“叫我过去做什么……”她被唤醒。

小婶婶好笑瞧她，接着嗑自己的小核桃：“姑娘说话就是卖关子。”

小婶婶伏过来，问他们亲热到何种程度了。

何未支吾半晌，草草讲了两句。

小婶婶笑道：“倒是像你九叔叔，说着风流，实则保守得很。保守的是心。”

当年何知卿被人骗到迷香洞，被硬塞了个女孩子。大家都想看这个自幼残疾的何家九公子出丑，料定他不行。那晚房里不知发生何事，后来九叔回到家，就明媒正娶把人接到了何家。

小婶婶是大婶婶带出来的，不出来就要病死在樱桃斜街了。婶婶说，人不能不明不白出来，要被赎出来都没一个名分，会被嘲笑一辈子。于是就按纳妾的法子收留的，也方便日后再行改嫁。谁知道这改嫁从清末说到民国都没下文，人家早在烟花地看破了红尘。

她和九叔没感情，也没发生过关系，平日就是帮他们夫妻两个照顾家，和婶婶做个伴儿。

"你九叔叔在最难堪的时候遇到姐姐，这便是因缘。这类缘啊，都是可遇不可求的。"

她心不在焉地"嗯"了声。

凌晨一点多，烛台上蜡烛烧了大半，蜡油从头一直淌到底下早凝住了。

她离了小婶婶的房间，回去自己的客房。

一般都是客房在楼下，主人卧室在楼上，因九叔活动不便，在这里是相反的。何未一上楼，听到客房外两个兵士在低声用家乡话交谈，她懂这个方言，在说谢骛清还没睡，商量要不要叫林骁副官过来。

何未走到跟前。

两人立正，冲她倏地行了整齐的军礼。

何未礼貌笑笑，越过两个兵，轻轻扭开门进去了。

屋里黑着，谢骛清的影子立在窗边。他一手插着军裤的口袋，背对着她在看洋房外的租界夜色，因关门的动静，他回头瞧这边。

何未轻轻说："是我。"

谢骛清没说话，他拉上窗帘，将屋子里最后的自然光都盖住了。在浓得不见五指的黑里，何未轻声说："为什么还没睡？不习惯？"

地毯吞没了全部的脚步声。

何未对黑暗的适应能力没他这种经常夜行军的人高，偏九叔家帘子格外厚重挡光。

她隐隐感知他从窗边走到床畔，以为他要开灯。没想到谢骛清没照她所想的做，而是离开床边，缓步到她面前："渴不渴？"他的嗓子被酒浸过，柔得不成样子，“叫人给你泡茶。”

除了因微醺而说得慢，再无别的异样。

她定了定心，柔声说：“不渴。”

他在暗里盯着她瞧了半天，哑声问：“现在几点了？”

这问题……好突然。

何未答得茫然：“一点多。”

“一点多找我，”谢骛清将一句话分成了两段，问她，“做什么？”

“下午没讲完，”她快速说，“他是我哥哥的至交，还和我从小一起长大，而且曾经救过我。玉如意……算是我还他的。”

他呼出的热息落到她的鼻梁上，面孔却仍不清晰。

“来找我，就为了玉如意？”男人低声问她。

屋子里仅有一处声源，来自东北角的自鸣钟，一左一右地摆荡着。客房里洒过香水，小婶婶嘱人洒的，本是洒个新鲜，大婶婶嫌不好闻，怕人家南方来的水灵灵的公子受不得西洋香水的气味，又点了檀香。香炉不晓得在何处，像过了水汽般，郁郁蒸蒸，熏得人昏昏沉沉，思想一直往不妥当的地方去。

她想到挥来挥去的白色猫尾，想到小婶婶教她的许多亲热法子……

想到小婶婶说，保守的男人不是不会，而是把得住。

但她……隐隐觉得他把不住了。

谢骛清的拇指在她上袄领口的布扣子上，两指捻着，就解开了一颗。

他在外应酬时见得太多，尤其在这种新旧对撞的年代，旧时的仙馆堂子还在，新式的舞厅紧随其后，有人为留住旧日风貌，喜好点一杆大烟枪在堂子里谈事情，手时不时就往女人身上黏，而标榜新派思想的，为显示对家中包办婚姻的厌弃，更喜好在言语上讨论新时代的男女关系。新旧混杂在一处，他见多了白烟阵阵下的水乳交融，被浪颠簸的影子。

少年时多在战场上，其后重伤在南洋，去了欧洲读军校，再回来又是战场。如他这般，不是在枪林弹雨的猩红血里浸着，就是在风月场上伪装成风流客、于胭脂雪里泡着的年龄正当好的男人，全部该见的不该见的都看透了。对她，自然也想过。

谢骛清的手指很长，因血液里有酒精，指腹比平日里更柔软温热。

他让她想到过去南洋读书时女同学捏她肩头，笑着说，你这里没肌肉呢，网球课怕是拿不到好成绩了……后来上游泳课，大家天然肤色都要深，她走到水池旁，还在想自己会不会淹到水里爬不上来，身后的本地女学生早把手放在她后背和腰上，问她吃的什么好东西，能让皮肤这么滑，滑而柔腻。她们那时女孩子在宿舍闹得厉害，在宿舍里忽然就伸出一只学姐的手捏上你的胸，然后在一阵笑声里说：哎，古诗词里都讲求的是小而玲珑的，和欧洲人的审美完全不同，你这样的还是去欧洲好了。

……

这个自鸣钟改装过，到整点不会敲响，但会有轻微的咔嗒一声。她被两点的这一声响惊到……谢骛清一感觉到她后知后觉的害羞和推拒，就低头亲了下她的刘海：“好了。”

像在安抚，又像是最后的温存。

他短暂地离开她，给房门上了锁。

这时候锁有什么用。何未低头，从下往上系着布纽扣。

他走回来，帮她系了胸前两粒，莫名停住。她起初不懂，后来晓得他在夜里的视力好，领会到他在瞧什么。如果现在能见到脸上颜色，她不只是蒸熟的红枣糕了……而是布坊里刚染出来的、挂在竹竿子上蒸晒着的红布。

“我去泡壶茶，给你醒醒酒。”她乱得很，想走，被他扣住腕子。

“不用，”他摸摸她的眉眼，轻声说，“我清醒得很。”

明明醉得深。

谢骛清笑了。

他到她耳旁，轻声道：“就算喝得再多，我都不会酒后乱性。”

像一阵风掀起竹竿上晾晒的那块红布，在她心里猎猎作响。她已想象不到自己脸有多红。她摸到领口，发现最上边的那一粒布纽扣没系好。谢骛清就瞧着她系。

等系好，她定了定心问：“不开灯吗？”

“外边的人以为我们早睡了，这时候开灯，不太妥当。”他轻声回。

隔着一扇门谁瞧得见？

谢骛清指院子，若经过花园瞧得清楚。

“现在出去，被丫鬟们撞见也不妥，”他又说，“不如天亮前出去，那时都睡得沉。”

等天亮?

“天亮前做什么？”她问。

他眼里有笑，越过她，坐到双人沙发上，把窗帘拉开一半。月光照进来，她见沙发正当中摆着围棋墩，像抓到救命稻草似的，坐到棋墩另一侧。

谢鹜清不过想找地方坐，没料到她开了棋盒：“想下棋？”

不是你先过来的吗?

她明白自己误会了，只好找借口说：“至少摆几粒。明早副官来看到棋盘，也该知道我们在屋里做什么。”

“他们都认识你，也知道你是谁，和我是什么关系，”谢鹜清直接道，“不用刻意掩盖。”

她心里高兴，笑着捞起两枚棋子：“装装样子吧，给丫鬟看看也好，”她放了一颗在棋盘上，借放棋子随便聊着，“你过去怎么打仗的？”

对面的男人答：“每一仗都不同。”

“随便讲讲。”她想听。

他手肘搭在棋墩上，挑了最轻松的一次：“有一回有个穷司令带兵过来。我听说他们下边的兵手头紧，便叫人买了几箱好烟撒到阵地上，他们的兵扛不住诱惑，捡起烟跑了一大半，就此溃散。”

“如此便赢了？”她只觉不可思议。

“那些大小司令眼前只有私利，今日联合这个打那个，明日见风使舵又打回去，只要对自家有利的，手刃亲叔叔都不在话下。这样的人带出来的兵，一旦见不到利，自然翻脸不认人，”他评价道，“为将者，心中无誓死守卫的信仰，和山贼头子无异。”

她品味着：“不过看得出，你挺坏的。”几箱烟就把人家队伍打散了。

谢鹜清自然晓得她说的“坏”是算计。

他附和着说：“我本来就不是一个纯粹的好人。”

言罢，他打开棋盒，捞了几粒黑子，帮她摆放：“无须将我想得太好，怕你失望。”

这是极致温柔之人常爱说的话，如同她二叔。若不是她自幼跟着这类人长大，不会看透这话背后的意思：不要将我看得太重，但我会竭尽所能待你好。

两人隔着围棋墩，借月光瞧着彼此。

他低声问：“你怎么知道我会下棋？”

“听说过，”她小声说，“谁想拜访谢卿淮，先学棋。”

他道：“是个借口，可以帮我挡掉三分之二的应酬。”

他说完，又道：“二小姐关系网确实大，知道我不少的事。”

“谢将军战功多，议论的人自然多，”她轻声道，“尤其和卿卿佳人有关的。”

谢骛清笑了：“为何我听说谢卿淮是不恋女色的？”

他将掌心的黑子尽数丢回去，一个个丢，清脆的撞击声不断：“红尘男女与累累白骨只差一层皮囊，贪恋这个，实在无趣。”

他丢完棋子，把她掌心也摊开，将棋子一颗颗拿走：“我生在战场上，长在烽火里，比不得你们年轻一辈，在情感上不够活络变通。”

借着月光，他拉她过来，搂她坐到自己的右腿上。

“但胜在克己自持，唯恐辜负二小姐。”他低声说。

婶婶这檀香烧得太浓了，熏得她头昏昏沉沉，背上出了汗。她还是在小时候被人抱过，偏他又开始解布纽扣，她拨他的手，小声说好不容易都系上了……拦不住，又说，你把窗帘拉上……他都像没听到似的。

棋盒险些掉下去，被他一只手接住，怕再被碰掉，直接搁到地毯上。

她穿着的银白色绸缎鞋，在他两腿间轻挪动。布鞋头上还有两朵海棠花，今日便是这鞋尖踢到谢骛清的军靴。他瞧得清楚，借月光，见里边的小衣裳也是海棠色的。他没来由地记起有个花的品种叫“一捧雪”，过去总觉那花配不上这名字，此人此境倒合了这三个字。

“你刚刚还说……”

“说什么？”他在耳旁问，呵出的气裹着她。

何未被烫到似的，被他抱住，一动不动地将下巴压在他的肩上，克制着闭上眼。想，你还说红尘男女和累累白骨只差一层皮囊……说归说，贪恋还是要贪恋。

他轻捏她的下巴，让她面朝自己，湿热的气息落在她的唇上、人中上。

“清哥。”

谢骛清和她吮吻着，在间歇中低声问：“怎么？”

她摇摇头，滚烫的脸贴在他脸旁，亲亲他的下巴。

他觉出她在害羞，低声问：“想去床上？”

他什么都猜得到。

谢骛清远离床，是怕她不习惯，要害羞窘迫。本打算这样抱她坐一夜，此处光线也好，瞧得清楚。她小声喃喃：“太亮了。”最让人窘迫的不是被他瞧，而是他的一举一动，她都看得到……

谢骛清一手抱她，一手拉上窗帘，将全部掩盖在黑暗里。

那晚，她躺在谢骛清手臂上睡了两个多小时。

他前半夜酒喝得多，后半夜想去喝口水，刚要离开，她翻身枕上他的大腿。谢骛清嫌自己身上的军裤是外穿的、不干净，只好把她抱起来，将手臂放回原处，由她枕着。

等凌晨林骁叩门，送急电来，她被惊醒。满床的乱。谢骛清把衬衫穿上，系着纽扣向外走。“我还没穿好。”她轻声叫他。

他停步，等着她。见何未穿好上袄，他开了门，她从他撑在门边的胳膊下钻出去，对林骁仓促一点头便走了。

谢骛清一边肩膀泛酸，也没避讳，在屋里看着林骁送来的电报，微微活动着肩膀。林骁盯着他瞧了老半天。谢骛清把电报对折，还给林骁：“怎么了？”

林骁接过电报却在想，以后有了小公子，为了安全起见，这孩子须自己带。

何未心潮难平，跑去一楼小婶婶房里，她带着周身寒气往锦被里钻。小婶婶被她冻醒，叫了句小祖宗，翻身搂住她，往下摸了把：“你这一捻细腰，真是让人喜欢。”

她想，他的腰才真是细。

何未再醒时，已是日上三竿。

她脸埋在棉被里，闭上眼就是谢骛清。他浴在月光里的侧面像画出来的，很深的双眼皮褶痕……挺直的鼻梁……

有人隔着锦被拍她，她一翻身见是婶婶，婶婶凑过来，耳语：“召应恪来了。”

茶室内，谢骛清已挑帘走入。

“谢少将军。”召应恪立在客厅里，对他微颔首。

谢骛清轻点头：“此处我不是主人，无须多礼。”

他让副官守在外头，和召应恪面对面落座，如同一旁屏风上的猛虎与山石。

谢骛清看着对面的人：“不知召公子见我，是为何事？”

“私事，”召应恪说，“为了未未。”

谢骛清沉默着，望着他。

“本来不想打扰少将军，但在这几天刚得知谢卿淮便是谢骛清，想来私下见一面，”召应恪慎重问他，“不知少将军可认识何汝先？”

“未未的哥哥。”谢骛清直接答。

“我和他是生死之交，当年在那一场灾难来时，我曾听他提到过谢卿淮这个名字，”召应恪说，“当年为了救南洋的华侨，汝先曾求助一位在云贵的爱国将领，就是少将军。”

他并不是问句，谢骛清也没有回答，算默认了。

“我把未未从南洋带回北京，汝先却死在了南洋……”召应恪长久地停住，回忆过去，“而那些侨民和工人因为有少将军护着，平安回到故土。这一切是不是今日我不挑明，少将军就不会再提起？”

召应恪说完，又道：“我曾试探过未未，她完全不知道。为什么你不告诉她？”

有这一层关系，追求何未再容易不过，谢骛清却半个字没说。

谢骛清在长久的静默后，回答他：“我与何汝先并无深交，只往来过两封电报，除了沟通船期和应允配合，再无其他。我因何家航运相信他，他因革命军而相信我，仅此而已。”

他接着道：“召公子在做军阀幕僚前，对各省战事的了解恐怕只浮于报纸文章。而我每一天都面对这些，杀敌、救人、护送民众平安抵达故乡，这是我一个军人应当做的，不值一提。更何况在此事上，未未的哥哥失去了生命，这是她的痛处，我想不到有什么理由要重提她的伤心事。”

那年有电报来找，求助说南洋出了事，在那边的侨民和工人有危险。谢山海在战场上太出名，他怕出海麻烦，便以谢卿淮回电，应下此事，他乔装成平民，带亲信去了南洋。那时谢卿淮没上过战场，是他初次用这个名字，在南洋自然无人知晓他是谁，做过什么，这本该是一桩埋在过去的陈年往事。

室内陷入良久的安静。

“将军到南洋……可曾见到了汝先？”

谢骛清轻摇头：“我到时，何汝先先生已为国捐躯了。”

今日烧的是龙涎香。恰是结于海上的香料，让人想到南洋潮湿的海风。

何未急匆匆一进茶室，静得出奇。

猫儿蹲在谢骛清身旁的空椅子上，他手指在猫的背上抚过，猫儿惬意地发出呼噜呼噜的喉音。另一边是久未见面的召应恪。

“睡得还好？”谢骛清问，伸手给她。

“嗯。”何未轻轻走过去，被他拉着，坐到猫儿的那把空椅子上，将猫抱到怀里。被他问得倒像他是主，自己是客。

“你几点醒的？”她轻声耳语。

他笑，在她耳边说：“比二小姐早。”

两人这氛围像极了新婚宴尔。

召应恪坐在对面，像和他们隔着一整条天津海河。

何未和九叔、婶婶打了招呼，与谢骛清一起离开了。

“如果你还有时间，我想带你见个长辈，”她坐到他的车里，低声说，“他一直想认识你，只是没机会。”

谢骛清看时间来得及，跟着她去了法租界。

哥哥的老师住在租界里一个不起眼的街道上，楼门里有铁栅栏，还有个看守。她说要见姓晋的人家。看守上去问，没多会儿下来给他们打开铁门，硬邦邦提醒她晚七点锁门，务必下来。

晋老见她来十分高兴，打量跟在何未身后的青年将领：“这位是谢家的小将军吧？”

也就是这种年纪的人，会叫“小将军”。她听得暗笑。

晋老的一个侄女在此处照顾他，为几人泡了茶，便将客房门关上，让他们谈正事。

晋老深叹口气，瞧着谢骛清说：“你们也该收到消息了，临时政府已做了《外崇国信宣言》，表示尊重各国在华的既得利益。你们提出的主张是没有结果的。”

谢骛清没有任何意外的神情。

晋老接着道：“我就是为了避开和谈，才来天津养病的。你们这些年在南方，坚持得十分辛苦，我不想再成为压到你们身上的一根稻草。”

谢骛清笑了笑，反过来安抚这位老人：“对这一切我早有准备，老先生不必过于伤感。”

晋老怅然地笑笑，想到什么，立身而起，出去拿了一个布袋子回来。

“这是我的一点儿捐助。”

谢骛清和何未同时意外。

“老师，您这些是用来养老的……我来就好。”她想阻止。

晋老摆手：“这是我给小将军的。”他把那个布袋子打开，竟是厚厚的四捆金叶子。这一看便是专程找人熔化了打造的。金叶子这种东西最方便携带，薄可折叠，塞在书里或是缝在衣服里都容易。老师攒下这些不容易，竟全拿出来了。

谢骛清不肯收，晋老说什么都要给：“这一回军阀们打仗啊，你是没见到，他们的空军有多少飞机，他们有钱，还从白俄请了百来个飞行员过来。我看着着急，怕你们吃亏。拿着，小将军，这是我个人的，个人捐助给你们的。”

晋老说完，拍着谢骛清的手背：“我做了半辈子的外交，除了忍和让，什么都没做到，我这辈子怕是看不到头了。等你们赢了军阀，就能再谈废除条约，收回国土。小将军，靠你们了。”

眼前的谢骛清双靴并拢，挺直背脊，对这位老人敬了一个有力的军礼。

他肃容道：“光复大义，重振河山，吾辈万死莫辞。”

这是她初次见他和人谈国事。

谢骛清的脸在黄昏日光里，被染上了一层红。他侧脸旁就是那个光源，一个并不刺目的落日。她想象得出，残阳如血下的战场，他于马上远眺万里青山的样子。

其实他更像夜里那一轮皎洁，如霜似雪，是个喜好静的人，这样的人偏偏做了将军。

第八章

醉颜对百花

降冬时节，天津寒风刺骨，如同当下的局势。

那天回到利顺德，她才知道，谢骛清前一天心情低落在喝酒，就是因为看到了电报里的《外崇国信宣言》。这一纸宣言让“反帝废约”成了空谈。

南北统一已不可能。

何未知道，南北注定要战，北伐越来越近了。

和谢骛清一同来的将军们，有半数已乘火车，回去广州。剩下的一半留在这里，做着善后工作。谢骛清那天离开老师家，直接去了奉天。

他照旧留了一个副官在利顺德陪她。那副官悄悄告诉何未，那两天将军本该休息，但他连夜坐火车回来，隔日再连夜赶回去。“林副官说，将军回来都舍不得睡，见到二小姐太高兴了。”

她后悔那晚没察觉他的累，让他多睡会儿。

他的同僚一个个离开，她一天天等他从奉天回来。到临近月底，实在不能再等了，何未发了份电报过去，只有日期和车次表，是她返京的日子。

谢骛清回电仅有四个字：岁寒，珍重。

何未对这简短的来电揣摩许久，拿不准他是否会回来，和自己一起返京。

她离开那天是元旦，从天津总站走。航运天津办事处的经理是从北京调来的，同何未认识了几年，习惯见她和气的模样，这回见她的心情始终不好，猜想二小姐遇到烦心事了，特意安排了一场盛大的送行，来了七八个经理，将她围拢在当中，在站台上引了不少人的目光。

何未过去的张扬做派是想尽快被人熟知。她年纪轻、资历浅，须用非常手段扬名。而这两年生意场上被人认得熟，对外就不讲排场了，被经理这一安排，反而不自在。

她瞧见谢骛清时，谢骛清早就看到了她。

这回他身边的人少，只他一个将领，跟着的是林骁和读书的，余下二十几个中级军官和老兵。何未一见他便笑起来，谢骛清和她目光对上，朝着她独自一个走过来。

办事处的经理不知此乃何方神圣，但见何未的笑颜，便知趣地说："二小姐，一路平安。"说完，带着人离开了站台。

何未两手插在大衣口袋里，脸在毛茸茸的领里，见他走到自己跟前，心跳得慢极了："谢将军去何处？"

"自然是南下。"

她被"南下"两个字刺中，笑意缓了缓。

谢骛清目视着她的脸，又道："不过听说二小姐要坐这一趟车，特意换了票，预备在京城过个年再走。"

他从未提过过年的安排……

"我还以为，你马上要走。"她呼出的白雾，在脸旁，时浓时淡。

谢骛清笑着，抬头看车站的旅客天桥，柔声说："想至少陪你到过年。"

津浦铁路是南北主干线，旅客多，他们不方便在外说要紧的话，在冬日清晨的青白日光里，何未也陪他看天桥："可惜铁路只能国家修，"要不然就是军阀在自己省内修，"不然等我赚够钱了，就修一条贯穿南北的铁路。"

谢骛清偏过头，瞧着何未。

"我真想过。"何未认真道。

从贵州到北京，不，从最南到最北，一路贯穿。

到老了要这样走一趟，告慰那些为此付出一切的将士。

到那时，老了的将士们坐着火车，看着沿途风景在身后跑上几天几夜多好。

登车后，她跟谢骛清进到单独的一节车厢。

林骁为他们打开包厢的门，里边铺着地毯，窗边有两个沙发位，北面还有一张休息床榻。读书的和林骁早在他们登车前里外检查过卫生间和四处。他们关门后，何未脱了大衣，背后谢骛清的一双手接了，为她挂到了车厢的衣架上。

何未为多出来的相处时间而高兴，回身，盯着他的脸就笑。

火车渐渐启动，碾轧铁轨的噪声充斥在车厢里。

她见他拉下布帘子，挡住窗外风景，想抱他，碍于车厢门没锁，只是想想。

“没人进来，”他看穿她心思，“带兵多年，治下的威严还是有的。”

谢骛清见她目光飘忽，猜她该回忆起了那晚两人温存的事。

回奉天的火车上，他始终在想那晚。她的人、身体，还有她睡着的样子。

可惜车厢不是个亲热的好地方，颠簸在路上，随时都有可能被打冷枪。他拉上窗帘是为了安全。只是他不想明说，不愿让未未这一路坐得提心吊胆。

随着火车颠簸，何未和他先后落座。

谢骛清手边有副官放的今日电报和天津买的几份报纸。如今报业兴盛，各地大小报纸不少，各有特色，他难得来一趟京津，便每日都读几遍，了解北洋政府治下的时事。

“还以为你赶不回来。”她说。

“不回来，怕有人抢着为二小姐领祈福粥。”他笑。

她注意力全在今日能不能见到他，竟忘了明日是腊月初八。

今天是元旦，明天是腊月初八，后天是她生辰。

许多年后，她想起 1925 年这一年的元旦，还在想真是巧了，连着三天的好日子。

路途中，时不时有人到车厢外问一句，有人想见少将军，门外的人一律回答：在休息。车停了数次，车厢门仅拉开一次，林骁亲自送了手信，何未见信封上写着“即付丙丁”，想这是要紧的东西，要阅后即焚。

他看信，她瞧他。等信还给林骁。

她在火车的颠簸里，感慨看他：“你在南方时，我常后悔没多了解你一些。”

谢骛清和她目光相对：“现在了解，还来得及。”

她轻声问：“你喜欢吃什么？”

他想想：“过去爱吃家乡菜，这些年不大吃了。在饮食上，我比较克制。”

“平时喜欢几时起，几时睡？”

“常年行军，在睡醒之间没有规律。就算睡，都不太能睡得沉。”

那晚抱着她睡，她稍一动，他就会醒。最后索性不睡了，靠在那儿在脑海里画东征的战图，排兵布阵。后来他在奉天闲下来，想这是日后两人结婚同床的一个难题，不过问题在他，不在未未，须慢慢调节。

“去保定前，读过什么学堂？”

“观潮学堂，”他道，“现在已不在了。”

谢骛清为她回忆说：“那时在学堂里，常有老师在多地授课，会带来不少反清和民主革命的报纸。家里有请老师，教我海外各国历史和地理。长过十岁，进了父亲的军队历练，再后来就去了保定。”

“你两个哥哥都是这样吗？小小年纪就在军队历练。”

他点头：“我父亲一生戎马，为人朴素，家训就只有八个字：诸子从军，为国尽忠。”

“妈妈不心疼吗？尤其……”尤其是一个个都真正地尽了忠。

“每次都很难过。”他轻声道。

车一路前行着。

“还有一个问题。”

谢骛清等着她问。

她轻声问：“过去有过女朋友吗？正式的那种。”

他有二十七年的人生路和她无关，太多的春暖秋凉，夏暑冬寒。谢骛清虽讲过大概的轨迹，却没有和感情有关的细节。

他竟在回忆。

须回忆那么久？有很多吗？

“十八岁那年，二姐安排见过一个女孩子，”那年正是他最盛名时，“后来，就是她父亲安排刺杀了我，之后我去了南洋。”

……

她像没留神咬了酸杏子，酸到了牙根上。

“见过几面？”她酸溜溜地问。

“两面。”

“她喜欢你吗？很喜欢？”

“不是很清楚。”他如实作答。

该是喜欢的。谢家少将军权掌一方，功业初成。十八岁的他是何等意气风发，见到那时的他很难不动心……

火车鸣笛两声，缓慢地停靠在一个本不该停靠的小站旁。

轻轻的叩门声打断他们。

林骁进来，低声道："是那位秘书先生。"

谢骛清想了想，点头让人进来了。何未见是个戴眼镜的陌生男人走入，伸手，无声地问谢骛清讨要一张报纸。谢骛清递给她了一份《京报》，车厢门外站定了另一个男人的身影，何未接报纸到半途中，手微微停了下。是召应恪。

那天从九叔家离开前，婶婶告诉她，召应恪这回来天津是作为谈判的代表之一，专程来接待谢骛清这些将军的。他是九叔的侄女婿，出公差顺便带了过年礼到九叔家，提前拜年。

婶婶说了这些，还试探问她是否还介意和召应恪的过去。

她和召应恪的事，似乎对每个人都要解释一番。其实除了和亲爹打官司、登报断绝关系之外，何未身上的每一桩传闻都不似表面上见的那般。

当初召应恪在南洋的暴乱时，冒险从日本绕路过去，把她带回国后，不久便传回了哥哥的死讯。召应恪立刻和家里说了私下的婚约，召家对何未没什么不好的印象，两人又是自幼认识的，便和何知行商定日子，等她年满十七岁让两人结婚。

这桩婚事本无波澜，直到何未和何家决裂，闹得满城风雨，召家便有了微词。召家的意思是，百善孝为先，何未如此做实在让未来的夫家没有颜面，须登报认错。何未不肯。此事僵持到了她到十七岁，何未拿出了一份律师拟订的财产归属协议，上边十分清楚写明了嫁妆有多少，余下的都归属于何二家的后人，与召家毫无关系。这个惊世骇俗的财产归属约定，让召应恪的父亲震怒，他们召家并非贪财的人家，但何未这种行径闻所未闻，让召应恪父亲深感颜面扫地，认为未来的儿媳妇已认定召家想霸占何家航运……

先是和父辈登报断绝关系，又是这一纸协议，召应恪父亲再无法接受这个未来儿媳妇。召应恪就算想签这份协议，父亲都绝不允许他再娶何未。召应恪不想放弃，沟通许久无果。

她见召应恪实在痛苦，就说，不如婚事算了。

那晚在西院的书房里，召应恪听到她这句话后，再没说话，坐了半小时，喝了数杯冷茶便走了。半月后，他让家中小斯递来口信，说婚事已解决，只有一个心愿，望能在何家陪她住三日。

何未觉得自己有负于他，虽知此事必起流言，还是应了。那三日，两人未做任何逾礼的事，只是像在南洋时，一同吃饭，一同读书看报，各忙各的，各自休息。

她甚至都不知道为何召应恪和姐姐订婚。但姐姐何至臻自幼喜欢他，她早听九叔说过。

那些关于召应恪抛弃她，选了何至臻，还有何至臻在家中痛哭等流言，都是何家的杰作，为抬高大女儿而贬低何未。她不想深究，只想离那个家远一些。

但对召应恪，她总觉亏欠。

后来才有玉如意一事。因为救召应升被他冤枉，她也没太生召应恪的气。

何未对召应恪轻点头，算招呼过了，翻看着报纸。她盯着一则广告发呆，“著名的国货，购买一块试用，足抵洋货皂许多”……这还是为了反日而掀起的国货潮后，开始流行起来的宣传语。

“将军原来喜欢看《京报》，”秘书寒暄，“这报纸的主编可是很推崇十月革命的，还骂过几位大人物。”北京的《京报》，上海的《申报》，两大有名的报纸，抨击军阀政府毫不留情。

“若行事有据，何惧人言。”谢骛清评价。

秘书凑近对谢骛清耳语了两句。

谢骛清略沉吟，他对何未轻声道：“在这里等我。”暗示她不要离开车厢。

谢骛清立身而起，跟着秘书出去了。

召应恪反而没有动，立在车厢门口，担心谢骛清走后，何未一个人留在此处有危险。平日就算了，今日她坐的是谢骛清的包厢。

谢骛清看了一看召应恪，先离开车厢，林骁则在一旁低声对召应恪道：“将军的人会护卫二小姐，不劳召先生费心了。”

林骁在逐客，召应恪听得出。他想自己也是杞人忧天，谢骛清北上这些日子办了不少大事，都全身而退了，难道还护不住未未？他自嘲一笑，走了。

那秘书是个人精，悄悄看斜靠在沙发上翻报纸的女孩子，猜测这位就是……谢少将军的前缘、召先生的前未婚妻。这可真是巧。

何未早习惯了这种无端的停靠，没觉出异样。

火车一旦跨省，就进入了不同人的地盘，经常有被迫停靠在小站等着被检查的事发生。算起来，京津两地因为联系紧密，还算是最顺畅的一段路程。

此处是京津交界地。

谢骛清等人往小站后的一处废弃的铁路走，那处停着一辆卡车，卡车上的人全是关外的军官和兵。而谢骛清的人正和他们对峙着。

两方当中坐着个人，被绑着手、堵着口，正是谢骛清去奉天办要事时，让人去抓回的要犯。此人是昔日构陷暗杀赵予诚的主谋，自从直系败北，一直躲藏在关外。谢骛清此行出关，顺利将人抓到，带回天津，换了这趟火车。

眼前这一卡车的军官远途追来，就为了抢他回去。

在奉天，谢骛清已和他们的司令谈妥，对方好面子，大义凛然放了行，私下却派人阻拦过几次，没抢下来。眼看火车就要到北京了，越往南，越没希望抢回人。

于是他们发了狠，拦在这里，摆出了势在必得的架势。

秘书在一旁赔笑：“那日我们在奉天多有得罪，大家都以为少将军抓错了人……后来一查，原来是赵予诚参谋的事。这就难怪了，难怪少将军会为难一个小人物。”

秘书见谢骛清不说话，跟着又道：“赵予诚参谋为国为民，死得冤枉，这人我们确实不能保。只是……还是要说一句，这位是司令的亲戚。”

秘书着重最后两个字，盯着谢骛清。

谢骛清微微颔首：“林骁。”

他没在关外处决，就是不想当面把事做绝。如今既已入关，想要人，那便只有一条路了。

林骁腰后有两把枪，取下其中一把，递给谢骛清。

“外衣给我。”谢骛清说。

林骁心领神会，脱下外衣递给谢骛清。他知道将军不想让二小姐听到枪声，须找个东西消音。

秘书见谢骛清拿了枪，忙劝道：“少将军再仔细想想，何必为了一个小人物得罪老司令？人都死了，死后还剩什么？朋友多一个就是条路，何必闹到你死我活的地步？”

“万事莫贵于义，”谢骛清为枪上了膛，“家国大义，同袍情义，都是一个将帅立身立命的根本。赵参谋为家国大义而死，又是我的同袍，若你是我，当如何选？”

他用林骁的衣服裹住手和枪。

秘书哪里敢拦着一个血色山海里走出来的名将，因为怕被误伤，下意识退后了两步，心惊肉跳地看向不远处的军官们。军官们有的拔出枪，有的被同僚按住，司令的吩咐是“不失和气地抢回来，伤几个人没什么，不要伤筋动骨闹到僵就好”……众人忽然没了应对的策略，没想到谢骛清如此果断，亲自处决。

谢骛清的枪口对上那人，直视那双惊恐的眼睛，轻声道：“黄泉路上别回头，来生做个真正的人。”

沉闷的一声枪响，被盖在火车锅炉的喷气噪声里。旁观的召应恪背脊一僵。

像有血的味道，在风里。

谢骛清回到车厢，让林骁端来一盆冷水。

林骁照例往铜盆里倒了一点儿早熬煮好的中药汤。谢骛清仔细洗过手，拉开车厢的门。见坐在沙发里的女孩子已翻到了另一份报纸。何未一见谢骛清回来，眼里亮晶晶的，趴在沙发扶手上柔声说：“这趟车的饭菜不错，稍后尝尝。”

他微笑着，轻点头：“好。”

谢骛清坐回到另一个沙发里，周身寒气未消。

何未想拉他的手，他轻轻收回去，柔声道：“外边风大，手凉。”

言罢，他又道：“怕冰到你。”

他不想让她碰到这一双刚索了人性命的手。

见到午饭时间，谢骛清为她取了大衣，何未过去穿。

“你身上总有中药味儿。”她闻着。

“从奉天回来路上喝过汤药。”他如此解释。

餐车车厢里，有几桌人，都是这次为了南北和谈来的。

南北和谈不只是北上的人和北京临时政府的人谈，还因为要召开“国民会议”，邀请了全国各地的军阀头目、官僚头办，还有各省政客以及那些吃军粮官粮的文人。他这趟车上就有上海商会的副会长，那人认出谢骛清，但见他身边守着军官们，没贸然过来招呼。

林骁让人前后守了门。谢骛清选了角落座椅，将她让到没窗户的那一侧，自己临窗坐了。他照旧，把脸旁车窗的布帘子拽下来，用银环子轻钩住。

何未见林骁等人严阵以待地防范……意识到餐车这种四面是窗、两边通道没法儿封住的开放车厢十分不安全。

“我没经验，没想过这里不好守。”她轻声说。

“是我想陪你出来，不是你要求的，”谢骛清低声宽慰她，“不必放心上。”

他问人要餐单，想试试她说的饭菜。

“要咖啡和面包吧，”她主动要了最简单的，“想吃什么，等到了北京再说。”

谢骛清看她的眼睛，想，还是委屈了她。

他顺了何未的意思，要了最简单的咖啡和面包。他看着车窗外的冬日风景，头次怀念在欧洲读高级军官学校的时候。如果何未和自己在那里相识相知，要简单得多。

在那里没人认识谢骛清是谁，既无人拥戴他，也无人恨他、想要他死。

“少将军，”餐车门口有记者被拦下，他一见谢骛清就激动地招手，“是我。”

谢骛清认出那人，让林骁放了行。

记者摘下头上戴着的土黄色瓜皮帽，对谢骛清深深一鞠躬：“少将军，又见面了。”京城的记者和文人们都以挑战军阀为乐，对穿军装的鞠躬，她头回见。

何未总觉此人面善，她是生意场上的人，擅长记人的面孔。细回忆下，想到那年在六国饭店见俄公使，在西餐厅见到七八个局促躲难的年轻人……有这一张面孔。

“那年我们给少将军添了麻烦，没来得及道谢。时隔两年，这句谢终于说到了。”记者感慨地看这个恩人。

那年《京报》的文章得罪了人，他们几个走投无路，听说谢家的少将军入京，贸然去求助。谢骛清面对几个年轻人的无措，嘱人在六国饭店付了房钱，让他们住进去避难，叫了两个兵士守着。等风声过去了，他又挑了个时机说了两句情，让这件事过去了。

后来这些年轻记者们离开饭店，想感谢却再见不到谢骛清本人了。

记者方才在二等车厢上车时，听人议论谢少将军从奉天回来，就坐这趟车入京，特地穿了几个车厢过来见恩人。

“将军这一回冒着风险北上，我们都晓得的，”记者神情郑重，轻声道，“请将军为了家国，保重自己。”

谢骛清微笑着点头。

从头至尾，林骁等人都在防范这位记者，对他们来说，任何人都有可能是潜在的威胁。记者是个知晓事理的人，不想让军官们紧张，又是深深一鞠躬，告辞而去。

等这位《京报》记者走了，她问：“你怎么做人质，还能给人求情？”

谢骛清笑笑：“我这个人质十分要紧，还是有几分薄面的。”

她笑了。倒也是。

回到车厢，何未仍心里感慨。

“你消失了九年，仍能让人记得你是个好人，问你求助。哪怕没见过面，都相信你。”

谢骛清道：“二小姐不也是？”

他指的何未初次赠票之事。

“我和他们有些相同，但也不一样。”她悄声说。

她儿时看书听戏，不喜王侯，最爱名将。

尤其是一生戎马戍边的将帅，常为的是心中热血和抱负。其抱负不仅仅在封王拜相，更为青山万里、江河百川，为山中小庙里避雨祈福的男男女女，为江畔等候渡江的老弱妇孺……古往今来，能留下姓名的将帅能有几个，大多是随城池湮灭，在边塞雪下掩埋的无名尸骨。

长大了，她见军阀纷争，更觉一心为民族的将领是稀世珍宝。

那天在自家西院的书房里，得知隔壁等候的人就是谢骛清，她惊喜之余，唯恐招呼不周，怠慢了这位忠良，那时她是绝不敢想的……后来他在泰晤士厅里弹舞曲，她终于敢悄悄想，也只是在内里默默的，怕被人瞧出来……

谢骛清抱她到休息的床榻，这床垫子是鹅绒，她陷进去就往下坠，谢骛清身子上来更坠沉得厉害。她习惯性闭眼等着，好半天没动静，后来想，是不是要解枪套？可这时候解不大好，马上要下车了……但见他不动，她善解人意地将手绕到他腰后去找枪套。

“做什么？”他的声音问，“还有十分钟到站，解了立刻要系上。”

说得像她迫不及待要解。

她轻睁眼，见他笑着瞧自己，好似真没亲的意思。她窘得要起身，被他按住肩。

何未红着脸，推他又推不动，头恰好枕着他的军装外衣。

“头抬起来。”他柔声说。怕领章刮到她，他把军装往外拽了一些。军装上有他的味道，他身上也是，这个男人的气息包裹着她，渐渐地两人有了不可言说的火光。

她起初没意识，因没过往的经验，后来见他调整了抱自己的姿势，有意避开了……马上想到曾在书上读过的，连姊姊都没给她明目张胆讲过的男人的身体。

“清哥。”她几乎悄声。

他“嗯”了声，很低。

“还有几分钟到？”她努力维持镇静。

谢骛清见她耳朵全红了，笑而不语。

“是不是快了？”她似乎能听见站台上欢迎队伍的笑声和交谈声了。

她想说马上下车了，想劝他勿动邪念……

谢骛清被怀里的两只耳朵通红的女孩子惹得笑了，在她耳边道：“少说话，别乱动。”

何未敛住呼吸，听话地不再动。

她对外是一个思虑谨慎的人，对谁都是游刃有余的模样。在他这里想装也装不下去，总像初见的她，做着一本正经的样子，眼睛后的羞涩仍属于十七岁的小女孩儿。

鸣笛声陡地响起，真要到了。

冬日里一等座和车厢为了取暖，都紧挨着车头，自然鸣笛声最清晰。身上没重量了，他下了床榻，在何未还没回神，愣怔望向他时，笑了。

门外，林骁的声音说："站台有欢迎的队伍，有两个代表已经上车了。"

"知道了。"他见何未起身，拿起她枕了许久的军装上衣，折痕明显，穿上容易被人瞧出来。他索性搭在了右手臂弯里，拉开门前，问她："我走后，你从没去过百花深处？"

她被问得一愣，摇头。

谢骛清没再说，先一步走出，去见欢迎的代表。

等着接迎谢骛清的秘书早等在正阳门外，像京津途中的事从未发生过，礼貌招呼后，为谢骛清打开了轿车门。谢骛清临上车前瞧了她这里一眼，对林骁交代了两句。林骁来到她跟前，轻声说："公子爷请二小姐先回家，他忙完就去见你。"

"快去吧，"何未柔声说，"林骁你也辛苦了。路上都没休息过。"

林骁对她一敬礼，跑去车旁，上了副驾驶位。

何未一想到谢骛清这次能住到过年，回到家都满面是笑意。

她洗过澡，莲房替她擦着头发，问她这一回见谢骛清是不是要再续前缘了。院子里的女孩子们，只有莲房笃定何未是喜欢谢骛清的。因莲房性子柔顺话不多，何未喜好和她说心事，均姜更像大家姐，扣青又过于单纯。

"他……"何未耳语：他脱了上衣抱我，还亲我身上。

莲房睁大眼，怔了半晌，喃喃了句不像话啊，这可如何是好。

门外扣青道："谢、谢家的贵客来了。老、老爷亲自招待呢。"

这么快就回来了？

何未一喜，去了东院。

到了书房，没过屏风便有笑声，竟是女人的。

莫非不只他来了？她一绕过去，见眠鹤熏炉旁的并排座椅空着一个，余下那个椅子上坐着一个女人。她轻轻停住脚步。那女人穿着件丝质的鹅黄色衬衫，鹅蛋脸上的一双眼细长有媚。何未一露面，对方便温柔地望过来，随即微笑。

“这便是未未。”何知行温声道。

“何二小姐，你好，”谢骋如微笑着点头，“我是谢骛清的二姐。”

竟是他姐姐。

何未也点头，柔声说：“谢二小姐，你好。”

“无须对我如此生疏，”谢骋如瞧着她，像瞧着件比紫禁城里任何一件藏品都珍贵的稀世珍宝，柔声说，“以后跟着清哥儿，一起叫我二姐吧。”

何未脸热了。

她想问谢骛清怎么没来，但碍于两人刚彼此介绍过，怎么都要有一番寒暄才合适……

“去吧，”谢骋如说，“他在百花深处等你。”

何未望向二叔。

何知行微微笑着说：“谢二小姐是我的客人，我会招待好。去吧。”

何未轻声说了句：“谢二小姐，再见。”

谢骋如笑着说：“下次再见，希望你能开口叫我一声二姐。”

何未退出书房，心忽上忽下的。

他竟没说……自己姐姐到京了。

她要了车，往百花深处去。过德胜门时，太阳还没完全落山。

正好碰上驼队过路，挡在车前头，何未在阵阵驼铃声里，想着方才见到的谢二小姐。有什么呼之欲出，像隔着雾蒙蒙的玻璃窗，只需她伸出手擦干净，便能见真貌……她靠在车窗边，想着想着，脸便热烘烘的，没再好意思往下深想。

林骁在胡同口等何未，引路时轻声问她：“二小姐从公子走后，没来过百花深处？”

她摇头。怎么副官问了和他类似的问题?

林骁欲言又止，想想，也不必说什么，稍后就能瞧见了。

何未踏着夕阳的光，轻轻走上两节台阶，推开虚掩的院门。

院子里，读书的已带着几个军官在收拾。她恍惚像见到过去，军官们提着一桶冒着热气的水，正浇着地上的厚冰。在嗞嗞的白烟里，大家见她便笑了，去瞧等在正房门外的自家将军。谢骛清披着大衣，像等了有一会儿了。

“这终于来了啊，”看院子白发老伯瞅着何未，“他前年写了对联，自己贴上说要给你看，我左等右等不见人，还以为你这丫头出事儿了呢。”

老伯不认谁是少将军，谁是何二小姐，只认这昔日将军的侄子和他的心上人。

何未瞧门框两边的新春对联，因两年的日晒雨淋由红变浅红，话是最喜庆的话，没想到谢骛清也能写如此入乡随俗的字句。

一副平平常常的对联，便让她眼热了：“重新写吧，要过新年了。”

“好。”他微笑着答。

何未要推门，发现大家都瞧着自己……

谢骛清是笑意最不明显的，最后还是老伯着急：“姑娘快进去吧。”

她不解，轻轻推开门。

入眼，灯光下，满屋子都是西府海棠，地上、桌上摆满了。

不必想也都是两年前准备好的……可惜碰上她这个迟钝得要命的女孩子，没有想到这里有什么，没来看过。

“我真不会养海棠啊，”老伯在后头抱怨，“生怕养坏了，等不到你来看……被你们小两口折腾的啊。”老伯思想老旧，没有谈恋爱的概念，见何未来过几次，早就认定是小两口了。

何未眼睛泛了热意，不想被背后的众人瞧见，低头进了屋子。

她望里处，全被罩着红红绿绿的布，恐怕是看院子的老爷爷弄上的，老辈人对颜色的口味极相似。床铺上没被褥，剩了木板子。她往里走：“不收拾好，今晚你睡哪儿，天都快黑了。”她知道谢骛清跟在自己身后。

书桌上有一方纸，被砚台压在夕阳的光里，瞧不清字，被灰蒙住了。

她愣了愣，难道是他两年前留下的？

她背对着谢骛清，走到书桌前，那上头果然写着一行字，极短。她拿起那张纸，用手抹去灰尘，让那行字更清晰了：

> 清少年言，山海不全，死而有憾。而今更坚定日后之决心，江河未清，吾拒往生。

山海不全，死而有憾。江河未清，吾拒往生。

谢骛清曾在这间屋子为人写过无数次的送别话，唯有这两句是留给他自己的。

"我十七岁来过北京，去过德胜门。"谢骛清在她背后说。

那时的他刚离开保定，独自一人坐火车来了北京。那晚他在德胜门下，看着古时出征的大门想，这一战势必要胜，推翻清王朝再回来，带着兵从此门走，畅快地走。

"你手里的前半句，就是那天写下的，"他说，"后半句一直空缺。直到那晚离开恭王府，直接去了安定门，才有了后半句。"

是她告诉他，北京不只有德胜门，还有人捷回朝的安定门。不管是国与家，都盼着出征的人能平安。

相隔十年，他终于完成了这段话，这里有他的家国与志向，也有她的名字。

谢骛清同她隔着一个珠帘，见她转身瞧自己，他掀开珠帘进了卧室。珠帘子在他身后落下，白珠子一串串地撞击着彼此，缠绕晃动着。

"我……以为，"她在窗外军官们烧火做饭、浇水融冰的笑声和杂音里，几度哽咽，许多事忽然都变得明朗了，还有更多她从未想到过的，"以为，你没这么喜欢我。"

谢骛清眼里盛着笑意，轻声打趣她："有多喜欢，我也不好说。又没比较。"

她一下子想到两人初次亲吻那天，他问自己还觉得亏吗？自己也是如此答的。

他记得她说过的每句话。

不只记得，细回忆起来，谢骛清从来都顺着她的心意，能为她做的全做了。

今天在车站，谢骛清下车前，留了几个兵士守车厢。她隔着布窗帘，见他被数千人拥在其中，和迎接的学生、进步代表握手，军帽下的眼睛里有着礼貌和笑意。她看得心潮澎湃，为他高兴，哪怕北上之行的目的已无法达到，但各界还是仰慕和钦佩他们这些爱国将领的。

只是感动没维持多久，在她一转头时全消退了。她看到窗边的军官都以手指扣扳机，从窗口往外一遍遍审视靠近谢骛清的人。他们无暇感动，只怕给人刺杀的机会。

"站台历来是最复杂的，混在其中打冷枪最容易，"其中一个对她解释说，"将军的行程本是保密的，不该有这样的接站。这是唯一一次，他知道行程被泄露，还是坐了同一班车。"

另一个老军官怕何未担心，安慰说：“南北的人都在北京，该不会有太大危险。”

……

何未走到谢骛清跟前，仍然后怕，怕欢迎队伍里真有想要他命的人。

“今天他们说，你是第一次见欢迎的人，”她内疚说，“我在躲避刺杀上没经验，下次你直接告诉我，千万别什么都顺着我。”

“无妨，”谢骛清瞧着她的眉眼，柔声说，“我一贯谨慎，忽然冒险过来，那些人都会以为是圈套，不敢下手。”

“我也有自己的私心，”他轻声又道，“谢骛清戎马半生，积攒下的名声从未用过，想至少给你见一次。”

至少给她见一次自己声名上好的一面，而不是只有躲避暗杀，举步维艰和佯作出来的昼夜荒淫、声色犬马。

何未眼又红了，别过头看别处，看室隅。

细细碎碎的撞击声，白珍珠串起来的帘子就是不停。

“你姐姐，在我家。”她轻声说。

他颔首：“我知道。”

谢骛清起初没答应让二姐去。到了北京饭店后，他和二姐通了很长的一个电话，慎重考虑后，还是让二姐去了何二府。如今南北未开战，尚有机会见一面。日后形势不明，谢家人再想正式约见何家人就难了。何未是个正经的女孩子，既打算结婚，该有的礼就不能少，先见再说，只当为日后见了。

况且她孝顺二叔，若日后因种种原因最终没见上，怕给她留下一辈子的遗憾。

“我们家的人比较老派，”他对她解释，“过去几个哥哥姐姐都是父母之命，至多在婚前见过一两回，到我这里已算最新式的。父亲有旧伤在身，不能走远途，托了二姐过来，希望你二叔不要介意。”

“总要见的，”他接着道，“这是一道礼，也是谢家的诚意。”

何未的心慢慢地跳着，抿着唇不说话。

她手里没东西可握，将那张纸叠了又叠。

谢骛清静等着她。

“我想问一件事，问问你的心里话，”她将心事问出，“你有没有介意过之前的事？”

“之前什么事？”他柔声问。

“我的……传闻。”

他想了想，承认说：“有过不舒服。”

何未心沉下去，他是介意的。

谢骛清瞧着她低头时微微分开的刘海，想到在这个屋子里初见她的情境。那么小的一个女孩子就直勾勾瞧着自己，问是否有过通房的丫鬟，或是妾室……他可以不答，还是答了。

她总有她的本事，逼他说心里的话。

“是作为一个男人的嫉妒，”谢骛清轻声说，“因此不舒服。”

“余下的事，”他严肃说，“对谢骛清来说，不值一提。”

她低头，眼泪又要涌上来。

从十四岁哥哥走，二叔大病了一场，她面对何家长辈的围攻，白日装可怜哭，夜里在锦被里哭，怕二叔真就此走了，怕守不住何家航运。到十六岁，开始被流言缠绕，从未有清净的日子……她曾暗暗想过，日后自己的婚姻该不会有好结果，谁会不在意流言？就算一开始情深义重，日子久了总要被流言蜚语磨掉了耐心，渐行渐远……所以她始终告诫自己，婚姻是婚姻，与情感无关，只为家业。

她不在乎外人如何看，可真的从心里在乎他。怕他说不好的话。

外头已点了油灯，院子里亮堂堂的，照到没亮灯的屋子里，造出来一个又一个影子。谢骛清的影子和她离得更近了。

“未未。”他轻声叫她。

她低低“嗯”了声。

“你仍有选的机会，”谢骛清说，“我就如此定了。”

她眼睛红红的，看地上的影子，轻轻笑了。

遇上谢骛清，哪里还有的选。

两年的斗转星移，却没有物是人非。她像还在那晚，从恭王府一同回了百花深处，温热了一壶好酒，对着满屋子粉粉白白的海棠，情之所至，谈到终身事。

“我们——”她停了许久，轻轻地说，“把婚事定了吧。”

他笑了。

她抬眼看他。

“好，”谢骛清柔声说，“我们把婚事定了。”

海棠香满溢在屋子里，他的影子像山，落在她身上。

何未想说话，被谢骛清握住了双手。她握着早折成细长条的纸，谢骛清握着她的双手。那是她平生初次感觉到一个男人的手可以从凉到热。

两人虽不说话，却像说了许多心事。

谢骛清低头，像山影压下来。

“我们要回家和二叔说吗？趁着你二姐在。”她问。

“二姐已经走了，”温热到了唇上，他亲到她，“晚上的火车。”

谢骛清的话将她拽回现实，南北对峙仍在，谢家二小姐是冒着风险入京的。谢骋如此番是半为公事半为私，除了办要事，再不见外客，带了最大的诚意去拜访何知行。

谢家的人视她为珍宝，不愿有丝毫怠慢。

谢骛清和她亲到书桌边沿，把她手里的字条拿走，放回桌上。

何未靠坐在书桌旁，被他亲着，又感觉到火车上他抱着自己时的情境。谢骛清这一次没有躲开。她想，这就是定了亲事前和定了后的差别？可过去也是定了亲，却没有被这样过。

她今日的连身裙裙摆不长，侧面有分衩，稍稍分开，便能见到白色长袜上的膝盖和腿。她的皮肤白，在暗里显眼，她见谢骛清视线落在自己的腿上，脸更热了。

能感觉到男人的身体变化更明显了，她脸红着想躲开，被谢骛清扣住腰。

谢骛清许久没亲她，只是瞧着怀里的她。

“不开灯，外边人要觉得奇怪了。”她轻声说。

他笑着没回答。

谢骛清拉开书桌的椅子，换成他坐在书桌边沿，右脚的军靴踩在椅子上，把她抱到了身前。何未越发不知如何是好，手也不知该往哪里放。

背对着月光的他的影子更重了，像黑夜从上往下地压下来。

“去奉天的路上，我想到过你，”他轻声说，“不止一次。”

她想问想到什么。

一抬头对上他的双眼，便明白了。

她的呼吸有了热意，像那晚。可那晚外头没人等着，也没热闹的笑闹声，没有人生火做饭、烧菜备酒，随时准备吃晚饭，随时有人要叩门。

“我也……想过。”她不知该不该承认，但还是说了。

谢骛清和她对视着：“想过什么？”

“你。”她低声说。

“想我什么？”他声更低了。

黑漆漆的房间使他们与世隔绝。他在她耳后亲吻着，把她的长发散开，头发滑落到她的背上，还有肩上。她在这方面所知不多，见过的男人身体仅限于谢骛清，那晚他还始终克制，长裤从头至尾都在身上，腰带从没解开过。

她见他解枪套，屏息地瞧着，他将枪套放到身后的书桌上，开始解腰带。

“我……不大懂，”她脸埋在他肩上，“这样会不会有孩子？”

“不会，”他低声说，“我不会让你冒风险，有我的孩子。”

她像被针刺了下。

她低着头，不动也不说话。

谢骛清察觉异样，停下了解腰带的动作。他借着月色，端详她的脸：“怎么了？”

她轻摇头，避开他的目光：“那些人……都不怕，为什么我要怕。”那些军阀动辄十几个姨太太，儿女成群，无论如何荒唐，只要有兵权在手，哪怕强抢女学生也要被人当风流韵事传。可谢骛清重情重义，在感情上清清白白，一心为家国，有孩子却只能想到“冒风险”这种字眼，她听着实在难过。

她低声说：“刚才问你，是因为没经历过男女的……事，”更像新婚之夜的忐忑不安，“我没担心过有你的孩子。哪怕之前在天津，你问我对婚姻的想法，我都想过孩子的事……那时虽没细想，但怕的都是孩子容易有危险，要保护好。”

何未越说越难过：“而不是怕我自己冒风险。”

谢骛清安静地瞧着她，手抚上她的长发：“不哭了。”

何未惊觉自己脸上有泪，她不是爱哭的人，方才见海棠，见字条也没掉下眼泪……她用手背拭着脸上的眼泪。

谢骛清笑着，柔声道歉：“怪我，是我说错话。”

根本不是说错话。

她晓得这是谢骛清的真实想法，才会难过。

他在她耳边笑着道："我还什么都没做，你就为了孩子哭一场。是不是想太早了？"

……

她眼里含着泪，被他的话逗笑了。

"我不是不想的意思……"她小声道，"都定下了，没有不愿意。"

谢骛清系上腰带，笑着离开书桌。

"你去哪儿？"

"太冷了，要两盆炭火。"

没多会儿，林骁端了炭火盆进来。

读书的端了一个铜盆，里边盛着干净的清水。铜盆被放在珠帘外的地上，谢骛清先在清水里拧干了白布，把衣架擦干净，脱了军装挂在钩子上。他挽起白衬衫的袖子，何未醒悟过来他要收拾卧室。前些日子她嘱咐茂叔带人来收拾，老伯回了，说不用的，她就以为这里早收拾干净了。

"外边看着挺干净的，这里怎么不让人收拾好？"她看四周。

就算今晚收拾完，都要通风晾一晾。

"不是说过，我的事历来都是自己做，"他重复过去说过的，"这卧房，从我入住，你是第二个进来的人。"

她当初以为他是随便说的，没当过真。

何未几次想帮他，全被拦住了。谢骛清自幼不是个享福的人，在军营和战场上历练惯了，做这些不觉什么。他知道何未没做过这些活儿，让她在外屋找本书看。

何未先望了会儿红彤彤的炭火，再看他在珠帘后的身影："我给你做两盘下酒菜吧，虽然……没什么特别的，但今天特殊，做给你吃。"

没等谢骛清答应，她便将大衣搭在坐榻上，离了正房。

她学的东西很多，唯独对烧菜煮饭等家务事不精通，没特意学过。何家航运刚有起色时，他们家还在一个小四合院里。二叔和哥哥格外忙，胃口不好，茂叔寻了个好厨子烧饭，他们都吃不了两口，何未为逼他们认真吃饭，就学了几样最家常的菜，让他们无论如何都要捧自己的场。后来家业渐大，她偶尔过节也会烧，为二叔做下酒菜。

何未深知自己厨艺不精，让等在厢房的均姜去买了最好的酒回来。

等谢骛清把卧室收拾得差不多了，菜也上了桌。

谢骛清和她先后落座，他拿了竹筷，见面前的菜顿了一顿。

“这个不是应季的，”何未指白瓷碟里的炸香椿，解释说，“秦伯在冰库里冻存着的。”

他轻点头，端起白瓷碗。

何未撑着下巴瞧，想到一桩不太适合眼下想的事。方才……卧室那么脏，到处都是灰尘，他坐在桌旁解腰带，该怎么完成圆房的事。

她想了想，换了只手撑着下巴，瞧他长长的睫毛，又想，是不是自己会错意了？

谢骛清端起夜光杯，喝了口酒，见她深陷沉思：“在想什么？”

她被问得脸一红，含含糊糊地说：“想菜好不好吃。”

谢骛清温柔笑笑。

“刚才……”

谢骛清筷子一顿，抬眼看她。

“我不是爱哭的人。”她解释。

“我知道。”

何未继续撑着下巴瞧灯下的谢骛清，视线往下，瞧着他军裤腰上的那根皮带。谢骛清一抬眼，她便往有壁灯的白墙上瞅，瞧着花架子上的一盆盆海棠。戏词写得不透彻，大多是意境，书里倒是偶尔有，也都是在床上的。

想想，她又隔着珠帘子往光溜溜的木板子上瞧，里边是打扫干净了，红红绿绿的布也撤走了。只是还没铺被褥。莫非……不在床上也可以？

谢骛清夹了一筷子炸香椿，放入口中，慢慢吃着。

老伯曾说，过去夫人知道将军爱吃这个，为了能冬天吃上，特意在秋天种几棵，一个月摘一回，刚好能吃到腊月，多的用冰窖冻着，留到春节食用。叔叔婶婶走后，老伯仍如此，年复一年，习惯不改。

她见他多吃了两口，更是高兴："你要能留到春天就好了，那才是吃香椿的最好季节。"

谢骛清握着筷子的手再次停住。

何未立刻说："不是要留你的意思。"

谢骛清借着壁灯的光，瞧着她的眉眼，轻声说："下一回，我住到春天。"

他见何未笑得开心，心情越发复杂，端起夜光杯，一饮而尽。

何未见那薄如蝉翼的夜光杯，想到家中木匣子里的那只，原来，这真是一对儿的。

谢骛清微笑着吃着菜："是不是没仔细看过那只杯子？"

"看过。"她立刻道。

一直没来百花深处已枉费了他的心意，再不能承认一见杯子就想到他，没敢多看便锁在了柜子里。

谢骛清轻轻抬眼，笑着瞅她。

莫非……杯子有什么特别？昔日贡品、价值连城，还是？

谢骛清将小小的酒杯翻过来，底下刻着几个字。

何未惊讶，想拿过来细看，杯子在他掌心里翻回来，放到八仙桌上。谢骛清有意没给她看清楚上头的刻字。

谢骛清笑着睨她，何未脸一热，猜到两只杯子底下必然都刻了字。她若看过，就不该是这个反应……她只得承认："只看过一眼。那年你走，我怕日后再见不到，睹物思人，就匆匆藏起来了。"

说完，她又诚恳解释："而且那时我不知道你喜欢我，以为是自己一头热，更不敢多看你留下来的东西。怕一头陷进去，再见……再见你早结婚了。"

谢骛清凝视着她，半晌，笑了。

他拿起酒壶要倒酒，一只女孩子的手按在杯口："你让我先看看。"

"我自己刻的，"他低声道，"这只杯底刻的是，何为山海。"

何为山海？那不就是何未和山海。

"那只呢？"

他笑笑："烟火人间。"

何为山海，烟火人间。

她如果见到，一定能明白……

何未见他倒满了那只夜光杯，方才落下去的心潮又被掀起，涨了潮一般地淹没了整个人。

谢骛清忽然觉得如此也不错，能当面见到她看告别礼的神情。其实他设想过无数次，都不如亲眼见。比方说，何未此刻坐在那儿，两只手把长裙裙摆叠成一折折，还抿着唇角，这样子让他只觉得这告别礼是值得的。

“清哥。”她轻声叫他。

他瞧着她。

“你为什么……对我好。”何未问。

“你喜欢我，我有感觉，”她轻声又道，“只是没想到喜欢得这么认真。”

谢骛清笑着，持酒杯，隔桌望着她。

“之前说过，”他说，“我比不得你们年轻一辈，在情感上不够活络变通。既决定开始，就是定下了。至于感情深浅……眼下还不敢说对你就像叔叔婶婶那种，一人离世另一人绝不再独活的情感。他们是十年的夫妻患难与共，等日子久了，我们也可以走到那一步。”

她用鞋尖轻轻划着桌子腿，低着头不说话。

谢骛清见她害羞下的无意举动，不舍打扰，看着她，又倒了一杯酒。

何未见他倒酒的手，见他解开一半衬衫的纽扣，露出的锁骨，还有他两腿微微分开，军靴分开的姿态，甚至是他军靴上的白铜马刺被壁灯照出来的反光……忽然觉得这个男人更真实了，不是那个满身功名的谢少将军，不是她八岁时就屡屡听人称颂的名字。

谢骛清，是要和她结婚的人。

而且她相信，不管这婚到何时才能礼成，他都如同他自己所说的，就此定了，不变了。

谢骛清难得吃到她的手艺，本想多吃两口，可惜何未是个体贴的女孩子，每一份都装得少，唯恐他多吃似的。他又喝了两小杯酒，见她搭在膝盖上的手，将那只手拉过来握住了。

何未的手指在他掌心里，微微动着，如同她的不安。

他笑着，问她："想几时回去？"

何未心跳了一跳，见他眼波流转，直瞅着自己。

她轻轻回说："不急。"

谢骛清："先让人拿被褥进来？"

"现在？"

他不置可否。

何未脸微微偏向窗外，小声说："这不好吧？人家都在吃饭，我们忽然要被褥……"不是立刻就晓得要做什么了？

谢骛清拆开叠成三角的白帕子，擦了擦手，起身出去了，她想拦都没拦住。

没多会儿回来的男人抱着被褥，穿过前厅进卧房，简单地将床铺了。何未全程坐在八仙桌旁，只当瞧不懂。谢骛清掀珠帘出来，连枪都提前解了。

谢骛清站定到她面前，想说什么，但想想，还是算了。

他虽做过教员，桃李遍各军，却不想对着自己的未来太太长篇大论。他一弯腰，搂住她的后背："来，抱你进去。"

他毫不费力地抱起椅子上的何未，进了珠帘。

白珍珠撞到她脸上，她将脸埋在他肩上，直到坐到床上。外头的灯没关，里边的灯没开，全部的光都来自珠帘外，还有窗外。

谢骛清一颗颗解他衬衫的纽扣，何未咬着下唇，瞧着。

窗外人把炉灶架在了院子里，现炒现吃，那些军官平日在外行军习惯了，多冷的天都不怕，就喜欢见着火光吃饭。热闹得很。

他把床帐放下一半，挡住了外头的光。

谢骛清弯腰，给她脱掉小跟的皮鞋，刚想摸一摸她的长袜，何未已缩进了那悬着的一半床帐子里。沉香色的床帐，挂着暗红色的长穗子，在床边沿搭着。

谢骛清坐到帐子里，见她靠在角落里，眼睛亮晶晶地盯着自己，不禁笑了。

"笑什么？"她轻声问。

“想到奉天。”他俯身过去。

他从在天津那晚初次见她的身子，就想看个全貌，只是碍于她没点头应下亲事，没行动。

后来在奉天，他在雪地里和几个将领抽着烟，结束参观军工厂的行程，踏过及膝的厚雪，回到下榻的饭店，直接面对应酬局上的衣香鬓影。他坐在沙发里，闻到身边的一阵阵香，想到的全是何未贴身小衣裳的香气。

那晚，有人说，谢少将军心不在焉，是念着哪个佳人小姐了。

大家又拿出误卿的说法出来，他难得好心情回了，说，要看遇上的是哪家小姐，遇到值得追求的，就不是“误卿”，而是“骛卿”了。大家笑，猜哪家小姐能让谢骛清追求不舍，有京津的旧相识立刻回忆说，谢骛清两年前的诸多香艳传闻里，有一位鼎鼎有名的何二小姐。

于是在奉天的酒宴上，何未的名字成了一个话题。

众人皆知，她就是谢少将军的求而不得，是他阅尽百花后，唯一惦记却得不到的人。

“想到，二小姐，”谢骛清在暗得让人发昏的床帐里，在她脸前说，“是谢某的求而不得。”做着最亲热的事，却还用着敬称。

她看着他藏在阴影里的脸。

“那晚……你不就想看吗？”她低头，慢慢地从膝盖上卷下长袜。

女孩子的衣服被一件一件地叠在角落里，白色的、粉红的、藕粉的，她不敢抬头和他对视，只是认真叠着衣裳。最后，拉过来银丝被面的锦被，挡住寒气。

谢骛清全程没动，看着她的举动。

她将锦被掀开一角，盖住他的腿，对他柔柔地笑了笑。

“未未，”他的声音像被水汽熏染过，“我没想过今晚要如何。”

她看他手臂上的旧日伤痕，这还是在天津利顺德受的伤：“你没说心里话。”

说完，她轻声又说：“那晚你就想了。”

谢骛清被她惹得笑了，笑着，轻叹了口气。

他的右手抚着她的脸，滑到下巴上，轻轻用手指捏住，让她面朝向自己。

外头有人倒了水进油锅，炸开了一道光。军官们笑开了，用家乡话笑骂往油里倒水的人。

谢骛清亲到她的唇，如山影压身。

在这个男人的身上，影子都是有重量的。

因为刚喝了酒，他的嘴唇没有初次亲吻的干燥感，是湿润的，还带着柔软的热度。何未被他亲了一会儿，像被他的影子压得透不过气。

何未一想到在这张床上他睡过无数个日夜，就觉得血都被体温烧热了。

他亲得不厌其烦，好似只是要亲她。

何未最后也不确定了，微微睁眼，对上他的眼眸。

隆冬时分，虽有炭火，这屋子也是冷的，毕竟不像她的卧房是暖阁的构造。就是这样冷的卧房里，她望着谢骛清的黑眼睛，却像走到盛夏的什刹海旁，在白日未散的高温闷热里，和暑热下那片没有一丝丝水波纹的湖面对望着……

她轻轻动了动嘴唇，想问，你什么时候……要开始?

谢骛清亲她的脸，在她耳边伴着湿热的气，低声说："慢慢来。"

"我没着急……"

他笑，隔着锦被抱着她："一开始总要慢些。"

"在天津……"不也试过。

"那不一样，"他在她耳边说，"差很多。"

他的唇回到她的嘴唇上，这次吻得更像在调情，若即若离地在她的唇上亲着。何未在这漫长等待里，她想，他真是有耐心……她要说什么时，察觉自己不知不觉咬着牙关，不知咬住了多久。自己在紧张，谢骛清一直亲着自己，一定早感知到了。

她轻轻说："我……可以了。"总要开始的。

……

他低低说了一个"好"。那只握过十几年枪，可驭马，可握军刀的手，在她头发里缠绕着，滑到她的耳后，反复摩挲着。

他反手拉下另一边高挂的床帐。布落下，光全被挡在了外。他在暗里，无声地脱掉衬衫。

何未不由自主敛住呼吸，想着锦被上看不懂脉络的花纹，听到布料摩擦，被扔到床角的声音。等到一双手臂隔着锦被再次抱着她，在沉香色的床帐布料里，落在她脸上、眉眼上和唇上的热息开始浓烈。她和他互相吮着对方的唇，糊里糊涂想，一个在刀山血海中过来的将军，上马饮血的男人，怎么能如此温柔……

何未想到他在自己书房里坐着，军靴下全是雪水，一手撑在座椅扶手上，疲倦而又沉默地抬眼，直视自己的样子。想到他头发被微微向后拢过，露出来清晰的眉眼，带着礼貌和生疏对自己说“多谢，何二小姐”……那时，两人是彼此陌生的。

她从未想过会在一起，像这样在一起。

谢骛清在静得只有炭火燃烧声响的卧室里，找到自己的衬衫。

他用衬衫草草给她擦了一遍，最后用带着汗的鼻尖轻轻摩擦她的嘴唇，低哑着声音说：“今晚不能留夜，须送你回去。”

她轻轻“嗯”了声，靠到他肩上，闭上眼：“困。”

“睡一会儿。”他柔声说。

她没多会儿就睡着了。

谢骛清穿上衣裤，从军裤口袋里找到一块干净的手帕，给她擦脸和头发上的汗，觉得差不多了。将床角叠好的小衣服一件件拿起来，平铺在床上，等着她睡醒了穿。

他走到多宝槅那里，想找烟，发现因为摆着花架子，外间的格局早变了。他立在花架前，望着夜色里的海棠，拨了拨里边的枝叶。

最后还是离开了正房。

何未再醒，是被脸上的温热扰了梦，睁眼见谢骛清坐在黑暗里，拿着一块白巾给自己擦脸。她懒懒地伸右手，谢骛清微微笑着，接过她柔软的手，给她擦着手指。

“明天一早，还是四点半到？”她声音沙沙地，轻声问。

“你若起得来，早一些也无妨。”他低声说。

“三点，”她趴到他腿上，“或是两点。”

谢骛清在暗里低头看她。

“一点好像太早了，”她在他腿上小声说，“要不然你别穿军装，今晚跟我回去。我藏你在院子里。”

他柔声道：“下次，今晚还有事。”

她轻轻“噢”了声，翻身过来，对上谢骛清的目光，她伸出手：“低头。”

谢骛清微微弯腰，何未如愿以偿摸到他的短发，黑而柔软的发梢在她掌心划过。她学他过去的习惯，把他额前的发向后拢，见他完整露出的眉眼。

如果现在是十年后、二十年后都好。他们已经历经各种分离、战乱，还活着，在这个百花深处话前生。她眯起眼，想象他老时的样子。

她对他伸出两只手。谢骛清笑了，俯下腰身，抱住了她。

这是她第四次踏入百花深处的院子，似乎每一回都值得记一辈子。

第九章

雪夜照京华

谢骛清送她到大门口，让林骁去要一辆车，跟着送何未回家。

她只盼着晚走几分钟，颇有闲情逸致在院子里溜达了半圈。大门右侧的小石子路旁种了一丛紫竹。何未踩在落在一旁的竹叶上，舍不得走，盯着大门看。

最后还是忘了补漆。

不过这样也好，漆微裂开的缝隙里有未融化的雪，是过日子的感觉。她正出神，身子被他的大衣裹住，已毫无遮挡亲近过的身体，让人有了依赖感。

他见她不舍，笑着道："既是我求而不得，二小姐当毫不留恋，将我丢在百花深处，回去逍遥。"

她忽然很难过，仿佛真把他丢在了这里。

谢骛清步行送她到了胡同口，目送她上了车。何未回头，透过后车窗玻璃能看到他始终立在胡同口，看着车离开。

回了院子，何未借故说外头风沙大，要沐浴。莲房奇怪她怎么一日要洗两次，过去没这习惯，在浴盆旁为她收着脏衣服，数了又数，查了又查，横竖都少一件，还是里头穿着的小衣裳……

何未一副不懂的模样，莲房却抱着一摞衣裳愁坏了。

这谢家公子真是风流惯了。次次见面都脱衣裳，就不能规规矩矩吃个茶吗?

"莲房，"何未在白陶瓷浴缸里轻声说，"我这回是真心想结婚了。"

"过去讲究一个初嫁从亲，再嫁从身……你前两次都从了亲人的意思，第三回才自己选定了一个，二先生绝不会拦的，"莲房虽如此说，却难免忐忑，"真是那位谢公子？"

她脸上有着被热水蒸出来的红，轻轻"嗯"了声。

她翻身趴到浴缸边沿，想到谢骛清背上、腿上的旧伤。

这一晚她睡得不太踏实，到凌晨两点，下床开了壁灯。睡在对面卧榻上的扣青也醒来，轻声问：“渴了吗？”何未让她接着睡，裹着白狐领的披风去了书房。

扣青给她抱了锦被过来。她翻书翻到四点，想到他快来了，决定再熬熬，不睡了。

黎明前的院子黑且静，电话铃声在书房里响起的一霎，她心跳如擂鼓，这动静像能吵醒整个院子的人似的。她挪了电话过来，接听。

“喂？”她低声问，心仍跳得厉害。

“是我，谢骛清。”

像是应了猜想，就该是他。

她轻“嗯”了声。

“怎么接这么快？”他在那边问，“电话应该在书房。”

“睡不着，过来看书，没留意时间看到了现在，”她近乎悄然地说，“想着你快到了，就不想再回去睡了。”

那边意外沉默。

“是不是有什么事？”她轻声问。

过了许久，谢骛清终于说：“今天要失约了。”

她失落了一霎，并不是因为今天是腊月初八，而是昨日的特别，她从回来就想着再见他。

他在京城的全部通话都被监听，这两人早就清楚。

此刻也无法多说。

他带着礼貌，柔声说：“抱歉。”

谢骛清那边有不少人，他没多说，便挂了电话。

这一通电话，让她没了去雍和宫领粥的心情。她在书房里，犹豫不定，是否该打听一下有关南北和谈和国民会议方面的事。

但想想作罢了，她的立场不该关心，还是小心些好。

未料，第一个给她消息的人，竟是午后来拜访二叔的召应恪。

自从召应恪做了军阀的幕僚，两人极少打交道。不过召应恪一贯对二叔尊重，只要他在京城，逢年过节总要来问候一声。探望过二叔，召应恪竟提出想来西院见一面何未。

“让他来吧。”何未想想，应了。

直觉上，召应恪见自己是有事要说。

她让人准备了茶，刚吩咐下去，召应恪已进了西院。昔日何二家东院住二叔和大公子，西院最大的一个三进小院给她独住。她幼时，召应恪常来，对此处的格局、院落中的草木假山都熟到不能再熟，今日一踏入院门就像被往事埋住了，怔怔站立许久，直到扣青请他进正房，才寻回魂魄，径自进去了。

召应恪进了门，欲要脱西装外衣，想到来时路上出了不少的汗，怕衬衫湿了不雅观，于是放弃这一想法，在何未身旁的座椅上坐了。

扣青端了一碗桂圆莲子茶进来，召应恪接了：“一晃又要过年了，也快到你生辰了。”

她笑了笑：“你特地找我，一定有事说。”

召应恪轻点头，先将茶碗放到一旁。

“这番话我在路上想了许久，”召应恪说，“未未，你知我为人，我还是选择直接说。”

她点头：“嗯，你说吧。”

“你须劝谢骛清尽快离京，”召应恪说，“越快越好。”

何未愣住。

“昨夜，南下的一列火车被拦截，有一位叫孙维先的将军失去了联系。”召应恪说。

何未记得这位将军，在天津，他还拿谢骛清的名字开玩笑。

她记得那人戴着一副眼镜，说话总是笑吟吟的，谢骛清说他本是在旅欧求学，响应北伐号召，刚刚辗转多国回到了祖国……

“这次南北没有和谈成功，各界人士，从政商到文人，凡是不支持军阀的都悄然离京了，包括和谢骛清一起北上的将军们，”召应恪又道，“南北开战已是必然，谢骛清手握重兵，是刺杀名单上最靠前的几位之一。他应该直接从奉天走，而不是回到北京。”

她知道召应恪不会骗自己。但她不懂，为什么召应恪会关心谢骛清的安危。

她看召应恪：“为什么冒风险为他说话？”

召应恪看着何未，沉默许久才道：“我和谢骛清之间有些渊源，他帮过我的一位挚友。那天我在天津九先生的住处见他，就是为了确认这件事。这几年为军阀做幕僚，我有自己的打算，但在心里，我绝不相信手握军权的人。那些将军司令，每个都说自己为了家国大义，没一个是真心的。可以说直到现在，我对这位谢少将军也没有完全信任。但至少为了这位挚友，我不想看他死在这里。”

何未轻点头，一言不发。

“未未，”召应恪轻声说，“你不信任我？所以不愿多说一个字？”

她想了想，说了句实话：“我相信你说的。但我拿不准该说什么，不该说什么。”

召应恪知道她自幼跟着何知行和何汝先，被当成继承人教导，行事做派都谨慎。他轻点头，端起白瓷碗，慢慢喝到见了底。

茶见底，人也告了辞。

召应恪走后，她翻来覆去地想谢骛清的处境。虽说相信谢骛清的谨慎，她还是担心他在北京的行程和安危，午饭没吃两口便放了筷。

下午，二叔让人把一张请帖送到西院，是上海商会请何二府上的人。下午在青云阁的玉壶春茶楼，晚上在广德楼，真是好大的手笔。

“最近京中宴客的人真多，”均姜问她，“想去吗？”

她摇摇头。她很少去青云阁，那里人多且杂，不如一般的戏楼酒楼和舞会纯粹。

“还是去吧，先生说，这场局上有谢家公子。”均姜笑着道。

她一怔。

“先生还说，你们见一面不容易，能去就去吧，”均姜学着何知行的口气，温温和和地说，“就算没机会说上话，也能换换心情。”

也对，能见面总是好的。

青云阁是京中文人雅客们喜好去的地方。

因为离琉璃厂不远，许多人都是逛完琉璃厂再去青云阁，品茗吃饭，时不时能遇上戏曲名角在茶楼献艺。那里有饭店、书社、老铺子。啜茗去玉壶春，宴客到普珍园，这两处最有名，今日包场的茶楼就是玉壶春。

轿车到杨梅竹斜街，正是青云阁后门。

她把小厮留在外头，带均姜进茶楼。受邀的客人以男人为主，女孩子极少，她这样单独到的女孩子更是屈指可数。茶楼戏台上，又唱着樊梨花的戏。

“二小姐要龙井，还是碧螺春？”招待的人问。

“桂花香片。”她在给自己留的桌旁落座。

没多会儿，上海商会的副会长亲自过来：“二小姐，真是久仰了。”

何未柔柔一笑，起身招呼说：“上海商会是我们的大主顾，我该说久仰才是。”

“我方才和谢少将军聊起二小姐，”那位副会长笑着道，“在从天津回来的火车上我就想认识二小姐了，可惜那天将军身边的军官多，不好过去寒暄。”

“谢公子也在吗？”她故作惊讶。

“在见客。”副会长一指雅间。

何未远远望了一眼雅间，想等他见完客再说。

副会长聊了两句，便去迎接新客人了。

林骁碰巧从雅间出来，何未叫均姜去叫了一声。林骁一瞧见是何未，露出惊喜神色。

“二小姐。”林骁来到桌旁。

“他在见客是吧？我等他空了再过去。”

林骁低声道：“二小姐若有法子打断是最好的，公子爷不想见这几位客。”

何未愣了愣，见林骁眼中的焦虑，猜到谢骛清那里出了什么事，需要独处。

“里边是谁？”

“有两个军阀头目，还有他们的幕僚和带来的一位姑娘，还有一位刚从台上下来的……”林骁从不听戏曲，不知应当如何形容名伶，“唱戏先生，正在喝酒。”

何未想了想，怕是有人为谢骛清引荐名伶，他不想打交道，才叫林骁想办法。

她从耳上摘下了红玉耳坠：“找个盘子。”

雅间里，谢骛清正心不在焉持着一只酒杯，一手斜插在军裤口袋里。

“这樊梨花可是眼下最红的一个，”其中一位军阀幕僚笑着道，“今夜本要去六国饭店的，将军若想留下他，只是一句话的事情。”

穿戏装的男人两手持一玉觞，正要敬谢骛清，林骁进来，托着一个白瓷碟子，里边摆着一只红玉耳坠。

大家都不解。

谢骛清眼里有笑，将那耳坠子拿了，装入长裤口袋：“去请二小姐。”

这话一说，众人全懂了，竟是那位何二小姐来了。这耳环显是二小姐在拈酸吃醋，让人送来给谢少将军咬的钩子。

林骁见众人有了告辞的意思，心说，还是未来将军夫人有本事。

林副官退了出去。

很快，何未独自一个挑了珠帘，款步而入。

她一见那唱樊梨花的祝先生，不觉笑了，这位名伶她认识，是七姑姑的好友。何未笑意未散，瞅见谢骛清斜后方立着的一位姑娘，端着白玉杯，生得白白净净的，十分清秀，衣着打扮也是一身白……

她一抬眼，看谢骛清。

谢骛清暗暗叹气。

他让林骁想办法请走这批客人，就是因为他们带来了这么个女孩子。谢骛清怕事传到何未那里，惹她不高兴。林骁倒是“体贴入微”，直接叫何未来救场。

一位幕僚忙解释：“这是我的一位远房妹妹，一直仰慕少将军，想来见一面。还请二小姐不要误会了将军。”他们想和谢骛清交朋友，可不想惹麻烦。

“既二小姐来了，我们就先告辞了。”

这屋里的几位不愿告辞，也不得不走了。

林骁为两人关上门。

两人相对立着。

“他们在奉天听说过你，”谢骛清道，“揣测我的喜好，带了那个女孩子来。此事，我实不知情。”

“少将军好福气。”她轻声道，看似平静，心里醋得已不行了。

谢骛清扶椅子坐下来。

她瞥他。

谢骛清说：“你来前，我正想着如何打发他们。”

何未挨着他坐了，带着酸意说：“我若来得晚，那杯酒你说不定就喝了。”

说完见他不语，醋意更浓。

谢鹜清瞧着她，想说点儿什么，还没想好。林骁已端了桂花香片进来，见两人不说话，放下茶杯，小声对何未说：“将军受了伤。”

谢鹜清已来不及阻止，何未被吓了一跳，盯着他。

“二小姐心疼心疼他，别生气了。”

林骁立刻出去了。

“为什么瞒着我？”她没了吃醋的心思，要找他的伤处。

谢鹜清轻轻抓住她的腕子：“不严重。”

在何未心疼又难过的目光里，谢鹜清也没办法再藏了，解开的军装，露出里边的衬衫。隔着白色布料，能看到他腰腹上缠绕多圈的白纱布。

昨夜在北京饭店遇袭，他用这伤换了同僚一命，倒也不算亏。这件事他没想瞒着何未，也瞒不住，只是想养两天伤再告诉她。

谢鹜清见何未眼里泛红，轻声说：“逃避谋杀对我来说是日常的事，没什么要紧的。下次会小心一些。”

她心疼地看着他的腰腹，如何小心？怎么小心？

有多少一心为国的人死得不明不白……有人想杀你，日夜地找空子，总有得逞的时候。

他见何未难过得要命，安慰她：“没有万无一失的防范方法，只要想，他们可以假扮工人、农民和学生，混入任何一个地方。但我不能什么都不做，什么人都不见，任何地方都不去。既选这条路，就无所谓这些。”

“你这是在安慰人吗？”她委屈地问他，难过更甚。

确实，不太像安慰人。

谢鹜清静了静，反而笑了：“来。”

他想抱她到腿上。

何未晓得他想淡化此事，轻轻拨开他的手：“你有伤。”

他拉住她的手，何未怕牵扯他的伤口，没强行抽手，小心地坐到他腿上，背靠着桌边沿，努力不碰到他的腰腹。

“昨夜丢了什么在床上？”他笑着问。

何未没作声……她是故意的，留下那件小衣裳给他。

“未未似乎习惯落东西在我屋里？”

“不就这一次。”她小声道。

“是吗。”他笑。

他跟着说：“再想想。”

何未如何想都想不到，摇摇头。估计谢骛清在逗趣。

谢骛清笑着，没往下说。

“你准备何时走？”她不想让谢骛清知道召应恪和自己谈过，借由他受伤的事说，“这里不是久留之地，还是尽快回去安全。”

谢骛清和她对视着，笑着问：“昨夜留了衣裳，今日就赶我走了？”

“认真说。”她着急。

他略作沉吟，解释说：“于公于私，现在都不能走。于公，代表团和军阀政府已经谈不下去了。军阀在筹备国民会议，代表团也在筹备国民会议。为了这个，我也须多留一段日子。”

她轻点头。

“于私，我想陪你到过年。”他最后说。

中国人重年节，今年比往年更特殊一些，两人刚订了婚事，他不想急匆匆就走了。

门外有人笑着问林骁，是否谢少将军见了二小姐，就忘了外头的诸多客人了。

何未知道他须开门见客，却舍不得放他带伤应酬。

她两手握着谢骛清的手，心疼地搓了搓，挨在自己脸边。谢骛清用手背贴着她的脸，轻声道：“不难过了，没关系的。”

谁说没关系。她又低头，握紧他的手。

“今晚广德楼那局走完，我去你院子住，”他将军装外衣扣上，挡住了内里的衬衫和白纱布，微笑着说，“不过今天有伤在身，只能抱着你睡一晚了。”

好好的又说到这里。

“晚上就是用来睡觉的，”她松开他，“不睡，还想做什么。”

谢骛清轻扬眉，在她要起身前，再次扣住她的腰：“倒也不是不能做什么。”

他应酬一下午，茶喝过，酒也喝过，闻得出茶是茉莉香片。茉莉混着……她仔细闻了闻，主人家为了款待他特地备了黔酿。细闻，是仁怀茅台烧。

谢骛清搂着她的腰，任由她闻面上的酒香。

她想，怕他在胭脂堆里便是如此模样，玉貌清冷，醉颜深重，让人想被他搂住，被他亲上一亲，可偏他永远是若即若离，持着这副姿态。

何未帮他把军装的领子理了理，揭开酒壶的盖子，慢慢将桂花香片倒入茅台烧里：“贵州出佳酿，将军是在佳酿里养出来的人，不怕醉。不过今天带着伤，还是要勤往酒壶里掺水。”

空茶杯放回原位，谢骛清仍握她的腰。

两人都忆起昨夜无灯暗处的帘帐内，那幕幕荒唐。他抱着她，将她上上下下的衣裳剥了个干净，他的衣裤也在床下，只是碍于怕她会有孩子，处处都收了一步。她瞧着他的下巴，往下是锁骨，想到他的腰和身体。这种亲密程度，哪怕是真实夫妻也不过如此了。

谢骛清想亲她，见那唇上的胭脂，怕她稍后出去被人瞧出胭脂被吃掉。没再动。

在门外的笑闹声里，他对她笑着道：“卿卿佳人，实是误清。”

他终放手：“去吧。”

谢骛清为何未开了门。门外远近茶楼里的人见何二小姐在谢骛清目送下出了包厢，衣衫整洁，头发丝都没变动过，唇上的胭脂也是全的。众人想，这看着年纪轻阅历浅的何二小姐竟有独到的本事，不让人家碰一根指头，就能降得住这位百战功高的少将军。

谢骛清总是乐于成全她的名声。

他在京津的一切越惹人瞩目，何未这个被他惦念难忘的女孩子就越传奇。

等客进去了，她问林骁，昨夜袭击究竟是如何发生的。林骁内疚地道歉，说没照顾好将军。昨夜何未从百花深处离开，少将军便回了北京饭店，一同到饭店的还有一位将军和两位留京筹备国民会议的代表。谢骛清身上的伤是护那一男一女两位代表留下的。他早年在军校的强项就是刺杀课程，最先发现埋伏，推开一个，另一个来不及只好用自己的身体挡了。

谢骛清安慰林骁他们，说是自己大意了。

大家都明白，两位将军带来的人加在一起不过百人，在军阀掌控的四九城里想自保有多难，根本不是将军们大意了，而是他们本就是在狼齿内、虎口中。

林骁越说越担心，最后成了何未安慰他。

她暗暗后悔追问，怕被林骁当成“责问”，于是摘下另一只红玉耳环，将话题往旁处引：“这耳环你拿好，稍后看差不多了，再送进去一次。”

言罢，又柔声说：“酒喝多了、话说多了都伤身，他去广德楼前，总要找机会吃两口饭的。我一会儿去泰丰楼定个包房，还需你帮忙‘救’他出来吃晚饭。”

林骁马上接过：“卑职一定办到。”

何未让林骁去了，回了茶座。

方才包房里的祝先生已换了一身米色西装，等在那里。

说起来，两人结缘还是在恭王府，那天谢骛清中途一走，她心中难过，到走廊里望院子里的风景。她并不知这恭王府有讲究，外客是从假山旁直接入戏楼的，走廊只能走府内人和贵客，没谢骛清带路，王府的人见她一个不认识的小姐立在走廊里，想劝她离开，被这位祝先生拦住了。

“这位是何七先生的家里人。”祝谦怀当时对恭王府的人解释。

一晃两年过去，祝先生没有一丝一毫变化，卸了妆的男人有着书生身段芙蓉面，往桌旁一坐便引人频频远望。美则美，却是彬彬有礼，维持着男儿郎本色。

“先生下一场去哪里？”她坐下。

“广德楼，”祝先生笑着道，“还是上海商会的堂会。方才多谢二小姐解围了。”

解围？她笑：“先生方才被刁难了？”

“倒不是刁难，只是有重任在身，拉拢那位谢家少将军。我本想做个表面功夫，二小姐一来，表面功夫都省去了。”

何未倒茶给祝先生：“他不大好拉拢的，百战功高，傲气得很。上一回在天津，有两位前清皇室的人求他帮着说两句话，他没答应不说，还让人家帮着问日本人讨回旅顺大连。”

祝先生意外：“竟是这样的一位将军吗？”

“祝先生以为，他是怎样的将军？”

“我对这位将军了解不多，只听说他十几岁时就是‘杀人手段救国心’，可惜自掌了兵权后就失了初衷，以死遁为计，重兵屯于云贵，长达九年不肯露面，更不肯为民出兵。上一回来京，风流韵事可是攒下了不少，这一回北上，”祝先生轻声道，“对南北形势的态度暧昧，是坐山观虎斗的立场。”

她先是惊讶，细想想，谢骛清确实难得露面一次，上一回出现是在胭脂洞里，这一回又是衣香鬓影里才能见真容，难怪被人误解。

她像看到了自己在市井传闻里的模样，不禁笑了：“可昨日在车站，还是有不少文人和进步学生迎接他，愿意相信他的。”

祝先生微笑着没强辩，神情像在说：那只是因为谢骛清少年成名，而今的谢骛清早就不是如此了。祝先生平日接触的都是军阀和各界名流，他的一番话该是这些人对谢骛清的认知，也不怪祝先生误解，这就是谢骛清有意营造的假象。

何未不好多解释，也笑了笑。

“不过对南方的另一位谢将军，祝某倒是真心仰慕。”祝先生又说。

谢？难道是谢卿淮？

“这位将军叫谢卿淮，不趋权贵，不醉声色，不荣功名，”祝先生欣赏地说，“可惜他不离南方，若有朝一日我去香港演出，倒是想去拜访。”

何未忍着笑意，端起茶杯抿了口。

“我可说错了什么？”祝先生觉察到她的笑。

她低声道：“这两位谢将军是朋友。祝先生若能放下成见，试着结交包厢里的谢少将军，说不定日后有机会认识那位从不北上的谢卿淮将军。”

祝先生惊讶，因“爱屋及乌”，对谢骛清生出几分好感。

一壶香片喝完，有人问祝先生是否方便去另一处包厢，有人想请他喝杯茶。

祝先生要走时，何未问了句：“邓公子还在湖广会馆吗？”

“还在。”祝先生轻声答，怕被外人听到。

祝先生走后，她思来想去，决定先去泰丰楼，看有没有机会叫邓元初过来。

“青云阁总是如此热闹。”均姜为她穿上大衣。

是啊，这里从她幼时到现在都如此热闹。这地方康有为、谭嗣同来过，蔡锷来过，如今前人已逝，青云阁却还在迎送更多的人。

她平日不常来青云阁，主要因为这里地处以八大胡同为轴心、遍布上百妓院的京城风月场，人实在杂。她曾见过老同学和家里几个哥哥来狎妓，见到打情骂俏的场景，她比人家还尴尬，索性就少来了。

但附近的酒楼戏楼，她却是常客。

北京皇城四个门，内城九个门，圈起来的四九城是内城，在前朝住着王公贵族，过去禁戏园茶楼这类娱乐场所。何二家买的是过去的官邸，和百花深处一样都在内城。

而出了正阳门的前门外这一块过去住着百姓，街道繁杂，有楼有院有商铺。过去许多赴京赶考的学子、各省入京的官员都会聚此地，在会馆落脚，因此商业繁荣，老字号林立，成了有名的销金窟。

只说京城宴客首选的八大楼就有五家在此处，七大戏园也有半数在此。那些贵胄名流吃过饭去戏园子听名角戏，戏罢去临近的风月场，马不停蹄的应酬直到东边的天露白。流水的银子往出掏，纵你有万贯家财，也有萧索囊乏的一日。

何未在泰丰楼要了一个小房间，让人递了条子去会馆请邓元初。没多会儿，小厮回来说，邓家公子还在醒酒，醒差不多了过来。

结果等谢骛清到了，邓元初也没到。

这在她的预料内。

人之际遇，瞬息万变。直系和奉系的一场战争，让邓家失了势。

当初邓家势力大时树敌多，其后倒台，怕惹祸，带着家财和子女举家避往天津和上海租界。邓元初不肯走，留了下来。他最大的幸事就是当初选了外交部，这是一个不依附军阀各派，只秉承为国效力的部门。但因家里政敌过多，就算有晋老维护，他还是被架空成了一个挂虚职的闲人。

对此晋老也是唏嘘，又是一个有才学有抱负的年轻人被困在军阀内斗里，毕生所学无法施展，满心抱负只是空谈。

邓元初不想一直留在外交部拖累晋老，告病休假后，那张办公桌便空到了现在。何未听人说他搬到湖广会馆，和一个名坤伶同居了。因那坤伶和祝先生相熟，她才有了方才的一问。

谢骛清来得晚，喝了半碗熬到软糯的腊八粥。

“难得见你和我吃饭心不在焉。”他放了白瓷勺。

“本想让你见个人，”她说，“可惜他不肯来。”

“邓元初？”两人一同认识的朋友只有邓元初。

“我是要见他，同他谈一谈日后的打算，没想到你比我更着急，”谢骛清叫了林骁进来，“给湖广会馆去个电话，让邓元初到广德楼见我。”

林骁应了。

“你这么凶，他更不敢来了。”她埋怨。

谢骛清将白手巾拿起，擦了擦手：“他在保定上的第一堂课就是我教的，若我叫不动他，他就是抱着不再穿军装的打算，日后也不会再见了。”

见何未担心，谢骛清放下手巾，轻声说：“他会来的。”

广德楼就在附近，车程短。

何未和他坐在车后排，见到夜色下的正阳门，因为被车窗局限了视野，看不到正阳门的高处边界，只觉得那城门高到像顶上了苍穹。

这是过去入内城的必经之路，是多少学子想要博取功名的门。

“胭脂带了吗？”他在她耳边问。

她一愣，偏头见谢骛清，被他脸的影子笼着。

怎么受了伤还想这个。

“带是带了，”她瞄司机和林副官，轻声说，“车里有人。”在他跟前总有着做学生时的青涩。

在感情上，她初开窍，确实青涩害羞。

谢骛清跷起二郎腿，也看向车窗外的正阳门，脸上的笑意未散。

何未和谢骛清到时，楼下池座早满了。

她幼年时，戏楼还不准入女子。哥哥走后，新思潮打破了不入女客的传统，在京城七大戏园里，她头一次来的就是这广德楼，坐到哥哥常坐的包厢，想到了哥哥说的：世情本如戏，浮名草间露。

哥哥陪二叔打下何家航运的根基，将这泼天的富贵留给了她。他纵是何家航运的大公子又如何，这京中早没人记得了。正像他自己说的，声名都是那草上晨露，转瞬即逝。

二楼的楼梯处。

一张长方桌子旁坐满了今夜维护楼内治安的兵，戏楼老板正掏出一沓红包，挨个发过去，说着，今日是腊月初八，过了腊八就是年了，是个好日子。那老板一见何未便笑吟吟过来，施了一礼，轻唤了声二小姐。

均姜递给老板一个红包，道了句生意兴隆。老板道谢，以目询问均姜这位贵客身份。

“那位谢少将军。”均姜轻声道。

他上回到京，逢出现就是焦点，是以早留了名声在四九城。

老板即刻领悟，面上堆了笑，欲要开腔，楼梯上已下来几位北来的将门公子，笑着招呼道：“骛清兄在奉天走得急，连声招呼都没有。这不，大家为你，都追到北京来了。”

谢骛清微笑着，摘下手套，和其中一个象征性地握了下手。

下来的几人看到穿着披风的何未，见狐狸毛镶边遮挡下的女孩子的鼻尖和嘴唇，还有尖尖的小下巴，都被惊艳了一把，想撩起那碍眼的狐狸毛，见一见女孩子的眉眼。不过也就是想想，谢骛清的人还是没人敢不打招呼就结交的。

“这位是？”握手的人笑着问。

谢骛清笑而不语，手扶在她肩头，低声道：“此处人多，先去包厢。”

何未被人引荐习惯了，难得体味到这种被“藏”的滋味，抿着唇一笑，微微点头，带均姜上了楼。她走到半途，顺着楼梯往下望了他一眼，正见谢骛清也瞧着自己，似不看到她进包厢就放不下心似的。

她心软乎乎地，进了第一间包厢。

因今日都是身份要紧怕刺杀的客人，包厢已在观戏那一侧的木栏杆前悬了湘帘，不给楼下见这里全貌。

“好像是邓公子来了。”均姜为她脱下披风，自帘边缝隙瞧楼下。

何未轻推开帘子边沿，看下去。

真是久未露面的邓元初，他戴着副玳瑁边框眼镜，脸上胡楂儿被刮得干净，衬衫和西装都是为见谢骛清新换上的。他面上带着一贯的微笑，少了意气风发，多了几分京城公子随波逐流的风流颓败的气息。这是在京中常见的，是前朝王公贵族和下台的军阀公子失了权势后，坐拥家财、不问前程，整日泡在翠暖珠香里养出来的气息。

谢骛清被围拢着，一时难抽身。

邓元初两手插在西裤口袋里，百无聊赖地瞧着池子里，抬头扫视厢房上，意外对上了何未的视线。他一笑，索性不再等，先上了楼。

进了包厢，邓元初先道歉说："昨夜宿醉，你叫我时，还没醒过来。"

他身上根本没酒气，何未没揭穿他。

他说完，又带着歉意说："当初清哥把你托付给我，这一件小事我都没做到，却让你用外交部的关系照应了我，这一桩事还没来得及道过谢，今日一并说了吧。"

帘子外，一双军靴出现，谢骛清对着林骁和跟随而来两个军官说："无论谁来，都说我在见要客。"

邓元初听到谢骛清的声音，回身，望向珠帘后的谢骛清。

他挑帘进来，看到邓元初，微微叹了口气。

邓元初眼微微红着，虽着西装，却还是双腿并拢，敬了个军礼："谢教员。"

谢骛清颔首，将披着的大衣脱下，丢在看戏的高背椅上。他一言不发地将军装解开，裹在身上几个小时，腰腹上的伤不透气，使人不舒服。

他下午喝了酒混茶，眼下是茅台烧的香和桂花香在一处，将包厢里经年累月积攒的烟土香气压了下去。他眼里像蕴着散不去的酒气，面格外白，唇角微抿着，有着往昔在保定做教员时的严肃和冷静："原想挑个日子单独见你。未未太担心，等不了。"

谢骛清站到邓元初面前，注视着他："是不是在北京遇到什么麻烦了？"

邓元初眼更红了。

接下来就是他们师生的事了。

她寻了个由头，从包厢出来，让他们单独谈。

候在二楼楼梯口的老板见何未出来，笑着寒暄："二小姐近来不大见到人，是不是常去广和楼，忘了我们了？"她笑："去年年底去了天津，在九叔那里住了许久。”

“九爷可还好啊？”老板一听九先生何知卿，面上笑意更浓。

“挺好的，”她回答，“遛鸟玩猫，还有婶婶陪着，比在京城自在得多。”

“那敢情是好，”老板道，“早年我到北京城，九先生的宅子每日里都是流水宴，一年四季不停不休的，也不管来的是谁，富贵还是落魄，只要上门都有一双筷一杯酒，那等光景再见不着了。如今的显贵不像显贵喽，还是九先生这种老派的像样子。”

“难得见人回忆这个，过去都说我九叔傻。”她笑。

“说便让人说去，自有人记得九先生的好。我至今都记得饿得吃不上一口饭，在你九叔府里吃的那个酱肘子，能记一辈子。”

老板见她眼望四处，跟着热情问：“二小姐出来，是想吩咐什么？”

“他们在里边谈事情，我便出来了，”何未看包厢后边的散座儿，“想找个位子坐一会儿。”

老板笑：“让何二小姐坐了散座儿，明日传出去，都要戳我后脊梁了。我先去看看，哪家包厢是您的熟人，稍后引您过去坐一会儿。说不准能谈上一桩生意。”

“有劳了。”她感谢。

说话间，上海商会的副会长走过来：“二小姐若不嫌，去隔壁包厢就好。那里只有我们商会人，有空位，先委屈二小姐坐着，等一等谢少将军。”

“怎能说是委屈，”她笑着道，“怕打扰你们的家眷。”

“倒没什么，我们会长的太太也在。二小姐过去了，也许有的聊。”

副会长极力要求，何未不好拂了主人家的面子，去了隔壁。

隔壁包厢男男女女坐满了人，最前面并排四个最好的位子却只坐了一位太太。副会长介绍何未时，那位太太毫不避讳，始终看着何未。

她被瞧得不自在，要说在应酬局上被人看早习惯了，但这位的目光实在不遮掩。

“这位便是我们商会会长的太太。”副会长道。

何未就势礼貌打量了对方两眼。

这位太太打扮和何未相似，都是时下欧洲最时兴的连身长裙，头上还戴着珍珠刺绣的宽发带。她生就一双月牙眼，自带着三分笑意，眼里是暖的，只是看何未时带了几分让人读不透的审视：“何二小姐，久仰。”

何未对她礼貌一点头。

“我和谢少将军是同乡。”对方忽然道。

这句话没头没尾的……她不是个蠢笨的人，琢磨了几秒，隐隐猜到这位怕不只是“同乡”，而是和谢骛清有过什么。

何未笑笑：“那他一会儿过来，你们有的聊了。”

副会长怕何未独在此处无聊，陪坐在了第一排。三人相安无事听着戏，也不多交谈。

等台上这一折唱罢，二楼候着的老板在门外招呼说：“谢少将军、邓公子。”

在包厢帘子被老板亲自挑开时，何未和副会长同时离开座椅，那位太太也下意识起身，望向帘子下，微低头避开门楣的谢骛清。

谢骛清越过满包厢的人，往围栏边最好的位子瞧，他在看到商会会长太太时，似在意外，又似很快就想通了。

那女人望着谢骛清：“少将军，许久不见。”

谢骛清略微点头：“林四小姐。”

“方才太太还和二小姐说，你们两人是同乡，”副会长笑，“看样子，却是认识很久了。”能一开口就是娘家时的排行，认识的年头可不短。

林稚映的父亲林东曾是两省督军，如今的大军阀之一，是谢骛清的劲敌。

林稚映目光不移，想在谢骛清面上找到些许过去的影子。

谢骛清不再看她，转而看向何未：“二小姐若得了闲，我们去一处清净的地方。”

她因谢骛清方才展露的一丝丝“意外”，心有酸意，看向戏台说：“下一折据说不错，谢少将军不如留下来看。”

谢骛清似不大在意戏是否精彩，只是应承何未这个佳人：“若二小姐想留，谢某也只好陪着。”

“置两把椅子，”谢骛清说，“我的，就在二小姐身后。”

他虽做了追求她的传闻，但当着外人面，难得表现得如此露骨。别说那些在一旁艳羡地瞧热闹的人，何未自己也不大习惯他如此献殷勤。

“何须如此麻烦，”副会长客气地指何未和林稚映当中的空椅子，“此处就有空位。”

林稚映慢慢地让开，留了一条他能通过的路。

何未没言语，瞧向楼下的戏台。

她回忆方才他们的对视，心里别别扭扭的，将手腕上的红玉镯撸到腕骨旁，慢慢转着。

谢骛清走到何未的身边，低头瞧着她，轻声道："在和我生气？"

他声放低是为显得亲密，但在包厢这种空间有限的地方，足以使每个人听得见。

何未对上他的眼，想，自己也不知在气什么……

立在门口的邓元初靠着门边缘，摘下眼镜，笑着道："副会长就不必忙活了。他们稍后还有应酬，没想听到压轴戏。"

副会长正摸不清包厢里奇奇怪怪的氛围，被邓元初一说，懂了，不该管。

"你要站，我陪着也无妨。只是站在这里，挡了后边的客人不礼貌。"谢骛清轻声又道。

她没作声，在林稚映的目光里，越过谢骛清身边朝外走。

谢骛清在她穿过包厢门时，一伸手，亲自为何未掀了珠帘。何未往楼下走，均姜抱着披风要追，被谢骛清拦住。他接了披风，披到何未肩上。

何未想，你真是沉得住气，都不解释解释。

他们下楼时，从奉天来的那位将军公子迎出来："骛清兄这就走了？"说话间，他终于有机会瞧清楚何未，饶有兴致地对她点头。

何未礼貌笑笑。

"昨夜在北京饭店，让骛清兄受惊了，"那人轻声道，"有人让我带话，这次原本不是冲着少将军来的。多有得罪，请少将军谅解。"

言罢，对方又低声道："日后对着这种事，少将军只管放手，无须护着他们。"

谢骛清似早猜到这番话，回道："我住北京饭店，此事无人不知，他们在饭店门外动手，让人死在我眼前，这种事传出去让我如何面对南面的人？"

"是他们想简单了。"对方赔笑。

他道："你也替我带句话，在这乱世，今日的余地就是日后的生途。毕竟，谁都不可能一辈子不往南方去。”

那位公子静了下，低声道：“一定带到。”

他为何未戴上了披风的帽子。

为缓和气氛，那人看向何未，想攀谈两句淡化谢骛清的不快。

“鄙姓郑，”郑家公子对何未一笑，道，“方才不识何家航运小主人，是郑某眼拙了，请二小姐不要放心上。改日我设宴赔罪，还请二小姐赏光。”

“远客来京，当由我设宴，”何未笑道，“只是宴客讲究黄道吉日，待我寻到一个好日子，递帖子去——”

“六国饭店。”郑家公子答。

何未撩起帽子上的一圈狐狸毛，露出眼睛对他一笑，顺便仔细记下此人面貌。

谢骛清将手递过来，何未放下狐狸毛，握住了谢骛清的手。

两人坐到车后排。

她摘下帽子，谢骛清瞧了她一眼。

“北上前，有人对我说，你是京中待嫁小姐里最富贵的一个。”他似在玩笑。

何未小声道：“不敢当。”

谢骛清笑着，揉了揉她脑后的头发，像对待一个孩子似的。

“替我取一套寻常衣裳送到何府。”他对前排说。

林骁应了，对车窗外吩咐。

车很快驶离广德楼。

两人踏着月色进了何府，已是午夜。二叔早就在东院休息了。

何知行这一年已不大下床，那日见谢家二小姐是强打了精神，寻常时候，外客已难见他。何未没让人打扰二叔，带他去了西院。

从戏楼回来，两人交流就少，她拿不准谢骛清是否真要住这里。原想回家告诉茂叔，加护院的人守着……她坐在书房的坐榻上，见谢骛清靠在椅子里，跷着二郎腿喝茶，没来由想到那位会长太太，那双月牙似的眼睛，着实好看。

何未心里酸意仍在，见他对那位林四小姐避而不谈，更是醋得不行。

她想着想着，想到有关婚后情人的种种逸事。过去京中常有方便门的说法，那些达官贵人的太太若想和情人欢好一夜，便嘱马车深夜去将人拉到宅子里，在漆黑不见五指的屋子里巫山云雨一番……

现在也有前清格格和夫君各过各的，在外同军阀公子做情人。

……

自鸣钟嘀嘀嗒嗒地走着，谢骛清放了茶杯，抬眼看她：“准备几时睡？”

“等你走了就睡。”她口是心非。

谢骛清被惹得笑了，直视她。

何未被看得心虚，但吃醋是不由人的，他偏偏还不解释。她从小矮桌下掏出上海和广州港口的出票记录，摘下钢笔的笔帽，开始看起来。

“我需换身衣裳，是到你卧房，还是？”他问。

换衣裳做什么？她疑惑看他，猜想：“是要换伤药吗？”

“算是。”他答得模棱两可。

何未放下笔，再一次被担心盖住了醋意：“来卧房吧。”

她带谢骛清穿过西次间，推开了卧房的门。

谢骛清叫了林骁进来，带着简单的西裤和衬衫进了卧房，换了衣裳。他让林骁把自己的军装给一个身材差不多的副官穿了，坐车回百花深处。

而他换了简单的西裤和衬衫，回到卧房里，看仍穿着长裙的何未。

何未听着他的脚步声，在自己的房间里突然多出来一个男人，这种感觉很奇妙。她床榻是小时候买的旧式的八步床，像卧房里套着的一间小房子。

床体外有踏步，踏步上是小小的围廊，围廊左边放着柜子，右边是极小的一个梳妆台，再往里才是床架子。

“这是八步床，”她轻声解释，“冬天时外边的纱橱拉上，里边的帘子再拉上，暖和得很。睡醒了也不用下床，可以自己在柜子里拿东西，梳头发。”

她没好意思说，这种床在寻常富贵人家是婚床……

她只是觉得好看，方便，冬天下了床可以光着脚在围廊的毯子上走：“旁边我装了一个小壁灯，不想离床还能看书。”

过去不觉这床像两人睡的，今晚谢骛清在身边，她想，两人关了纱橱，再把里边的床帐放了。吃喝茶点都可以让人时不时端过来，摆在围廊的红木柜子上，几日不离床都可以。

"我让均姜准备水。"她脸热了，往外走，暂且不想这张床。

她先洗过，换睡衣不好意思，找了夏日在屋里穿着的轻绡衫裤，薄薄一层适合睡觉。谢骛清洗完，穿着方才的衬衫西裤，见她趴在绣枕上，抱着锦衾等自己，像误闯到了一间本不该自己来的闺房。

何未就着壁灯的光，翻看着书，早听见谢骛清的脚步声，听见他把拖鞋留在踏板外，关了碧纱橱，上了围廊，走到床畔。

"睡觉喜欢穿着衣裳？"他放下一边床帐。

"有时候穿，有时候不穿。"她轻声说。

"我总是穿着，"谢骛清开始解另一边的帐子，"你要不习惯，告诉我。"

她轻"嗯"了声。

他们像父母命媒妁言的新婚夫妻，在交流床上的习惯。

谢骛清把书从她胳膊下抽走了，搁到了一旁的梳妆台上，彻底放了床帐。湖水帐子里，透着壁灯的光。

"原来女孩子的床是这样的。"他的声音说。

"倒也不是都这样……我小时候见过这床，看着喜欢，央求着二叔帮我定做的，"她低声道，"一张床做了两年多。"

看这一层套着一层的雕花式样，是要如此久。

他看身旁的雕花围栏："看来你日后去南方，须提前说，不然来不及定做。"

去南方？

她想象里的南方不像北方这么冷，没必要兴师动众定做如此大的床："我要去了，就睡西式的大床好了。"

她见他解开西裤，声更低了："你不是喜欢穿着衣服睡吗？"

"现在还没想睡。"他说。

初尝过肌肤亲近滋味的人，总是贪恋新鲜的，想再摸索摸索。他初入女孩子闺房也是新鲜，靠坐在床头，见湖色的影打在她身上，看那轻绡衫裤裹着的身子。

她被看得心神不属，抱着被子端坐着，像知道他想做什么。

他笑，解衬衫。

谢骛清沉默地将端坐的女孩子拽到身边，何未轻轻推他，唯恐压到他的伤口，待要检查他腰腹的白纱布，被谢骛清笑着挡开。

他搂她的腰，亲上她的唇。

晚饭后在车里，他没做的，此刻在她的八步床上，湖色床帐里可以做个彻底了。谢骛清手按在她的脑后，一边解她的衣裳，一边吻不停。何未被他吮得舌发麻，还不敢推他，躲着躲着就靠在了床旁的雕花挡板上。

“那个林四小姐……”她微喘着气，酸溜溜地小声说，“不只是同乡吧？”

谢骛清笑着，盯着她的眼睛，轻声问：“这口醋吃到现在还没散？”

又不止这一桩，下午的白衣女孩子，还有九叔说的那位崇拜他的魏家三小姐……都不曾断过。“满座皆望清，无人不识君，”她嘟囔着说，“今日算见识了，以后还是不跟你去同一场应酬的好。”

他手指绕着她的长发，笑着听她抱怨。

“她是你老同学，还是那个，见过两面的？”

“二姐撮合的那位。”

真是她。

何未不给他亲了。

“她该不是为了你去广德楼的？”

“今日她是主人，不见得是为了我，”他道，“戏楼上有奉天来的军阀，也有西北来的，商会在各地的生意都须这些人照应。”

可她凭女孩子的直觉，敢断定是为了他。

上海商会的包场，那位四小姐是主人家，一定知道隔壁包厢就是谢骛清。她偏偏就在他隔壁，而不是在东北或是西北军阀的包厢旁。

“就算真为我，也不见得只为了情事。”谢骛清又说。

你终于承认了。她想。

“她看起来不错，当初你一定很满意这桩婚事。”

……

谢骛清亲她的唇，浅尝辄止，让她有说话的余地，说吃醋的话，也是种情趣。谢骛清的手摸向枕头下，找到方才上床时放在这里的东西。

她见他不答，不满：“怎么不说话？”

谢骛清笑了声：“说什么？”

"你……亲过她吗？"

他摇头："那两面，都有两方家人在场。"

"倒是郑重。"

谢骛清停下亲她。

难道说中了？

"生辰快乐。"他轻声说。

谢骛清的右手握着从枕头下摸出的腕表。表盘上的指针已过了十二点。

她的二十岁生日到了。

指针当然不会为她停下，仍在嘀嘀嗒嗒走着，在床帐内的静里，把这一分钟拉得无限长。何未在那块腕表的嘀嗒声里，瞧着在这张床上搂着自己的男人。

"昨晚受伤后，还没碰过床，怕睡着了发烧错过时间，"他在湖色的光影里，笑着说，"难得来一次，不想错过你的生辰。"

湖色床帐在灯光里的影子像湖水，她像坐在水里，水波纹般的光晃到谢骛清的眉眼上，在他脸上变幻着。刚才还在想方便门。他换了军装，被藏在院子里这张八步床上，可不就是方便门？她为这念头笑了。

她轻声道："好像你每次来，都是为了给我过生日。"

"想要什么？"他柔声问。

同样的问题。

"谢骛清的一句实话。"她笑说。

谢骛清道："这回，猜不到你想听什么。"

"不能做谢卿淮一样的谢骛清，会不会很遗憾？"她不喜欢别人误解他。

他笑："完璧虽好，世所不容。"

他又说："有弱点，就有机会被收买。杀了我，我的兵也不会是他们的，和我结盟才是他们想要的。如果我是谢骛清，擅长明哲保身，对北面的人来说就有拉拢的机会，他们就少些杀我的念头，让我能顺利南归。如果我是谢卿淮，上次入京，就已经死在牢里了。

"辛亥革命前，北吴南蔡两个将军最有名。北方的吴禄贞抗倭反清，雄才伟略，一代爱国将领却死在了暗杀里。我曾见过这位长辈，他若还活着，如今的西北就是另一番景象了。”

“名声不重要，”他道，“我们这些将领都想死在战场上，为国战死，而不是死在随便谁的枪口下。”

他的声音清润，温柔时，能化了人心。

谢鹜清将灯关了。

他又道：“女孩子找我，也不只为了谈情，许多都是帮人送财的。”

何未被逗笑了，在乍然的暗里说：“那你快去，少在我院子里，多出去见几位佳人。见几次就能有几百把枪，搞不好遇到豪爽的军阀姨太太，就有一架战机了。”

谢鹜清佯作思考：“二小姐不愧是生意人，这笔账算得好。”

两人相视笑了。

谢鹜清系上衬衫，平躺下来。他很累了，须睡一觉。等人躺下，闭上眼，他想到，这样简单庆生的过程也不知道能不能让她真的高兴。

他的呼吸渐平静。

她往锦被里躺，在被子里碰到他的衬衫前襟，想试试他是不是真睡着了，解他刚系上的白色纽扣，一颗一颗。她闻着他脸上牙膏粉的香，悄悄将唇印在他的下巴上。

他十七岁到四九城，站在夜色里城门下看德胜门时，心里只有推翻清政府，光复大义，重振河山……不知儿女情长，该想不到十几年后，会躺在这北京城的一间深宅大院里，躺在一个女孩子的身边，衬衫被解开……

今夜的苏合香是越烧越浓烈。

谢鹜清的衬衫很滑，不晓得什么料子的，倒是白，干干净净的，她摸他衬衫的领子，终是往上挪了两寸，慢慢地将唇压到他柔软的嘴唇上。

她自觉闭上眼，没察觉谢鹜清已睁眼。

等到感觉男人的手压在自己脑后，张开唇，回吻住自己，她像被电到似的，浑身酥酥麻麻的。谢鹜清的手滑下去，隔着轻绡衫子，搂她的腰。

他想睡，就是想避开过于频繁的亲热。

但喜欢的女人解自己的衬衫，亲上来，任何一个男人都无法压制住身体的反应。

谢骛清按住她的腰，和她轻吻。那搂着她的手，越发地热。

没一会儿，谢骛清偏过头，到她耳旁轻声说：“不想睡了？”

她脸热，其实就想亲亲他罢了。

他笑着，摸摸她热乎乎的耳朵：“今晚确实累了。若是做什么，怕顾不到你太多的感受。等过两日再说。”

这回谢骛清真睡着了。

西次间和这里隔着一扇门。

她隐约听见扣青结结巴巴对莲房说，外头落雪了，她年幼长在南方，入京后每年见头场雪都要欢喜雀跃一番。莲房轻声提醒说，里边都睡了，小声些。

这对话，这雪夜，隐隐像曾发生过。在她初见他那夜。

人生在世，不过是一日接着一日，一年接着一年。日日有夜，年年有雪。她趴在枕头上，怕睡得太熟，翻身压到他伤口，特意用锦被堆了个屏障，隔在两人当中。

睡醒时，天还在飘着雪，下不完似的。

谢骛清不在。均姜说他被二先生请去了东院。

她找去书房。

二叔在喝药，谢骛清照例在熏香旁的高背椅里坐着，应该也没到多久，军靴下有化雪的水渍。他正和何知行聊着实业兴国：“国力是根基。我自来敬佩如何先生这种致力实业的。吾辈军人可驱外贼平战乱，而华夏复兴之法，仍在教育与实业。”

何知行笑了笑：“若说实业，香帅为先驱，我等后辈只求延续，勿要辜负前人心血。”

晚清总督们常被人称作“帅”，这帅那帅的，张之洞这一香帅确实当之无愧。冶铁、纱线、棉线、枪厂、铁路，还有兴建的各大学堂，都是为后辈留下来的丰厚财富。

他们说了没多会儿，林骁在外提醒，时间差不多，该走了。

谢骛清等林骁退出，放下茶杯。

“何二先生，”谢骛清立身而起，“谢某今日来，是想当面订下和未未的婚事。二姐电报里说，那日先生没点头。”

何未错愕，在眠鹤吐出的香气里看二叔。

何知行笑着说：“有些话须当面问清楚，再让她自己拿主意。”

何知行跟着道：“将军少年成名，掌两省重兵，位高权重，从各方面看都不辱没我们未未，对这门婚事我是满意的。未未的年纪也当结婚了，她家里的兄弟姐妹在这个年纪早有了第一个孩子，我没道理拦着她。只是你们两个一南一北，婚后如何相处？”

谢骛清和何知行对视着：“等北伐结束，南北统一，我自会北上，常住北京。”

何知行笑了笑：“若北伐败了，怎么办？”

屋内静下来。

谢骛清沉默许久，低声道：“今日当着先生的面，谢骛清做一个承诺。在我和未未的婚姻上，未未有全部的自主权。她可以随时结束这段关系，不必征求我的意见，谢家也绝不会有异议，更不会阻拦。”

“那谢将军自己呢？若你身不由己，负了她当如何？”

屋子里再次静了。

其实只有几秒，却像过了许久。

谢骛清凝视着她的双眼，说：“家国与卿，皆可舍我，绝无我负二者之日。”

她敛住气息，和他对视着。

何知行轻叹口气，手撑着卧榻欲要起身，何未想扶住他。他摆摆手：“在此处等着。”他慢慢撑着腿，让膝盖适应站立的承重后，去书桌旁，亲自研磨了墨。

她和谢骛清跟到书桌旁。

直到二叔写完一张纸，吹干墨迹，交给谢骛清：“这是未未的生辰八字，你先带回去。北伐之后，再来下聘。”

这是驳了他们现在结婚的想法。

“好。”谢骛清略一颔首，答应了。

他将那张纸接到手里，对折，放入军装内。

因北京饭店遇刺一事，谢骛清的行李已搬到六国饭店。

何未送他到大门口，在门内告别："二叔万事都为我想，你别介意他说的话。"

谢骛清似不在意方才的事，反而说："在天津我有个小公寓，原想从奉天回来带你去，"他停了一停，道，"是给你的二十岁生辰礼。"

她故作轻松地揶揄："看来，你在北方有不少房产。日后要好好查查了。"

他笑。仅有两处，如今都是她的了。

她不舍地目送谢骛清迈出大门，在门外等候的十几个军官的围护里，上了轿车。

大门外积雪厚重，茂叔带人铲着雪，见谢骛清的车要走，过去打招呼让他们再等等。林骁好脾气地立在车旁，说，没关系，等着就好。

在外人眼里，谢骛清只是今早刚到，无人知晓昨夜西院住着谁。

谢骛清靠着车座椅，闭目养神。

林骁上了车。

谢骛清轻声说，不必等了，绕路走。不然，未未一直站在门内等着看车离开，太冷了。

回到书房，何知行问她："怪二叔吗？"

她轻摇头："二叔不点头，我不会嫁的。"

何知行轻声道："他和召应恪、白谨行不同。二叔不反对你们谈感情，但现在结婚会惹来许多的麻烦，甚至是杀身之祸。"

见她难过，二叔一叹，又道："执意要结婚的话，至少等南北开战，看看真正的形势。"

二叔有话没说完，他也想看看谢骛清娶她的决心。

上回他身为人质，那些老狐狸表面功夫都还是要做的，如今却明目张胆至此，就在北京最高档的新饭店受了伤。听闻此事的谢家和四个小姐的夫家，还有相关联的人都致电问责。

其中一个人还是当年在北京主导囚禁过谢骛清的，下台后搬到了天津租界养老。那老狐狸特地发电报，"义正词严"指责行刺的军阀残害爱国将领，仿佛忘了先前自家做过什么。

《京报》上，也在昨日对此事有了大篇幅的抨击文章。文人的笔，军阀的枪，已在北京城对峙多年，这一届军阀刚上台，对民间的风评十分在乎。听说当天就有人带着大笔的钱财，去到魏染胡同，想买那个记者封口，不过被赶出来了。

何未翻看着会客室的《京报》，想到那位在火车上见到的记者。

文章配的照片是北京饭店外景。虽有谢骛清的名字和两位遇刺代表的名字，却不见本人照片。以他的谨慎，是不会在报章上留下照片这等东西的。

“二小姐今日生辰吧？还来办公？”经理端茶进来。

“没事情做，就来了。”

“生辰日，该去消遣的。”

“每天都在陪着人消遣，今日不想去了，”她合上报纸，“以后办公室不要留报纸，多准备些无关紧要的书。不然被有心人看到，要找我们麻烦。”

经理谨慎应了，收走报纸：“职员去报社送船票，顺路带回来的。”

航运公司在一个四合院里，是昔日何二家，二叔买下官宅后，将此处做了办事处，离报社所在的宣南不远。宣南一带是闻名全国的地方，是文人荟萃之地。过去有“宣南士乡”的说法，入京赶考备考的学子住在这里，而如今，这里和《申报》所在的上海望平街齐名，是中国的两大报业中心。

北京这里最有名的报纸就是《社会日报》和这个《京报》，两个主编不是经常在牢里走一圈，就是被下格杀令。

她在家里心乱，想来办公室找些事情做。

北京办事处空了一个月，堆积了许多账目。除了会计，在整个办事处只有她看得懂。

过去她最头疼学这个，有一日家里的老账房先生说，那些前清王爷、达官显贵的家产败得十分快，有生活奢靡的缘由，也有他们本身不会算术，常被家中账房糊弄的缘故。旧社会里的公子文人以不摸算盘为荣，对他们而言，那一双手就是用来捧书写字，握杯持筷的。

她被老账房先生一说，倒有了学的兴趣，渐学出滋味，入了门。

她捻着精巧的玉算盘珠子，看账入神，经理叩门，说家里有电话过来，但接不通办公室这里的电话机。何未看账目喜安静，习惯将电话线拔了。

她插好，拨回去，接电话的不是莲房、均姜，而是七姑姑。

七姑姑接了电话，只说一句："先回家，现在就回来。"

电话挂断，她不敢耽搁，拿上手袋，匆匆离开办事处，坐上了车。

一路上心惊肉跳，后悔没多问一句，以至于根本不晓得发生什么。

何未催得急，车在路上两次打滑，她定了定心，说："照常开。"万一撞到了，怕更拖延到家的时辰。

一进府里，莲房就满眼的泪，上来抓住她的两只手："二先生……"

何未见她这般，心急如焚，抛下莲房往东院跑。

她跑着，猜想是因自己和谢骛清的事，让二叔闹到病发，心如刀绞。未料，一跑进东院，就看到里里外外站满了人，都是何家宗族的小厮。而那些主人，全都在二叔住的正房里坐了个满满当当，何未一迈进去，见着自己的亲爹就晓得这回是因为他。她刚要往卧房走，瞥见正房厅堂的桌上摆着一个牌位，上写着"何汝先"。

她心中一震，欲要质问父亲为何祠堂的牌位在此处，被立在卧房门口的七姑姑叫住："未未，先进来。"

何未强迫自己冷静，在七姑姑挑开的帘子下，进了卧房。

暗金色的帘帐里，二叔无知无觉地躺在床榻上，面色苍白如纸，一旁是家中的老中医，还有茂叔和均姜。何未眼一红，眼泪直接掉出来。

她想握何知行的手，怕自己手凉，挨着床边坐了，轻声叫："二叔。"

"现在听不到，"老中医低声说，"等等看天亮，也许能醒过来。"

在壁灯的光里。

她看着何知行的面色，眼泪在脸上，屋内无人再敢出声，都担心着何知行。

而隔着一道墙，外头却热热闹闹的，仿佛宗族间的寻常串门。有人问，何时准备晚饭，是叫来这里吃，还是去定个酒楼。有人假惺惺地说"二哥还没醒呢，家里吃吧"……

七姑姑把卧房的门关上，稍许挡掉了吵闹。

何未压住泪意，低声问：“他们又做了什么？”

“他们把大公子的牌位拿过来，当着先生的面说，这是个逆子，牌位不要了，”茂叔带着鼻音说，“先生同他们理论，他们说，这个儿子是老大家里的，牌位扔掉，也没人能管。若想牌位入祠堂也可以，先把属于大公子的家产给老大家。先生急火攻心……”

当初南洋出了事，本来二叔有机会派船去接哥哥回来，但就是那时候，何家和何二家斗得厉害，用了关系在码头扣住全部的船。二叔求了数日，才见到何未的亲爹，一见面就被要求把儿子还回去，亲爹想着二叔没了儿子，有助于夺走航运。二叔没犹豫，当天就签下文书，把哥哥还了回去。

但还是晚了。

何未在一扇门内，听外头人吩咐莲房准备饭菜。

她将锦被往上轻轻拽，为二叔盖得严实了些。她在安静里，将锦被的边沿都慢慢地掖好。她试了试二叔的手，有些冰。她去铜盆旁，拧干净了热的白巾，回来给二叔擦了手。

随后，她把眼泪擦干净，白毛巾递给茂叔，走向门边。

她轻声道：“把我们护院都叫过来，拿上枪。”

她见七姑姑担心，对姑姑笑了笑，轻摇头，暗示没关系。

茂叔打开门，快步而去，她则立在门内，没着急出去，算着茂叔叫护院的时间。

外头很快静了，该是茂叔带人来了。

何未的亲爹走到门外，沉声道：“何知行，你不要躺在床上不管不问，看看你家里的下人，都敢拿枪来了？你们家这是要做北京城的军阀？要把我们杀了还是关起来？”

何未掀开布帘子，朝着正当中的亲爹走过去。

“我爹睡下了，”她道，“诸位有事，可同我说。”

亲爹看着何未微红的眼，白巾能拭泪，却没法儿掩盖哭过的红：“你做不了这个主。”

她道：“自我爹病重，家中做主的就是我，再无第二个人。”

何知俨看着何未，沉声道："真是被何知行惯坏了。好，今日就让你做这个主，有关牌位和分家——"

何未打断亲爹，直接问："你们要多少钱，才肯把哥哥还给我？"

一语惊了在座众人。

这里大部分人都在第一次打官司前和何未打过交道，晓得她性子与寻常闺秀不同，但没料到一次比一次荒唐。

何未看着亲爹的那双眼睛："开不出？还是不晓得航运值多少，怕开少了？"

她和亲爹对视着……

"荒谬！"何知俨沉声训斥。

"我们今日来，不过替汝先要回本该属于他的，"有叔叔道，"须你们二房分家。这主，你确实做不了。"

她直截了当地说："分家，绝无可能。问我是这句话，问我爹，也是这句话。"

何未看着满屋子的人，亲爹和叔叔们也都看着她。

她轻声道："既然不肯开价，那牌位，"她静了许久，才说，"就随你们处置吧。"

在场众人，包括七姑姑都错愕地看着何未。

何未又道："哥哥是个孝顺的人，绝不想看到爹因为一块牌位被逼到气死。我今日就替他做了这个主，"她望着亲爹和其身后的叔伯，"牌位，我们家不要了，我自会立一块新的，这个任你们处置。"

屋子里静得吓人。

亲爹面色难看，身后有人提醒何未："你可知道，这不仅仅是一块牌位的事……你今日说这话，会让亲哥哥不能再进祠堂。"

何未慢慢地说："我知道。"

她看着亲爹何知俨，说："你有十几房姨太太，最不缺的就是子女，可你从来不配做爹。当初哥哥拒绝帮你，他亲生母亲重病到死，你都不让他见一面。这就是你们的孝道，只要子女不帮亲生爹娘作恶，就是大逆不道，就该死。"

"我哥哥从未欠你什么，我也不欠你的，"她接着道，"从今往后，我都不会再进祠堂，进何家大门。想见我，递名帖过来，想抢什么，找律师来和我打官司。余下的，再无可说。"

她最后道："茂叔，送客。"

她和何知俨对视着。

"好……好！"何知俨沉声道，"我今日就顺了你的意！"

她看着亲爹走向牌位，心一抽抽地疼着。她猜得到亲爹要做什么，刚做下这个决定，就做好了面对一切的准备。若哥哥在，也会如此选。活着的人，比一个牌位，比族谱重要。二叔经不起这一次次的折腾了……

在刺目的灯光下，何知俨拿起牌位，一步步走过来，他在等着何未求饶，但何未没有。他怒从心头起，一狠心，猛将牌位摔到了地上。

一声碎响。何知圻失声叫了一句"大哥"。

溅起来的木头碎屑砸到何未脸上，单薄的木牌位摔成了两段。

"大少爷！"茂叔大怒，举起猎枪，冲进来，把摔碎的牌位抢到怀里。身后十几个护院纷纷举枪，对准屋内的人。

屋内吵闹成了一团。

年纪大的三叔、四叔已经和何未在报纸上断交过了，也不怕闹翻，扶着何未亲爹，指着何未怒骂她不孝不义，逼亲爹砸亲哥哥的牌位。

几个年纪小的叔叔两边不想得罪，有劝大哥的，有劝何未的。虽不想何未占上风，但好歹是航运当家做主的人，只要不撕破脸，日后再不济，也能帮一把亲叔叔们。

……

何未一动不动。哪怕手指甲已经抠到肉里，她都站定在原地，定定地看着自己亲爹，双眼完全红了。她喉咙口像被火烧上来，牙根像被咬得渗出血。

"未未啊！一家人为什么要闹到这地步，你亲爹也是被气冲昏了头！"有叔叔劝。

"早说了，这丫头就是心思毒！"何知俨被一个叔叔扶着，重重喘着气。

……

"茂叔，"何未赤红着眼，一字一字地说，"赶人。"

"滚！都滚出去！"茂叔红着眼。

在十几个枪口的逼迫下，叔叔们忙着往出走，在各自小厮簇拥下败兴而归。

从大门到内，重重院门被关上。

家里归于平静。

何未从茂叔手里拿走哥哥的牌位，蹲到地上，小心翼翼捡起几块小的碎片，背对着家里人和七姑姑，进了东面的内书房。她反手把门拉上，扣了门闩。

然后，慢慢蹲下来，坐下，把怀里的牌位放到了地上。

她从天明坐到黄昏，再到天黑。

没人来打扰她。

她脸上的眼泪干了又流下来，如此反复几次，最后眼泪都没了，只是觉得累。这屋子其实挺冷的……坐在地上更冷。

身后，门被叩响。

她没动，想问，没力气。

叩门的声音在她耳边，像敲门的人辨出她的影子，晓得她靠门坐着。

"未未。"谢骛清的声音隔着一块门板，在叫她。

她手脚忽然麻了，应该早就发麻没知觉了，只是谢骛清把她的意识拉回到身体里。她低头，眼泪再次掉出来。

"是不是坐太久，累了？"他声音更轻柔了。

她轻轻地"嗯"了声，像委屈的孩子。

"不要动，我进来。"

门上，伸进来一把薄如蝉翼的匕首，一下子就挑开了门闩。谢骛清推开半扇门，军靴上的雪落在地板上。他蹲下来，沉默地伸出两手想要抱她。

"我哥……"她怕他碰到地板上的牌位。

谢骛清从怀里掏出手帕，盖住牌位和小碎片。这才小心搂住她的腰和腿，把她从地板上抱起，走到书房的卧榻前，轻放下。

他找到莲花罩台灯的开关，解开军装遮挡住一半能照到她的灯光。留下一半，去仔细捡起牌位和碎片，放到书桌上。

何未看着他做完所有，回到自己身边，手被谢骛清握住。

谢骛清在雪天匆匆赶来，手十分冷，没有摘手套，而是隔着手套的布料，轻握着她冰凉凉的手。

"我让他们……把我哥……"她眼泪往下掉，再说不出。

后背被他的手按住，她终于脸靠到他的肩上，咬着嘴唇哭出了声。

谢鹜清从认识她，就晓得她是忍泪的性子，听着她的哭声，只觉得血都渐渐冷了下来。

何未没吃没喝，受此冲击，哭完就睡在了他怀里。

谢鹜清让均姜抱来锦被，加炭火在书房，看她睡得熟了，走到东院的院子里，在假山旁的紫藤架和一小块紫竹旁站着，问林骁要了烟，他含着烟在唇间，掏出火柴点燃了。一点红光在指间。一根抽完，跟着又接了一根。

林骁想问他，有没有和何未说，但想想，此刻不是问的时候。

下午有人监听到西北军阀和谢鹜清死敌林东的电话内容。他们得知革命军要东征，算到谢鹜清不日就将南归，已设下杀局。

对谢鹜清的仇家来说，像他这样的将帅，肯离开军队和将士到完全无法掌控的地方，这种事千载难逢。如今兵力最强的奉系将军们都不敢南下冒险，谢鹜清却连着北上两次，如果第二次还不能要了他的命，简直是浪费老天给的机会。

林东之前失手数次，这次打定主意，一定不能让谢鹜清活着南归。

谢鹜清知道无法再留，和心腹们定了金蝉脱壳之计，就在今夜，以北上奉天为由，先辗转到苏联，再想办法回广州。

“林骁。”谢鹜清轻声叫他。

林骁刚要答。

他已轻声说了下一句：“将行程推迟两日。”

竹林沙沙，北风卷着雪，打在谢鹜清的面上，还有手上、赤红的烟头上。

林骁不答。事关谢鹜清的生死，他不能答，但也无法劝。

谢鹜清从腰后掏出了枪，退膛了一颗子弹。

他递给林骁：“找两个信封，一个装上子弹送给临时政府的代表秘书，一个空信封送给六国饭店的郑渡。今夜你带人往天津去，包一节车厢，请九先生回京。”

林骁追随谢鹜清多年，见他点名这两位刚结识的军阀要员和公子，就领悟到谢鹜清要动手了。谢鹜清最擅长借军阀的刀，除想除的人。在这方面，他不喜损耗自己的兵力人脉，更不会找真正的朋友来做，怕脏了亲友的手。

而每每借刀时，谢骛清还有个喜好，喜欢挑认识时间最短的军阀中人。新刀子最锋利，刚认识的人急于示好，办事最快。

林骁接了子弹，匆匆而去。

谢骛清又叫来另一位武官，耳语数句，吩咐了第三件事，让武官也走了。

最后，他让人把轿车上带来的资料整理好，等着客人来。

不到一个小时，代表秘书先到了。

代表秘书看到子弹首先想到的是天津火车拦截的那桩事，从那日谢骛清当面击毙要犯后，他就日夜难安，懊悔帮那位司令劝说谢骛清，只觉得这一颗人头早不是自己的了。一见子弹，他自知命将不保，豁出去来见这位索命阎王，只求一条生路。

他带着心腹到何二家的东院，留人在书房外，独自一个迈进门，一见谢骛清在喝茶，膝盖发软就要跪，被谢骛清身边的军官扶住。

“坐。”谢骛清指座椅。

谢骛清命人将两捆文件放到他面前，秘书翻了两页脸更白了，全是他数年来和南方几大军阀往来的证据，若让人知道他身处奉系，却结交南方军阀……后果比死还可怕。

秘书手压在那两捆文件上：“若为那日火车站的事，少将军只管让人带句话，卑职直接把自己崩了让少将军解气，何须拿来这些……”

谢骛清但笑不语，轻挥了一下手。

拿资料的军官立刻把那两捆证物放到了火盆旁，蹲下身子，开始解捆纸的绳子。

谢骛清说：“南北形势变幻莫测，你为自己多谋几条退路，情有可原。”

军官开始一张张地烧了起来。

秘书如蒙大赦，盯着被烧得旺的火盆，低声道：“将军大义！将军若不嫌，日后我就是您的一个朋友，永不会伤害您的朋友。只要将军有吩咐，刀山可平，火海可填。”

读书的端了茶进来，秘书受宠若惊。

秘书继续表着忠心：“当然，做少将军的朋友是我高攀了。只是有许多的小事情，根本不值得将军去费心的，交给我就好。”

谢骛清端了茶杯，状似不经意地问：“何家若有变动，以你的了解，会有什么人插手？”

秘书当即明白，是二小姐和她亲爹的旧怨。

秘书道：“何家过去做钱庄生意，如今已不行了。他们最有名的就是二房和九房，也只有这两房有真正的朋友。若是寻常变动，还有人伸个手，若性命攸关的——”秘书轻摇头。乱世之中，自顾不暇，不是生死之交谁会管。

谢骛清微微颔首：“你说的，我都知道。”

秘书醒悟，谢骛清问这句话，不是为了解情况，而是让他去做。

秘书立刻放下茶杯，保证道：“哪怕天大的变动，我都保管大家只看热闹，绝无人关心！”

这位秘书来时只觉命悬一线，走时像捡回了一条命，心中欢喜全显露在面上。

读书的换了一道茶。

一位穿着奉系军装的参谋被引入书房，那人一见谢骛清就连连道歉说，郑家公子醉得不省人事，参谋自作主张先来赔罪。

这是一个借口，谢骛清空信封送上门，谁都猜不透他的心思，郑渡哪里敢离开六国饭店。

谢骛清让副官抱着另一沓资料，放到参谋面前。这是何知俨和昔日得势、如今落魄的军阀之间的钱财往来存证，行贿数额巨大。他对何家大房早有除掉的打算，不管是为了未未，还是为了航运，何未亲爹都留不得。

但碍于未未对母亲的眷顾，所以留着这些，始终没动过，想等到非动不可再说。今夜，他把何家这一块大肥肉送到了郑家公子的嘴边，咬下去就是白花花的银子，一咬一个准。不管下牢抄家，还是查封钱庄，想怎么吃怎么吃。

“卑职不大明白，还请少将军明示，”参谋试探道，“否则公子爷问起来……”

“这是给郑家三小姐的一份薄礼，”谢骛清轻描淡写地说，“日后再北上，一餐便饭即可。”

参谋连连应是，算有了能回禀的话。

这是一个最轻便、最不麻烦的理由，而背后的事就不是他一个参谋该问的了。

参谋离开没多久，六国饭店直接来了电话。

那个在参谋口中醉得不省人事的郑家公子在电话里，笑道："一桩芝麻绿豆大的小事，怎么值得鸳清兄特地送信过来。不过，我晓得能给鸳清兄办事的人数不胜数，你这是给我一个交心的机会。"

谢鸳清没回答，等着郑渡往下说。

如今北京是奉系的，自然让他们做最方便。他在一群人里挑了郑家小公子，是知道郑渡贪财，必会速战速决，唯恐这块天上掉下来的肥肉落到外人嘴里。

谢鸳清需要的就是快，他须眼见何家大房倾覆才能放心走。

郑渡又轻声道："我刚才问过，这家人也就是开了几个钱庄，死命攀附着何二小姐这个富贵亲戚。鸳清兄放心，今夜这件事就会办妥。"

郑渡最后在电话里说："听闻二小姐今日生辰，稍后便有厚礼送到府上，还请鸳清兄替在下转交。"

谢鸳清将书房的听筒放回原位。

读书的满身雪地跑进来，对他小声道，二小姐睡醒了。

内书房里。

何未看着桌上的清粥，渐渐听到军靴走在地板上的声响，她红肿着眼睛，望向来人。

方才卧房那里说二叔情况稳定，她放了不少心，心情稍许好了一些。只是心里愧疚难消，没护住哥哥的牌位。

谢鸳清挨着她坐下，端起白瓷碗，用勺子舀起边沿的，递过去。何未抿了一小口。

"为什么不找我？"谢鸳清问，"至少先给我去个电话？"

她轻摇头。早习惯面对这些，想不到求助。

谢鸳清慢慢给她搅着清粥，让热气散得快些："烫不烫？"

她轻点头。

谢鸳清又舀起一勺，自己吹凉了，再喂到她唇边。

粥喝了半碗，她身上渐暖和了。

何未靠在他胸口，感觉到谢骛清像在学人哄孩子的动作，轻拍她的背。不过这法子是有效果的，她很快就靠着他犯了迷糊。隐约里，似乎谢骛清在对自己说话，声很轻，像真的又像已经睡着后的梦。他说："若不是你二叔在这里，真想带你南下。"

夜里均姜来，说东院大书房有电话找谢骛清。

谢骛清将熟睡的何未交给她，去了大书房。

他在无人的屋子里，拿起听筒："我是谢骛清。"

"我现在朋友的家里，没人监听，"林稚映的声音说，"在广德楼人多，有些话不好说。"

她又道："当年因为我害了你，这句抱歉一直没机会说。"

当年林东抛出一个女儿来，先是想结亲，后又用女儿被困做诱饵，诱杀谢骛清。谢骛清对这位小姐没什么特别的感情，但因她是父亲挚交之女，就算没有结亲的事，他都不可能不去救，才因此中了圈套。

"当年的事，是我同你父亲之间的恩怨，"他说，"你我之间，并无仇怨。"

电话里静了许久。

林稚映轻声问道："如果有机会的话……少将军愿意放下过去吗？"

他和林东就算放下私人恩怨也不可能讲和，林东只想做一个占省为王的军阀，他们本质就不是一路人。但以他对林东的了解，此刻的对话必会被林东知道，或者说根本就是林东有意放消息给女儿，用来试探或是迷惑他的。

"那要看令尊拿出的诚意有多少，"他如同在说着一桩生意，"也许我们还有坐下来谈的机会。不过要等一个月后，我离京南下，再议定见面的细节。"

林稚映高兴应了。

电话挂断。

谢骛清定下金蝉脱壳后，就先下手，揭发了一个林东身边投诚西北军阀的叛徒。希望这件事和林稚映的消息能迷惑他两日。两日即可。

翌日清晨，何知行醒了。

何未喂二叔吃了药。老中医为她宽心说，这算从鬼门关回来了。

她开心了不少，让均姜早餐准备丰盛些，和谢骛清浴在冬日的青白晨光里，在内书房卧榻上，靠着矮桌吃早餐。

他见她心情不错，说："有件事须先同你说。"

她疑惑看他。

"何知俨行贿议员，昨夜钱庄已被查封，现在他已经被扣在了宅子里。"

她意外，心情忽然复杂。

多年来，她都盼着亲爹能为昔日做的受到惩罚，可想到娘日后的生活……

"何知俨的行贿罪名是真的，"谢骛清对她说，"这是他咎由自取。他的罪名和你没关系。"

谢骛清有很多种方式，选了一种让她最能接受的，且对她最有利的。行贿坐牢是理所当然，谁检举都一样，何未不会被人过多指责。

"至于何家大房，有召应恪在，"谢骛清又道，"他会想办法为他们留住一些东西。"

这就是谢骛清让武官做的第三件事，通知召应恪。召应恪是谢骛清为此事有意留下的一个口子，用来将此事控制在一个可接受的范围内。他怕自己走后，郑渡做得太过太绝，或是有人趁火打劫，牵连太多人，反倒让未未最后对母亲和何家有了愧疚。

而召应恪是名正言顺的女婿，可以管，也有管的能力。

且以召家家风，召家绝不会帮何知俨。何知俨是板上钉钉，逃不掉了。

何未因他一席话，放了心。

往日许多事早寒了她的心……但她仍希望母亲生活得好。

她咬着玻璃杯边沿，瞅着他："你好像，什么都算好了。"

谢骛清微笑道："你以为我过去的常胜，都是侥幸？"

与战场比，这些都是小把戏。

太阳光越发地亮。

他能清晰看到她在日光里的额角碎发，像绒毛。

读书的进来说，郑家公子让昨夜来过的少校参谋带了不少兵来，说是听闻谢家公子在北京城要留一个月，前来护卫的。

谢骛清毫不意外，昨夜电话后，他留在北京城一个月的假消息已传出去了。

她好奇："是那日广德楼的郑家公子？"

他颔首："对，他叫郑渡。"

"他值得相信吗？"

"不值得信，"谢骛清不甚在意，"不过好财，可为我们所用。他三姐是我三姐留学时的同学，值得信任。"

她轻点头，记下了。

"晚上临时政府在六国饭店有个舞会，早定下的，"他说，"我六点须到饭店。"

那估计要明天见了。

"结束了我就回来，"他说，"无论多晚，都回来这里。"

谢骛清看她惊喜地笑了，人也跟着轻松了。

他想晚些说要走的事，两人在一起的时间不多，能多高兴一个小时都好。

"白天没事的话，我们出去晒晒太阳？"她问。

门口读书的紧张起来，林骁走时叮嘱过，能不出门就不要出去。

"好。"谢骛清直接答应了。

"不过二叔在府里，只能在内城走走。你想去哪儿？"

"想看一些，"他想想，说，"没看过的。"

没看过的？

她皱眉："你这两次来，都是名义上的贵客，还有什么是你没看过的？"

他笑："想看二小姐这两年真正做的事。"

"真正做的……"她回忆，"我带你去看一样和航运无关，和二叔也无关的。"

何未让谢骛清的司机开去前门外。

谢骛清没多问，等着她揭晓。

绕到前门外，在满眼的人力车，零星的自行车，还有牵着骆驼的人当中，耐心坐在车里等着。等着等着，就见一辆铛铛车沿着土地里的铁轨道驶过去。

"跟着它。"何未说。

他们的轿车缓慢行驶，跟着那一辆挤满乘客的铛铛车，没多会儿车便靠到路边，等车的人往上挤着。售票员穿着蓝色布袍子，脖子上挂着卖票的布袋子，拿着红蓝笔，一张张捻着票。“这个我参了股的，”她对谢骛清说，“刚开通没多久，只有这一条线路。等先运行一段时间，再开新线路。到时候满北京都是铛铛铛铛的声音，就没这么挤了。我们就能坐了，悄悄坐。”

电车公司是官商合办的。

当初投钱的时候，说要买上海法租界的那种车，都很有热情。

“你别看只是一个电车，为了能支持运行，还要建自己的发电厂，”她说起这个是一肚子苦水，“我是真没想到，做铛铛车，要去关心源头发电的问题。”

她发现谢骛清听得认真，就讲得更详细了：“建发电厂要有水，但北京这里没南方水源多，要先请专家勘测水源，后来发现挖井完全满足不了电厂的需求，选址就又局限了很多，只能选有河的地方，”说起这个，又是一肚子苦水，“等选了址，地皮也买了，又出事了。附近的村民对电厂不了解，害怕这个东西，那些乡绅想从中捞油水，就鼓动大家一起抵制。京兆尹公署只能在当中调解，他们投诉，我们申辩，闹了好几年。”

她无奈笑笑：“大家最后都烦了，问我能不能不建这个电厂，或是换个地方。我说换个地方没有水源，厂子发不出电，用来养鹰吗？”

那些大老爷喜欢以养鹰为风雅趣事，被她当时一说全笑了。

“我给他们讲，没有电厂，我们只能供得起几辆车。北京城有多少人？”她指远处的铛铛车车尾，“你看现在也是，车太少，站在车尾外的人多危险。等电厂建好了，就能有更多的线路，更多的车，像租界里一样。”

那些大老爷就笑，说她总能找到理由。

“他们就笑着问我，何家不是有电厂吗？我说何家电厂小，供电灯都不够。他们就说，现在电费那么贵，二小姐你如此上心，是不是想多建厂子，多赚钱。”

谢骛清听得笑了。

她也笑：“我说，旁人我不知道，何家做生意当然要赚钱，不赚钱怎么开拓更大的市场？我就指着广德楼里的灯泡问他们，你们晓得北京、全国能装得起电灯泡的人家有几个？装灯泡不贵，但电费贵，一般人家用不起。现在的电费贵，不就是因为厂子少，物以稀为贵，供电量少，电费不就贵了吗？电厂多了，电费才能降下来。”

总之，真是千难万难：“最后，申辩终于通过了。浪费了几年。”

她说到这里，发现车内静了许久，连司机都津津有味地听着。

“你们对这个真感兴趣吗？”她悄悄问谢骛清。

谢骛清颔首，对她轻声道：“你不讲，我都不知道，想经营电车，还要先建电厂。”

这就像想开卤肉店，却要自己先开养殖场，想卖衣服，自己先种棉花，令人无法想象。说到底还是底子薄，实业须一步步来，须有人铺地基、打基础，无法速成。

她这两年一旦想开拓什么，都能深刻感受到二叔和哥哥当年开拓航运的艰辛。

“等南北统一了，何小姐也去南方建更多的电厂，”读书的看着远去的铛铛车，说，“我们给你打通南北，你建厂子。我们那里河多，水更多。”

“好，”她笑，“一言为定。”

车到烟袋斜街，何未让司机停下。

前排司机和读书的紧张着，怕谢骛清下车。

“你在车上等我？”她在热闹的地方，倒是有这个戒备心。

谢骛清径自打开车门，下了车。

他来北京三次，第一回急着去打仗，只看了眼深夜德胜门城楼；第二回急着去打仗，看了眼夜色下的安定门。

而第三回，仍是急着回去打仗……他却想最后陪她走一回阳光下的四九城。

这附近是京中的“小琉璃厂”，清政府一覆灭，那些王公贵族没俸禄没前程，又不会做生意，都到这里变卖古玩字画。宫里的太监们也常偷了宝物来卖，被生生卖出了一个文玩市场。

不过她来，是想去晋宝斋买二叔最喜欢的盒子菜。

精雕细琢的木盒子里边有各式的酱肉火腿、熏鸡腊鸭，还有小牛肚这等食物。过去讲究些的文人，还有官宦人家招待客人，总喜欢叫盒子下酒。

京城的盒子铺多，各有各的特色，她偏好这里，想让谢骛清尝个新鲜。

晋宝斋临着一家纸笔铺，有不少穿着蓝布学生装的年轻人进出。

何未进晋宝斋前，有两个男学生站在纸笔铺前的空旷地，发表救国言论。在北京这不少见，进步学生们经常跑到闹市区即兴演讲，宣传反军阀反封建，一旦管理治安的巡逻警到了，就一哄而散，去下一个地方。

她让谢骛清等着，自己进了铺子。

那两个学生说得慷慨激昂，有漠视路过的，有瞧热闹的，也有进步男女学生们围拢过来，听着他们说的。谢骛清在人群之后，他怕跟随的众多兵士打扰这些学生宣传反军阀，让跟随自己的人，还有郑家参谋带人去远处，只留了四个军官在身边。

有一个发现谢骛清，拉住正在讲话的男学生。

那些学生分不出各地军装差别，谢骛清理所当然被认作了军阀中人。

男学生话说到一半，围观的人正多，此刻走，被全部人看到他见到一个军阀头目就要跑，岂不是成了笑话。少年人仅凭着勇气撑着，直视着人群外的谢骛清。

围拢的人群全都自觉让开，都认为这学生今日逃不掉了。有三个在一旁、穿着蓝布袄裙的女学生却悄悄往前站，想保护那素昧平生的爱国男学生逃走。

远远近近的人，这一刻安静着。

何未提着一个精雕的木盒子，迈出晋宝斋，听到少年的声音带着赴死的勇气问："这位将军，你既听到了，我想问你……问你对这次南北和谈的形势的看法。你认为北上的人是在做白日梦吗？你认为……他们是被骗了吗？他们失败了吗？败给奉系和临时政府了吗？"

何未看向谢骛清。

在日光里，整条街的积雪都被扫到了每家店门旁，墙根下，当中的路被来往的人踩得不见白雪，而是泥泞混着冰碴。大家的鞋都是脏的，谢骛清的军靴底下也是泥水。

他是远道而来的人，跨越几千里到这里，还是头回被人直接问，你们失败了吗？

谢骛清慢慢将两手倒背到身后，让学生们看到他没有拿枪的打算，减少他们心中的恐惧。

"北上的人已经失败了，"谢骛清直面事实，"败得十分彻底。"

人群更静了。

谢骛清接着道："但只有彻底失败，他们，乃至举国上下的有志之士才能认清楚、看清楚，没有一个军阀值得信任。这未必是坏事。"

那个质问谢骛清的学生错愕着，慢慢反应过来，这个站在冬日暖阳里，军装笔挺，如同一个老师般站着的清瘦将军，应该就是北上来谈判的人……

学生情不自禁往前一步，立刻被两个军官挡住了。远处郑家参谋以为谢骛清受了为难，单手扣住枪，刚要叫人，被谢骛清抬手制止。

"将军是北上的？为和谈而来的？"那个学生望着他，黑漆漆的眼睛里有着前所未有的亮，甚至开始泛起泪光，"就算你们败了，我们也在支持你们……"

学生说着，主动往后退了两步，觉得不够，又连退三步。

他带着颤音说："将军放心，我不是要行刺的人，我不会威胁到你。绝不会。"

男学生恨透了军阀，家里的亲人就是被军阀抓壮丁，送到战场上，在山海关被奉系的战机炸死的。这是他平生第一次，心甘情愿地摊开两只手，向一个戎装将领示意自己是无害的，手中没有武器的，哪怕那个将军身边有几十支枪。

谢骛清隔着十余步的距离，看着这个少年，还有他的学生朋友，还有那些早就想要冲上去保护他的女学生。这就是新生一代，并不比当年的"谢骛清们"懦弱。

"我不会怕一个爱国学生，"他说，"离我远一些，你们更安全。"

毕竟，乱枪无眼，真要有人行刺他，站在他身边的人都将是最危险的。

如此冷静又让人难过的话。

何未从人群中挤过去，一手压着自己的宽檐帽，一手拎着盒子，在众目睽睽下走到谢骛清的身边。她压着帽檐的手放下来，轻轻伸到谢骛清的手臂上，勾住他的胳膊："买好了，回家吧。"她轻声说。

就算有天大的危险，也有人站在你身边，而且一定不止我一个，永远不止我一个。

第十章

千秋古城月

他们回到家，何家九爷已等在东院。

何知卿在北京城的宅院没人住，懒得打扫，让人收拾了大书房那个院子，预备在北京住几个月。等何家变动过去再说。

他人一到，两个婶婶到，猫到，茶到。九爷平日喜欢的花样儿多，一起全带过来了。何未进大书房，小婶婶刚挂上常用的珠帘子……

她一恍惚，以为到了天津洋房。

何知卿行动不便，坐着轮椅往她身后瞅："我侄女婿呢？"

谢骛清跟着何未进了屋子。

"我倒不是爱做长辈的人。若不是你要娶我侄女，倒真想和你称兄道弟，"何知卿轻叹，"咱们啊，没这个兄弟缘。"

大婶婶实在听不下去，踢了他轮椅腿一脚。

何知卿一抿嘴，又是轻叹，算了，说正事。

他让谢骛清和何未先坐了："何家的事是家务事，其中弯弯绕绕太多，我懒得说了。不过有我在，乱不了。"

若说起来，北京这一支何家起家，就是因为何知卿的生母。

何知卿的生母生自大贵人家，因同人有过私生子，不得不下嫁给何家，带来的嫁妆让何家有了根基，后来才生了何知卿。所以何家九房的地位历来高。

何知卿自幼受父亲疼爱，在老父临终前，答应过老父，为何家稳固，绝不和大房争抢，以至于多年来被束住了手脚，被逼到天津租界定居都强忍下了。

如今这些绑缚都被谢骛清解开了。

"其实这些侄子侄女对我来说，手心手背都是肉，也不仅仅是因为父亲的嘱咐，想到何知俨一下台，大房那些孩子……"何知卿叹气，"不过是他应得的。你做了好，你做了我最不能做的，余下都是小事。"

在何知卿眼里，以后都是小事情，眼前却有一桩更要紧的。

“我从天津来，耽搁了一班火车，见了青帮的人，”何知卿说，“他们找我，是换一个消息，和你有关。说起来你要谢谢未未，若不是他们听说你和未未十分要好，是不会想到能宰何家一刀，卖这个消息过来的。”

青帮在上海滩和天津卫势力最大。因为天津是水陆交通枢纽，帮会除了大烟、妓院和赌场，另外一大收入就是装卸运输生意，码头装卸，铁路装卸，还有货运仓库，甚至是工厂内装卸，都要向他们纳贡。何家就是做运输的，自然是他们常年要吃的肥肉。

在这上面，一直是何知卿替何未去应付。

“谢将军啊，”何九爷笑着，轻声说，“今晚六国饭店就是你的死局。”

何未愣住。

“南面有军阀买了不要命的人，进去六国饭店刺杀你。你听听，在六国饭店下手，这对头有多恨你，冒着得罪六国的风险也要你死，”何九爷轻声又道，“你该感谢我们未未，他们青帮要赚我们的钱，是不会碰这个宅子的。但凡你换了一家小姐的闺房住，早就在床上身首异处了。”

谢骛清笑了笑。

“我晓得，你心里想的是，杀你没这么容易，”何九爷替他说了，“但就算是猫，也只有九条命。你死了多少回了？自己算算，还能再死多少回？”

何九爷凝视着谢骛清，面上仍有调侃，但眼里的关心是认真的。

他方才说的是真心话，不为何未，他都想和谢骛清成为称兄道弟的朋友。

谢骛清也开诚布公地说：“此事我知道。原本想昨夜走，躲开六国饭店这个舞会，但如今我人还在北京，就没有理由不去。”

倘若不去，必会被对方察觉，那时就是连环杀局了。青帮这一局还能顾着何二家，接下来的也许就不会卖何二家面子，直接牵连她都有可能。

“今夜，我在广德楼包了场，”何知卿直接道，“六国饭店是洋人的地方，东交民巷那一条路不是我们的。但东交民巷之外，四九城内，都是中国人的地方。”

何知卿道：“何家九爷回北京城了，宴客四九城。请谢少将军赏光。”

这就是谢骛清不去六国饭店舞会的理由。

他倒也不怕得罪段氏政府，回去了，就是开战之日，还谈什么得罪不得罪。

“我再多说一句，”何知卿说，“既要走，那便今夜走，那戏楼老板受过我的恩。我能保你出城。余下的路，我相信谢少将军比我有人脉。”

何未沉默到现在，差不多明白了来龙去脉，他本就该昨夜走，为自己留到了今日。

“我该说的全说完了，”何知卿深知牵绊谢骛清的是什么，给何未打眼色，“你们说吧。”

何知卿带大小婶婶一起离开，留了空间给他们。

她轻声问：“为什么不告诉我实话？”

谢骛清要说话。

“我先说吧，”她慢慢地说，“我知道北上代表团路过上海，被英国报纸刁难，被抵制进租界。后来在天津，代表团的人见过奉系，被劝说放弃主张……也知道，临时政府派代表敷衍你们，其实早在北京的领事馆里对各国公使妥协了。”

全部都是从旁人口中得知的，他的不易。

“清哥，希望下一次，这些是你告诉我的，”她轻声道，“我也想知道你在战场上的事，你打赢了谁，受了什么伤。你每天面对什么，只要和机密无关的，就算隔着几千里，我都想知道。我不怕知道，最怕就是糊里糊涂……什么都不知道，你就不见了。”

谢骛清注视着她，一言不发。

她说到最后，终是看向他：“我向你保证，我不是一个你死，就追随而去的人。就算你为国战死了，我都能自己活下去。至多是，下辈子再找你。”

谢骛清沉默着，从她身边立身而起。

他的军装上衣在进门前给了副官，他到珠帘外，拿了上衣回来，将一旁高背座椅拉到她面前，面对着面，坐下。

他从军装内口袋里掏出来了一个女孩子用的白瓷粉盒，盒面上印着红红绿绿的花与叶，当中被花草围绕着一个大红色“囍”。

“前年夏天，友军临阵叛变，我带着人冲破包围，和主力部队走散了。一千多人，最后回来了一百多个，”他握着那个白瓷粉盒，“那时伤兵营有两个女护士，知道我有个女朋友，一次乔装去附近镇子上买伤药时，其中一个给我带回来这个，说是……新娘子用的。”

他沉默了会儿，又道：“后来，她战死了。”

像个普通军人一样战死的。

当时他让人护两个护士先走，两个护士对他说，将军你当初不愿意收我们在队伍里，就是怕我们是女人，要被俘了会被人欺负，总怕我们落在敌人手里，如果到今天你还考虑到我们是女人，优先让我们走，那我们就真成这一千多人的累赘了。她们说，将军，你说过我们两个是伤兵的救世主，救世主怎么能走呢？

她眼有热意：“剩下那个，还活着吗？”

“去了护士学校读书。”

谢骛清拉过何未的手，把白瓷粉盒放到她手心里。

“战场残酷，”他轻声说，“以后我会尽量给你家书。”

她握住那白瓷粉盒，轻点头。

两人四目相对。

“今夜走吧，”她轻声说，“这是最好的机会。”

何未从酒楼叫了主菜，连着买来的盒子菜摆了满桌子。

她亲自去做了九叔爱吃的木樨饭，其实就是蛋炒饭。木樨为桂花，那蛋炒饭做漂亮了，饭上的鸡蛋花就和桂花似的。

“未未做这个是拿手的，八大楼都做不过她。”九叔得意道。

谢骛清拿起筷子，轻声问了句：“喜欢桂花？”

在玉壶春，她掺了桂花香片在茅台烧里。

她点头：“从小就喜欢。”

这屋子，从哥哥走后，头回有这么多人一起吃家常饭。

何未递给谢骛清一碗已经盛好的饭：“多吃点儿，晚上又要喝酒。”

“未未单独给你炒的，饭蒸得软。”小婶婶道。

谢骛清在她的目光里，慢慢吃了两口，像真从这木樨饭里闻到了桂花香。

谢骛清的副官们也被请到了厢房里吃饭。几个姑娘全盯住了旧相识林副官和那位白白净净的读书的。

“你叫什么？”均姜问那个读书的。

“王……堇。”读书的从未进过这么大的宅院，见过这么多和善又好看的姐姐。

“紧张什么，”均姜笑着道，“以后就是一家人了。”

等均姜走了，王堇小声问林骁：“林副官……我这些天一直想问你，将军过去究竟是什么人？日后的太太如此富贵。”

王堇从跟着谢少将军就面对着谢卿淮，不是在战场，就是在军校，没去过公寓和广州城。直到跟着北上才晓得将军还有另外一个名字，还有属于他的家人。他在谢骛清身边算最新的一个，虽在云里雾里，却不敢问，怕说错话，东猜猜、西看看，憋到今日总算问出来了。

“少将军，”林骁笑，“是一个正正经经的世家公子，配得上二小姐。”

王堇愣了好一会儿：“他真会弹钢琴啊？”

“那是自然。公子爷弹钢琴，不只好听，那也是相当……”

养眼。

何家九爷从少年时就喜好在自个儿的府里摆流水宴，从早到晚，好酒好菜招待入京奔前程的人，有武有文、有走江湖的、有从政的……九爷往昔慷慨出自真心，大家瞧得出、辨得清，也因此，同他肝胆相照的朋友数不胜数，有至今还落魄的，更有飞黄腾达的。说九爷设宴，有人直接自掏腰包连广和楼也一并包了场，贺九爷回京。

一场看似为九爷接风洗尘的局，实则是为他饯行的局。

如此风光，也算配得上谢骛清了。

隔着湘帘，戏台上正立着一位名坤伶，嗓子甜润，扮的是《西厢记》的红娘。

这坤伶是京城最有名的，不过今日来的，没一个不是最当红的，九爷的面子请得起。追捧她的达官贵人连包厢都不坐了，尽在戏池子里坐着……

何未立在湘帘后瞧着台下，直到谢骛清一轮被敬酒回来。

外头是叫好不断，声浪难绝。

他的人影进了珠帘子后，布帘子便被放下。

谢骛清微醺着，脱了军装，开始换衣服。军装挂到衣架上，还有他的佩刀，都被留在衣架上，等着装进行李箱。一旁挂着整套熨烫好的西装衬衫。

他穿上白衬衫，再套上马甲，将配枪重新佩带上。

像有系不完的纽扣，从衬衫到马甲，再到西装外衣……

“少将军也不避讳，在一个没出阁的女孩子面前换衣裳。”她轻声玩笑说。

临别在即，她想尽量轻松，笑着送他走。

他也同她打趣：“二小姐每次见我，都在夜里，想避讳也难。”

他一粒粒扣上西装外套的纽扣，看着立在窗畔的她。今日她仍穿着白天鹅绒连身长裙，裙身上的白层次不同，以深浅白珍珠和玛瑙绣着领边、袖口和腰身。肩上披着毛茸茸的狐狸毛，是那种最干净的白，却都不如她的细颈玉面。

这一去又是不知归期，不知何时还能见她瞧过来的一双清水眸。

谢骛清走近，她突然说不出玩笑话了。

只想尽量多看两眼，记深些。

叩门声，在布帘子后。

广德楼的老板亲自送了一大盒蜜饯进来，这是提醒谢骛清该走了。老板眼皮子都没抬，怎么进来，怎么退出去，只留了一句话：这是少将军要的。

谢骛清将蜜饯盒子拿走，底下摆着一张红纸，再揭开……

是一张空白婚书。

“林骁他们都不熟悉这里，只能让老板去准备，”他从西装外口袋拿下一支钢笔，打开笔帽，将婚书铺在桌上。

何未看着钢笔尖落在上头：“清哥……”

他在印着“新郎”两字的下方，行云流水地签下了“谢骛清”三字。

签完名字的他，从西装内拿出了一个小小的金属印章盒，打开，是一个精巧印章。这是用在重要文书上的章，可调动两省重兵，还有他父亲的旧部下……谢骛清除了两次北上已鲜少在人前以真身露面，这十几年来都是见章如见本人。

印章，压在了“谢骛清”三字上。

小小的一个正方形红印，像落在她心上。

最后，他收妥印章和钢笔，将签好名字的空白婚书对折，递给她。

他低声道："若有危及你性命的事发生，拿它出来。若因我危及你的性命，烧掉它。"

她眼一下子红了。

谢骛清给她签下空白婚书，却让她一旦遇到危险就烧掉。

"在你眼里，我是贪生怕死的人吗？"她哽咽着问。

"是我，"谢骛清说，"是谢骛清怕你死。"

她红着眼，和他对视。

他玩笑说："二小姐追求者无数，谢骛清只是其一，不值得二小姐以泪相送。"他总是如此，用诙谐面对离别，好似只是今朝分别，明日便能再见。

他又笑着道："我以半生功名，两省重兵，却换不到你一个点头，随我南下，这一回又是谢骛清求而不得了。"

她被他惹得泪意更重了，说得像真的一样。

门外，门再被叩响。

这是催他走了。

谢骛清要走，被何未轻声叫住："清哥。"

她喉咙仿佛被什么堵住了。

有人已为他掀了帘子，老板笑着道："方才那位爷真是不小心，竟酒泼了少将军的衣裳。你看看，真是，还要劳烦将军过来换身衣裳。"

邓元初在帘子外等着谢骛清走。

她感觉脸旁被谢骛清的手碰到，他的指腹在她脸边摩挲着："保重。"

谢骛清出去后，从晃动的珠帘中穿过，最后望进来一眼。

一串串白珠子在昏黄的宫灯光影里，将他的脸都模糊了，只有那双眼仍如夜色下的什刹海，仿佛盛着满京城的月光，映着她。

邓元初进来，轻声道："清哥怕你太难过，过来让我陪一会儿。"

何未拿起蜜饯单子，将婚书夹在当中，怕一会儿拿出去被人认出来。这物事常见……至少这里的老爷们每个都有过、见过。

她晓得谢骛清还在楼内，不可能出了包厢就走，须过几道场子。也不晓得前后左右的喧闹笑声里，哪处有他。

“清哥给我上了在保定的第一堂课，”邓元初坐到湘帘前，陪她闲聊，帮她缓解心情，“讲的就是在战场上，不只要有为国捐躯的勇气，也当知，为大局、为同袍、为平民，随时要有被舍掉的觉悟。有时为保大局，恰好身处在不会有增援的地方，打到最后只剩下你一个，而后战死，”他停了会儿，说，“这些，都须想透了才会死而无憾。”

她想到他说的“家国与卿，皆可舍我”……竟由此而来。

“那时，我就想，这位教员有东西。不只是凭战功留校的。”

“第二堂课是什么？”她想知道他更多的过去。

“第二堂……”邓元初回忆，“讲的是——上兵伐谋，其次伐交，其次伐兵，其下攻城。”

邓元初想想，笑了：“被他带出来的，都晓得这一课。那年我问他，我是否有进外交部的能力，他对我说，领过兵的人，都懂得先谋后交，其后才是用兵，这本就是必修课，有何不可？”

他又道：“谋和交，是一个高级将领须有的能力。用不好这个，都不配说是谢骛清的学生。清哥在战场上自来是老狐狸，比昔日软禁他的那些人胜上不知几筹，真是狠辣算计。”

何未笑了，心里的难过被这话冲散了一些。

“还是他懂你，”她问邓元初，“准备回外交部吗？”

邓元初默认了。

“晋伯伯没有子女，但关系多，也喜欢你。我九叔回来了，让他为你们做见证人，认一个干爹吧。这也是晋老说的，他想把关系留给你。你若想做外交……”

帘子掀动，她停下。

有军官进来，将谢骛清的军装装箱，这是他一出城就要换回去的。

“替我和将军说，”她轻声道，“苏联自成立后一直被各国孤立，那边航路不好走。而且又是冬天，也没法儿走。何家是最早开航的，在三月。”

“卑职明白。”

军官挺直背脊，对她敬一军礼，拎着皮箱子走了。

楼下一阵热闹，是今夜将要唱压轴戏的坤伶提前出来，带着妆，被人引荐给了贵人。

这位坤伶叫祝小培，就是和邓元初在会馆同居的人。

何未从湘帘下看到广德楼老板，还有几位在高处辨不出面容的男人，众人陪着谢骛清往后台去了……她的少将军，真走了。

这个年，二房和九房一起过的。

那两个亲兄弟聊好喝好，便一同睡倒了。大小婶婶同她回房，三人挤在八步床里，打开木墙壁里的暗格。小婶婶翻出一个寿星公，笑了：“这倒是朴素。”

大婶婶奇怪：“这蜡烛烧过吗？”棉芯顶端还是黑的。

大婶婶习惯性找小剪子，想剪断那棉芯尖尖。

何未一见，抢过来：“这不能剪的。”

两个婶婶过去是看人脸色吃饭活命的，料算到寿星公必然和那位谢少将军有关。

何未用帕子把寿星公裹好，放回去。

大小婶婶喝了小酒，睡得早，她睡不着，下床出去。

西次间里，扣青抱着本书在学英文，抬头一见何未就想问，但努力皱着眉头没问，憋了半晌，憋出来半句话：“小姐你怎么还没睡？”

难得没结巴。扣青这毛病倒也不是先天的，老中医说她没毛病，是心病，要自己想改才能改。所以有时，还是能冒出一句完整的。

但显然，扣青这大半个月始终在努力改，学着改。

每每憋到急红了脸……

“你到底着了什么魔？”她掀开扣青的锦被，挨着扣青，靠到床边，“忽然要改了？”

扣青又憋住气了。

好吧，她耐心等着。

“我、我先结巴着说吧……这不是一两日、日能改掉的。”

均姜翻身，在对面卧榻上说：“我帮她说吧。”

除夕夜，大家不习惯早睡，全醒着。

“扣青和林骁聊得投机，听林骁说，谢少将军谋略过人，没有解决不了的问题。扣青便去求助，求着谢少将军给她个主意，想个法子让她改掉这毛病。”

何未没想到谢骛清还管过这件事。

“谢少将军就对扣青说，若是日后你们家小姐想隐匿行踪逃命，带着你是个危险。你的特点过于鲜明，易容也没用，”均姜也坐起来，指扣青，“这丫头立刻就下了决心。”

扣青连连点头。

均姜回忆说：“少将军当时说，因为扣青是真心实意待你，所以这是最大动力。人心有所向，更易有所成。”

人心有所向，更易有所成。

她品味这句话，仿佛见到谢骛清说这话的样子。

均姜也挤过来：“总是反军阀、反军阀，其实我不太懂的。少将军到底为什么如此拼命？”

何未苦笑。

谢骛清是将军，对他来说，这是人人能拿枪、随时会丧命的乱世。

她轻声说：“军阀在各省，打赢了就收税，打输了就挨家挨户去抓壮丁。许多人家没钱，更没有能劳作的人，全去打仗了……”

而何家是从商的，对税收最了解，更清楚在这方面大家受了什么苦。

她又道：“哥哥过去也在财务部做过，真正交税的只有几个省，其余省全军阀为王，不肯交税给国家。国家做什么都没钱，而他们一个个富可敌国，在各省，什么都能征税，只有你想不到的，没有他们不收的。交粮食税不够，那就交锄头税，从山路走捡了块牲畜粪想带回去当肥料，都要交粪税。还有各种捐，新婚捐、喝茶捐、看戏捐，做和尚也捐。那些司令还嫌不够，还要提前收税，收几十年后的税，有军阀就直接一百年后的税都收完了。交不出怎么办？卖儿卖女，饿死街头。”

还有更可怕的，就是鸦片。这也是谢骛清和她都最痛恨的。

她轻声又道：“各地军阀为了扩军，想着法子让农民种鸦片。清哥多年在外，感触更深。”所以谢骛清想禁烟，简直就是刀尖舔血，何未能想象到他禁烟多招人恨，这是那些军阀的收入命脉，“还有军阀发明了懒税，专门惩罚不种鸦片的‘懒人’。民国初年，鸦片只占耕地的百分之三，现在已经是五六倍了。”

有人戏称，民国以来，军阀战争就是另一次鸦片战争，军阀们争抢土地，争抢鸦片田，为得到更多钱，买更多武器……

没有一个民族，能在这样的环境下富强起来。

也没有一个普通人，想活在这种环境里。

若没人反军阀，日后将会是什么样?

都说一将功成万骨枯，那也该是战场上入侵者的骨，而不是用整个民族的平民百姓来搭功名塔。

年初一，均姜拿了一封信。

何未见均姜忍着笑，像猜到什么，心突突跳起来。

她忙从均姜手里夺走，找了把银色小剪子，整整齐齐裁开。

掏出来叠成四折的信纸，她缓缓打开，见到谢骛清的字迹：

吾妹如握，

今至异邦，甚念。余近日忧南方战况，东征三路，两路皆为军阀旧部，恐有异心，与逆军暗通消息。然，身在北地，被束手脚，只待冬日一过便可南归。东征为一统广东全境，广东稳固，即可北伐，故此一战须胜，更须全胜。

回想当日何二先生一问，似问北伐，实指日后。清多年夙愿在北伐，而不止于此。

列强以租界为国中之国，存虎狼分食之心，国土不全，鸦片难绝，余如鱼游沸鼎中，日夜难安。余之志向，从未有变，为救国而战乃军人天职，至死不悔。而独身三十载，终得吾妹一知己，同为救国强国，实为上苍眷顾。

时至岁末，思乡亦念卿。

念四万万同胞之衣食，亦念吾妹之衣食，思四万万同胞之家国，亦盼吾妹岁岁无忧。

清

一月十三日

她发现信纸有两张，第二张仅有一行字：

清少年入柳营，不善言，提笔念战事，落笔为布兵。余与疆场皆枯燥无趣，幸有吾妹，不嫌不弃。

她不觉笑了。

似是他写完发现措辞过于官方，又觉不妥，添了第二张纸。

她将这第一封家书看了又看，直到脸上有凉意，一抬头，见天上又洋洋洒洒下起了雪。

何未笑着仰头，看落下来的雪花。

听说南方少雪，也不晓得能不能看到如此大雪。广州她还没去过，据说早茶好吃得很。贵州的话……她又想到了那兑过桂花香片的茅台烧，等成亲前，定要去一回的，看看他的家乡，他自幼长大的故土。

她想到在南方声名赫奕的谢卿淮，据说不是在战场，就是去军校。他也许久没回故乡了……不过对于他这类人来说，国即故土。不论尔自东南西北来，民族即为家。

二月一日，段祺瑞政府召开了善后会议。

在善后会议上，西南各省军阀再次提出“联省自治”，仿效西方，建立一个联邦制国家。

对此，晋老用了她的话来评价：“未未说得好，自虞夏商周，我们几千年坚守的都是四海归一。联省自治？那就真没人能管他们，举国上下都是鸦片田了。”

三月一日，国民会议促成会在北京召开。

报纸上登了各界与会者，有许多有名的人，如李大钊、王尽美、赵世炎等。

这个中国新年，谢骛清是在苏联过的。

三月中旬，谢骛清见到了去年从欧洲辗转过来的白谨行，数年未见，白谨行又成熟了不少。两位老友相拥，在房间里松开彼此，打量着对方。

“你什么时候到这里的？”谢骛清问他，示意他坐。

“在欧洲时，许多中国留学生被欺负，那阵我们旅欧支部一直在帮助留学生转学到苏联，我就是那时来的。”白谨行笑着坐下。

两人说到东征和日后的北伐，有聊不尽的话。

自从国共合作，他们有许多人在黄埔军校任教或作为学员，在东征军里带兵，为统一广东而奋战，为日后的北伐做准备。

名将如云，谋臣如雨。

这天深夜。

谢骛清原本已睡下了，被敲门声惊醒，部下们对他的休息时间非常维护，除非有危及生命之事，不然是不会打扰的。他翻身坐起，开了门，白谨行在门外递给他一份电报。

孙文于京病逝。

谢骛清看这短短几个字，一念间记起许多。许多的过去。辛亥革命过来的人一个个离去，他好似看着前半生的战场岁月就在眼前飘忽而过了。

长达数分钟的沉默后，他对折电报，走出去。

在满室将领的安静里，谢骛清低声说：“各位都请今夜收拾好行装，我们须回去了。想办法，从陆路走。”

而他后半生的戎马征程刚刚开始。

当时局势，就如李大钊先生在悼文中所说：

“中华为世界列强竞争所在，由泰西以至日本，政治掠取，经济侵凌，甚至共管阴谋，争思奴隶牛马而来。”

无数前人已去，无数后人前赴后继。

问继起何人？自有华夏千秋万代的后人。

第十一章

思乡亦念卿

谢骛清辗转南下。

进广西时，有人带了封信、一个日记本和一块表给他。

新的金表，在盒子里被她用红绳缠绕了几圈，想来是为了讨吉利。这是她的第一封家书，辗转两个月才送到他手里：

清哥：

今年雪多，后悔没在你走前，带你去太和殿。那里近年不大办典礼，杂草高，有雪时好看。不过从逊位清朝皇帝走后，已经有人开始清点宫里的东西。听闻秋天要建古物馆和图书馆。你晚些回来也好，那时就能进去看了。

一个将军，要有好的表，怎么摔打都坏不掉的表，战机要紧，用饭也要紧。

还要有个日记本，留给家人。另，百花深处的海棠，我带回家了。老伯说，任我处置。望你如海棠，归来后，任我处置。

妹　未未

二月十六日

信纸也有两张，第二张仅有两行字：

家中生意多，每日忙不胜忙，对外人日也讲夜也讲，就不给你说了。另，如今推崇白话，你可以试试的，别有趣味。××××××

谢骛清对着后边的几个叉叉，瞧了许久。

最后还是一位军官给他解了困惑，那个中年军官也是陪他在南洋养过重伤的，在那边和一个女孩子谈过新式的恋爱，说是学生们喜欢用这个表示亲吻。

“卑职仅是耳闻，第一次见到。”军官严肃地说。

……

谢骛清折好信纸。

以他对未未的了解，恐怕就是这个意思。

谢骛清的驻地在山里。

距驻地还有两小时路程时，车已难行，他徒步带白谨行和军官们沿山路前行，竟碰上二团参谋焦急赶出，带着一份紧急军报，准备送出去。

军报内容简短：林东亲自带着主力七万兵力，已包围山林而来。

二团参谋没想到谢骛清竟提前赶回来，一时不知是喜是忧。

喜的是，少将军终于回来了，有救了；忧的是，少将军竟赶上了这次生死大劫。

此战凶险非常。

此处驻地只有七个团，不到一万五的兵力，幸而骨干军官都是精锐，全部来自他过去在讲武堂的学生，算是谢骛清最嫡系的部下。

谢骛清把军报留下，让参谋去山外发一份相同内容的新电报，通知附近的几个军阀，自己即将和林东一战。生死战。

“他们会帮你？”白谨行问。

“自然不会，”谢骛清答，“但会抢着善后。”

他们会等着谢骛清和林东斗出个你死我活，再去收拾善后。

谢骛清一个革命将领，没钱没油水没矿没鸦片，只有枪炮，落败了最多为他们补给武器，少个人干扰他们种鸦片。而南方军阀素来擅长和革命军今日合作、明日翻脸，从不觉得革命将领是什么大威胁。林东对他们的意义则大不同了，一旦林东落败，无论是兵还是府中财产、鸦片田，还有地盘都是大家要争抢的肥肉。

谢骛清无法在明日歼灭林东的全部兵马。他须人善后，彻底断了林东的退路。

谢骛清到了驻地，几个团长见到他都慌了，问他怎么回来了？

这一仗的凶险大家都懂，见谢骛清闯入危局，不由得着急。

谢骛清没多说，带众人进了帐篷里，深夜点灯。

一团团长给谢骛清讲了敌军几路兵的情况。有一个重点，对方带了一个炮兵营，有十八门火炮。而这里只有一个炮兵连，六门炮。

“他们现在驻扎在哪里？”谢骛清问。

“江对岸。”

“林东是个小心的人，来了不熟悉的地方，必然会等着天亮再行军，”谢骛清带大家到铺在桌上的沙盘前，“天亮前，我们先渡江，抢一个先机。”

“我给你三个团驻防，”谢骛清先对白谨行说，“牵住林东左翼的两万人，”他指沙盘一处山林，“不要正面迎敌，拖住他们。你带一团参谋走，他对那片山林最熟。那儿有瘴气林，想办法诱他们进去。”

“还有毒气阵？”白谨行惊讶于南方打仗的方法多样。

谢骛清笑了笑：“这次我们命好，山林瘴气每年在清明后起来，霜降落下去，现在正好用上了。”清明节刚过，瘴气正是起来的时候。

谢骛清让人把全部防毒装备给白谨行。

没清点装备前，白谨行还奇怪谢骛清为什么不撤兵，等到拿到防毒装备，懂了，全部装备也就够两个团用。

后路一面是悬崖峭壁，一面是瘴气林。前路已被林东堵死，只能正面对战。

“下午三时，你带着一个团撤回来，从背后突袭林东，”谢骛清手按住白谨行的肩，“日落前，我们或者一起死，或一起庆功。”

白谨行笑：“我可不想和你一起死，你有想同你合葬的人，我也有我的。”

谢骛清意外，瞧向他。

白谨行在两年前就知道何未和谢骛清谈恋爱，而这位老兄的意中人，倒是从未说过。

“大我十岁，在南京等我，”白谨行笑着说，“余下的，回来说。”

谢骛清点头。他从手腕上摘下表，和白谨行对了时间。

白谨行郑重敬礼，果断离开。

谢鹜清严肃回一军礼，看着他离去。

他叫住要跟出去的一团参谋，轻声叮嘱，如果下午三点前正面对敌失败，炮兵连会发讯号。到时候让参谋拦着白谨行，不要回来救人：“带他和剩下的弟兄们从瘴气林走，如果防毒装备不够，还有几个小溶洞能藏几百人。”

一团参谋领了军令，对着谢鹜清敬了一个军礼，看了一眼自家一团团长，难过地走了。

“看这依依不舍的，”二团团长笑嘲一团团长，“这是参谋啊，还是老婆啊。”

“有没有句能听的话？”一团团长笑着骂了句。

白谨行一走，谢鹜清再无笑容，看其余部下。

剩下四个团，一共八千人，须迎战林东的主力五万人。胜算至多五五开，这五成自信还是来自这些受过现代军事化教育的中级军官。

“现在是凌晨一点，十分钟后大家动身。凌晨六点，四团绕到这里，”谢鹜清点着沙盘上江东的无人村落外，“包抄他们的右侧，给我拖住一万人。林骁你带三团，在六点，准时突击这里，拖住另一万人。”

谢鹜清最后道：“我带一团、二团，渡江，正面迎敌。”

众将领命，齐齐敬礼，离去。

谢鹜清戴上那块表，身边只剩下王堇。

他从裤子口袋掏出两块包装未拆的军用压缩饼干，给了王堇一块：“战死可以，饿死就不值得了。”

他身上常带的干粮就是这个和巧克力，不用吃太多，热量高，扛饿。

王堇愣了愣，眼睛突然红了，他们今天前半段路坐车，山路太颠簸，这个小副官吐得不行，就没吃东西。他没想到，谢鹜清全注意到了……

谢鹜清给自己倒了杯热水，让王堇去叫一团二团的营连级军官都到帐外。

他则在安静的帐篷里，打开那个还没来得及写一个字的日记本，找到钢笔，笔尖在白纸上停了许久，在想如何写。

他平日谨慎，除了电报不喜写过多的字，一个人的字迹、措辞都能暴露出各种隐藏信息，所以谢骛清不喜欢写，不想给人太多了解自己的线索。

他喝了口热水，以何未喜欢的白话形式，简单写下：

四月十六日，与林东一战前夜。山麓湿气重，正值雨季，恐明日渡江前有大雨，若涨水，影响渡江时间。清明刚过，这一战若能胜，也算能告慰往昔葬身山林的将士。

谢骛清合上日记本，换上轻便的军装，检查好匕首、手枪，走出了大帐。

帐外，已站着几十个中级军官。

谢骛清借着月色看每个营长、连长和参谋的面孔："列位。今日一战，一团二团是主力。我们四千人，一个炮兵连，对方三万人，一个炮兵营。"

他严肃地看着众人："各位都是军中最精锐，而面对的也是敌军最精锐。这是决定性的一战，胜，则可乘胜追击，彻底消灭军阀林东。败，则掩护我们的五个团，都要跟着一起死。一二团既是精锐，当为五个团的兄弟，拿下此战！"

众人肃穆，一言不发。

谢骛清最后道："去准备吧，六点渡江。"

凌晨五点半，大雨倾盆。

谢骛清怕涨水，提前半小时渡江，找了个半壁废屋，搭了指挥部。早七点，已能见敌军布防，三团传来一个坏消息：遇埋伏，不敌。

三团的掩护任务失败。

也就是说，江畔敌军增加到了四万。

"对二团团长说，敌军增兵一万，"谢骛清对通讯员说，"我再给他多一个营，五百人。"

说完，他又道："再告诉二团团长，扛到正午，一定会有增援。"

天亮后，大战在一个荒废的村子里打响了第一枪。

一团一营和二团一营、二营同时冲锋，双方阵地上很快交火，半小时内已开始白刃相搏。

趁着兄弟们用血肉之躯抢下来的时间，一团三营夺走了敌军的一块高地，林东的主力被迫往东面退过去。

“开炮！”炮兵连连长一见敌军进入射程，连番开炮。

炮弹轰炸声，震响大地。

在震耳欲聋的炮声里，敌军被打散了两个团。

林东本想速战速决，没想到几次冲锋都没成功，还丢了一块高地，更是发了狠，开始迅速增兵。敌军每一次增兵都是上千人，而谢骛清每次都只能是几十个……敌军人数的优势是压倒性的，谢骛清的军官们虽是以一当十的精英，却被对方不断增兵压得死死的。

两个小时后，二团四个营都上了战场，一团也只剩下最后的手枪营还在待命。

阵地上到处都是血和翻滚肉搏的人。

整整一个上午，一次次冲锋，他们度过了此生最漫长的几个小时，面对着十倍兵力，死死扛着……

中午十二点。

左翼突然出现一股增兵，是三团。林骁终于带着两千人回来了。

三团增援冲入，一见满地二团弟兄们的尸体，全红了眼，对敌军展开了复仇性反攻。林东终于被逼得后撤。

谢骛清曾对三团和四团下过令，若遇变故，不要拖延，立刻就走，想办法从山上绕回来。正午十二点是死令，就算爬也要爬回来。

回来第一个任务就是拿下敌军的炮兵营。

林骁让三团两个营增兵谢骛清，带着剩下的人强攻炮兵营。十八门大炮是关键，就是夺不下，炸也要炸烂那些炮。

“总预备队！”谢骛清脱掉军装外衣，扔到椅子上，拔出手枪。

他出了由一块破布撑起来的军部棚子，带着始终待命的一团手枪营组成的总预备队，沿着江边直追林东而去。手枪营是最尖刀的力量，必须直插敌人心脏。

一个个身边的人都倒在了被鲜血染红的土地上。

谢骛清几乎杀红了眼。

一小时后，轰然一声炸响，从敌军炮兵阵地传来。

敌军炮兵营被一举拿下。

失去炮兵营的林东，被攻破了心理防线，下令暂时撤退。

谢骛清紧追不放，不给林东撤退和喘息的机会……

一边是撤得飞快，一边是追得更快，不断有敌军士兵扔下武器，蹲下投降。谢骛清追到下一个废弃的无人村落，敌军后方终于传来了厮杀声。

下午三点，白谨行亲率两千人准时赶回，猛冲敌军后防线……

在遥远的厮杀声里，谢骛清带着手枪营再次冲锋。一阵阵猛烈的炮火掩护下，冲锋不断。林东四面受敌，听炮火连天，心神大乱，下令全线撤退。

……

这一退，在炮火猛攻下，林东主力彻底溃散成沙。

这天黄昏，在鲜血染红的土地上，到处是蹲下来的俘虏……

一团参谋红着眼蹲在盖着脸和身子的团长身边，哭出了声。

谢骛清军装上全是血，站在江畔，听几个团长报告伤亡情况。他的眼睛也早红了。

这一战一团团长牺牲，营长战死过半，连长牺牲了十几个，余下军官、士兵死伤无数。经历过太多次战争的他，对于战场的描述，似乎只剩下了最无力的“战场残酷”四个字。

这一战后，林东势力被迅速分解，吞食。

大本营被谢骛清的主力部队围剿后，林东带残部鏖战数月，被歼灭殆尽，饮弹自尽。

1925 年年底，历经两次东征后，广东全境统一。

春节一过，何未南下去了香港。

此行，是为完成二叔应承香港何家的一桩旧事。

当初何未过继到香港那一支，二叔就有约定，何未要过继一个孩子过来，作为答谢。香港那边提出的要求倒也不是为难他们，在重亲族关系的家族，发达的人以收养族里贫苦家庭的孩子为回报，过继这种事十分常见。

何未从一沓寄过来的照片里挑了个年纪最小的女孩子。两岁，长得像她。

那边何家回电确认时，说这孩子的生母去年才病故。孩子认生，希望何未亲自过去，看看是否真有缘。

何未痛快答应了。

她一到香港，见大宅子花园里穿着青色小袄裙的女孩子，蹲下来，对那小女孩儿一笑，那小女孩儿竟主动走来，搂住她的脖子。一旁的人让女娃娃叫妈妈，女娃娃怔怔地不出声。

何未笑着，对一旁的人说："叫小姑姑吧。"

何未自己都是如此，只有当着外人才称二叔作爹。叫不习惯的话，没必要强改口。

小女孩儿叫何斯年，她生母姓斯，由此起的。何未没让改。

何未怕行程泄露，南下前没发电报给谢骛清，抵达香港后，才以公司的名义发电报到广州。她在香港用一周时间处理了过继的法律文件，却没等到谢骛清回电。

这在她意料之内，谢骛清这几个月一直在外剿匪。

这些年南边的境外土地大多沦为了法国殖民地。法国人和殖民地之间也是斗争不断，偷渡过来的人不少，和国内因战乱而落草为寇的人一起游走在边境山地，成了凶悍游匪。

所以，剿匪也是谢骛清每年都要做的事。

虽如此，何未还是抱着一丝希望，去了广州城。

她靠朋友帮忙隐匿姓名进入广州，也须跟着朋友返回香港，至多能留一夜。

在来前，她早早打听好了谢卿淮将军的住处，领着斯年到了小公寓门口。几次揿铃后，开门的老伯终于挂着铁链锁，从门房洞内望出来。何未说要见谢卿淮将军，对方摇头，说将军不在，就要关门。

因谢骛清对她提过，广州公寓是他二姐的，看守的人也是谢家二小姐的人，何未知道，这个人一定晓得谢骛清就是谢卿淮。她从手袋里掏出个对折的硬壳本子，递给那老伯，说哪怕不在，今晚也想住这里。

老伯不解，一打开那本子愣住，竟是一张以塑料薄膜压好的空白婚书，待认清左下角的签字和签章，老伯当即合了本子，立刻摘了锁链子，将本子两手还给何未。

何未抱起斯年，对等在街上的司机和秘书说，明早七点来接。

她抱着女娃娃，跟着老伯进了公寓。

素来是谢骛清入京，闯入她的世界，而今日，她像走入了属于他的地方。小小的一间公寓，一楼是会客客厅和书房，二楼是卧房和客房。

“将军喜欢海棠，我也不会养……生怕养死了，”老伯指着书房里的一盆盆海棠说完，就念叨着说，“家里好久没人回来了，我也没吃的给小娃娃啊……啊，对，上个月将军让人从广西送过来柑橘，还有的，我去拿。山地养出来的柑橘，甜得很。”

何未把斯年放到地板上，被书架上的几张照片吸引。

她拿起一张谢骛清穿着最旧式军装的照片，看上去，该是他初被叫少将军的时候，也就是十七八的样貌。何未初次见少年的谢骛清，从这张旧照片里能感受到眸光是亮的。

只是随年岁渐长，历经几次生死，元气大伤，眼皮褶子深了，眼窝也深了，眼睛里原来灼人的光被岁月盖住、藏住了。

斯年到陌生地方害怕，两只手臂环住她的大腿，仰头看她。

她蹲下身子，指着照片里那个穿着长军靴和立领军装的男人，对斯年说：“这是小姑父。”

斯年一双大眼睛盯着那照片。

这是爸爸。

斯年如此想，看得更仔细了。

广东全境统一时，奉系成为当权军阀。

奉系军阀因战事失利，曾求助于日本人，其后，日本关东军增兵奉天，助奉系打了胜仗。这一事被京城报业揭露，引起轩然大波。

同年，《京报》主编和《社会日报》主编先后被奉系军阀执行枪决。

《京报》停刊后，那个记者来找何未。

两人聊到邵主编在刑场上，对监刑人抱拳说了句“诸位免送”，言罢大笑赴死。

说着说着，记者便红了眼。她听得更是难过。

“二小姐，”记者胡盛秋对她说，“这次我们没法儿合作了。”

她这一年想做收音机和无线电业务，苦于市场打不开，想找《京报》合作开一个电台，每天用无线电播报新闻，先试着培养市场。

她为此还拟定了播报内容，上午就是货币兑换消息，晚上新闻，再晚就放放留声机……

如今报纸停刊，只能暂时搁置了。

“来我这里吧，”何未对他说，“帮我做电台。”

她接着道：“强国之途千千万，实业也是一条路。现在市面上都是洋机，若有一天洋人不卖给我们，就会变得很被动。如果我们能生产自己的，就不怕了。”

等发展起来，家家户户都会有。

“不过至少要十年，你才能见到行业繁盛，”她认真说，“这棵树要耐心种。”

她看中胡盛秋做记者的眼界，来拓展新行业。

而对胡盛秋来说，这是另一个世界，他从没往这方面想过。

“回去考虑两日，再给我答复。”她说。

两日后，胡盛秋再到何二府，下了决心，投身实业。

当夜，她得到一个好消息，北伐开始了。

均姜见她整夜高兴地撑着下巴看斯年练字，等斯年睡了，将那一张张晾干的白宣纸收到箱子里时仍是笑容满面的，自是为她开心。均姜素来稳重不多话，难得问了句始终不明白的：“为什么我们家不南下？”

她笑：“我一直做内陆航运，正是做着南移的打算。”

这几年忙忙碌碌都是为了南移。

强龙不压地头蛇，做生意也是如此。何家航运再大，往南去抢人家的饭碗都是令人不齿的，也是极其危险的。她不想让人觉得自己在无限扩大，抢占市场，于是这两年都与人示好，将北方和海外航路同人分享，换了南方的人脉资源。

“不过很难彻底走，”她苦笑，“做生意的，尤其是做出大产业的，极难挪地方。不光我们家，任何一个省都不会放走当地的税收大户。这不是搬家那么简单。”

但她想至少选一个折中的城市，发展轻工业产业。

比方说，南京。

北伐军进入武汉。

南方来的人带了个竹藤方盒到北京办事处。方盒子里装着景泰蓝色茶叶铁罐，罐内有木塞子，拔出来，竟是满满的干桂花。还有一张字条：

桂树成林，是为桂林。

她闻着桂花香，猜这是谢骛清从桂林一路带到武汉的。

这人真是浪漫，他浴血奋战，入了武汉城，该是收礼的人才对。却千里迢迢地准备了礼物，送到了她的案前。

北伐势如破竹，不到十个月，已经从武汉到了江浙，很快进了上海、南京。

一封从南方发出的电报几乎同时到了天津九叔家，内容极短：金陵四月槐香盛，盼一会。

这正是她想做的。

因怕路上有危险，何未决定不带斯年南下。斯年难过了一夜，极认真地写了一副“河清海晏，时和岁丰”，一点点卷好，装入硬纸筒，要她送给从未见过却早就刻在心里的爸爸。

何未带着这小礼物，在四月上旬的尾巴到了金陵。

一下火车，她便见到谢二小姐的秘书。

“何二小姐初到南京城？”

“过去来过，不过是走水路，先到上海，再来这里，没坐火车。”她说。

她看着火车站外的拱形雨廊，感叹真是漂亮。

汽车载她到了颐和路的一幢小楼内。

书房里等着的并非小楼的主人谢二小姐，而是谢骛清的大姐。大小姐刚送走客人，听秘书说何未到了，说，要去洗把脸，好好梳洗一番再出来，她也紧张了。

书房门外传来高跟鞋的脚步声。何未立刻礼貌起身，只见穿着素色长袖旗袍的谢家大小姐端着秘书刚冲的茶，亲自送进来了。

“快坐下，”谢家大小姐初见她，便说，“我去戴眼镜，方才忘在书房这里了。”

谢大小姐将茶盘搁下，从一本书上拿起玳瑁边框的眼镜，戴上，回过身来，笑吟吟瞧着何未：“听你名字太久了，不自觉就忘了这是第一次见。”

谢家大小姐年纪不小了，但一双丹凤眼里神采不减。若说谢骛清同她有何处相似，应该就是这双眼睛了，同样的眼角上扬，同样的眸光幽深。

两人对视。

何未年纪小了她一半，虽说是平辈，却像见长辈一般。

谢家大小姐伸出手臂，主动上前，拥住她：“这样就好，不要紧张。”

一个拥抱，冲散了不熟悉和拘束。

谢家大小姐从心里早把她当自家人，很快说到北伐，没两句便停下了。

“不说公务了，先说你和清哥儿，”谢大小姐笑道，“他从武汉过来的，已在路上了。我这个弟弟的行程一贯保密，连我都不清楚。耐心等两日。”

谢大小姐似怕她等不及，又道：“至多两日就到，他也是迫不及待要见你。”

何未笑着轻点头。

“这一回，你们两个仔细商量一下，别再等着彼此了。革命夫妻分居两地是常有的，日子该过还是要过，看我三妹不就是？我和她都是和先生阴阳相隔，回想过去，常后悔没早结婚。”

大小姐怕她跟着难过，解释说：“都过去了，怕你们遗憾，才提到这个。”

她轻点头："来前，我二叔也松了口，如此说过。"

"那就好。"大小姐高兴起来。

不知怎的，她一见谢家人就倍感亲切。

细想起来，她和谢骛清真是彼此等了很久。他已经三十二岁了。

大小姐见了她之后，便离开了南京。

她由谢二小姐的秘书陪着，留在小楼等谢骛清。

那位秘书问她是否要逛逛南京，她笑着道，不急，须先处理生意上的事。

上个月，胡盛秋已经到了南京，一直待在刚收购的小制造厂里。这个制造厂是为无线电收音机做准备的，现阶段在生产小零件，诸如接线板和线圈这种。她计划三年内要生产变压器和电容器，从元器件开始，一点点做起来。

翌日傍晚，胡盛秋和两个工程师带着机芯结构图，兴奋到小楼，在一楼会客的书房里展开给她看。

因天黑得早，她刚开了电灯。灯突然就灭了。

一室黑暗里，大家全愣了。

外头路灯亮着，胡盛秋打开窗户，见路对面和隔壁的公寓楼全亮着灯。

"怕是家里的电路问题。"厂里的工程师说。

胡盛秋忽然关上窗，脸色有些变了："怕有麻烦了。"

外头有陌生的、穿黑西装的十几个人等在门口，还有军用汽车。胡盛秋多年来一直在和军阀势力周旋，对这种事敏感得很。

公寓里的管家点了油灯，刚到客厅，大门已直接被人推开了。

何未出了书房，看到十几个人影快步走入，为首的人认出她："这位可是何二小姐？"

胡盛秋遇到这类事格外镇定，带着微笑抢先问："诸位可知道，此处是私宅？"

"当然，"对方在黑暗里说，"金陵有大变动，我们担心何二小姐的安危，特地过来，接二小姐去一个更安全地方。"

二小姐的秘书循声赶到客厅。

秘书上前，说："这是我们家小姐的客人……"

说话的男人也上前，亮出了一把枪。

那秘书没料到竟能发生这种事，怕伤到何未，不敢妄动。

"无论谁要见我，"何未看着亮出枪的男人，"都请不要伤害这里的人。尤其是我工厂里的工程师们，还有这些看房子的人。"

她先把胡盛秋归到工程师里，再把秘书归到看房子的人里，故意弱化了他们的身份。

这两个人只要不被一起带走，就能很快传出去消息。

对方没多说，侧过身，比了一个请的手势。

何未让胡盛秋去拿大衣，她穿上，跟着他们走了。

她跟那位黑衣先生下楼，庆幸没过多纠缠，来人数量是窗口能看到的两三倍，根本不是小楼里边几个人可以应付的。

对方还算客气，把她带到秦淮河旁的一个民宅，留了两个人在屋子里守着，便都撤出去了。来时，何未见车兜了几圈进这里，就想，如此多的民宅，水上如此热闹，她被关在这一间小屋子里，像碎石被投入大海，就算有人想找她，一时都找不到。

究竟出了什么事？

因为何家，还是因为谢家？

何家哪怕有敌人，也不会在金陵有如此大势力。若是谢家……如今这里是北伐军的地方，谢家该是最安全的。

屋子里留下两个看守的人，寸步不离。

她坐在一个老式的布沙发里，想了数个小时，毫无头绪。

凌晨五点多。

何未整夜未眠，正是头疼欲裂，被开门声惊醒。

她一抬眼，竟见到了一个久违的人，孙维先。

那个和谈失败后，在南下途中消失的将军。

孙维先和另一个陌生男人走入，他们让看守的人出去。对方一看就是孙维先的平级，也是高级将领，只不过两人都没穿军装。

孙维先走到她面前："二小姐。"

她想起身，孙维先比了个手势，让她不要动。

他拉了椅子，面对着何未落座，是要郑重谈话的姿态。而另一个人则坐在门口的椅子上，更像监看他们谈话。

"我们是尊重何二小姐这种民族实业家的，"孙维先开局先表态，"同时也希望何二小姐能配合我们，找到谢骛清。"

她愣住，消化着他的话："我不太明白你说的。"

孙维先凝视着她："二小姐此次南下，恐怕不只为做生意，而是想和谢骛清见一面？"

何未没否认："是有这个打算。"

她接着道："不过前日见了他姐姐，说他恐怕来不及到南京。"

孙维先沉默数秒，提醒她："二小姐还是说真话的好。"

她没说话。孙维先和她对视着。

门口的中年男人突然起身，打断他们："何二小姐既不愿配合，便再等几日。等尘埃落定，我们再谈。"

两人很快走了。

她像深处迷雾里，不知前路，不见后路，在一个异乡的小屋子里，无休止等着。这间屋子并不正对河道，白日异常安静。夜里，秦淮河的胡琴声和石油汽灯的光让她愈加焦躁。

他们没给她断吃食，只是看守的人从不交谈，不给她任何有用的信息。

隔日深夜，孙维先和那个军官又来了，这一回换了那位军官和她谈。

"如今大局已定，我就不妨直说了，"那个男人道，"这几天上海和广州死了不少人。不论是北伐军、黄埔军校，还是社会上的人，这次我们绝不会手软，势必要从内到外，清除一切和共产主义有关的人。"

他说完，又道：“谢家是什么背景，二小姐就算不完全清楚，也该了解过。你是生意人，该明白大形势下，谁都逃不过去。”

何未和那男人对视着，已经完全说不出话。

北伐刚打到一半，并肩作战的人突然就掉转枪口，直接屠杀？

那里边有曾一起在黄埔的同学，对他们倾囊相授的教官，还有一起北伐的战友……

男人静下来，眼带威慑地盯着何未。而孙维先始终沉默，一言不发。

何未觉得嗓子一瞬都有血腥气，强压着。

良久后，她终于开口：“这位先生，就算你说的全是真的……你想没想过，若真到了如此危急的时候，谢骛清还会来见我吗？”

她坦然看着那个男人：“我和他两年没见了，这次南下确实抱着再续前缘的想法。不过谢骛清有过多少女人你们最清楚。他对我上心，这不假，可我既不是他的妻子，也不是他的女朋友，只是一段前缘。他绝不可能为了我自投罗网，更不可能为了我死。”

她最后道：“你们当然可以扣住我，但我想提醒两位先生，你们扣着的人不是个无名无姓的女孩子，何家也不是小户人家。你们将我扣得越久，麻烦越多。”

那个男人沉默着，瞧了她一会儿，竟笑了起来：“都说石榴裙下命难逃，鄙人倒想试试，那位谢家的风流公子究竟是薄情的那个，还是情深的那个。”

那人离开座椅。

孙维先瞧了她一眼，似是有意而为。何未拿不准孙维先是友是敌，但想从他眼睛里看到一丝希望——她希望眼下的形势并没有如此糟糕，那个男人只是危言耸听……

孙维先像懂她在求证什么，轻摇了摇头。

这一次的形势前所未有，只会比她所听到的更糟糕。

何未突然害怕了。

在浦口火车站，林骁红着眼，凝视着谢骛清。

该说的都说完了。

从得知何未被扣，谢骛清所做的都是在交接和善后。他对部下没什么可解释的，这是他的家事。唯独对林骁这个追随多年的似家人的副官，他说了心里话：倘若现在正是两军对阵，有人拿何未要挟，他不会退兵。战场上的谢骛清不是他自己，而是肩负着数万将士的性命的将领。真有那日，他只能让何未先走一步，那一仗打完，他自会安排好后事，下去见她。

但现在不是在战场上，谢骛清只担负自己这一条命，换何未没什么可犹豫的。

那晚，林骁等人在人群里隐藏着，目送谢骛清走过那一条行人寥寥的拱形雨廊。谢骛清一出现，雨廊那头等着的一群人就拔枪围了上来。

他在无数枪口下，上了一辆军用汽车。

车内，孙维先等关了车门，问，还有什么是最后想做的?

谢骛清默了会儿，说，让我看看她。

这晚九点左右，看守的人进来，为她打开窗户的金色锁闩。

那人说，孙将军让二小姐透口气，看看秦淮河。她不知孙维先是何用意，走到窗口。

这里能望见巷子一边尽头通到秦淮河畔。远处，有歌女在船舱前，借着金色石油汽灯的刺眼光亮，在高声问，问临近岸边、画舫和木船里的人要不要点首歌。

忽然有汽车引擎声响。何未望向巷子另一端，没看到车。

可能是路过的。

那晚后，再没有人来问过话。

隔了几日，她能感觉到看管没先前那么严了。

这天，南京下了暴雨。

她看到被雨打落的槐花，满地的白。

门外有人开了锁，她赶忙转身，看到进来的是身着灰西装的召应恪。

有陌生人说：召先生先带人走。如今各省都乱着，此地不宜久留。

召应恪拿了她的大衣，带她出了屋子。

她因随时想找逃走的机会，从没脱下高跟鞋，此刻脚肿胀着，像踩着刀片在走路。但她没慢半分，直到坐上召应恪的黑色轿车。

“我们现在去坐火车。奉系军阀借上海广州的事，正在北京大肆抓捕共产党员，先不能回北京，去天津，”召应恪低声说，把大衣盖在她腿上，“你脚怎么了？他们有动手吗？”

“谁让你来的？我二叔？”她顾不上答，急问，“谢家怎么样了？谢骛清有消息吗？”

召应恪沉默了片刻，低声说：“谢家大小姐下落不明，三小姐因拒捕被当场击毙，对外说是误伤致死。谢二小姐在租界闭门不出。谢骛清……没有消息。”

她如被黑暗里伸出的五指攥住了心脏，愣在那儿，竟发不出声音。

……

她听到自己问：“你能不能想办法……帮我打听他的下落？”

不见到谢骛清，她如何走。

“你我在这里的能力都有限。九先生想过许多办法，但这次他们真是动用了所有关系追捕和中共有关的人，从青帮到租界，都在配合他们。他们这次对自己人也不会手软，凡是维护国共合作的，都要被追捕，你忘了廖仲恺先生是如何死的了？”

他就是因为坚持国共合作，被国民党内的人暗杀的。

召应恪低声说：“总会有消息的。如今最重要的是北上，你留在这里，除了成为要挟他的软肋，没有一丝帮助。”

他最后道：“这次，是前所未有的屠杀。”

之后的一切，正如召应恪所说的那样，是前所未有的屠杀。

这一年的四月对共产主义者和革命者来说是一个染了血的月份。

在南面，北伐刚到一半，矛头就掉转向身边，一个月内，上海牺牲数百人，广东更达两千人，被抓捕者不计其数。

而在北面，奉系军阀在四月底，下令杀害了包括李大钊先生在内的数十人。

这一年这一个月，南北达成了前所未有的血腥“统一”。

四月只是一个开始。

其后在数省，屠杀愈演愈烈。仅长沙一地就牺牲上万人。

其后，更是提出了“宁可错杀三千，不能放过一人”。

……

去年七月，正是北伐誓师时。

转眼一年七月，血流成河的却是一个个曾站在誓师队伍里的革命者们。

那天在浦口火车站，她和召应恪被扣下盘问。

召应恪在军阀各派系当中周旋多年，本来就是借着一个军阀的面子南下的，此刻，却被挡在火车站外。两方僵持着，召应恪虽神色不快，但不好翻脸，离开金陵最要紧。

雨越下越大，拱形雨廊靠外的地面被雨溅湿了。

一辆军用汽车停下，下来一个陌生男人，冒着雨走过来，低声训斥了阻拦的几个中级军官，让立刻放行。

何未不知此人是谁，那人也没对她招呼，匆匆带路，引他们进了车站。

“二小姐不要耽搁，请一路北上，”那人轻声用俄语告诉她，“我们在设法营救老师。”

她一听此话，心安下来。

直到火车进了北面的省份，召应恪换了车厢，让人端了热水，将白巾在铜盆的热水里拧干，递给她。何未担心谢骛清，没接稳，毛巾掉到地上。

她像心也跟着坠下去了，怔了怔，才去弯腰捡。

“我南下接你，是谢骛清的学生发来的电报，”召应恪替她捡起毛巾，“刚刚你也看到了，他能知道我们被关卡卡住了，让人来解围，那就说明他自己没大事情。”

她没作声。

当时她并不知道，这一切都是谢骛清以束手就擒换回来的。

而在车站从被拦开始到被解围，都只是谢骛清让过去学生帮忙安排的一场戏。那些人既找到了谢骛清，就没有困住何未的必要。

而只有经历这一出，才能给她错觉：他还能掌握她的动向，他还能运筹帷幄为她解围，只是这些日子不方便露面罢了……

谢骛清一生多谋，但对她，从未算计过。

唯独今日，算了一回，演了一回，只想让她安心北上。

他们直接从南京到了天津。

召应恪在南下前，将何二府上的老老小小接到了天津九先生的公寓。

何未才进了洋楼，见前厅坐满了人，有姐姐何至臻、母亲，还有召应恪的父母叔伯。

姐姐何至臻一见何未和召应恪，便站起身。

“今日我将你父亲和我母亲都带来了，”何至臻盯着召应恪，“召应恪，你该知道她和谁搅和在一起，谢家彻底完了，她都要被牵连的。你不想活了，我还想要命！”

何未因谢骛清和谢家的事，已经丢了魂魄，坚持着返回这里，不过是因为被二叔和斯年牵绊着……她已无力再应对何家的人，包括母亲。

“谢谢你送我回来。”她哑声道。

何至臻想拦住何未，被走出来的婶婶喝止。

“你九叔说了，家里有病人，吵闹不得。你们都请先走吧，召应恪带你父母去利顺德住，我们已订了房间，”婶婶搂住何未，“来，我们上楼。”

她在火车上以热水擦过脸和身体，到天津才真洗了澡。

婶婶帮她拿了衣裙来，小声说：“前两天有客人来，说了张作霖害死李大钊先生的事，你二叔气得病更重了，烧了许多天。我们都不敢对他说南方的情形，一会儿过去，你就当什么都没发生。”

“嗯，”她带着鼻音说，“我晓得。”

她用热水焐着眼睛，要了胭脂，将唇色和脸色弄得好看些。

二叔住的房间，中药味极重。

她不知怎的，记起谢骛清身上时常有的中药味，眼酸胀着疼。她到床边，挨着边沿坐下，二叔最近眼已完全见不到东西了，但手指碰到她的裙摆，还是笑了。

“回来太快了，”二叔柔声道，“该多住两日的。”

她轻声道：“眼下战事正要紧，多留不好。”

“是啊，”二叔说，“还是北伐要紧。打过来了，就可以禁烟了。”

何知行上一次被气病，还是为了奉系军阀为筹军饷，下令在关外种鸦片的事。

他当年走上革命这条路，就是因为痛恨鸦片，年轻时在宣南的茶馆里和人争论鸦片危害。最早很多人想要禁烟是为了防止白银外流，许多人都靠一杆烟枪活着，并不觉烟土有什么不好的……一晃两鬓霜白，已走到人生尽头。

“谈了婚事没有？”二叔柔声问。

“嗯。”她眼前尽是水雾，不敢说太多话，怕被二叔察觉。

九叔在一旁，从怀里掏出一方手帕，递过来。

她无声摆手。

“细想想，他都三十有二了，”何知行道，“我怕见不到你们成婚了。知卿，你要替我主持这一桩婚事。”

何知卿笑着说：“你且安心养病，北伐不日就将成功了。你的女婿带着功名来娶未未，我可不敢代你嫁女。”

南京国民政府成立后，九叔忧心北京动荡，留何二一家住到了夏天。

这天，斯年在洋楼地下室翻看她收集的报纸，看两年前的“国民会议促成会在北京召开”的新闻。何未再见到上边那三个名字，王尽美先生病逝于会议那年，而余下的李大钊先生和赵世炎先生都是在今年这场浩劫里离开的。

小婶婶在地下室门口叫她。

何未留斯年继续看报，上了楼梯，她穿过珠帘，一见到屋内坐着的女人，怔在那儿，心跳得突然急了。是谢家二小姐，谢骋如。

她看上去十分憔悴，眼睛仍如上一回般亮着，本是面容严肃，但一见她还是露出了温柔笑容。何未一见她衣裳上的孝帕，脚步停住。

“我父亲过世了。”谢骋如轻声说。

她眼一热，轻声回：“二小姐请节哀。”

谢骋如微颔首，放下了茶杯："我留不了几分钟，就不说客套话了。清哥儿……"

何未窒住，定定望着谢骋如。

谢骋如似不知该如何说，想了想才道："我来见你，有一部分原因，是为了父亲临终前的遗愿，父亲让我替他对何家表达歉意，他说，何二小姐年纪轻，婚约又无外人知晓，这一次谢家经历如此大变故，已不如从前，日后不能拖累你们了……"

"清哥怎么了？"她打断谢骋如，"他如今在哪儿？"

"我也不知道。"谢骋如摇头。

不知人在何处，甚至不知生死。

何未心一沉。

"清哥儿的副官在四月来租界见我，那位副官对我说，清哥想我们做一件事。等风头过去，亲眼看看你好不好，如果你无恙，就告诉你，"谢骋如静了许久，轻声说，"骛清无能，无法践行婚约。还请二小姐……当舍则舍。"

她眼泪突然就掉出来。

不是为了"当舍则舍"，而是那句"骛清无能"……

谢骋如抬腕看表，以此来掩饰说出此话的难过心情，她轻轻离开座椅，到何未跟前："这句话我不是以谢骛清二姐的身份说的，是以一个比你年长许多的、结过婚的女人身份来说，未未，人生的路还很长，你自己和你的家人最要紧。"

谢骋如又道："你从十八岁到二十二岁，算正当好的年纪，已经用来等他了。之后，当为自己着想了。谢家，不想耽误你。"

谢骋如说着话时，也是伤感。

如今的谢家……已经没几个人了。

忠门忠门，是累累白骨搭起来的安邦卫国门，而骨上皮肉所带的家族姓氏都迟早会消失，直到无影无踪。

谢骋如想到曾和三妹聊，你说，人一辈子活一回，我们这样的人会不会被人笑傻?

三妹说，唉，人就一辈子，才活一次，管人家说什么。

谢骋如又问，你说，下辈子投胎，你我在不同的国家，怎么办?

三妹说，你保你的国，我护我的民。我们为自己的土地民族而战，你若降我，我必然瞧不起你，可你若死在我刀下，我敬你是个英雄，厚葬你。

谢骋如红了眼睛，摸摸何未的头发。

已经许久不敢想起三妹了，今日见到何未，被勾起了内心深处的痛。

“珍重。”谢骋如柔声说。

谢骋如走后，她在茶室内坐着。

想他的话，眼泪掉在裙子上。

他的前半生，似乎总在朋友、盟友的背叛里度过。

……

龙涎香的香气越发浓。

她像回到南洋，潮湿闷热的海风，是少女时对那片海域最深的印象。

她想象着，在那个海岛上，她曾骑着自行车经过一片不起眼的民宅，其中一栋门前有大片浓绿的芭蕉叶，挡着的院子里，往内走，有个屋子里摆着把磨旧了的藤编躺椅……有个养伤的少将军曾躺在那里仰头看异乡的夜空。

而现在，她的少将军又被逼去了何处……

斯年抱着一沓报纸进来，小声说：“九叔公让我给你讲，南昌那里起义了。”

那年，经历数个月的屠杀后，他们终于拿起了武器，在南昌打响了武装起义的第一枪。

她不想让小孩子看泪眼，低头，摸着蹲在一旁的猫。

“叔公说，”斯年用自己的话给她绘声绘色地讲，“起义，要偷偷地，因为身边有敌人，要定好个时间，突然就打起来。”

斯年其实想问，爸爸在不在那里。

但好似能感受到何未的难过，把想问的压在心里。女娃娃走过来，学着她，一起摸着猫儿的背脊，滑滑的、蓬松的毛在她指间穿过，再穿过小娃娃的指缝。

小小的稚嫩的声音说：“他讲，起义前，有人唱《国际歌》。”

斯年又说：“叔公还讲，南昌起义的人认自己人，是用口令的。你猜口令是什么？”

她轻摇头。

斯年甜甜一笑，轻声说：“河山统一。”

河山统一。

在血流成河后，仍有人百死不屈，从血里走出来，带着这句话。

他们互不相识，认出彼此、认定彼此是生死兄弟，就是凭着这句心里的：河山统一。

夜阑京华

（下册）

墨宝非宝 著

花山文艺出版社
河北·石家庄

『我在四九城有个宅子，过去叔叔住过，在一个……』

『叫百花深处的胡同。』

目录 Contents

睁眼时，朱红木门敞开着，
外头一个人没有，
却有着清晨那种热闹的、嘈杂的烟火气。
百花深处，他的烟火人间。

第十二章

古都夏日长

1930年，初夏。

二叔走后，何未像没了亲人，觉得何二府是个伤心地，便搬到一个小四合院里住。

是个小小的一进四合院，屋顶可乘凉。

北平的这一片四合院屋顶连着屋顶，尤其在夏日一眼望出去，就是灰瓦连着灰瓦，浓绿接着浓绿，往远了去看，是城墙城门楼。

她常在屋顶的藤椅上坐着，看远处连绵不绝的灰瓦和绿。

今日邓元初早她一步到四合院，在屋顶喝了半盏茶。

她看到他将手里的《京报》叠起来，不禁一笑。

去年，《京报》再次复刊了。她当时听闻复刊的消息，只想到生生不息四字。

“你看报要小心些，还不如胡经理谨慎。”她坐下。

胡盛秋对京报的感情极深，时常关注，但十分小心谨慎，捐款去报社都是匿名的。寻常时候看报纸，也都在无外人的地方。

“自从被通缉归来，我越发不挂念这肉身了。”邓元初优哉游哉道。

北洋政府消失后，外交官员们有的被聘入南京国民政府，有的遭到通缉，无法回国。邓元初在两年前也是身负通缉令，逃亡了两年，在澳门避难。

其后，她打听到有外交官的家人反复送钱，打通了路。她便想办法，通知邓元初的家人，让他们在上海打点，怕他们钱不够，更附上了数万元支票。

邓元初的通缉令不久作废。

他一从澳门回来，始终谨记着谢骛清的叮嘱，不问政治，一心外交，对外护国，于是借着这次打点的关系，再次凭着过人的外交经验，回了外交部。

“今日来，你猜是为了什么？”邓元初问她。

她摇头。

“我们的威海卫要回来了。”邓元初笑着说。

她惊喜：“真是一桩大喜事。”

“是，大喜事，”邓元初抿了一口茶，无比舒畅地说，“就在几个月后，十月一日回归。”

其实租约早就到期了，英国一直拖着。

外交官们从1922年起开始谈判，谈了多年，终于等到这一日。

两人聊完喜事，邓元初又感叹起来：“那个赔款，还在谈。不知道谈到何年何月。”

他说完，又道：“不过，现在往回看，外交形势真是千变万化。因为苏联成立，所以免了我们的赔款。还有德国，因为我们世界大战胜了，就不用还了。上一辈谈这个的人，一定想不到，如今我们谈到了几国退款。”

“外交是一代代外交人的接力赛，没有终点，只有过程。”她笑。

“是，”邓元初附和，“这不是一个有终点的赛程，就是一棒棒跑下去，有时候遇上泥沟了，有时候好运气搭上汽车了，饿着肚子要跑，吃饱了也要跑，被骂要跑，被夸更要加劲跑。”

“你倒是适合做外交。”她笑。

“可惜大环境还不够好，”邓元初说，“国际上女外交官凤毛麟角。我觉得你二叔和哥哥培养你做生意是考虑到这点的。起码做生意，可以藏在后边。”

“我也在帮你，”她笑，“等实业起来了，那些国家对你自然脸色就好了。”

邓元初也笑：“何二小姐多辛苦，我等着受你的帮。”

两人相视一笑。

丝毫不像两个曾经都逃过命、避过险的人。

邓元初走后，她在酷暑里坐了会儿。

今日不知怎么了，听知了叫也烦，竟坐不住。

她下了屋顶，回房间换了简单的丝质银白色中袖长裙，在大镜子前挑了许久的首饰，最后将珠宝盒里的那对红玉耳坠儿拿出，戴上。

她摸着耳坠儿想，或许因为见到邓元初，想到了他。

三年，足够发生无数翻天覆地的事。

如今北京已更名北平。

参与北伐的军阀和将领纷纷倒戈，和南京政府打了一年又一年。

而这三年里，他和谢家人都像消失了。

仿佛在她的生命里没留下一丝痕迹……

何未在院子里叫人备车，本想去航运公司办公室，但想到这几日总有军阀的幕僚过去，想和她谈天津港口的合作……

她改了主意："去积水潭吧。"

斯年今天学校开运动会，放学早。

六岁出头的女孩子，穿着浅月白竹布衫和黑色裙子、白纱袜与小布鞋，背着个干干净净的白色小布包，正进了院门，一见她要出去，书包都来不及放，便跟着上了车。

"我们班上几个同学退学了，"斯年说，接过来何未给她的白毛巾，"说要去南京。他们说，马上南北对立了。年纪最大的那个，我给你讲过的，叫邵问东，他说其实东北军在观望，看谁赢了，就帮谁。"

"你们小，没见过几个月换一个总统的日子。看着就好，不必多聊这个。"她为培养斯年的逻辑思维，和她说话惯来是和大人交谈的口吻，一开始斯年总是听不懂的，慢慢就能跟上她的思路了，思考能力超出常人。

她随手拿起报纸看，上边有几篇分析 1929 年美国经济危机的文章。

他们做海外航运，她常看些国外时评。

斯年从藤编的报纸篮里看到两张照片，其中一张是当年北伐胜利时，各大军阅的大合照，每个人穿着的军装样式都不同。

斯年留意的是那些人身上的军装。

女孩子辨认许久，发现没有一个和谢骛清当初那张照片一样后，神色黯淡下来。但也仅是沉默着，这几年，她想爸爸了连照片都不敢看，怕勾起何未的伤心事，更别说开口提了。

在酷暑里，她们进了新开张的茶楼，到了茶馆二楼。

过去不让在内城开娱乐场所，如今都一个个开起来了，也离家近了不少。

此地曾是皇家的洗象池，其后和运河断开，就成了名副其实的野水。如今，叫积水潭，离百花深处不远……

今日不知怎么了，一直想到和他有关的。

何未摸着耳垂上的红玉耳坠儿，忽而想到恭王府一排红灯笼下男人的身影……楼下平台上评书先生正说着《七侠五义》，一拍醒木，将她惊醒。

她手里打着个扇子，扇着，想扇去心里的难过。

“斯年呢？”她问。

身后没人答应。

回头看，扣青竟也不见了。

脚步声上来，扣青指着楼下，结巴地几乎说不出一句完整的话：“小、小、小姐……二、二、二……小姐……”

这丫头有几年没结巴过了。

她心一紧，忙起身，往楼下跑，唯恐是斯年出了事。

一楼没人，她提着长裙迈过门槛，往西面瞧，还是没有，再迎着日光看东面。

盛夏刺目的日光里，一个身着军装长裤和衬衫的男人，正将军装上衣脱下来，和站在车旁怔怔望着他的斯年对视着。

“为什么跟着我的车跑？”那个男人问斯年。

何未几乎窒住，日光将他周身镀着光，那脸……还有低头看斯年的动作……

她眼前一下子模糊了。

太像他，却不是他。

这个男人太年轻了……

何未怔怔立在那儿，没打断他们。无法相信世上竟有如此像的人。

斯年同她一样，认错了人，明知道年纪不对，却还是仰着头不舍地看着这个年轻将领。

浓绿的树影在身旁，斯年顾不上遮阳，而是站在晒得人皮肤发疼的太阳光下，几次张口，却发不出声音……

年轻男人严肃地问："知不知道跟着车跑很危险？你家大人没教过？"

斯年望着他，眼泪忽然掉出来。

年轻男人微微一愣，蹙眉："哭什么？攸关性命，不是随便能胡闹的。"

斯年哭得更厉害了，眼泪不停往下掉，掉完用手背抹，抹完接着掉。

……

"将军，你对小孩子说话，尽量语气软和一些。"身旁的军官看不下去了，轻声道。

"你们是不是开车轧到她的东西了？"他问军官，"书包还是什么？"

"这倒是没注意。"军官被问得心虚，往开过来的路上看。

年轻男人的眉头皱得更深了，再看小女孩儿。

"好了……不哭了，"他尽量温柔，"轧坏了东西，赔给你。"

斯年哭着摇头。

"好了。"他不得不把语气放得更软。

未料，小女孩儿满是泪水的手，竟轻轻拉住了他的左手。

他再次愣住，终于认真看了这个小女孩儿两眼。

方才上车，他被副官提醒有个小女孩儿追着车跑，让司机停下，就只顾着严肃教育这个小女孩儿，却没认真看过她的容貌。这双清水眼……像极了一个人。

他似发现了蹊跷，努力让声音更温柔些："你是谁家的孩子？你母亲姓什么？姓何？"

斯年猛点头，找回声音："是，是姓何……"

她着急地望到茶楼，想说妈妈就在楼上，突然看到茶楼门口的何未。

年轻男人见女孩子眼睛一亮，跟着望过来，他在瞧见何未的一刹那，似是意外，又似如释重负。他将军装上衣交给身旁的军官，走向何未。

茶馆内外照旧热闹着，进进出出，一见是个将领走近，都短暂地停止进出，让开了。那个年轻男人军靴干净，背脊笔挺地站定在她面前。

“何二小姐？”年轻男人轻声开口，带着少许试探，怕认错人的试探。

她心跳得越发快……

“鄙人，”年轻男人低声说，“姓吴，吴怀瑾。”

她微微颔首。

“你……可认识谢卿淮将军？”她听到自己问。

吴怀瑾和何未对视着。

“谢卿淮已经死了，”吴怀瑾说，“死在金陵。”

她愣住，心跳停了一般。

“我小舅舅还活着。”他轻声说。

她仿佛劫后余生，握成拳的手渐松开。

像有一只手抹去了玻璃上的水雾，她忽然认出这个年轻男人的眉眼。

八年前，六国饭店西餐厅里的那个……身形瘦长，脸如白玉的男孩子和眼前这个身影重合了。只能是他，也只有他的外甥能和他长得如此像。

猛一见到谢家人，对外应酬自如的何家航运的主人，却突然找不到寒暄的话了。她想问的太多……想问他的小舅舅还好吗?

话到嘴边，被压下来。

室外的地方，不能问太多。

“你和你小舅舅，长得很像。”她轻声说着，努力像普通的寒暄。

“母亲也常这么说，”吴怀瑾已经没了昔日外露的骄傲，在战场洗礼下，有着不符合年纪的沉稳和内敛，“她常提到你。”

她心一软。真好，他母亲还安然无恙。

如同谢骛清说过的，他们谢家护着这个叔叔留下来的唯一血脉，护得紧，哪怕剩下最后一个都一定是谢四小姐。

她迫不及待想知道谢骛清的事，想问他，是否方便去一个安静的地方聊聊。

他突然问："二小姐为什么不问小舅舅？"

"怕不方便，而且，"她轻声说，"此处不是说话的地方。你若有空，我们现在去个安静的地方。若有事要办的话，我们约个时间，晚上见一面。"

她说完，又道："随时随地，任何时间我都可以。"

"我来找二小姐，就是为了这个，"吴怀瑾说，"从到北平，一直在找你。"

他先去了航运公司，见到一个叫胡盛秋的负责人，要到一个住址，跟着去了四合院，又被告知在此处的茶馆。

本以为能轻松找到，不承想这里茶馆挨着茶馆，从头找起实在没时间，粗略问过两处后，决定先走，等晚上办完事再去那个四合院。

若不是被那个小女孩儿追着车，恐怕就错过了。

"小舅舅很快到北平。"他低声说。

她刚平复的心，再次跳得飞快，快得发疼。

"很快。"他再次强调。

她紧抿着唇，抿得唇发白。

吴怀瑾对她礼貌地一点头，上车离开了。

她站在门外的酷暑热浪里，背上已起了一层层的汗。

斯年难过地看着车远去，轻声问："他是不是谢少将军的亲戚？"

自斯年懂事，何未就叮嘱过，对外只能称呼谢骛清是谢少将军。方才斯年在茶楼外，听人叫了一句少将军，下意识回头，一见吴怀瑾就傻了，只顾得跟着跑……

何未魂不守舍地"嗯"了声。

胡盛秋骑着自行车往茶馆这条街来，看到何未，急急捏下刹车："见到了吧？"

扣青被逗笑："胡先生看着比小姐还着急。"

“你不理解我的心情，”胡盛秋抹去额头的汗，“要是寻常人问，我是不会给地址的……他那张脸，几乎和少将军一样。”

眼前的胡盛秋像极了那年在火车上戴着瓜皮帽，隔着几个军官，对谢骛清挥手的热情年轻人。时间有时会改变人的面貌，却改变不了人心。

这个夏天，好消息一个接着一个。九婶婶即将临产。

恰逢学校放暑假，何未带斯年去了天津。

自有了他的消息，她再无法静心，倒不如先去陪婶婶。两地只有半日火车车程，随时方便回来。

九叔从北平医院请来了妇产科大夫和护士，在家里给九婶婶接产。

“北平现在乱，老军阀们全在那儿，”九叔说，“万一打起来，你婶婶受不了。”

小婶婶好笑：“你九叔两个晚上没睡了，你安慰安慰。”

“这西医的预产期也不靠谱，说是前天的，”九叔想想就不安，“我怕你婶婶生孩子，不愿她要，她坚持……”九叔欲言又止，没说下去。

何未难得见九叔如此，心里疑惑，晚上问小婶婶，九叔欲言又止是为什么。

小婶婶给她讲，过去妓院里给吃药的，许多人不能生育，婶婶也是。起初那些年，没想着会有孩子，这次一有，大家都紧张。九叔怕婶婶生不来，想让婶婶放弃，婶婶虽坚持，可私下里却怕早年吃的药有影响，怕孩子生出来有缺陷。

倒是小婶婶安慰他们，老天给了个孩子，吉人自有天相。

两人合计着，兴许婶婶过于紧张，才过了预产期。

当夜，两人在卧房大床上围着婶婶，给她宽心。

小婶婶笑：“你给未未讲，你和九爷是如何相识的，她不是一直想听吗。”

大婶婶的杏眼一眯：“你们来陪我，怎的让我讲起来了？”

何未晓得小婶婶想让婶婶回忆最好的，附和说：“说吧说吧，我想知道。”

大婶婶脸一红。

她望着壁灯下的柜子影子，轻声说：“那年，你九叔还是个小公子。”

那是婶婶杜小宛被梳拢的那日。

杜小宛姿色算中上，才艺不错，梳拢日意外卖了大价钱。她不晓得谁出了钱，最大心愿就是给自己梳拢的人千万不要是虐待人的那种。

那晚，她在二楼往下瞧。

九叔随了母亲的容貌，年轻时漂亮得很，梳着被叫假洋鬼子的短发。身上是呢子料的高档西装，一丝不苟穿着搭配的马甲。大拇指上戴着个扳指，时不时敲着轮椅的木扶手……身边的富贵公子里有个贝勒爷，和他是姻亲，笑着道，今日他做个东。

那贝勒指一幅美人画，对何知卿说，就是这位。

何知卿没瞧画，直接道：“我若说，我就是不行呢？”

那人俯下身，搂着他的肩说：“不行，有不行的法子。”

大家笑，各自搂着姑娘上楼了。

他们想刁难他，特意把他的小厮都支开了，把他搁在一楼中庭。进进出出的客人们，无不叫一声九爷。他坐在那儿，唇边有了笑，却是在笑他自己。

母亲宗族富贵又如何，终究是个残疾，要被人耍弄。

杜小宛虽未梳拢，但过去在松竹馆陪这些爷吃喝玩乐，晓得这位小公子被人欺负了。

“小九爷若真不行的话，多哄慰两句……他是个善心人，京城有名的，该不会多刁难你。”老鸨想宽慰她两句，免得她得罪贵人。

“替我准备一楼的房间吧，方便他进去。”她轻声说。

言罢，她推开门出去了。

松竹馆是个双层木结构的青砖小楼，小巧精致，她推开二楼的红木门，而何知卿在一楼木根雕旁，抬头看二楼。

这便是他们的第一面。

……

小婶婶的命就没那么好了，早早梳拢，受了不少罪。

烟花地名妓的故事流传广，可百年能有几个？世人都以为那里满是旖旎情事，到处是才子和流落红尘女子的爱情。其实八大胡同那么多流落风尘的男孩儿女孩儿里，能出几个名妓？大多是姿色中上的寻常人，招待不知哪里来的男人，床榻上尽是发泄折磨人的，翌日满身青紫都是常见的事。

千古留名的名妓，翻遍史书也没几人。

余下的，都是在市井夜色里无名姓的苍生之一。

三人聊到深夜，拥在一张床上睡了。

清晨。

何未见她们睡得熟，轻手轻脚下床，隔着锦被摸了摸婶婶的肚子，悄声说：“快出来吧，你爸妈等着见你呢。”

她去盥洗，刷个牙的工夫，额头已出汗了。

八月的天津，真是热。

天刚亮，她见客房里扣青搂着斯年睡得香，没叫醒她们，独自去热了杯牛奶，踩着竹青色棉布拖鞋下了楼。

暑热难耐。她解开领口布纽襻，打着一把小折扇，轻扇着风，往前厅走去。

拖鞋踩在金棕色地毯上，没一点点声响。

人刚走到前厅门外，脚步突然停下，定在原地。

管家的声音在说：“客人早到了。不让叫你，就干坐在这儿等着。”

前厅站满了人，也坐满了人。

到处都是人，却像只有那一个男人有着真实的面容。

那个在记忆里存在许久，久到几乎真实面容都模糊了的男人坐在右手第一个客座椅子里，没着戎装……白色的立领衬衫，领口一丝不苟地系着。额前的短发被特意向后拢过，拢到后边去，露出的眉眼没有太大变化，目光更沉了。仍是清瘦。

他一只手臂搭在椅子扶手上，靠坐在那儿，像如此坐了几个小时，一动不动。

两人对视着。

坐在那里的男人轻声说：“何二小姐，久违了。”

眼泪掉得毫无征兆，落在了牛奶杯里。

她喉咙哽住，无论如何都说不出话，说不出那句：谢将军，别来无恙……

“今日不方便起身，”他说，“抱歉。”

她摇摇头，含着泪的一双眼望着他：“这里不讲礼数，就这样……坐着就好……”

她端着的牛奶明明烫得很，可却无知觉一样，紧握着玻璃杯。

“主人来了就好，”一个深灰西装加身的男人立身而起，笑着道，“谢先生初到天津卫，说此处有位故友，让我们送他来见一面。”

她认出这是曾有过一面之缘的郑渡。

“你们说两句，我出去了。”郑渡像不认识她，礼貌地说。

前厅众人鱼贯而出。

没了外人，此处静得像没有人。

“难得见你穿夏装。”谢骛清轻声说，先打破沉寂。

多年后，两人单独面对面，第一句……竟是这个。

不过也对，过去见都在寒冬腊月。确实难得。

身后，林骁为他们关上推拉门。

“怎么？不认识了？”他微笑着问。

她心一窝窝疼着，挪动脚步，到他跟前。

何未将玻璃杯放到当中的小方桌上，挨着他坐下。

“你……”她带着浓重的鼻音，轻声问，“这几年在哪里？”

这几年她了解到许多人被关在陆军监牢，或是被秘密扣押，猜想他也是如此。

“在杭州。”他轻声回答。

“现在算自由了吗？”她看向他的腿，“为什么不方便起来？腿伤了？”

“风湿，”他以惯有的语气笑着问，“是不是没想到？一个南方人竟受不了阴雨天气，得了风湿。”

何未难过地望着他。贵州多雨水，他在那里长大，该比寻常人更习惯湿气。若真是风湿的话，这几年该是住在了多不好的地方。

“不是不能走，只是医嘱在，”他安慰她，“不好多走。”

他受伤，却还要安慰自己。

“少将军从十七岁上马征战，”她柔声说，“趁着养病，正好休息休息。”

谢骛清被引得笑了：“在二小姐心里，骛清竟还能被叫一声少将军。”

他已三十有五，人生过了近半。

……

刚被压下去的泪意，再次往上涌。

她握着木折扇，眼睛完全红了。

谢骛清微笑着，移开视线，去看她攥着的那把收起的白檀木折扇，看扇尾的青穗子，顺着去看她的手指关节，她的手腕……

“我们……”她将左手伸到他眼前，“见面后，手都没握过。”

谢骛清静住，然后沉默着，紧握住了她的手。

时隔多年，他们再碰到彼此的身体，哪怕只是最礼貌的握手，都让人无法承受。她感觉到自己的手指因被锢得太紧，有些胀痛……但还是对他笑着。

前厅门被拉开。管家进来，悄悄提醒他们，有外客来了。

最近几日因婶婶要生产了，在天津租界里住着的老人们全都时不时来转一下，管家跟九爷时间长，看得出谢骛清不好见外客，先将客人们引去了茶室，过才来提醒他们。

林骁跟着进来，看似也要催他走，不忍心。

谢骛清没动。

他看着她，笑着问：“上一回来，在地下室里翻过一本旧书。能不能替我找找？”

她以为他想淡化要走的事，配合着起身：“我去拿。”

她跑去地下室，找到书，再回来，谢骛清已不在前厅了。

“公子爷上车了。”立在大门内的林骁说。

何未望出去，正见谢骛清被人扶着，上了轿车。他的右腿显无法用力。她看到这个背影，后知后觉地想到，谢骛清方才支开她，只是不想让她见到此刻的狼狈而已……

“二小姐就不必送出去了，”林骁接了她手里的书，“门外人多眼杂。”

院子里有不少来客的小厮聚在一处闲聊。

“二小姐请安心，我们并不急着走，只是公子爷这几日有事要办，”林骁低声道，“想找他，还是过去的方法。”

何未轻点头。

她曾用那个号码求助过，三位数字，像刻在脑子里一样。

林骁快步离开，上了谢骛清的那辆轿车。

她立在玻璃门内，目送两辆轿车先后离开。

余下的人，全都以黄包车拉着，沿相同的方向去了。

轿车去了天津的“三不管”。

此地在法日租界西北方，法日租界管不到，天津的警察署也没法儿管，久而久之，成了三不管的地界，茶园、戏院、旅店和大烟馆密密麻麻排满了横竖窄街。

清末时，郑家见这里发展日趋热闹，先下手买了地皮建了一排房子，如今都租了出去。此处是赌坊后边的小院子。在他们来前，就在郑三小姐的吩咐下收拾干净了。

这地方，谢骛清一行人不止一次来过，熟门熟路，早在来前就收拾干净了。

晚七点，有人引了位穿灰褂子的老先生来，门口的人再三验过身份，将先生引到厢房。老先生一进门，见要诊病的正主，深深作揖，立身起来时才敢瞧这位不露身份的病人。

谢骛清换了衬衫和过去常穿的护国军时期的军裤，坐在棕红单人沙发上，似等了许久。

这戎装式样早没人穿了，还是辛亥革命前后的南方军装……

如今年代已换，老先生见这久违的军装，一晃神，以为回到了十多年前。

“先生请。”林骁在一旁提醒说。

这位正骨先生在三不管十分有名，北方帮派打架下手狠，断骨接骨是常有的事，因此让他在接诊数十载后，练就了绝艺。在谢骛清到前，郑渡特地找到这个人，只等他到天津。

那先生将谢骛清的军裤卷起来，检查着，一会儿眉头拧起来："您这……上一回接骨的人手艺不大行啊……"这种富贵人，怎么治腿上如此马虎?

接骨先生一眼就看出来，第一个接骨的要不就是手艺太差、不懂接骨，要不然就是有意没给接好。

"看着是养了有快一年了？"那先生又道，"这都长好了，给耽误了。这样吧，我给您每日按摩一个时辰，半年后，走该没问题。两年内，就瞧不出大问题了，只是不能久行久立。"

正骨先生看谢骛清是个出门就坐车的富贵人，想着如此就可以了。

房间里一时安静。

"找到先生，正是因为听说你曾治愈过没接好的骨。"谢骛清说。

"您说的是那一回……"正骨先生回忆，摇头说，"那不一样，那是个跑码头的，身体壮实，受得了那个法子……"

"是什么方法？"他问。

"重新打断，我给您再接一回，"那先生答，"但也有风险，我不敢打包票——"

"那就重新打断，"谢骛清平静道，"就今夜。"

何未不知谢骛清此行安排，怕斯年见不到要失望，嘱家人先不要对小孩子说。

婶婶听说谢骛清回来了，无比高兴，也不忧心肚子里的祖宗了，一定要九叔摆上麻将牌庆贺庆贺。客人们在前厅哗啦哗啦地推起了那一张张象牙白的牌，聊起平津两地的大小事。

从午后到深夜，哗哗声不断。

她从见过谢骛清，一整日心提在那儿，落不回去。

谢骛清曾以手指蘸水，写在桌上的三个数字组成的电话号码，像是三颗骰子在心里溜来溜去，变幻着红点数。

她撑着下巴在茶室里，看着落地钟的黄铜钟摆一下下晃动……

拿不定主意该不该今夜联系他。

没几分钟，隔壁有人叫了声十三幺，开始给小厮们派红包。

她在这吵闹里，终于下定决心，握住听筒。

电话铃声突然响起，像炸开在掌心里的爆竹，她被烫到手似的，愣了几秒才提起来。

电话是和楼上联通的，小婶婶的声音同时问：“你好，何公馆。”

“你好。”男人的声音很低，很哑。

是他。

“你找哪位？”听筒里，小婶婶接着问。

她抢着说：“小婶婶，我的电话。”

小婶婶顿了两秒，显被吓了一跳，没想到楼下有人接。

“晓得了，你们说。”楼上收了线。

线路上，仅剩了她。

她两手握着听筒，想到他在电话线另一端，竟像回到过去。

心像复苏了一般，轻轻跳着，为了他。

“怎么不说话？”她柔声问。

“我在想，”他说，“确实太久不见了，今日险些认不出。”

她不禁笑。

“是不是在笑？”他声音里也带着笑。

她轻“嗯”了声。

虽谢骛清的语气轻松，但她能辨出他音色里的疲惫：“刚到天津累不累？”

那边，话筒里出现了熟悉的布料摩擦话筒的动静，她每次都想问，谢骛清是打电话习惯时不时换手握听筒，还是喜欢用脸夹着听筒，去点烟。

她暂且只想到这两个动作，能让衬衫衣料擦到听筒。

她仔细听，隐隐还有他的呼吸，时轻时重，像微醺着。不知道是不是又是酒局后。

“未未。”他低声叫她。

她心软乎着，将头靠在淡金色的墙纸上：“嗯。”

像回到初相识，猜他在哪，身边是谁，正在做什么，明日会不会见。

在小院子的厢房里，谢骛清确实在抽烟，但不大能品出烟草的味道了，断腿的麻药药力已过，断骨的痛被无限放大。

他有经验，伤在初夜最难熬。

谢骛清靠在沙发的椅背上，夏日炎炎，本就热，再加上骨痛，衬衫后背已被汗浸湿了。

“怎么又不说话了？”听筒里的女孩子问。

一点点红星火在他指缝里，他声音低哑道：“喝得多了些。”

透过敞开的玻璃窗，知了闹个不休，赌场闹得厉害。此处赌坊人杂，三教九流，隔着一个小院子，像在眼前闹着。

谢家祖宅已被二姐卖掉。乱世里，三五年就是一代人。

他身上的军装式样早就过时，那个反清反袁的时代早已过去，北伐也成了过去。他像个不合时宜的存在，活到了今天。

麻药和痛感让他竟在这一秒像不知今夕何夕，一恍惚就到了这里。

似乎，还在十几岁初到天津卫那年，他还没去保定，没读军校。谢家还在，家门荣耀。

何未等了许久，不见听筒那边的谢骛清说话。

“你那边挺热闹的？”她试探着问，“刚回来……顾着自己身体，应酬是没有头的。”

他在电话里笑了，柔声说：“好。”

“我还有电话。”他又道。

“我还有句话。”她连忙说。

万幸，没有断线。

她轻声道：“你在天津，该住在我九叔家，这里最安全。”

何未握着听筒，等他的答复。

“不麻烦九先生了，”他低声道，“不说了。”

“嗯。”

在嘟、嘟、嘟的断线音里，她靠着墙壁坐着。

从见面就感觉到的疏远，在方才的回答里更凸显出来，她总觉得谢骛清在克制、压抑着什么。

隔日清晨，婶婶突然阵痛来袭。

她一边痛，一边兴奋地握着九爷的手腕子，那一边皱眉，一边哎哟哟，一边笑的样子，真是看得何知卿心跳都要停了。

从白天到深夜，再到天露白。一阵啼哭带来了何九家第一个孩子，九爷数日未深眠，脸都熬白了，人家要抱孩子给他看，他没顾得上，推着轮椅轮子自己往产房去了。

孩子可以再生，九爷的杜小宛只有一个。

何知卿一见到躺在那儿喝牛奶的杜小宛，心落回了胸膛。

他眼眶湿着，望着虽虚弱，却满面喜色的杜小宛："我这一夜啊，没了十年寿命……"

杜小宛笑着看他："大忠大义的人来过，老天会护佑我们的。"

婶婶指的是谢骛清。何未听着心里高兴。

全家人被如此一折腾，全都睡了个足，她睡到中午起床，被告知，前厅有客人等着。

在天津能有什么客人找她?

"有个人，你见过。"小婶婶轻声道。

好似谢骛清一回来，旧人就纷纷登场了。

她进了前厅，见到今日来客。其中一个面善的、长方脸白须老人对何未微微而笑，她回忆起这张脸、这个人数年前确实见过，曾因皇帝被赶出紫禁城的事，他来这里见过谢骛清。

自逊位皇帝到天津卫的日租界定居，他们这些遗老遗少跟来了不少，因依附日本人，不少人做了日本装束，这位前清朝廷的老官员就是，穿着和服，梳着油光光的两撇短发，不伦不类，滑稽可笑。那个日本人穿着英式西服，和同样身着西装的法领事及翻译一起，几人并肩坐着，倒像是租界百货大楼展示窗里的一排人偶。

他们来，是为了何未参股的盐号。

其实是分批来的，九叔耍了个心眼，让两拨人一起见她。

如此，不论日本人还是法国人，都只能说到皮毛，无法深入。何未反倒轻松。

北伐后，原来的“榷运局”改为了“盐务税收管理局”，也就是说，经营形式从官方办，改为了官督商办。

食盐一放开，都在抢占先机，她参与此事十分低调谨慎，没想到还是被这些人嗅到了。

何未将手里的扇子打开，轻轻扇着风，笑着道：“对盐号这件事，我是身轻言微，没什么说话资格的。”

那穿着和服的老人家皮笑肉不笑地，呵呵了两声：“二小姐谦虚了。何家有艘万吨级的海轮，专准备做盐运，想来在这上面还是有想法的。更何况，说是官督商办，一开始能拿到盐号批文的，还不是你们这些大户。”

这个老头是清政府官场出身，比那两个洋人和一个翻译懂人情世故得多。

“而且，产盐区都在沿海口岸，谁不知道何家和沿海口岸关系好？这关系可是从民国初年开始的。更何况天津有这么多大盐厂，盐厂是盐号的供货源，有多重要不言而喻。而何家九爷在天津是什么地位，大家有目共睹，怎么能说是身轻言微呢。”

何未笑笑，避重就轻道：“我九叔要知道被大人如此夸赞，比婶婶生了女儿还要开心。”

那个翻译对法国人说完，法国人立刻笑着，说恭喜。

那日本人问长脸老头，老头不大情愿翻译给他听，日本人也跟着法国人，说到了孩子上。

何未惯于打太极，借着这个机会，扯得越来越远。

日本人和法国人，加上那个翻译都不觉得有什么问题，唯独那个长脸老头不悦，却碍于大家都在说喜事，不好打断。

猫儿突然从茶室跑出来，一跳，落到她腿上。

九叔养的这只猫极有灵性，跟着九叔见客人多了，一旦见主人气场不对，想结束这场会客，就会闹着来撒娇。此刻便是。

她摸着猫背，叫扣青去端新煮的糖水。

小婶婶及时雨一般跟着扣青进来，陪着这几位客人和何未天南地北地聊了一个时辰，等送走客人。何未抱着猫，去了茶室。

何知卿没了心事，正怡然自得地喝着茶，大拇指上的扳指颇有节奏地敲着矮桌，哼着曲儿，见她来了，笑着接过猫："为了这个盐号，好几轮人来见过我了。英国、法国，今日又是日本人。照我看，你带斯年尽快回北平，不用等这里的满月酒。"

天津和上海都是租界多、洋人多，因此麻烦也多。九叔的考量是对的。

她心不在焉"嗯"了声。

谢骛清如今到了天津，她怎么可能安心走。

她挨着九叔坐下："九叔，你能不能帮我问出他在天津的落脚地？"

何知卿瞧着她："照我看，他是不想让你见到。"

"我知道，"她反问，"可若是婶婶病了，不让你知道，你还能安心在这儿喝茶吗？"

何知卿想了想，也是。

打开床头的矮柜抽屉，翻出一个手抄的电话簿，翻找着，打了几个电话出去。何知卿留了个心眼，顺便问了郑家。

何知卿挂了电话，说："既然他能突然出现在天津，就是周密安排过的，未必能打听出来。耐心等等。"

消息在午后传来。

无人听说那位谢先生，倒是郑家最近事情多。

何知卿说："郑家早年在三不管买了块地，开了不少铺子。最近生意好，事情也多，前天下午有人在戏园子闹事，斗殴伤了不少人。天津最好的几位江湖先生都去了，包括一位有祖传手艺的接骨先生。"

她直觉这事儿发生得巧。

何知卿猜她所想："不让你去一趟，你是不会罢休的。坐我的车过去，三不管虽无人管，但九爷的车大家还是认识的。”

她“嗯”了声，要走。

“在他回来前，我不想提这些，怕他真回不来，你知道了更难过，”九叔轻声又说，“我让许多朋友打听过，谢卿淮被囚禁那几年，南面好几个讲武堂的学生们写请愿信想救他。依我看就是这些害了他，怎么能留个有声望的活口呢？我猜，他受的罪不少。”

“这人生在世，往往是盛名薄命，”九叔最后道，“如今他能活着，我都是感到意外的。”

何未没再耽搁，要了戏园子的地址，去了三不管。

许多老板认识九爷的车，一见车，便指使人引到门旁停了。何未隔着半开的车窗，看车窗外的戏园子老板，说：“给郑家人带句话，我是何九公馆的，找一位叫林骁的先生。”

未几，从戏园子里走出一个人，正是林骁。

她下了车：“林骁先生来听戏？”

“是，今日有一出《西厢记》不错，”林骁面对旁人应对自如，唯独对何未，不敢有所阻拦，“二小姐……想听？”

“嗯，”她见戏园子外的红纸写着今日的名伶，随口道，“我最爱这位唱的《西厢记》。”

何未戴了个大遮阳帽，由林骁引着，进了戏园子。白日里的生意不如晚上，有几个伙计擦着戏池子里的桌子。老板亲自给她掀开一块块半悬的绣金布，往后边去，兜了个圈子，才进了后边的小巷子。那巷子连着隔壁的赌坊。

“天津最有名的接骨先生过来了？”她边走，边轻声问林骁。

林骁不敢答，点点头。

几经辗转，终进了个院子。此处小得很，为不引人注目，没刻意按招待人的样子布置。

一半院子堆着赌场的破赌桌和椅子，半挡着通往另一处的小木门，木门上了锁。另一边的厢房里，几个便装的中年军官，在进进出出地收拾着文件。

正房门口挂着湘帘，里头静着。

她征询看林骁，是不是这间。林骁轻颔首。

何未立在湘帘前，略定了定神，伸手要撩湘帘。

林骁想拦，没拦住。

也不敢拦……

她一手撩开湘帘，迈进了门槛。

里头为消暑，窗帘都放着，挡去外头的日光。

但如此盛夏，哪怕挡了直晒的光，也足够看清里边的人。

一台16寸台壁两用的绿色电风扇摆在茶几上，正对着一盆冰吹着风，这算是屋内的一股清凉，在咯吱咯吱的扇叶旋转声里，谢骛清靠坐在暗红的双人沙发里，面前摆着一个小桌子，堆满了书和手稿。

他正拿着一支钢笔，在手上转着。

受伤的那条腿打着石膏绑着纱布，斜搭在比沙发高的椅子上。

屋子里，凳子上坐着一个，窗边靠着一个，还有个拿着水果刀在削苹果。

何未一眼望过去……全是面善的，当年保定的同学会都见过……

谢骛清抬头，停下了转着钢笔的手。

她本是满腹的心疼，还有被瞒着的委屈，筹谋着做出气恼的样子。

被屋内这一堆人打乱了。

“我们马上要去火车站，”其中一个就是当年的桃花眼先生，他两鬓短发已白，却还是带着往昔的灿烂笑容，“和谢教员告个别。”

这语气，像是对师娘汇报。

何未抿抿唇，将白珠子穿起来的手袋放到进门的高柜子上：“你们……说吧，我见天太热了，问问，要不要送些冰镇水果进来。”

……

湘帘外，王堇的声音问：“站太阳底下偷听什么呢？不嫌热。”

没人回答他。

这一问更尴尬了，林骁显然是在偷听里边的情况。

她一转身，掀竹帘子出去了。

王堇抱着一沓电报，林骁正拉他到一旁。

王堇见到何未，眼睛亮起来，要叫，但还是收住了，知道里边在谈正事。

何未看林骁，悄声问："你怎么不说里边有人谈事情？"

"……"林骁想说，二小姐方才的样子除了少将军谁敢拦，但还是忍住了，轻声说了一句比较讨人喜欢的实话，"我是想……少将军的事，没必要避开二小姐。"

那也该给个心理准备。

没几分钟，屋里的人先后都出来了。

这些人的装扮都不像过去同学会的时候了，有的像商人，有的像读书人，有的是穿大褂，有的是穿半新不旧的西装。他们年纪都比谢骛清大，已在四十岁上下，但看何未的目光还像初见，或是更早，像在保定读书时……这恐怕就是故人重逢的意义，让昨日重现。

匆匆一面，匆匆作别。

何未等大家走了，立在门口踌躇了一会儿。都说是一鼓作气，再而衰……方才的气势减弱了不少，她撩了帘子，进去了。

木门被从外关上。

关门人显是过于紧张，忘了有弹簧拽着木门，砰的一声重响，震醒了她。

……

风扇叶咯吱咯吱，将冰块儿的凉气一阵阵吹到她的脸上。

谢骛清仍在沙发里，也没法儿动，等着她进来很久了。

在谢骛清的人生里，难得出现的几次"意外"几乎都关乎性命。唯独多年前的百花深处……还有今日的意外，和生死无关，只在风月。

他将钢笔放到一沓手写稿上，轻声说："二小姐来前，该打声招呼。"

他指的是因盛夏炎炎，而敞开领口、挽起袖口的衬衫，还有因打着石膏不得不挽高裤腿的样子。衣衫不整的谢骛清，如今在她眼前，想避嫌都没法儿动。

她绕过正当中的八仙桌，绕到谢骛清完好的那条腿旁。

“是谁招惹你了？”他仍是笑着问，“看着像受了气。”

她瞅着他，瞅着瞅着，眼泪涌上来。

“我以为你一见我就着急走，是为正事，还安慰自己，你一定没事的……”她喉咙被哽住，缓了几口气接着问，“你受伤有什么见不得人的？他们都能知道，偏就瞒着我？你这样……难道还想瞒我一辈子？”

“如果能做到，”他轻声说，“我确实想瞒你一辈子。”

她一眨眼，眼泪珠子掉出来，像在弥补前日没流出来的那些。再一眨眼，眼泪珠子已成了串，全掉在身上、地上。

谢骛清一见她掉了眼泪，笑意转淡。他没法儿挪动，手一探，想拉她的手。

何未躲开，抹脸上的泪。

“二小姐不是个爱哭的人，”谢骛清柔声哄她，“不过是一条腿，不值得你哭成这样。”

……

能过这么久还没养好，还须到天津问医，怎么可能只有一条腿的伤？

偏他永远不在意，永远像伤在旁人身上。

“为什么不值得？我不能心疼吗，难道还要我笑，陪你开玩笑？”她说完，眼泪再次涌出来，“我就问你，断腿疼不疼？你就算姓谢，就算满门忠烈，你也是个活生生的人……”

“少将军是铮铮铁骨，可以做到笑着死……但我至少有哭的权利，”她越说越难过，“我也是普通人。”

谢骛清真被逗笑了，握住了她的腕子：“这不是还没死吗？”

何未怕太用力甩开，迫他挪动腿，任由他握自己的手腕，跌坐到了沙发的软皮子上。她的体温像是烫的，比骄阳烈日更灼人，挨到谢骛清的身上，让他只觉不真实。

她哭着哭着，已忘了哭的初衷。

不安在这五年没有一分钟消散过……倒像把担心都在此刻哭了出来。何二家已经没人了，她像个孤儿，哥哥走，二叔走，只靠着航运和斯年拽着往前走。

一想到谢骛清可能在监狱里，或是早就被执行枪决……她就整夜整夜睡不着。

……

谢骛清用手指抹掉她的泪，一次次，不厌其烦，他怕擦不干净，怕她的脸被泪水浸得多了，会疼会泛红。他把手伸到长裤口袋里，什么都没有，偏今日这条军裤里没有装手帕。

谢骛清的手在口袋里一无所获，缓慢收回来……

他以仅有她能听清的声音说："不哭了？"

她还在抽泣着，根本停不住，人哭到一定程度就像有惯性。她咬着下唇，因为抽泣，牙齿无意识地或轻或重咬到下唇，将那里咬得更红了。

谢骛清低头看她，想不该是现在，趁她哭得正可怜的时候。

"当舍则舍"是他留下的话，但留下这句话的谢骛清有多少不甘，他没对谁提过。对着二姐和四姐，也是说，当初怪他，明知前路不明，偏要扯上一个女孩子。

但他也是有血有肉的普通人，不甘心的时候也会想，他谢骛清一生没对不起谁，想过的，也不过是一段最寻常普通的夫妻生活，像曾经的父亲母亲，曾经的叔叔婶婶。

赌坊隔壁的戏园子里名伶登了台，锣声鼓声敲起来，像锣槌鼓槌落在了身上、肩上、背上……心上。

尘世喧嚣，哄闹杂沓。

他将脸离近，感觉她强压着抽泣时的呼吸，像小孩子一样微弱。

谢骛清的手，搂到她脖颈后。

她无法动弹，除了不由自主地抽噎着，连呼吸都停住了似的。

何未感觉到他嘴唇的温度……在泪水的湿润下，清晰感到他在亲自己。

每一次和谢骛清在一起做这种亲密事都让她有种像随时要被人撞破，不得不凝神屏气，小心翼翼的心悸感。

谢少将军，是她十七岁尾巴上的一场梦，一梦便再没醒过。

梦里有珠帘子一串串，有烧红的炭火盆，有敲打着窗户的北风，还有他踏入珠帘子内的那一双黑色军靴。

他那双军靴自南方的血火里走来，像一脚踏入了红尘。

……

他在她的唇上，一下一下轻吻着，手指在她的长发里滑动，隔着发丝摩挲着她的耳垂，还有脖后柔软的皮肤。

何未哭得累了，往他颈窝上靠。

日光从窗帘的缝隙下钻出来，晃到她的眼，想说，能不能找块砚台将窗帘边沿压住。懒得动，又懒得说。她手伸到他的衬衫里，摸到的都是汗。她不禁笑，真新鲜，他也是会出汗的。

有他的记忆里，都是灯光凌乱，夜色浓，天寒地冻，像戏里唱的公子小姐分手的桥段。而私会偷情的，便是在夏日了。

戏园子里唱着《西厢记》。

她沉浸在咿咿呀呀的唱词里，想，这戏词里的男女就是古寺里见面，一眼定终身的。不知怎的，想到十八岁生日时，想到玄关立面红底金字的宴客牌上，他们保定同学会的一排排密密麻麻的名字……那晚，那边宴客几十桌，在灯影里尽是各省的军装。

她微睁眼，在刺目的日光里，见他穿着的军裤。

谢骛清感觉到她脸在的自己颈窝的地方轻挪动，摸摸她的下巴，泪也干了。两人如此拥着像泡在温泉里，汗如水，裹着身子。

他摸她额头都是汗，低头，下巴颏压到她的头顶，柔声问："打盆水过来，给你洗把脸。"

她摇头，脸上的胭脂都哭掉了，眼睛肿着，怎么能让外人看到。

何未抬头瞧着他。

谢骛清微笑回视，轻声道："三十五岁了，经不起二小姐如此仔细看了。"

他的嗓音有着一夜未眠的疲惫沙哑。

何未低下头，将额头压到他的颈窝，盯着他的衬衫纽扣看。

他一提年纪，她心里像被堵上了。

那年，他都没到二十八岁……一年又一年，眼看着年岁都过去了。

“怀瑾说，你有个女儿？”谢骛清低声问。

何未迟钝地“嗯”了声。

风扇转了许多圈儿，她没见谢骛清回答，抬头，对上了那一双压了许多话的眼睛。谢骛清似乎也是因为她给了肯定答案，很是意外，同时在想，接下来的话该如何说。

他最后什么都没说，对她温柔地笑了笑，像是很快和心里的猜想和解了。

这些都不重要。

“还是先叫林骁打盆水进来，”他避开她的视线，全然忘了腿还打着石膏不能动，下意识就想起身，“这些话，以后再聊。有的是时间。”

“不是我生的……”她急忙搂住谢骛清的脖子。

房间静得出奇。

“不会真以为是我生的吧？”她好笑，不过也怪不得他，方才自己竟浑浑噩噩地“嗯”了声，哭糊涂了，脑子没跟上。那片刻安静里，也不晓得他想了多少层东西。

“香港何家带回来的，过继给我的。二叔怕他过世以后，我上下都没人，要被宗族要求均分家产。所以和他们说好了，安排我过继一个女儿过来，”何未说完，疑惑地问，“我带去了广州公寓，他们没告诉你？”

当时谢骛清回去，守着公寓的老伯提过一句，何二小姐带了个小侄女过来。他没太在意。后来怀瑾说何未有个女儿，家里都认为是和谢骛清生的。

只有他自己清楚，当初的程度不可能有孩子。那时，他认为是个误会，毕竟怀瑾只和何未匆匆见了一面。

他就算要问什么，也只会信她亲口所说的。

谢骛清笑着，轻叹口气。

戏园子里暂安静了，也不晓得下一折是什么。蝉声一阵比一阵急，像在补足方才被锣鼓压下去的阵仗。何未难得见他醋一回，不过这醋猛了些。

“一开始她怕生，叫不出妈妈，”她笑着解释，“后来跟我一路回北京，就开始叫了。她记事晚，三岁前的都记得不大清楚了，如今就当我是她亲生妈妈，你见到可不要揭穿，怕她受不了。我想等她长大了，再告诉她过继的事。”

谢骛清安静听着：“如此说，你二叔恐怕也考虑到，他走后没人陪你。”

“嗯。”她想到二叔，难过起来。

“斯年从相片里认你，”她继续说，“认为你就是她的亲生爸爸，你可不能说破了。”

他笑。倒是和家里人一样，全认定了，是他谢骛清的女儿。

不过也好，省得解释起来更麻烦。至多是，年轻荒唐。

“还有，”说起斯年，她想到和他有关的，“我在你广州公寓……拿走了一样东西。”

拿走了他十八岁穿军装，初被称少将军的相片。

他笑：“我知道。”

言罢，轻声又道：“也留了一样东西。”

她脸红了：“你怎么找到的？”

“他们说，你去过。我照着你的脾性猜，该有什么留在了卧房里。”

他曾说过，他的内务习惯自己做，没人进他的卧房。要不然她也不敢留。

当时年纪小，胆子大。如今反倒羡慕那时的自己。

……

她摸摸他的短发，陌生的触感。

他们认识近八年，见面的日子没几天。过去的日子，以“匆匆”两字便可概括，细想想，他们就像是旧时代婚姻下的未婚夫妻，了解甚少。

“这五年，我常后悔，没趁你在北方时多了解你一些。”

谢骛清和她目光相对：“现在了解，还来得及。”

她笑。似曾相识的一句话。

谢骛清搂她的腰，她就势窝在他怀里，见他不出声，仰头看他。他的下巴颏上有没刮去的胡楂儿，她摸了摸，谢骛清低头。两人对视着。

他的唇在她额头上碰了碰，笑着，往下，再次吻到她的唇。

像风压下摇曳的烛火，山影压住了夜下的河流。他吻得静，静是最有重量的，最后她被亲得恍恍惚惚的，有种天已黑，外头风雨肆虐，屋内却馨香满室，再进一步就是不可言说。

她糊里糊涂地想着，亲累了，往他胸口靠，被他的心跳震得胸腔也跟着一起震动。

谢骛清，他回来了。

林骁送来的电报，打断他们。

何未从他臂弯里逃开，斜靠在双人沙发的另一端，探手，从矮桌上拿那一沓手稿上头的几张，是手绘的战车一样的草图。

他将电报交回给林骁，讲了两三句苏联的事，大意是，方才见他的其中两个要去苏联的军事学校进修。沿路经过奉天，须有郑家人的照应。

"这叫坦克，雷诺 FT-17，"他等林骁走后，低声在她耳边说，"法国人用它对付德国。当年直奉大战，国内第一次启用。"

坦克。见多识广如她，也从未见过。倒是在直奉大战的影像里，见过战斗机。

他为她讲解："全国只有几十辆，都是奉系的。当年我在奉天见过，"他拿起后边的几张纸，给她看，"这是装甲车，运兵用的，奉天军工厂有能力组装。"

那年他去奉天，就是看这些去了。她仔细看着图纸。

他把桌上的一沓手稿都拿过来："这里是我写的。我父亲多年写的战术、筑城和步兵操练的手稿，都在我二姐那里。等方便了，她都会送过来给我。"

这也算是谢骛清的专长，他早年在欧洲军校进修，后来去苏联进修，取得了不少经验。回国以后，在打仗间隙，在几个讲武堂都教过书，保定只是其一。

想到保定，他难免遗憾。在办同学会那年，保定那里就结束办学了。

时间总在带走身边的东西。

"云南有个讲武堂现在还在，从清末就办得不错，培养了不少国内将领，还有亚洲几国的将领，"他见她有兴趣，多讲了几句，"但现在时局动荡，在国内办很危险，想培养新人，还是去苏联进修更安全些。”

“军事教育也是一代一代传下来的经验，”他理好手稿，最后说，“趁这几个月不能走路，写写新教材，以后有用得到的地方。”

她看着厚厚的一沓手稿，甚至怀疑，这些是不是他在被监禁折磨时，在脑子里成形的，然后一重获自由，就如潮水般涌出来，忙着整理。

何未两手攀上来，搂着他的脖子：“谢教员。”

他笑，等她说。

“你难得对我讲很长的一段话。”她望进他的双眼。

“说多了，怕你觉得枯燥。”他说。

她笑：“你就算说一一一，二二二，三三三，都比别人长篇大论好听。”

他也笑，在她耳旁说：“二小姐是被感情冲昏了头。”

他们从午后消磨到了黄昏。

她坐九叔的车来，打着听戏的幌子，留不到过夜，怕引起外人议论和注意。

坐到天黑了，窗帘缝下流进来的月光落到谢骛清肩上，她没头没脑地想，原来月光照不出灰尘，白日飘在空中的一束束不断旋转的金色尘埃都没了。

人轻松到一个程度才有这份闲情，瞧得见灰尘如何在光里旋转，也瞧得见蜗牛爬出来的一道道白。

谢骛清见她左右看，以为她找东西找不见：“要开灯吗？”

“不要，”她摇摇头，脸挨在他耳边，“开灯热。”

不想打破这一点点暗里的独处，她用唇碰碰他的下巴颏，被微微刺到，不疼，麻麻的。她不禁笑了。她一笑，谢骛清便低头下来，又亲她。

她能感知到他体力透支，已累了。

他亲一下，要停会儿，才到下一次，许是天黑了，她被这不轻不重，不紧不迫的吻引得心里酥麻麻的，咬着下唇，不给他亲了。

“吃饭吧。”她在他的手心里逃走了。

她开了灯，想叫林骁准备晚饭。

林骁早备好了，一见灯亮便端了进来。

她从正房出来，将王堇拽到一旁，细问谢骛清作息和饮食。“一般下午两点要睡，今日你来，他精神好，”王堇悄声说，“睡到三四点就要吃晚饭，跟着处理要务，到夜里十二点吃了药，能睡到四点多。夜里不吃安眠药没法儿睡的，一旦他吃了药，大家都不会去叫。”

隔壁厢房的灯早亮了，想必大家等他处理事情等了许久。

谢骛清难得下午放纵一回。他身边人默契十足，除了那一份电报，再无人来打扰过。

那些人对着她，面善的、陌生的，都将她看作自己人，不大避讳的。

何未见他吃了没两口，众人已将他围起来，想，怕是下午堆积了不少事。她趁着他解决了两件事的间隙，大家休息、低声讨论时，走到沙发前，一手捏着白珍珠手袋，一手对他轻挥挥：“明天来看你。”

他对她伸出右手，她不解，把手递过去。

谢骛清将她那只手握了又握，轻声问：“明晚留住吗？”

……

她像初谈恋爱时，口是心非地小声道：“说不准。”

他没松手。

她瞥见屋子另一边的人在看这里，不得不给了他想要的答案：“应该……可以。”

他和她对视着、笑着，放她走了。

第十三章

烈酒醉繁花

夏日炎炎。三不管的戏楼，谢骛清为她预留了一个包厢。

林骁立在门外，等候多时。

昨日她回到家里，回忆认识谢骛清这些年，只见他穿过两套西装，余下都是一个式样的衬衫和军裤。今日进戏楼前，好奇地问了句，是不是谢骛清除了军装，没什么衣裳。

正如她料想的，林骁的答案是：公子爷像老将军，节俭惯了，自十岁起，除了军装就只有军装，那两套西装还是上一回入京为做戏见人，临时找裁缝赶制的。

“二小姐您想想，做革命的哪里有钱，我们不收捐税，也不种鸦片，就靠以战养战和自掏腰包，还有爱国人士的捐助。我们家二小姐就捐了不少，您不也捐过吗？”林骁笑着说。

何未轻点头。

“他们军阀的战报都不爱说什么缴获多少枪支，分别什么型号，多少发子弹。人家不缺这个，我们的写得明明白白，穷惯了。”

“林副官比过去爱说话了。”扣青笑着道。

林骁见扣青，惊讶。

“林副官好。”扣青对他展颜一笑。

林骁忙低头：“扣青姑娘。”

何未看了一眼今日红纸上写着的名字，仍如昨日，是祝小培。

这位名坤伶十五岁凭《西厢记》红极一时，在报纸上的投票都是一骑绝尘的票数，那些军阀政客为捧她的场，许多疯狂到每日登门，在她住的公寓下坐几个小时……何未知道她，比认识邓元初还要早，但却只闻其名，从未听过她的戏。

那天，祝小培帮着掩护谢骛清离开广德楼后，她才算真正听到了名震四九城的《西厢记》。

“她竟然在这里唱？”扣青一见那名字，错愕地小声问，“邓公子知道吗？”

她轻摇头。没问过邓元初私事。

当初落魄的邓家小公子和大红大紫的祝小培同居一事，在四九城闹得尽人皆知，有位军阀公子还拿枪指过邓元初，要他退出……一转眼，两人早已天各一方了。

谢骛清早早在包厢里等着她。他在公开场合已习惯了穿西装皮鞋。

当年他是做着必死的打算，将事情逐条交代下去，何未这边是一道，另一边的，让四姐的夫家做了一场抢兵权的事。如今，谢卿淮已死，兵都在吴家小公子吴怀瑾手里。

吴怀瑾天生反骨，年少气盛，趁着北伐后的再一次军阀混战，带兵撤回云贵的深山老林，观望中原混战，除了剿匪就是练兵。

而他这个过去十七年里，只在人前出现过两次的人，则是“舅甥离心，北上散心”。

谢家的变故尽人皆知，大小姐病逝于苏联。如今只剩了做银行金融的二小姐、远避海外的四小姐，还有谢骛清。一切已成往事。

谢骛清悄然到天津的事，并不打算张扬。

包厢里，有桂花香。

她循着香气望过去，谢骛清手边摆着两盏桂花茶，还有几块点心。

她将手袋放到一旁，挨着他坐下。

“今天上午想准备招待你的吃食，”他说，“都只能在北平买。后来从行李里翻出干桂花，才算凑了两盏茶。”

“也是桂林带来的？”她问完，接着道，“你送我的那罐，还没舍得喝一次。”

“同一夜摘的。”他答。

那天途经桂林，只驻军了一晚。也是巧，桂花花期只有短短数日，也能被他碰上。

天津这里的戏楼在午后有相声专场，那些名伶多在北平大红，而天津的风水似乎更适合相声行业，平津两地，想红的，来这里拜师发迹。场内，有小伙子捧着盘子，一个个领钱，在一阵阵笑声里，碎钱被抖到红布盘子里，台上的人作了个揖，继续讲。

没多会儿，外头扣青进来，轻声说："假日本人来了。"

何未没反应过来，谢骛清已说："把帘子放下，隔着竹帘子说。"

她看谢骛清："你知道是谁？"

"盐号放开是大事，事关民生。我到天津前，已听人议论过了。"谢骛清道。

"我的心思不在这类生意上，盐粮交通，我已占了一样，余下的再不能碰了，也不想碰，"她轻声说，"不过这是二叔走前想做的最后一样事。他说，我们这代人不懂得，没真正体会过外敌入侵，防范少。如今我们的产盐地都在沿海，如果以后打起仗来，内陆没有盐号储盐，极其危险。他知道我不想碰这个，但让我适当帮一把，运盐去内陆各省。"

何知行因在过去的北京城，切身体会过被八国联军攻打前后的状态，心有余悸。

"你二叔确实考虑得更周详。"他评价。

这和二叔当年落魄时的经历有关，那也是迫使他和白家老爹不得不逃走的一桩旧事。

今日来了两位旧人。

那日的前清大臣，照旧穿着木屐和和服，跟着来的太监倒是灰色的中式大褂。他们隔着竹帘子，见里头是一男一女的影子。

"两位请坐。"何未说。

太监兜着手，先坐了，那位梳着两撇短发的前朝大臣欲要近前。

"赵大人，"老太监不悦道，"坐下说吧。"

隔着竹帘，她见不到那大人的面色，倒也轻松。

对方表明来意，仍是为日本商人想入股盐号的事，他在官场上混迹几十年的本事在，舌灿如花，何未听得心不在焉，见谢骛清拈起颗坚果，她没见过，想必也是南方带来的。

谢骛清啪的一声，两指捏开，何未马上努努嘴，他一笑，递过来。

“这叫什么？”她轻声问。

他偏过头，轻声答：“米椎。”

“吃起来像栗子。”她细品着。

谢骛清见她爱吃，又捏开一颗，摆在茶碗旁的白瓷碟上。

何未微蹙眉，对他又努努嘴。

他笑了，捡起来，继续喂给她。

楼下，相声演员抖了个包袱，引起一阵哄笑。

那太监竟也在听相声，跟着笑了。

那位赵大人本就讲得口干舌燥，不见回音，里边聊着坚果，外头跟着来的同人在听相声。里里外外就他一个外人似的。那人不悦了，道：“二小姐这敷衍的本事，倒是让我想到一位故人。那位贵人北上时，也是正得势时，对我二人是敷衍怠慢。如今我们还在天津卫租界，而他，却家门落败，不知去往何处了。”

何未见那人提谢骛清，收回视线，看向竹帘子外的人。

“这人的机遇啊，说不准的，关键是要看准了大势，”那位大人又说，“如今南京政府对日本人都要退让三分，二小姐又何必强撑着面子。”

谢骛清端起茶杯，喝了口桂花茶，轻拍了拍她的手背，让她少安毋躁。

幸好，那老太监身子不舒服，坐了没多会儿，就催促着走了。

晚些时候，扣青代替何未坐轿车回去。

日落前，她跑去小院儿的厨房，将围裙系上，把做饭的人赶了出去。她这几年带着斯年，学会了不少适合小孩子吃的菜，厨艺大增。

饭菜端到屋里去，谢骛清接了筷子，看着蒸得热腾腾的白饭：“不是木樨饭了？”

“我刚才一高兴……盐放多了一勺。”何未也苦闷。

他笑：“明天再说。”

“嗯。”

明日复明日，真是好。

“今日在戏楼，要知道他们说那番话，我就不见了。”她坐到他身边，给他添菜，细想想还是生气。

谢骛清一笑，也给她添了一筷子菜："怎么不见我女儿过来？"

……

倒是自来熟。她瞥他。

"这里不是戏楼，就是赌坊，怎么带过来？"她反问。

"是不妥当，"他想想，说，"明日我去见她。"

何未见他对斯年如此上心，抿嘴一笑。

晚饭后，她搬了个小凳子，在院子里，剥着米椎，就着桂花茶，听隔壁戏楼里不大清晰的一折折戏。和谢骛清隔着一面墙的感觉，说不出的好，踏实。

她摇着檀香扇，扇着风，驱赶蚊子。她脚边上忽然放下来一盘烧着的蚊香。

林骁对她笑笑，轻声说："少将军要拿来的。"

她回头一瞧，能透过支起来的窗户缝，见到里头的人走来走去，想必谢骛清就是如此瞧见她的。

小院子不只住着他，还有跟随的属下们，不如九叔家方便。

浴室小得很，她洗完澡，要穿过院子才能去正房，于是规规矩矩地换上白日的衣裳，等到了门外，掀竹帘子的手，微停了下。大灯关了。

何时关的？洗澡前还亮着的。

她心慢慢地跳着，轻撩了珠帘子，低头走入。

脚下是灰色石砖铺出来的，高低起伏，不大平整，她走着也是高低起伏的。

帘子全拉上了，只有窗子为了通风，被撑起来。电风扇和一盆冰摆在了床头前的矮桌子上，对着床帐在吹。床头有个小台灯，黑色的电线从墙边拖过来，谢骛清见她进来，收起腿上杂七杂八堆着的书和手稿。

何未走过去，解开头发，用手指做梳子，理顺在肩旁，顺便瞥了一眼刚合上的书，《步兵操典》。她笑了一下。

谢骛清把书、纸和笔搁在椅子上。

"想给你找个衣架，"他说的是摆在床头搭女孩子衣服的，老式的搭衣服的架子，"这里没有。"她又笑了，轻声说："放椅子上不就好了。"

她坐在床边，解布纽扣，刚解开一个，看谢骛清竟然是军裤和衬衫全在身上，脸一热，不好意思解了："你怎么……不脱衣服？"

问完，记起来："还是喜欢穿衣服睡？"

谢骛清笑："想等你来。"

……

何未瞅着他："等我做什么……"

难道要我帮你脱衣服？没问出来。

何未见他一直瞅着自己，竟觉得那黄色的灯光格外烤灼人。

谢骛清突然把灯揿灭了，开始解衬衫。

"你等我上去。"她脱掉鞋，把挂着的一边床帐放下。

这里床帐不似家里和百花深处的，布料轻薄。一放下来，就被外头风扇吹得全往她身上卷，何未用手拨开，刚要说，要不把床帐挂起来吧……

谢骛清的手已经扶在她脖颈后，亲到她的唇上。

"不用管这个。"他低声说着，手往床畔摸下去，像有电线插头落地的动静，风扇不转了，床帐也像没重量似的落了回去。

何未被他亲了会儿，替他将剩下的衬衫扣子解了。

"原本想在百花深处，"他在她耳边说，"但我们之间，不想再拖了。"

她心里像火烧一样，被他的目光烫到了。

谢骛清不大爱说心事的，难得说一次，还是在这时候。

她倒是没想过在何处最好，只想过和谁。

刚回北京时，午夜梦回，她醒在大床上，摸到身边的斯年，以为是他，喜悦感涨到顶时，却再摸到细细的小胳膊，又被失落淹没。后来她就不敢带着斯年睡了，交给了均姜和扣青。

"其实闭上眼，"她小声说，"在哪里都一样。"

谢骛清笑了。在他眼里，她没长大过，直接，不藏心事。

她总觉有细微的声响，分神辨认了半天，记起窗户开着，是夜风吹他的那沓手稿。

“我去帮你先把稿子收到书桌上吧？”她紧张他的心血。

“不用。”

她下巴搁在他肩上，闻了闻，他方才一定喝了桂花茶。

见过谢骛清的人，联系不到温柔这个词。只有床帐里的少将军，解开衬衫，脱掉军裤的谢骛清才能被她见到这一面。她想，谢骛清在夜里上了床反倒没穿白日见客的西装，而是换回了军裤，是想以真实的谢骛清来面对她。

何未搂着他，将脸贴到他脸上，轻声叫他“清哥”。

他总是笑，不答应。

……

像一把火烧过了境，又像涨潮后终于退了下来。她的脸靠在他的颈窝里，一动不动。

蝉声像突然起来了一样。其实不过是刚才没心思注意，忽略了屋外的全部。

谢骛清摸了摸她的下巴，低头想看看她，她摇摇头，不想动。

抱了会儿，她睡着了，轻重呼吸落在他的锁骨上。

谢骛清不想吵醒她，也没法儿动，抱着她像抱个小孩子，靠着床边沿。他怕她着凉，把自己的衬衫披到她背上。

这样睡了有大概一个多小时，他见她没醒的兆头，也就如此坐着睡了。

此处赌场昼夜不休，何未被一阵阵亢奋的吆喝声从梦里拽出来。

她侧躺在枕头上，困顿地摸身边——

床单并不平整，温热着，触手还微微湿着。是空的。

她心里一惊，陡然醒了。要坐起前，被竹帘子落到木门框上的动静拦住，很轻的一声，像是竹帘子被人有意扶住了，慢慢放回去的。

男人的影子，回到了屋里。

谢骛清来前，就让人打造了一个带着刀头把手的文明杖，那天在九先生家没用，怕她瞧见难过。此刻，料定她睡熟了，才从床畔取了出来。

她躺在床上，借着月光见谢骛清用那半刀半杖的细长黑影子撑着，往床边一步步走。

他有军人的挺拔，就算如此也不狼狈，背脊是笔直的，只是慢。

何未心被堵着似的，在他离近前，重新闭上眼。配合着他，不被“吵醒”。

床边有人坐下的重量，她感觉男人的手摸到自己的额头，还有后背上，很轻，像在试着什么。随后，床上一轻，他把拔下来的插座重新插了回去。

扇叶在电流的支配下，有规律地缓缓旋转。

她领悟到，谢骛清方才试的是自己出没出汗，热不热。

她胳膊动了下，懒散地用脸蹭了蹭丝绵的枕头，像刚醒似的，摸到他的手背上，撒娇似的轻声问：“怎么醒了？几点了？”

文明杖被他搁到床边。他俯身下来，低声道：“三点。”

何未睁眼，在黑暗里盯着他的脸看，看着看着，手抬起来，摸他的头发。

他晚上没吃安眠的药，怕没睡多久。

“上来。”她低低地，继续撒娇。

谢骛清似乎笑了。他调整着身子和坐姿，将伤腿放得更舒服安全一些，躺回了床上。他人还没躺稳，肩上，女孩子的两只手臂已经溜上来。

“都不抱着我。”她攀着他的脖颈，轻声抱怨。

谢骛清见她无意再睡，低头，和她的唇碰上。

两个影子叠在一处，谢骛清手在她腰后，将她慢慢移到身下。两人面对面，脸对脸呼吸着，亲着。他亲吻的力道渐渐重了。

“你过去，有没有很想娶妻的时候，”她隐晦地问，“尤其……年轻的时候。”

谢骛清笑着，哑声道：“我一向擅长克制，而且，”他的手把她的长发撩到枕头上，她因为他的唇的撩拨，身子越发柔软，“更擅长转移注意力。没什么不能消解的，人又不是动物。”

电风扇的扇叶不停歇，一股股风落到胳膊上、腿上，像把外界隔开了。

何未渐渐呼吸加重，似睡似醒，任他摆弄。

谢骛清的手指被她的长发缠住，亲着她时，饶有兴致地把一缕拉长，试着长度，竟能到腰腹了。当初在百花深处厮磨时，还没如此长。

谢骛清想到初入京城，被友人们取笑是踏入了桃花源、逍遥境。大家笑他：功成名就时不肯娶妻生子，如今错过了自由恋爱的机会，要被迫成为军阀们的乘龙快婿了。

他倒是坦然，如有必要，万事都是可以牺牲的。

他们这些一心革命的人，以自家性命押家国繁盛。连命都没当回事，联姻更不会皱眉。

他千算万算，连被迫娶亲都想到了，唯独没算到真正的姻缘却在百花深处。

当初好友白谨行定下去德国后，不愿耽误未见过面的姑娘，想直接将婚约取消算了。然而是谢骛清记得何家那个为国捐躯的外交官，深知此门中人必是心怀大义的志同道合之辈，百般劝说好友先不要放弃，来见一面再说。

那晚白谨行一到京，就约了见面时间。

他为错开时间，立在胡同口的暗处，抽了根烟。他一贯有耐心，危机四伏都静得下来，偏那天的那根烟，抽得格外不自在。他几次想上车，想隔日再见，但胡同口的几个穿着开裆裤的小孩子跑着、闹着，一直挡在他和轿车之间，像冥冥中有人故意拦着他。

最后，他还是丢掉烟，进了狭窄无灯的胡同。

院子里的武官认出他是主人家，又因为士兵对长官的敬畏心，没拦，直接放他进去了。

背对着门口的白色身影，正用手，轻理着长发。只有她一个人在。

……

匆匆一面后，他回到六国饭店，在舞厅见过俄公使后，独自在座椅上，坐着想了许久还是只写了一张字条，没再露面。

……

其后种种，无法预料。

命运一步步推着两人，走到今日，终成婚姻。

谢骛清用汗湿的鼻尖擦过她的脸。

“吃那个安眠的药是不是不太好，”她和他吮吻着，眉心微微皱着，身心都在他身上，一会儿舒展开，一会儿又抿起唇，过了许久，才有力气说后半句，“要孩子的话。”

她是他的妻子。他的妻子在计划和他有个孩子。

他轻轻往她的耳垂上亲：“以后不吃了。”

天亮前，外头开始有人走动。照旧，无人来打扰。

从军的人醒得早，很快走动的人更多了。谢骛清有四点起床的习惯，外头有人进了院子，不晓得何二小姐在屋里，说话声大了，立刻被人制止。

里边床上的两人浑身汗未干，谢骛清见她分神留意外头，很快就能用他的方式让她收回心思，全副身心放到搂着她的男人这里。

……

等天快亮时，谢骛清在她耳边说了句：“以后每天住一起，怕都不用睡了。”他说时，是半开玩笑的语气，他伸手，想拿带刀的文明杖，去书桌那里拿烟。

何未奇怪，他为什么天刚亮要烟草提神，谢骛清答：不是提神，是分神。

“腿都这样了，还逞强，”她小声说，“要什么，和我说不就好了。”她下了床，帮他把烟盒、火柴盒，连着陶瓷的烟缸一并拿过来，放到床旁，那个红棕色的官帽椅上。

她难得见他抽烟，抱着膝盖坐在床边沿，歪头瞧着他是如何吸的，如何将烟雾造出来。

他手指上夹着烟，目光在她身上，低沉沉的。活脱脱一个登徒子，仿佛是那深夜里醉沉沉从军车上下来，挽着军装袖子，敞开怀，露出衬衫边边，来会佳人的公子哥儿。

他一只手空出来，上下求索。

“不是说擅长克制？”她往他肩上靠，甚至能感觉到他掌心里的血液是如何流淌的，热腾腾地卷过她的心魂。

他笑：“新婚夜，不一样。”

他欺身过来，将稀薄青白的日光挡住。

天都亮了……这新婚夜未免长了些。

到天大亮，她熬不住了，翻身往里，睡去了。任由谢骛清如何摆弄，都闭着眼只管去见周公。蒙蒙眬眬里唯一能觉得庆幸的是天终于大亮，赌坊又热闹了，再不显得这木床响了。

她沾枕即深眠，除了偶尔在他亲吻里咕哝两句困，人再没动上分毫。

谢骛清怕把她真吵醒，惹恼了，用衬衫裹住她。

谢骛清握着她的手，把玩了会儿手指，看看指甲盖，再看看小巧的指尖，瞧得是有滋有味。他想，这一夜后，该有个几成概率有两人的孩子。

他一被押送到杭州，就过着与世隔绝的日子，出来被告知的一件件事里，父亲去世前的那句叮嘱尤其沉重。

那时，该是谢家最难过的阶段。父亲不知谢骛清和定了亲事的女孩子到了何种程度，怕他年轻荒唐，没想明白就和人有了孩子。老父在病榻上反复叮嘱着唯一守在身边的二姐，若真有了血脉，万不可姓谢……牵连了孩子妈妈。

如今，若真能有个孩子，对天上的父亲也算是一种告慰了。

谢骛清耐心地看她的眉眼和脸，见她的额头上的碎发全湿透了。

新婚夜在一个不知名的小院子里，热，伴着蚊香的气味，还有赌场里的吆喝吵闹，蝉鸣滋扰。委屈她了。

他总想给她最好的。

可惜谢骛清能给的，她都不缺。

门框被敲响。

他悄然取了床头倚着的文明杖，撑着，一步步慢走到门口。

门外，接骨先生安安静静地候着，说是来换药。

郑家三小姐是他三姐的生死交，自谢三小姐走后，把谢骛清视同亲弟弟一般看待。那位小姐听闻昨夜弟媳妇留宿，一面高兴，一面担心谢骛清的腿伤有影响。但人家小夫妻多年分离，不好阻拦，于是拐着弯儿地嘱咐让接骨先生来检查检查。

他坐到院子里，在树荫凉里，让接骨先生换过药。接骨先生细细摸过一回，安了心，低声笑着道："听闻先生昨夜新婚，恭喜了。"

谢骛清乍一被恭喜，先一愣，随即笑了，算是默认了。

接骨先生走前，不放心地叮嘱着，虽是新婚，但还是养腿伤要紧。五十几岁的接骨先生，对着他这个三十来岁的男人，意味深长地连说数句“来日方长”，惹得谢骛清哭笑不得。

“先生放心，我有分寸。”他道。

“看得出，你是个谨慎的。”接骨先生又隐晦道。

林骁送走接骨先生后，为他端来准备好的早餐。他喝了小半碗白粥，隔着竹帘子缝隙，见她没睡醒的意思，塌下心，让人腾空了厢房的木桌子，把公务挪到了隔壁。

他一坐到厢房的椅子上，就发现大家喜气洋洋的。

这是唯一一夜，他没睡好，大家反而跟着高兴快意的。

谢骛清不大习惯下属们像看待新郎官一般的笑容，用钢笔敲了敲文件，让众人正经起来。有人顶着他的严肃目光，小声问：既是新婚了，喜糖总要有的。

又有人说：跟着将军十来年，喜糖都不给吃，太不够意思。出生入死的，总要有个念想，有个盼头，沾沾喜气……

谢骛清沉默地瞅着他们。

最后，他一瞧林骁，林骁立刻记录在案：买喜糖。

何未从裹了一夜汗的床单和枕头上清醒过来，浑身散了架似的。

这滋味比当初学骑马，硬是骑着一匹成年战马从山顶颠簸到山脚下，还要折磨人。她想，这男人嘴上说老了，其实还是精神十足，就是常年战场上下来的……不一样。

等心里腹诽够了，她摸到身上盖着的那件白衬衫。

如此热的盛夏，薄薄的一层白布料被睡得半湿。她摸到领口的一颗纽扣松了，筹谋着稍后找针线缝牢……

如此放空地想了会儿，她终于懒洋洋地穿上衣裳，下了床。

没梳子，便以手指凑合着梳起了长发。

她在满院子的热闹里，掀开竹帘子，走出屋子。院子里到处是人，唯独谢骛清不在。

王堇端着刚洗过的一盘葡萄过来，见到何未就笑着说："有客人在戏楼找二小姐，少将军问了两句，自己去了，刚过去。"

戏楼包厢里端坐的，正是昨日来过的假日本人，他照旧穿着和服，和老太监一起等着。为盐号，这也算三顾茅庐了。

因是祝小培连唱三日，此处成了这几日天津卫最热闹的一家戏楼。

那太监听得惬意，跷着二郎腿，那假日本人心神不宁，手里捏着一串珠子，捻着……

打破这一切的是一声声不轻不重的敲击声，像手杖落在木楼梯上。两人望向竹帘内挡着的内间，只见一个男人慢慢地、一步步走上楼梯，手撑着手杖，越过被撩起来的竹帘子。

在身边人的帮助下，高背椅被搬正，他坐定，将手杖倚在一旁。

他背靠上椅子，对竹帘子外说："赵大人，久违了。"

林骁见谢骛清开了口，上前卷起了竹帘子。

乍一相对，对面的两人都得了失语症一般，盯着谢骛清。

楼下的哄笑声，更将此处的安静衬托出来。

谢骛清是万年不变的军装内搭的白衬衫，不随时移，不随境变。

"昨日……"那位赵大人慢慢地问。

"昨日在此的，正是谢某人。"他看着他们。

赵大人一时语塞，不知如何开口，他在清官场纵横数十载，又匍匐于日本人膝下多年，都有生存之道，倒是见了这位传闻中落败的谢少将军，找不到寒暄的门路了。

谢骛清打量对方的装扮："如果我没记错，大人曾在山东任职过。"

对方本就因为谢骛清突然出现，震惊失语，再被谢骛清如此一问，更是心里发寒，他不过见过谢骛清一面而已，谢骛清竟连他初入官场的经历都查了个清楚。

“说起山东，我记起一桩旧恨，”谢骛清直接道，“1928 年的济南，外交官蔡公时为保军民和日本人交涉被绑，被割去耳鼻舌，挖去双眼，为国捐躯。此事，大人应该知道？”

那人被问得哑住。

谢骛清又道：“那年，济南被日本人屠城，前后死伤军民一万七千余人。此事，大人也该清楚？”

他又问：“吾心中有恨，不知大人心中有的又是什么？”

谢骛清的几句话，让那位赵大人更是语塞，草草抱拳，离去。

倒是那位太监，在走之前，特地来谢骛清面前规规整整地行了一个旧礼。

太监为了济南的事，曾求主子出面说情，也因此事对倚靠日本人的主子失去了追随信念。他曾想复辟满洲国，为此奔走卖命，在这几年全想通了，复辟如此的清朝，又有何用？

太监站直身子，将灰色袍子理了理，正要走，被谢骛清叫住。谢骛清从白瓷盆里捞出一个浸着的冰桃子，递给那位老太监：“祝小培难得开三日的场，不如听一曲再走。”

那老太监不好推辞，捧着桃子，落了座。他怀里像揣着个炭火盆，将桃子从冰握到热，都捉摸不出这位谢少将军的意思。半小时后，有个小厮跑上来，对着老太监耳语：“赵大人……被枪杀了，两条街外。”

太监先是脸色转白，随即又是庆幸……捡回了一条命。

小厮轻声讲：因是在三不管，无警署来管。拉黄包车的本想把车丢下，舍不得车，找人帮忙将人倒在了路边，拉着车跑了。人晒在大日头下的妓院门外，被嫌破坏生意，寻隔壁赌场的人找了块布盖上，扔到了后巷子……

老太监屏退小厮，心惊肉跳着，几次观察谢骛清，想看是否和他有关。

不过天津这地方，势力交错，那位赵大人又是嚣张惯了……

没多会儿，小厮再跑上来，低声讲：有江湖人在后巷子贴了一张写了罪状的纸，细数那人为日本关东军卖命的诸多罪状，人人得而诛之。

这倒是事实，老太监想，迟早是有这一报的。

来时是两个人，回去却只剩了他一个，换作谁都受不住。老太监快将桃子握得烂熟了，腿都软得没法儿走动，靠坐在那儿，慢慢撕开桃子皮。

何未上了楼，见老太监把一只桃子剥得水淋淋的，诧异地让人拿了湿毛巾。

老太监见湿毛巾被递到眼前，仿佛被惊醒一般，仓促告辞，抱着桃子去了。

何未挨着谢骛清坐了。

“你特地过来，就为帮我见他？”她好奇地问。

“见你睡得熟，不想让人吵你，”谢骛清说，“什么时候醒的？”

“没多久。”她探身过去，盯着谢骛清的衬衫领口瞧。

谢骛清低头，见她摸着每颗纽扣的松紧。

“本来要早来一会儿的，那件衬衫的纽扣松了，”何未自顾自地说着，“就给你拆下来，重新钉了，全都重新缝了一遍。”

“好像这两颗也不行了，”她抬头，瞧着他，“而且我刚才拆纽扣下来，不像是裁缝缝的，不会是你自己钉的吧？”

他笑，算默认了。

“手艺不行，”她瞥他，“不如我。”

“从不知道你会做这些。”他笑。

“过去是不会，现在都会了。”她笑。

抚养斯年，她自来是亲力亲为，不靠着扣青、均姜她们，学会了做全部的事。

她又道：“二叔走后，我还想过，若能找到你的消息，我就去陪着你软禁。这些被斯年磨炼出的手艺，就有用武之地了。”

“二小姐若跟着我被软禁，就是我对不起何家了。”他也轻声说。

两人这边没说完，林骁已脚步匆匆来了包厢：“来了一位贵客。”

谢骛清自重获自由，见的贵客不计其数，能被林骁如此强调实属难得。他没开口，楼下已有人抱着个小人儿，登了楼。

扣青一弯腰，把满脸泪，哭得眼睛红肿肿的斯年放到地板上。

从南京回来后，两人从没有一天晚上是见不到的。“昨晚上从十点起，小小姐就问，问到了现在……”扣青憋着、忍着，熬到这个时辰才过来，已尽了全力。

斯年满眼的泪，在模糊里先找何未，往前跑了两步，忽然站住。

那个坐在暗红色高背椅里的男人……比相片上看着年纪大了不少，但容貌未改……

斯年定定地瞧着他。

小孩子的步子小，往前迈了半步，再停住。

何未想起身抱她，可不想打断他们初次的相见……

斯年来时哭得卖力，刘海全湿了，贴在额头上，两条小麻花辫搭在肩上，穿着一套淡蓝色的小袄裙，两只手还捏着衣衫下摆……一眨眼，眼泪扑簌扑簌掉下来。

“你是……谢少将军吗？”到此刻了，她仍谨记何未的叮嘱，只能叫谢少将军。

谢骛清瞧着她，温和地笑笑：“我是。”

斯年像得了勇气，慢慢地往他跟前走，包厢的地板是木板条子拼接出来的，她近情情怯，人小步子小，十几步到他身前。

“我叫……何斯年。”她抽泣着，小声说。

说完，小女孩儿低头抹掉眼泪，抬头又说：“字，佑清。保佑的佑，为赴清明盛世的清。”

谢骛清久久不语。

像回到九先生洋房的地下室里，那天，他告诉她，自己名字的真正含义。

他乌黑睫毛下的眼睛，像十万青山下的漓江水，有着狂风席卷后的宁谧。他似乎想做一个低头的行为，掩去眉间的震动。

他对斯年伸出左手，斯年像终于有了勇气，抱住了他的腰。六岁的孩子，竟很懂事地晓得这是在外面，哭也憋着声音，两只手臂搂住谢骛清的腰不放。

哭到后头，谢骛清把她抱到坐腿上。

斯年搂住他的脖子，抽泣着，像极了那天抱着他哭得停不住的何未。

谢骛清原想让她改口，但转念一想，既已成了习惯，自然是叫少将军更安全。

斯年懂事，虽坐的不是伤腿，仍担心他疼，主动下来。小孩子一会儿靠在他左边，一会儿跑到右边，拉着他的手，小心问：“你和我们回北平吗？”

谢骛清笑，轻声说："当然。"

自此，斯年再不哭不闹，何未捞起个冰桃子，沥干净水，递给她。她规规矩矩地坐到何未身旁的高背椅里，两手捧着白里透粉的桃子，吃了两口，咧嘴一笑，想又笑，凑在何未耳边小声说："少将军比照片里还要像将军。"

小孩子再吃两口桃子，溜下椅子，将剩下半个桃子递给扣青后，擦干净手，恭恭敬敬给谢骛清鞠了个躬，竟拉着扣青要下楼。

"不多留会儿吗？"何未奇怪，过去，弯腰耳语问她，"害怕吗？"

斯年抿嘴笑笑，摇头，耳语回答："你今晚别回家。"

她说完，后退两步，拉着扣青的手，往楼梯那里拽。

扣青和林骁都瞧出小女孩儿是要给他们留相处时间。

林骁识相地一把抱起斯年，扣青对谢骛清施了一礼，两人一道带小女孩儿离开了包厢。

"她倒是像你。"谢骛清拿起冰水里最后一个桃子，剥着外皮。

他将剥了两圈儿皮的桃子递给她。

自相识以来，两人难得有如此日日相处，不问分离时辰的日子。

谢骛清让她在竹帘子后坐着，他在前头见客。

谢骛清一出现，旧人们纷纷露面，并不是巧合，而是必然。

谢骛清自南方而来，有着他们没有的关系网，无人不想从他这里获取消息和关系。而谢骛清想借他们的手，营救至今被困在监狱的同人们。

送走几批客人后，他稍作休整，让人打开了竹帘子。

"稍后，你会见到一位故友，"他卖了个关子，"他从天津火车站过来的。"

谢骛清似心情愉悦，撑着手掌，往窗畔站。

"是什么人，让你如此高兴？"她好奇。

谢骛清一笑，指楼下。

一个提着皮箱子，风尘仆仆摘下墨镜的男人……正解着衬衫领口，抬头望向两旁。身后，跟着进来的一位比他从容得多，两手插在西裤口袋里，问小厮，该往何处上楼。

何未眼瞅着两人上了木楼梯，沿着红木走廊，在大红灯笼下往此处来。

她回身，面对来客。

拎着棕黄色皮箱子的白谨行迈入包厢，踏着红木板，染了灰的皮鞋站定，对着谢骛清和何未一笑："不知该先招呼哪一个？"

邓元初掏出手帕，擦着脸上的汗："你只管上去抱他太太，他不敢说什么的。"

谢骛清笑着，倚靠在窗畔："未必。"

何未被他们三个男人的调侃逗笑了，主动上前，对白谨行伸出右手，白谨行紧握住她的手，感激之情溢于言表。白谨行松开手，直接道："当年我在欧洲，真如你所说，险些被注销了护照，幸好有晋老的照应。这一回，我可是带着感恩的心，来道谢的。"

何未和邓元初的笑容同时散去。

"你没告诉他？"何未问邓元初。

"我们也是在门外碰到的，"邓元初道，"你说吧。"

何未沉默了会儿，说："晋老走了，在济南出事那年走的。"

那年的济南，外交官谈判被挖眼拔舌的消息传到天津，久病缠身的晋老被气得高烧不退，守在他床畔的侄女后来对何未讲，晋老哭了几个晚上，这比当年的巴黎和会还要让晋老受创，外交官在本国领土上被残忍杀害，闻所未闻……

其后军民被屠杀的消息传来，对他更是打击沉重。

支撑着老者的精神力，从那日开始完全溃散，人当晚便走了。

"他走前问了许多遍……为什么，"她轻声说，"为什么会这样。"

老人的不甘心，一生的不甘，尽在这句最平常的话里。

当初的关东大地震，各界人士赈灾捐款犹在昨日。

而如今，中国人的善意早付之东流。

从天亮到天黑，下边热闹了几轮。

包厢走廊有人点上一盏盏灯笼，大家草草用了晚饭，才从情绪里出来，谈起了正事。

白谨行来，一为营救天津被困的同人，须借谢骛清和郑家的关系。二为运送一批从港澳买来的枪，送去后方。“我们的战士，好多都用梭镖和红缨刀，”白谨行说，“有枪都要匀着用，给枪法好的人。”

这批枪是几个将领从家里拿钱买的，只是运送无方，怕被查扣。

事关重大，细节不敢在电报里说，所以白谨行一听说谢骛清北上，料定他要见何未，便急匆匆来了。“听说何家在长江航路上有关系？可安全？”白谨行不同她客气，直接问。

何未略作思索：“我给你们想办法，一个最稳妥的办法。”

白谨行一见何未应承了，安了心。

何未的本事，他在南方有所耳闻。

两人相视一笑。

忽地都记起，曾在何家后院里初相见的那回。

白谨行心事落定，有了调侃的心思，端起桌上的桂花茶，“许久没喝带茶叶的东西了，”他抿了口热茶，笑吟吟看何未，“你可晓得，我是何时猜到他心里有你的？”

她摇头，谢骛清无奈一笑。

邓元初一个“局外人”不嫌热闹大，追问道：“老白，少卖关子。快说。”

“那天，他去了西次间，你们家的那个小丫头抱着罐子过来说，谢少将军要了一杯可可牛奶，我就猜到，这小子一路催着、逼着我入京，不过是命运安排，让我做了个媒人。”

邓元初先是惊讶，随后笑了：“这一物降一物的道理，亘古不变。”

大家多年兄弟，谁还不知道谢骛清不爱奶腥气的东西。

当然，那天的何二小姐并不知道。

戏楼池子里闹得不可开交，有人大叫了声“祝小培”。

不知哪个包厢的公子哥儿率先丢了银圆下去，一时间如人擂鼓，又如狂风骤雨，晃人眼的银圆像从天上抛下去的冰雹，丢钱的公子们唯恐输了阵……

邓元初虽面上仍是固有的微笑，可笑只浮在面皮上，因这一句“祝小培”，镜片后的眼睛有一瞬的恍惚。他犹豫再三，忍住了，没看楼下。

“这祝小培倒是有名，”白谨行不在京中，不知邓元初和祝小培的前缘，放下茶杯，笑着道，“当年《顺天时报》评选伶界大王，她是不是夺了魁？”

谢骛清略一颔首：“昔日在京中，确是最当红的。”

“她红在京城，怎么来了天津？”

谢骛清轻摇头：“不清楚。”

以她对谢骛清的了解，料定他打了句妄语。

她瞥谢骛清。

邓元初坐了会儿，寻了个由头，说下楼透透气，白谨行难得来天津卫，想同他一道下去看看这有名的三不管，被谢骛清拦住了：“让他自己去。”

白谨行不是个愚笨的人，见谢骛清和何未像藏着话，深觉此事有蹊跷。

“他有心事？”白谨行问。

谢骛清笑而不语。

白谨行转而看何未。她想，若不点透，怕稍后邓元初回来，仍要被白谨行一句句无心的话戳到心事，于是简略道：“祝小培是邓元初的前缘。”

何未借着底下的热闹，见邓元初往后台去，回想起1928年春。

柳絮飘满城，奉系军阀即将退回关外。四九城内，旧军阀们有着看不到明天的狂欢。

祝小培悄然到船务公司的四合院，等着见她。

祝小培生得一双凤眸，五官玲珑，她唱《西厢记》红透南北，身段曼妙，行礼也讲究，对她行了一个古旧的戏台礼后，道明来意：她被军阀家的公子缠上，对方每日到湖广会馆坐上一个时辰，不娶到她誓不罢休。对她这种名伶，这种事并不少见，他们的拥护者和追随者上至达官显贵、前朝王侯，下至文人墨客，无所不有，碰上疯狂的什么都做得出。邓元初忍无可忍，赶那人离开，被十几把枪同时制住……

幸有会馆里的人拦下，但这梁子也结下了。她怕那位公子心思成魔，加害邓元初，却无处可求，认识的达官显贵没有一个不想占她便宜的，思来想去，找到了何未这里。

何未答应想想办法，她见祝小培担心，安慰说："此事，我不会让邓元初知道。"

祝小培安心，道谢走了。

何未寻了个老客人，见了那个军阀最受宠的一个儿子，借着军阀自家内斗，将那位公子压制了一番。可祝小培是最当红的坤伶，追求者数不胜数，拦得住一个，还有第二个、第三个……时隔两个月，祝小培再来见她，一为道谢，二为道别。

祝小培隐晦告知，她已和邓元初分开有一段日子了。

"又有人扬言要杀他……我担心，哪一天成了真。我和邓公子之间，总要有个先放手的，"祝小培目光下视，苦笑着说，"我十几岁唱《西厢记》，戏里说张公子考中状元郎，回来迎娶崔莺莺，再无恶人敢阻拦。而在现实，他也算曾有功名在身，却没有用。"

匹夫无罪，怀璧其罪。

当年的邓元初，如一草民，而祝小培就是那和氏璧。在这乱世，他就算豁出去性命，也负担不起这一段感情。

祝小培想去天津落脚，须九先生照应，如此才能不受追求者们的滋扰，寻一个清净的隐居地。她走前，留下一个旧信封，是未来一年在天津的公寓租金，以此表明，她无须金钱方面的照应。她红了许久，攒下的钱足够隐居到老。

"又要劳烦二小姐费心了，"她柔声致歉，"思来想去，也只有二小姐能尽心帮我。"

"一切交给我。"她应承下来。

此后不久，祝小培搬往天津租界，再不踏足四九城。

深夜的院子里。

何未将长发散开，窝在双人沙发的角落里，将没穿鞋袜的脚搭在他完好的那条腿上。她的脚在谢骛清的军裤上摩挲着……

眼前像还是戏楼散场时，邓元初独自坐于戏池最前排的长板凳上，在正当中，望着空无一人的戏台出神。

四米深的戏台子和金丝刺绣的大红布帘后，像藏着一个人，邓家小公子的心上人。

谢骛清的手指，在她的脚心刮了下。

她痒得一个激灵，从窝着坐，到侧倚靠靠背，借着灯光瞧他。

“祝小培连唱三日，今天恰好最后一天，又恰好和邓元初见一面，”她缩起腿，挨近他，尖尖的下巴搭到他肩上，“全是你安排的？邓元初想见他？”

谢骛清一手握着钢笔，于雪白纸上写完最后几个字。笔尖打下一个句点。

他道：“你婶婶生产那晚，祝小培来找我。”

谢骛清解释说：“她弟弟得罪了奉系，让我帮忙和郑家人疏通。郑家愿意出面，但帮忙须有个说得过去的由头，郑渡的姐姐就让她给戏楼唱三日。邓元初接到帖子，自己过来的。”

谢骛清打开桌上的墨水瓶，为钢笔添墨。

他用棉花片擦干净笔尖，将棉花丢入一旁的废纸篓：“不问了？”

“替他们两个难过，”她轻声说，“只差两年。”

邓元初从澳门避难归来，邓家也重整旗鼓，再次风生水起。如今邓家的小公子又成了香饽饽，众人眼里的佳婿良人。而祝小培早在去年嫁了人。

谢骛清见她心情低落，将钢笔扣上。

他手腕瘦削，戴着她送的那块金属腕表。一沓白纸上的影子被拉长，他将两支钢笔和墨水瓶子码放好，掉转身子，注视了她一会儿。她仿佛预见到下一刻会发生什么，谢骛清要吻她了。他这两天只要没有外人在，总是这样，像在做这世上最寻常的事。

何未因屋里热，穿着一个缎面的小背心，绑着丝带的，露着背。

背贴到沙发上，因汗粘着，挪动时会有细微的声响。她是心虚的，想，过去住四合院里，每间房和每间房隔着一面红砖墙，每堵墙内的小夫妻究竟如何过的，也像他和她，亲热不完似的，还是一开始图个新鲜，后头就不新鲜了？

她见谢骛清解衣裳纽扣，心里像火烧一样。

“给我讲讲被软禁时的事。”她小声道。

软禁前后不过一个月，后来就是监狱，黑不见手指的牢房，及膝的水牢，带着伤泡在水里……没什么好说的。

“倒不如说成亲的事，”他笑着说，“无论如何，须有个仪式。”

他想想，再道：“等到了北平，我去百花深处收拾收拾，你从宅院嫁过来，带着斯年。”

宅院？

“我早不住那个宅院了，”她说，“如今在一个小四合院，离你那里不远。”

他沉默了会儿，玩笑着说：“想娶你的人里，我怕是最不用心的一个。”

连她搬了家都不晓得。

谢骛清说完，笑得不大自然，内疚于耽误了她许多年。他坐起，想掏香烟盒子，何未抢先勾住他的脖子，将他重新拽回到自己身前：“哪有说结婚说到一半，就去抽烟的？”

谢骛清笑着，手肘撑在她脸旁，摸火柴盒。

过去不见他怎么在人前吸烟，怕是从变故开始，养了这个习惯。

她见过多年征战的人回来了，或是为洗去脑海里的血色，或是数次劫后余生的空虚，或者是为了旧伤，沉迷于吗啡针。谢骛清只是偶尔吸用香烟，已是极有自制力的。

她注意力被火柴盒里的沙沙声吸引。但很快，烟盒和火柴都被他丢到了稿纸上。

这回倒是不谈婚事了。

何未双臂围住他，想，方才他们几个人聊的过去。

想邓元初说，谢骛清当初在军校，写得一手秀雅的黑板字，一列列仿佛依照着尺子比过，底下的学员埋头抄都赶不上他，往往抄到一半，黑板上已写满了讲义。想白谨行说，北伐前，讲武堂的教员们为凑钱办学，不少人去临近的中学小学兼职教师，谢骛清教的是物理，常鼓励学生们日后去造飞机，改变国内只修不造的局面……

她想象着他立在黑板前的背影，闭上眼，感觉他的另一面。还有，在黑暗里，和她一起的这面。

在沙发上折腾了几个小时，何未扎起长发，出去打了一盆热水。

这时辰总不好再去浴室洗澡，她仅穿了小背心，拧了毛巾擦着脖子和身上。谢骛清借了月光看过来，见屋子里纤瘦的影子在一阵阵水声里洗着手臂和脖颈，还有脸。

何未再躺上床，平躺在他身边，带着桂花香皂的香气，还有浮在皮肤上的水汽。

她喃喃了句：原来结婚是这样。

似撒娇，似抱怨。没多会儿，她渐睡得平稳了，谢骛清还在听着她的呼吸，轻微，香甜。

她惦记着白谨行的紧要事。

没几日，她用九叔的两辆轿车，载着谢骛清和白谨行去了天津卫最大的几个盐厂。

过去国内虽然拥有丰富的海洋资源，却缺少化学专家，一直用古法制盐。也就是在辛亥革命后不久，有了属于自己的精盐场。她给他们介绍："最早二叔想让我对实业感兴趣，就是带我来这里，让我体会实业到底是什么，到底有多重要。你们在辛亥革命，他们在摸索生产精盐，制碱，这些技术过去都被西方垄断，现在我们都能自己生产了。"

她想想，接着道："差不多就在辛亥革命成功后的几年，1914 年、1915 年有了精盐厂，没几年有了制碱厂。"

他们这些军人对实业了解不多，可一旦时间联系起来，就有了难以言说的共鸣感。他们在浴血奋战，实业家建厂搞技术，让中国人吃到了自产精盐。

她下车前，对两个男人说："一个盐一个铁，事关重大，其中利益不是你们能想到的，有庞大错综的关系网。何家有艘万吨级的海轮，专做盐运。"

这便是运送那批枪的途径。

何未将白谨行引荐给这里公司的两位负责人，以开盐号为由头，谈合作。

何未先一步离开盐场，在大门口递去一张请柬。何家九爷喜得一女，要在下月办满月酒。

对方接了，悄声问，这位白公子是何来历，能劳烦何二小姐亲自送到此处。

另一个替她接了话，当年法租界被封，无人能进出，却有一位自西北来的将军为佳人讨到了通行证。

将军姓白，佳人姓何。

她笑："如此久远的事，没想到还有人记得。"

"这便是那位名震京津的白将军？"问话的人惊讶不已。

多年前，谢骛清的一次无心插柳，倒是帮了白谨行，轻而易举就让外人理解了：为何二小姐能将最私密的生意伙伴介绍给白公子。

何未一贯对盐号不上心，也不可在这上面显得过于在意，留了白谨行与他们应酬。

从到这里，谢骛清就没下过车，一直在盐厂大门外的轿车内看闲书。

"九叔说，请你去看他女儿，"她回到轿车上说，"他还说，谢家公子不地道，上一回去公馆，连主人家没见就走了，这一回至少要住两日。"

谢骛清放了书，颔首说："好。"

"我订了后日回北平的车票，"她问，"你在天津还有什么事没办完的？"

谢骛清关上车窗："能在天津办的，在北平办也一样，"他对前排的林骁说，"我们也订后天的票，回北平。"

他用了"回"，回家的回。

第十四章

北平暮色浓

天津火车站。

火车站的天桥旁，郑渡在候车的长椅子上，独自坐着，两旁人把头等车厢候车区守了个严严实实。在阴凉处，站着一个大眼睛波波头的女人，穿着合身剪裁的缎子面衬衫和长裙，因保养得好，瞧着不过三十岁上下的模样。她好奇地问何未："我们清哥儿，除了声名一无所有，是如何让二小姐另眼相看的？"

何未一身淡青色的连身裙，及踝长，长发被发卡别到后头，站在拄着文明杖的谢骛清身旁，被问得好笑，和谢骛清对视。

"在这乱世，功名易得，声名难得，"郑渡敲了敲手里的香烟，"不过骛清兄不如过去了，和我郑渡半斤八两，名声不见得有多好。"

郑骋昔不想理会幺弟，欣慰地将这一对璧人端详了会儿，握住何未的手："未未你记在心里，我就是谢骛清的亲姐姐，日后有何难处，三姐能帮你办的，尽管开口。"

何未轻颔首。

如今中原大战，新军阀们和南京政府打了数月。

只有东北军按兵不动，等着北平和南京分出一个胜负。郑家姐弟不方便此刻去北平，送谢骛清到天津后，就要回关外了。

"北平局势不明，"郑骋昔道，"为了你两个姐姐，也要保重自己。"

她叮嘱完，目送他们一行人登车。

何未在窗畔，看郑骋昔立在站台迟迟不走，轻声问谢骛清："这位郑家三小姐名字和你姐姐倒是像。"

"骋昔就是我三姐的名字，"谢骛清透过卷起一半的米色窗帘，看郑骋昔，"三姐走后，她改了名字。"

几年前，他在奉天见到郑家三小姐，她还是长鬈发，现在这头发式样也和三姐一样了。

汽笛声冲破云霄，车轮碾过铁轨，带着满车的人离开。

郑骋昔不舍地跟着火车走了十几步。她初见谢骛清是欢喜的，但此时一告别，突然找回了那年的难过，像眼睁睁看着谢三小姐走了似的，眼泪不知不觉就掉了出来。

“姐，”郑渡见不得亲姐姐哭，将烟收起来，“何必呢，都好几年了。”

“你以为只有几年……”

对谢骋昔来说，却是此生已过去了。

火车行到一个峰回路转的地方，何未从窗口望出去，不见站台，只有潮湿的天，还有车厢连着车厢，铁轨交错匍匐在白砂石上。

因为是夏日，铁路两旁浓绿的杂草长了半人高，被火车带出来的疾风吹得一面倒去。

这一阵疾风卷起的热浪，烤得人面颊疼。

何未关上车窗。

她和谢骛清一人定了一个包厢。为让斯年在隔壁午睡，谢骛清让跟随办公的军官们将大小物事搬到这里，腾出了那间。

她看着军官们调试打字机，有人在给电报机连接电源，电源线连接了一个红棕色的手摇发电机。谢骛清在他们忙碌时，坐在沙发上，大理石面的小圆桌上摊开了一张北平市详细全图。

“这次到北平，还是要住六国饭店，”他拉她的手，引她在身边坐，“我们的联络点要在使领馆区域才安全。”

她嗯了声。如今北平新军阀会聚，他不在东交民巷，反而让她不安心。

车行出去没十分钟，天津发来一封电报：皓首匹夫，走不留情。

来自天津没见上面的旧相识。

谢骛清看得一笑。

“你们平日就如此发电报？”她笑问。

“比这个更难听，”他道，“他们晓得我太太在身边，不敢说太多。”

火车一入北平辖区，就被拦下，停靠在一旁的小站，等待例行检查。

谢骛清这一回北上，以养病为由头，让故友给开了通行证件。检查到这节车厢内的人，被挡在两列车厢连接处，见通行证件，低声商议良久，决定不打扰这位已经脱了军装的将军。

片刻后，林骁递进来一张名片。姓祝，祝谦怀。

祝先生？她惊讶。

那年奉系战败，退回关外，祝先生便跟着消失了。京中传闻，祝先生被奉系的一位军阀关押，带着一起退出了关。

“请他进来。”谢骛清说。

久未见面的祝谦怀照旧是米色西装，头发梳得一丝不苟，除眼角纹，再无变化。他见到谢骛清和何未，笑中略带了局促：“在一旁车厢里，听人说，这里有南方来的谢先生，再见到林骁副官，便猜到是将军……没想到二小姐也在，打扰了。”

“先生请坐。”何未将单人沙发让给他。

“不，不必了。”祝谦怀越发局促。

来客不道明来意，她和谢骛清只好命人沏茶，耐心等着。

祝谦怀接了茶杯，终是落座。

“先生是不是有什么难处？”她笑着问，“只管说好了，无须见外。”

“见到二小姐，想到了何七先生，”祝谦怀温柔笑笑，轻声道，“脑子乱，失礼了。”

他抬眼看谢骛清：“我想问句话，将军莫怪。”

谢骛清略一颔首，等他问。

“谢卿淮将军……”祝谦怀轻声问，“当真走了吗？”

车内，静得压抑。

谢骛清微笑着反问：“祝先生为何要问一个早定了死罪的人？”

祝谦怀捧着茶杯，又低声道：“我只想知道，如此好的一个人，当真没活下来吗？”

“他死了，”谢骛清说，“枪决。”

在寂静里，祝谦怀轻叹着气，垂眼看刚泡开的茶叶。

何未不想让两人都沉浸在难过的氛围里，同祝谦怀叙旧，询问他的近况。

祝谦怀似知关于自己传闻，并不大提过去，而是说到如今。这一回他回北平，想竞聘于一所师范学校。祝谦怀为唱戏，多年钻研历史，才学过人，他想去做一名老师。“那个师范学校的校长推崇平民教育，”祝谦怀解释道，“学校里的教师上课穿长衫教书，下课穿蓝布袍子和学生们一起干农活儿，学生们也都是家境贫寒，半工半读。我想去尽一份力。”

祝谦怀低头笑笑，喝了两口茶后，仓促而去。

看得出，他来，仅为了打听到曾仰慕的谢卿淮将军的消息。

“我过去说，你和谢卿淮关系好，他真是记住了。”她对谢骛清解释。

谢骛清轻点头。

“他方才说到你七姑姑，”他问，“听着有隐情？”

“嗯，”她道，“他从北平消失后，都传言他跟着军阀走了。七姑姑心里一直有他，找不到人，灰了心，这才去了武汉。”

“不过姑姑去江南，主要为了长江的航运，”她又道，“何家航运版图过大，太惹眼，我和姑姑假意闹翻，对外说分家后，将长江航运分了出去。”

“白谨行的那批货，先走海运，随后就要走长江航路，”她接着道，“此事要紧，我到京以后，须让人亲自跑一趟武汉。”

暮色苍茫中，火车抵达正阳门车站。

中原大战正到关键点，也因此，南来北往的火车，凡是停靠在正阳门火车站的，都搭载了不少受伤的军官和士兵。

谢骛清拄着文明杖，下了车。

潮湿的天，热风夹着他最熟悉的战场烟火和血腥气，卷过大半个站台。林骁谨慎望着远处军官的军装，让人去打听部队番号。

番号尚未问明，已有军官认出林骁。

当初的战场上，谢卿淮一路北上所向披靡，未进武汉城。他的副官兼参谋林骁，经常出入武汉城的办公大楼和总部，代谢将军述职。林骁生得细皮嫩肉像个书生，自然给人印象深。

何未跟谢骛清沿着站台往外走，带着何家人。林骁等人有意分开，去了另一道门，他们都不穿军装，穿着最普通的布衣，提着通信设备的皮箱子算是最贵重的行李。

有几个军官轻声议论，那是谢卿淮的老部下。

认出林骁的，都敬重地对他轻点头。

“大家都很尊敬你们。”她说。

谢骛清没回答，看了一眼那些对林骁敬军礼的人。

正阳门车站外，黄包车等了一排。

这个地方，对她和谢骛清都很特殊。

谢骛清驻足大门外，见那一排黄包车前的黄土地，被白日的太阳烤晒得干燥，在一辆辆黄包车的车轱辘下，扬起阵阵尘土。那是赵予诚走的地方。

巍峨的深灰城门楼，汹涌的旅客人潮，还有北平的暮色，都在他的眼前铺陈开。

数年过去，他又一次回到了正阳门。

两辆黄包车先后停在新街口南大街，后一辆车上的扣青从袖子里掏出来四角钱，递给两位黄包车夫。

一角钱的车程，却给了一倍。两个车夫笑着道谢，目送他们走入一条不起眼的小胡同，还在轻声交谈，猜这一行人是新入北平的大学教授。

老伯年迈，对谢家两叔侄感情深，何未怕他受不了，这几年没提过谢家落败、谢骛清下落不明的事。这一个小院里仍是数十年不改，竹叶沙沙，惬意非常。葡萄架下，老伯提着一桶水在阴凉里浇着这几年新种的薄荷，这还是一次均姜来，见老伯被蚊虫滋扰，教他的妙方。

斯年路途疲倦，在林骁怀里睡着了，两条辫子垂在脸旁，衬得那小脸儿玉一般。

老伯一见，嘴巴张大了，从惊讶到笑呵呵，连连道："这丫头像妈妈，像。"

老伯扔了葫芦瓢进水桶，推开东厢房的门："这里凉快，让孩子先进来睡。"

林骁抱斯年进了厢房，扣青紧随其后。

老伯出来，注意到谢骛清手中的文明杖，他跟惯了老将军，见怪不怪地问了句："伤了？"

谢骛清点了下头："快好了。"

他往前慢慢走着，推开了正房的门。地面一尘不染，屏风后，电风扇打开着。

那面墙的相片，一张未动，该在何处，还在何处。

搬运谢骛清行李的人，在院子里忙碌。

虽已黄昏，暑气难散，何未将门关上，端着从何家小院儿送来的冰镇酸梅汤，用调羹搅着，递到他嘴边。

"晚饭想吃什么？"她小声问，像小情侣之间的呢喃。

她又说："暑热气重，你还受着伤，不许吃大油的东西。"

"果子干？"

何未心一牵一牵地跳着，微微发胀。

"小时候说的话，还记得。"她小声说，拉过来圆凳子，坐到他面前。

"现在也不大，"他说，"二十四花信之年，二小姐刚过。而谢某人，"他手臂搭在木椅子旁的扶手上，将衬衫袖口重新挽好，方才步行时散开了，"大龄未娶，叫旷夫？"

何未刚要喝酸梅汤，被他笑到无法顺利咽下。

这人说笑起来，总还是谈新式恋爱的感觉。不大正经。

"我让人把婚纱送过来了，还有给你缝制的西装衬衫，"她把玩着白瓷勺子，说着想法，"稍后你试试，应该差不多。照着你过去尺寸做的，你没胖分毫，反而瘦了。"

谢骛清静了会儿，忽然问："什么时候准备好的？我的结婚西装？"

他留了半张婚书，她备了结婚的物事、衣裳。

她笑笑，不想让他难过，将碗搁在桌上："记不清了。"

她又说："从何家小院子嫁过来，还是怕惹人注目，不如从东厢房嫁到正房。明日让账房先生帮我算个黄道吉日。"

谢骛清欲要说话，她轻轻用鞋尖踢他的皮鞋，先行制止："不准说委屈了我。"

谢骛清是个厌烦形式的人，但对何未，总想给她最好的。

可他除了克己自持，守住一个自己给她，余下的，什么都没给过。

连个像样的首饰都没有。

"你若有心，真正太平了，宴客八大楼，京城各大报纸登个头版。"她笑着道。

谢骛清坐在离她几步开外的地方，皮鞋底下是北平的土地……他凝视着何未许久，轻点头："好。天下太平日，宴客八大楼，京津沪报纸，头版。"

她心里一轻，悄声道："三地报纸，太贵了。"

他笑："从军二十五载，这点儿军饷还是攒下了。"

林骁已在院子里忙上了晚饭。

她和他住了两日，觉察到如今他为养内外的伤，吃的全是林骁亲手熬煮的。既然林骁已挽起袖子下厨了，交给人家更好。

"幼时入京，我和三姐一起来的，"他望那面相片墙，视线停在叔叔婶婶的合照上，"婶婶是北京人，和你一样。她带我们从正阳门入城，城楼还是烧剩下的废墟。"

谢骛清说着她没出生前的事。1900 年，正阳门因八国联军入侵被烧毁。

何未生在清末，对幼时的四九城印象不深，依稀记得姐姐们珠翠满头，胭脂涂抹得重，面颊上总是两片红。她年纪小，不戴珠翠，只是脸夹在元宝领当中，脖子上沉甸甸地挂了个项圈儿，扭动脖颈都费力气。

那年秋天，为赏枫叶，一大家子往香山的静宜园去，马车一串望不到头。那里有昭寺，有七级浮屠塔、大铁香炉。她初见二叔，他穿着古怪的西装，走在何家宗亲之后，在那一个个灰袍子、紫金袍子当中，格外打眼。

那些戴着皮帽的宗亲拢着手，一个个走过去，因在宅子里都病恹恹地躺着抽大烟，走起路来虚弱乏力的步伐，睁不开眼的神态，仿佛都是同一张面孔，分辨不出哪个是哪个。

唯独后头这个二叔，面上温温和和的，眼睛里有亮光。

她在白石阶的上头，悄悄在暗红的雕花排门后，望外头那群宗亲从台阶下头走过去。娘的贴身丫鬟耳语说，那就是刚留学回来的，二少爷。那时祖父尚在，二叔这辈仍是少爷。

丫鬟又说，八国联军进来那年，二少爷运米进断粮的北京城救灾，被对家诬告走私米粮，关起来打了几日夜，如今不能生养了，宗亲们商量过继个孩子给他呢。

那年何家钱庄生意鼎盛，尚未有何家航运。

宗亲们商量来商量去，没人愿过继孩子给何知行，此事不了了之。

她再听说二叔，是偷听亲爹和娘闲聊，亲爹愤懑地说二弟闹革命，惹了祸，逃去了海上。

谢骛清草草用了晚饭，回卧房小憩。

何未掩上门，到院子里纳凉。

林骁打了盆水，准备洗把脸。他从回到百花深处，忙里忙外，汗出了好几身。他的手刚刚探到水里，瞧见何未，刚沾湿的手立刻从水里抽回来，在衬衫上擦了擦："要我进去？"

她摆手："他睡了。"

林骁腼腆笑笑，想端着白铜脸盆去一旁洗。

"直接洗好了，"何未笑他，"怕什么？"

"林副官是见过世面的，"扣青拿着斯年换下的小袄裙，用木勺子在水缸舀了半盆水，浇在衣服上，"怎么在我们面前洗脸都不敢？"

林骁见女孩子就脸红，被揭穿了心中的羞怯，反而不好再扭捏。他捧了两把水扑到脸上，用毛巾擦干了。

"交给我洗吧。"林骁说。

"我可是正经工作，领工钱的，"扣青说，"林副官是领军饷的，各司其职才好。"

扣青不想吵到睡觉的人，端着水盆，去大门外，坐着小板凳，在石阶上搓洗起来。

何未拉林骁在院子的石凳上坐了。

他们从天津来的那批人没来百花深处，去了东交民巷的使领馆区。

“认识好多年，没和你认真说几句话。”何未打着扇子，见林骁身上冒汗，将石桌上老伯用的蒲扇递给他。

林骁接过来，握着蒲扇对她笑：“我不爱说话，许多兄弟认识十年了，都没大聊过。”

他怕冷场，努力找寻话题：“营救少将军时，我见过何家长江航运的船，真大，”他钦佩地说，“还有省港航路，二小姐这几年，帮着送了我们不少人撤退到港澳避难，我们的人总说，那是一条救命的航路。”

林骁似有许多话想称赞她，想了想，担心问：“这对二小姐会不会有危险。”

“这种世道，做什么不会有危险？”她笑，轻声说，“何家航运从过去就是帮着救革命党的，你不知道？”

“少将军说过。”林骁未料何未如此坦诚。

当年二叔身为革命党，被迫逃到海上，被人救，由此萌生了做航运的想法。何家未记录在案的生意，全凭叔侄三人的脑子记，记路程、记通关的时间，唯独不记姓名。多年来救走、送出的革命人士不计其数。

“少将军说，航运你看得比命重，你没办法跟他走。开始我还不明白，这几年看清了。”

“少将军把你看得也比命重。”林骁说。

她笑。这话由他身边人说，意义不同。

“当年，”林骁两手握着蒲扇柄，思虑再三，说，“三小姐和少将军都在金陵。三小姐想见你，她说，一家四姐妹只有她没见过弟妹，就悄悄去了。”

何未笑容凝住。

“少将军一直想办法救你们，三小姐被枪杀后，他不敢再等，拿自己换了你。”

金陵四月槐香盛，满城花落满地白。

何未回到正房。

谢骛清带随行衣物、书籍的镶铁大板箱贴墙立着，在棕皮沙发旁。她怕地滑，前一日从天津发电报回家，让管家带了几卷地毯，墨绿的，铺展在地面上。

足音被地毯吞了。她轻掀珠帘，到床边坐下。

谢骛清睡时衬衫扣子都不解，像随时要起来，拿了军装上战场。

她的少将军，为了她，甘愿死。

躺在床上的男人突然伸出手，握住她的手。

何未心微颤："没睡吗？"

"我睡觉轻。"

何未挨着他躺下。谢骛清挪动身子，为她腾出半张床。

"你三姐……"她说。

他觉察出她对三姐的兴趣。

"三姐，是我们家最有反骨的人，"谢骛清轻声讲，"我父亲是老派的人，人的眼界和思想都有局限性，他当时支持反袁，袁世凯死后，不支持南北开战。他认为，仗打太久了，不该再打下去。他的兵权最初就是被三姐骗走的，骗到了我手里。后来，南方军阀坐大，各省鸦片泛滥，他才想通了，仗还是要打下去的。"

谢骛清想到了三姐离开的前一年："1926 年，云南终于修了第一条公路。三姐就对父亲说，你看，若不是税收都落到军阀口袋里，这公路早该修成了。"

哥哥也说过，人的思想有局限性，她想。

谢老将军的一生绝大部分都在前朝，他能一开始就支持反清，已是不易。

"她被保送到上海裨文女子高中，离家远，母亲不放人，没想到她留下一封信，就要挟父亲的副官送她去了上海，"谢骛清笑着说，"父亲的副官心里喜欢她，被她发现，反而成了一个把柄。"此事每每被父母提及，都要说笑上许久。

"那个副官像林骁，军事才能傍身，早该做参谋，只是忠心耿耿，不愿离开谢家。后来她读高中，寄宿在校三年，让副官去读军官学校，学成结婚。三年一过，副官学成而归，三姐已丢下一封信，去留洋了。她和郑家三小姐就是留洋认识的。"

谢骋昔想尽快走，等不及客轮，选了货轮。她在三等舱，因陋就简只摆着一张沙发床，再无其他，幸好有冷热水供应。她上船后，一天夜里被个中国女孩子敲开门，问她借热水洗头发。谢骋昔得知这个女孩子没买到票，睡在货舱，便留下她，两人挤一沙发睡了大半月。

到欧洲，三姐读化学，郑三小姐读美学。

她们一同入学，相约寒窗期满，一同归国。世界大战爆发，留洋在外的学生先后中断学业回国。谢骋昔身染重病，无法走，郑三小姐家人几次来接她，都被拒绝了。谢骋昔怕撑不下去，将全副首饰和钱托付给郑家三小姐，要她若不愿归家，就在这里等谢骛清接应，再去贵州谢家，谢家必会将她当亲女儿照顾。

一个月后，谢骛清冲破封锁找到小公寓，三姐已病愈。

两人辗转回了国。习西洋之科学，远渡重洋归国的好友，一到国内就成了南北对立阵营的人。自此，再没见过。

“三姐留洋归来，副官成了参谋，彼时正在战场上，他让副官接火车，问三姐，她十三岁说的话算不算数。三姐说，谢家人一诺万金，你活着下了战场，便来娶我。”

东厢房亮了灯，透到正房，像散场的白光。

满耳蝉声，再无人言。

参谋牺牲于北伐战场，三姐在金陵被枪杀。

那年谢家落败，治丧礼上，前来吊唁的宾客寥寥，郑三小姐带着幺弟郑渡，自关外而来，带挽联数十副，填满了空荡荡的灵堂。她在灵堂陪坐了一夜。

谢骛清在北平一露面，就备受瞩目。

何未对他的事从不过问。军务机密，并非儿戏。

谢骛清着人准备了新式西装，还有金表等一切颓败贵公子的物事，每日在六国饭店、北京饭店、广和楼和广德楼内应局，仿佛回到入京那年。不过是手上多了一根文明杖。扣青悄悄对她说，男人有战功战伤，更添魅力，怪让人担心的，劝她陪着应酬。

“哪里有空陪他？”何未笑着道。

她除了忙于白谨行的事，还要配合救灾运粮。

从前年开始，华南六省水灾，四川三蜀水灾，陕西则闹了旱灾。

她在办公室看《大公报》要闻，看到某重灾县城，米价已涨到十二元一斗，担心不已。在北平，扣青这种工作薪水月三元，一个普通四合院月租二十元。那米价，堪称天价。

“各地受灾，中原几个省却战火不停，”胡盛秋摇头，“吃苦的全是普通人。”

何未暗叹，叠上报纸。

今晚广德楼有义演，她须到场。

这种义演，须有头有脸的人去撑场面，那些豪绅、新军阀和名媛闺秀们想露头，都会踊跃捐款，如此受到好处的是灾民。她这几年不大在人前活动，每逢这种活动才去，带上支票、金叶子，支票捐款，金叶子赠有志新人。

不过在此前，她约了谢骛清先去劝业场。难得有半日清闲，办个私事。

夕阳西下，白石阶的大门内，立着一个西装革履、拄着手杖的男人。

谢骛清独自一个立在雕花的白石门下，负责警卫的人都散开了，隐在人群里。他没见过这等时髦的现代场所，比青云阁更大，也没达官贵人，来往学生和青年人居多。

她几步迈上白石阶，笑着，拍他的手臂。

他一低头，见面前刚过花信之年的女子，浅粉的连身裙大袖在手肘处，露出纤细的手腕子，没戴首饰。她鲜少穿如此醒目的颜色，谢骛清不觉细看。

“奇怪吗？”她被他看得不安。

他摇头：“过于好看。”

“今晚教育部在这里有公宴，我不想被人认出来，快进去，”她挽住谢骛清的手臂，悄声说，“带你逛逛这里，时下年轻人最爱来的地方。”

这个大劝业场的一楼卖日用品、古书籍，往二楼售卖文物和刺绣。

谢骛清跟着她挤入厢式电梯，往三楼去，随着链条搅动轨道的声响，他感觉到电梯内陌生人的气息，最主要的还是身前的她。光天化日，朗朗乾坤，不是穿军靴站在泥土地上对着尸横遍野的战场，也不是觥筹交错的灯笼下、举杯奉承的风月场……是人声鼎沸的商场。

没人认识他们，他们也不认识旁人。

“四楼有个新罗天剧场，那些人来看评剧。”她带他在三楼出电梯，说那些没下来的人。

她指不远处：“那个是乒乓球馆。你会打吗？”

谢骛清笑了：“军校的娱乐项目之一。”

尽头有一家北平同生照相馆。

何未拿着张名片，对照名字，见一字不差，才放心进去。

里边有个学徒在擦着门框，见两人，问，预定了没有。何未说，预定了，一位叫扣青的女孩子预定的。学徒擦干净手，把柜子里的登记簿翻开，那纸页边沿早被磨得发黄发毛了。

“进来吧，我去叫师父，”那学徒指里边，“有镜子和梳子，先准备上。”

谢骛清到这里，约莫猜到她想要合照。

她和谢骛清进去。幼时照相，相师到家里，等着她，这也是破天荒地出来照相。

“怕叫相师去家里，乱说话。在这里拍更安全。”

他们两个已有同居的传闻，在社交场上无伤大雅。但合照这种事更像确定关系，须藏好。

她立在镜子前，没拿梳子，用手理了理头发后，回头打量他，伸手，在谢骛清额头前照着他过去的习惯，将他的头发往后理。谢骛清的额头不宽，头发往后捋确实更好看。

不过谢骛清对好看这种事，不在乎。

“你应酬时候倒是注意的，”她揶揄他，“和我约，敷衍得很。”

她竟看他的短发里有白发，心头一刺。

谢骛清低头一笑，随手捋了捋，轻声说：“人老了，惰性就大了。也就不在意了。”

她笑：“你过去在意过？”

他也笑：“认识你之后，倒是在意过一段日子。”

“说得我十分好色。”

他道：“以色事人，未必不是一种情趣。”

没正经。

照相师傅来，见他们的样子，便直接问：结婚留念？

何未低低嗯了声，回答外人，脸红了。师傅观人多，问谢骛清是否从过军，谢骛清没否认，师傅便让他们两个摆出军人夫妇的模样。谢骛清一手斜插在西裤口袋里，一手在身前，不必摆已是大将风范。

他像极十八岁的姿态，不过身前的手不再虚握成拳，而是以肩承载着何未的半个身子，握住了她的两只手。

她因谢骛清手的力度，心房微窒。

白光闪过，竟紧张得险些眨眼，万幸有经验，撑住了。她照完便问："我笑了吗？"

照相师傅笑着说："笑了，等着吧。"

她预约的最加急，在古玩店逛了两个小时，就拿到了那张照片，柯达相纸手感好，虽贵，花的钱倒也值得。时兴的圆弧阴影背景，她看了会儿，被谢骛清拿走。谢骛清比她看得更久。

"就这一张？"他问。

她倒忘了两人都该存一张。

"只来得及洗出来一张，最加急的，"她说，"底片当面销毁，预先说好的。"

谢骛清不多话，用手指将照片抹平整，放入西装内。

"回去还给我。"她提醒他。

他笑。从小在军营习惯了，做教员多年，以少年年纪威慑比他年纪大的学员们，须非常手段。能驯服一匹烈马的将军，和她一个女孩子抢照片，竟抢得义正词严的。

"今晚我去广德楼的义演，你呢？"她问，趁机把手探进他的西装。

"听闻广德楼有义演，二小姐也会去，便让人改了行程。"他将西装拢好。

这倒是惊喜了。

她因谢骛清要去义演，暂忘了争抢相片。

离开劝业场，两人分开行事。

谢骛清须返回东交民巷，她先至广德楼。

因是义演，北平城中名伶尽数到了场，连天津租界隐居的几位也到了。戏楼大门外，悬着一个个名匾，当她见写着祝小培和祝谦怀的名字，一瞬恍惚，像回到过去。

包厢不够。一楼两旁的游廊摆了雅座儿，被一个个木雕花屏风隔开。为顺应时代，今年戏楼里开设了官客席和堂客席，前为男席，后为女客之位。

广德楼老板将她引到二楼，后头的散座儿里，几个桌子旁有人聊开了，说中原大战。

“都说仗要打完了，西北军要败了。”广德楼老板轻声道。

广德楼老板替她打了帘子。

老包厢，老座儿。

“底下坐了不少西北军，”广德楼老板提醒她，“今日能不下去，就不下去。”

对北平本地人来说，看这些人都像看走马灯上纸人纸马。这十几年，时代更迭，军队来来去去，每个人都想黄袍加身，却又被更先进的枪炮赶出四九城。

两折戏后，谢骛清姗姗来迟。他前脚进了包厢，西装刚脱下，没来得及挂上衣架，外头，从东交民巷送过来一份最新的急电。

电曰：东北军拟入关，定于九一八。

“看来，中原的战事要结束了。”谢骛清对折电报。

那年的九一八，东北军系入关，拥护南京政府，结束了中原大战。那晚，没人想得到一年后的同一日，将会发生什么。

那天，收到消息的不只有谢骛清。

义演提前结束，穿军装的全都走了。义演请来了西北受旱灾的县长。

那个县长特意换洗干净，穿了不大合身的西装，端坐在戏池子的第一排长椅的最右手位子，等着发言。他起初见包厢里都是绅士名媛，眼里是欢喜的，中途见包厢一个个空了，底下前几排的宾客也都随大流走了，焦急地看着空了许多的广德楼。

筹办义演捐款的负责人，来问何未这间包厢的捐款数目。她问了最高额，在那个数字上多出了十万元，对负责人说：“不要匿名，将这个数字喊出来，能刺激人捐款多些。”

人好攀比，有头有脸的人更好比。

她让负责人请那位县长上二楼，坐何家的包厢。

何未让均姜泡了菊花茶给他，闲聊起来，县长是通过公开考试应聘上的，是西北本地的读书人。当初的考卷包括万象，从革命到世界局势都有题目。“难是难的，但不如现在的灾情难。”那人笑着，眼底有悲伤。

从前年西北大旱，几乎一滴雨未下，夏粮绝收，秋粮无种可种，到冬天已见灾情蔓延，吃观音土的、树根的人到处都是。九十二县，无县不旱，重灾区十室九空，赤地千里，饿殍遍地，人口市场生意红火，全都明码标价……

“还闹狼灾，”县长说，“黄土坡上一群群下来，好多人怕狼咬脖子，睡觉都戴那种挂铁刺的项圈。自光绪三年，就没见过这么大的旱灾了。”

受灾的范围太大，做什么都是杯水车薪，只盼着下雨。

何未口头捐了两卡车的盐，送给县长换粮食。

谢骛清在一旁始终不发一言。

荒诞人间。楼下为战局仓皇离去的军官们大多来自西北，百姓在受灾，他们却在为己争权。

这天，她回百花深处。斯年的学校转为寄宿制，平日不在家里，院子静悄悄的。

仓促洗过澡，她散开长发，懒得放窗帘子，径自躺到谢骛清习惯睡的外侧，闻着枕头里他的中药香，睡着了。

梦里，二叔着急抱起她，嫌黄包车跑得慢，还总被驼队挡着，他索性自己背着她绕小胡同往同仁堂跑。到同仁堂门口了，二叔满头汗，被人问，何二公子，您这身子骨这么跑几趟怕自己要下不来床了，过继来的，又是女儿，不值当的。

何知行累得白着一张脸，着急道：“快给我姑娘看，屋顶摔下来的。”

……

她热得满身汗，微睁开眼，见天大亮了。

窗帘子全被人放下了，光从缝隙钻进屋子，照着空气里的灰尘，描着地上的石砖缝。

“回来了？”她哑着声问。

男人“嗯”了声，放床帐。

“不透风，”她喃喃，“挺闷的。”

谢骛清的手臂环住她。

震耳的雷声隔着一面墙壁传入。

“要下雨了？”她问。

男人又应了声。他手臂肌肉的力度，梏住她的灵魂，她眯起眼，看这个彻夜未归的人。深色西装搭在床畔半人高的衣架上。亲吻不在脖子上，她不痒便不计较，也不想彻底醒。

“倒是说句话。”

他笑了：“这时候说什么？”

雪青缎的小衣裳裹着她的身子，她扭转身子，瞥他，见他清俊的面孔。

热息在她的耳边：“等你睡醒，等了两个小时。”

“一直在屋里？”

“写了两页教材。”

这个男人怎么做到的。从东交民巷见过帮他营救同人的领事，点上雪茄，和人交换一条条生命的条件后。回到朴素院子的卧室里，临窗，握着吸满蓝墨水的钢笔，在一沓沓手稿教材上写，马术、枪剑术、军刀术、架桥术、筑城术……

她担心他如此操劳，腿恢复不好。

“能推掉的没用的应酬，都推掉，”她说，“大家知道你和我同居，说我不高兴就好了。”

“二小姐拴谢骛清在北平，逼我脱了军装的事，早就无人不知了。”

“我倒是本事大。”她故作惊讶。

“二小姐确实本事大。”他笑。

自东北军入关，北平回到南京政府的管辖下。

南京过来不少高官，想见谢骛清，都被拒之门外。他像那些五六十岁，抑或是和七老八十的老狐狸们一样，说要养老，不问战场事了。

“有个朋友藏在协和医院住院部，一个医生办公室，”他说，“须送去天津登船。”

“你先把人送到东交民巷的法国医院，”她闭着眼，“这两日有法国病人要去天津……”

登船二字，迟迟在喉咙里，吐不出。

四合院里的雨，和别处不同。

砸落在葡萄架上，在碧色的葡萄叶上飞溅四处，还有竹叶，灰白石砖的地缝，一条条水流沿着屋檐上的黑瓦片往下掉。院子东北角的酱色大水缸里，每日被林骁打满了水，再容不下天降的雨水，不断往出溢着。

何未想看清他的脸，难，每回都像在半梦半醒里。

他喜欢睡后起来点上一根烟，做点儿别的，再回来她这里，通常就还要再睡一会儿，一两小时的样子。也就只有此事上，能见他衣衫不整的时候，但他哪怕下床取个东西，或给她拿茶水润喉，都至少会套上长裤。皮带倒是不系。

“谢教员就没有匆忙的时候，”她笑，撒娇道，“都不让我看。”

谢骛清笑，接过她的茶杯，搁在一旁椅子上。

“老男人，有什么好看的？”他笑问。

她摸枕头下的枪套，手指绕着枪套上的皮带。自从他回来，总枕着这个睡，连她都习惯了。他低头，看她：“我一开始是奇怪的，你为什么要看上我。”

她讶然，却还是嘴硬：“那时候小，不大懂。你亲我，也没想到躲。”

“是吗，”他笑着同她逗趣，“倒是我仗着年纪大，勉强你了。”

她趴在谢骛清那条没伤的腿上。麝香兰的香气融在空气里。

谢骛清两手将她抱起来：“勉强就勉强了，二小姐如今没回头路了。”

两人对视一笑，她搂着谢骛清的脖子，脸贴着他没穿衣裳的上半身，听了会儿，稀罕地说：“你心跳很重。原来书上说，趴在胸膛上能听到心跳，是真的。”

谢骛清笑，下床，恢复到现在，不用文明杖也能独自走了。

他到书桌旁，整理方才手写的教案。

何未也光着脚，到他身边。她喜欢看他写的东西，尽是她没涉猎的领域。蓝色钢笔水在白纸上一列列写下来，字是铁画银钩，容与风流。

透明玻璃镇纸上刻着字，红漆描过，他用得久了，红漆被磨掉了，只留了刻字的痕迹。

起手是“赠谢教员”，下书“平生最薄功名事，不屑金冠玉蹀躞”。

这该是保定教书后的留念。这话，一读便是说他的。

谢骛清今日回来心情不错，她猜，他救到协和医院里藏着的人是关系极好的朋友。当初他落难，营救的人不少，他虽不详细说北上行程，但其中一样是救人，她知道，也已帮他安排送出去好几个了。

两人都没再出去。

窗台上水淋淋的，水缸里的小雨坑没间断。

卧房内的床单像带着水汽，她几次草草拉平，再被弄乱，便懒得管了。索性这卧室只有两人进，天一黑，总是要再睡上来的。

谢骛清头发短，易被汗打湿，她搂着他的脖子，拢拢他的浓黑短发，遮住若隐若现的几根白发：“早知道要这样的，不如第一天见你就在一起。”

他笑：“是这个道理。”

她想吃西单天福号的酱肘子，谢骛清便亲自出去买回来，芝麻烧饼卖完了，均姜恰好来，给她和面烙烧饼。均姜嘲笑谢骛清只买酱肘子，要把众人吃腻的，洗了手在厨房剁肉馅，烙烧饼间隙，为他们做肉饼。

均姜带来一个木盒子，进厨房前放到院子当中的石桌上，说：“胡经理让带来的。”

彼时，谢骛清正在正房的沙发上，坐着抽烟。

何未敲着玻璃，叫他出来，见他要拿手杖，又摆摆手，抱着木箱子进了正房：“想大家一起欣赏的，先给你看吧。”

她打开铜色锁扣，掀开木箱子，是个最新式的无线电收音机，没外挂的喇叭。

“胡盛秋说要做出来这个，再来看你，好让你知道他这些年做了什么，”她笑着给他打开无线电，在沙沙的声响里找电台。没多会儿，苍哑涩滞的戏声跳出来，就是这个了。

“知道这个有什么不一样吗？和过去的？”她献宝似的问。

“精巧得多。”

“喇叭收进去了，过去的喇叭都在外边的。这样就方便搬走，方便带了。”

她喜好这些创新，胜过做生意。

在天津时，那些人奇怪她为什么不上心盐号生意，明明是赚钱的大买卖。可对她来说，那就只是生意。而把粗盐变成精盐的过程，才是她想做的实业。

当初没有精盐生产技术，粗盐的氯化钠含量低，西洋人嘲笑国人吃粗盐就是在吃土。后来有了第一袋精盐，那个盐袋上印着海王星。那是属于实业家的浪漫。

她也有这种浪漫情怀，想做出新东西。

这个时间，电台里播放着戏曲，由电台里的专人放黑胶唱片。

“等你再走，带上这个，我给你在电台里放钢琴曲。”她说，仿佛习惯了他为战事来去。

窗外，均姜问扣青，葱买来没，没有葱如何能烙肉饼，扣青回说，林连长去买了。林骁这次入京没几日和扣青纠正，如今他不叫副官，是警卫连的连长，扣青就此改了口。

均姜笑嘲说扣青支使一个不会挑大葱的人去买，万一买回来小香葱，肉饼就糟蹋了。扣青回说，人家都连长了，不可能笨到不认葱的地步吧……

两人笑着，讨论着葱和林骁。

谢骛清将烟蒂揿灭了。

何未调试收音机，长发及腰，因蹲下的姿势，发梢扫在她脚踝上。

“未未。”

她轻声答：“谢教员，你说。”

他摸她的头发：“我可能是做了许多的好事，才能让你看上我。”

“果然人老了，就不容易自信了，”她揶揄他，“少将军初入京城，在胭脂堆里打滚，可是说过——‘在我这里动真心，都是有来无回’。”

谢骛清笑，手指勾了下她的鼻尖：“偷听人讲电话，还理直气壮？”

她皱着鼻尖，把收音机放回木匣子，这是他们制造厂组装好的第一台，意义非常，不能随便乱放：“从不正经说话。”老男人就是言不由衷。

他刚准备将满是烟蒂的烟缸处理一下，这里不只他的，还囤着昨日来开会的几位军官的。

但一听她这话，将手转向了香烟盒，轻敲出了一根烟：“什么是正经话？”他划亮火柴、点烟吸，倒是风流的神气。

“我爱你，”他又笑问，“这算不算？”

她两只手臂搂着木匣子，立在那儿，像忘了语言为何物。

她……和他开玩笑，未料他说这个。

“1922年，京津两地都知道的事情，骛清以为二小姐比谁都清楚，”他直视于她，像看着百求不得的女孩子，道，“我自南方来，摸不透北面的人如何追求女孩子。当年真是颇费了一番心神，却不得要领，怕一旦南下，你就另嫁他人。”

她被逗笑：“说着说着，又不正经了。”

他看着她，笑着说：“都是十分正经的话。”

谢骛清把搭在沙发扶手上的衬衫拿起，穿了，一粒粒系上纽扣。立领板正，扶着沙发立身而起，慢着步子走出去。他去西单买酱肘子时，让车绕路去晋宝斋买了盒子菜。

没告诉她，预备给个惊喜。

何未以为他去厢房有公务，那里有两个文职军官在。

扣青几步蹦到她面前，趴在她耳边说：“方才林骁在厨房说，少将军心里可疼你了，那年，你写信要他用白话写家书，他便把军中有家室的家书全都借到了军帐，观摩学习。”

秋风拂面，细雨一蓬蓬地洒在她脸上。

她立在门框旁，见谢骛清冒着毛毛细雨，慢慢往东厢房走。他有他的骄傲，从能走，便舍掉了文明杖。

一个对自己严苛的将军，却是仁义治军。

林骁讲，南方边境线上自前朝设有对汛，因地处深山老林，清朝灭亡了，消息来不及传过去。那里的辫子兵仍在对汛，守着边境。谢骛清带人过去，让人为他们更换衣服，剪掉辫子。他来到这些老少对汛兵跟前，说，愿走的，他感激戍边守边的辛苦，补给清政府欠下的军饷，一起派人送回家乡，愿留下的，就在新军队受训。

“我从军，为国守土，和列位一样，没什么区别，”少年谢骛清站在他们面前说，“若有一日谢骛清为己谋私，军中任何一人，包括你们留下来的任何一个，皆可拔枪射杀我。此一诺，至死不渝。”

林骁就是其中之一，从那日起誓死追随了谢骛清。

第十五章

夜阑观山海

这天清晨。

谢骛清不在屋里，她略醒了会儿，下床将长发绑起来，穿上小缎面鞋就出去了。

这时间太早了，刚亮。除了两个值勤的军官，无人醒着。

谢骛清跨坐在石凳子上，看着老伯栽种在竹下的一小片菜地。何未走得多轻，都能被他即刻发现。他伸手，揽住她的腰，要她坐在腿上。

西厢房有打字机的响动，想来是在整理手写资料。

何未勾着他脖子，坐下："起这么早，看菜地？"

"也看竹子，"他看着竹子，轻声说，"北方竹子不算多，等以后有机会带你回南方，满山的竹子，下一阵雨，现在这个季节，能在山上挖回不少竹笋了。"

他问她，见过梯田没有？

没两句讲到苗寨、壮寨。山里的寨子，木房子挨着木房子，夜里，煤油灯一点，倒像和夜色里的星空对调了，仿佛整个寨子在云雾里，点点亮藏于其中。"那时由保定追随我去云贵的人，刚入山，半夜里总听得到咚咚咚的动静，以为有鬼。寻了几日，发现是寨子里的人趁着睡不着，在砸草叶，染衣服。"

谢骛清说到清末民初，还不通陆路，要从香港辗转到越南河内，再绕回到故乡。说到他后来带兵去的广西，十万大山环绕漓江，说到曾捉拿悍匪到河内，"我们队伍里有壮族的人，壮语和那边的话有些相通，能交流几句。"

她猜，他想念家乡了。

何未勾着他的脖子，轻声说："这里也是你的家，亲亲我。"

他在晨光里注视她的脸，注视了许久后低头吻她。

一个值勤的军官从外头提着一桶水回来，刚从胡同的水井里打出来的，迈上台阶便侧过身，往门后站定。露出来的木桶边沿，水晃荡着洒了出来。

她在他颈窝里问："现在心情好了没有？"

谢骛清笑，耳语："不过看了会儿竹子，谁说不好了？"

不知怎的，她能察觉到谢骛清迟早要走，再次南下。

明明他只是看着百花深处一丛竹子，回忆了两句在南方带兵的事。

西北军阀们一个个离开了北平，西部各省赈灾义演的事没了下文。这一日，她在航运公司的办公室里，见到从江浙赶回来的七姑姑，姑侄两人聊得正高兴，秘书递进来一张名片，正是那日广德楼见过的县长。

"是谁？没见你提过？"七姑姑看名片上的人名。

"一个县长，西北的县长，"她让秘书将人请进一旁的会客室，泡一壶好茶招待，"西北大旱了两年，他们来北平筹款。"

七姑姑叹气，将长长的麻花辫子撩到身后："那边是惨，卖妻儿的全是明码标价了。还有自卖其身的，只求能不饿死。"

这是何知妡的习惯，每回坐下，都将辫子斜搭在肩上，要走时，撩到后头去。她始终是未嫁身，不喜烫发，保持着过去的习惯，一旦卸妆下了台，就是一袭长褂子，身段气度不必靠女子的衣裳撑起来，自有风流。

"你先见客，我也去会会旧友。"何知妡说。

"你知道，祝先生在北平吗？"何未在姑姑推开玻璃门时，忽然问。

何知妡手扶在门上，错愕回望。

昔日名冠京师的何七先生，在当权军阀面前都敢甩脸子，竟在侄女面前为了一个旧人失了态。"在一所师范学校做老师，"何未说，"姑姑要想见，我找个借口约他出来。"

何知妡静了片刻，轻声道："我这一次回北平，拜会恩师，大摆宴席的事无人不知。他若想来见我，自然会来。他若不想见，又何必骗人来。"

由此，推门而去。

何未见到那位县长，说着捐盐的事，仍在回味七姑姑的话。

谢骛清这半个月不在北平，去了奉天。

他对奉天的军工厂极感兴趣，过去因为南北对峙，就算去了也被人提防，看得不够尽兴。这一回刚能行走，就迫不及待北上了。

两人像刚谈恋爱的新式男女朋友，每日电报往来从不间断。说军工厂，说奉天，也说奉天城的狐仙庙，在东南角楼下。她回电说，北平亦有狐仙塔，也在东南角楼。

两人于电报中，从狐仙说到东南角楼，最后说到奉天和北平有如此相似的地方，恐怕源于清朝普遍信奉萨满教。

电报简短，外人瞧不出其中趣味，唯他二人乐在其中。

送走县长后，秘书送进新的电报。

何未打开那张抄写的电文：蓑衣胡同，这名字有趣。

她一愣，他这说的是南锣鼓巷?

谢鹜清回北平了?

这一念起，被手边的电话铃声惊断。

何未握着听筒，放到脸旁。

属于谢鹜清的那种呼吸声，和旁人都不同。她说不出区别在哪里，但猜得到是他。

“刚才路过白塔，”谢鹜清的声音从那头传来，“想你是不是小时候常去那里。”

白塔？果然到北平了。

她心不禁飘了，轻“嗯”了声：“常去的。”

“后来车经过南锣鼓巷，又想，你来过没有。”

“嗯，也常去。”

半个月未见的两人，握着听筒一起笑了。

“我过去离开北平，常想你，但都觉得可以忍受。比起让你承受颠沛流离的辛苦，住在北平对你更好。可这一次去奉天，”他略静了会儿，说，“我好像不再这么想了。”

她看到书柜玻璃上映着自己的脸，在笑。

“认识你之前，我听说了许多事，有关你和何二先生之间的父女情，”他说，“那时，总要压抑带你走的念头，因为猜到你想尽孝道。如今何二先生故去，未未，你是否愿意再考虑一下，随我南下？”

何未掉转身子，倚在书桌边沿：“你已经到北平了，为什么不当面说？”

“是，我在北平。”

谢骛清回答：“过去这些年，每次当面问你能不能和我南下，都被二小姐拒绝了。这一次想换个方式，或许，能有一丝希望。”

她眼已有热意。

细想想，确实拒绝过许多次。她爱着谢骛清，可没办法跟他走。

“上一次，我以半生功名，两省重兵都没办法带走你，”他说，“这一次，想再试试。”

她敛着息。

两个都在北平，已认定夫妻名分的人，竟于电话里说着如此的话。

从回北平，她等着在小院子里嫁给他，从厢房嫁到正房。他总说还不是时候，不可如此草率。她想着成亲，他却筹谋着带她南下。

“我……从没想过离开北平，从小住在这里，太习惯了。”她声音微微抖着，难以平稳。

那边安静着。

“但这一次，不想再耽误你了，”她柔声说，“过去，每次都是你北上来见我。以后，我不想让你再冒险，至少不要只为了见我而冒险了。”

跟着谢骛清，带上斯年，以最精简、最隐蔽的行程，举家迁移。

她竟为这一个想法，被心跳震得胸口疼。

寂寂的一霎，像退回到恭王府的长廊内。

他说，他说不得不走，她说她不得不留。

谢骛清长久不语，久到她心里慌：“怎么不说话了？”

“我在六国饭店。”他答非所问。

“接你的车在门外，”谢骛清又道，“航运公司门外。”

听筒长久握在她的手里。难道现在就走？斯年还在学校，哪里来得及。

“我有亲人到京了，想见你一面。”他说。

何未略放松，在白连衣裙外套上大衣，仓促而出。

一辆黑色轿车等候多时。不晓得是什么亲人，他难得如此郑重，派车接她。

北平已满目金黄。

轿车驶过宽敞的大路，转入东交民巷的入口。

那里拦着铁栅栏，轿车将她放到东交民巷外，本想驶入，不知为何被拦下，说是今日东交民巷这条窄路上都不可过汽车。天将黑，有人步行走入，去德使领馆的邮局给亲人寄信，问刚下车的何未，德领事馆在何处，她给指了地方。

她走上通往六国饭店旋转门的石路，穿过旋转门。

她的高跟鞋踩在地毯里，没一点点声响。玻璃门从她背后旋过。

十几步远的地方，等着她的男人立在那儿，地毯尽头，红木楼梯下。军裤军靴，是许久未上身的装束。白衬衫是熨帖合身的，衬衫的立领没系，微分开……他永远都像初见那夜，像那个久负盛名的少年郎。

谢骛清像等了很久，倒背着手，把玩着一根黑色钢笔。他仿佛有心事，以指尖不停顶开钢笔笔帽，细微规律的“啪嗒”扣合声，反复在他手心里响起。

像旧时更漏的水滴，一滴滴数着时辰。

他看到何未的一刻，钢笔帽被彻底扣上，被递给身后的一个年轻人。那人是陌生面孔，想来是从奉天带回来的。

“外边被人拦着，是出什么事了？”她警觉地轻声问。

“没什么，”他说，“保定的同学会。”

何至于这样巧？

六国饭店的舞厅门外，摆着一个宾客牌子，牵头的照旧是邓家小公子，名字在头一个。当初这牌子上的名字，就已让只宴客名流贵胄的泰丰楼老板诚惶诚恐，如今这上头的名字，有的早落魄无名，有的却是比过去更不可攀的大贵人。

保定的军校关闭于上一次的同学会后，时至今日，许多年轻人都淡忘了这个曾培育无数名将的学校。但一见到名牌上保定同学会，却像被提醒，回忆起过去这所学校的辉煌。

宾客牌下，最末尾还列着西江讲武堂、云南陆军讲武堂等七八个讲武堂的名字，这些学校有些早消失于世，难得存留的也已经改了名称……眼前的一切，都仿佛昨日重现。

门口的士兵，见是谢骛清，直接开门放行。

舞厅内，到处都是穿着军装的男人，十几年前的军装。因各自来自的省份不同，军装式样都不同，还有些毕业后弃武从文的，找出读军校时的制服穿了。

像回到了辛亥革命的时代。

每个铺着白色桌布的酒桌旁，沙发上，还有舞池旁在交谈的男人，都不约而同地对她行注目礼，隐晦，而又礼貌。对他们来说，何未年纪轻，算小一辈的人，但她是谢骛清的妻子，该有的礼节不可少。

“这都是你的朋友？”

“昔日同袍，还有学生。”

谢骛清把军装外衣穿上，正襟危坐。

在舞池旁，这个圆桌子周围有白谨行和邓元初，还有那位扔过一块表在银盘子里，吓唬何未亲爹的男人。这位先生昔日年龄就是最长的，如今男人已迈入老年，笑意倒不显老态。

恭王府一面后，她同这个邵先生见过几次。

“二小姐。”

“邵先生。”她笑笑。

“清哥儿请我做证婚人。”邵先生理了理许久未穿的军装，笑着说。

她心中一震，看谢骛清。

谢骛清微笑着，回视她。

“我说，二小姐如今名声大，未必肯认我这个已失了势的人。”邵先生笑着道，“我这里准备了稿子，二小姐是否要过目？”

何未仿佛失了语。

“简陋了些，”他在桌下攥住她搭在膝盖上的一只手，“但至少亲朋满座。本想请花童，怕有记者在外拍照，就省了这个步骤。”

她盯着谢骛清，盯了半晌，一低头，眼泪掉下来。

邵先生笑着离开，准备证婚仪式。

宾朋一一露面。七姑姑从偏门入内，走到一旁的圆桌旁，对她笑了笑：“你九叔说，他过于受人瞩目，就不来了，由我全权代表了何家。”

她不知该答什么，越发像被人推到了一场梦里。四九城内的一场梦。

“今日我受父亲嘱托，是来嫁妹的，”白谨行笑着，同七姑姑坐了一桌，“算娘家人。”

而新郎家的桌上，独自坐着郑家三小姐。郑渡一度想凑过去，到姐姐身边坐着，被她赶走。那一大桌子的空椅子，都是谢家人的。

再远些，是同谢二小姐交好的俄公使、法公使，在宾客位。

好似谢骛清已广发喜帖，除了她这个新娘，无人不知两人的喜事。

他没穿新郎该穿的西装，以军装替代，在座诸位宾客基本军装加身，外头守着的也是士兵。因在东交民巷，记者难进，极难走漏风声，就算有人因舞厅名单上的贵客想窥探内幕，望进来，见满座军人和老旧军装，猜到的只能是——不甘心退出历史舞台的旧军官聚会。

这些曾献身辛亥革命，推翻旧王朝的军人，聚在此处，为了一段不可外传的婚礼。

谢骛清给她的婚礼，最奢华的不过这满座功勋。至简，至诚。

邵先生像主持毕业典礼一般，从一个个小圆桌当中穿行而过，走到舞池东南角摆好的一个木质的小讲台后。他把满满几页纸的证婚词打开，摆在眼前。

“我同谢骛清相识在保定，和在座诸位一样。不过我和他还有另一层渊源，谢老将军在清末开过不少讲武堂，家父曾是谢老将军的学生，”他抬眼，并没照着读，那稿子早记在了心里，“那年，他自南方来。‘谢老将军的最后一个儿子，唯一活着的那个。’这是见他前，家父对我说的。我受家父所托，去车站接他，没接到，回了学堂的校舍，看到他已经在整理床铺了。他带来的一个行李箱里除了两套军装、衬衫和换洗里衣，都是他父亲写的兵书手稿，他一路北上，就在整理这些。”

那年，清朝尚未覆灭，军校尚未更名。十几岁的谢骛清独自一人北上。

“他初到保定，京城有人专门派车来接，要他入京，和世伯们一聚。因是私人聚会，我说，你小子把军装换下来，换套年轻人喜欢的西装去，”邵先生说到这里，笑起来，“他说，他从十岁开始就只穿过军装。说起来，他人生第一套正经的西装，还是我送的。”

大家笑。

“对他和何二小姐的姻缘，我所知道的并不比你们多，”邵先生道，“但他和何二小姐这么多年，始终如一，我们这些身边人全看在眼里。当年军校校训第一条，就是守信。这一点，谢教员贯彻得十分彻底。”

众人又笑，谢骛清也笑了。

“我一个军人，证婚词写不好，说的都是闲话，”邵先生最后合上那页证词，神色郑重，“今日邵某人有幸，在此处，与诸君一同见证谢骛清将军和何未小姐的婚礼，吾与诸君，伏愿两位新人，合二姓以嘉姻，敦百年之静好，携手百年，白首不离。”

邵先生竟像毕业讲台读过致辞后，敬了一个军礼。

谢骛清立身而起，军靴并拢，在啪的一声马刺相撞的轻响里，回以一个相同的军礼。

像回到初见那年，谢骛清于新生校舍内，理平床铺，他回身，见到了姗姗来迟的老学长。煤油灯的光，照亮了军校的夜，一副副陌生而又对重振山河充满期待的面孔，聚集在围墙马厩旁。那年聚集的人，有的早就成尘成土，能活着坐在、站在这里的，都是幸运的。

郑骋昔接过一束手花，递到何未面前。

何未接到手里，植物的生命力透过玻璃纸，渗到她掌心里。

“清哥儿说，你喜好穿白色衣裙，倒是省去了准备婚纱，”郑骋昔把头纱戴到她头上，短短的白纱盖到眉眼上，“你今天的裙子像专程准备过的。”

何未从郑骋昔眼里见到泪花。

“三姐。”她轻叫了声。

郑骋昔眼眶泛红，对她笑笑，拉着她的手，递给谢骛清。

男人温热的手掌，将她牢牢握住。

他牵着她的手，走到证婚人面前。看上去是西式婚礼，但没有牧师的主持，又像是中式婚礼，却没有旧式的大红嫁衣。

护国军的军装，配上及踝白裙，就是名震天下的谢少将军和何二小姐的婚礼礼服。证婚人从怀里掏出了一个预先准备的红绒布盒，打开，并排摆着当时最时兴的婚礼对戒。

谢鹜清拿起戒圈小的戒指，握住她的手。

两人对视。

"谢鹜清一介军人，不懂风月，不谙世情，能娶何未小姐为妻，实乃三生有幸。今日在众同袍面前立誓，"他道，"鹜清与卿，生则同衾，死则同穴，除生死大限，绝无分离之日。"

戒指被套到她的手指上。

何未像心尖上被系上了一根红线，牵扯着皮肉骨血。

她在谢鹜清的注视中，从红绒布盒里拿到那个大的戒指。从刚刚，她就在想该说什么，到此时了，嘴唇动了几次，还是红着眼望着他，轻摇头。想不好。

谢鹜清笑了，轻声说："想不好，回家慢慢想。"

她轻点头，把戒指慢慢套上他的无名指。

满座宾客立身鼓掌，谢鹜清给了她一个拥抱。

何未也抱住他，闭着眼，想到二叔走时，一直反复念叨着，对不住谢少将军，对不住谢家，竟没有在谢鹜清下落不明前成全了他们……

何未的眼泪顺着他衬衫的领口往下掉，努力闭着眼，都压不回去。

隔着一扇玻璃门，外边是往来的各地旅人，各国公使，还有躲避刺杀的落难人。因已入夜，外头对舞厅的关注越发高，邓元初审时度势，让乐队开始演奏，舞厅的灯打开。旋转的怪诞光圈里，军人们互相笑着，退出舞池范围，今日女客太少了。

"郑三小姐，赏个脸？"邓元初绅士地对郑骋昔伸出手，固有的微笑在眼底，"舞池里只有一个人，侍应生传出去怕被人误会。"

"陪邓小公子跳一曲，倒没什么，"郑骋昔笑着道，"只是该新人先下舞池。"

谢骛清把军装外衣脱了，递给林骁。

何未把手递给他，和他走入舞池。

“当初在利顺德，你就跳得很好。”他耳语。

“你注意到了？”

“没有注意到，怎么会给你们连弹三遍《哈巴涅拉》？”

谢骛清搂着她，绕到舞池当中。四周宾客见过谢骛清策马疾驰，见过他浴血奋战，冲于人前，却鲜少有人见过他跳西洋交谊舞。

他让乐队奏起《哈巴涅拉》，扶何未的腰，跳了开场一曲。

何未靠着他的肩头，想象：如今已是太平盛世，他们或许已面容苍老，头发花白。走出这个六国饭店，东交民巷的两旁路口再没有铁栅栏，阻拦着国人。大街上，铛铛车一辆辆，川流不息……西北不再怕大旱，粮食丰产，中原不再有新军阀混战，树木茂盛，没有任何一丛枯枝上挂着烧焦的士兵尸体。

何未摸到他腰后挂着的手枪套，被谢骛清兜住腰，向后仰去。她再直身，迎上他背对着灯光的脸，还有那双漆黑的眼。

“没想到，谢教员探戈跳得如此好。”

“在欧洲学的，”他耳语，“本以为用处不大。”

“我在南洋学的，”她说，“跟着哥哥，和那些外交官太太一起学的。”

谢骛清意外沉默，恰好一曲结束。

郑渡派人临时电话，邀请了不少名媛小姐参加保定同学会的舞会。

灯影里，一对新人很快消失无踪。

他们让轿车停在新街口南大街，难得于夜色里，沿大街往胡同口走。

何未想挽他的手臂，被谢骛清先一步拉住手，在身后警卫和轿车司机的注视下，拉着她这个穿着高跟鞋和长裙的富贵小姐，拐进了无灯照明的胡同。

借着月光，谢骛清为她用脚踢开碎石子，和提着一桶井水的年轻小伙子错身而过：“你猜这条路能不能到百花深处？”

她打量四处：“说不准的。”

深夜走在陌生的小胡同，时不时路过敞开的老旧木门，被灯照到了，何未竟有种做贼的心虚感。此处一个院子连着院子，邻居们都是老相识，深夜难得有陌生人出现，还是一对手拉手的男女……她瞥谢骛清的军靴和军裤，只怕他被人当成东北军的新军阀，吓到住在院子里的老实人。

他的步伐不紧不慢，军靴的马刺时不时发出金属撞击声，在细窄的胡同里格外明显。如此冷的天气，他从下车就没穿军装，外套搭在手腕上，径自带她往前走。

约莫十几分钟后，他们兜兜转转绕到了护国寺。

此处庙宇多难，经历数次火灾后，大殿荒废多年，却成了一处休闲的好去处。

做小买卖的人抓紧入冬前的夜市，手臂上挂着二十几串山楂串，游走在看街头表演的人群前，对站在木料垛上的孩子们兜售着手里的红山楂。

售卖小人儿书的摊位旁，摊主兜着手，吆喝着要收摊，赶走围拢的看客。

人多热闹，大家只顾得上挤出一条路，没人留意到他们。

“买份报看？”他问。

“这里买？不方便的，”她于吵闹中凑到他耳旁说，“你想看什么报纸，等一会儿回去，我打电话让人从公司送过来。我们每日报纸都买最新的，比这里的全。”

谢骛清似要坚持，四处找寻卖报人。

罢了，今日他高兴，由他来吧。何未也帮着他找。

一束小烟花蹿到脚前，何未险些被火星烧到裙角。谢骛清搂着她到身前，双臂围拢着，护她避让到说书人的摊位前，正好见到个卖报小童立在那儿，踮着脚乐呵呵听说书。大家笑，小童也笑。

“在这里等我。”谢骛清拉她到一旁，让她在古树下等。

何未望着他，见他走向那个卖报小童，没多会儿，从军裤口袋里掏出银圆，三两句后，竟拎着人家的布包回来了。

“你都买了？”她惊讶问。

“我问他要奉天的报纸，他说不好找，”谢骛清答，“倒不如都买下来，慢慢找。”

何未总觉其中有蹊跷，从他开始找卖报人，就哪里怪怪的。

谢骛清把军装外衣披在她肩头，打开那个布包，慢条斯理地翻找着。何未见他拨开了几份，见到《东三省公报》，抽出来：“是这个吗？”

何未把报纸翻过来，正见到头版，上边刊登着的照片，正是那日从照相馆拿到的合照。

她静住了。

“如今只有这一份，”谢骛清在说书人的吆喝，还有周边人的鼓掌叫好里，对她说，“等天下太平日，谢骛清一定补上答应二小姐的。京津沪报纸，头版。”

这是他在奉天的印刷厂里，亲自印出来的。独此一份，无法昭告公众。

难怪……他从下车就把军装搭在手臂上，想必军装内藏着的就是这个。

何未握着那张报纸，看着上边的合照，还有下边那一则结婚启事——

> 谢骛清、何未结婚启事：我二人征得双方家长首肯，谨订于国历十一月一日在北平六国饭店举行典礼。时家国动荡，江河未清，婚俗要务，一切从简，特此敬告诸亲友。
>
> 何未、谢骛清同启

纸上残存着油墨香。

何未怕被人瞧见报纸，将它重新塞回布袋子，混杂着北平各色报纸的袋子里。

“总觉得委屈了你，”谢骛清替她拢好军装外衣，“没能给你一个公开的名分。”

她笑，轻声嘟囔：“还想如何公开？”

护国寺荒废后，各殿各堂都被分割开。卖山货、卖艺的，还有露天的茶馆和戏台等。瑞芝堂门前的一块空地，搭着简陋棚子，摆了八九张方木桌，售卖羊霜肠。夜色渐深，食客寥寥。一旁，有个老人家穿着老旧长袍，旧虽旧，却干净异常，竟是浆洗过的。

倒像谢骛清的做派，衣物式样不多，每一件都干净笔挺。

老人家做卖艺的生意，临要收摊，不再应酬往来客，自娱自乐着，哼唱着喜欢的小曲。老人嗓音沧桑，哼得词句不清。谢骛清听了会儿，何未问：“听出他唱的是什么吗？”

“没想到《长恨歌》也能唱出来。”

言罢，他饶有兴致跟着学起来，前半句倒是认真：“汉皇重色思倾国，御宇多年求不得，”后半句却成了：“何家有女初长成，养在深闺人未识……”

何未不让他再唱，已有路过的女孩子瞧他了。

跟随的警卫排散在四周，隐在人群里，陪着将军享受难得轻松的一夜。夜深，西北风渐起了，她见大家辛苦，掏出手袋里的银圆，要老板在四张桌子上摆满大碗的羊霜肠。

热气腾腾的汤水里，满满的霜肠上撒了麻酱和香菜，正合此夜驱寒。

“我不是说过，要带你吃遍四九城吗？”她拉他在最里侧的木桌坐下，主动藏于警卫排的掩护圈内，好让众人吃得安心，“这是霜肠，羊肠灌上羊血，用花椒大料煮出来的。”

她用筷子拨开香菜，给他看：“羊肠的白，像霜，所以叫霜肠。”

“好名字。”

南方来的兵，没吃过这个，倒是新鲜。

没一会儿，来了批新入北平城的东北军兵士，占了另外几张木桌。军装不同，难免相互打量，那边有人问，兄弟哪里来的？没撤走的西北军？林骁答，南方来的。毫无交集的两拨人，说起了曾经的北伐。那年，南方军队为攻，北方为守，互为死敌，而今坐在同一处吃着北平小吃，说到昔日北伐战争，吴姓军阀节节败退，举着大刀和机枪一起督战的往事。

“我们东北军都看不下去，”其中一个人操着关外乡音道，“真不是东西，不许撤，谁撤，大刀队就砍谁的脑袋，逼死了好多兵。”

“这是他们的常态，我去武汉述职，在火车上，能看到好多路边树上的尸体，”林骁说，“都是不敢撤退，自己上吊死的。”

何未静默听着。

回到百花深处，两人先后洗澡。

谢骛清一进了屋子，何未递过去一块白色毛巾，他接过来擦了两下还湿着的头发。

“他们说北伐战场的事，发生在哪年？”

“打贺胜桥的时候，我们有个独立团和直系的人打，”谢骛清道，“直系打不过，往后撤，吴佩孚就叫来大刀队和机枪架在桥上，砍了十个旅长的头挂在桥头，下令后退者杀无赦，后来他们打不过独立团，一直往后撤又被杀，就掉转枪头和督战的人打上了，内部杀得血流成河，北伐军大胜。”

何未在书桌旁的椅子上，托着下巴听。

谢骛清解衬衫纽扣。

“这刚几点？”她惊讶，还不是两人睡觉的时辰。

他手指一顿，盯着她瞧。

“……刚回来，就关灯睡觉，院子里的人要笑话的。”她小声道。

谢骛清仿佛被提醒，揿灭台灯。

“说不让关，你还关？”

“想开着灯？”他走向她，“我倒没什么，都随你。”

谢骛清弯腰，果断把她从椅子上抱起来。

“你的腿……”

“好差不多了。”

一两丈见方的床榻，两人睡了不少日子。他喜好床帐放下一半，以挡玻璃窗外的月光和小院儿里的油灯光。前两日她心血来潮，换了暗红床帐，冥冥中像为今日准备似的。

“没解枪。”她摸到枪套。

他不答。北伐那阵枪不离身，有时躺在简易帐篷里，想起她，常想到她喜欢这把枪的。在天津九先生的客房里，在枕头下摸着玩，也不怕走火。

煤油灯的光被玻璃减弱了一半，再被床帐遮去大半，只余下极暗的红灯影。谢骛清亲她。

“今天该提前说的，”她被亲的间歇说，“婚纱就在家里，带过去多好。”

谢骛清任由她遗憾婚礼的着装，将她白色缎面的睡衣剥了。

“你怎么衣裳都不脱？”

“干净的。”他说。

她回抱谢骛清。他背上的皮肤紧而滑泽，摸上去有不平的地方，在红灯影里，她从他肩头望下去，望到衬衫下的旧伤。她分出去的神，被他耐心地拉回到床榻。

白色缎面睡衣压在她背下，她没留意。等窗外煤油灯熄灭，谢骛清短暂离开，光着脚到多宝槅里的瓷碟子里找香烟，她费力将睡衣从身下拉出来，丢去床脚。

瓷碟子里的杂物堆在一块儿，他拨开附在上头的几根笔和钥匙，拿到香烟和火柴盒。回来时，拍了下她的腿，低声说："等我抽根烟。"

还不睡？

谢骛清轻拨她的小腿，让她往墙边靠，他挨着床沿坐下。

火苗刺的一声，在他手指间冒出光。他低头想点烟，停了片刻，又将火柴甩灭了，轻声道："走前让老先生把个脉。"

"把什么脉？"她问完，即刻懂了。

谢骛清怕她已经有了身子，在旅途上奔波受累。

她喃喃说："怎么好意思开口问。"

他笑，将烟盒和火柴盒丢到枕头边："我看差不多了。"

这还能看的？她腹诽。

谢骛清这回把军裤也脱了，丢在床边的椅子上："就算之前没有，今夜也差不多。"

……

她想到六国饭店的舞厅，两人交换完对戒后，恭喜两人的一批批军官，那些他昔日的学生面对他，不管军衔多高，都有着对恩师的敬重。偏这个被人敬重的谢教员，在这黄花梨木的床榻上极不检点。

这天夜里，谢骛清几次离开床榻，其中一次出去看最新的电报，安排即将到来的南下行程。最后一次他上了床榻，她熟睡了，被他横抱起，在颠簸里醒来。

横抱她的男人，把她放到外间的卧榻上。

"好好床不睡。"她搂他的脖子。

"这里有海棠，"他耳语，"你睡醒了，能看见。"

她笑着，窝到他怀里睡了。

六国饭店的事很快传开，说是谢骛清将军为讨何未欢心，办了一场订婚宴。何家二小姐从少年时订婚数次，每每无疾而终，众人见怪不怪。

"倒是赶上一个时间了，"七姑姑把一份《申报》翻开，"召应恪和至臻刚登报离婚。"

第三页的一个边角的位置，刊登着一则离婚启事：召应恪、召何氏（即何至臻）因双方意见不洽，自愿离婚，永远脱离夫妻关系。特此登报声明。

“至臻跟一个东北军的人同居有两年了，”七姑姑说，“一直在天津，召应恪在南京，说是前两天才约见了一面，当日登报离婚的。”

召应恪从北洋政府倒台后，就直接去了南京担任要职。

一心治学的召家，出了个弃文从政走仕途的大公子，从昔日京城到如今的南京，竟是越走越顺。去年召应恪回京，穿着中将制服，身边前呼后拥的北平官员有十几个。

他下榻北京饭店，那晚接风洗尘的酒会上，何未也在。有不知两人过去的新调任的官员，竟主动为他们引荐：“召委员，这位是何家航运的主人，何二小姐。”

两人对视，都笑了。

那官员身旁的秘书忙耳语，道出两人过去的姻缘，官员嘴里讷讷着，只怨自己多话。

当晚召应恪是贵客，往来引荐者无数，何未没同他说两句话，他便被接走，去了另一处接风洗尘的酒会。

其后一日，召应恪的秘书递了名片到船运公司，邀她同游故宫博物院。

当年被何未和谢骛清一同救出租界，送上出海游轮的召家小公子召应升，自大哥从政后，就重获自由身，不久归国，受聘于博物院，清点、管理清朝皇帝留下来的文物。

那天召应恪请她去，何未在故宫博物院的大门外，见到召应升时，召应升一个大男人对着何未失了语，半晌才道：“我从回北平，一直不敢见你。当初……实在抱歉。”

召应恪适时打破弟弟的窘迫，让他带两人逛一逛博物院。

召应升走在大小展柜前，情不自禁说了许多的话：“逊位清朝皇帝搬走后，日本人在《顺天时报》上发文章，要我们把故宫交给他们管理，说我们政局混沌，应‘由最近之日本民族代为尽保管责任’。我就是看到这篇文章，气得睡不着，坐船回国的。从一开始筹备登记造册开始，做到了现在，薪水不多，胜在做的事有价值。”

这个老同学已忘了在宫内被老太监折磨的往事，看着展柜上的宝贝，视若珍宝：“说起我们故宫的理事们也都是风骨卓然，有个大理事叫庄蕴宽，真是硬骨头，我们一度开不出薪水，他当时都不求北洋政府，用个人名义向银行贷款，给大家发了工资。”

就是有这些人，在军阀混战时，保住了故宫。

那天，他们三人在馆内留到四点，沿着宫道至太和殿前。

召应升没忍住，轻声问：“谢将军有消息了吗？”

她被问得愣住，轻摇头。

等他们一行人离开故宫，她和召应恪坐在轿车后排座椅上，召应恪才低声对她说：“谢鹜清身份过于特殊，连我这里都没有他的消息。”

当时她想问，你说，他还活着吗？

后来想想，没开口。一定还活着，她有感觉。

……

何未从往事中抽离，看着桌上的《申报》。

“我倒是对你和召应恪的事，始终想不明白，”七姑姑笑着说，“照理说，青梅竹马，又志趣相投，该顺着婚约成亲的。”

或许，老天安排她退婚，就是为了认识谢鹜清。

“行程定在哪日了？”七姑姑问。

“今夜，他先走，”何未说，“白将军的那批东西我不放心，须亲自盯着装货，送出北平。我们约了十日后天津利顺德见。”

“自此后，你就要体会到什么是背井离乡了。”七姑姑开她玩笑。

“不管走到哪儿，我心里还装着白塔，装着紫禁城，还有三山五园，”她笑，“还有姑姑。”

何未返回百花深处的院子。

院门外的小胡同里，灯火依旧，家家热闹。

院门内，堆满了木箱子，其中半数是军官们的发电机和发报机等公务用品，余下的是这小院子里的杂物，不少来自谢鹜清的叔叔婶婶。

她进了院子，见老伯对着院子里的大水缸抹眼泪，他年纪太大了，想着谢鹜清这一别，怕今生再难见，心里挂念，嘴上说不出，拍拍水缸的缸沿，将水震得晃了出来。

何未没打扰老人，绕过箱子，还有收拾东西的军官们，进了正房。

斯年正踮着脚，摘下相片墙上的那张合照：“这张是谁？”

谢骛清跨坐在一个凳子上，把刚摘取的相片裹上棕红色的布：“斯年的叔公。”

叔公。

小女孩儿捧着相片框，瞧了又瞧，抬头再看爸爸，不知想到何处，抿着嘴角笑了。小娃娃已忘了两岁前的香港生活，南下之行，于小孩子而言，更像是奔赴父亲的故乡。

第十六章

冬寒雁南飞

离京那日，晨雪来得毫无征兆。

灯烛照雪影，在屋子里看，窗户纸上有千万飘动的黑影。

百花深处胡同里的普通住户全在睡梦中。

凌晨五点，静得只有雪落的声音。

有间挂着“小器作”的店铺点着油灯，隔着玻璃，斯年看向内里，架子上摆着细巧木器，黑色棕色为主。这种修理硬木家具和木器的店散落在北平大小胡同，极常见。里头的伙计隔着玻璃，瞅见外头一行人趁晨雪往出走，难免多瞧了两眼，但一见林骁的军装，立时收敛好奇心，灭了灯。

“谢少将军没看到雪就走了，”斯年遗憾，小声问，“他见过雪吗？京城的雪？”

“见过，”她给斯年戴上毛茸茸的冬帽，“他每一回入京，都是冬天。”

“每一回？”

斯年怕惹她伤心，从不追问，自从谢骛清先离京，小孩子便打开话匣子。平日里文静稳重的女娃娃，遇到和谢少将军有关的，定会追问到底。

“第一次是逊位皇帝大婚，大婚当夜在这里，我和他认识，”她在晨雪里说，“第二次是南北和谈，和谈失败，孙先生病逝。”

“在济南被日本人害了的外交官，也参加过南北和谈，”斯年说，“你说过的。”

“嗯，那年北上了许多人。”

从广州辗转到日本，再到上海、天津，最终抵达北平的这一趟行程里，有太多怀揣着南北统一大愿的人，他们不顾一切北上，冒死和军阀们和谈。后来每个名字，都在历史中留下了一笔浓墨。

何知妡披着披风，等在胡同口。

何未南下，不知归期，她这个做姑姑的怎么也要送他们到天津，登了船才放心。

何未带斯年上了车后排，均姜为何知妡打开车门。

“何七先生。”胡同口旁的树影下，一个面容清俊的男人，迎着飞雪走出来。那男人照旧如正当红时，斯斯文文，除了因等待多时而肩上积了层白雪，没任何狼狈和不妥。

何知妡和祝谦怀对视着：“祝先生。”

何未示意均姜先关上车门。

两个数年未见的同台知己，看见彼此，仿佛还是于三庆园后台杂乱走道相遇的两个新人。一个是七尺男儿郎上着女子妆，一个是没来得及上装，只穿着将军外袍的俏女儿。他是旦，她是生，他以貌美闻名京师，招揽戏迷无数，于戏园子里，她护他多次。其后，她被军阀觊觎，是他一次次斡旋其中，为她得罪权贵……

坊间流传两人的隐秘情事，每每被他们两个否认，都怕自家盛名牵连对方。唯一留下的存证只有一个头面，在祝谦怀及冠那年，何七先生送到府上的贺礼。

“七先生勿怪，”祝谦怀带着歉意，说，“祝某听闻先生离京，想来送送。”

祝谦怀迟疑半晌，又问：“七先生这一回南下，可还会回京？”

何知妡意外，不知祝谦怀从何处得知这个消息。只是消息给了一半，另一半的真相是，她送何未登船后，还要返回北平，同何家另外几房一道过农历新年。

“若我不再回京，祝先生可有什么最后要说的？”何知妡终于启口。

祝谦怀眼里的光，黯淡了少许。

他直直望着她。

何知妡等了许久，祝谦怀微露苦笑，柔声说：“何七先生早闯出了一番天地，是不该再被束缚在一城一地。只是生意更耗心神，日后……还是要顾念着身子。”

言罢，祝谦怀先移开视线，不愿再让人看到眼底心事：“早上还有课，祝某先告辞。珍重。”

胡同口的告别，让七姑姑上了火车仍魂不守舍。

到天津九叔家，何知妡寻了个借口上楼。

何未支开斯年，于茶室讲到祝谦怀，何知卿毫不意外，轻叹口气。

“九叔晓得其中内情？”她问。

“听人提到两句，”何知卿摸着怀里的猫，低声道，“清朝末年，不许嫖妓的，八大胡同周围最吃香的就是学戏的男孩子，那时留下的陋习……让人绑走祝谦怀的人，喜好男色。他关过祝谦怀一段日子，被下属闹兵变杀了，祝谦怀这才回来了。”

九叔点到即止。

“七姑姑……”

“她知道。她问我，我便照实答了。”

何未一时难以出声。

九叔又道：“昔日我在京城，见过祝谦怀两面，此事就算你姑姑能放下，他都未必。”

京津同日大雪，茶坊内没点灯，光线很暗。

叔侄两个，因何知妡的情缘，相对静了会儿。

“租界里有我几个交心的朋友，”何知卿从一旁矮几上拿了信封，“这里有几把钥匙，还有金陵、沪上和广州城的地址和公寓钥匙。沿途住自己人的地方，更安全。”

何未接了：“下一回见，不知何时了。”

“等真太平了，不就能见了？”何知卿眼见过清朝覆灭和军阀势弱，心宽得很，“二哥临走前说过几次，若不是他拴着你，你早该南下了。”

何知卿看她神态轻松，想了想，问了句：“你可晓得，他为何突然定了南下行程？”

难道还有什么内情？

“猜到他没告诉你，”何知卿说，“他有个外甥吴怀瑾，在南方起义，很快被南京政府反攻。那一仗损失惨重，如今人去了香港避难。谢骛清此刻走，怕就是为了这个。”

“他倒没说怀瑾的事。”她后知后觉道。

谢骛清只是说，南方需要他回去了。

今年冬寒，海河结冰早。

她和谢骛清相约一同南下的，正是今年最后一班航班。

航班前夜，她为离港口近，搬去了利顺德。

仍是那个位置，谢骛清早定了三间房。

夜里，扣青哄着斯年在隔壁睡了。何未拥被而坐，见不到隔壁灯光，无法安心，凌晨两点多，阳台突然有光亮，从隔壁照过来。

她裹上披风，推开门。

阳台的藤椅上，有一点点红光时隐时现。谢骛清盖着外衣，躺在那儿，手边是一杯冒着白雾的咖啡，将手指间的红点揿灭了。

他一瞧见何未出来，将外衣上的烟灰抖下去，衣服丢到一旁的藤椅里，起身走到她面前。

“以为你睡着了，”他轻声说，“想让你至少睡到五点，再去敲门。”

“没看见你到酒店，睡不着。”

谢骛清手指朝下微拢着，对她向外挥了挥。让她后退。

他手撑到阳台的石围栏，在黑暗里从那一头翻上围栏，直接跃到她这里。何未一见他黑影落下，心突突跳得厉害，小声埋怨：“多大年纪了，还冒险做这个。”

谢骛清打趣道：“二小姐这是嫌谢某人老了？”

两人笑着对视。

婚后的十日别离，竟比过去少了等待的耐心。只盼着见，尽快见。

何未呼出的白雾，在脸边，很快消散。

“关外冷吗？”她问。

“比京津冷得多，雪没过小腿了。”

谢骛清拉起她的手，握了又攥的，过了会儿道：“这回去奉天，把几个救出来的人送去了苏联，有两个是同一年和我下狱的。”

“那真是万幸，能救出来。”她为素未谋面的陌生人高兴。

下了一日雪，深夜停了。

深夜里的乌云散开，现出了一轮月。

两人默契到不必交谈，便知彼此不愿回房。

何未想再看看北方的夜空。在南洋时她年纪小，生不出思乡情，故乡这个词体会不深。而今不同了。

“你说古时候，有人嫁到如此远的地方吗？”她问。

“古时候？”谢骛清倒背着手，看夜，“古时人少，群聚中原，漓江河畔已是流放地了。”

是这个道理。

何未原想问吴怀瑾的近况，但想，明日启程后有大把时间交谈，不急在今夜。

为避人耳目，天亮后，两批人先后动身到了海河港口。

码头上，盐厂的工人在搬运精盐。因是紧要货物，这批盐是最后装船的，到了舟山，也将第一批安排卸货。

何未到时，旅客们刚开始登船。

何二小姐每年最后一班和开春第一班游轮都会亲自到港口送客、迎客，这是多年的老规矩，无人察觉异样。她计划先按往年，送客人登船后，再悄然入货舱。

这边有贵客认出她，驻足寒暄，引来散客的好奇，猜想这位周身白的名门闺秀是哪家小姐，竟能让上将、中将这种军衔的人如老友重逢，笑脸相迎。

等到谢骛清的轿车驶到港口，他一下车，何未就露出笑意。

“听人说，北平六国饭店办了一桩喜事？”何未身边的一名上将，笑着问。

“欸，”她佯作不在意，“那是谢少将军哄女人的小伎俩。你看，他这不又要走了。”

“谢少将军为二小姐几次北上，都娶不到二小姐，是他没福气。”

何未笑笑。

谢骛清带着林骁，还有一行军官低调登船，只在走木扶梯时，摘下白手套，对这里招了下手，倒真像是弃佳人而去的浪荡子。

何未目送他。

码头外，接连驶入四辆车，还有军用卡车。

何未心里一沉，不安地望了一眼船甲板，谢骛清已经不见身影，入客舱了。

“去问问，尽量拖着，不要影响开船，”她吩咐船运公司的经理，“更不能影响客人们。”

经理马上带人，和码头上的巡逻警一起迎上去寒暄，没承想，下车的是曾在九先生公馆露过面的日本商人。商人身边陪着的，除了翻译和几个日本军人，还有穿着和服的男人，余下的就是天津警察署的署长，十几个人里，只有一张眼熟的面孔，那位前清皇室的老太监。

经理没拦住他们，由那日本商人带着，这批人尽数来到何未跟前。

“何二小姐。”翻译替日本商人招呼她。

何未微笑着，点头。

其中一个日本军人说了两句话，翻译道：“有人举报，说盐厂的货物里藏了走私枪支。”

“枪支？”她笑意未减，“何家航运不送军火，这是惯例。有批文的我都不让上船，更何况是藏起来的。诸位在开玩笑吗？”

天津警察署的署长，认识何未，低声道：“二小姐不必为盐厂的人承担风险，他们说有，只管让他们去查。”

“话不是这么说的，”她摇头，“客人们的货进码头时，都报了关，也由码头的人验了货。如今已经送上船了，就因为日本人一句话，再搬下来重新验货，不合规矩。”

她说完，看署长：“再者说，此处不是日租界，日本人无权验货。”

翻译上一次去九先生家，见过这位二小姐，欣赏她的为人，听她说了这番话，脸色变了变，轻声劝：“二小姐，那卡车上是日本兵，你不让验，那些兵下来，都会强行验的。”

何未蹙眉，不悦地看着他们：“你们这是威胁我了？”

日本人问翻译，他们交谈结果如何，翻译只得一五一十讲了。

日本军人对身后叫了一声，卡车副驾驶门被推开，跳下来一个军官，打开了卡车。卡车上不断有日本军人跳下来，手提着枪。

何未越发不安，但面上毫无变化。

见惯了军阀混战的热闹，倒是不怕这些。尤其，她还是个将军太太。

她向不远处经理打眼色，经理沿着木扶梯跑上船，这边列队尚未完毕，方才登船的几位上将露了面，带着副官下来。

而谢骛清也像闻讯上了船甲板，带林骁和几位军官沿着木扶梯，下了船。

日本人本以为没什么，不过几个将军来袒护佳人。未料，谢骛清下了船，码头外，同时跑入了数倍于日本兵的人，身着便装，手里拿着枪。

他们都是郑家三小姐安排送谢骛清的。

场面一时僵持不下，日本商人和军官们轻声交谈数句，看向警察署长。

警察署长不得不硬着头皮，上前笑着问："二小姐，这位是……"他不识此人，却辨得出这老旧过时的军装。

穿这身衣服的，能有这个军衔的人，大多不在了。

"这位是谢少将军，"她说，"谢骛清。"

军用卡车上，苍绿油布篷被海风吹得猎猎作响。

天津港口最后出海的一艘游轮，搭载着不止这几位上将，还有许多悄然从天津租界撤去上海租界的贵人。

船甲上客人越聚越多，望向卸货码头。

"谢少将军，幸会。"警察署长欲握手。

谢骛清从林骁那里接了白手套，当着警察署长的面，戴上后，和他草草握了下手。

"少将军这是要南下？去金陵？"警察署长避而不谈食盐，仿佛也瞧不见码头当中列队未完的日本兵和一杆杆指向此处的黑洞枪口。

谢骛清无意作答，看何未。

她笑笑："小误会。"

警察署长笑起来，眼角两撮皱纹越发鲜明，这警察署长是青帮一个头目的义父，在天津卫有头有脸，平日里横行惯了，按理说不该卖一个过路神佛的面子。只是眼前这个过路的谢少将军在码头上现出两百多杆枪，没人愿意吃眼前亏，少不得弯腰赔笑。

"我们接到消息，有人在这艘船上藏了枪支，"警察署长主动道，"日租界同样收到这个消息，田中君便带人来协助查验了。倒不是什么大事，只要二小姐行个方便，让我们上船看一眼。如此我们好交差，这船也好启航。”

“谢某一介军人，不问政事，更不想管你们地方上和租界的关系，”谢骛清道，“但事关二小姐和何家航运，此事，又另当别论了。”

一旁的日本商人和军官们，唤了那个太监上前，以日语询问谢骛清的来路。老太监谦卑地低头，大略讲了谢骛清在国内军界学生遍天下的背景。老太监仿佛为提醒日本人，着重强调谢骛清是南方来的名将，根基不在北方，一旦发生争执，关外和天津日租界的人是无法找到人负责的。

署长面前是谢骛清，背后是日本人，两方都不愿得罪。他听不懂日语，轻声问翻译，老太监同日本人说了什么，翻译原封不动，耳语告知。

老太监的话同样点醒了署长，日本人的势力在关外和天津日租界，今日就算为了国际影响不能交火，但枪毙一个警察署长太容易。人家即刻登船南下，无人敢追去追究……

“谢少将军，何二小姐，”警察署长低声道，“此事说明白了，就是日本人想同二小姐合作盐号，没谈成……若船上真没枪支，倒不如让他们上船，查完就打发了。若双方对峙，和日本人交起火，闹不好又是一桩外交事件。”

警察署长言罢，又轻声道：“南京那边都不敢得罪日本人，谢少将军何必硬出头呢？当初在济南的事，还不是北伐军不敢惹日本人闹的。”

谢骛清眉头深拢。

当年在南方，他和被关押的人们听说济南屠城，没一个不是牙齿咬出血的。

当时的北伐大军就在济南，竟对日本人再三妥协退让，主力绕路，只留了两个团守城。那两个团倒是血性男儿，浴血奋战数夜，却被一道密令撤走，致使济南被屠了城。

那是 1928 年。北伐军早不是当年的北伐军，已经历过了背叛和血洗。

“谢某人不是南京的软骨头，”谢骛清严肃地说，“战火下，民可退，军人绝不可退。”

谢骛清身后不远，便是南京政府的上将高官。上将们了解这些早年成名的将军，个个是硬骨头，敢说敢做，更敢直戳南京政府脊梁。

对于这些功劳高，地位高的将军，大家都是睁一眼闭一眼，只当没听见、没看见，免得惹麻烦。

警察署长见谢骛清神色，察觉失言。署长唯恐激怒谢骛清，转而看何未。

何未对谢骛清轻摇头，有撒娇的态度，佯作埋怨道："让人请你来，是乍一见到一卡车的兵，有些怕。你来了倒好，越说越生气了。"

她对谢骛清柔柔一笑："今日是你南下的好日子。为了日本人生气，不值得的。"

"好，"谢骛清眼里有了温度，柔声回，"如何做，照你的意思来。"

何未略思忖，对警察署长道："航运在天津不是一两日的生意，今日没搜查令就放你们上船，于情于理都说不过去。"

"是我们没想周到，"警察署长致歉道，"那些日本人带了兵过来，没法儿得罪。"

"赵署长的处境确实难，"她想想道，"不如这样，你我各退一步。我让你们上船验货，你们交出举报的线人。若盐中无枪，构陷我们的人要法办，而且不能给你办，须送去北平。"

警察署长微一怔，没懂背后的门道。

她解释："今日提这个条件，倒不是为了自己，是为了商界的同人。若构陷的人不伏法，日后各省必然效法你们，那我们的生意真就做不下去了。"

警察署长似被激起斗志："若盐中有枪呢？"

何未笑了一笑："我人在这里，你只管拿。"

她又道："我相信，诸位是有备而来，就算谢少将军在此处，也没人能拦得住你们。"

翻译将此话讲给日本人，几个日本人换了个神色，虽不懂何未的用意，但他们更相信自己得到的消息。

日本人对枪支兴趣不大，他们需要一个由头，拿住何未的把柄，逼她就范。是以，日本人没耽误时间，下令，要列队的士兵们入船舱。

"诸位稍等。"何未叫住他们。

日本人面露喜色，猜想她怕了。

“方才的话，我不是随便说说的，”她道，“此处不是日租界，由日本兵搜船，这不合规矩。还请署长带人，亲自下一趟船舱。”

警察署长再次愣住，没想到何未计较如此细枝末节的事。

“我在此处陪着二小姐和谢少将军，”警察署长对手下挥挥手，十几个警员进了船舱。日本商人不放心，寻了个借口，也进去了。

她不慌不忙，让经理告知贵宾舱的客人们，港口警署突然来抽查货物，须推迟时间启航。

没多会儿，几个老派军阀的管家下了船，拥到何未身旁，询问情况。

在天津有一批老派军阀以养痾为由头，藏身租界多年，如今见北面动荡，一同南迁。他们的行程皆经何未的手，对何家航运极其信任，一听说是港口警署耽误了启航时辰，一个个发了威，在船舱内发电报去了天津总署问责。

二十分钟后，一辆总署秘书处的黑色轿车驶入码头。

总署秘书一下车，便瞧见码头上日本人和东北郑家人拔枪相对。东三省和日本人的仇怨大，这不奇怪，奇怪的是为何偏在今日，在海河码头上突然对上了。

总署秘书观察四方，遥遥见何未这里，三步并作两步，前来招呼：“二小姐见谅，见谅。”

何未答：“无妨。生意上没谈拢，日本人在找事情。”

总署秘书摘下金边框的眼镜，轻声道：“这种场面，也就是二小姐能拿得住。稍后事情结束，还请二小姐赏脸，吃个便饭。”

何未笑笑，没应承，看了眼谢骛清。

握着眼镜的秘书，随何未的视线，看向一旁的男人。

混迹官场多年的总署秘书，竟手停住，似惊似喜地失声道：“这位……”他忽觉失礼，戴上眼镜，十足尊敬地对谢骛清微欠身说，“当年南北和谈，在下曾有幸见过少将军。在利顺德，我和晋秘书一同接过你们北上谈判的人，不知谢少将军可还有印象？”

谢骛清对总署负责人一点头，道出具体地点：“利顺德三楼。”

“正是，正是。”

有的人，活在这世上，拼了命想被人记住，想在旁人的记忆里留下一丝丝痕迹，却徒劳无功。而有的人，他只要出现过，就会深烙在旁人的生命里，无法忘记，挥之不去，就算十年、二十年，仍难褪色。

那年，总署秘书还是个助理，跟在北京临时政府的代表秘书身后，黄铜色电梯门在利顺德三楼被打开，这位将军跟在两位中年将军身后，沉默着迈出铁门，从总署秘书面前走过。

北京临时政府的代表秘书评价，这是一位少年功高、不好亲近的将军。

而跟在代表秘书身后的这位助理，虽身处军阀政府，却由衷祈盼着和谈的成功。他对这位南方来的谢骛清将军是钦佩的。

"谢少将军请宽心，只要船上没有所谓的枪支，鄙人一定彻查下去，"总署秘书下了保证，"必会给二小姐一个交代。"

何未从未担心货物的事。

她看着码头上的几拨人，却在忧心另一桩事。码头上会聚了太多人，上百双眼睛看着，她根本没机会登船。

偏偏这是今年最后一班客轮，再出海只能等来年春天。

很快，查验货舱的人铩羽而归。

日本人面色难看，语态僵硬地表达歉意。日本兵列队爬上军用卡车，在猛烈的北风里，苍绿油布篷盖住那些异邦面孔，驶离码头。

日本人接到的消息不假，但除了何未、谢骛清和白谨行三人，及谢骛清的心腹，无人知晓那批枪究竟在何处——此刻，两卡车的盐正途经保定，由白谨行和募捐善款的县长亲自押送，往西北去了。盐将如数送至灾区，而盐中的枪支，则会从西北辗转运到江水流域，由何家长江流域的船只，运送到红区。

这是何未那晚在广德楼的临时起意。

白谨行早年在西北从军，对西北关隘要道了如指掌，若遇变故，比海路更容易应付。所以她在做善事时，将运送枪支的道路也铺平了。

"谢少将军该放心了，码头的事我会陪着二小姐善后。"总署秘书友善道。

谋算如谢骛清，怎会看不透眼前的形势。何未已经失去了悄然登船的机会。

他看向何未。

她眼底有不舍，很快掩盖住了。她须保证客轮启航，让谢骛清先顺利南下。

她的脸在白狐狸围领里，被衬得眼瞳越发黑，带着无法抑住的湿意："少将军是该动身了，再耽搁下去，那些老客人要闹的。"

说完，她接着道："少将军面子大，若能在船上替我解释两句……最好不过。"

谢骛清想替她拨开白色的狐狸毛，仔细看一看她的脸。

两人有太多话，无法在此时说。

谢骛清本想带她一同走，不论甘苦，起码她能晓得他在何处。今日一分别，数月后，南面形势如何，谁都不好说。

谢骛清和她对视着，在无数双眼睛的注视中，笑着说："这一回，骛清又食言了。"

何未轻摇头："南方需要将军。"

尤其是现在。

中原大战结束，南京政府养兵数月后，已正式开始"围剿"起义的城市。

当初南昌起义，戴着红色领巾为辨识，以"河山统一"相认彼此的军人们，从两万人打到最后，只剩了八百人，何等惨烈，何等悲壮。但没人放弃，一次次的起义，一个个城市的浴血奋战，从未停息。

何未虽在北平，却始终关注着南方的起义。

她曾想，若谢骛清还活着，他一定是其中之一。

她唯一担心的是谢骛清的安危。

如同九叔说的，谢骛清走的从不是一条容易的路。反袁，南方穷，谢骛清在南方；后来反军阀，军阀有钱有枪，有飞机大炮，兵更是广州的数倍，谢骛清站在了孙先生身边；如今换成了南京政府有钱有枪，有飞机大炮，兵是红区的数倍，谢骛清再次站在了艰难的那一边。

他选的从不是个人之路，而是救国强国的理想，河山统一的毕生追求。

谢骛清伸出右臂，搂她到怀里。

脑后被他的一只手压住，她恍惚着想，这是两人第二次在外人面前做如此亲昵的举动。而上一次，同样在天津，不过那时是为了配合演戏。

“你晚些南下也好，如今最是凶险，”他耳语道，“骛清不是个能享福的人，这一回南下，要脱了护国军的军装，军衔也将不在。委屈了你，从来享不到功名。”

何未埋头在他肩上，她喜欢他的护国军军服，只为这名字，就胜过万千。

她以极轻的声音说：“春暖花开日，不管你在何处，我去找你。”

“好。”男人呼出来的灼热气息落到她脸旁。

第十七章

雁归万重浪

那天船启程后，海河港口正式关闭。

那是1930年的冬天。北方战事停息，一片繁荣。

谢骛清南下后，她和谢家二小姐保持电报往来。

谢骋如从谢家落败，定居上海法租界。她成了谢家唯一明面上和革命无关的后代。

因两人都是女孩子，更有讨论性。不知不觉，南谢北何，成了商界两个叫得响的名头。

北上的南方商人，提到谢二小姐，无不提到她的乌木墙壁的大客厅，客厅里客来客往，招待进步文人，下野政客。春节期间，有一个进步文人带着谢二小姐的荐信，找到天津何九府上，于茶室内，来客穿着深灰色的单布鞋，刚从火车站赶到。

胡盛秋招待他，何未在茶室偏门，听他们说，文人想去北平办报："日本人办了《顺天时报》，占据北方的舆论战场，其心可诛啊。"

胡盛秋出身报业，闻言，心有戚戚，为这中年文人添茶说："如今的北平没了政治桎梏，倒成了文化中心和旅游胜地了，恰适合办新报纸。先生若有心，盛秋私人可以帮忙。"

两人就北方报业，谈到北平的宣南，从民国初年回望清朝末年，从报业谈到宣南的学子们。胡盛秋感叹，当初戊戌六君子被杀于宣南菜市口，距今不过三十多年。

他们冥冥中看到，该是欣慰的。

何未不便面见进步青年，等胡盛秋送走人，挑开帘子，进了茶室。

"他讲得我心潮难平，"胡盛秋对她说，"《顺天时报》的影响确实大，眼看着他们在渗透言论。若不是跟着二小姐能做更多事，我都想回宣南，办一份报纸，同他们斗上一斗。”

“你如今看得更远，就要做更多，”她在椅子里坐了，“刚才你说戊戌六君子，二叔过去常说他们。我们年纪差不多，见不到当年行刑，民众鼓掌叫好的可悲情形。”

二叔那辈人，说起行刑场景，常红着眼将早已讲过数遍的话再说一遍。

烂菜叶不停投掷到几人身上，他们被菜叶砸得寒心。行刑的刀钝，砍了二十几刀。谭嗣同至死不求饶，誓要用一腔热血浇醒中国人。

后来，南方出了蔡锷将军，曾是谭嗣同的学生。

而后，南昌起义的人里，又有蔡锷的学生。

有许多东西，从无惧肉体的消亡。

也许有人中途忘记了，先辈曾洒过的鲜血是为什么，但总会有人接着走下去。

白珠帘子晃动下，小婶婶端着两杯热的花雕酒。

何未和胡盛秋不解，小婶婶笑着道：“九爷说，今天是个好日子，比利时在天津的租界收回了。让我热了酒，招待大家。”

她不好喝酒。胡盛秋径自取了两个杯子，轮流饮尽，亮了杯底。

他一个江苏人，为革命入京，至今没回过家乡，这花雕酒真是许久未喝了。

1931 年的小年夜，她在天津发了一场高烧。

往年她入秋都要高烧一场，去年以为逃过了，未料在今年年初还了回来。像开场的锣，谢幕返场的谢礼，省不掉的。

除夕的下午，她不慌不忙让均姜将预先的汤药烧煮好，一碗饮尽，用锦被把自己裹成一只小蝉蛹，外头又盖了一条奶白色的羊毛毯子。倒头便睡。

再醒，竟没退热。

九叔请几个老医生看过，大家争论不休，开的全是最保守的方子。至除夕，仍不奏效，直到初一下午，扣青带了个面生的老人家给她诊脉。

“新医生吗……”她糊里糊涂问。

“少将军过去的军医，”扣青耳语，“在天津的。”

老军医熬煮了一碗热腾腾的白粥，看着像米汤粥一样。扣青以白瓷勺搅拌，喂给她一小口。粥还热着，她想到是谢骛清让人熬煮的，也不嫌烫口，吃得格外有滋味。

“这药粥叫生石膏粳米粥，”老军医说，“打护国战的时候，有个医生在军队里改良了张仲景的方子，治愈了不少高烧不退的兵。后来我们这些打过护国战的，都学过来了。”

她很快发汗，退了烧。

老军医再开了一个扶正的方子，为她补身子。

方子两手递到扣青手里，早离开军队的老军医踌躇着，在床边问了句：“二小姐有三个月的身子了？”

她轻点头。要不然九叔请的中医们不会如此慎重，考虑的是大小两个。

老军医笑了，灰黑色眼珠子里透着喜悦的光，仿佛料定这孩子是谁的血脉，连道：“好，这是真好啊。”

老军医想抱抱拳，道句恭喜二小姐，两手刚搭上，又改为了军礼，说，请二小姐保重身体。他离开军队许久，几年没给谁敬过军礼，收回手，再次笑起来，说了句和屋子里的人无关的话：“若不是老朽身子不顶用，早就南下跟着少将军去打仗了。”

何未叫扣青封个红包给老军医，嘱咐不可告诉谢骛清，她想亲口说。

去年定下“春暖花开日”，就是为了腹中孩子，离开北平时，家里中医叮嘱她，前三个月危险，须多静养。那时她想坐自家游轮，又有谢骛清在身边，安全没问题。没承想出了变故，她为安全，不便草率动身，是以，耐着性子等到了农历新春。

老军医走前，斯年洗干净手和脸，来到何未身旁，俯着身子，如鲜荔枝般清透的小脸贴在她的肚皮上，摸着，悄悄问：“大人发烧，小宝宝在肚皮里热吗？要出汗吗？”

这倒是个……连老军医都无法回答的问题。

南方，某少数民族地区。

“他们的两个旅，已经五个月没发饷了，”靠坐在露天灶台旁的一个男人，端着熬煮的小米地瓜粥，喝了口，“到年关最是军心动摇时，趁农历新年，拿下城区。”

有人领命去了。

谢骛清指着林骁的连副，说：“你懂这里的话，到时候在城区喊话，劝少数族裔投降。”

连副放下饭碗，走了。

林骁开始给大家收碗，提着桶水，往灶台的大锅里倒。这便是他们的年夜饭，算吃完了。谢骛清拍拍裤子上的土，立身而起。

王堇于出发前，带来一份电报：烧已退，二小姐无恙。

他叠妥电报，塞进军装口袋内。

谁都没料到，一个月前，这位谢家公子刚下船，在二姐的私宅宴请几国领事。席间宾主尽欢，杯酒灯影里，畅谈全球经济形势，谈印度被殖民。日落后，受邀赴宴的军长及数位师长、副师长，空军副司令，宪兵司令，全被警卫连连长林骁带人缴械，扣在了会客室。

当夜，谢家少将军通电旧部，宣布起义。

通电电文如下：

清之前半生，以推翻清政府、收复租界为己任，先辈以血指路，后辈当舍生忘死。遥想辛亥革命，吾辈立志，光复大义，重振河山，而如今，先有北伐中断，后有济南之难，大义蒙尘，河山临危，实乃吾辈军人之耻。

今日起义，不为谢家满门，只为华夏之前途未来。吾之言行，万万同胞同鉴。

谢骛清

庚午年，十二月初一

春节一过，她到港口看冰面融化的情况，看似在推算今年第一班游轮出海的吉时，实则为南下作打算。

这两年冰融得晚，怕赶不及坐船了。

堂堂何家航运的掌舵人，竟选了陆路举家南迁，这恐怕是谁都料算不到的。

年初五。

郑家三小姐以郑渡的名义，在天津到南京浦口的列车上，定了一节车厢。

郑骋昔留了一个心腹，送她至南京。她在车厢里不放心地四处检查着门窗、洗手间、床铺，甚至摘下丝绒手套，把沙发下都亲自摸了一遍。

郑骋昔道："南京太危险。你们到浦口前一站下车，换水路到上海。骋如会接应你。"

"过去都是我安排人家的行程，这次难得享受了。"她笑。

"去过南面吗？"郑骋昔可笑不出，忧心之情溢于言表。

"到过三次。"两次金陵，一次香港。

火车鸣笛，声破云霄。

郑渡换了身西装，倚在包厢门边，以目光催促三姐速速下车。郑骋昔无法再留，离开包厢，她走出去两步，见郑渡没跟下车的意思，警惕瞧他："又想找什么麻烦。"

郑渡哭笑不得："姐姐在上，小弟怎敢。"

郑骋昔冷眼瞧他。

郑渡好脾气地解释："我要去南京办桩事，定的下月走，看你几天没睡着，就想着算了，为了让姐姐您能安心，小弟我将行程提前了，护送二小姐南下。"

何未惊讶，郑骋昔意外。

郑渡皮笑肉不笑，指车厢门："车要开了。"

郑骋昔看他不似玩笑，咕哝着："每站给我电报。"

郑渡微欠身："遵命。"

车已启动，车轮金属在运转中发出一阵阵噪音，郑骋昔三两步迈出去，下到站台上。隔着车窗玻璃，郑渡对家姐挥了挥手，放下暗金色布帘。

再次鸣笛后，火车迟迟未动。

何未和郑渡同时察觉出异样，郑渡对副官轻抬下巴，副官闪身而出。没多会儿，人回来，对郑渡耳语："有人查车，天津总署的人，追捕一个反动文人。"

郑渡手腕再硬，终究是外来客。他掂量再三，问："郑家的车厢也查？"

副官点头。

郑渡摸不透追捕文人是借口，还是为了别的目的。

何未南下的事绝不能被外人知晓，否则没等出天津，就会被人告密。一路上途经多省，势力盘错，说不准遇到什么麻烦。郑家根基在东三省，虽然如今东北军和南京旗鼓相当，但南方终究不在郑家的势力范围内，行踪一旦泄露，风险过大。

"我先去看看，实在不行，只能先回北平。"郑渡说。

扣青陪斯年在床铺上，拼着一张中国地图。

这是谢骛清走前，为斯年亲手做的生辰礼，斯年视若珍宝。

何未见斯年一边拼，一边用手帕擦着地图上留下的手印，心中惴惴，怕行程更改后，斯年再次失望。小孩子已乖乖等了三个月。

车厢门外出现了脚步声。

何未辨得出这动静属于硬质长靴和皮鞋，她凝神听，外边郑渡的声音说："昔日北洋军阀政府都不敢搜郑家人的车厢，诸位的骨头，倒是比那些老军阀硬多了。"

有个似曾听过的声音，低声问，是否能告知车厢内是何人？

郑渡道，家父的一位外室，南下探亲，不便公开露面。

门外交涉许久，相持不下。

斯年抬头，似猜想到出了变故，担忧地看何未。

何未对她安抚笑笑，用口型说：无事。

她权衡再三，还是以斯年和腹中孩子的安危为先，若实在不能走，再另想办法。门外，有枪栓动静时，她忙上前两步，轻推开了车厢门。

狭窄的车厢走道里，站着郑渡和两个副官，都拔了枪。

而面对着的，果然是两个半生不熟的旧人。一位是总署秘书，另一位则是日本商人跟前的红人，那位几次三番来找过谢骛清和何未的老太监。他们倒是没带自己人进这节车厢，说到底，仍是顾忌郑家的面子。

那两人没想到露面的是何未，先后愣住。

何未一笑，不说话，微颔首对两人打了个招呼。

片刻的静。各人各怀心思。

老太监袖着手，往车厢走道的一头看，也不晓得瞧的是什么。

总署秘书再看郑渡，暗示郑渡可以动手了。

郑渡副官的枪口指向老太监。方才在车厢外，几人已有交涉，总署秘书其实不想得罪郑家，老太监因是前清王朝的人，不买这些人的账，难搞得很。

郑渡早有主意，若灭口，就灭这个老太监。至于这个总署秘书，侍奉过历任军阀政府，人精得很，为保命，不敢胡乱说话的。

“既是郑老将军的外室，就不打扰了。”老太监袖着手，垂了眼道。

老太监踱着小步子，自顾自走了。

何未看着老太监的背影，按下了郑渡副官手里的枪：“他不会说的。他和少将军有旧缘。”

那日在郑家戏楼，林骁说，她没到前，谢骛清三两句奚落前清朝廷的官员。官员白着脸，很快就走了。这老太监却意外对谢骛清行了一个规规整整的旧礼。

何未听得奇怪，这个老太监不算新人了，昔日南北和谈，就曾为了想搬回故宫的事找过谢骛清。她回忆那天，看不出老太监对谢骛清这个人有丝毫的敬重。

那个旧礼为了什么？

谢骛清说，老太监是济南人。那个旧礼不因他是谢骛清，只为他替济南说的那些话。

火车第三次鸣笛，车厢走道上没了闲杂人。

股股蒸汽从列车第一节的锅炉房冒出，白雾升腾而上，带动着十几节车厢，驶离天津。

“四个小时后，到正阳门车站，”郑渡说，“不停靠。二小姐若想最后看一眼北平，我让副官来提醒。”

火车准点驶过北平。

何未从布帘缝隙望出去，看着高耸在清白天色下的正阳门城楼，看着积雪未消的车站站台，还有站台上等着下一列火车的旅客。

“日本人想留你在北面，”郑渡让人摆上中式午餐，“这一点二小姐想必察觉了。”

郑渡说：“刚才若不是二小姐，我就直接让人将那老太监灭了口，只当给前清皇室一个警告。他们的一个格格，早年被送出去养在日本，现在回来做了奸细，一直在关外和天津之间活动。塘沽屯的事，她也传递过消息。”

前清皇室一直想借日本势力复辟，这是司马昭之心，路人皆知了。不过她不如郑渡对关东军的了解多。那天，郑渡和她说到的这个人，在其后的数年，做了许多令国人震惊的事，协助前清皇后逃离天津，前往伪满洲国，包括上海的一·二八，都有其参与策划。

对这些前清皇室和遗老遗少，何未一直抱有看待前朝遗留人的态度，直到后来的抗日战争，她看清了一个事实，腐朽的肉如果不彻底割掉，必将是民族贻害。

“谢老将军走的情境，有人同你讲过吗？”郑渡忽然问。

心中有个声音说，阻止他说下去。

但对谢家的一切，她身为儿媳妇，都该去了解，那是谢骛清的父亲，也是她素来敬重，却无缘一见的爱国将军。

郑渡喝了口热汤，用汤匙搅拌着汤盅里的莲子，低声说：“被软禁在漓江旁的一个小院子里，病死的。临走前，不让子女见。”

郑渡跟着又说：“我姐说，谢二小姐一个人在漓江边，守孝了四十九天。”

长久的寂静。人和人之间再无交谈，火车行驶的噪音还在。

她想到，谢骛清通电全文里所说的“今日起义，不为谢家满门”……谢家当真满门被害，他起义却并不为此。这话若是旁人说，有夸大其词、标榜个人高洁品格的嫌疑。但由谢骛清说，却是坦坦荡荡，让人信服。

夜里，火车停靠在蚌埠。

津浦铁路贯穿南北，是最繁忙的铁路。郑渡接到电报，有运载军队南下的列车经过，他们的车天亮才能出发。

何未看着送到车厢的时刻表。

斯年挤到她两腿当中，在她的怀抱里看时刻表，对上面的拼写十分感兴趣，蚌埠 Pengpu，浦口 Pukow……北平 Peiping，而南京则是 Nanking。

小孩子念着拼写，权当打发时间。扣青把从天津带上路的药汤端给她。浓郁的中药香满溢车厢，她小口啜着安胎药，想到那个自从归来，就开始自称谢某人的男人。

谢骛清登船的前夜，两人在利顺德等天亮。

等得无聊，悄悄去了谢骛清曾作为生辰礼，送她的那间小公寓。公寓在旧式的楼内，是那种一层有十几户人家的楼。夜深人静，户户沉睡，他打开公寓的门。

狭窄逼仄的房间里，堆满报纸、书籍。此处每隔十日有人来收拾，不致落太厚的灰尘。但在午夜，月光下，还是能见到一股股灰在月色的光柱里盘旋。

何未从抽屉里找到几张谢骛清少年时的相片。那时他的眼睛亮极了，凤眸的形状明显，眼皮折痕不多。只是不笑，抿着唇很不屑摆姿势照相的神态。

“当时为什么不高兴？”她问。

谢骛清瞧着相片，凝神想了会儿，笑了：“记不清了。或许，因为想到你还没出生。”

“少将军说这种话倒是轻车熟路。”她笑着揶揄他。

谢骛清笑着回：“二小姐冤枉谢某人了。说什么话，都要看这个女孩子和我是什么关系。”

“比方说？”

“这个，二小姐最清楚。”

……

何未笑着，喝完安胎药。

私下里的谢骛清，有血有肉，有情趣有才学，还是个喜欢打趣人的男人，和外人眼中那个一生为公，学生遍天下，令人提到姓名就肃然起敬的谢少将军仿佛是两个人。

她真庆幸，那夜在百花深处认识了一个不同的他。

天亮前，列车提前启动。

在浦口前的一个小站点，谢二小姐的车早早等在那儿。车绕过金陵，何未遥遥指那里，对斯年说："那里也是多朝古都。"

颠簸了七个多小时，才进入上海。

等到下午，驶入法租界的一条隐秘小路，路旁除了民宅，还有几幢独立的老洋房。

"这条是高逖路，"前排副驾驶座上，陪送他们的是一位书法艺术家，"这里住着一位有名的律师，听闻早年代理过您的官司。"

京城关系错综复杂，人脉和政治资源为先，而上海租界多，和西方人的交涉不只要用枪炮，还要用他们习惯用的武器：法律。

全国这几年有名的官司案例，大多出自上海。有关知识产权、肖像使用权，还有女子家产分配，当然，还有学生和工人运动激烈时，进步学生和青年被租界人扣下关押，许多都靠律师配合爱国人士和租界交涉，获得了营救。

她少时打的那一场官司闻名四九城，请来的律师里确实有一位来自沪上。

那人叮嘱："二小姐若要出入，只需让管家来，免得碰上面，暴露了行踪。"

何未领会了意思，微颔首。

"此处供二小姐稍作休整，"书法家引着她，推开洋房区一幢极不起眼的黑色铁门，沿着石径，进到二层红砖楼前，掏出钥匙，"房产是我名下的，二小姐只管安心住。这几天，我可以充当一下做饭师傅，只是手艺不好。"

"煮饭我来，"扣青说，"先生若不嫌，留下来吃晚饭，让你尝尝地道的北方菜。"

均姜留在北京，照看船运公司、家宅和百花深处的小院子。她们讲好了，等老伯和老账房去世了，均姜便南下来寻她们。

那人走前，从西装里掏出一封信。对折的信封十分普通。

何未心跳了下，摸到信封封皮的触感被无限放大。

自谢骛清于南方起义，他们再无联系。

仅仅一封信，让她心绪不宁。等夜里斯年睡下，她拿着信封，推开阳台的黑铁镶边的玻璃门，来到阳台上。隔着一堵墙，隔壁欧式洋楼灯光奢迷，有人在弹奏钢琴曲，有人在聚会。

在这个花团锦簇的院落二楼，她打开了这封来自战区的信。

信封的封皮上，写着一个陌生名字。贴着绿色描边的邮票，邮戳齐全。

她抽出写着电文的纸，电文简短：

昨夜大捷。

余望月色，惑于吾妹迟迟未有可喜消息。是吾妹私藏喜讯，抑或是鸷清错判？

她像能看到谢鸷清询问的笑意。

一如在百花深处。

不晓得是他猜到的，还是老军医没忍住说出来的。

何未回了房间，划亮火柴，把电文烧了个干净，灰烬碾碎。

谢、何两家的第一个孩子，她慎而又慎。初初晓得有了身子，她来不及喜悦，只是担心被人发现，在不显山不露水的月份，就不大出门了。

今夜看到他的电报，忽然有了面对面被追问的羞涩。

她在单人沙发里坐下，撑着下巴，想着远在战区的他。三十六岁的谢少将军，终于要有第一个孩子了。可惜无法亲口告诉他。

到上海没几日，南京政府开始准备再一次大规模的“围剿”。

谢二小姐因谢鸷清而受人监视，不便来见面。这个“稍作休整”的落脚地，因战事吃紧，成了一个常住地。

没多久，何未显了身子，主人家惊觉她竟带着身孕南下，着急地想找妇产科大夫，被何未拦下了。“我有准备的。”她笑说。

她既决意上路，就做好了随时隐匿躲藏的准备。

生意上，船运公司运作成熟，京津有胡盛秋，江水一带有姑姑，香港、广州这一条省港航路也有人负责。而生活上，重中之重，是斯年和未出生的孩子。所以南下一行六人当中，有妇产科大夫，还有一位是精通英文和算术的家庭教师，国文何未可以自己教。

这位艺术家由衷钦佩，感慨二小姐办事仔细。

何未离开天津时，计划初夏到香港。

可惜，行程推了一天又一天。隔壁花园洋房的舞会日日不休，前方战报不息。

这一拖，到了九月初，预产期一日日临近。

这天傍晚，何未坐在花园的藤椅里，翻看着沪上报纸。

少时她在北平看的报纸像书籍，被订成一个小册子，而今报纸印刷成了折叠好的几张纸，翻开垫在腿上，更方便找寻消息。

谢二小姐为掩护她的行踪，已在半个月前北上。

“看了许久了，歇一歇。”扣青端着一小盆面粉，放到何未身旁的小铁圆桌上，想和面，给他们包饺子。

自从陈姓书法家看出何未有了身子后，常让生过孩子的太太过来，陪着何未。

何未合上报纸。

铁门外，有人按下门铃。

扣青和她同时静下来。自住进来，出入大门的人全用钥匙，门铃难得响一次。上一回还是隔壁的影星让人送邻居们结婚的喜糖。

扣青扶何未离开藤椅，关上玻璃门后，在围裙上抹干净手，走向大门。

何未从青竹色窗帘布后，看大门处，能见外边有军用吉普车，似乎还有一辆美国别克四门汽车，黑色的。

她下意识捂着腹部，往后挪了半步。

直到看到扣青满面笑容，偏过身子，将来客让进了院子，警觉渐消。

穿着深灰色西装的召应恪，迈进院子。

他对身后人低声说了两句，反手，合上院门。他张望小院子，何未推开门厅的玻璃门，微探头，露出半张脸：“不方便走出去接你，进来吧。”

召应恪似不惊讶她有孕，迈着大步子，沿着石径，迈上大理石台阶。

两人上次见在紫禁城，一别两年。

召应恪曾提过他在南京政府内官职不低，工作内容与情报相关，他嘱咐何未一旦去南方，务必要传个消息，以保平安。

何未起初没想麻烦他，但拖到了预产期，越拖越不安，为了要降生的孩子，还是给了他一个隐秘的消息。召应恪和谢二小姐一样行事小心，从未来过。

他露面，必有要事。

何未刚要问，召应恪从西装内掏出一方叠好的手帕，礼貌递给她。

“上海的夏天长，在北平这个时候，早晚已凉了，”她接了手帕，没来得及擦汗，已谨慎问，“你来找我，是好消息，还是坏消息？”

召应恪神色并不轻松，回道：“一个好消息，一个坏消息。”

他不是个卖关子的人，跟着轻声道：“南京政府‘围剿’失败，下令撤兵了。”

她心中一喜。

“坏消息是今晚法租界要有搜捕行动，重点不在你这里。可一旦搜捕起来，怕泄露你在上海的事。我过来接你，去乡下避一段时间。”

她笑容淡去，轻点头。

他们的行装简单，动身方便。召应恪嘱余下四人单独走，何未和斯年坐他的轿车。

扣青急着找斯年，丢下面盆进了屋子。

召应恪看她站着吃力，扶她在藤椅上重新坐下。没多会儿，斯年跟着扣青下了楼，她见到召应恪，愣了一愣，不认识。

铁门的门铃，再次被揿响。

召应恪亲自开门，门外，他的秘书耳语后，他沉吟片刻，吩咐道：“让车都走，你和轿车留下。”

候在门外的军用车，全部开走。

他重又关了门，回到何未这里，盯着那面盆看了两眼，对扣青说：“把行李都散开放回原处，扣青继续包饺子。照正常时间开饭，今晚我们一起吃。”

扣青被唬住。

召应恪拿了面盆，递给她。斯年帮扣青接过去，拉着扣青的手，往回走。

“搜捕的时间提前了，现在走，惹人耳目，”召应恪解开西装外衣的纽扣，沉着落座，用手帕抹去小圆桌上散落的面粉，“我只当来看你，稍后吃个家庭晚餐。”

“嗯。”她担心地把手放到隆起的腹部。

像对危机有感应似的，腹部微痛了一下。极细微的痛感，过去从未有过。

她心慌起来，看向召应恪。

召应恪在这里，不担心被为难，但她在上海待产的事泄露出去，孩子怎么办。被揪起来的心，带动着腹部阵痛，她蹙眉，不由自主吸了口气："快，扶我上楼……"

本是镇定抹去面粉的召应恪，脸色变了几变，顾不及放下手帕，径自把她搀扶起来，低声叫屋内的人。忙乱中，何未被扶到二楼卧房，早布置下的床榻上。医生清洗双手，拉开床边的屏风，稍做检查："确实要生了，看起来很快。"

突然急产，形势危险。医生替她盖上薄布单，开始准备。

她趁着还有力气说话，隔着花鸟屏风，对外边说："你进来，我们商量一下。"

召应恪得了准许，绕到屏风后的黄铜大床旁："你在此处的消息，瞒不住的，有我们之前的事，这些都好应对。只是两个孩子，须想办法解释。斯年的身世，传闻里一直和我有关，这方面我来应对。说是我的孩子。"

何未深吸着气，屏着痛意，轻点头。

只是即将要生的这个，没法儿和召应恪联系上，他这一年在南京上海两地，何未在京津，谎言一戳即破。

"你在楼下，只要守住这扇房门，我能藏住这个孩子，"她缓了口气，坚定道，"说……我醉酒了，不大方便见人。"

召应恪担心看着何未。

又是一阵剧痛来袭，何未努力对他摆摆手，勉强笑。

屏风后，医生准备就绪，进来低声请召应恪出去。他自然晓得此刻要避嫌，从西装内口袋掏出一个黑色微型窃听装置，塞到她左耳内。他没多说，离开了卧房。

外头，渐渐地下起雨来。

雨砸在玻璃上，一阵比一阵急，阵痛亦是。这卧室并不逼仄，可痛感让人喘不上气，仿佛墙壁都一并压拢过来。镜面乌漆树根的矮几上，摊开手术器具，医生没有护士辅助，戴着白手套，独自进行消毒……消毒水药气扑鼻。

"深吸气，跟着阵痛的节奏调整呼吸。"医生低声说。

她合眸："放张唱片吧。先放张唱片。"

医生和她相识多年，当初为九婶婶接生过，两人有朋友间的默契。他取下白手套，尽量和她闲谈，为她分心：“二小姐平日喜好听什么？或是今日想听什么？”

她微蹙眉，在痛楚中轻声说：“《哈巴涅拉》。”

医生到黑铁边框的全玻璃门前，从唱片机下的抽屉里，翻找出一张百代黑胶唱片。黑胶当中有一圈暗红色纸，印着《卡门》。为遮掩消毒水药味，医生烧了一捻香，放入青釉香炉。

袅袅白雾，像炊烟，潺潺雨声，又像是溪水。

约莫饺子吃到第二巡，人来了。

左耳的窃听耳机内，能听到皮靴踩踏着地板。

脚步声不嘈杂，召应恪官职在，想必也仅有一两个人能进来打扰家庭晚餐。

“召委员。”

“嗯。”

“今日法租界……”

“你以为，我会知道得比你们晚？”召应恪问。

“卑职不敢。”

“召某也是为这个来的。此处，住着召某的一位旧人。”

……

急产凶险，痛感如周身骨头被打断了一回。她幼时摔断一条腿，不及今日痛之三分。何未一面听楼下召应恪西装内的窃听装置所录的对峙，一面将锦被拽到脸上。冷汗从每一寸皮肤钻出来，额头，手臂，背后……

她抑不住地发着抖。

楼下，召应恪为保二楼这间房，倒不对峙，带斯年吃着刚水煮过的水饺，任由他们礼貌搜寻四处。斯年聪慧，口中像吃着饺子，含含糊糊地叫了声“爸爸”。

召应恪答应着：“这里饺子馅种类少，等冬天了，带你回北平吃。”

“声音，大。”她竭尽全力，说着。

医生三步并作两步，把音量扭到最大。

何未已没多少自主意识了，拼命忍着叫，咬着锦被一角。

左耳内，还原楼下对话。

“召委员，可否方便让我们上楼看看？”

“没听见楼上那位贵人，在和我斗气吗？”召应恪答，“音量开到这程度了，我都不敢上去，你们敢？”

“何二小姐这是……”

“家务事，就不需要深问了。”

“卑职明白。”

……

窗外的雨声，仿佛老天爷帮他们。雷雨交加，电闪不休。

何未又一次吃力地扛住新一轮的疼痛峰值，孩子终于被医生稳稳接在手里，惊雷和唱片声量压盖住了第一声啼哭。小生命被医生快速剪掉脐带，抱到怀里，唯恐再有高声啼哭，被楼下识破。那孩子仿佛感知到危机，再无啼哭吵闹，医生不敢清洗惊扰，用白棉布裹住了，送到她的怀里。

“恭喜二小姐，喜得小公子。”医生轻声说。

何未手臂揽过来婴儿，贴上心口，觉得不够，低头亲上孩子的额头。

她疲倦地用脸贴着孩子的脸，努力想谢骛清的样子。

“有召委员作保，卑职不敢怀疑。只是漏掉了楼上的房间，日后……”

“今日你在此处为难了我的家人，却还在与我讨论‘日后’？”召应恪不悦道。

喜悦感转瞬被压下。

楼下的纠缠竟还在继续。

召应恪虽冷静应对，以官职压制，但对方手持搜查令，除却言语上的卑微，毫无惧意。大有不上楼不罢休的架势。

再等下去，怕孩子再哭，就危险了。

“找瓶酒，快。”何未虚弱地撑着手臂起身。

医生没监听的设备，并不清楚楼下情形，但毕竟跟她南下了数月，心中对危险已有感知。他迅速打开酒柜的茶色玻璃门，连拧了数瓶洋酒，拧不开。

何未跌跌撞撞扶着床边沿、屏风，慢慢走到医生身边，没力气说话，拿过来一瓶砸到酒柜脚上，一声碎响后，胡乱找玻璃杯。

透明玻璃杯递到她面前，她手倾斜，褐色酒液冲洗过碎瓶口，冲掉碎屑。

她倒了半杯酒，仰头灌下去，随后靠着墙壁，又喝了一口。

“二小姐。”医生扶着她。

“倒是不痛了，”她虚弱笑笑，“就是没力气……帮我开门。你，藏好。”

医生扶她去门边，开了门闩。

何未摸上左耳，扔掉监听器，推门而出。

她此时此刻无比庆幸自己爱美，自幼喜好穿长裙，怀孕的裙子也是腰线改宽下移的礼服裙。她靠着走廊墙壁，脸贴在墙纸上，感觉凹凸不平的纹路压在脸边：“召应恪……你个浑蛋……”

她用力扔掉酒杯，砸向楼梯扶手。

啪的一声，碎裂的玻璃和酒液淋到楼梯扶手上。

楼下静了。

何未刚生产完，腿脚发软，再经酒精刺激，天旋地转地摸着墙壁，走到楼梯边。她两手扶着围栏，眯着眼，白蕾丝领口从一肩滑落。

召应恪几步迈上楼梯，绕过来扶住她，低声道：“叫你不要出来，这模样被人看到，传出去，对你又没好处。”

召应恪的手臂稳稳撑住她，眼中的心疼不作假。

“人见到了？”他看楼下的几人。

何未软绵绵地笑，“醉意”深重地嘲笑他：“这官职不顶用的，查都查到我院子里来了。早知如此，何必求着我南下？”

“今夜例外，”召应恪稍显“低声下气”，柔声道，“搜捕的事方才和你解释过，你喝成这个样子，听也听不进去。”

“若不是为了斯年……”她腿一软，倒不是佯装的。

召应恪就势把她横抱起来，已经不理会下头的人，吩咐扣青：“准备洗澡的热水。”

他抱着何未向卧房而去。

底下两人一时拿不准主意，外头一个穿着深蓝色制服的男人进来：“法国领事馆的人过来了，”那喽啰低声道，“说今夜来和何二小姐敲定省港客轮的时间，看我们在这儿，发了火。”

南京政府膝盖软，底下人自然跟着软。法国人的租界，法领事馆都过来了，再僵持下去闹大了不妥。再者说，召应恪虽是公子，但背地里被人说，几次政府更替，他都能全身而退且在下一任政府里身居要职，必是君子面阎王心，生生得罪怕惹了祸。

无论如何，出了事有召应恪担着。

两个头目权衡利弊后，请扣青代为致歉，带人离去。

何未迷糊地靠着召应恪的肩膀，被扶回房间。

她躺到枕头里，完全失去力气，方才撑着的最后一丝力气也没了。她虚弱合眸，没多会儿就在酒精的催助下，神志模糊了。

龙涎香，像南洋潮湿的海风。

她身边有西装的影子，脑海里的人像哥哥，何汝先。

“哥……”她吸着鼻子，喃喃道。

那个静坐在床畔的影子，以手理过她脸边被汗粘住的碎发。

召应恪在床旁揿灭了灯，对医生说：“把孩子抱走吧，让她睡一会儿。”

房门掩住了世间所有的光。

他有话，想和她说，但有些话藏得久了，仿佛忘了话里每个汉字的发音，仅有心读得出，用浅薄的言语是无法讲述的。从四九城的小茶馆说起，还是广德楼，抑或是南洋女校的校门外，还是逃回国的游轮船舱内。三等船舱，躲藏着召家大公子和何家二小姐，她说床铺下有蟑螂，她说南洋的芒果香，又说想便宜坊的烤鸭。

他人生最圆满的，是那年和何家二小姐有着婚约，在京师大学堂做经文教员的日子。

鸟雀？不，电话铃。

怎么会有电话铃，她睁开被汗液粘住的眼皮。

不该出现在这间房的一个黑色电话机摆在枕头边，铃声可谓是掀乱梦境的惊涛骇浪，生生将她震醒、泼醒了。她努力翻身，摸到听筒，压在了脸旁。

“未未。”

她陡然一个激灵。

“未未，是我。”

她微张了张唇，许久未通话，泪水像从心底涌上来，冲上喉咙、鼻腔，还有眼睛。

“我听说，我们有了一个儿子。”

诙谐自嘲，又充盈着喜悦的声音。

她含着泪，轻轻“嗯”了声。

谢骛清的呼吸声，绵延不绝，从听筒流向这间属于她的卧房。

留声机内的黑胶唱片不再转动了，浅绿色的扬声喇叭鲜少见，如同这种战区来的、跨越几个省的电话，极少有人打。不知谁给他开通了线路，占用了什么线路，说不定是南京政府军用电话线，神不知鬼不觉地把她和他连接在了一起。

他说：“我从接通前就在想，儿子该叫什么，到现在也没想好。”

“继清。”谢继清。承继清明盛世。

像断了线似的。

何未怕断线，追着问：“不喜欢？”

“这名字，不像儿子，倒像是亲兄弟。”略低的声音说。

她手指捻着锦被边沿的刺绣绲边：“取都取了，改不掉。就像某人娶都娶了，不能变的。”

“是这个道理。”他笑着附和。

哪怕谢骛清连线进来的，两人仍有着这些年培养出的默契。少说，挑闲话说。

“你那里还好吗？”她轻声问。

“很好。诸事顺利，连战连捷。”

报喜不报忧，如同家书。

“清哥，”她低声说，“虽未完成心愿，但我离你近了，比过去离得近。”

“我知道，”他默了会儿，道，“我一直知道你的行踪。”

她眼热起来。

仿佛感知到，很快要挂断了。

“只能再说十秒钟。”他应对她的猜想。

“万事小心。”她急着道，像怕下一秒就提前断了线。

“过去道别，常对人说保重，”谢骛清在那边说，“今天想说些一样又不太一样的。”

他低声道：“我会保重自己，平安回来。”

电话断得一秒不差。

何未松开手，任由听筒在枕头上摆着。一声又一声的断线音，催动心跳。

夏末的上海，雨水丰足。

深夜不闻雷电，只有雨声潺潺，像溪流，像战区的河流与山川。

那天法领事馆的人到得及时，是谢骛清的手笔。

这让她联想到十七岁于天津法租界，她以电话求助，谢骛清冒险而来。他们两人倒是和法租界结下了缘。

自此，她抵沪消息传出，拜访名片不绝。

她以心情不佳婉拒，全身心投入继清身上，过了十日，扣青拐着弯提醒她和斯年多交流，女孩子本就懂事敏感，若察觉弟弟的到来让妈妈冷落自己，怕要伤心。

何未未答，吩咐扣青准备一餐丰盛的，召应恪今夜到。

“召公子又来？”扣青诧异。

“我请他来的。”

扣青心生疑惑，总觉有事。

召应恪带来烟台的海棠果。

他看何未见到海棠果的欣喜，仿若回到幼时，她于书房读古文，咬着这果子问他，是否到过烟台。他生于书香门第，她国文功课差，初见那日，挚友何汝先便让何未勿要放过这等人才，拜个师。穿着青色袄裙的女孩子，起初不肯，等他跟汝先离开正房，青色身影追出，立在抱厦的屋檐下，急急唤他：“召先生，召先生。召应恪，召应恪，你站住。”

他和汝先走到假山处，相视一笑。两位青年才俊齐齐回头。

她有她的坚持，不肯迈出抱厦半步，但还是小声地说：“我哥既说你是才子，那一定是大才子。若不嫌，教我两日，教过大考就好。”

召应恪望着两手背到身后、讪讪而笑的女孩子，含笑点头：“好。”

“我这个妹妹最擅口是心非，实则心虚得很，”何汝先道，“她巴不得有个好老师教。否则，过不去期末大考，就没法子随我去南洋了。”

……

餐桌旁，五彩玻璃上映着烛光。

召应恪端详何未面色，略安了心：“那晚我回去南京，担心你醉酒伤了身。今日再见，算是放下心了。”

“我想做一件事，”何未说，“须召委员帮忙。”

召应恪笑：“你我之间，不谈‘帮’字，只管说。”

他怕逾礼，补充道：“只看汝先的面子，我都会帮。”

“须你的车，替我送继清和医生一起登船，”她轻声说，“谢骛清的朋友稍后过来，帮我接应孩子。这艘船走海路，到广州再转省港航路，送至香港。”

“尚未满月的孩子，如此送走……”召应恪欲言又止，“你可舍得？”

她摇头：“不知道。我全副心思全在行程安排上，没敢往分离之后的事上想。”

重重监视下，养一个“不存在”的孩子迟早会暴露。她须当机立断。

“何时？”召应恪问。

“今夜。”

召应恪沉吟片刻：“好。”

召应恪持筷，为她添菜：“整晚心事重重，不见你吃几口。既决定了，先把这餐饭好好吃完。”象牙白的筷子握在男人手里，他没停下为她添菜的手，上回同席就餐，还是在她十八岁生日前夜。

“你帮我太多次，不知该如何谢。”她内疚说。

“方才不是说了，为了汝先，我都会帮，”他答，“无须想太多。”

说完，召应恪微笑着又道：“再说，我也曾做过你几日老师，这种情分也该伸援手的。”

像为她宽心，召应恪跟着又道：“更何况，当初我在你院子住了三日，害你被流言所伤。之后做的这些，权当作补偿。”

时隔多年，召应恪突然提到前缘。

何未欲启口，他先道："我一生瞻前顾后，被家族捆绑，为礼教束缚，那几日想彻底随心意一回，陪你几日就放下。年轻气盛终误事，未顾及你一个女孩子的声名，也算一憾。未未，为这个错误，你都不该对我道谢。"

"过去的，早忘了。"

大门门铃被人揿响。

"我去抱继清。"她离开餐桌。

黄铜大床正当中，锦被围裹的继清睡得正沉。

何未没开灯，怕吵醒他。她于黑暗中俯身，在寂静中亲了亲他的小额头。奶香从襁褓里透出来，渗入她的骨血。她强压了泪意，揭开锦被，把小人儿搂到了怀里。

后来，传出一桩风流事。召委员自机要会议结束，马不停蹄自南京赶来，去了何二小姐的香闺。二小姐引荐，他与法领事馆的贵客结识，三人席间相谈甚欢。

是夜，由警车开路，召委员送新朋友前往港口登船。

继清走后，她于小阳台上伫立。屋里冷冷清清，隔壁花园歌舞升平，像两个人间。

青白的月光照到围栏上，一双小手搂她的腰："妈妈，我还在。"

她低头："带你出去走走？"

斯年讶然，开心点头。

从到上海，她和斯年藏在不起眼的独栋小楼小院，头回跨出院门。

这条小路藏在浓碧的梧桐树影里，隔壁那幢老洋房里住着清朝重臣李鸿章的后裔，往内走，有天津四大买办的后人，附近还有袁世凯家人的洋楼。街静，路窄，名人多。

斯年仰头，瞧着路灯下的梧桐树："从屋里看这些树，和走在底下不同，"她观察道，"南方的树都这样矮吗？"同北方的杨树、柳树一比，枝叶茂盛，树干粗，仿佛一把把遮天的碧伞。

黑色四门别克驶过，开得急。何未拉斯年，往旁边躲。

车停到两扇闭合的黑铁门前，下来一个身影，跑到大门处，急切叩门。斯年见过大世面，好奇于轿车里的人不稳重，驻足瞧。

门一开，喘着气的西装男人低声说："关外出事了。快，带我进去。"

大门被关合，慌慌张张的没锁上，留出一道缝，能见到人一进去就迫不及待以跑代走。

这就是"九一八"当夜，她在沪上感受到的氛围。

是夜，东北军的统帅正在北平，请英国大使看梅先生唱戏，阅罢电报，匆匆而去，再未露面。不抵抗命令随即下达，东北军撤往关内。

当年在济南的绕路而行，如今在东三省的不抵抗，这懦弱如一脉相承。

"就没有人愿意为国而战吗？"斯年后来问。

她拿着一份报纸，给斯年看，那上头有关于东北抗日的文章。

不抵抗命令下达，次日凌晨，有东北军将领抗令："敌人侵我国土，攻吾兵营，斯可忍，则国格、人格全无法维持，而且现在官兵愤慨，都愿意与北大营共存亡。"

由此打响了抗日第一枪。

亦有东北军将领脱离军队，留守故土。更有为守护家乡而拿起枪的民众，还有正在被南京政府"围剿"的共产主义者，在东三省组织游击队，抗击日寇。

有人撤，就有人留。更有国人北上支援。

平津与东北接壤，处在战场边沿，形势云谲波诡。

除了谢骛清和继清的消息，她最紧张的就是平津办事处。十月，她收到一封自北平来的电报：何家告发胡盛秋私通红区，致使北平办事处被查封。

隔日，一封电报自天津而来：九叔病重，无力顾及，天津办事处亦被查封。

平津两地办事处，还有天津海河港口是何家北面航路的心脏，亦是二叔多年心血。

她在卧房里静坐整宿，于翌日清晨，前往上海电报局的营业大厅。

上海电报局在和平饭店附近，她下了轿车，被门童领着走入旋转门。一楼营业大厅内，有数百个报务员，操着沪上普通话，或是沪语，接待、分流着来问询、发报的市民。二楼是国际和租界报房，她沿着暗金色地毯铺就的楼梯，径自上了二楼。

在一个柜台前，她摘下宽檐帽，给了一个地址，发去广州法国领事馆的。

“发这种电报，在法租界的领事馆更快。”

“那里今日人多。”她柔声说。

此处有八九百个报务员，每时每刻都要送出去数不清的电报，最是安全。对方见是如此一个富贵小姐，不疑有他，接了何未写的电报内容。

电报内容极其简短：南下之行有变，欲北归。妹。

电报送出，她回去收拾行李。

扣青忧心忡忡，几度想劝，但想到自家小姐惯来打定主意，谁都没法子去改，也就没多说。只是可惜了，南迁之行已到沪上，再等等，便可登船去香港了。此时北归，那半年的努力皆付之东流，再想走，怕更难。

唯一值得欣慰的是，继清已到香港何家，由常驻香港办事处的莲房照顾，无须太担心。

上海到南京的车票已售罄。

召应恪在她订票时，得到消息，致电到洋楼，询问事由，在何未解释后，他于电话那端考虑片刻：“我派车接你到南京。直接渡江，从浦口走。”

深秋的雨，冲刷着道路两旁的法国梧桐树，他们冒着雨，上了两辆轿车。

金陵如今是国都，逢动荡时期，检查多。

召应恪亲自到金陵城的城门，等她入城。见到车后，召应恪秘书撑着伞，为他打开车门，他带着周身雨水的气息，坐到后排。他低声问：“少将军知道吗？”

“发了电报给他。”她轻声答。

轿车驶过正阳门，她仰头看金陵雨幕里的这道城门：“这是什么门？”寻常人不大关心这个，但她自幼就喜好城墙、城门这类东西。

召应恪透过满布雨痕的玻璃车窗，也看那道门：“正阳门。”

金陵竟也有同样的一道正阳门。

泱泱大国，数千年历史，国都数迁。而正阳门究竟有多少个，谁认真数过？

“南京想撤了东北军统帅的职，华北的将军们都在反对，怕是撤不成了，”召应恪为她简短说着京城局势，“你回北平后，东北军还在那里。但郑家不在，他们在东北军下令不抵抗后，就脱离大军，留在东北抗日了。”

情理之中。郑家三小姐一看便知是如此的人。

“南京还是坚持‘围剿’红区，放弃了东三省，”召应恪又道，“谢骛清那边，怕一时顾不上你。今日你回华北，别说是他，就连我都不一定能照顾到。你在上海，离金陵近，我尚有法子斡旋。你回华北，只能靠自己的人脉和手腕了。”

他见何未不语，担心道：“这几日全是平津两地的老军阀，还有老政客们求我安排南下，倒是只有你，想北上。”

“我也没料到，会中途北归。”

就如同，从未有人料到，真有日军侵华，国土沦丧之日。

“哥哥当年说，”何未看着远去的那扇属于金陵的正阳门，“‘看二叔他们，面对的是八国联军，眼下至少没外敌了’……”她轻声道，“他说这话的时候，一定想不到，他离世之后的局势会更差。”

二叔那代，不堪受辱的历史是八国联军侵华。对哥哥来说，不堪受辱的是租界遍地。

而到了她这里，从未想过，会有东三省沦陷之日。

“少将军在南方，你这一次北归……”召应恪没说下去。

这一回放弃南下时机。两人再见，何其难。

“也不只为了航运。东三省再往下，就是长城了，”她的上半张脸被黑色宽檐帽遮挡着，看不清双眸，“长城内，便是北平。北平是我的故乡。他会明白，我为什么回去。”

就像收到不抵抗的军令后，选择留下，守住东三省的军人们。

故土难离。故土逢难，更不能离。

列车驶入北平，站台上拥挤着欢迎的人群。

她撩开窗帘，看外头浮动的人潮，在黑礼帽、军帽和深褐色瓜皮帽当中，飘着的小旗子上写着某老派军阀大名。

“这半个月，入京的老军阀有不少，都想在华北，在北平东山再起。”

关外沦陷后，南京那边换届频繁。

蒋、汪和孙先生的儿子轮番上台，争斗不休。华北这里，成了老派军阀的栖息地，家国有难，有人筹谋救国，有人图谋找寻机会，重新登上历史舞台。着实热闹。

站台上除了迎接旧军阀的，还有东交民巷日领事馆的人，接站日本侨民。

几个穿着木屐和服的中年男人依次下了火车，迎上站台迎接人群的注目。南京政府的妥协退让，助长了那所谓的“大和民族自豪感”。在火车的餐车上，何未曾听到日本人的欢呼庆贺，同在一列火车上的乘客面色难看，却无能为力。

政府在妥协谈判，军队在撤退放弃。平民空有一腔悲愤，无处发泄。

斯年看在眼里，把有关文人怒斥南京政府，还有东北民间组织抗日的报道一一收集，夹在本子里。她问何未：“谢少将军一定会抗日的，对不对？”

何未点头。

只要他们能在南京政府的围剿下，顺利突围，他们那些军人势必会第一时间抗日的。

轿车接了他们，前往早前的何二府。

于上海决定返京后，打了一份电报给均姜，将早先遣散的老人都找回来，重新搬回何二府。同一时间，她致电天津，让两个婶婶收拾细软，搬回北平。

轿车停在红漆大门外，两个过去的护院，撸起衣袖，顶着冷风，以热水清洗蹲于两侧的石狮子。热腾腾的水泼上去，冒起白烟。

两人看到何未，面露喜色：“二小姐。”

“嗯，”她问，“九爷一家到了吗？”

“上午到的，都在收拾呢。”

何未牵着斯年的手，走上石阶，进了院子。

家里人手脚利索，不过一日夜，东西院全收拾妥当了。

她把斯年交给扣青，先去了东院，探望九叔。

九叔把大书房的院子收整出来，茶室成了卧房，倒是没动书房大格局。她绕过屏风，九叔正在卧榻上斜倚着，恍惚有了何知行过去的影子。

小婶婶收走药碗，九叔感慨望着她："若不是天津有变，不会给你去电报的。"

她把羊毛毯子盖到九叔膝盖上："路上听说了，天津不如北平太平。"

九叔大略给她讲了日本人于天津日租界悄然运走逊位皇帝，筹备在东三省扶持一个傀儡皇帝的事。"前清那个格格，联合青帮做了个局，用箱子把前清皇后藏着，运去了关外，"九叔叹气，"凑足了一对帝后，这是真要重新登基了。"

面对逊位皇帝的选择，那些前清遗老遗少分了两派，心有家国的并不支持皇帝去做日本人的傀儡，不少人离开了天津，放弃了这种丧权辱国的复辟梦；可仍有顽固的人，认为这只是一个缓兵之计，大清复国在即。

"那些个走的，倒是有几分骨气。"九叔评价。

叔侄二人，自东三省谈到天津，再到航运。

"几个江湖帮派有主张抗日的，也有和日本人勾结的，自己人先闹起来了。天津港是北方最大的港口，虽地处关内，但日本人的势力大，不好应对，"九叔眉头深蹙，低声道，"你须考虑清楚，倘若天津沦陷，当如何做。"

她听出九叔的意思，迟早要有取舍。

"何家是不会在沦陷区做生意的，"她答，"更不会为日本人运送货物。若天津、北平沦陷，何家航运在北方的航路将会彻底关闭。"

九爷微微颔首，大拇指上的玉扳指轻敲着扶手："二哥在，也会如此决断。"

"但在长城未破前，航运一直在。"她道。

何知卿大病未愈，元气大伤，说到这里已没大力气。

天津办事处被查封当日，何知卿已请昔日老友运送天津寓所地下室内的航运资料入京，堆满了西院儿的书房。

何未绕过堆得半人高的红木箱子，于卧榻上坐下，望着箱子山后多宝槅的一角，上头原样原位，摆着那座自幼买来的自鸣钟。不知怎的，脑中浮现出谢骛清送来几盆海棠和一句"以命相酬"那夜，两人握着电话你来我往地打哑谜的回忆。

“谢骛清，”她对着那座自鸣钟，停了好一会儿，轻声又道，“清哥。”

她偏过头，盯着老式的电话机……想象谢骛清的样子。

他于百花深处的卧房内，挂上佩刀和军装，背对着珠帘的样子。那是她清俊的少将军。

月色中，谢骛清头戴毡帽，一副本地工人打扮，带着两个同样装扮的警卫员，跟随火车站的人流，进了码头。

上海南外滩十六铺码头，被南京通缉的谢少将军，顺利登上一艘何家客轮。

三等船舱的房间，仅有一张可拉开的双人沙发床。白炽灯泡上蒙着灰尘，沾染了黄渍。

“后半夜有客人，”谢骛清低声道，“你们准备一下。”

两个警卫员给枪上了膛。

“不用，一个老朋友。”他道。

客轮驶出港口后，警卫员照谢骛清的意思，离开房间。

走道外，有形形色色的人聚在各自房门口，操着全国各地口音，畅想着前往香港后的生活。两个警卫员以家乡话融入旅客当中，探看走廊旁的情形。十点整，船舱走廊的灯突然灭了，聊性正起的旅客们抱怨着，有的回了房间，更多的上了甲板。

人渐少了，直到无人再聚此处。一位穿着南京政府军装，军衔骇人的中年将军走下扶梯。

他推开走廊尽头的那间房门。

因走廊被有意断了电，房间里亦无灯光。

月光透过长条形窗玻璃，给了这里一丝属于人间的光。

谢骛清坐在凳子上，指尚未拉开的沙发床：“腿伤复发，站不久。抱歉，先坐了。”

孙维先借月色，看着“落魄”的谢骛清。

昔日北上，谢骛清身着蓝色呢子大衣，外套上别着高级别领章，颀长的身影无论是出现在码头、天津利顺德，还是六国饭店和北京饭店，甚至在正阳门火车站，都是令人不敢直视的谢少将军。而今夜，在面前的男人，身着对襟中式上衣和灰布裤子，一双旧布鞋踩在脚下。衣服破旧为乔装，但他的手再无夹着香烟的潇洒，而有着久经风霜的粗糙。

两位老同学对视着。

“看你这样子，真想不到是个曾被称作‘误卿’的男人，”孙维先替他感慨，于沙发上落座，“只要你改变主意，随时可以去南京政府任职。”

谢骛清笑了笑。

“你这个人，拿定主意就难改，我清楚，”孙维先道，“但我还是想试一试。前几次‘围剿’，你们虽然逃过去了，之后就没那么容易了。兵一次比一次多，那些军阀也和南京达成协议，一同配合‘围剿’，你们迟早要输的。”

谢骛清照旧微笑，不语。

孙维先没想到有一日和他对立，当初在学堂内，和人争论维新，他们两人历来是一派的……“我和他们不一样。他们是你教出来的，见到你自然怕，但我们是同一个战场出来的。你在我眼里不是清哥，是谢骛清，谢山海。”

“谢山海，”孙维先严肃地问他，“你忘了当初推翻清政府的初衷是什么了？为了主义之争，这场仗打得值得吗？”

谢骛清和老友对视，开口道：“如果你把此战看得如此狭隘，你们是注定要失败的。我问你，辛亥革命前，戊戌六君子为了什么？再往前，甲午海战葬身海底的将士为了什么？再往前，岳飞为何，而班超又为何？将士为固守疆土，你们拥护你们的主义，却忘了家国故土。”

“中国历代将帅，有不战而驱敌兵的，从未有不战而丢国土的，”他亦严肃盯着孙维先，“北伐中断，你们失了对朋友的义。在黄埔，逮捕杀害自己的老师，你们失去了为学生的义。山东济南，绕路而行，东三省不抵抗，撤兵入山海关，你们失去了家国大义。无论大义小义，皆可抛舍，不是我忘了初衷，而是你们。”

他说得平静，如同过去每次在学堂里和留着辫子的老师争论，争论租界，争论丧权辱国的条款。

“上学时，你我都喜欢的一句话。我想，你已经忘了。”

愿得此身长报国，何须生入玉门关。

这是少时，他二人以笔就墨，挥洒于学堂墙壁上的豪言壮语。

“你们是活着入了山海关，你们的国与家呢？”谢骛清眼底有了隐忍的怒意，“你方才提到谢山海，而谢山海是为什么抛家舍业上战场的？”

是为山，为海，为收回华夏每一寸土地。

那夜，老友离去。他背靠船舱，坐于沙发床内侧，合眸休息。

谢骛清常年在山林作战，潮湿地带让骨伤复发，后来夜渡漓江，更让伤势加重。他本不愿离开战场，但一个将领的腿极为重要。趁着反“围剿”大胜，他悄然离开红区，由秘密通道前往香港医治旧伤。

为隐匿行踪，等到客轮抵达香港，谢骛清终于联系了何家省港办事处的人。

莲房接到电话，声音抖得厉害，给了谢骛清一个地址。在皇后大道。

谢骛清这身打扮不适宜叫黄包车，他问秘密交通站的负责人借了一辆自行车，骑着去了繁华的商业区。一个小公寓门前，莲房红着眼，眼看着风尘仆仆的谢家少将军推着自行车，停靠在楼下红砖墙旁。

“少将军……”莲房看着他，“你这样……小姐看了……”

“她看不到，”他笑着，脚步缓慢地迈上台阶，“继清醒着，还是睡着？”

“刚醒，电话挂断就醒了。”莲房忍着眼泪，为他推开公寓铁门，里边住着两户人，一户是何家航运的老客人，另一户就是继清和莲房。

小公寓里，没有多余的外人，奶妈被莲房以借口支开了。

尚不会坐的小娃娃，在摇篮床上，对着面前拴着的一个小玩意儿，摆着右手，嘴里咿呀呀的。他摸不到，够不到，但坚持不懈，仿佛认定自己总有一日能摸到似的。

“小姐塞在继清的包袱里，带过来的，我看拴着一根红绳，就给他绑在摇篮上玩了，”莲房解释，“我擦过了，干净的。”

一条细细的红绳，拴着个小小的寿星公。

第十八章

月是故乡明

短暂的寂静后，谢骛清问：“有没有浴室？”

婴儿太小，他只能远观。谢骛清于三等船舱住了几日，没条件沐浴，到了港口码头，徒步到秘密交通站，除了伤腿消毒，周身没消毒清洗，不敢靠近自己的儿子。

莲房领他去了一间小浴房。

浴缸旁的金属架子上，搭着他于京中习惯穿的白衬衫和军裤。“小姐让准备的，怕将军来了，没衣裳换洗。”

沐浴后的谢骛清，于瓷白浴缸边沿坐了。

砖灰色烟灰缸旁，摆着飞艇香烟和一盒火柴。他撕开细长的银封条，打开香烟盒，轻在掌心敲出了一根细白的香烟。

他的西府海棠还记得，百花深处的多宝槅内，那个瓷碟里的香烟牌子。

得妻如此，此生何憾。

谢骛清抽到一半，把香烟斜摆在烟灰缸上，翻找出剃刀，把面颊刮干净。他对着镜子，以两手将额前的发向后理，露出一双眼眸。

莲房没留在卧房，将全部时间给了初次见面的父子。谢骛清趿拉着皮拖鞋，离开浴室，半靠在床头，看着从摇篮里抱出来的小娃娃。

眼睛像他，丹凤眼。鼻子和嘴，像未未。

“你妈妈很想你，知不知道？”他低声对继清说。

“日后，要孝顺她，”他对儿子说了第二句，“照顾她。”

小人儿攥住他的手指头，攥得极紧。

素未谋面的一大一小，沉浸在这种无法割断的血缘关系里。谢骛清想象不到，未未如何生下这样大一个孩子。他俯身下来，亲了亲孩子的面颊，奶香渗入他的骨血。

战场残酷，他无法带一个孩童在身旁。

战区的人都选择将妻子和幼子送走。如若夫妻二人皆要上战场，则托付给友人、红区的老乡家寄养……有人自此再没见过亲生孩子，骨肉分离。与之相比，继清已是幸运，有能照料看护他的香港何家。

“等仗打完了，带你回贵州，”他轻声道，“去看家里人。”

自鸦片战争被割让给英国人后，香港人既不认同自己是清朝子民，亦不认为自己是英国人，还是沿袭了广州的民俗文化。这几年来这里的人除了为避难，就是想赚钱糊口。

他趁继清睡了，离开公寓，独自踟蹰在香港最繁华的皇后大道上。

此处黄包车夫喜好戴个大斗笠，着布褂子和及踝的长裤，三两聚在一处等生意。

英国人雇用的印度兵吹着小号，正在街道正中游行。因香港气候炎热，印度兵们戴着头盔，上身军绿短袖，光着腿穿着高筒长靴，踩着白色小军鼓敲出来的步点，在军官英语的号令下，立正、整队。

民众围观一旁，谢骛清隐在人潮里，在一个石柱子下听人聊到关外，谈论关外战争。他在北伐前，长住广州，精通粤语，听得懂。他两手负在身后，听寻常的租界民众忧心内地，是否会像印度一样，彻底沦为殖民地，说到后头，竟开始争论是做英国殖民地好，还是被日本人占领更好。

戴着礼帽的年轻男人，现身石柱旁。

“舅舅。”吴怀瑾低声道。

“嗯。”谢骛清看着印度兵迈着正步，替英国人巡视中国土地。

吴怀瑾方才也在，深知谢骛清为民众言论而心情低沉，陪着舅舅，站在石柱旁。

“在欧洲曾有人类动物园，”谢骛清低声说，“他们侵略土地，带走当地土著人，像动物一样圈养起来，被人赏看。失去土地和家园，下场只有一个，没有好坏分别。”

他转过身，看到脸上有着一道旧伤疤的外甥。

吴怀瑾自幼崇拜舅舅，被谢骛清仔细看，脸一热，笑着道："母亲说，这条伤疤来得好。不然和舅舅过去太像了，分不清。"

舅甥二人久别重逢，立在石柱旁，交流着上海到香港、汕头和青溪的秘密通道。说到后头，吴怀瑾从洋装内口袋掏出了一个色泽青碧的翡翠狮钮印章："先前缴获来的，刻了妹妹的名字。有机会，替我送给她。"

吴怀瑾补充道："只见过一回，却将她吓哭了，心里过意不去。"

谢骛清接到手里。难得这孩子讨好谁。

十日后，谢骛清悄然离港。

他照旧粗布短褂和布裤子，自香港仔离港。这是香港几大港口之一，走帆船和渔船，谢骛清乘渔船离港前，港口飘着细雨。

上百艘扬着帆的木船停靠在岸边，他隔着白帆，远望码头飘扬在风里的异邦国旗，格外刺目。

从何二府重新有了烟火气，何未一改过去深居简出的习性，常出入六国饭店和社交场。

她一回来，北平办事处有了主心骨。

何未该花钱花钱，该疏通疏通，很快将胡盛秋从牢里赎了出来。但因为有航运和红区私通的传闻，许多先前的骨干都辞职走了，缺能用的人才。

如今的燃眉之急，是招人，维持航运运行。至于何家的事，稍后再处理。

这一日。她在书房内，整理好最后一箱资料，扣上金属锁，嘱人贴上封条，送往香港。

"召家小公子，在门外等着见你呢。"扣青挑起帘子。

他?

何未让扣青准备茶点。

跨入书房门槛的，不只召应升，还有昔日和他一同被何未藏在宫里，避祸的老同学。两人不知怎的，见到何未仍有羞愧之意，两个大男人迟迟未开口，倒是何未先笑了："你们是听说航运办事处招人，来帮忙的吗？"

她见两人眼底的喜色，料想猜对了，于是道："猜对了最好。过去的事就不要再提了，先抓紧熟悉起来。你们两个是有学识的人，容易上手。”

她挂了电话给办公室，叫胡盛秋来接人。

“二小姐倒是有人脉在，”胡盛秋见寻了两个好帮手，心下大喜，笑着道，“连招人都如此容易。”

“这是旧缘，”她道，“不只有我的功劳，还和某位少将军有关。”

今夜，何家九爷于广德楼包场，为何二小姐庆生。

其中三个包厢留给何家各房。

何至臻一人就占了一间。她自跟了东北军的一位高级军官，就如平地踏青云，地位扶摇直上，成了何家各房眼里的贵人。如今东北军退回山海关，常驻北平，虽被国人戳着脊梁骨，却照旧是北平最有权势的一支。

何未晚到了十分钟，她仍然是一身白丝绒长裙和狐狸围领，进了广德楼。

京津名伶，尽数捧场，名牌于广德楼外挂满了整面墙。这场面已许久未见。

戏池子旁，歇息的大小名伶，接连起身，朝此处来，一见到何未便行了旧礼，先后道：“二小姐。”

“诸位能今夜赶到广德楼捧场，实属难得，”何未感激道，“稍后泰丰楼，我与诸位把酒言欢，彻夜长谈。”

其中之一的祝小培对何未展颜一笑，柔声道：“二小姐和九先生能做这个局，让我们为国尽一份薄力，该由我们道谢才是。”

何未和祝小培相视一笑。两人正说着，门外，有一书生模样的男人匆匆而至。

祝谦怀亲自拎着行头，在在场军官、达官显贵和名媛小姐们的异样目光里，略有局促地走到何未身前，微颔首，权作招呼。他脚下的皮鞋底是脏的，如今仅是代课教师的他，没资本养一辆轿车或是黄包车，为省下几角钱，只能步行而来。

“祝先生该说一声，我叫辆车接你。”何未轻声道。

“无妨，无妨，”祝谦怀毫不介意，反倒不好意思了，“祝某早没什么声名了，接到二小姐的帖子……还怕给二小姐丢了颜面。”

他言语隐晦，低头抱歉一笑，先进了后台。

“我以为他不会来。”祝小培轻声说。

掠走祝谦怀的人，正是老奉系的人。今朝满座，又以东北军为主。他登台的压力胜过在场任何一位。但为了抗日募捐，他还是来了。

开场锣起。

她由广德楼老板亲自接迎，往二楼去，迎面碰上何至臻挽着母亲的手臂，逐级而下。一母二女，均驻足。

何未欲启口，唤一声母亲。生母的目光已移向戏池子。

“九叔最宠妹妹，令人不得不羡慕，”何至臻凝视着何未，“今夜又是大手笔。”

“过生辰仅是个幌子，”何未回视亲姐姐，“今日来的人，也不是给我和九叔面子，而是为了抗日。姐姐的丈夫来自关外，如今故土蒙难，还希望他能慷慨解囊，多捐些。”

何未似直指其丈夫是个懦夫，何至臻被戳痛。

“二小姐，请先上楼，还有一位客人等着。”广德楼老板恰到好处截断她们。

何未未再多留，随老板去了二楼。

在包厢的珠帘后，跷着二郎腿、喝着酒的是郑渡。郑渡已不再穿东北军的军装，随便披了件深灰色的西装外套，喝得半醉。

“我从未想过，有一天能换成我帮你。”她挨着郑渡，坐到椅子里。

“正所谓，世事难料。”郑渡照旧是那副样子，正经里夹带着几分戏谑。

“战况如何了？”她轻声问，不再玩笑。

郑渡敛去笑容，沉吟许久，轻摇头。

落入日本人手里的，何止是土地，还有昔日奉系的军工厂。他曾带谢骛清参观过的工厂，还有国内难得自产的装甲车，尽数随着东三省丢掉了。

“今夜请你来，不只想为你们抗日义勇军筹款，”何未轻声道，“有人组织了救护队，想支援你们的伤兵医院。”

郑渡意外：“关外这么危险……”

“正是因为关外危险，才要你帮忙想办法，和我一起运送这些人安全抵达伤兵医院。还有妇女救护班，都是女孩子们自愿报名参加的，”何未接着道，“大家知道你们缺少医护人员。”

郑渡自从脱离东北军，加入抗日义勇军，就自认是孤军奋战。

毕竟南京政府已经放弃了他的故土。

现在，何未告诉他，有许多不知名的人，要北上，想出关前往战场支援……他守故土，因那是故乡，而那些前来救护的人们冒死北上，才真是大无畏。

郑渡方才饮酒醉，实是心里不痛快。

他从关外战场来，在这个广德楼里，见到了昔日东北军的许多朋友、兄弟。大家见到郑渡，都以一种复杂的神情和目光来打量、审视他。

昔日郑渡军衔不低，如今脱下一身军装加入抗日义勇军这种民间组织，就算战死也没个名声留下来。“九一八”后，曾有人劝他，一同撤回山海关。他以郑家小少爷的脾气，笑嘲对方：“连条狗都知道守着家，让我郑渡跟你们退回山海关？岂不是说我连狗都不如？”

劝他的人碰了一鼻子灰，再无多言。

今日郑渡入关，见正阳门仍是人潮汹涌，德胜门外大街依旧车水如龙，甚至故宫博物院开馆闭馆的时辰都毫无变化……心有凄然。

他久处抗日一线，背无援兵，深知迟早有无兵士、无兵器的一日。他只晓得为故土，战一日是一日。若说心中无怨，是假的。

关外早已狼烟四起，上百个县城沦陷。长城内，却是人间繁盛……

他不甘心，为何东三省要被放弃。

心中堵着一口气的男人、昔日的郑家小公子换了数年前于京城定制的布料最昂贵的西装，现身广德楼。他不想让退入关内的懦夫们看到一分一毫的颓败之气，哪怕全国都知道，义勇军缺人缺钱，更缺战地医疗资源。

郑渡掩去眼底、心中的情绪。

他立身而起，两手插在长裤口袋里，看向湘帘外的戏池子和尚未有人登台的戏台：“关外的战场，没你们想得这么简单，还是留给我们这些留下来的军人吧。那是战场。”

何未过去和郑渡打的交道不多，但约莫下过判断，这是一个内心清明、精明避世的男人。而避世之人，也有直面外敌之气魄。

“外敌入侵，没人会想得简单。南京政府的放弃，我们每个人都恨之入骨，”她道，“郑将军，松花江，也是我们的河流。”

郑渡久久不语。

戏台的帘子被一只手挑起，清秀的手形，本应是养尊处优的名旦，却因这一年握粗劣的白粉笔写下太多的板书，为养活学校做了太多农活，致使指关节变得粗大，不再纤细文气。

上了戏装的祝谦怀款步而出。

不只他，身后名伶依次亮相。

戏池子和二楼包厢的客人们尽数静了，这不合规矩，哪怕是谢幕，也仅有最后一幕戏的压轴旦角来谢。

祝谦怀略微上前半步，柔柔一个福，旋即直身，对着二楼何未的包厢开腔道：“我等听闻今日有位于关外抗日的将军在，便想今日破一个规矩，想一同登台唱出戏。”

他说完，祝小培也高声道：“那位将军，你只管点你想听的。今日京津两地的梨园好友们，不论旦生，愿为将军唱这一曲。”

话音落，场面更静了。

今日郑渡来，除却东北军的旧相识，并无人知晓。

而今，大家虽心生疑惑，却无人派遣亲信探听。抗日的将军，多和红区有关，也就是南京政府的敌人。倘若有人走漏风声，势必遭到追捕……

在座众人不约而同选择不问、不想，只管当这是一场京华夜阑梦。

“郑将军，请点吧。”何未轻声道。

珠帘外，广德楼老板托着个戏曲单子，静立等候。

郑渡静默良久，轻声道：“我于奉天出生、长大，并不常入京。那日于广德楼初见何二小姐，是初入戏楼……”他声已微颤，仍压抑着，以语气的不羁掩饰心底的浪潮，“倒不如二小姐来为郑某点一折，如何？”

“逊帝大婚时，升平署连排了三日的戏，一共唱了三十四场，”她道，“其中有俞老板的《长坂坡》。将军若不嫌，可一试。”

长坂坡。赵子龙单骑救主，孤身敌万军，一战成名。

“好，”郑渡一笑，快意道，“就《长坂坡》。前清皇帝享受的，我们也享受享受。”

何未穿过珠帘，以毛笔蘸墨，于红纸上写下“长坂坡”。

广德楼老板随即捧着红纸，小跑着下了木质楼梯，破了例，以响亮的声音对在场众人道：“开场戏，《长坂坡》！”

有人自老板手里接了红纸，将今日开场戏张贴出去。台上的名伶们退下，头一回不论主配，于后台将角色分了下去，卸妆、上妆，换戏服。

锣鼓声，敲在人心上。

何未和郑渡落座于暗红缎面包裹的太师椅，面对着垂下来的湘帘，同候一场戏。

郑渡说的并非实话。中国戏剧流行于北面多年，当年日本关东大地震，奉系为了募捐筹款，就由少帅亲登戏台，为日本人募捐。

他怎会不知，恐怕不想记得这一往事，不愿勾起回忆。

背后的珠帘子由广德楼老板亲自把守，乌木盘子如流水般送过来，时有银票，时有临时被人自身上摘下来的碧玉镯子、汉白玉耳坠。不留名、不留姓，毫无平日捐款唱名的气魄，在这上面，无人想攀比。

戏台上，有人念白道：启禀丞相，那一穿白袍小将乃是常山赵云。

有人念白回：噢！他就是常山的赵子龙！好将啊，真乃英勇好将啊！

……

郑渡的双眼蒙上水雾。

赵云于台上念白，他不觉也轻声道：“曹营众将听者，哪个有胆量的，只管前来……”

片刻后，他又跟着台上赵云念道：“曹营众将听者，哪个不怕死的，只管前来！”

何未低头，以茶杯盖轻抹去浮叶。她盯住那一碗茶水，眼泪险些掉落。

包厢内的矮桌上早摆满了珠翠。

再送入的，皆放于地板上。这像极了过去四九城权贵们捧角的做派，只是今日捧的并非灯笼光影笼着的戏服将军，而是包厢里的无名将领。

“装箱吧。”她低声对珠帘外的老板说。

老板领会，带人抬了隔壁空包厢的九个木箱子来，妥善包裹了珠翠玛瑙、古玩玉器。这些将由何家运到沪上、香港，换取物资、药品和枪支弹药。

清点完毕，戏落了幕。

老板问，郑将军是否要见他们。

“不必了，”郑渡笑道，“如今我就像被曹军追赶的赵子龙，腹背受敌，满身麻烦。待来日，日寇离开关外，郑渡设宴，宴请今日戏台上的诸位。”

老板躬身离开。

郑渡轻嘘出一口气。

“松花江，我们绝不会丢，”他道，“义勇军在山海关外，为你们北平守住长城以北，守一日是一日。”

言罢，他带着醉意离开太师椅。

第二折戏已上。

郑渡不再耽搁，口述一个隐秘的联络方式，用以接送救护队和妇女救护班的义士。她牢记于心，掀珠帘，送郑渡离开包厢。

白珠子缠在郑渡手臂上，他笑着拨开，一抬眼，瞧见那位一回山海关就迎娶了何家大小姐的军官。他笑意未减，一手伸出去，似和旧时握手，就在对方伸出右手时，左手往腰后一探，揭枪袋，掏出不离身的枪。

何至臻失声一霎，黑洞洞的枪口已对上那位军官的额头。

“郑兄喝多了，”那军官虽是惊骇，但毕竟久经沙场，也了解郑渡不给任何人卖面子的纨绔习性，强打着笑颜寒暄，“这是要和小弟耍脾气？”

“郑家我就是最小的，”郑渡皮笑肉不笑，嘲讽道，“何处来的弟弟？”

他单手上膛，那人脸色已变。

何未敛了呼吸。

“郑渡，”身后同人要拦，怕被波及，不愿上前，以言语劝，“大家知道你心里不痛快，可我们也是得了军令撤退的……”

啪的一声，扳机扣动。

寂静中，没人倒下。虚惊一场。

何未和何至臻同时拉住身边人。何至臻握紧丈夫的手臂，脸色煞白，腿像没了知觉，仍在后怕，心狂跳着；何未的手臂挡到郑渡面前，以半身挡住他。

仅有郑渡，仿佛开了个不大不小的玩笑。

“在关外，雪地里，”郑渡对着那人说，“你的父老乡亲，都在这样的枪口下，唯一不同的是，枪膛里都是7.92毫米口径的子弹，”他指自己额头，“从这儿穿过去，人就没了。”

“你们家那个县城，”他又道，“孩子开始学日语了。”

没人回答他。

“还要种鸦片，养杀了他们亲人的日本人。”他最后说。

郑渡收了枪：“一个小玩笑，搅了二小姐的好心情。抱歉。”

他以绅士之姿，指楼梯，谦让何未先行。

何未扶着木质扶梯的围栏，仿佛未有任何事发生，下了楼。郑渡于她身后，望满座宾客，笑着道：“当年二小姐曾说，宴客讲究黄道吉日，待寻到一个好日子，递帖子给郑某。”

她笑，站定于屏风前：“此事怪我。”

郑渡取下肩上剪裁合体的西装。今日这西装披于肩上，倒似战袍，过去量身合体的衣裳因数月御敌，竟不再贴肩线，这也是他披着的原因之一。

他把西装交给何未：“这肩线不合身了，麻烦二小姐寻一个裁缝，替我改一改。”

何未揽过那件西装，对折，环抱在身前。

郑渡以拇指掐了食指指尖的一个位置：“如此收窄，刚刚好。”

她笑：“好，定不辱命。”

郑渡也笑：“驱走日寇那天，我来取。”

何未轻点头。

“郑将军，”她目送郑渡绕到屏风旁，突然道，“今日为你点《长坂坡》，因我少时喜欢《三国演义》里的一句话。”

郑渡略停步，回首道：“愿闻其详。”

“血染征袍透甲红，”她稍静了片刻，笑道，“当阳谁敢与争锋。”

郑渡细品，轻点头：“郑某喜欢前半句。”

血染征袍透甲红。

这便是关外将士的决心，也是他们选择的前路。

1932 年年初，关外，东三省全境沦陷。

同样的年初，上海的淞沪抗战，十九路军奋起抵抗，点燃了抗战的希望之火。

而战后，南京政府签署的停战协议却令人齿寒：取缔全国抗日运动，将十九路军调离上海，约定在上海若干区域不得驻扎中国军队……

她再见到邓元初，邓元初已辞去全部职务。

“清哥也有失算的时候，”邓元初于她的书房，见多宝槅里的奇珍异宝均不见踪影，自然晓得是变卖，换了抗日物资，“看到那种停战协议，我实在无法再做下去。十九路军被调走，去‘围剿’红区了。”

斯年端着一盘热腾腾的饺子，递给何未。

邓元初讶异：“这不是过年吃的？”

她摇头：“头伏饺子二伏面。”

“有这说法？”

“嗯。”

“还以为你猜到我要南下，提前给我过年。”

斯年不悦地喃喃：“提前过……也是给少将军过，不会给你的。”

邓元初瞠目结舌，品咂这话半晌，道：“这孩子为某某人喝了口老醋。”

斯年扭头，不多给邓元初一眼，走了。

“昨晚上，扣青同我玩笑，说你过去在京中和我的传闻，被她听到了，”何未小声解释，“当了真，闹脾气呢。”

邓元初额外要糖醋蒜，以热毛巾净手，剥开，就着饺子吃。

“老白往北去了，”他径自道，“他过去西北军追随的人，坚决抗日，被南京政府逼迫下野，送去了国外。今年刚秘密回国，联系红区，做好了抗日的准备。”

“有清哥的消息吗？”邓元初笑着问她。

她轻摇头。怕暴露他的行踪，无法联系。

邓元初吃罢一盘水饺，都没问她和召应恪的事。

于外人眼中，何家同召家的姻缘曾湮灭于流言蜚语，而如今，两家姻缘因战乱联结。对几个至交好友来说，何未和谢骛清早是夫妻，就算无法昭告天下，又如何？

“闻风声鹤唳，皆以为谢清已至，”邓元初笑着，小声道，“这是他另一个名字。”

她抿着唇，品味着。这倒是夸将帅的一句好话。

“名字倒是多。”她口是心非，不愿在老友面前暴露相思之情。

邓元初摇头叹：“嫂子你想便想了，何必遮掩。若我是女人，遇上清哥，真真轮不到今日的你。”

何未不理会他的调侃。

她见邓元初爱吃水饺，叫扣青下了新的，还炸了香椿。

“郑渡还好吗？”她晓得邓元初和郑骋昔联系紧密，于是问，“他也是神龙见首不见尾。救护队的人被送到天津港，我问联络的军官，没人能说得准他在何处。”

邓元初握着竹筷的手，略顿了一顿。

何未仿佛感知到了。

邓元初夹了一筷子炸香椿：“他姐哭得挺厉害的，没敢深问。”

“我竟然……”一点儿消息没收到。

“义勇军是非政府组织，”他猜到她的心思，安慰说，“不是正规军，难有消息。”

她心里堵得慌，把多宝槅里的手稿拿出来，背对着邓元初翻看着。

谢骛清走前，仿佛有预感似的，把手稿全部交给她。里边的内容涵盖广泛，包括奉天军工厂制造的装甲车图纸。他曾说，这是郑渡送的，权当交朋友，为日后寻个退路、财路。

郑渡当年身处奉系，对打仗毫无兴趣，只混个高级军衔，以堵家人和姐姐的口。

他过去一定是个讲究的人，改西装肩线，能比出要的尺寸。分毫不差。

……

余下的郑渡，仅有郑家三小姐能说得出。

看得出，郑渡这个幺弟唯一装进心里的，只有他的姐姐。

“义勇军还在浴血奋战。”邓元初于她身后说。

“还在。”他强调。

1933年，日军空袭山海关。

守军奋起抵抗，以血肉之躯苦守。不久，山海关沦陷。同年，热河沦陷。

船运公司的办公桌上，有份报纸。

首版刊登着山海关被轰炸后的黑白相片，一旁是南京政府签下的《塘沽协定》，丧权辱国的条款，允许日本人飞机巡视长城以北，等同于拱手让出了东三省和热河。

她想到郑渡。运送这次长城抗战物资时，遇到义勇军的人，说郑渡面对日军疯狂进攻，兵力微薄，他在最后关头半步不退，扔掉军衣，只着白衬衫，握枪冲入敌阵……

他若见到东三省后，热河也沦陷了，不知会做何感想。

何未把报纸对折，放回棕红色的格子里。这报纸架，是从百花深处搬来的。

“长城上死了那么多将士，尸骨未寒，他们就签下了协议，把热河也让了出去，”她轻声又道，“割地比谁都快。”

“还是有好消息的，第四次反‘围剿’红军胜了，在呼吁停止内战，北上抗日。”召应升道。

确实是好消息，唯一的一个。

六月已是初夏。

北平城内绿意浓郁，她从船运公司的四合院独自走出，已是深夜。她借月色，盯着院门口的石雕小狮子，口中衔着的石球早被小孩子们摸得光溜。

车到跟前，她坐进去:“去百花深处。”

方才看报纸架，连连想到百花深处的小院子。

车驶过德胜门城楼，她仰靠在椅背上，望着月下的城门楼。

长城以南，就是北平了。

“百花深处没有人，二小姐要不要叫几个人过去? ”

“不用了，”她轻声道，“好久没去，想自己住一晚。”

司机没再言语。

胡同的样貌一成不变，狭窄土路旁没有灯光。月光倒是亮。

她每回走过这里的路，都有一个院子喜欢敞开大门，像是好客之家。今夜亦是，她饶有兴致在门外停步，见个新媳妇模样的女人绾着发髻，抱着个奶娃娃，问屋里头的男人，出去打井水没有?

倒是忘了，若没人的话，她也须独自打井水。

何未从怀里掏出一把长形铁钥匙，到了自家院子，握住门锁，开了。

推开院门，里头静悄悄的。

老伯去年走的。因祖籍是承德，她特意让人送老伯还了乡。

承德地处热河，而今已落入日本人的手，想扫墓都难了。

此处虽无人住，定时均姜会过来打扫。

她进了正房，反手想插上门闩，转念一想，院门锁上了，倒不必特意上一重重锁。她随手用一把红木圆凳挡住门。

水是懒得去打了，和衣而眠一夜，明早回何府再说。

何未把枕头和锦被从箱子抱出，铺在床上。泡了杯茶润喉，躺到被褥里。

她这些日子安排协和医院里的医生和伤兵运送，几夜没睡好，脸挨到枕头上，便陷入了梦境。隐约来到积水潭的荷塘旁，二叔摇着扇子，为她扇着风，温声道：“这四九城啊，总有人想占上，过去蛮夷想，后来八国联军想，都觉得是国都，占上了、烧了、毁了，把我们华夏的根就拔了。可惜啊，他们不懂我们中国人讲究变通，几千年过来，血脉才最要紧。”

古城的风，伴着荷香，吹着她儿时的面孔。

何未许久没梦到二叔了，心知是梦，不愿醒。纵然已在半梦半醒里，嫌锦被热了，却还是把魂魄定在幼时的身体里，对着二叔笑。

哐当一声，她被惊醒，猛从床上坐起。

珠帘外，有一个黑色影子弯下腰，扶起翻倒在地的圆凳。

何未屏住气息，借着微弱的月色，隔着静止不动的一串串珠帘，盯着摆好凳子的人。

“将军？”外头问，担心他安危。

“没关系，”他对门外回答，“我太太把东西放错了地方。”

他没留意内间，往熟悉的相片墙走，找寻台灯。

上次何未搬家，把屋里的灯全收走了。他没寻到，原地站了几秒，脱掉西装外套，搭在高背椅上，随即朝珠帘这里走来。

何未像还在梦里，或是不敢分辨这是梦境还是现实，她想把这一切牢牢记下。

他的手，如同过去，撩开了珠帘。

隔着满室月光，他缓慢停住步伐。他的容貌并不分明，但很清晰，她能感觉到谢骛清的视线，如同过去一般，定在她身上。

什刹海还在四九城内，没变，他的那双眼睛里透出来的目光也不曾变。

何未轻轻呼吸着，没眨眼，眼泪已溢出来。

“我刚才……”她哽咽着，哑着声道，“以为……”

眼泪掉在身上。

谢骛清沉默着，大步走向床边沿，何未像突然回过神，掀开锦被，光着脚下地，在谢骛清伸出手臂的同时，紧搂上去。

她的眼泪全落在他的衬衫上，深深吸着气，想克制住哭的欲望，却压制不住。

男人呼出来的热息落到她脸旁，低声道：“原想天亮去见你。”

此时已五点，再有半个小时就天亮了。

何未抱着他，全然没了掌控全局的何二小姐做派，眼泪止不住地掉，半天说不出一个完整的字。谢骛清搂着她，安抚地拍着她的后背：“是我不好，不该想至少洗个澡、刮个脸再去见你。应该直接去何府找你。”

“你去何府，”她抽泣着，埋怨道，“才真是见不到。”

他被惹得笑起来，笑声低而愉悦。

何未抬头，看他的脸。

月色里，离近了看，这男人果然沧桑多了。未洁面刮脸，浑然一副远途而归的模样。随着战场生涯延长，他由内而散发出来的威慑力更重了，仍是瘦。许因为面孔瘦，眼窝越发深，鼻梁更挺拔了。

谢骛清被她看得笑了：“每次你看着我，都让我觉得，回到了二十几岁。”

认识她的那年，他仍是个青年将军。

“或者说，每次二小姐看着谢某，都让谢某人不知该说什么，”他轻声道，“像刚认识的那年，总在考虑，说什么可以引起你的注意，又能让你不讨厌我。”

何未心软，再次搂住他，脸挨着他的颈窝。

窗户缝吹进来的风，吹着她的背，凉飕飕的。

方才乍一相见，她因情绪过于紧张，背上出了汗。

“天没亮，再睡一会儿。”他低声说。

她以为谢骛清长途奔波，困了乏了，点点头，跟他回了床上。黑暗里，男人摸着床边沿找捆扎床帐的绸缎绳。

绳子穗在他手掌下晃动着，没多会儿，两旁帐子都被放了。

何未迷迷瞪瞪被他亲到唇上，后腰被他搂着，平躺着放到了锦被上，想，怎么都不说一说，问一问，这一趟回来为什么，何时到的，何时走……可糊里糊涂又想，久别重逢的夫妻，怕总要亲热一番的。再严肃的将军，亦是血肉之躯。

谢骛清搂着她的身子，感觉到何未的双臂主动勾到自己脖后，他就着床帐内的微弱光线，看着久未见的她。血液里奔涌流淌着的，是属于一个普通人的七情六欲，她长发里的香愈演愈烈。

“为什么在这里睡？”他哑声道，用鼻尖擦着她的眉心。

他见屋内陈设，不像有人久居，猜她是一时兴起。

何未不答，瞅着他，瞅了会儿，因亲热而闭上了眼。

因为战事。她怕北平沦陷后，她不得不跟着客轮迁移去香港、澳门。怕再见遥遥无期。

谢骛清和她仿佛在新婚初夜。

等到天边泛白，日光初升，锦被已潮得不像话。她伸出一只手臂到锦被外，摸昨晚凉在床边小凳子上的青釉茶杯。

谢骛清先一步拿了，喂到她唇边。

何未喝了一小口，懒懒地对他笑，轻声道："此时终觉是嫁了人的。"

他笑，放茶杯到凳子上："喂一口水，已高兴成这样子了？"

何未半真半假地"嗯"了声，小声道："这话不能在外边说，没人晓得咱俩结婚了。不能和家里人说，他们要担心我。好像只能和你说……上一次你先走，我再南下，路上想着，我们两个结婚以来，没过过真正的日子。等再见，全要补回来。"

谢骛清的手还在小凳子上，停了一会儿，收回来。

他用大拇指的指腹摩挲她的脸："过去总想给你名分。如今名分有了，仍是委屈了你。"

何未眯着眼睛，瞧近在眼前的男人。

"没有委屈，"她小声道，"倒是觉得你辛苦，有妻子、孩子，却要独自在战场上过日子。"

谢骛清眼中有笑。他这一年因北方战事，心中忧虑，早忘了欢愉为何物。

有妻子、孩子，更有奋力一战的理由。

过去为国、为民，而今为国、为民、为家。为自己的、为无数人的妻子和孩子不沦为亡国奴。

何未见天亮了，想他的部下全在院子里，这位将军该起床了，否则不像话。

未料，谢骛清惯来和她一起只有随性随心，从未改过。

他照惯例，下床去多宝槅里的白瓷碟子里找到香烟和火柴盒，回到屋内抽了半根烟，便回了床上。何未合眸，上唇上有温度落下，她清晰感知他如何亲下来，压着她唇。

他如同泰丰楼那次，极其温柔地在她唇上停留着，以温热的气息包裹着她。

何未等了会儿，等得不耐，想睁眼，谢骛清仿佛感知她的情绪，笑了。

“二小姐的耐心，和过去一样。”他绕到她耳旁，低声笑道。

何未欲要开口。他低头，完全张开唇，引导她和自己吮吻……光从床帐缝隙里透进来，晃到她眼皮上。她像看到一轮轮光影，金色的，明的、暗的，在他光裸的背后。

谢骛清亲完，安静抱着她，过了会儿，低声道：“北上前，在上海的交通站见过一次邓元初。他提起你包的饺子好吃。”

为何突然说到饺子?

等谢骛清下床，出去让警卫员帮忙烧洗澡水，她躺在床上渐明白，结婚到如今，谢骛清从没吃过一次她亲手包的饺子。

并非贪恋一碟水饺，而是怕随时面临生死相隔，再没机会吃。

一个年少从军的男人，早忘了如何表达心底的柔软。这是他无法宣之于口的思念。

第十九章

月笼山海关

谢骛清拎着一个木桶进来："他们说，沐浴房没打扫过。老伯呢？"

何未扭上小衫前襟的布纽扣："去年走的。"

门外，警卫员抱着洗刷过的木澡盆，侧立在门外，小声唤了句"将军"。谢骛清恍惚间，被惊醒，手伸到珠帘外，接了，摆到正房当中。

窗台上，海棠花未开。碧叶浓翠。

"叔叔婶婶刚走那年，我们家里人来不及入京，后事都是他一手操办的，"门外相继摆了两桶冰水，谢骛清来回几趟，忙碌于珠帘内外，把洗澡水为她准备好了。

有关老伯的后事，他没问，更不必问。何未能办妥一切。

他初初见朱门反锁，床畔有茶，没料到老伯已去。方才出去，留意到水缸空空，便有了不好的预感，被她印证了。

"煮茶的水，你准备的？"他低声问。

她轻颔首，"嗯"了声："每日有人来，换瓶里的水，隔段日子，更换旧茶叶。"

壁灯没关，混在日光中，分不清孰亮孰暗。

谢骛清低俯腰身，以手试水温。

她日复一日地准备，却不知家人归期。他的海棠花，四九城富贵的何二小姐，背靠高背座椅，两腿交叠着，织金的高跟鞋挂在脚趾上。她优哉游哉地打着拍子，等热水冲洗。

谢骛清昨夜长裤被压在她身子下，褶子明显，方才出去被部下瞧了个遍。

白雾氤氲里，她来到他跟前。

谢骛清道："你先洗。我用你剩下的。"

"哪有用剩下的水洗澡的。"她咕哝。

谢骛清低头，道：“谢某人甘之如饴。”

两人对视。

何未原想问，他此番入京是何目的。

柜子上摆着的自鸣钟嘀嘀嗒嗒走，落在心上。她改了主意。

既选了战时嫁一个军人，便要学会如何为自己宽心。晚些问。

“路上来，遇到麻烦了吗？”她手攀上他的肩，自衬衫肩线滑下，到他的手肘上，把卷起来的衬衫衣袖展开。

谢骛清笑而不语。

何未把他方才系好的纽扣，一粒粒扭开。他沉默，纵容她为自己宽衣。何未把衬衫挂在一旁的高背椅上，摸到衬衫胸前口袋里有一硬物，似一张纸，硬的。

起初想，怕是机密电报，直到摸出相片纸的硬度。

抽出看。

中年的谢骛清身着十八岁成名那年的军装外套，一手斜插在军裤口袋里，另一只手臂的臂弯里，坐着个奶娃娃。人至中年，不再如少年下巴微扬，而是面容严肃，直视镜头。

心系万里河川。

那年的他历经千难万险到香港求医，从衣柜里看到妻子的心意。谢家落败后，被昔日宿敌一把火烧了宅子。他当时被软禁在监牢里，听闻贵州谢家的火连烧数日。熊熊烈火中，别说少年成名时拍照的军装，连谢家人最珍视的家庭合照都没留下一张……

衣柜里的军装，是何未照着他的照片，找裁缝原样剪裁复原的。

她心里的少将军，永远是十八岁，心有长风万里的谢骛清。

香港小公寓里，他重穿军装，对照纯银制的半身穿衣镜，恍如见到辛亥革命后的自己。

一封家书急送保定。

夜里，他摸黑于教员的单人宿舍收拾行囊。身后，有等在那里送他去火车站的邵先生，还有几个听闻谢老将军被军阀重兵围困的教员，几个大男人都是北方生人，对南方军阀了解不多，老的、少的，想宽慰，凑在一处没说出半句。

谢骛清扣上皮箱子，拎到手里，对几位同人颔首告辞。

他迈出教员宿舍的门，自教室前走过，被一声谢教员留住了前行的脚步。谢骛清顿足，回首，这一期的半数学员，身着军校制服，站在教室外的空地。众人比他年纪小的少，大谢骛清几岁的多，可对这位教员的尊敬不减。

有人行了军礼，余下的纷纷抬手。

十八岁的他，心中感伤不多。少年心气高，除了心急如焚回家救父，便仅剩下对家国未来的担忧。他一手提着皮箱子，另一只手对众学员行了一个板正、严肃的军礼。

“诸位，”他放下手，直视月下同袍，“光复大义，重振河山，吾辈万死莫辞。”

这是昔日他和赵予诚部队的宣誓词，亦是辛亥革命的千万军人心中所想。

在一声声重振河山里，他自军校的黑色铁门走出，背对校训，上了离开保定的车。后来的许多人，确实做到了：万死莫辞。

……

何未用手指摸着继清的小小脸，眼前浮了水雾。

“不敢带二小姐的相片，”谢骛清自她身后，笑着道，“贴身带的，仅有这个。”

“没人看到……问你，哪里来的孩子吗？”她鼻音浓重地问。

“谢某，”他笑，以他往昔独有的打趣方式说，“情债多。”

她把相片仔细放回口袋。

能想象得到，战场上、血火里，这张相片是他的慰藉。

何未回到木盆旁，解谢骛清腰上的枪袋。比过去旧得多，倒没换过。

谢骛清此人的节俭，处处可见。

“这皮倒是结实。”她低声道，两手绕到他腰后，手托着枪袋，从他腰间取下，搭在了衬衫上。

“过去的东西，手艺好。”他低声答。

“你是嫌自己老了？总是强调过去，曾经，”她解他的裤腰，被谢骛清扣住了手，“不过也是……年纪不小了。”

谢骛清突然弯腰，横抱起何未。

她人连着衣裳，全都浸到热水里。万幸是贴身的里衣，可被浸透了裹着身子，像被绑缚住，伸展不开。谢骛清隔着热水，像她方才，为她一件件脱去衣裳。

倒不像她爱说话，全程除却行动，没说多一个字。

毛巾浸了水，擦上她的后背。

何未惬意合眸："清哥。"

"嗯。"

她脸靠着木盆边沿，借水雾，看上半身未着衣衫，仅着长裤的谢骛清。他也十分惬意，拖过来一个凳子，跨坐在上头，两腿分开在木盆两侧。

"在香港，我给继清洗澡，就是这样，"他用白毛巾淋湿她的长发，握在手里，慢慢给她洗着发梢，往上，耐心揉搓，"原想教他叫妈妈。没教会，时间太短了。"

何未始终没睁眼，把眼泪压着。

比起许多人，能一家平安已是万幸。

午饭时，她如他愿，包了饺子。

统共煮了五盘，五种馅：茴香猪肉、白菜猪肉、羊肉萝卜、韭菜鸡蛋和鸭肉粉丝。

"上一回只有白菜猪肉的，"她小声道，"这一回全了。"

谢骛清握着竹筷，惬意地要了一壶烧酒，就着糖醋蒜，慢慢吃，细细品。

"回来要办什么要紧事？"她吃罢，放筷问，"有需我做的吗？"

第四次"围剿"刚结束，他们以七万胜了南京政府的四十万军队。战场上的事她不懂，至少明白，以少胜多后，将士们须休整。此刻入京，绝不单单为私事。

难道为筹集物资、武器？

谢骛清直视着她。

何未等得忐忑，怕不好的消息。

他往小酒盅里倒了烧酒："这次回来，为抗日。"

何未怔住，盯着他。

谢骛清微笑着，回视她。

南京政府刚刚向各国借款，买下大量军火，请来军事顾问和专家，调集一百万军队，准备对红区展开第五次“围剿”……而红军那边至多十万人。凶险非常。

不说“围剿”的事，红军多在南方，如何跨越万水千山，北上抗日?

“西北军的人，决心抗日，”谢骛清看穿她的困惑，低声道，“几个将军联合了东北义勇军，就在上月底成立了抗日同盟军。前敌总指挥兼第二军军长，是红军的人。”

她敛住呼吸，心跳仿佛停了，能感知的只有渐热的血，流淌过身躯。

“我们要收复热河。”他又道。

午后无风，六月的日光，透过窗子落到她的手臂和后肩，烤得热。

她心里的热意，胜过这一切。

从元月一日开始的长城抗战，曾是全国的希望。

山海关沦陷后，南京政府在全国抗日热情的高压下，调兵前往长城，正面抵抗日军进攻。那数月，各城市捐款捐物，上至老人下至幼童，无不心系抗日。民兵团、妇女救助团、医护人员，无不从各地赶往长城……

“长城抗战那几个月……死了许多将士，”她说，“那些内战的将军来到长城，没有一个含糊的，都拼了命，”长期内战，不少人憋着气，远望关外，终于等到被调回长城战线，都拿出了军人的骨气，“坚持了几个月，接连失守，最后都没等到援兵。”

北方抗日无援兵，而四十万军队在南方“围剿”红军。

谢骛清沉默了会儿，说：“长城抗战里，我有不少旧相识。昔日一起东征北伐的。”

北伐距今未到十年，竟如隔世。

“撤兵以后，当地人偷偷掩埋了不少将士的尸体，”她轻声道，“在长城脚下。”

“热河的百姓都支持抗战的，”她为他讲那些密报里没有的，“他们好多就地参军，抗日，还有许多农家把门板、屋子都拆了，搭战壕……”

“他们不想沦陷。”她低声道。

谢骛清从羊肉萝卜的盘子里，夹起一个挂着水滴的饺子，缓缓送入口中，顿了会儿，他端起白瓷的小酒盅，仰头，一饮而尽。

谢骛清北上行踪隐秘，仅带了两个面容陌生的警卫员。

其中之一就是热河人，会蒙古语。

“抗日联军里，有我们蒙古族的武装，”警卫员坐在厢房里，对扣青和均姜讲，“还有被将军们说服的当地土匪，都参军抗日了。”

警卫员说完，接了扣青递来的茶水，喝了口，像被牵动心事，沉默了会儿说：“我们热河的奶茶，好喝。等热河收复，请你们去。”

均姜心头发紧，将蒲扇拿起来，为警卫员扇风。

扣青柔声道：“我倒是会做奶茶，虽不及你们家乡的地道，还是能解解馋的。”她说着，离开厢房，马不停蹄为这个要上前线的警卫员去做奶茶了。

长城抗战失败后，扣青和均姜每每见街上穿着木屐、和服走过的日本人，都心有厌恶。

她们不及何未和九先生思虑深，想得远，眼看东三省和热河相继沦陷，心中惴惴，怕日后家乡也被占领。而今听说抗日联军成立，重见了希望。

两人跟着自家小姐，认识谢骛清多年，对谢家少将军有着崇敬之意。

谢少将军说红军要抗日了，那就一定能胜。

他们在百花深处住了一日，夜里，凌晨四点多，两个人影徒步到古北口关内。

何家车过于打眼，何未没让轿车接近长城。

谢骛清自黄包车上，借月色，仰头看古北口的城墙。

数个月前，这里曾是长城抗战最激烈的前沿阵地。被飞机轰炸过的城墙，残缺不全，碎石沙砾滚落堆积，清冷苍白的月色里，没有墓碑的小坟包望不到头。

“古北口的战事最惨烈，”她指一个方位，“当时日军攻上来，有一支七人小队没联络上，没接到撤退命令。对着飞机和重型炮的轰炸，七个人守到最后，弹尽粮绝，以肉搏战迎敌，全都牺牲在高地上了。”

如果没有不抵抗的命令，有如此将士，根本不会丢掉关外三省和热河。

“郑渡可以瞑目了。”谢骛清低声说。

并不是所有军人都懦弱胆怯。只这一点，便可告慰关外英灵。

谢骛清从怀里掏出了一个粗布包裹的小东西。

他半蹲下身子，扯开上头针线连接的地方，打开，仍是个油布包。再展开，层层保护下的竟是一抔土。他均匀地将土撒到碎石上。

“我一位同僚，”他轻声说，“哈尔滨人。他说，不必葬回故乡，到我能到的最北之地。”

他拿起一块石头，压住布包。

谢骛清遥望破碎的城墙，沉默许久，不再发一言，沿来路而归。轰炸过的焦土地，黑黄不一，深色碎石被炸弹烧过，仿佛透着血的色泽，留下了那场抗战的最后痕迹。

“郑渡的姐姐，”他坐入轿车，“这两天到北平。”

“她说，弟弟有件西装在你这儿，想取回去，”谢骛清轻声又道，“一同安葬。”

“需我帮忙入关吗？”

谢骛清轻摇头：“她有自己的方式，这次到北平，她想亲自同你商议一桩事。”

他不愿多言，何未猜想，总有不方便说的地方，便没多追问。

幼时她是个打破砂锅问到底的性子，年纪渐长，知晓凡人皆有不愿言说的事。或是时机不对，或有所顾虑，她隐约觉得，谢骛清不肯说到底，怕和自己有关。

入北平时，晨光微现。何未嘱司机绕路到安定门。

城门洞口，自南来的骆驼队，扛着粗糙破旧的麻布袋子，如一道微型游动的长城，绵延不绝。轿车停于城门旁。

何未原想说，这次回来，下车看一眼安定门。

她瞥见谢骛清侧脸神色肃穆，沿着她的视线往城门牌上瞧。洋洋洒洒三个大字：安定门。

何未唇微启，手背被谢骛清攥住。

少时，他手指修长，掌心皮肤细腻，除却因常年扣动扳机而养出来的食指老茧，再无其他岁月和战场痕迹。这次回来不一样了。谢骛清的掌心粗糙滚烫。

“走吧。”他说。

江河沦陷，他没颜面下车走这道安定门。

何未和谢骛清归家。她将西院的书房让给他办公。

大书房的眠鹤熏炉挪到此处。半人高的仙鹤单脚立在那儿，鹤口飘出一阵阵的香，像过去的何二府。差别是人，坐于香雾里的人不再是二叔，而是他。

放置好行李后，谢骛清下为西裤，上着白衬衫，走进卧室，仰躺在床上。长途奔波北上，没睡踏实过，躺到她的八步床里，倦意上涌，没等她来，便熟睡了。

何未进了房门，揿灭了灯，怕吵醒他，在八步床下绕了两步，决定去西次间。

她朝外走，房门被一双小手推开。

斯年悄悄自门缝往里瞅，逗笑了她。何未轻手轻脚拉开门，对她向外挥挥手，斯年马上后退两步，穿着小拖鞋，没留神，向后一个趔趄，被何未搂住。

她弯腰下来，轻声问："来找我啊？"

斯年抿嘴笑，点点头，旋即瞄房门。

何未反手，拉拢那扇门。

"少将军累了？"斯年耳语问她。

"嗯。"她笑。

"我在这里，好吗？"斯年指西次间的卧榻。

何未颔首，牵她的手，一对母女上了卧榻。斯年穿着短袖的棉布小衫和长裤，盘着腿，和同样姿势的何未面对面。她笑，何未也笑。

"他要睡多久？还走吗？今日走吗？我下学回来能见吗？"问题一个追着一个，斯年带着期待，懂事地又说，"急着走的话，没关系的，下次回来再说。"

何未低声道："不走。"

斯年拉起何未的手，把玩着她的手指头，闷头笑。

"一会儿他醒了，去叫声爸爸。"何未轻声道。

斯年抬头，眼睛盯着她。何未笑着，轻点头，权当应允。

"要惹麻烦，"斯年压制着祈盼，摇头，"不要。"

"叫吧。"何未道。

说完，她又道："他没听人叫过爸爸，让他听两句。"

斯年终是安心，开心点头。

"少将军，来看我们的？"斯年问。

何未轻声道："北上，抗日。"

斯年惊讶，小脸上神情几变。长城抗战前，小姑娘对抵抗外敌信心满满，历经那数个月的北平乱局，见到撤下来的部队，挤满医院的伤兵、学生和民兵团的人，她对战争有了更直观的认知。对亲人的爱护，激起了孩童对死亡的恐惧心。

“在……长城吗？”

“不，”她摇头，“出关。”

“小召叔叔说……”斯年犹犹豫豫地轻声道，“他们的兵一次比一次用得多，上次四十万，这次调了一百万人……打红军的十万。”凶险非常。

召应升想必磨不过斯年对红区的关心，被磨出了真心话。

当然，这源于何未的教育方式，从不隐瞒。乱世里的孩子，日后须执掌航运的女孩子，须早熟，更须直面实事。她忽然可怜起斯年，面对日后的抗日局面，无人能预估到结果，斯年这一代的孩子究竟要面对什么，她，或谢骛清都不敢断言。

何未沉浸在对未来孩子们的前途思虑中，心生惶恐。

“热河沦陷，政府只会调兵去打自己人，少将军他们被‘围剿’……面对一百万军队的‘围剿’，都要出关抗日，”斯年像在找寻着一个正义的理由，掩盖心中对父亲即将出关的恐惧，“这是大义，老天会庇护的。”

斯年望向何未，祈求回应。

“对。”

如同斯年所说。他们好不容易聚集了一支队伍，没有南下支援红区，而选择在关外抗日……如此的队伍，倘若输了……

卧房的门，被从内拉开。

谢骛清睡到中途，身旁没有何未的气息，自然而然醒了。

他的衣着和天津港登船那年不同。

斯年印象里见谢骛清最后一面，戎装、长军靴。今日的男人面容疲倦，仿佛宿醉未醒，着一深蓝色西装长裤，衬衫未熨烫过，独独一点没变，枪在腰后挂着。

映入谢骛清眼帘的：晨光里，一对母女对坐在卧榻上，交头接耳。

他一贯的不苟言笑渐消失了。

谢骛清招手，对斯年道："来。"

言罢，拽了离他最近的椅子，落座。斯年手脚并用从卧榻下来，光着脚三两步跑到他跟前。他余光里看到斯年踩在地板上的脚丫，一把抱起女儿，放到未有旧伤的腿上。

斯年幼年不懂男人该胖该瘦，等懂事了，每每回忆谢骛清的身姿，还有那张旧相片中的谢少将军，深觉父亲常年征战，不大爱惜身体，清瘦得很。

她记挂父亲多年，乍一见，腼腆地失了语。

"书读得如何？"谢骛清微笑着问。

斯年咬着下唇，低头，喃喃半晌，小声道："不如父亲。"

谢骛清从未被人认真称呼过"父亲"，自心底滋生出一丝酸涩感。这个小女孩儿虽非他和何未亲生，从记事起便只认他这一个父亲。常年离家的愧疚感，被生疏的称呼催生出来。

他摸着斯年的头发，柔声道："读书一事，各有各的悟性，有人悟得早，有人则慢些。唯用功一途，常胜不败。"

斯年轻"嗯"了声。

谢骛清欲再问。

扣青拿着书包和蓝色布袄裙，忙慌慌追到西次间，看谢骛清抱着斯年，一时没了主意。

"今日请假吧，"何未道，"难得一次。"

扣青二话不说，扭头便走："我去给少将军泡可可牛奶。"

谢骛清意外，何未低头忍着笑。

这一"误解"，若非在天津卫的戏楼包厢被白谨行和邓元初一唱一和点破，以谢骛清的性子，她一生都难知晓真相。

"姨姨说，父亲初来何府，连喝了三杯可可粉冲泡牛奶。"斯年恰到好处说。

换何未意外，凝视着谢骛清。

他们分离时间远超相处的日子，家里人担心她难过，从不提过去。

谢骛清佯作未闻，探手，把矮几上的木刻松树纹茶壶拎起，欲倒茶。茶壶空的。

碍于孩子在，何未笑着抿起唇，右手撑着下巴，手肘搭在卧榻矮桌上。

谢骛清被她引得微笑起来。

“我还有课业。”斯年从谢骛清腿上跳下，小声道。

直到小身影消失在西次间，何未照旧维持原有的姿势，撑着下巴，打量他：“谢少将军喜好可可牛奶，竟喜好到如此程度？”

谢骛清低头一笑，摸了一只与茶壶配套的木刻松树纹茶杯，在手里把玩。

“你如何晓得我爱喝牛奶？只因我让你试一试？”

“那天，”他眼中含笑，道，“我进了西次间，见到半杯牛奶。”

那天。

她被扣青和均姜提醒，订了婚的姑爷到府上来了，在书房等着。扣青匆忙递了一杯热牛奶，她在蒸腾的奶香热气里，缓缓咽下小半口，勉强应允见面。她打着见一面聊几句便将人打发走的心思，自卧房穿了西次间，挑开两道珠帘，再到东次间，行至书房。

记忆里，仿佛脚步声伴着锣鼓点儿，还有人叫好。她像被命运催动，登了场的角儿，不知唱哪一折子的戏，茫茫然伸手，挑开红布绣金的帘子。

乍一露脸，叫好不断，银圆和翡翠珠玉被一股脑儿往戏台上丢。

地板上，如骤雨冰雹。她却茫然不知所措，没听过的锣鼓点子，没见过的捧场贵胄，而搭戏的那位，更不知姓甚名谁。

身后帘子忽被挑起，登台的男人，戎装加身，辨不清面貌，甚至辨不出善恶。她在催促的锣鼓点儿，叫好声里，望着这个陌生人。

那场景，分明在戏池子前，戏楼内，画面老旧昏黄，却带着硝烟弥漫的气息。

……

“倘若，”她轻声问，“我那天没见你们，你还会再来吗？”

谢骛清靠坐在高背椅里，和她四目相对。

何未猜想，他将要说什么。

直到他轻摇头，揭晓答案：“谢某本不愿牵连二小姐，若那日你不出现，便认定是老天安排，绝不会再来打扰。”

她笑。未料在她幼年便成名的少年将军，竟信市井常言，玄乎其玄的“老天安排”。

谢骛清也笑。

换个说法，这被世人称为：命运。

青石地砖上的石纹深浅不一，仿佛有文竹香。

“我是心甘情愿帮你的，”她轻声说，“那时对你，没有非分之想。”

谢骛清不禁笑了。

“有何好笑的？”

“只是好奇，”谢骛清道，“二小姐何时对谢某有了非分之想。”

“总是比你晚的。”她答。

“是吗？”

谢骛清微颔首，他离开椅子，来到何未的卧榻，挨着边沿坐下。他右手撑在膝盖上，笑着看何未。何未瞧着他的脸，手抬起，摸到的眉眼、短发。短发间，尤其在他的耳后，已见依稀白发：“除了有白头发，没变过。”

“当初你在这屋里等着我，想到没有，如今你和我都有了一个儿子？”她轻声问。

“初入京城，危机重重，”他道，“未敢肖想。”

谢骛清从未到过何家船运在京的办事处，吃罢早饭，他跟何未的车，前往宣南的船运公司。一个不大的四合院，和百花深处不同，正门外立着黄铜色的门牌，门梁上亦有牌匾，上为何知行亲笔书写的：何氏航运。

小院内，搭着避雨棚，石路两侧皆是池塘。

金白、赤红的锦鲤摆着尾，自石径下游过。二小姐虽在四九城内传闻多，但从未亲自带男人进办事处，召家大公子来，也须正经在门房递名片，走正经流程。

今日一个面生、消瘦的男人不紧不慢走着石径，赏着锦鲤，引得门房和办公室内的几个小年轻在玻璃窗后，探头偷看。

“小时候，二叔没买宅子，我和他，还有哥哥便住此处。”她轻声道。

何未带他绕到院子一旁，那里有个黑铁栏杆的扶梯，通向屋顶。北平的四合院，屋顶又是一番风景。谢骛清和她上屋顶，有一老旧藤编躺椅，于初夏日头下，孤零零摆在那儿。何未不说，他未问，也约莫知晓这是何知行的遗物。

一盏茶后，楼下跑上来两个男人，有争先恐后的心思，却有着属于读书人的礼貌，不愿当众失礼。

“少……”先站到屋顶平台上的召应升，双眼泛红，又是笑，又是激动得想落泪。他把“将军”二字吞了回去。召应升两手在身前交握着。

另一位成熟男人亦是如此。胡盛秋几度启口，都被翻涌的心情堵住喉咙，最后摇着头，笑着道：“平安就好，少……谢先生能平安就好。”

何未仿佛见到两人身后，一个曾经是被运货箱送到天津，于法租界酒店房间面见谢骛清的少年，少年历经磨难，被军阀追杀，被前清朝廷的老太监折磨到形销骨立，憎恨这个世间，眼里不见光；而另一个是曾经逃不开四九城，被逼到六国饭店躲藏，和几个怀揣着同样志向的同僚，担心见不到明日的曙光的少年记者……

而今日，两人仍活着站在此处，成为运送抗战物资、掌控战时航路的核心骨干。

“他们刚在天津港完成了一次大迁移，”何未笑着道，“战时迁移，货运、兵士和寻常百姓，想在一个小小码头按时登船开船，可不是那么容易的。人和物的调度是一门学问。”

“二小姐教授得好。”胡盛秋立刻道。

“是，是。”召应升附和。

楼下，有人笑。

何未对这个声音熟悉得很，等人走上来，恍惚瞧了许久，认出留着胡须的白谨行。关外抗战的他，比同龄的谢骛清稍显苍老。虽蓄了胡须，眼中仍像盛夏荷塘的湖光。他站在楼梯的拐角处，树影和阳光交界成一条线，落到他脚下。

白谨行的出现，让两位仰慕抗日将领的“少年”愈加心绪难平，张罗着添茶倒水，推着自行车出去买时下北平最时兴的茶点。何未拉住其中一个，耳语嘱咐两句，让他们去了。

“这两位，倒是热情。”白谨行被他们弄得啼笑皆非。

谢骛清没点破，和白谨行相对落座：“热河的情况如何？”

“十分好，”白谨行的笑容尽在脸上，“好到不能再好。几位将军振臂一挥，宣布成立抗日同盟军，已聚集了七八万人。”

抗日同盟军集结在张家口，白谨行自东三省转移到了河北省。

他昔日追随的一位吉姓将军，就是北路的前敌总指挥。“他当年被南京政府收编了，派遣去‘围剿’红区，但他本人极力反对内战，主张抗日，后来被革了军职，强行送出洋考察，”白谨行说，“一•二八淞沪抗战后，他激愤难平，回国入党，决心开始抗日。”

这位将军，何未从邓元初口中也听到过一回，其后带着崇敬与好奇，托胡盛秋买到其出版的《环球视察记》。胡盛秋当时说，著书的将军出洋前，曾在宁夏省任省主席，对大西北感情颇深，著书立说为唤醒国人和当局，建设西北。

环游大半个世界的武将，为唤醒国人而著书，为抗战而归国，如今人就在张家口。

西北军短短时间会聚了七八万人，白谨行信心满满。

他说到兴起，热血难平。初夏的风，把他布袍子的下摆卷起，露出脚底下的长靴。

“倒是舍得穿军靴了，”谢骛清揶揄他，对何未解释道，“他从脱离西北军之后，就没再碰过压箱底的军靴。”

“要去各地军阀手里筹兵的，需底气，”白谨行笑着道，“平日穿不得，尤其在关外，风雪里埋伏着打倭寇，这么硬挺的军靴穿不得。”

脚步声打断他们。

胡盛秋提着一个红棕色木质食盒，上了屋顶。他识趣得很，放下，对两位将军谦逊地笑了笑，便下去了。

“这是——”她打开食盒的盖子。

“果子干。”白谨行瞥了眼食盒内的三个带着白瓷盖儿的小碗。

何未讶然：“你如何猜到的？”

“某位对着部下，”白谨行低声道，“常说到四九城夏日的果子干，冬日的羊霜肠。”

“这里于他，已是第二故乡，”白谨行跟着道，“思乡亦思妻，却不好常挂嘴边，搅乱军心，可怜的一个人孤零零啊，只好回忆回忆北平的吃食。聊以慰相思。”

何未的心轻跳，瞥他。

谢骛清笑着，叹气，摇了摇头。这对异姓兄妹每每相遇，都要将他谢骛清的前尘往事抖搂出来。

白谨行入北平，面见几个老军阀部下，说服对方支持抗日联军，顺便亲自带密报给谢骛清。密报带到，吃了两口果子干，放了汤匙。女孩子家喜欢的味道，不是他喜欢的，更不是谢骛清喜好的。甜且腻人，倒似面前这对时不时眉目交流的小夫妻。

白谨行以眼风扫谢骛清，谢骛清含笑道："真材实料的杏干和甜柿饼熬出来的糖水。"

"是，真材实料，"老友笑着答，"在北平才能吃到的。"

白谨行走后，留两人在屋顶。

谢骛清难得享受清闲的这一日，立身而起，沿着屋顶的长晾衣竿，往另一处走。晾衣竿上晒着浆洗过的西装，熨烫过，在此处吹风，大多是办事处员工的。

"北方雨水少，"谢骛清缓步到屋顶另一侧，那处视野开阔，能见大半宣南的灰瓦屋顶，"若是在南方，晾出来没人看着，不留神就要被阵雨淋透了。"

她伸出双臂抱着他的后腰，脸贴到他的衬衫上："你这两年常在哪儿？"

"湘江附近。"

湘江。还没去过。

那天午后，谢骛清于北平城的灰瓦屋顶望着宣南，因抗日联军而轻松时，和她说到湘江。她心生向往。一年多之后，红军数万将士因南京政府的内战"围剿"，血染湘江。被鲜血染红的湘江水上，流传下"三年不饮湘江水，十年不食湘江鱼"的悲壮词句。

华夏的这些河流，每一条都承载过历代英雄的英魂。河流不息，则英雄的故事不散。

"你过去常在漓江，"她遗憾地说，"我都没去看过。还有你说的桂林。"

看十万青山，看桂花满城。

"那里人喜好一种茶，"他说，"你一定没见过，叫油茶。用葱姜蒜煮的茶，撒上阴米，祛除湿气的。"

谢骛清突然来了兴致："为你煮一碗。"

他下了屋顶，进到办事处的小灶房。

灶房里的灯泡用得久了，不大亮，玻璃外壳被灰裹缠住，光线比院子里暗得多。

“给你换个电灯泡吧。”她靠在门边沿，小声道。

谢骛清摇头，笑了笑。

红区许多地方尚未通电，点着煤油灯，比这光线还差，他早习惯了。煮茶的食材不复杂，他记得个大概，煮出一碗冒着辛辣气息的茶水，以白瓷碗盛了，递给她。何未两手捧着，闻了闻。“阴米不好做，须糯米晒干，来不及，尝尝茶的味道。”他道。

何未对他的手艺信心不足，琢磨着，葱姜蒜和茶，倒都不是坏东西，轻抿一小口。滚烫的、辛辣的……茶水沿喉咙流入腹中。

何未心中“五味杂陈”，看谢骛清颇为认真的神情，不好多说：“倒是……特别。”

一个警卫员冒头，瞧了眼何未手里的东西：“这油茶先要猪油煸炒姜蒜的，茶叶也要炒过……还，要放盐。”

警卫员被小灶房内的寂静骇住，敬了个礼，低声道：“关外电报，郑三小姐入关了。”

言罢，果断后退两步，替两人关上灶房木门。

何未两手端着碗。谢骛清头次尽心竭力为她煮茶，舍不得倒。

谢骛清一只手斜插在西裤口袋里，盯着那碗里飘着葱花的辛辣浓茶，略静了会儿，自己先笑了：“下回，还是喝桂花茶简单。”

她忍着笑，轻轻“嗯”了声，捧起白瓷碗，再次抿了口：“这个也好，胜在特别。”

谢骛清轻叹，到她身前，接了，几口就喝完了。

何未急道：“怎么都喝完了？”

猜到她舍不得倒，还不如他喝完作罢。

谢骛清拧开银色水龙头，把白瓷碗冲洗干净，摆在了灶台上。透明水珠儿沿着瓷碗，往下淌，有一种独属于家的安宁，静得让人不想再离开。

三天后，郑骋昔悄然抵达北平，着人送了一张名片到办事处的门房。

每日拜访何未的人多，要经门房筛选，分门别类送入。何未拿到那张名片，心头一震，晓得这名字便是郑三小姐。

名片上写：郑松忱。

那年郑渡交与她修改缝制西装，她寻标记找到原裁缝，送去修改。送回时，上衣内口袋中，夹了一张票据，是缝制西装的师傅留下的，极薄的白纸半透光，写着郑氏松忱。她疑惑，遣人问此乃何意？对方答曰，郑家小公子的表字。

何未把名片颠来倒去看了几遍，好似郑渡生还，回到北平了一样。

"这地址是恭王府？"她看上头手写的胡同地址，问等在一旁的胡盛秋。

"对，如今归辅仁大学了。"

"换成门牌号，倒不认识了。"她道。

北平四大名校之一。

这个王府里的小王爷为筹集复辟经费，把部分地权抵押给了西什库教堂。去年，罗马教会又用一百零八根金条从教堂买了地权，如今，那个王府已归属辅仁大学。说到这位小王爷，日本人就是先接他去了关外，假意扶持称王，勾起逊位清朝皇帝戒心，不甘心失去机会的清逊帝立刻出关，甘愿成了日本人的傀儡。

这些人仿佛活在上一个世纪，而土地上的战火和侵略，和他们没任何联系。

"郑老将军在东北声望高，日本人想借他们家拉拢军民，"胡盛秋道，"老将军拒不就范，以病危之身，搬去了天津。郑家在关外的全部家产，尽数被没收。"

想必郑骋昔就是送父医病，才得以有空闲到北平。

藏身辅仁大学的房产倒是个好法子。

辅仁大学尚未彻底收回王府地皮。

何未为避人耳目，步行往什刹海，绕到恭王府的戏楼那个门。过去此处常有堂会，车来人往，而今车道上没有一个人影子。

她对门房说，找姓郑的小姐，便被人带进去了。

烈日下，戏楼前的假山仍如往昔。何未怕晒，躲到假山和树荫叠加的黑影子里，想到和七姑姑的玩笑话，说到伍子胥，再说到喜好名将……

她眼底有笑，想，谢骛清不知算不算得上名将。

身后有脚步声，不像一个人的。

“当年何二小姐曾劝我将这王府买下来，”身后，有男人笑着道，“可惜了。若那时买下，如今转卖出去，赚的钱够买多少枪炮。”

她回头。

来人有三。谢骛清是其一。

衬衫西裤万年不变的装扮，如同当初的衬衫军裤。身旁，郑骋昔以素色旗袍加身，和穿着黑色长大褂的邓元初站在一处，怎么看，都仿佛是一对有情人。

“你说……”去接一位要客。

谢骛清笑了笑，算是作答了。

何未不同他计较，也没机会计较，郑骋昔几步上前，给了她一个用力的拥抱。女人的气息萦绕她脸庞，笑着道：“谢谢你，平安送妇女救助会的人离开战区。否则，落在日本人手里……”郑骋昔没往下说。

热河沦陷前，东北义勇军形势极其不妙，被几十万的日伪军包围堵截，被打散。

郑骋昔不愿再回忆，对她来说，过去的每一天都是折磨。

何未抱住郑骋昔：“三姐你能平安回来，也是福气。”

两个女人的拥抱，让邓元初面露笑容：“我从天津接她到北平，一路上她怕见你。见到了，反而抱得最紧。”

专程接？她瞧着邓元初。

邓元初那双比寻常姑娘还漂亮的眼睛藏在镜片后，眼里浮现出了终得所愿的笑容。对外人那种固有的、仿佛推人出去十万八千里的习惯性微笑都没了。

何未识破一切，小声道：“恭喜。”

郑骋昔怔了怔，抬手，将短发一侧理到耳后，含笑不语。

午后日晒厉害，几人走到漆红的长廊下，落座。

她坐在谢骛清身旁，迫不及待地问郑骋昔：“三姐来北平，为找我？”

除却她，三人皆静默。谢骛清亦是。

何未越发不安，轻声问：“要紧事？”

“这话还是我来——”邓元初接了话。

“我说吧，”郑骋昔轻声道，“与我们关外有关，同你无关。”

“怎会无关？”邓元初反驳。

郑骋昔轻抿唇，邓元初低头清了清喉咙，不再争辩。

郑骋昔先望了一眼谢骛清，这才看何未：“我父亲昔日有两个极其器重的人，于东北军都是叫得上名字的军事人才，更是一手提拔，委以重任。后来，一个跟着郑渡脱离军籍，加入了义勇军，先后……”她停了一停。

夏日的热浪，卷入回廊。

何未的裙摆，在自己脚背上轻撩动。她以目光，安抚郑骋昔难抑的悲伤。

“另一个，先是不抵抗，退出了东三省，后来在热河战败后，改名换姓加入了日伪军。如今身居高位……”郑骋昔再次停住，她似在组织话语。

“就是你姐姐的第二任丈夫。”谢骛清替郑骋昔说完了余下的话。

何未静住。

“不是在电报里反复确认过，由我来说吗？”郑骋昔轻声，埋怨谢骛清。

“未未是个明事理的人，”谢骛清道，“由谁说，都不重要。”

何未静默了片刻，轻声道：“郑渡来北平筹款，曾对他动过手。”

三人当时不在北平，并不知此事。

郑骋昔暗叹，眼有泪意。

何未忽然问：“你们想做什么？”

说完，她紧接着道：“平白约在此处，如此慎重讲述前尘过往，该是有了安排？”

“我们在北平做了天罗地网，”谢骛清说，“但事关你姐姐，还有你的亲生母亲。”

没人比他更清楚，何未对获得亲生母亲关爱的执念。

十八岁生辰前，一个想被母亲多看一眼，想得到生辰祝福的女孩子，落寞站在饭店门内，扶着黄铜把手，隔着玻璃望向母亲夜下的背影……他从未忘过。

“如何安排的？”她慢慢地问。

“他想趁你亲生父亲忌日那几天，在寺里办一个法会。他亲自来，接走你姐姐和孩子。”邓元初接话道。

同召应恪的婚姻里，没有孩子的存在。

何至臻再嫁后，有了三个孩子，其中一对是双胞胎。孩子年纪不大，全由何未的母亲亲自抚养，据说深得宠爱。当初何家大房一夜倾覆，郑渡卖召应恪一个面子，留了宅子。召应恪虽在历届政府身居高位，却只求仕途不问“钱程”，廉洁得很，离婚时存款皆给了何至臻，也没得两句好话。何家大房的人提到召应恪，多是说他假清高，苦了家里人。

何家大房于清末做钱庄出身，对钱财看得极重，而后何至臻再嫁，正是东北军在北平地位最高时，借夫家地位重整旗鼓。

在大房眼里，何至臻处处为家族着想，嫁的两次皆为家族带来福气。

何未则相反，自幼反叛，屡屡与革命党扯不清，更是害父亲下了监牢。

大房对她恨之入骨，多年未有往来。

但何至臻是个生意人，万事从利，为同何未合作，难得示了好。这次何至臻劝母亲遣了婢女来，叫她一同出城去寺里住两日。她应允了。

“那个法会，我会去。”何未轻声道。

不只去，她已借母亲的名义出钱，办得更大更风光了。

“到时，我看情形……避开。”

她见三人不语，又道：“我方才不说话，心疼的是几个孩子，小小年纪没了父亲。”还要被彻底打上汉奸之后的烙印。

大的那个，和继清差不多年岁。

何未抬头，瞧着回廊里的一串老旧的红灯笼。

属于前朝的印记。

夜里，她心神不属，早早上了八步床。

谢骛清光着脚，走上踏板，来到她身边，先放了左边的床帐，要去解右手的金钩子，被何未拉住手臂。“看这个呢。”她扬扬手里的账本。

谢骛清瞧着她，看穿她。

何未手的账本，被他拿走，摆在床头矮桌上。

湖色床帐内，谢骛清解了配枪，放到枕头外侧。

“今天坐着的那条长廊，还有印象吗？”她的手从他身后绕过来，搂在他腰上，“你第一次离京，赴堂会，和我道别……都在那里。”

想想，她又道：“那时你一个革命军人，和军阀们一起，在最主张复辟的小王爷的王府，一同听戏，比戏还精彩。”

仿佛无须谢骛清的回应，她又道：“我们是一母同胞的姐妹，为什么想的、做的，差别如此大？”

谢骛清拍拍她的手背，低声问：“难过了？”

何未脸挨到他后背，隔着衬衫，感受他的体温。

“当年我们北上的代表团目标一致，一心统一南北，救国救民，”谢骛清轻握住她的手背，轻声道，“后来各奔东西，换了不同的军装，走了不同的路。”

代表团里，有后来始终坚持救国的；有在济南为国捐躯的；也有对日本人一让再让，签下丧权辱国的停战协定的。

眼看着昔日好友变对阵之敌，亦有失落和心痛。

“你们打仗是什么样的？”她轻声问。

“我们？”他回忆，“永远都是以少胜多。”

何未笑了：“多说些，报纸上只有南京政府的消息。”

“将士们很艰苦，极度缺装备，”他们不像南京政府可以向各国借款，购买军备、请专家来打内战，“有时候几场大仗打下来，已经没弹药可用了。我们有个师长就撸起衣袖，用竹子刺刀做成一根根长矛，发给大家！”

何未情不自禁搂紧他的腰。

谢骛清笑了：“让我先躺下。”

“抱一会儿，”她撒娇地小声道，“没这么抱过。”

因谢骛清过于清瘦，她从背后抱着他，能感觉到他被皮肤包裹着的脊梁骨。一节节，突出，但笔直。

“你这根骨头真直。”她收回一只手，从上到下滑动，摸着。

他笑。

军人的脊梁，怎能不直？他们的身躯，可是守住民族故土的最后一道屏障。

第二十章 血祭英雄灵

何家在清末时，喜好香山。

这一回做法事的寺庙，仍在香山的碧云寺。此地远离四九城，藏在群山当中，方便隐匿行踪，逃出关外。

何至臻大手笔，包下十几辆马车，还原了清朝末年何家最鼎盛时，秋日赏枫叶的阵仗。昔日的姐姐妹妹们年纪大了，为掩盖岁月痕迹，胭脂涂抹的手法极重。满头珠翠，在染过的黑发间微微晃着，在马车的颠簸里，仿佛回光返照一般，竭尽所能端坐马车中，享受着路边寻常人的目光。

何未有意晚到，午后方至。

她下轿车，和扣青沿石阶攀山。碧云寺有两道山门，等进了寺院，何家跟来的车夫、小厮们和婢女们会聚在一处，好奇望向她们两个。

那些个宗亲男人，聚在百年松柏的树荫下，三两成堆，时不时冒出爽朗笑声。这里边没有女孩子的身影，哪怕如今权势最大的长房长女何至臻，也须在佛堂后的屋子里，与一众女眷休息，不便露面。

她自轿车下来，长发绾在脑后，前刘海蓬蓬松松罩在眉毛上，短袖的白布旗袍，脚下是白丝缎布鞋。作为二房仅剩的人，她坦然走到雕花排门前的白石阶前，对众人略颔首。各房长辈、男丁皆在，有尴尬的，有麻木的，也有好奇的，诸多视线落在她身上。

知了声声。

“何未啊，”三房的叔叔，开腔道，“这几年你们二房和我们走动太少了。无论如何，都姓何，同根同宗，不可生疏了。”

众人附和。

“血脉亲族，分不开的，”何未笑着道，“二叔临终前交代过，二房终究是何家的一支，各位叔叔伯伯有难处，尽管开口。何未能帮的，都会帮。”

华北局势不明，何未有召应恪的关系在南京，还有航道，这种富贵亲戚，谁都不想得罪。但碍于过去何未亲爹在，不便示好，而今何未亲自开口，自然不愿放过这个机会。

宗亲们的热情，仿佛开了闸的滔滔江水，把何未围在当中，从她帮助运送物资去关外，说到支持长城抗战，个个都称颂航运的大义与民族担当。

何未稍陪着说了三两句，笑道：“斋膳前，须先拜见母亲。稍后再叙。”

进了暗红的雕花排门，穿杏黄袍子的僧人引她去了偏殿。

里头，何至臻吩咐人摆了几个桌子，女眷们围坐在几处，陪何家老夫人吃茶。素斋无油的点心，粉红翠白的，堆在碟子里。

“过去啊，讲究一个赏花，”一个姑姑道，“崇效寺看牡丹，天宁寺赏芍药，法源寺闻丁香，还有……一个是什么来着？”

另一个表姑姑看到何未，满面堆笑道：“未未来了，这要问未未，她见多识广。”

满屋子女眷这才见到她。

“还有海棠，”何未道，“花之寺的海棠。”

“是了，就是花之寺。”

她走到生母面前：“母亲。”

老夫人自从丈夫离世，仿佛被抽走了全部的精气神，她混浊的双眼凝视着何未，没答。未几，苍老的手持起一杆烟枪，往一旁递过去。何至臻划亮了火柴，点了烟灯，给母亲烧烟泡：“母亲的风湿病太重，没得治了。”她对何未解释抽大烟的缘由。

“坐吧。”何至臻摆出了长房长女的气派。

有人为何未搬了凳子，她和何至臻一左一右，在母亲身边坐了。

姑姑们自赏花说到茶楼，再到今夜斋膳。

何至臻时不时望烟灯，心神难定。

何未接了一旁婢女递的茶，把杯盖子掀开，凝结的透明水珠儿落到她的裙上。

“少爷和小姐们起了吗？”何至臻问身边的婢女。

“刚醒。”

何至臻轻“嗯”了声。

“你父亲……”何未母亲握着黑黝黝的烟枪，烟嘴儿泛着的黄，烟垢可擦净，但使用的痕迹抹不去，“走时，你没露面，更没给他守灵，不孝啊。”

何未没说话，和母亲对视着。

“今日办这个法会，能有如此阵势，你也算出了力气了。稍后在你父亲的牌位前跪上一晚，尽个孝吧，”母亲轻叹，“稍后我和宗亲们商议，把汝先的牌位放回去。不计较了，不同你们计较了……”

“母亲是大度的，还将你看成亲生女儿，”何至臻道，“虽你从未尽孝。”

余下女眷未出声，这不是她们该掺和的家务事。

自得知何未要来昭寺，且承担大半车马租用的费用，各房私下交代过女眷，见到何未须客客气气的，切不可得罪这位富贵人。

何未似猜到母亲的为难，笑了笑，放下茶盏：“我早随先父过继到了香港何家，如此草率在此跪着守灵，实在无法向那边的人交代。”

“说到底，你是父亲和母亲的亲生女儿，难道到今天了，还不肯尽孝吗？”何至臻不悦地看她。

“不孝的名声，从十几岁跟着我，习惯了，”何未仍然笑着，清水般的眸子里，有着对母亲的眷恋，无可否认，这是她的亲生母亲，“可自古忠孝，难两全。”

众人不懂，何未为何扯到“忠”这个字上。

母亲握着烟枪的手指，微微一颤。何至臻亦是愣住。

偏殿静得仿若无人。

氤氲的香炉，飘出檀香香气。香炉底座上，可见隐隐的锈绿斑斑，经年累月的痕迹，是岁月厚重的杰作，如这数百年的寺庙，如这三千多年的城池。

何未轻声道：“而此生，我也只能尽孝一人。为男儿，顶天立地；为父亲，慈善正直；为家国，鞠躬尽瘁；为民族，从无私心。”

她又道：“我父亲何知行走前，遗憾于当今局势，写了一幅字留给我，一句古人的话。至臻姐姐和我自幼一同背过，你七岁，我五岁那年，教书先生连着诵读了数次，你嫌先生啰唆，说你早记住了、背下了。不知姐姐可还记得？”

她看向面色阴晴难定的何至臻：“但悲不见九州同，家祭无忘告乃翁。”

何至臻心慌至极，只觉得亲自挑选的檀香过于浓郁，熏得她太阳穴突突直跳。

“未未啊……”母亲从恐惧里挣扎出声，“何必说这些。”

“方才提到尽孝，便想到了。”何未道。

她把茶盏重新端起，轻抿了一小口，惬意品着茶。

生意场上尔虞我诈多年历练出来的脾性和气度，并非偏殿内的女人凭着富贵女的名头能压得住的。大家见她喝茶，方觉空气流畅，纷纷端起茶杯，跟随一道喝。

何至臻虽重开钱庄，但多是做着暗里的勾当，由她第二任丈夫在背后指点帮衬，架子虚，没等何未喝第二口茶，便唤了婢女，轻声吩咐，给小少爷和小小姐们早用膳。

“姐姐从未去过何二府，”何未忽然道，“不如今晚带着孩子们，去住一晚，你我姐妹也好叙叙旧？”

何至臻怔了一怔，旋即笑道：“今晚我在寺里。”

她回：“孩子灵性大，住山里不妥，还是回城的好。”

凭着亲姐妹的血缘关系，何至臻从何未眼睛里窥探到了什么。

何至臻下意识想离开座椅，但怕行为突兀，只能克制住心底涌出的惧怕。

“姐夫上次匆匆见过一面，没打过招呼，”何未仿佛闲谈，忆往昔，“好像在山海关沦陷前，是不是？”

“是，”何至臻强撑着，轻声道，“你记性好。他如今出关……做生意去了，脱了军装，不再管战场上的事了。”

“虽对不起曾栽培他的郑老将军，但人各有志，不能强求，”何未瞧着何至臻的眼睛说，“总好过关外投敌的畜生。长城砖墙上的血，迟早有一日要用那些汉奸的血来祭的。”

女眷们附和连连，提起卖国贼，同仇敌忾。

有年少的女孩子见何未提到长城，主动说到，长城抗战时，自己去给将士们收尸，抬着伤员往北平城内送的往事。

还有女孩子壮起胆子，对何未说："何未姑姑，我们真心仰慕你的，运送物资出去。"

何未笑了笑。

"何家历代从商，享过寻常人未有过的富贵，到该出力的时候，就不能躲开，"她对那个女孩子笑着说，"你若有心，来航运公司做，我让人安排。"

那女孩子喜悦应了。

母亲的烟枪早灭了，没留意，她坐于两个女儿之间，竟一个字都说不出。无论对疼爱偏宠的大女儿，还是早早过继出去的小女儿……都没了掌控力。

偏殿门被推开，何至臻身边的婢女悄然入内，小声道："少爷和小姐用过斋膳了。"

何至臻心慌难抑，小声道："知道了。"

"我虽没姐姐孩子多，但有了斯年后，也有了做母亲的心思，"她望着何至臻道，"斯年常常问我，何时有人能出关抗日，日本人才能被赶回去。她虽小小年纪，对国格和人格倒是有了认识，姐姐的孩子们，如何看待抗日的？"

"他们……"何至臻目光闪躲，"年纪小，不如斯年懂事。"

何未轻叹，又道："斯年他们命好，生在北平的何家，虽家中无人有功勋，至少都在竭尽所能支持抗日。那些汉奸的孩子就可怜了，也许父亲是软骨头，可孩子生下来，如何能选自己的父母？一旦父辈叛国，日后的路如何走？我作为一个母亲，真心心疼这些无辜的孩子。"

先前对何未的言辞，何至臻还抱着侥幸心理，而今到这一句，如冰水浇头……她不觉回视，眼底的慌乱再难掩饰。

何未反而看偏殿外，夜幕将至。

"天要黑了，大人们留在山里无妨，"何未道，"孩子趁天亮送回城，对他们好。"

血色，从何至臻的脸上渐渐消失。

何未带着善意，轻声劝道："我是孩子们的亲人，姐姐交给我，只管放心。"

何至臻五内俱焚，如被火烧。皮肤滚烫，血色重回脸庞，色泽越来越重。她已难呼吸，像在做着挣扎……

“倘若姐姐不放心，也可一同回去，”何未又道，“毕竟，孩子们离不开亲生母亲。”

檀香香气浓郁。何未的双眼泛了红，为那几个孩子，为过去的自己。

她轻声、最后劝道：“若困了、累了，没娘亲在身旁，会怕。”

夕阳西下，殿内光线暧昧难明。

“要点灯吗？”有位姑姑问。

一语惊醒何至臻，她手里的火柴盒子早被捏扁了，凹陷下去。

“不必了，”何未替她答，“稍后，便要出去用斋膳了。”

坐不住的小辈儿人，轻声交谈，对全斋膳跃跃欲试。她们在偏殿坐了两个时辰，被磨没了耐性。何未的母亲像一尊泥塑雕像，如城内土庙的摆设，受尽烟火，却不言不语。

“再烧一泡吧。”母亲低声道。

何至臻诧异地看母亲，这无异于在阻挡她离开的时间。

“烧吧。”母亲重复道。

何至臻两手交握火柴盒。

何未拿起茶壶，让水流缓缓注满茶杯。

偏殿内，几个女孩子终熬不住枯燥，眼神勾连，相互壮胆起身，其中一个将将要开口时，两声枪响击碎了偏殿内的平静。

火柴盒掉在何至臻脚面上，她脸色陡变。

偏殿内乱作一团，女眷们受到惊吓，齐齐离开座椅，慌张望向门外，却又不敢动。两扇闭合的殿门，仿佛能隔开现实的恐惧，谁都不敢跑出去，更怕有影子冲进来。

除了腿脚不方便的老夫人，还有放下茶壶的何未，无人不慌。

何至臻情不自禁迈前两步。

"上山时，听闻要剿匪，"何未说，"关外悍匪，趁热河沦陷逃入关内的。"

何至臻扭头，惊恐地盯着何未。

"这消息来得早，我已请人将碧云寺护住了，倒不必慌张，"何未回视何至臻，"区区几个匪徒，成不了气候。"

何未今日来，未施粉黛，周身素白，无一首饰，与偏殿内的女眷们全然不同。

而此刻，她浴在偏殿窗格投入的夕阳余晖里，仿佛被落日红光绘上的一层胭脂，人面桃花，双眸清亮："姐姐与其惶惶而立，倒不如坐下来，更心安。"

"此刻贸然闯出去，万一被牵连了，平白连累了孩子。"她轻声又道。

何至臻手脚发麻，料想到何未的话中话。

她膝盖僵直，似无法弯曲，无法前行，亦不甘回到原位。

偏殿门被推开，一个小厮跑入，说外头吩咐，女眷们先留偏殿，勿要四处走动。满殿站着的人先后坐回原位。再没了方才闲谈的愉悦，一片死寂。

"点灯吧。"何未吩咐。

婢女们也怕，忙跑向烛台，点亮一排蜡烛。

隔着跳跃的烛火，能见到偏殿墙壁上悬挂的佛像画卷。光影晃动，佛像的面容仿佛也有了变化，有俯瞰众人的威严。

殿外再无枪响。

何至臻几次想给母亲烧烟泡，手抖得不像话。在烛光的影子里，何未静坐品茶，一盏茶饮罢，偏殿的门再次被推开，一个小厮径自小步跑到何未跟前，恭敬道："三爷请小姐去呢。"

何未颔首，随小厮离开座椅。

"何未。"何至臻脱口叫她。

何未驻足。

何至臻盯着她的背影，许久不语。满殿的人，容不得她说大逆不道的事实。

但她对这个亲妹妹，有许多的不甘压在心底多年。年幼时她同何未几乎同时认识召应恪，偏名满京师的召家大公子对亲妹妹情有独钟，本以为注定是妹夫的人，机缘巧合成了自己的夫婿，其中不乏她的机关算计……夫妻多年，终不如青梅竹马……

何至臻从何未的背影，看到地面上她的影子，再看到众人交错的、杂乱无章的影子。

她虽不如何未谋算在心，但至少能猜得到，孩子的父亲已经凶多吉少。在如此局势下，她咬碎了牙，都只能承认，孩子父亲脱了军装，出关做生意去了……

何未借月色和烛光，离开偏殿。

她从暗红的雕花排门出来，何家各房的男人们聚拢在一处，因多是平日里病恹恹地躺着抽大烟，立在那儿就显得虚弱乏力，不论胖的瘦的、长脸短脸，都仿佛是同一张面孔。

何未突然记起小时候，初次见二叔，便是立在如此的雕花排门后。留过学的二叔跟着家中长辈们，“聆听”教诲。而她，躲在暗红排门后头，盯着这个与家族格格不入的二少爷，听着别人说他惊世骇俗的事迹。

二叔走后，照他的意愿，没入何家祠堂。

在何家航运办事处的后院儿，有个小屋子，摆着二叔和哥哥的牌位，两人相依相伴，算是何家二房的一个小小祠堂了。

白石阶前，三叔和四叔过来，对视了一眼。

三叔轻声开口：“外头聚着不少人，说是何二小姐的人。”

“是，”何未颔首，“我的人。”

“那便好，那便好。”

两个叔叔心中惴惴，不敢深问。

“下山路途远，既安排了斋宴，就在山上吃，”她见两位叔叔不言语，嘱咐道，“大人无妨，别饿到孩子。”

她无意同何家人多打交道，草草三两句，离开寺院。

“小姐还是心软。”扣青轻声道。

杏黄色的寺院围墙，在月色树荫下，书写着佛门偈语。何未带扣青沿石阶下行，到第一道山门，慢慢停步。

谢骛清负手而立，在山门外，像等了她许久。

昨夜她问，能否给她一个机会，劝说姐姐放弃逃走，或至少保下孩子。

“我从恭王府离开那夜，对你说过，没法儿放下枪的缘由。”谢骛清提醒她。

他曾说，他这些年在外最怕看到孩子，怕看孩子拿枪，怕看到小孩子围在一起翻死去伤兵的破衣服，找能拿回家的东西……

“对不知姓名的孩子，你我都有照顾的心思，更何况，那些是和你有血缘关系的人，”谢骛清在湖蓝色的床帐内，靠在床头，对她说，“你我是做了父母的人，这种心情相通。”

……

她跨下数级台阶，跑到谢骛清面前：“万事顺利？”

谢骛清微颔首：“传首关外，血祭同袍。”

他话语中的威严，藏不住、压不下。何未拉住他的一只手，没等再问，谢骛清反手包裹着她的手，握了又握。

何未在他心里，始终有十七岁的影子，强撑自尊面对何家一众人等。谢骛清怕她受委屈，虽然眼前的女人已远胜从前。

“刚才在寺院里……”她轻声道，“想到二叔。”

言罢，她又道：“还想到我哥哥。”

谢骛清凝视她，静默了会儿，说：“先下山。”

夜里，警卫员把谢骛清带来的行李箱送到西次间。

多年来，这一个棕皮箱子陪他南下北上，从未更换过。箱子四角和边缘的硬皮磨得见了木板底子。

何未怕斯年看谢骛清收拾行李难过，早早叫扣青带女儿去睡，她陪在一旁，安静看着谢骛清把衬衫、皮带和两条长裤摆进去。

“这次倒不远，”她轻声道，“只隔着一道长城。”

谢骛清扣上箱子，坐到她身边：“讲讲你哥哥。”

何未一愣。为何问这个，今日倒是奇怪了。

“你的家人，除了何知行先生，就只剩你哥哥了，”他道，“从未听你认真说过。”

何汝先。

晋老最得意的门生，葬身南洋的一个不知名外交官。如同战乱数十年来为国捐躯的甲乙丙丁，无名无册，无功勋无后代，更无人传颂……

“我哥，”何未在深夜烛光里，回忆那个影子，“是个没人知道的外交官。”

“他……可能不是我亲爹的儿子。我是说，他可能不是何知俨的亲生儿子，”她停住了，揭开一段尘封的过往，须直面失去亲人的伤痛，“何知俨早年娶了不少姨太太，后来，有人总传五房的那个来历不明，这种谣传无法证实，说得多了，大家都信了。”

何知俨既不愿承认姨太太和下人私通，生下见不得光的孩子，又无法容忍一个可能是野种的儿子养在家里，便过继给了二房何知行。

“何知俨怕我哥若非亲生，心不向着他，于是千挑万选，挑了我，”何未轻声道，“我是长房的人，正妻的女儿，在他们眼里，比一个可能不是亲生子的人值得信任。”

谢鹜清终是懂了，为何同是一个娘亲生的女儿，却有如此鲜明的远近亲疏之分。如何家长房的算计，何汝先一死，何家航运理所当然要到何未手里。

未料，却是这个早早安排下的棋子，成了最有反骨的人。

“还是说我哥，不说何家了，”何未笑了笑，“我哥到外交部没多久，就被派遣去了南洋。因为一次在大学堂的演讲。那天他在外交部的同僚被事情耽搁了，他被礼让到讲台上……”

她看着谢鹜清的眼睛说：“讲的就是反军阀。”

在北洋政府内任职，大肆宣传反军阀，也只有何汝先敢做了。书生意气，一时痛快，让一个青年才俊被外送去了南洋。

“我同他到南洋时，没办事处，船运公司的办事处被他分出一半办公，”她道，“他是法学博士，要没有那次演讲，该更有成就的。”

“他是一个十足的绅士，从没发过火，对谁都没有，”何未仿佛打开了回忆之门，什么都想说，以至于讲得乱，没有了章法，“就连我二叔，都曾和人黑过脸，但我哥没有。”

不同于她这个何家二小姐，何家大少爷是个深居简出，不喜人前露面的男人。

哥哥留洋归国后，不久便被派去南洋，很快离世。这样的一个男人在寻常人口中被提及，大多唏嘘两句，便没了下文。

但何未最清楚，她哥哥是个怎样的才子，心怀如何的远大抱负。

……

“他像你一样，自己写过书，有关外交的，”何未遗憾道，“没来得及从南洋带回来。”

“不过他不像你，名声在外，”她轻声又道，“一个不知名外交官写的书，没人想看的。”

西次间没开点灯，烧了一盏白釉煤油灯。

何家虽做电厂，但她仍喜好独处时，燃煤油灯照亮，这是幼时的习惯。

火苗子浮在灯芯上，黄里包裹着一丝绿意。

绿，总让她想到南洋的日夜，仿佛有海风拂面，潮湿，而又闷热。

哥哥遇难的岛屿过去是西班牙的领地，临海近河，那里有个水牢，海水涨潮时，帕西格河跟着涨水，流入水牢，监狱里的人就要站在水里。

她后来和南洋贵客们闲聊当年华侨被困一事，他们说到那里曾死过外交官。她屏气凝神听着，有关哥哥死前的事，和他最后到过的地方。召应恪从未描述过的往事，在航运公司贵客们高低起伏的叹气声里被涂抹上真实的色泽。

“我哥，被逮捕前收到消息，中午电话到召应恪住的公寓，随后就送我们去了海边的小码头，”何未轻声道，“他说下一艘船来找我，说，只比我慢一班船。”

她那时年纪小，不知生离即是死别。

烈日灼灼，白色沙滩尽头的码头上，码头木板被海浪冲刷得湿漉漉的。一场暴雨刚过，夹着海域雨水的腥甜，她蹲在木板上翻找布包里的一沓纸，脑后被哥哥的手覆住：“找什么？”她没回头，焦躁地小声嘀咕化学课的笔记找不到了。

一个本子递过来。

背对着日光、戴着金色边框眼镜的何汝先，笑着说：“昨天夜里帮你补了几笔。”

……

戏词里的生死离别全在深夜，谁能料到艳阳下的小码头，就是他们兄妹最后一面。

哥哥的灵堂上，二叔让摆上他从读书到毕业的相片，吊唁宾客多是何家航运的主顾和何二家的世交，后来，来了几个读书人。他们走前，其中一个从外衣内口袋掏出一个对折的白信封，交给送宾客出门的何未。信封展开，大红边框内写着何汝先先生。

隔着纸，她摸到像一张相片。抽出来，是大学堂的小礼堂。

何汝先的西装外衣被搭在讲台后的椅子背上，他仿似讲到关键处，皮鞋已踩到讲台的边沿……那是这位何家大少爷难得心甘情愿去抛头露面，在人前讲述家国前程，他的金色眼镜框在相片里没有颜色，却像折射出了光。

当天夜里，她把相片放入相框，拿到二叔眼前。二叔两手握着相框，白日里忍下的泪涌到眼前，低低地叹了口气，道："这是汝先最肆意的一次了。"

……

"他……因为那边暴动，不能走，他是外交官，要保护华人和华侨。"

何未沉默下来，像被涨潮的水淹没了，有着强烈的窒息感。

"你哥哥，"谢骛清的声音，低声告诉她，"给我发过电报。"

煤油灯像被一只手打翻了，火苗恍惚着燎到她脸上，她定了一定心，抬眼看谢骛清。想问何时，何地，在何种情境下。

接连的追问，像已说出口，可屋子内静得没半点儿声响。

她失了语，凝望着他。

"暴动之后，"他说，"我在南方，收到一封电报，从南洋来的求救电报。"

谢骛清怕此去长城以北，再无归期，不愿将这段尘封往事再压着。知晓此事的、曾同他去救助过南洋华侨的部下早都不在了，若他不说，再无人知。

"电报给谢山海，"谢骛清借着火光，回视她，"你哥哥的第一封电报很简短，以何家航运来求助，我以谢山海的名字同何家有过合作，自然信任他。只是南洋那个地方没有几个人真正去过，我只有亲自去一趟，才能放心。"

当时谢骛清刚回云贵，隐匿行踪、躲避暗杀，手中军队皆被环绕云贵的林东监视，想要乔装离开，绕路出海已是极难。

而何汝先的电报，给他出了一个大难题。那封电报上有两个地址，分在两个岛屿上。

谢骛清曾在南洋养伤一年，熟知地貌，回电告知这位何姓外交官，南方深陷军阀混战，出海救人极难。这两个地址上的华侨须想办法迁移到一处，才有机会全被救出。

当夜，何汝先回电，删去了一个地址。

“我和他通了两封电报后，再无联系，直到抵达南洋，见到藏身多日的华侨，才知道你哥哥在第二封电报上，保留了华侨的藏身地，删去了他的办公地址。”

“我让亲信护送藏身的华人、华侨们上了船，带着两个人去找你哥哥。到时，房子已经空了。问当地人打听，说这里的人在暴动里被绑走，关进水牢后没拿到赎金……被处死了。”

她和谢骛清对视。

那个办公地址正是她和哥哥住的地方。

二叔当时要船，就是因为绑走他们的人，想要华侨们的钱，要不到就要杀人。二叔带着兑换出来的白银，连夜装箱去赎人、去救人，却终究没赶上。

带回来的只有一副眼镜。

何未恍惚听完，脸上满是泪水。

“他们总说……”她哽咽着，轻声道，“说我哥倒霉，命不好，运气不好。绝顶的才华，却被派去最不受重视的南洋。后来碰上暴动，又没本事跑掉。就算二叔有钱，都来不及救……”

眼泪顺着她的脸颊，落到手腕上、手背上。

“不是命不好。”她摇头。

并非命运，而是何汝先自己的选择。

扣青端着茶点，一进来看何未满脸泪水，误以为何未和谢骛清临别在即，伤感道别，识相地悄然退了出去。

谢骛清伸手，替她拭去眼泪。

何未低着头，靠到了他的肩上，任由眼泪把他的衬衫冲湿。谢骛清只觉得肩膀处，有温柔，亦有布料被浸湿后，带来的凉意。

谢骛清这一生面对过太多次的“无能为力”。

亲人、挚友，还有诸如何汝先这种仅有两封电报交流的人，在他的前半生里，数不胜数。他没见过华夏昌盛的过去，从出生便是民族受难，外敌、内乱，无休无止……在谢老将军的口中，内忧外患四字被念了一生，到他这一代，仍是一个困局。

谢骛清从西裤的口袋里摸到香烟盒，抽出来一根，打开白釉灯罩，就着火点燃了。他的眼里，全是何未。

烟点着了，因何未倚靠在他肩头，谢骛清没有吸烟的动作，怕惊扰她。

“清哥。”

为什么不早一些讲。她想问。

“这是你的痛处，”谢骛清径自答，“不知如何开口。”

如非必要，他绝不想再提。

“我没救出你哥哥，心中一直有愧。”他低声又道。

何未轻摇摇头，闭着眼道：“不怪你。没人怪你。”

谢骛清见她哭累了，灭了没吸上一口的香烟，横抱起她，进了卧房。八步床上，何未往里头躺，谢骛清没脱衣裤，侧躺到她背后，轻搂住她的腰。

光在两人身后，何未睡在他的影子里：“说说话吧，你快走了。”

何未等了许久，没动静。

许久后，头顶上传来他的低语：“去百花深处前，我犹豫过，该不该见你一面。原想等老白先到了，再进去，当着你们两个把南洋的事讲一遍。进了屋子，却只看到你一个人站在相片墙前……回头，对着我笑。”

他搂紧怀里的人，轻声道：“何家二小姐，何汝先的妹妹，长的是这样的。”

当时的谢骛清如此想。

谢骛清走时，她有感觉，身后的体温和热意消失了。

她翻过身，摸过去，手搭到谢骛清的腿上：“天黑了吗？”

“黑了。”他低声答。

她默了会儿，轻声道：“离我近些。”

谢骛清坐在床畔，俯下来，离她近了。何未瞧着他的眼睛，小声说：“每次你走，我们总讲大道理，要不然，就是你几句玩笑带过去了。”

谢骛清没回答，等她继续说。

何未一只手臂搂在他脖后，亲到他的上唇。谢骛清意外，很快，和她亲吻，两人无声无息地吻了好一会儿，何未仍不肯放开他。

很快，泪意涌上来，她怕流出来被谢骛清觉察，想放手。

腰的一侧被谢骛清的手扣住。他没放。

两人呼吸交融。

“二小姐刚才的话，还没说完。”他低声说。

“舍不得你走，”她想放任自己一次，说些和家国大义无关的话，仅有儿女情长的真心话，“从恭王府开始，到今晚，想到你要走，我就害怕。怕再见不到。”

谢骛清在黑暗里，像是笑了。

他以笑，盖住了即将离开的感伤。他低头，额头抵在她脸庞的枕头上，放任自己沉溺在依依不舍的、属于家的温情里。

床头的自鸣钟，有节奏地提醒着他们，时间在流逝。

“再留十分钟，”他克制着情绪，低声说，“等你睡着。”

他身上的中药气味，和他压抑的呼吸声，始终在她周围。

何未见不到钟表指针，像过了数个十分钟，又像只有短短的一霎。谢骛清余光里，看到指针跳过十分钟。他没动，抱着何未，等了又一个十分钟才松开怀里的人。

何未收敛着呼吸、鼻息，佯作熟睡，听着他的脚步声，渐渐离去。

第二十一章

祈愿九州同

1933年6月，抗日同盟军开始反攻。

短短数日，接连收复康保、宝昌、沽源数镇。消息传入关内，北平的街头巷尾充斥着隐秘而又热烈的情绪。

大小茶馆、茶楼，时不时有支持抗日同盟军的学生抱着一沓印刷出来的宣传单，塞到每一桌，丢下一句“宝昌回来了！”抑或“沽源打赢了！”……对全国的人来说，这些地名生疏，此生从未了解过的地方，却在这一个月牵动着所有人的心魂。

在家中，斯年亦是如此，时刻牵挂战事。

白日黑夜里，一有休息空隙，就在对妈妈说抗日同盟军，说热河。小女孩儿熟练画出热河地图，标出被抗日同盟军夺回来的土地，猜想爸爸在何处。

吃饭说，走路说，做功课说，到去医院看牙科大夫，还在说。等到牙医塞了棉花球进嘴巴里，才算安静了一小会儿。

大夫暗示何未配合，引开小孩子的注意力，方便拔牙。

“今日学堂里，老师有讲抗日同盟军吗？”何未笑着问。

“有的，”咬着白棉花的斯年口齿不清地回答，“上次我们老师讲完，被蓝衣社警告了。这次他们在课堂外巡逻，我们老师一个字不说，在黑板上写。写东三省的抗日联军，察哈尔抗日同盟军，给我们画东三省和热河的地图，画山海关——”

牙医瞅准时机，拔走旧牙。

斯年吃了一惊，雪白的新棉花球被一个镊子塞到了缺口处。

牙医把那颗迟迟不肯掉落的乳牙丢去白盘子里，轻声提醒：“我们这里也有蓝衣社的人，讲话要小心。”

斯年含住白棉花，乖巧地点点头。

关外在抗日，关内在内战，北平城内特务无数，白色恐怖无处不在。面对如此荒诞诡异的局势，有良知的人不约而同学会了保持安静。以安静，来保护抗日的力量。

从协和医院回到家里，斯年受拔牙影响，话少了许多。

睡前，小孩子像还在后怕，缠着要和她一同睡。何未应允后，先在书房忙了一阵，等盥洗后来到卧房，看到斯年从床上溜下来，笑眯眯地望着她说："我去厢房了。"

斯年穿了拖鞋，欢快地跑出卧房。

何未总觉有什么不对的，没细想，任由小孩子去了。

八步床的床头，堆积着省港线路的旅客资料，须今夜看完。她把资料往里推，上了床。

从年初开始，越来越多身处南洋的华侨归国救国，其中不乏直奔红区的。邓元初曾给她看过名单，她记在心里，再亲自核对，看形势来安排船期。

何未拿起最上头的一本，翻开，意外地看到里边夹着一张薄可见光的清样纸。

纸被人有意塞在这里，像在等着、盼着她发现。一看便知，这是斯年的小把戏。

何未看纸上的字：

父亲说，连战连捷时，再拿给你看。枕头下。

谢骛清?

何未心头一跳，急急往枕头下摸。手指触到了柔软的皮子，像羊皮。

她掀开枕头，那里安静地躺着一个本子，看大小，像极了昔日她托人送去的日记本。

何未拿起本子，翻来覆去地看，有着拆礼物前的喜悦和猜测。应该就是那个本子，只不过送去时包着牛皮，想必跟随他南征北战太久，原先的封皮早磨坏了，才特意贴了一层新的羊皮。倒是有心。

在壁灯光下，她翻开封皮。

起始页，仅有一句话:

百花深处误卿终身，何二小姐见谅。家书一册，且以赔罪。谢山海。

何未怔了怔，联想到初见那夜，那张字条，不禁笑了。

他还记得。

翻过这页，是一段段日记。

她看到“林东”二字，猜到是抵达南方后的不久，1925 年：

四月十六日，林东一战前夜。山麓湿气重，正值雨季，恐明日渡江前有大雨，若涨水，影响渡江时间。清明刚过，这一战若能胜，也算能告慰往昔葬身山林的将士。

谢骛清为省纸，隔开两行，便是下一篇。

陈姓军阀从香港殖民政府得了不少援助，枪万支，子弹百万发，更有诸多现款。敌我军备悬殊，又是一场恶战。

十月十四日，接连四日鏖战。第四团团长阵亡，营长以下全部干部阵亡，除勤杂炊事兵，战斗兵仅余数人。

……

他像把日记本当成了行军随笔，从桂林到贵州，再到广东东征。落笔皆为战事，毫无个人生活的痕迹。何未看着看着，想到谢骛清的前半生确实如此，生活枯燥单一，只有初入京的那段日子活得像个纵情声色的浪荡公子。

想必当时的他，装得十分辛苦。

……

至 1926 年。

起首便是喜讯：“新春，广东全境统一。家人团聚。”

墨迹浓，像为写此句，开了一瓶新墨水。

何未品着这句。

东征结束，北伐在即，家人团聚的话……该是在小公寓里。

何未回忆广州城的谢家公寓，小客厅连着书房，仅有一面之缘的谢家大小姐，穿着素色旗袍、平底鞋，取下眼镜；只闻其名、未见过面的三小姐倚靠在沙发里，像郑骋昔的姿态，娇俏地笑着，揶揄弟弟……二小姐未必在，东征大胜时，正是二小姐生意版图扩张的时期。

而她们面前，必然有一面墙，挂满合照。谢家看重家人，凡她见过的公寓房间，皆有大小合照，广州公寓如是，百花深处如是，天津小公寓亦如是。

家人们常年分离，思念藏在相片墙上，彼此挂念。

“香还烧吗？”扣青在八步床外，问她。

她“嗯”了声。

龙涎香被点燃，插到香炉里。

东征全胜，是谢骛清在北伐前最畅快的日子。她久久停在那张纸上，隐隐能见下一页的字迹。她把枕头垫在腰后，试图缓解将要追溯北伐的情绪……

纸被翻过去，时间滑入七月。

“七月九日，北伐誓师。多年夙愿，一夕成真。甚幸。”

何未敛息，凝视着这句话，喉咙哽着，火烧一般。

刀光耀日，挥军北上。何等快意。

不只谢骛清，这是多少人的夙愿。那些奔走在国共合作的路途上，促成合作，促成黄埔军校建立，促成东征……直至北伐的人们，都在祈盼这一日。

长沙、平江、岳阳、汉阳、汉口、武昌……

“三月二十四日，金陵。”

1927 年的全部文字，断在此处。

她想，谢骛清有意在北伐军入金陵后，停下了日记的书写，转而发了那封电报。

金陵四月槐香盛，盼一会。

彼时，两人分别两载，隔着万水千山。

他留了心里的话，隐匿行踪，约她到金陵相见。战场的残酷，他已写了两年，笔停在这里，至金陵大捷，恰到好处。

自鸣钟突然敲响，已是午夜两点。

平日里，她习惯入睡前，拔掉撞钟的机关，免得被报时吵醒。今夜忘了。

外边下雨了。

雨打在玻璃上，水痕分明。她像能感觉到，雨冲刷过玻璃的凉意。

至金陵，日记本已用了三分之二。

她低估了谢鹜清在南方战事的频繁程度，倒是谢鹜清一开始就预估到了，才用了隔开两行的方式，尽量把全部的生活汇聚在这唯一的日记本上。

下一页是什么，自何时起？

她两指夹着那轻薄的白纸，掀过来。

这一页的字迹，能明显看出墨水不足。

昨日旧友离去，只字未留。今夜行刑三人，其一对狱友笑言，少陪诸位。这是个读书人，临行前，将衣物连同眼镜都分赠给了狱友，穿着一条短裤，去了刑场。其气节，令人钦佩，若有一日九泉下再见，当引为知己。

下一行，他像要写她的名字，有短短的一横，但能看出来，很快便收住了。

他不愿牵连她，慎而又慎。

谢鹜清隐去称呼，仿佛在对着一个不知姓名的爱人，留下最后的一段话。

我不知身在何处，不知今夕何夕，亦不知前路如何，是生是死。只盼昔日学生能将此物送至北方。鹜清心中，北伐中断，死难瞑目，而未与吾妹偕老，亦是此生至憾。

墨越来越少，有的字上，已断了笔画。

壁灯在她的斜后方，像把那几行字打上了牢狱的光影。

一个从南方一路北上，历经枪炮烽火，为了河山统一而浴血奋战的将军，却在连战连捷后，被身边人剥去军装，套上监狱牢服，关到了一个不知何处的牢房里。

她不敢想象，如谢骛清这样高傲的人，是如何对狱警低头，借昔日教书育人的人情，才能拿回这个，像在完成遗书一般，完成了他对北伐一程的讲述。

其中不甘，又岂止“死难瞑目”可以描述的。

何未无法再顺畅地呼吸，胸口闷得发疼。

她合拢日记本，两手搂着，压在胸前。这里有谢骛清那两年的全部战功。

当时的他一心家国，只在广东统一时，提到家人团聚，在被捕入狱后，留下最后一句话给自己的妻子……如此一个人，却遭受了那样的重创。

而在重创后，他的血仍是赤红的、炽热的、滚烫的。

自从同盟军成立，南京政府就想办法截断了察哈尔的运送通道，封锁了弹药、粮草和医药用品的供给，更禁止任何团体接济这支队伍。

察哈尔省内的他们，像一个被孤立的小岛。

谢骛清他们虽是连战连捷，却多日没有得到补给。连攻下三县后，抗日同盟军冒着连日阴雨，忍饥挨饿，赶赴到滦河河畔，等待攻打商业重镇——多伦。

谢骛清和南京政府作战多年，已习惯这类“被封锁”的清苦日子，吃着炊事兵给的一个馕饼，在滦河边，等着前来会合的林骁。

约莫等到月亮出来了，林骁饿着肚子到河岸边，没等说上一个字，被谢骛清塞到手里半个馕饼，示意他吃。

林骁七八个小时没吃东西，没客气，狼吞虎咽吃着。

“这条河直入渤海，全长八百多公里，”谢骛清指着滦河，告诉林骁，“算这里最有名的一条河。”

林骁颔首，拍去手上的饼渣，听他讲。

他刚从东北义勇军那里过来，没顾上了解同盟军这边的情况。

“接下来要打的多伦，就在这条河的干流上，地势十分险要，”谢骛清望着月下水流，“那里是察哈尔和热河之间的交通要道。从古至今，都是兵家的必争之地。

日本人把多伦当攻取两省的战略重镇，驻兵和武器弹药都很充足，还有空军支援。我们这里，什么重型武器都没有，连一门大炮也没有。”

谢骛清言下之意：这是一场硬仗。

当然再难，多伦都必须拿下。

林骁“嗯”了声，表示知道了。

谢骛清瞧着他饱经风霜的脸，笑着，捏了下他的脸颊：“你这样，等打完仗回去，真找不到老婆了。”

林骁羞涩笑笑，没吭声。

“我再看看，有没有多的馕饼给你，”谢骛清说，“看着你像没吃饱啊。”

远处有蒙古族的人分食干粮，听到谢骛清回头问人要吃的，其中一个民兵队的队长就带着满面淳朴笑意，把最大的一块馕饼拿来，塞给林骁。

这次的同盟军，都是各地来支援投军的，有热河沦陷后留下来的军人，还有蒙古族的民兵、当地民众。谢骛清是大军之中的一支，大家不是正规军，没有统一军服，穿什么的都有，队伍碰上队伍，时常语言不通，比画着笑一笑，就成了兄弟。

谢骛清早习惯和他们互相接济了，林骁性子腼腆，愣了半晌，看对方那边有数百号人，怕人家口粮不够，不好意思收。

对方一看林骁还馕饼的动作，立刻冷了脸，生气地挥了一下手。

“拿着，都是自己人。”谢骛清笑着说。

林骁不得已收了，把从哈尔滨带来的白酒瓶子塞给对方，原想道个谢，无奈语言不通，只好给了对方一个用力的拥抱。

对方倒是懂林骁的心思，重重拍他的后背一下，笑着松开，径自走了。

谢骛清等人走了，问林骁：“滴酒不沾的人，学会喝了？”

林骁低头，接着吃馕饼：“关外冷，雪季不喝两口，扛不住。”

谢骛清笑了笑，走到滦河浅滩的水旁。

他半蹲下身子，捡起一粒石子，像个少年，猫腰将石子斜抛到河面，几个水波纹散开，涟漪难消。

“我和老赵，在这条滦河认识的。”他轻声说。

赵予诚，一个留在军阀混战时期的人。

“他也是热河人。”谢骛清轻声又道。

月下的滦河，宽而宁静。

谢骛清在义兄的故土，只觉重担压身，抑或是河山压身。

他默了会儿又道：“过去打军阀，我们在漓江边打过，湘江边打过，北伐到过长江，没一场仗好打，但都打赢了。如今在滦河输了，就说不过去了。你说是不是？”

林骁不善言辞，点头。

“睡一个小时，我们是先锋队。”谢骛清说。

七月七日，抗日同盟军进攻多伦。浴血奋战数个昼夜，僵持不下。

日军派飞机轰炸同盟军阵地，死伤无数。同盟军坚守不退，组织敢死队三次强攻，夺下城外阵地，逼日伪军退回城内。

七月十日，日军再派飞机轮番轰炸阵地，同盟军连一门大炮都没有，无法对抗飞机轰炸，伤亡惨烈。

……

面对敌我悬殊的兵力和武器，吉将军的指挥部决定，由一小部分人乔装百姓，混入城内，里应外合。很快，以数位将领为首组成的四十人短枪队，乔装改扮，准备分批入城。

谢骛清和那个懂得蒙古语的警卫员一起乔装成从宝昌、沽源败逃的伪军，成功混入多伦城内。两人一进入多伦，凭着警卫员的故乡语言，藏身在多伦县城内的老乡家里。

“换上这个，”老乡把家中的旧衣裳翻出来，给两人，“我送你们去庙里。”

在老乡的帮助下，两人伪装成平民，成功藏身马王庙。

混迹在多伦城内的同僚们，有的伪装成回民，藏身在清真寺，都在各自摸索着日伪军的情况，选择适合的地方堆积干草，等待时机。

七月十二日拂晓，城外同盟军发起总攻。将士们组成敢死队，拼力登城，和城内里应外合，一时间火光和枪声四起，夺下多个城门。

城外，东北义勇军骑兵乘胜追击，追击溃散四逃的日伪军……

至十二日中午，艳阳下，枪声渐渐停止了。

沦陷七十二天的多伦，经过五昼夜的浴血奋战，终被同盟军收复。

这一日，消息传出，全国沸腾。

这是九一八事变后，中国军队首次从沦陷区收复重镇，是全国抗日战争第一次大胜。

当夜在多伦，有从张家口运送来的十几卡车的面粉、蔬菜和猪肉。这都是因为战事，粮食同样短缺的张家口老百姓捐赠的。

同盟军的弹药和粮草历来都是自筹，完全没有后援，难得一次性获得如此多的食物，但分给几万人，也是杯水车薪。谢鹜清带着分来的猪肉，到老乡家表示感谢，被强留下来，十几个许久没沾过肉腥味的男人，围坐在老乡家的炕头上，吃着猪肉汤汁熬煮的面。

老乡和他们闲谈，一个个地问家乡，天南海北的都有，问到谢鹜清这个看上去是个带兵的人，问他吃得惯北方的面不？谢鹜清捧着面碗，答曰："我在保定读过几年书。"

"保定是我老家啊，"老乡笑呵呵地说，"那里有个军校，最有名的就是那个军校。可惜二几年就关了，好些有名的人，都是从那里出来的。"

谢鹜清点点头："对，是个好地方。"

"有机会再去啊！"

谢鹜清笑笑："有机会。"

他吃碗面，把留的一块肉，夹到了林骁的碗里，收了筷子。

一个警卫员进来，给了他一个阵亡名单，低声说："受伤的人，先送去北平和天津的医院，北平那边同意接收了。阵亡的这些，说要安排葬在张家口，那里有个烈士陵园。"

谢鹜清细看上面的名字。

这上面的人，五天前还在滦河旁，借着月色分食干粮，等着兵分三路攻打多伦。许多人前来支援，并非本地人……

“就葬此处吧，国土即故土。”谢鹜清说。

谢鹜清带队伍驻扎的地方，是攻城前藏身过的马王庙。

等着明日被送走的伤兵们，被安置在有屋檐的前殿。谢鹜清问林骁讨了一盏煤油灯，在殿后的门槛上坐着，把几张战图对折，搭在腿上，再从战图当中抽出一张未着一字的信纸。

同盟军被封锁在察哈尔，和外界通一次电报不容易，更不安全。

他从开战以来，没给过未未一个消息。

趁着这次伤兵去北平，他想写封像样的信。

煤油灯的火苗跳动着，让他想到离开北平前夜。

结婚多年，和她通信仍是个难题。让谢鹜清写一封起义电文，通电全国旧部，他不必深思，便有话语交代。而对未未……

他转着手里的笔，轻打了几个圈儿，最后笔尖落下。

多伦大捷，归期将近。

何未在协和医院探望过伤员后，拿到一封家书。

她小心收妥，带回船运公司的办事处，没来得及拆，门房间递来一张名片，竟是位老友——从南京归来的召应恪。

“快请召先生进来。”

何未将信放下，她有更要紧的事，须在看信前问个明白。

召应恪带着一个秘书进来。他让秘书拿着棕色行李箱，等在外间会客厅，而他则单独进了书房。何未把门关上，和他先后坐在离门远些的书桌旁。

“你可收到我的电报了？”何未轻声问，“南京政府对察哈尔的封锁要到何时？我这里有不少子弹和药品，还有食物想送过去，根本拿不到通行证。”

问完，她又担心地说：“他们之前打下三个县，已是粮弹紧张，如今再强攻下多伦，得不到补给和支援，没有办法再打下去了。”

“东三省那边，都没有封锁得这么严。他们是抗日同盟军，要打日本人的，不支持就算了，还要封锁粮食，不许社会团体接济，这是要逼死抗日的队伍吗？”

多伦收复的消息，几日内传遍国际社会，震惊世界。

无人能想象到一个临时组建的抗日同盟军，能在没有重型武器，一门大炮都没有的情况下，面对飞机轰炸，夺回了察哈尔第二大城市。

从北平归来的人，带了几份报纸。

字句沸腾，尽是国人对察哈尔战况的祈盼。

谢骛清将手中报纸对折。

马王庙的灰色屋檐被雨水浸成了墨色，因多日冲刷，檐上战火留下的灰尘早被冲洗干净。一滴滴的雨，从日光中滚落，掉在他的身前。

“同盟军被定性为叛军，”林骁说，“还有大批的政客、说客进了察哈尔。”

不言而喻，这是派来分化、瓦解同盟军的人。

“有几个过去的国军将领准备离开张家口总部，”林骁接着道，“目的不明。”

同盟军大部分来自热河失守后留下来的军队，有西北军不少的人。曾是有功勋、有地位的将领，一心抗日，却被定性为叛军，又断粮、断供给，灰心之下，便有了动摇的心思。

“还有一份密电，”林骁索性将一切说完，“南京那边下令，调晋绥军到山西北部，中央军和西北军也调过来了，随时做好了对我们开战的准备。”

谢骛清“嗯”了声，说：“日本人也调兵过来了。”

同盟军即将面对的是腹背受敌。

雨声潺潺，如滦河绵延不绝。

谢骛清缓慢地把报纸再次对折，复又对折，叠成了一个长条。他看着殿前的一个个水洼，沉思片刻，对林骁和两个警卫员说：“多伦县城，你们还没认真走过，去逛逛。”

他低声解释：“穿上军装，让老百姓看到踏实。”

言罢，他轻声又道：“今晚，我们也要去张家口了。”

面前亲信散了。

谢骛清凝视着那几个水洼子出神。

他们并非驻守多伦的部队，须回张家口大本营。而那里的局面将会是什么，连谢骛清都捉摸不透。又或者，他在多年起落中仍没被磨灭期待，对身边人抱有了一丝幻想。

行军途中，阴雨不休。

部队到张家口后，谢骛清意外收到一封急电。

电文简单，昔日各军军阀们立场摇摆，都在向张家口同盟军的总部施压，要求解散抗日同盟军。同盟军内几位有名的将领，或明或暗都投诚了南京政府。

谢骛清心绪难平，换下军装，着便装，在陌生的张家口街道上闲走，林骁和一个警卫员不远不近地跟着。

林骁熟知谢骛清的脾气秉性，虽无法见到急电内容，猜想和战况有关。另一个警卫员惴惴难安，担心的却是谢骛清的腿。

接连的几次大战事，安排紧凑，都是急行军，饿着肚子雨里跋涉。谢骛清过去的旧伤在骨头，说没影响是假的。

而他每次一开战又是身先士卒，战场上拔枪都是先冲锋的那个……

此刻走在两人面前的谢骛清，行得慢，且费力。

“伤兵都去天津、北平了，将军也该去看看医生，”年轻的警卫员忍不住，轻声对林骁说，“连长你不是说，将军在天津找医生重接了腿吗？再找原先那个医生看看。”

林骁没作声。

今时不同往日，当年能入天津诊病，多亏了郑家的帮衬。而今郑家不在，日本人在天津的势力随着东三省和热河沦陷，越发大了。同盟军里红区的人都有通缉令在身，行事须比寻常将领更谨慎，在如此形势下去天津，无异于自投罗网。

谢骛清突然停步。

林骁和警卫员一同止步。

他腿疼得厉害，不想被身后人看出，于是手拍了拍一旁的砖墙，状似感慨，实则休息，说："在保定读书时，有几个学生是张家口的人……"

原想给身后部下讲述，他们口中的故乡城镇是如何的，可话到嗓子口，停下了。斯人已去，何必再提。

谢骛清手指压在砖缝上，不知怎的，想到了百花深处的砖墙。

他的手指微微挪动，抹掉砖缝上的黑泥，摸着这堵墙。这条街上的屋子普通，都是寻常百姓人家。而砌这堵墙的人，在搭建家园时，祈盼的不过是阖家平安、顺遂。

抗日同盟军若撤军，热河将重新落到日本人手里，接下来，就是北平、张家口……

不论百花深处的狭窄胡同内，还是这个不知名的街道，随时都会有日军经过，挑着刺刀，一个个撞开门……

山川河流，土地财富，后代血脉，你守不住，便要被群狼撕食。

林骁久候，见谢骛清纹丝不动，渐心头发慌，想上前问询。

谢骛清摇摇头，让林骁不必靠近。

他在部下面前，从不展露人性软弱的那一面。这些年尤其注意。

但谢骛清亦是普通人、寻常人，有着最朴素的牵挂。他在南方的家，焚毁于烈火中，在北平的家，仍在。妻女平安，一子藏于香港，该会说话了……

他们这些抛家舍业迈过长城，北上抗日的人，都是普通人。

那几日敌机轰炸下，多少人留不下一具全尸。短短十几天，土地上同胞们的血迹尚在，率领人攻城收复失地的将领，却选择放弃，甚至倒戈。

"林骁，这些年，后悔过吗？"谢骛清问。

问完，他又道："怕过吗？被人背叛。"

"怕倒是没怕过，"林骁沉默了会儿，轻声说，"心寒有过。"

谢骛清轻颔首，笑了笑："心寒，就自己想办法焐热。"

林骁一愣，跟着笑了："哪次不是啊。"

谢骛清笑着，收回扶墙的手，掌心和指腹都是泥水，如同这些年的军靴靴底。

他仿佛没有过方才一瞬的失意，冷静道："刚才我走过的一条街上，有生面孔，走路不像普通人。”

他轻声又道：“特务无孔不入，留心些。”

没几日，又有将领投诚南京政府。

张家口总部这里人心惶惶。而电报里，日军已调重兵，欲和同盟军正面对战。

同盟军里各种武装力量汇聚，在腹背受敌下，眼看着一个个人离开，军心早已涣散。虽然红区的将领和士兵们态度坚决，誓死抗日，但毕竟所占的人数少，如有变数，危险太大。

他们需要增援，需要增兵，胜算才会更大。

谢骛清嘱林骁留在张家口，带一个警卫员，准备前往火车站，乔装回北平见几位故友，还有昔日老军阀的部下，想看能不能从中斡旋，筹集更多兵马和粮草。同他一道步行前往火车站的还有几位同僚，有去北平的，也有去天津和上海的，大家的目的相同，都想尽量说服那些手中有兵的将军、旧军阀们，能站在民族大义的这一边，派兵支援。

他到了车站外，欲和送他们来的老乡告别，遥见远处，一人骑马疾驰而来。谢骛清认出马上的人是林骁，心中有不祥预感。

林骁仓促勒了缰绳，翻身下马，白着一张脸，低声道：“邓文将军遇害。”

1933 年 7 月的最后一天，一位刚拼死收复失地的抗日将领，于张家口死于特务暗杀。

死一般的沉寂。

乔装成商人的谢骛清提着行李箱，微微对林骁点了下头，带那个年轻的警卫员，迈进车站大门。林骁在原地，仍压制着因焦急情绪而有的喘息，忧心谢骛清的北平行程。

马儿用头蹭了下林骁的手臂，惊醒了林骁。

他再凝神看，谢骛清已隐身在了旅客当中，再不见背影。

张家口在战火后，没有时间重建站台。

等候上车的人会聚在铁轨旁的泥土地上，火车稍作停靠，便蜂拥上了车。谢骛清被挤在人流里，到三等车厢找寻座位。

因日军和南京政府的重兵逼近，张家口成了内外交困的局面。

无论农民、劳工和商贾，有能力离开的都没有停留，许多没票的也都挤上了车。座椅和走道坐满了人，警卫员本想想办法找座位，被谢骛清拉住。

谢骛清远远见到一个消失数日的熟悉面孔，曾在张家口见过。

同一时间，窗边角落里的熟人露出了惊讶的神色，两个曾一同在飞机轰炸里为多伦拼过命的将领，隔着高低浮动的人脸，在弥散着汗酸臭、土腥气的空间里，对视着。

对方判断不出谢骛清是欲要投诚，还是抱着别的什么目的，上了这趟火车；谢骛清从对方眼里见到一丝心虚和闪避，明白这又是一个临阵撤离的人。

两个人不约而同，选择移开视线，忽视了对方的存在。

谢骛清将黑色帽檐压低，按下警卫员摸枪的手："他不知道我们的行程，站着就好。"

登车前的暗杀消息，让谢骛清愈加警惕。

他提前一站下了车，想找一辆牛车代步，转念间改了主意。如今到处都是从张家口明着暗着离开的人，避开人群才是最安全的。他沿铁轨的方向，带警卫员往北平的方向走，因腿部旧疾，无法速行，从上午走到黄昏，终是见到远远一个正阳门的轮廓。

仍是巍峨、不屈地立在夕阳下，如同这座古城。北平。

为能打通物资通道，何未接连数日宴请早已隐退的京城贵胄。宿醉之后，她头疼欲裂，喝了扣青熬煮的补气汤药，在八步床上处理半日船务公司的要事，昏沉沉又睡了。

暑热催人醒，她再睁眼，天已全黑。

扣青意外没来打扰，何未口齿干涩，手臂软绵地撑在床边沿，光脚下了床。因有八步床的雕花围栏遮挡，直到她离开围廊，见到西次间透过来的微弱灯光。

他回来了。

这念头无法阻挡，如暑热之气，扑面而来。

过往年岁，谢骛清往来平津，都以不期而遇的方式出现。唯独今夜，她竟没一丝怀疑，隔着一扇推拉门的是他。

她穿着夏日的轻绡衫裤，淡青色。

脚光着，往前两步，心跳得厉害，旋即扭头去了衣柜前，像怕被他偷听到似的，轻缓拉开木门，手胡乱拨动，欲挑一件合适的连身裙。

轻绡衫裤丢到太师椅上，丝缎裙摆从腰身上落下。她借月光看镜中人，想到方才睡醒，担心面上不干净，几步走到红木脸盆架子旁，撩了一把清水，扑到脸上，等擦干净，回到镜子前，打开胭脂盒，以白棉花蘸了少许，压到唇上。

略定了心，她趿拉着拖鞋，到门边，轻推开。

安坐于灯影里的谢骛清，独自一个人坐在那儿，披着乔装成商客的西装，一只手臂撑在椅子扶手上，像等了几个时辰，微合眸。

从战场下来的男人，没机会精细。白衬衫一看便是匆匆穿上，未熨烫过的。

他察觉卧房开门，睁了眼。

何未和他对视，笑着笑着，眼睛红了。他的眼睛里尽是红血丝，疲惫不堪，但露出的笑容却是温柔的。

“回家了，为何不进来？”她轻声问。

他道：“你睡觉不安稳，怕躺上去吵醒你。”

“宁可被你吵醒。”难得见面，相处的时间自然要多一秒是一秒。

他一笑，坐正身子。

何未留意到他的右腿似不舒服，挪动时稍稍慢了。她佯作未见，到他身旁：“平津两地报纸，都在讲同盟军的丰功伟绩，”她挨着他，到并排的太师椅上坐了，“你们战前动员时的诗，斯年全都会背。”

她言罢，又道：“各界在全力支持你们。我不知道你在察哈尔有没有听到何先生的一首诗，就是廖先生的遗孀，她写得、骂得都十分痛快。”

国共合作破裂时，廖先生被暗杀，其遗孀何先生辞去一切职务，多年致力于营救政治犯，呼吁抗日，奔走在筹款筹医药物资的第一线。她组织女人们一同抗战救国，支援战场，而骂昔日同僚的话，也足够直白——

枉自称男儿，自受倭奴气，不战送山河，万世同羞耻。

吾侪妇女们，愿往沙场死，将我巾帼裳，换你征衣去。

谢骛清轻颔首，答：“听到过。”

“还有天津的报纸，赞颂你们，自‘九一八’以来，只有丢失国土的战报，而你们在察哈尔的多伦一战，终于为我们争得了国格。”

谢骛清笑着看她。

多年相知，他读得出何未面上的急切，想告诉他，仍有千万人在身后，支持抗日的军队。

“今日回来，为枪支，还是医药品？或是食物？”何未仿佛有说不尽的话，“我们在想办法打通运输的路。”

“今夜不谈战事。”谢骛清道。

他握住她搭在太师椅扶手上的左手，像沉浸在心事中，缓慢地用指腹感受她的体温。

何未从未见过谢骛清如此。

于那册家书中，她于只言片语中窥到过他的失意、失望和望不到家国前途的怅惘。谢骛清的失落，总被压在列强欲瓜分华夏的忧虑下。

“那说……贵州。”谢骛清的故乡。

“贵州。”谢骛清轻声重复。

他已久别故土，乍一提到，眼前像有了驻地不远处的星点苗寨灯火。

“想听什么？”他问。

“什么都好，你是京城女婿，我是贵州媳妇，”她柔声道，“没机缘随你嫁入谢府，总是有遗憾的。”

“贵州……”谢骛清伤腿微微挪动，以便让血脉更畅通，“那里是第六个脱离清廷独立的地方。盛产竹木、桐油、烤烟、菜籽，后来，因为军阀养兵，开放了烟土生意。”

士兵每月军饷六七元钱，军官则须更多。庞大的地方军队，每年军费上百万，从何处来？土特产产业供不起，最不费力的就是鸦片种植贩卖。

谢骛清的眼睛蒙着一层浅光，来自案上灯火。

“家里招待客人，你们喜欢吃什么？或是逢年过节的宴席，”她截断他的回忆，笑着问，“或是……婚宴？”

谢骛清也笑了，看她。

“若是你娶我，在贵州谢府，”她问，“会有如何的宴席？”

“我父亲勤俭惯了，不像别家府上养一屋子家厨，”谢骛清道，“但若娶何二小姐，必会从故友家借家厨，红案、白案分工而作。”

他见何未听得认真，松开她的手，换了另一只手肘撑着椅子，神色轻松起来：“我们那里处在山区，沿海物产运送过来不方便，过去宴客都用水发海味做重头菜。鱼翅、鲍鱼、海参这些东西贵，在山里难吃到一次，借你我成婚，须让军中有功勋的军官都尝一尝。”

何未笑，像真筹备起来了，在已消失的谢府。

“他们许多人，一生没出过省，”谢骛清给她讲，“却愿意相信父亲和我，追随我们反省内的军阀，支持我们禁烟。”

谢骛清和她隔着两张太师椅当中的小案几，灯在当中。

他于灯火后，望着她：“自从十八岁掌兵，从未有一日怠慢，唯恐辜负的就是他们。”

谢骛清的大哥曾说，你不能因眼界有幸被打开，而去苛求那些为了几两碎银卖身从军，为赚口饭吃，追随军阀的人。他们当中的人，许多没机会见到一张中国全图，认出自己在哪一个大省，故乡故土，对他们来说，就是这一生能走过的版图了。

当时的二哥说，救国这一途，有幸看得远的人，须身先士卒，以血铺路。

两人久久对视。

何未拉住他的手，摸到上面的伤口，细小的伤，还有旧伤疤。她翻过他的手掌，看掌心里的一块新伤。听说多伦一战，以肉身对重机枪和飞机炮弹，最后，不少将领抽出大刀冲锋，其惨烈和英勇，她窥见一角，已不忍设想。

何未离开，从卧房里找出一把小剪刀，金色铜制，工艺复杂，把手是只展翅的金蝴蝶。谢骛清迟疑了一霎，认出那年，天津法租界的酒店房间见过极相似的式样。

何未握住他的手指，垫了一个手帕在小案几上，聚精会神为他剪手指甲。

蝶翅藏在她手心里，随着光影，明暗变换。

“这剪刀，”谢骛清沉浸在她的温柔里，轻声问，“倒是眼熟。”

何未一愣，抬眼，从谢骛清眼里瞧到了打趣的意图。她抿起唇角，不吭声，明明都有了儿子了，面对他时总有初相逢的心悸。

谢骛清被她的害羞引得笑起来。

“饭店房间里用过，见到一样的便买回来了。”她答。

谢骛清笑而不语，忽地倾身，离近。

“等我剪完，”她脸热地嘟囔，“再告诉你。”

何未装聋作哑，把他一只手的指甲修剪完，见他仍带着趣意，等她说。

“你那天受伤醒过来，”她小声说，“盯着我看，我感觉到了。”

那天，她微微低着头，靠在床边沿，握着小剪子，总觉被什么笼住。她自幼随二叔学习应酬，对人的目光极敏感。在微妙的氛围里，抬头也不是，停下也不是，她在不安和若有似无的心悸心动里，对着窗帘缝投进来的一道亮光，佯作聚精会神地剪小指指甲。

彼时，谢家少将军对她来说是一个陌生的救命恩人。

鬼使神差地，她在卖金件儿的铺子里，见到了极相似的一把小金剪刀，便买下来，一用多年。

红黄相融的火焰，在灯里跳动摇摆。

两人在这个深夜，仿佛都被推回到军阀混战时。

时间在耳边夹带着风，呼呼地吹过，带来腊月寒冬的雪和冷意。

南方的一个消失许久的男人，从广州城的军阀倒戈叛乱里侥幸逃过一劫，腹部伤重，刚能下地，便召集部下开军部会议。一封急电送至公寓书房，他披着护国军军装外衣，左手边是革命军缺军饷的军报，右手接了短短一行字的电文：谢四与其子被扣京中。

握着电文的谢卿淮，良久不语。

他对折抄写电文的纸，插在了两份军报当中，问身边的副官：“到过北京吗？”

年轻的林骁怔住，好端端的问北京做什么？电文机密，无人阅览过，包括心腹副官。

“我在四九城有个宅子，过去叔叔住过，在一个……”他似在思索，面容上不见喜怒，平静语气中藏着微不可察的谨慎，即将面对生死危机的谨慎，“叫百花深处的胡同。”

谢骛清到北平第二日，何家九爷派了帖子去平津两地的老宅子。

那些个隐居在天津和北平的大小军阀和脱了军装的将军，多在平津两地投资实业，有煤矿、银行等产业，收了九爷的帖子，总要给几分薄面，着家中小厮回了口信，必会捧场。

何未陪九叔先至，她推着木轮椅，沿走廊往内去。

“从北京改名到北平，这泰丰楼倒是从未变过。”何知卿道。

何未轻“嗯”了声，在轮轴转动的微微声响里，和身旁的客人们擦身而过。

今日泰丰楼包了场，往来行走的人虽大多未着戎装，从脚下长靴，到皮鞋踩踏地板的步伐，都能辨出是昔日各省军阀的旧部。男人们三两聚在一处，轻声讨论长城以北的战况，何未听得不甚分明，时不时有“察哈尔”“多伦”和“保定”冒出来。

“保定那边投诚不少人了，”有人说，“只有红军那一支坚持不退。”

“日本人重兵逼近，南京下令‘围剿’，”另一个轻声道，“不投诚，等着死吗？”

“九爷，”泰丰楼老板遥见何未和何知卿出现，迎上来，对着何未打了个礼，“二小姐。”

“今日没疏漏吧？”何知卿问。

“九爷吩咐了，可不能有疏漏，”老板低声道，“单隔出来的包间，在大厅东面，今日大吉的方位，祝九爷促成好事。”

因老板亲自引路，交头接耳的男人们略顿住，留意到这两位没带小厮、丫鬟的人。其中有听闻何家九爷腿脚不便的，猜到这是今日做东的主人家，率先点头招呼：“九爷。”

一时间此起彼伏的“九爷”，淹没了方才对同盟军的私下议论。

照老惯例，宴客的地方被屏风连成墙，隔开了。

这一回散客多，隔了四个方位，端着菜往来穿梭的人，进出四方包房。而只有东面那处，备了戏班子。而今年轻人追捧影院和舞厅，老辈儿的还是以戏曲为正统。

宴客老人，没个戏班子，就是主人家不懂规矩了。

何未推着轮椅上的九叔绕过屏风，停步在白漆架子旁，上头被老板提前摆满了木槿、蛇目菊、龙胆和兰花。离屏风最近的圆桌上，有位穿着青绸薄丝的中年人，正跷着二郎腿，把玩着手里的茶盏，他一抬头见是何知卿，冷淡的眼睛里有了一丝暖意："九哥来迟了。"

何知卿一摆手："出门前喝药，耽搁了。"

他拉住何未的手腕，把她引到轮椅跟前："这些个，都是在天津租界久居的前辈，不常露面的，"说完，为大家引荐，"这便是我的二侄女。"

另一位穿着棕色长袍、两鬓雪白的老者笑："何二的女儿。"

"就是了，就是她。"何知卿道。

何未正式接掌航运，手握运输大权，已在军阀混战后期。

她和二叔、九叔并非一代人，与他们相熟的都是老派阵营的人，她身为晚辈，被引荐过，就该斟茶敬酒。何未在九叔的目光暗示下，持酒壶，为圆桌旁、碗筷旁的一个个夜光杯里，倾倒酒液。倒满第三杯时，屏风后，有细微的人声交谈。

她手微停住一霎。

屏风后，独自走进来一个男人的身影。

他未着戎装，穿着衬衫长裤，手挽着黑色西装上衣。为避人耳目，戴着一副黑色镜片的遮阳镜，头发微向后拢着，活脱脱一个逛罢琉璃厂或烟袋斜街，再来此处吃花酒，等着半夜叫局的公子爷。

满室寂静。

她佯作不觉，压下抬眼看的欲望，倒下第四杯。

那棕色长袍的老者忽然一笑，立身而起，迎上前，热情地伸展双臂，在层叠交错的灯影里拥住了姗姗来迟的男人，连声叫着"世侄"。余下数人热泪盈眶，有的说，没想到你小子还能活着回来，有的则感叹，谢家的男儿都不容易……

何未倒满第七杯酒，和他的目光交错而过。

谢骛清被软禁那年，她从未接触过和他打交道的人。而今，算见了一次。

这里有谢老将军的故友，也有昔日在京城软禁过谢家四小姐和他的幕后主谋，如今见到在抗日战场上侥幸活下来的世侄，红眼眶的有，心疼的有，或坐或立，围拢着谢骛清这个后辈，嘘寒问暖。

谢骛清摘下圆镜片的遮阳镜，谦逊回应，微笑有礼。

棕色长袍的老者拉谢骛清在桌旁坐下，忽地想到什么似的，瞧着他与何未，笑了：“二小姐该与我这位世侄是旧相识了。”

何二小姐同谢家少将军的过往，哪个没听过两句。

只是关系扑朔迷离，真相难见。

何未浅淡一笑：“是，旧相识。”

谢骛清将西装外衣递给身后便装的警卫员，平静道：“我与二小姐早是知己。今日得见数位伯伯，还是仰仗了她和九先生。”

“你想见我们，何须外人牵线？”有人道。

“谢家和我们的交情，并不比九爷的浅。我们与你父亲都曾是同袍，”另一人道，“清末时，我在湘江被围，是你父亲派兵过来解了困。”

何未挨着九叔，坐在谢骛清的对面，和他隔着两米宽的圆台。

她瞥见青绸薄丝的中年人轻巧挥了下手，戏班子的人默默抱起锣鼓家什退了出去。

青绸薄丝的中年人笑着，两手撑在自己的膝盖上，倾身向前，望住谢骛清。

“你我年纪相仿，我父亲曾说，谢家于他有恩情在，”中年人遗憾道，“如今谢家剩的人不多了，有能伸手的地方，在座的无人能推辞。”

他虽年纪轻，但显然地位高，话音平缓，但掷地有声。

在座没一个不是“千年的狐狸”，若不然，怎会从军阀混战走到今日。谢骛清借由何家九爷的宴席，悄然现身北平泰丰楼，绝非偶然。

他想要什么，两个圆桌旁的人，都在暗自盘算，权衡利弊。

但不约而同地，面上尽是和气的微笑。

谢骛清亦是微笑："谢某，刚从察哈尔的战场下来。"

青绸薄丝的中年人意外："多伦那里？"

谢骛清颔首。

"多伦一战，打出了军人的骨气，"中年人立刻道，"谢将军的品格令人钦佩。只是……"那人似忧心谢骛清的处境，眼中有着怜惜，"今日的同盟军，已至绝境。"

何未心头一窒。

"你我今日初见，本不该如此直白，但以我们两家的关系，只怕日后九泉下无颜见我父亲了，"中年人将青绸薄丝的长衫撩开，露出马裤和布鞋，他神情肃穆地盯着谢骛清，轻声道，"情势远比外界传得更严重，你们的军报也绝不会详细到如此地步。南京让何姓将军亲带兵，十六个师的兵力调去对付你们。"

他说完，低声强调："十六个师，只多不少。"

她遥遥看向谢骛清，这个共识藏在每个人心底，但一个陌生人直白道出真相，这种刺痛感……她并非局中人，却如被刀剜进了心里。

"世侄，"棕色长袍的老者见谢骛清不说话，叹气道，"识时务者为俊杰。这话虽老旧，却不掺假。日本人啊，一两日打不退的，须从长计议。"

大锣突然敲起来，且特别急，"锵锵锵锵"地敲在人心上。

方才被屏退的戏班子，不知被哪个包间的人叫去了，开了锣。

那青绸长衫的中年人微蹙眉，似嫌吵闹，可转念想，如此才更益于私密谈话、避人耳目，索性放任外头的昔日下属去胡闹了。

中年人见谢骛清不言语，亲自拿了酒壶，为他倒满了一只空着的夜光杯。清透的酒液，注满薄如蝉翼的碧色酒盏，美得令人惊叹："多伦一战，确实战出了军人的骨气。可你们没有补给，粮食到弹药是打一天少一天，能撑到几时？我也是带过兵的人，深知你们的艰辛。骛清兄，我安排你隐居天津，担保在华北无人敢动你。随弟弟我快活几年，不要为难自己了。"

谢骛清慢条斯理地端起酒，冷静地喝了半杯。

何未像感受到，北地特有的辛辣酒液，从他的咽喉滑下，直至肺腑。

“谢某这次来，”他右手虚握着那只夜光杯，透过杯壁，能见余下的小半杯酒液，仿佛凝固在了杯子里，没有一丝丝的晃动，“想问诸位借兵。”

从谢骛清迈入这间包房，就明白要面对什么、隐忍什么。

以他过去的脾气，面对这种背弃民族立场的言论，绝不会听到此刻，便会起身而去。而今日，他是来求人、求兵的。

“借兵，打日本人。”谢骛清道。

“军队补给，可以想办法，”谢骛清又道，“但投诚的将领和兵士一走，兵少，城守不住。好不容易拼死打下来的土地，又要被日本人夺走。”

他最后道：“抗日，确实不是一朝一夕可以完成的。但轻易就丢了多伦，我对不起死去的人。多伦一战，鏖战数日，最后都是拿着大刀冲锋陷阵……死于城下的人，血都未干，我怎么敢……让多伦，再沦陷。”

棕色长袍的老者转着手上的扳指。

浓艳碧玉，绕着布满皱纹的拇指，缓缓打着圈儿：“既说到如此地步了，我也说句实话，一句不当对你说的话，”老者泛灰的眼珠子，凝视着一身京城贵公子扮相的谢骛清，“西北军扛不住的，迟早要散。到时候，只剩下你们红军的几千人……世侄啊，你须提早打算了。”

外有飞机大炮辅助的日军重兵逼近，内有十六个师的兵力，在座都是领兵杀出过自己地盘的军阀，如何看不出，这将是一条死路、绝路。

何未强压着一口气，喉咙口火辣辣地疼。

她欲起身添酒，手被九叔按住。九叔对她摇头，身为一个男人，他更能体味谢骛清此刻的心境。老者那一番话，既回避了借兵，又强调了同盟军的境况，已算作答。

何家从商，于军队这一脉算个局外人。他们叔侄两个掺和不进去的。

“清末乱局，出过多少名将？”老者又道，“北吴南蔡，一个被部下暗杀，一个年纪轻轻病死异乡，他们倾尽心血，推翻了前清，可后来呢？袁世凯要做皇帝，各路将领揭竿而起，那时倒是我们军人的天下，是我们的好时候，回头看，风光过的人，不是客死异乡，就是寓居天津。年轻时，都有一腔热血，闯出一番功业，老了才看透，再大的功业，也逃不过世代更迭的命数。世侄啊，须看开些，如今能活下来的人，都是有福之人了。你我皆是。”

老者叹口气，又道：“我们手上的这些兵，都要防着南京，也算是我们最后的家底了，谁都不敢妄动。南京的调令过来，让我们去‘围剿’你们同盟军，我当没看到，这是如今唯一能为你们做的事了。”

“日本人的间谍邀请过这里在座的每一个，劝我们去关外做事，可我们连人都没见过，”那青衫中年人道，“为家国民族，也算尽忠了。”

谢骛清从衬衫口袋里，掏出一包香烟，仅剩了三根。

他无法反驳，只因怕。

如那老者所说，这些昔日军阀手里的兵零散分布在华北，随时要听南京政府调令，向张家口的同盟军进攻。虽然老者说，他们现在选择了按兵不动，日后如何，谁又料算得到？

谢骛清从未怕过。但今夜，他惹不起这一干人，这一干谢家的知交故友。

青衫中年人见他的烟盒干瘪，从桌上拿起一盒新的，欲递过去。

谢骛清轻摆手。他坐在桌旁，两指夹着抽出来的一根烟，从烟灰缸边拿到火柴，低头，以手拢住，划亮、点燃。

他深吸了一口，再抬头，烟雾后的面容已不见情绪。他一手搭在椅子扶手上，烟雾于指缝间飘散，许是闲散的姿态，缓和了这包厢里的氛围。

关外、多伦和这里的人、事、物，都毫不相干。

老者对候在帘子外的副官轻招手，副官入内，老者附在他耳边吩咐了两句话。副官领命而去，未几，外头热闹起来，被屏风隔开的临近包厢里的往日军官们，举着酒杯，来敬酒。

谢骛清来者不拒。

琼浆玉酿，一杯顶得上多伦普通士兵数十日的口粮。

他们从前一个被攻下的县城连夜行军赶往多伦时，兵士们都是饿着肚子的，顶着连绵夜雨，翻山越岭，只为抢占先机……

他一人坐着不动，只等人敬酒，觥筹交错，来往的人如走马灯上一般，神态各异，衣着各异，均是面容模糊。

“我也是保定毕业的，1917 年毕业的，没赶上谢少将军在的时候，”有个高个子的男人道，“那间宿舍，说是谢教员读书时住过的。”

“是吗。”谢骛清回应，弹掉烟灰。

他咬住烟尾，亲自倒了一杯酒，轻声道：“那该喝一杯。”

对方诚惶诚恐，仰头一饮而尽。

“多大年纪了？”谢骛清也干了这一杯酒，问这个模糊人影。

“三十有六了。”对方笑。

“我们十四军军长赵博生，1917 年毕业于保定。就是三十六岁那年，在反‘围剿’中牺牲，”谢骛清微笑着，仿佛闲聊，“‘九一八’之后，他曾请求北上抗日，被拒绝后起义，投身红军。和你是同一期的？”

对方面上的笑容凝结。

“你是哪里毕业的？”谢骛清看向又一个。

“云南讲武堂。”

“我们一位军长，是那里毕业的，”他道，“土生土长的云南人，白族人，现在在关外抗日。”

“你是何处毕业的？”谢骛清转而问身旁的另一个模糊人影。

“黄埔。”

“第几期？”

“四期。”

“李德芳，和你同一期的，步兵科。1929 年被你们南京政府军法处逮捕，就义于南京秦淮河，”谢骛清往左看，“你呢？”

“一期，黄埔一期。”

谢骛清平静地笑笑：“谭其镜，黄埔一期，你的同学，1927 年就牺牲了。他在校时，曾手书——”他注视那人，郑重道，“‘国不宁，暂不还乡’。”

……

谢骛清一个个问过去。到后头，他对谁说话，手都搭上那人的肩，或轻，或重拍上一拍。

他醉了。

何未的泪在眼眶里，靠心力强行压制。

问到后头，再无人敢答。

“世侄醉得深了。”老者在寂静里，让这些敬酒的亲信退出。

何未立身而起，到屏风外，唤了老板，低声嘱咐，添了几道海味。

无力感弥散在心底，她背对着包厢，立在雕着山水图的屏风外，背靠上去。隔着一扇木板，抬手，假意理脸边碎发，匆匆将眼角的泪擦了。

“怎么了？”身旁，有男人的声音低声问。

她心一颤，回头，对上他的眼眸。

谢骛清咬着一根没点燃的烟，倚靠在她身旁，以一种极亲近的姿态，近乎耳语问她：“不舒服？”

许是酒气晕染，他的眼眸里有水汽。

“难得见你和这些人应酬，”她轻声答，“不习惯。”

避重就轻，仿佛刚刚里边的事从未发生。

谢骛清被惹得笑了，那双眼睛直视于她。他竟低头，离她离得更近了：“二小姐心疼了？”

仿佛从未成过亲……是一场旧情人相逢的戏码。

谢骛清从未在外人面前同她有过于亲昵的接触，他确实醉了。

“怎么不说话？”他低声又问。

他臂弯里是黑西装，立领衬衫的领口微微敞开，手指上勾着一副圆镜片的黑眼镜。人倚在屏风侧，醉意浓重……好似回到那年，南北和谈，他和一行从南方来的将军们，踏入利顺德的大门。

短短九年，同僚反目，家国已破。

老板在一旁候着，远近是轮番端上佳肴琼酿的伙计。

“在想，为你温一壶新酒，”她轻声道，“少将军远道而来，方才的酒，怕是不够。”

“昔日两省重兵，换不得二小姐一个点头，”他低声又道，“而今，手中无兵无人，倒能讨得一壶酒，弩清之幸。”

何未问老板要了预订好的包厢，要了一壶酒和几道下酒菜。

谢骛清把小圆片的黑墨镜戴上，遮住一双眼，和她朝拐角处包房走。一百四十四张象牙雀牌在每一个路过的包厢内被无数双手推散、重新码放，筹码丢在桌上的动静，还有笑声，吵闹声。他穿过俗世的喧闹，撩开珠帘子，进了包厢。

正当中的牌桌空置，摆放着两个骰子和四排翠绿色的雀牌。

“他们几个，”谢骛清仿似能见到数年前这里的人，“那一晚输了不少。”

而今物是人已去。

谢骛清径自进了隔间。罗汉榻上已摆了温热的酒和菜，临近酒壶的一道，最是朴素，是不该出现在泰丰楼这等地方的炸香椿。

何未要点灯，他低声说：“不要点灯。”

谢骛清在矮桌旁坐下，他靠在罗汉榻旁，取下墨镜。借着走廊投进来的灯光，他持筷，没夹菜。何未要倒酒，被他按住手背：“未未。”

她静在那儿，等他说。

“有的话，不借着今夜，怕难说出口，”他的嗓子被酒气熏染过，有蚀人心魄的温润和低哑，“是我误了你。”

他不给何未回应的机会，继续道：“昔日的谢家，昔日的谢骛清有重兵在握。而今，什么都没有了，不只没兵，说送你的天津公寓也让人卖了。”

他轻声又道：“为买枪。”

何未想藏住泪，低头，眼泪掉到了他的手背上。她摇头，说不出话。

谢骛清久久不语，静靠坐在墙边。

他探手，握住酒杯，旋即放开，从裤子口袋里找烟，什么都没找到。香烟盒落在方才的包房，不过就算找到，也没烟了。

“一直没和你说，”他轻声说，“我的母亲，是桂林人。桂林算我第二故乡，在南方我最常住的地方，就是桂林，有时候……真想回去看看。”

何未已泣不成声，她以手捂住口鼻，妄图掩饰，或至少不让一堵墙外的人听到。

谁人不念故土，不思家乡。

从漓江到松花江，千万里之遥，从十万青山到风雪长白山，若非为国土，谁会背井离乡，行军万里，葬身风雪。

第二十二章

华夏万古长

走廊外的喧闹，随时辰推移，渐散了。

谢骛清在包厢隔间和衣而眠。

何未拿起他用过的竹筷，把剩下的两块炸香椿送入口中。她嚼着嚼着，眼睫已被泪染湿。她见谢骛清睡得不是很舒服，轻放筷，俯身过去，两手解他的衬衫。

“什么时辰了？”谢骛清低声问。

他半梦半梦醒间，问了旧日时辰。

“卯时三刻。”她作答。

默了半晌，他道：“快天亮了？”

“快了。”

何未从他的呼吸中辨别到他已再沉睡，离开卧榻。

泰丰楼内的包厢只有三四个还亮着灯，牌局全散了干净，有同谢骛清一般醉酒的客人被人搀着架着，朝外走。何未绕过转角，迎面看到谢骛清的警卫员避让开酒醉的京城贵胄，看到她，急忙走近，轻声问：“将军还在里头？”

“嗯。要紧事？”她问。

警卫员点头。

何未带警卫员回包厢。谢骛清似刚撑着身子坐起，手肘搭着矮桌，自倒了半杯茶。他抬眼，看到警卫员，警卫员竟踌躇不前，不知该如何说。

“说。”谢骛清低声道。

“张家口天亮后……将要通电全国，冯将军下野。”

“继续说。”他又道。

谢骛清拿起矮几上的茶杯，十分平静。静到警卫员情不自禁控制着说话的语态，把忐忑和踌躇都从面容上抹去。他要像自家将军，宠辱不惊，哪怕做不到，都不可慌张："冯将军下野后，张家口的抗日同盟军总部将会撤销。"

谢骛清颔首，向外挥挥手，让警卫员先走。

张家口总部取消，冯玉祥下野，等于解散了抗日同盟军。

何未轻合拢那扇推拉门，掉头，瞧着他："酒醒了？"

谢骛清抬眸，对她笑着说："若说醒，还不算。不过昨夜真感受了一回，何为醉生梦死。"

"难怪我二叔喜欢你，他过去说过醉生梦死这话，"她挨着他，在矮桌对面坐下，把高跟鞋脱掉，屈着腿，倚靠在墙边，"他说，生逢乱世，醉则生，梦醒则死。"

谢骛清品了品此话，略一颔首："二先生高见。"

"八国联军烧过北京城之后，城中断粮，老街坊们吃不饱。我亲爹有钱，不肯开银票买粮，后来二叔和他朋友就冒险从城外运粮进来，救济灾民。后来有了名声，被眼红的人诬陷倒卖粮食，抓进牢里，"何未回忆，"那年，他才二十来岁。"

"这段你讲过。"谢骛清道。

"还有一段，哥哥私下给我说的，"她轻声给他讲，"他有喜欢的女孩子，是他的学生。他留学时在一个华人家庭做家教，教人家的。后来，二叔从牢里出来，再没联系过。"

"我二叔年轻时，在京中颇有名气的，"她继续道，"不比你这个谢少将军差。"

"何二先生的风姿样貌，确在骛清之上。"谢骛清附和。

"我若是那个女孩子，同二叔有过情分，再遇到旁人，怕是难以入眼了，"她凝视着谢骛清道，"昨夜见你酒醉，怕说了你听不懂。谢骛清，你确实误了我，在百花深处，你就不该让我看到你。"

谢骛清和她四目相对。

她笑："不该好好的军校不读，偷跑出去，参加辛亥革命。不该，打仗打得那么好，名气大得让人害怕。"

谢骛清被逗笑了："是谢某的错。"

"不该让我七八岁的年纪，就听说了谢骛清这个名字。"

"是，"谢骛清轻声附和，"谢某的错。"

“那天我知道你是谢骛清……”何未小声埋怨，“一夜未眠。”

谢骛清静看着她。

良久后，何未才道：“我们家都是至字辈的，我过继给了二叔，才改了名字。我的名字，你该猜不到是何意。”

他摇头。确实猜不到。

何未凝视着他，轻声道：“不知前路如何，却知，前路为何。”

烛火闪动，无声无息。

谢骛清仿似见到许多过去的影子，有名的无名的，不计其数。

“取的就是‘为何’二字。”她最后道。

八月五日，在日军和南京政府的双重压力下，冯玉祥通电全国，撤销抗日同盟军总部。

三日后，日伪军大举进攻，多伦再次沦陷。

吉将军坚持率军抗日，带领余下数千人，和日军、国军周旋于长城内外，最终不敌。

次年，曾收复多伦的主帅——吉鸿昌将军被害于北平陆军监狱。

“吉将军第一次被特务逮捕时，在押送去北平的路上，讲到关外的抗日战场。后来在天津法租界，被设计逮捕，带回了北平陆军监狱。”

何未在火车包厢内，缓缓拉上车窗的布帘，对从南京上车，前来接迎的军官说：“吉将军辞世前，留了一首诗。”

“卑职听过。”军官肃声道。

恨不抗日死，留作今日羞。国破尚如此，我何惜此头。

一代抗日名将的诗词，字字带血，谁不曾闻。

七七事变后，北平沦陷。

每一日，从北方南下的实业家不计其数。

《京报》主编汤女士舍弃全副身家，撤离北平，《京报》正式停刊；

天津久大精盐公司，那个生产出国产第一袋精盐，浪漫地在盐袋上印出海王星的企业家，因日本人入侵平津，关闭盐厂，带着设备南下；

……

何未也如先前所言，一旦北平沦陷，举家迁移，绝不留一艘轮船为日本人所用。

“国势多危厄，宗人苦播迁。南来频洒泪，渴骥每思泉。”斯年在金属车轮碾压铁轨的震动声里，轻声念着课本上的诗词。

“这句诗，说的正是‘衣冠南渡’，”何未道，“历史上有数次北方士大夫，还有学子们的南迁，都是因为外族入侵，或是战乱。”

斯年细品“衣冠南渡”四字。

车厢门突然被叩响，陪坐的军官走过去，把车门推开一条缝隙，和门外人低语数句，回身，低声道：“京汉火车站到了。”

“是武汉到了吗？”斯年小声问。

“对，是武汉。”她答。

武汉，她从未来过。

全民抗战爆发，国共再次合作，南京政府从十月底开始往武汉迁移，四大银行和各国驻华大使也先后迁至武汉。江城成为战时政治、经济的中枢。

同一时间，致力于抗日救亡的各界人士，全都会聚在了这个九省通衢。

这趟南下的列车上，不只有军官、企业家，还有文艺界的名人、报业先驱和背井离乡的流亡学生。隔着一道门，已闻隔壁车厢的喧嚣。尤以年轻人们亢奋收整行囊、争相下车的言语对话最清晰。

斯年仿佛被感染，迫不及待地把课本塞进书包。

虽何未没讲，但小女孩儿冥冥中感觉到，在武汉能见到阔别已久的父亲，还有从出生就被藏在香港长大的弟弟……

“弟弟会叫姐姐了吗？”她小声问，背上书包。

何未轻点头：“会叫了，会背诵的诗词，比你小时候要多。”

他们随人流下车。

京汉火车站始建于清光绪年，是当年第一条长铁路的南端终点站。何未幼时，二叔南下，她问，这一趟要去哪儿？二叔在正阳门站台上，朝南指，讲说：到这条铁路的最南处。

如今，她算是亲眼见到了这座法式建筑。

她牵着斯年的手，自车站正门走出。石门正上方，有一只展翅的苍鹰，俯瞰人海。

人头攒动的车站外，何知妡一身天青色襦衫长裤，长发被绑成一个大辫子，垂在身后。她负手而立，于一辆黑色轿车旁，遥望何未和斯年。

斯年几步跑过去，拥住何知妡的腰，闷声道："七姑奶奶。"

何知妡不禁笑，摸着女娃娃的头发，吩咐两江航运办事处的人为何未一行人搬运行李。她同何未大略讲了长江沿岸码头的运卸货和客流情况，待坐到车上，才认真盯着何未的眉眼看："此一时，我又与上一回见大不同了吧？年年岁岁催人老啊。"

何未一怔，瞧见七姑姑已显疲态的眉眼，莫名想到离开北平前，在京郊的某个小院子见到的那位祝先生："有一位先生，被日本人几次登门拜访，想请他出山。他说，只想种菜，不愿再披挂登台。"

七姑姑也是一怔，随即笑。

"他可是唱《樊梨花》的人，"何知妡轻声道，"怎会为日本人披挂？"

樊梨花，昔日征西兵马大元帅，凭借一柄九凤朝阳刀，平定西北边患的巾帼英雄。

"我问他，可有话给你。"

何知妡笑着说："你倒是好，一见面便提旧人。"

"他喝了半盏茶，说，问问她，白日里可好。"

何知妡默了半晌，难得露出小女儿的一面，目光下行，忆起少时：两人学艺，师父不同，练功辛苦，能见的机会不多，每每在院子的回廊里碰上都天黑了，祝谦怀都尽量在女妆下保持着男儿本色，腰杆笔直，盯着她瞧两眼，讷讷问句：白日里……可好？

轿车在路上行驶，车后座有着片刻的安静。

何未不愿惊扰姑姑，握着手袋，隔着珍珠刺绣的软布，像能摸到那张纸。那是一封电报：

江城冬寒梅香起，盼一会。

“今晚接待晚餐，有两边的军官，还有四大银行的金融大亨，运输业的、各地商会的人，学界的人，”何知妡低声道，“战时一切从简，没有任何演出节目。”

何未“嗯”了声。

她在抵达前，就在电话里和姑姑说到今晚的接待晚餐。

这是一个低调正式的各方会面。

战火已蔓延到华北地区，时局紧迫。长江南北两岸将是下一个战场，今晚见面的人，都要配合抗战，保证战时经济的发展，学子们能在动荡中继续完成学业。

运输业在其中承担了很大的责任，须一同配合，安排转移学生、平民、粮草，还有军队和民族企业的物资。

“不知道他到没到武汉，”姑姑轻声说，“不过如今国共合作了，他们的行程也没有那么危险了。”至少不用一面抗日，一面提防被特务逮捕。

“他说，大概在这两日到武汉，”何未道，“具体日期未定。”

电文简短，不会提及招待晚餐这种事。

不过她猜，谢骛清的行程多少和这次的会面相关。

接待晚餐的地点在山陕会馆。

姑姑让另一辆车先回住处，她和何未往会馆去。轿车停在一扇石雕大门外，何未和姑姑下了车，车直接开走，两人步行进了大门。接待的人问清他们的身份，在名单上勾画了“何氏航运”四字，带他们进了晚餐的厅堂。

他们到得晚，全部桌子都坐满了人。

何未和姑姑从最右侧的偏门进去，被引到商会旁的一桌。林稚映看到何未时，略顿住和身旁人的交谈，何未先对她颔首，招呼过后，径自落座。

菜早上了桌，今日全素，未有山珍野味和海产，倒是有酒。

最东面的十个桌子空着，等最后一批人的到来。

“今日火车站查出日本间谍，”一旁杜氏航运的老板道，“有几趟列车上的人被耽搁了。”

话音未落，石门外已有接迎的寒暄声。

很快，几十个军人模样的男人步入。今日晚餐有各界的人，男人都是长袍或是西装，那些军人也都难得换下戎装，与在场学者和商界的人保持了同一便装。

何未在那一张张陌生面孔中找寻谢骛清的身影，可惜没有。失落的情绪袭上心头，但她很快释然，不在今夜出现，后两日也该到了……

“骛清兄。”石门外，有人低声招呼。

何未心一颤。

石门处，先进来了几位将军，最后露面的正是谢骛清，他身旁就是方才招呼的昔日旧友孙维先。一个刚从延安来，一个自长沙赶到。

谢骛清像许久未穿过便装了，外衣并不合身。他面颊比过去更瘦，因年龄渐长，眼睛比过去愈加深邃，像蒙了一层岁月的风霜。

历经了反“围剿”和长征，他和一同到场的八路军将士们一样，从面容看，明显比同龄的国军将领更沧桑。长征的痕迹，落在他们的眉眼，和他们举手投足之间。

何未遥遥望着他。谢骛清坐到一个空椅子上。

数年未见，两人相逢在一个公开场合，却让她有了紧邻而坐的安心感。

“1927 年到现在，十年了，”姑姑轻声道，“十年，他们被屠杀、追捕，到今天，竟还能心平气和地坐下来，和那些下手屠杀他们同袍的人吃饭……”

姑姑摇头，轻叹：“其胸襟，远非国民政府可比。”

“为了抗日，”何未轻声回道，“面对外敌，没什么是不能放下的。”

主持接待的人是一位白须老者。他在各桌寒暄，为到场人相互引荐。

等菜全端到桌上，那位老者持满杯酒，走到最尽头的桌旁，遥望在场众人：“诸位，这杯酒，祭我们在南京蒙难的同胞。”

话音未落，在场众人皆离开座椅，沉默举杯。

老者将那一杯酒洒在了青石地板上，全部人做了同一件事。满地酒液流淌，渗入地板，其中有南京迁移来的人，直接掉了泪。

压抑的抽泣声，在安静的厅堂里回荡着。

七月，日军踏入北平城，十二月，南京沦陷。

北平的天安门，自数百年前存在，其名取意“受命于天，安邦治国”。而在南京沦陷时，日本人就在天安门城楼上挂出“祝南京陷落”的字幅。斗大的字，从城楼这头到那头，路过的人一抬头，便能瞧见。

其凌辱之意，昭然若揭。

“祝抗战早日胜利！”老者虽拄着手杖，但背脊挺直。

祝抗战早日胜利。此起彼伏的应和声，在每个角落响起。

何未在席间和几位运输业的旧相识商议着货轮和客轮的调度，等到后半程，她这里的事谈完，看向远处。谢骛清并不在位子上。

她离开座椅，从石门出去，看到谢骛清和孙维先、邓元初立在月下，像谈论要事。他沉着脸，听邓元初和孙维先争执，一语不发。

很快，谢骛清仿佛感知到什么，偏过头，一眼捕捉到她。

不知是谁先笑了，何未的脸上有着藏不住的喜悦，谢骛清的面上同时有了微笑。

邓元初随着谢骛清的目光，瞧过来，同时一笑，对孙维先道：“你我借一步说。”

孙维先见是何未，没多话，随邓元初回了厅堂。

何未想朝他去，怕不妥，踌躇时，谢骛清已经径自往她这里来了。

等到她眼前，他停住，笑着看她。

身旁，有人经过，何未全副身心在他身上，没察觉。

谢骛清一手握住她的手臂，轻轻将她拽到了身前，两人又近了些许。熟悉而又陌生的手掌温度，隔着布料，像能烫到她似的。

“几时到的。”她柔声问。

“一个小时前。”谢骛清答。

他的手再没松开，握得更重了。思念之意，尽在无声的举动里。

她眼酸得受不住，埋怨他：“难得来电报，从来报喜不报忧。辛苦一个字不提，倒是爱说种菜经……”

谢骛清忽然把她拽到怀里，手掌压上她的后背，紧抱住了她。

她在石门内的纷杂人声里，感觉谢骛清的手从后背，滑上来，压在她脑后，让她的脸能紧贴到他的颈窝。

“我刚才……”她哽咽着说，“怕你走过来。”

十年来，他不是下狱就是乔装隐匿，能像这样在月下，坦然和她相对而立，在外人眼里“叙旧”，那都是奢念。

方才谢骛清迎面而来，她下意识想佯装旧情人相见……眼下被抱住，恍惚地想起，没有特务再能为难他了。

她猜，谢骛清在笑。

何未闻着他衬衫上新浆洗后的气味，屏着泪意，也笑了：“谢将军，不怕今夜传出去风流韵事吗？”

他低头，在她额前说：“与我一同到武汉的人，都知道我早有了家室。”

何未眼含着泪，不晓得如何回答。

“等收复北平，”他接着道，“先去登报。”

何未轻点头。她想到沦陷的故乡，心如刀剜。

“当年，从南打到北，之后也是，”他说，“南京、华北，再往北，东三省，都要拿回来。”

两人久久不语。谢骛清松开怀里的她，抬手，替她拢了拢脸旁的碎发。

“今晚的安排是什么？”她问。

“这里之后，没有任何行程，”谢骛清答，带着他惯有的打趣，“听凭二小姐安排。”

何未笑着，小声道：“那去姑姑家，今夜住那里。”

“好。”

谢骛清让她稍等片刻，进了厅堂。他再出来，拿着留在厅堂椅子上的西装上衣，还有她的羊毛呢大衣和手袋。他为她披上大衣。

何未接过珍珠刺绣的手袋，随他向外走。

路上，有认出谢骛清的军官，叫一句谢教员，或是谢将军。从延安来的人最是明白，友好地对何未点头。

她对这些陌生英雄报以最大的敬意，对每个人都微笑着点头，认真招呼。

姑姑在武汉的住处，和船运公司办公室在一幢小楼内。

何未没来过，只知地址，被司机送到后，她和谢骛清都像一个外来的客人，由门房的人带着，穿过一楼已经无人办公的区域。

“楼上就是七先生的住处了。”门房人说。

谢骛清和她并肩上楼，客厅的灯灭着，从书房里照出柔和的黄光。一高一矮两个孩子的影子，从书房门里延伸出来。

谢骛清猜到什么，脚步缓缓停下。何未比他慢了半步，也猛地站住。

她敛着呼吸，似怕惊扰到屋里的孩子。她方才上楼的脚步仓促，迫不及待要见孩子。见见那个，从出生就离开身边的儿子。

近在眼前，跨进书房门，便能亲眼看看孩子，她忽然不敢动了……

大的那个弯腰，抱起小的那个，两个人影交叠在一起。

“告诉姐姐，”斯年哄着弟弟，“等他们回来，想先叫爸爸，还是先叫妈妈？”

斯年不等弟弟回答，柔声又哄道：“先叫妈妈，好不好？妈妈从没见过你。”

何未以手掩口，眼泪从手背滚落，掉在她的裙子上。

只因，书房内的那个小人影，轻声答应：“好。”

何未被腰后的暖意惊醒，谢骛清以手掌轻推她。

她跨入书房门，一个六岁的小男孩儿正在斯年怀里，勾着女孩子的脖子。斯年十来岁的年纪，抱如此大的男孩子已是吃力。斯年用两手兜着弟弟的腿和腰，不大的手掌努力撑着弟弟：“你搂右边，这里，对……不然掉下去了。”

斯年背对房门，看不到何未，小男孩儿倒是先觉察，一双神似谢骛清的丹凤眼睁得大了。

“放弟弟下来吧。”她轻声说。

小男孩儿趁斯年反应时，手脚麻利爬下来，站稳。

莲房为他做了合身的衬衫和长裤，两条细长的背带吊着长裤，短发黑浓，像谢骛清……何未仔细看儿子的每一个细节，和照片相似，又不同。

她忽然迈前数步，弯腰的同时紧抱住继清。

眼泪不断掉落，尤其感受到小手臂环绕住自己，听到小男孩儿怯怯地、带着期盼地叫了声“妈妈”。她哭得更厉害了，多年分离的愧疚如涨潮的江水，淹没了母子两个。

“继清……”她哭着摸继清的短发，“是妈妈，我是你的妈妈。”

谢骛清走到母子身后，手按在继清的头顶。

小男孩儿仰头，辨不清这个是不是父亲。

在香港，莲房经常拿父母的相片给继清看，何未变化不大，谢骛清和在香港合照时差了许多，白发明显，让小男孩儿不敢确认。

谢骛清微颔首：“我是谢骛清，你的亲生父亲。”

何未满面泪痕，把小男孩儿推到谢骛清身前。一大一小两个男人对视。

“叫爸爸，快，继清，叫，这是爸爸。”斯年着急地催促。

继清低低叫了声爸爸，谢骛清单臂搂他到怀里，另一只手伸向红着眼的斯年，斯年几步扑上去，抱住谢骛清，刚催促弟弟的人消失了一般，闷闷地只剩下哭声。

小孩子哭起来刹不住，谢骛清没当过父亲，凭直觉任由他们抱了十几分钟，等两个孩子由哭到抽泣，才松开他们。

他蹲下来，给两人擦泪，擦着擦着，笑了：“倒是会哭。”

满手的泪。

“随了你。”他微笑着，抬头看立在那儿抹眼泪的何未。

谢骛清远途南下，何未劝他先盥洗，早点休息。

“给孩子们洗个澡，”他说，“难得一次。”

在一旁的莲房低头，把泪意藏住：“少将军说得是，只是男孩子和女孩子不好一起的。”

谢骛清一愣，笑着道：“说得是。”

莲房在浴缸旁挂了个布帘子，谢骛清把继清抱到浴缸里，为小孩子解开背带。

何未背对帘子，先在清水盆的架子旁，给斯年解开辫子。

帘子后，儿子话少，反而是平日不苟言笑的谢骛清说得多。何未和斯年有意没出声，听一面绸布后的对话。

“我们在香港见过一面，你不到一岁。”

“嗯。”

“今晚你我父子难得一见，给你讲讲谢家。你祖父是贵州生人，祖母是广西桂林人。”

谢骛清从谢老将军，说到两个哥哥：“你的大伯父，经历过甲午战争，在后来的天津保卫战，中炮殉国。你的二伯父，于中越边境阵亡。”

……

“少将军说的，弟弟听得懂吗？”斯年担心耳语。

何未笑，耳语回：“斯年可以叫爸爸了，和弟弟一样。”

从两三岁起，斯年对着相片叫了无数次的爸爸，但没真切开口过。

斯年腼腆低头，把拧成水波纹的黑长发理了又理，一抬头，对何未羞涩地笑了，轻摇头。

“妈妈。”布帘子后，男孩子叫她。

谢骛清拉开帘子，两手湿着走出：“他想要你洗。”

继清被谢骛清挡住视线，他歪过头，从谢骛清身后，对姐姐笑。显然，儿子和姐姐更亲近，把斯年的话记到心里。

两人换了位子，一个给儿子冲洗身子，一个为女儿洗长发。

何未用白浴巾裹住继清，抱他出浴缸。小男孩儿像后知后觉地醒了，突然两只手紧搂在她后背上，埋头不肯动了。

“陪他睡吧，”谢骛清道，“我要出去一个小时。”

何未轻点头，抱儿子去了隔壁客房，斯年不愿打扰父亲休息，随何未一同换了房间。

谢骛清取下毛巾，擦干净手上的水，重新换上军装。

楼下的军用吉普车上，坐着邓元初。

这次要释放一批政治犯，名单保密，邓元初眼见过，低声复述给谢骛清："前天释放了一批，在武汉办事处登记领了衣服，已经送去西安再转延安。今晚的这一批有几个要留在国统区工作，也有要回沦陷区的。其中一个，回北平。"

吉普车在夜幕中，驶向前方。

吉普车停靠在街口，他和邓元初下车后，向内行去。

牌匾上书"太平试馆"。

谢骛清于牌匾下，迈入石门门槛。屋子里面，坐着几个身着灰布袍子的男人，年龄各异，其中一个戴着一副眼镜，在灰布袍子内是一件洗旧的衬衫。他低垂着头，似在闭目养神。

等在后头的几个男人依次按照名册，领了路资，离开屋子。谢骛清走到那个男人面前，在两扇木门闭合后，低声道："召先生。"

召应恪被唤醒，抬头，和谢骛清对视。

召家大公子，而今也过了不惑之年。数年牢狱，使他华发倍增，清俊面容不再，文人气息倒是未减。

谢骛清搬过来一个高背座椅，摆在召应恪面前。昔日两人初见，他为京城贵客，而他则是名誉四九城的才子，受军阀迫害，走上了仕途。

自此，两人皆是身份数变。

1933 年是一个命运的分水岭，对他是，对召应恪亦是。

召应恪因在天津监狱释放抗日同盟军将领，而遭逮捕。其后剥夺一切职务，入狱数年。彼时，谢骛清返回南方，第五次反"围剿"失败，红军遭遇了最艰难时期，万里长征去往延安。当他在国共再次合作后，接到去各地监狱营救政治犯的指示，于名单上看到召应恪的名字，确实意外，再看到被捕原因，心下了然。

他落座，平视眼前人："先生执意回沦陷区，可知北平如今是什么境况？"

"召某在狱中看过报，"召应恪答，"百业萧条，民不聊生。日夜难安，朝不保夕。”

谢骛清轻颔首。

邓元初来武汉前接到延安的指示，送召应恪等十数人深入已沦陷的华北。

其后的人生，只有召应恪自己清楚。

“继清出生，仰仗先生护佑，”他在召应恪临行前的十分钟，以清淡语气叙旧，“今夜，未未也在武汉。”

召应恪的眼睛里，盛了太多东西。何未未必清楚，面前这位谢少将军却是知音。

少时婚约，如前生之念，模糊到只余南洋一个少女背影。

召应恪不敢深想。他于挚友生前，在南洋码头上曾应允，无论如何守住何家航运。自此后，解除婚约为此，迎娶何家大小姐为此……每每午夜难眠，他仰躺于黄铜床上，安慰自己的都是，至少何未曾真心备过嫁妆，想嫁入召家。

“这里叫太平试馆，四九城也有一个同样名字的地方，”召应恪笑着、轻声道，“是过去各省秀才们赶考的落脚地。”

“是吗。”谢骛清答。

召应恪颔首。

过往即是过往，留存心底，足矣。

召应恪和谢骛清并肩而出。

谢骛清把登记簿子递给邓元初，由他负责送去车站。邓元初接了簿子，夹在手肘下，自口袋里摸出一包土烟：“西北带来的。”

“我不抽烟。”召应恪笑答。

邓元初点头一笑，收妥烟：“我妻子出生在松花江畔，小舅子殉国于关外，对能在早年支持抗战的人，有感情。”

召应恪亦是点头：“在狱中，常听人唱《松花江上》。”

邓元初道：“我妻子也常听。”

邓元初亲自驾车，送召应恪去火车站。二人于站台作别。

过去，召应恪供职北洋政府时，和邓元初在宴席上见过两回，在何未的航运公司也碰到过。邓元初初见谁，都给人一种推人出去十万八千里的距离感。而今，隔膜消失。

召应恪知八路军一直武器短缺，担心地问："武器补给可好些了？"

邓元初摇头："我们有一个师，九千多战士，只有五千多的枪。枪弹严重短缺，发下去的子弹，都要数清楚用。一人二十几颗。"

邓元初笑着补充道："万幸，战士们的枪法都不错。"

他看召应恪忧心不语，反而宽慰说："从 1931 年，我们对日本人就没放下过枪。六年抗战，日子就是这么过来的，没有子弹还有大刀。当初夺回多伦，还不是主帅举刀冲锋？"

火车北上的时辰已至。

召应恪竟生出惺惺相惜之感，忽然问："将军为何从军？"

"因为幼年喜欢读群英传，"邓元初笑道，"喜欢一位名将，戚继光。"

召应恪恍然："封侯非我意，但愿海波平。"

扫清倭寇是那位明代英雄的心愿，正巧，合了今日时境。

邓元初欣然："我最喜欢的，便是这句。"

何未午夜回到卧房，黄铜床上没有人。

倒是阳台门未关严，像有意为她留着的。冬日寒风自门缝钻进屋子，她往阳台上看，看到谢骛清半蹲在一个小火炉旁，火苗跃动，托着一个小铝锅。谢骛清一手夹着根烟，优哉地吸了口，在吐出清淡白烟雾后，用右手的一根毛竹筷子搅动着铝锅里流动的棕色糖浆。

"这是什么？"

"麦芽糖，"谢骛清低声答，把另一根已经在筷子上凝结成块的麦芽糖递给她，"小时候叔叔做过。"

不用解释，她想，这是他给两个孩子做的糖。

"做给你？"

他笑，是做给了他，不过他自幼早熟，不屑吃这个。四姐倒是嘴馋得很，每每要他那根过去，舔着咬着，吃上一整日。

他很快弄好另一根，待冷却后递给她，何未寻了个白瓷碟子，摆着那两串糖。

谢骛清借着小火炉的暖意，立在露台上抽烟。猩红的一点，在他手旁，点缀黑夜，令她忆起利顺德的露台，还有天津海河上方稀薄的月云。

何未把椅子上的军装上衣拿起，到露台上，为他披在肩头。

“北伐，我就是带兵打到这里，”谢骛清说，“不过没进城，驻扎在城外。”

他夹着烟的手指，遥指一个方位：“那边，有一座桥，得胜桥，六百余年的历史了，取出征得胜之意。像不像北平的德胜门？”

何未讶然，随即笑：“当初南下前，我不知南京有正阳门，更没听过得胜桥，各省总有相连通的地方，”她见他没多少睡意，与他分享路途见闻，“南下列车上，见到了僧界救国会，五台山的僧人们组织的，培养年轻僧人参加抗日。”

谢骛清静默了会儿，笑道：“出世之心，为众生，入世之身，亦为众生。”

全面抗战，他从“九一八”等到了今天。

“有一桩事我从未做过，”他弹掉烟灰，看她，“不知二小姐可否赏脸，陪谢某人做一回。”

“谢少将军开口了，怎敢不陪？”她笑着回。

谢骛清的手掌在她脑后拍了拍，温柔得不像话。

何未擅长猜谢骛清的心思，这一回却完全想不到他的安排。

翌日上午，何未换了青布旗袍。

谢骛清评道：“雨过天青云破处，这般颜色做将来。”

这句她背过，少时家中先生教的，是由黑暗行至光明处的形容。

继清端坐书房，捧着杯可可奶，斯年给冲泡的。

他久等父母，见到便笑，把玻璃杯塞到姐姐手里，几步跑到何未面前，搂住她双腿，妈妈、妈妈叫了数声。斯年忧心，自顾自喝了口，父母难得一聚，她怕弟弟耽搁了他们的约会。

“继清，”斯年端起做姐姐的姿态，“来。”

继清犹豫数秒，小步跑回去，爬上沙发，倚靠在斯年身上。

斯年一面喂弟弟喝牛奶，一面对何未用眼色，小手别在背后，对父母拼命地向外挥。何未被逗笑，欲嘱咐三两句，做父亲的那位将军直接牵起她的手，把她半拉半推地带离书房。

何未像个外出约会的深闺小姐，被均姜和莲房齐齐注视。

“我们房里，有麦芽糖，”她无措地寻话说，“拿给他们两个。说是爸爸给做的。”

待夫妻二人出门，扣青端着水果出来，问了句，也不知当初和小姐订婚的那位白家公子去何处了。均姜笑，你想问的，怕不是这位吧?

扣青一愣，莲房茫然，问:“那是谁? ”

扣青怔忪半晌:“一个……不大省心的。”

言罢，她边往书房送水果，边嘀咕:“说是一同来武汉的，又没赶上。下一回再见，不晓得何年何月了。”

莲房盯着均姜看，均姜笑，耳语，某位林姓营长。

莲房恍悟，那位……初见时，被一屋子女孩子围拢着说笑，正襟危坐，两手放在膝盖上的年轻男人。“倒是没挑明，”均姜道，“人家在姑爷的电报里，时常捎带上一句话，说自己打到哪里了。比姑爷还不解风情，咱们家姑爷至少能讲讲月亮，谈谈风土人情，那位，只有地名，杀了多少日本兵。”

“这种事情，还是挑明得好。”莲房忧心。

“说过一回，说领导给介绍婚事，他说，家里有人等着他打完胜仗，回去呢，”均姜道，“还是在电话里说的。占用姑爷的电话，说了一句人就跑了。”

均姜乐不可支。

扣青从屋里探头出来:“背、背后说话，你们倒是有本事的。”

均姜学扣青万年难见一次的结巴，笑着道:“外、外头落雪了。看。”

扣青料定她说笑，没转头，直到书房里从未见过雪的继清雀跃地问姐姐，窗外是不是雪? 斯年自沙发抱起弟弟，吃力地走到窗台上，放他坐着，为弟弟打开窗户。

莲房忧心地跑去拿毛毯裹住姐弟俩。扣青望着雪出神，说:“武汉的雪，不知能连下几日? ”

三姐妹不约而同，回忆起北平的雪。下得久了，满城皆白，树杈上堆积厚厚的一层，摇一下落满身。雪后除冰难，要烧上几大桶热水，泼到院子里……

"想家了，"均姜忽然说，"真是想。"

迎着武汉的第一场雪，两人进了一间电影院。

等谢骛清落座于后排座椅，在满场黑暗里，侧脸被银幕的光照亮的那一刻。何未忽地从恍惚中醒过来，他竟从未进过一次影院。

而这一回，与其说他想看，倒不如说他想和她做一桩寻常男女约会的事。

几次北上，他都设想，要和她两人下饭馆、泡茶座、观京戏、看电影，闲时逛琉璃厂挑古籍、碑帖，文明戏可看看，走远些，三山五园逛上一日；忙时便在积水潭旁的茶楼里，各据一案，各自办公、处理要务。

每每如此想，每每被耽搁，总想，有一日战事结束，有机会的。

而今谢骛清已过不惑之年，二小姐也不再是十七岁的模样。不能再耽搁了。

谢骛清戴上黑眼镜，背靠上软皮椅背，等着电影开场。灯光一暗，他越发严肃，有着属于军校教员式的不苟言笑……

"国内拍的电影？"他忽然问。

何未"嗯"了声："上海滩有名的影星拍的。周璇。"

谢骛清颔首。他并不知道这名字代表什么。

声色犬马，与他毫不相干。

她没来由地笑了。

谢骛清偏过头，借银幕的光，打量她的笑颜。

"你的那位老同学孙维先，若是想看一场最新上的电影，都要是包场的，"何未轻声耳语道，"不必开口，下榻之地就是租界洋房，佳人相陪的私人舞会。"

谢骛清笑："谢某昔日入京为质，也享受过。不过尔尔。"

他的笑里有轻蔑的神气，一如当年："比起河山大川，凡尘俗物皆无重量。"

何未被逗笑，谢骛清毕竟是旧时先生教出来的学子，偶尔说几句话，仍有过去的影子。继而，她记起他的第一封家书，不禁笑了。

"不过，"谢骛清见她的笑颜，状似思索，又道，"红尘白骨，也自有其妙处。"

是在对应过去说的话：红尘男女与累累白骨只差一层皮囊，贪恋这个，实在无趣。

何未笑着，轻瞥他。

谢骛清笑，轻声耳语：“谢某唐突了。”

电影以这十年来的上海生活为背景。谢骛清没仔细逛过上海，没机会。

那年北伐军入驻上海和南京，本是最好的时机。他从武汉到南京，原想带何未一同去上海，与二姐团聚。其后被捕，先在南京雨花台附近，随后被送往陆军监狱，错过了。后来何未南下寻他，在上海生了继清，他只能在电文里，通过字句详细了解那个儿子出生的城市。

歌女和吹鼓手之间的爱情，在弄堂街巷里酝酿发酵。

谢骛清全程看得认真。他突然问：“这一条是什么河？”

何未一怔，镜头已过去了：“应该是苏州河。”她猜。

他轻点头。苏州河。

谢骛清是一个浪漫的人。

他把故土的每一片土地以江河划分，漓江、湘江、长江和松花江，滦河、秦淮河和苏州河，还有无数知名的、不知名的江水河流。他喜好问，喜好记，自己曾到过、曾为之征战，为之甘洒鲜血的一切。

他每到一处战场，若有河流，便要在河畔观赏片刻。许是第一次真枪实战打仗前留下的习惯，见水便心安。

何未看谢骛清如此认真观影，兀地心酸。为他，更不只为他。

那批早年从军的人，不少曾留洋海外，履历丰富，自身学识和对繁华的见识见闻都在，高官厚禄、宅邸封赏更是唾手可得。他们眼见世间的纸醉金迷，毫不为所动，选择的是放弃一切，起义、抗日，历经万里长征……

这些人，未必千秋留名在，足与河山共日月。

谢骛清似被电影里的一首曲子吸引，凝神听。何未因他的神态，转而看向银幕。

里头，有人唱着一首早已红遍大江南北的新曲子。

“家山呀北望，泪呀泪沾襟。小妹妹想郎直到今，郎呀患难之交恩爱深。哎呀哎哎呀，郎呀患难之交恩爱深。”

每一句，都合了眼前情境，北望的故土，还有身旁的人。

……

尾声

从 1900 年到 1949 年，整整五十年。

军校教室的黑板上，密密麻麻写满了人名。有的耳熟能详，有的陌生如斯。

从八国联军入侵北京城开始，在天津保卫战开始殉国的将领名字，到辛亥革命前，为革命捐躯的人，再到反袁，反军阀，北伐……“九一八”之后，更是数不胜数。许多都是课堂上的学员们从未见过、听过的。百家姓，几乎占全了。

五十年，太多的战场战争。白骨遍河山，丰碑难留名。

授课教授已离开。

战火平息后，他于这所军校教书，退休后去了香港定居。

这一回他陪妻子回京探亲，军校盛邀他讲两堂历史课。方才来听课的人密密麻麻站满了教室，玻璃窗外也有无数双眼睛隔着玻璃，努力看写了再擦去的板书。

过去，这位老教授的每一堂课都是戎装满座，时常有教员和教授旁听。

他讲的军史课，融汇古今、中西，有一堂课讲到第一次世界大战，他带来的资料里就有一战时欧洲各大报纸的剪报，据说在战时被收集于当时的俄国。他手里有一战前欧洲几个大城市的地图，摊开来，能详细说到博物馆、中小学校、啤酒馆和画廊的地理方位，建筑风格、高度，还有住户人数、家庭背景。包括当地的工厂，他都去探访过，阅尽人文习俗，探寻富国之路。

他曾笑言，凡是到过的城市乡村，都能第一时间在脑海中构筑军事防御工事，思考巷战、伏击的方略。不只这些，他手中还有苏联建立后的军事学校教材，俄文的钢琴谱，抗日战争前东三省军工厂的战车图纸……其中许多都是他在回忆下，重新写就的。

更不用说，军阀混战时期那些各大派系军阀的真实家底、用兵方略，偶尔，他还能讲到某位耳熟能详的军阀因姨太太吃醋出家，几次登寺庙山门求见的趣事。

有人知他生在贵州，长在漓江畔，问他，教授，漓江旁真有十万青山吗?

他答，何止十万。

蔓延在云层中，远近深浅的绿，放眼望去，山峦不绝。十万，只是一个模糊形容。

八月的北京，烈日炙人。

“我最喜欢北京城里的三个胡同，一个是百花深处，一个是杨梅竹斜街，另外一个就是南锣鼓巷了。”

百花深处他们住过，杨梅竹斜街青云阁他们去过，眼前的这条正是南锣鼓巷。

穿着白色长袖旗袍裙的一个背影，走在一个老先生身旁，慢步穿过南锣鼓巷。他们走上与之垂直相交的一条小胡同，帽儿胡同。

走着走着，何未站定，取下鼻梁上的玳瑁边框的眼镜，凝视着一面青砖墙。

老先生倒背着手，站定于她身后半步：“在看什么？”

她笑道：“前清皇后曾住在此处，这个宅子。”

“是吗。”老先生笑着回。

两人不约而同想到那晚，前清帝后大婚，紫禁城内张灯结彩，太监和宫女们端着无数的碗碟，于宫灯下穿行，乾清宫外的花轿“凤舆”上张贴着醒目的囍字，乾清宫内安排了一个招待酒会……她先驱车，从神武门外离开，被人在德胜门外拦下，赴一场意外邀约；而后，谢少将军离开招待酒会，坐上前往百花深处的黑色轿车，求一张救命船票。

身后，有两个孩子，不高的小身子，踩着二八自行车，一个带着一个，因骑得莽撞，不停打着车把上的银色车铃，嘴里嚷嚷着“借过，借过”。

谢骛清握住何未的手臂，把她轻往身旁带。

“从这胡同走到百花深处，须走一段不短的路，”何未柔声问，“少将军的腿，可能坚持下来？”

“难得走一回。”谢骛清答。

“那便走吧。”她和他沿着长而狭窄的胡同路，往尽头走去，“走出这里，该是什刹海后海了。那年陪邓元初满京城看宅子，把这附近走了个遍。那时，你在……”

“广东一带，和当地的军阀打仗，”谢骛清道，“最艰难时，还没到东征，军阀们摇摇摆摆，稍有不慎就被北洋政府收买了。今日友，明日敌。”

她颔首。

谢骛清在军校教书，每回讲课完，都是他最健谈的时候。她喜好在他结束一天授课后，和他闲聊，总能收获“新的”旧故事。

“有时候就算没有北面的收买，打下一个城市，赚钱割地的本性就出来了，”谢骛清摇头一叹，“驻军开进去，马上开赌馆、开大烟馆。”

“真是不易。”她感慨。

……

京城的胡同、宅院有灰青色的瓦，院内常栽花，藤蔓相连。

水井上，葡萄架下，一代接着一代过着最朴素不过的日子，常有百年老树，不知品种，于夏日舒展开浓碧色的叶丛，遮挡去几个院子的酷暑暴晒。

谢骛清初入四九城在1900年，经过被焚烧损毁的正阳门。他为送大哥而来，在天津保卫战里，大哥中炮殉国。南方战乱不休，父亲无法脱身，送幼年姐弟进了京城。那晚，他到百花深处已是深夜，为大哥上过香，盥洗完，问婶婶：何时了？

婶婶答：卯时。

夜阑人静，他看已白影黯淡的云中月，想，快天亮了。

幼年的谢骛清，因父领兵、兄殉国，已深知战火残酷。

最差不过今夜。天将明了，他想，于是正襟危坐，在葡萄藤下，从卯时坐到天有光、光渐盛，照到眼皮上，暖融融的。

睁眼时，朱红木门敞开着，外头一个人没有，却有着清晨那种热闹的、嘈杂的烟火气。

百花深处，他的烟火人间。

图书在版编目（CIP）数据

夜阑京华 ： 上下册 / 墨宝非宝著. -- 石家庄 ： 花山文艺出版社， 2023.6
ISBN 978-7-5511-6355-2

Ⅰ. ①夜… Ⅱ. ①墨… Ⅲ. ①长篇小说－中国－当代 Ⅳ. ① I247.5

中国版本图书馆 CIP 数据核字（2022）第 208429 号

书　　名：夜阑京华（上下册）
　　　　　Yelan Jinghua
著　　者：墨宝非宝

责任编辑：温学蕾
责任校对：李天璐
封面设计：商块三
美术编辑：王爱芹
出版发行：花山文艺出版社（邮政编码：050061）
　　　　　（河北省石家庄市友谊北大街 330 号）
销售热线：0311-88643299/96/17/34
印　　刷：河北鹏润印刷有限公司
经　　销：新华书店
开　　本：700 毫米 ×980 毫米　1/16
印　　张：36.5
字　　数：593 千字
版　　次：2023 年 6 月第 1 版
　　　　　2023 年 6 月第 1 次印刷
书　　号：ISBN 978-7-5511-6355-2
定　　价：89.00 元（上下册）